JN265319

鈴木重三
徳田武 編

馬琴中編読本集成

第十一巻

汲古書院

馬琴中編読本集成　第十一巻　目次

凡　例

一、本集成は曲亭馬琴の著作にかかる中編読本を網羅して、ほぼ刊年順に影印刊行するものである。但し、近年影印本が出版されている作品は除いた。

一、底本は、原則として初摺本を用いた。底本中に落書・虫損・手ずれ等によって不備がある頁は、他本によって補なった。その場合、極力初摺本を用いるように努めたが、やむを得ず本文内容に異同の認められない後摺本によった場合がある。

一、白紙の見返しと裏表紙は掲載を省略した。但し、裏表紙については、末尾に各冊の中から最良のもの一葉を掲載した。

一、解題は、徳田武が草稿を作成し、鈴木重三が必要に応じ、適宜加筆した。

一、本集成所収の作品には、間々差別用語が見られるが、馬琴中編読本は既に古典として扱うべき作品群であるので、学術出版の慣例に従い、本文表記には一切修正を施すことはしなかった。

一、出版掲載のご許可を賜わった、所蔵各位に深甚の謝意を表する。

松染情史秋七草

一、底本は、徳田武蔵本を用いた。底本に不備のある頁は同じく初摺の鈴木重三蔵本、後摺の徳田武蔵本により補った（柱に明示）。

一、縮小率は、原本の八〇％である。

常夏草紙

一、底本は、鈴木重三蔵本を用いた。
一、縮小率は、原本の八〇%である。

松染情史秋七草

松染情史秋七草
壹

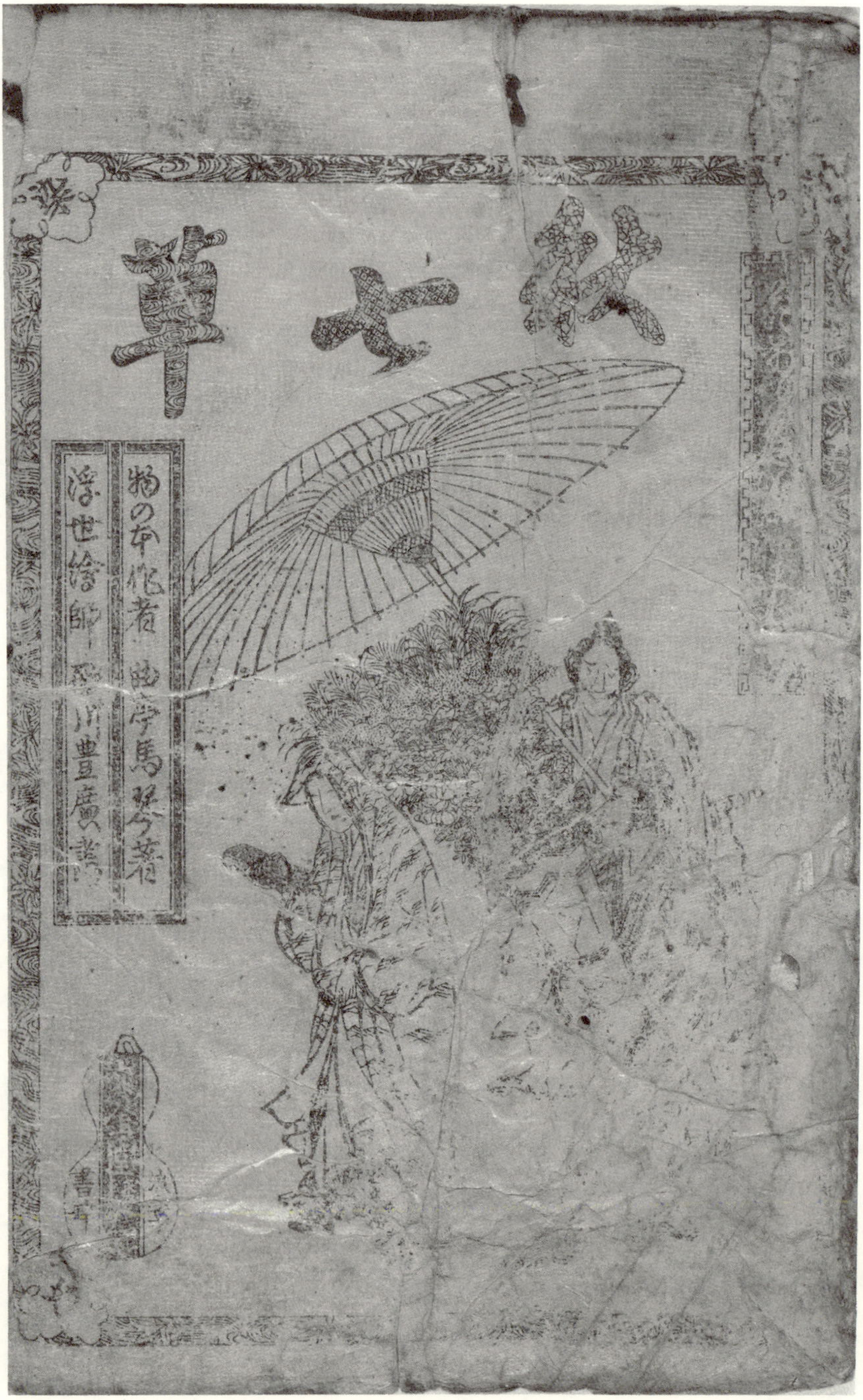
秋七草
物の本作者 曲亭馬琴著
浮世繪師 歌川豊廣畫

七月七日何がし殿《との》より女房《にようばう》のせうそこを紙にそへひとつはしらの
ふかくせゝく其《それ》此たがねに染けんたてまつらるゝなり
はるさめの雨《あめ》にぬれても傘《かさ》とさす勢高《ろう》をしひし紙に染てまゐりぬ
姿《すがた》のめでたし我を東《あづま》の人《ひと》のかたみにとて繪《ゑ》にうつしたまひし後がたりを
記《しる》せとのおほせなりけりその起《おこ》る所《ところ》を尋《たづね》まゐらせしかの殿《との》のうちよりふたかたの
人たちを志ぬびのなかしいくめとせんかみのぬるま此今《いま》にいたるしぐさ
たえたるふみありて花《はな》あふぎの使《つかひ》といふ名ありをば聞《きく》にふかひなけれど
せめてものあはれをも言ひのこしたるやさしきことなり
花ノマヽヤウ島スヽキ女郎花花桔梗ハヽ千口仙翁花蓮小草黄菊以上七種ニヨリコレヲ数
よみやんごとなき君《きみ》の志るさせをもあはれみて好《かう》事《ず》の人の筆《ろ》にうつしとりて世《よ》に
歌《あそめそ》ぶを久《ひさ》しみの草紙《さうし》の名《な》を秋七草《あきのなゝくさ》といへば聞《ちかきこと》にあつからむ載《のせ》つ

此書《このしよ》竊《ひそか》に細々要記《さいくようき》。櫻雲記《あううんき》。吉野拾遺《よしのしうゐ》。南朝記傳《なんちやうきでん》。圓大暦《ゑんだいれき》。鎌倉《かまくら》大草紙《さうし》。足利《あしかゞ》治乱記《ぢらんき》等《とう》の諸説《せせつ》を据《よりところ》としてこれを楠氏《なんし》の事蹟《じせき》を述《のぶ》るといへども。亦《また》彼《かの》三楠實録《さんなんじつろく》。楠戦功実録《くすのきせんこうじつろく》。楠家《なんけ》全書《ぜんしよ》。楠軍物記《くすのきぐんものがたり》。楠物語《くすのきものがたり》の趣《あらすぢ》と同《おな》じからず。その事《こと》多《おほ》くは寓言《ぐうげん》にして。只《たゞ》阿染《おそめ》久松《ひさまつ》が奇耦《きぐう》をいはんとて。姑《しばら》く楠氏《なんし》の名《な》を借《か》るのみ。夫《それ》艶曲《えんきよく》演戯《えんげ》の謡謡猥褻《わいせつ》なる小説者流《せうせつしやりう》は取《と》らずぞ。更《さら》に松染《せうぜん》の節操《せつさう》を紀録《しる》して。號《なづけ》て七草《なゝくさ》と命《めい》するものは。華説《そせつ》の花《はな》のみにして事實《じじつ》の実《み》なるけれどもこゝに一首《いつしゆ》を證《せう》として一部《いちぶ》の要《よう》を摘《つむ》のみなり。

色《いろ》かへぬ松《まつ》の操《みさを》も蔦《つた》かつら志がゝる染《そむ》る志ぐれけり

序

積雨初霽。新月臨軒。忽見客至秉燭
出迓。即書肆文刻堂主人也。自陳曩
着浪華書林森本生。有竊請于先生。
使僕致言焉。今後二更蒐篇書策
成。敢請。余曰。曩着森本氏請。蓋在繡
輯院本所記阿染久松情死之事也。

余熟思之。夫以一豎児婢于主家之女。妨其婚期。遂以情急勢迫相倶狂死于庫中。則是不義不孝之大者。宜以為之戒。豈可更筆之冊子以宣淫風哉。此余之所以握筆躊躇未應其請也。文刻堂笑曰。先生之言固是矣。但書賈相謀不在義而在利。森本生以此事煩先生亦是趣時毎已加之千里之請不可峻拒冀再思之於是余乃感其言有理翻案數月主其事而不拘其迹換骨奪胎別自編緝一個中説以塞其責其間勸善戒悪叙又情託風教世道漸意所存實住着一片老婆心也嗚乎余雖以著作

自歸《スト》比年撰述幾《ント》二百部。書賈《ノ》請索相踵《ツ》于門《ニ》。不暇《アラ》遑《スニ》。思《ヲ》以故《ヲ》往々不免《レ》疎漏誤《ル》予《ヲ》之請《ヲ》也。況《ヤ》要《ノ》書僅《ニ》出《ツ》乎數目《ノ》新葉《ニ》。唯恐《クハ》文詞鄙陋。其不足《シテヲ》以聳《ラ》動《スル》從善之良心《ヲ》矣。閲着《スル》幸恕《メ》之《ヲ》可也。

文化戊辰《ノ》年孟穐中浣。著作堂主人

書《ス》于江戸飯台《ノ》隠居《ニ》

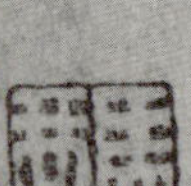

松染情史巻之一
秋七種
第一芳萱
河内二郎正丸
吾屋戸乃一村
芽子乎念児
尓不令見殆
散都類香聞

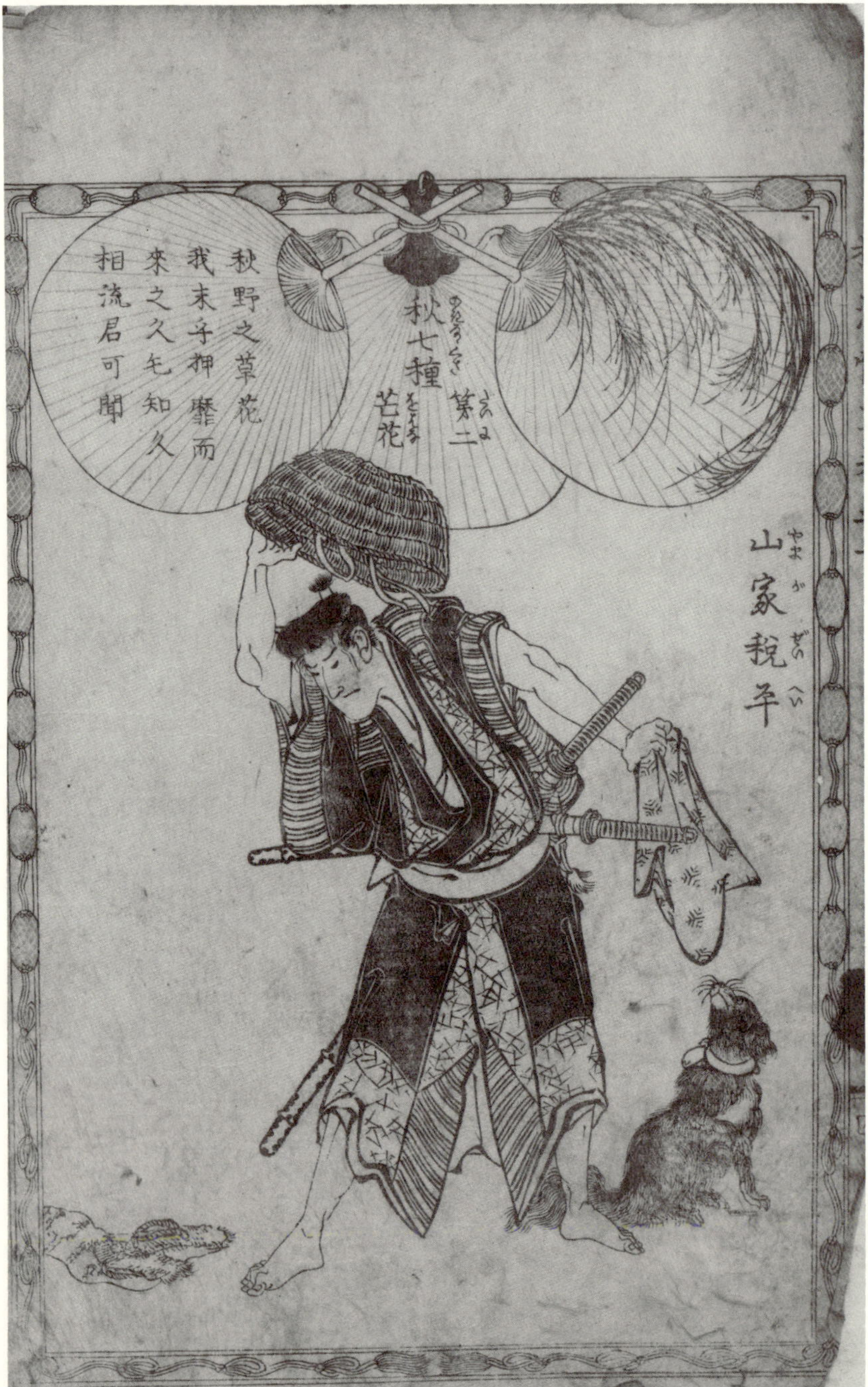
秋七種《あきのなゝくさ》第二《だいに》
芒花《をばな》
秋野之草花
我末乎押靡而
来之久毛知久
相流居可聞
山家《やまが》貎《ぜの》平《へい》

栈屋戸乃葛
葉日殊色付
奴不座君者
何情曽毛
秋七種《あきななくさ》
葛三《くずさん》
葛花《くずのはな》
丹五兵衛《えごべゑ》妻《つま》
阿也女《のあやめ》

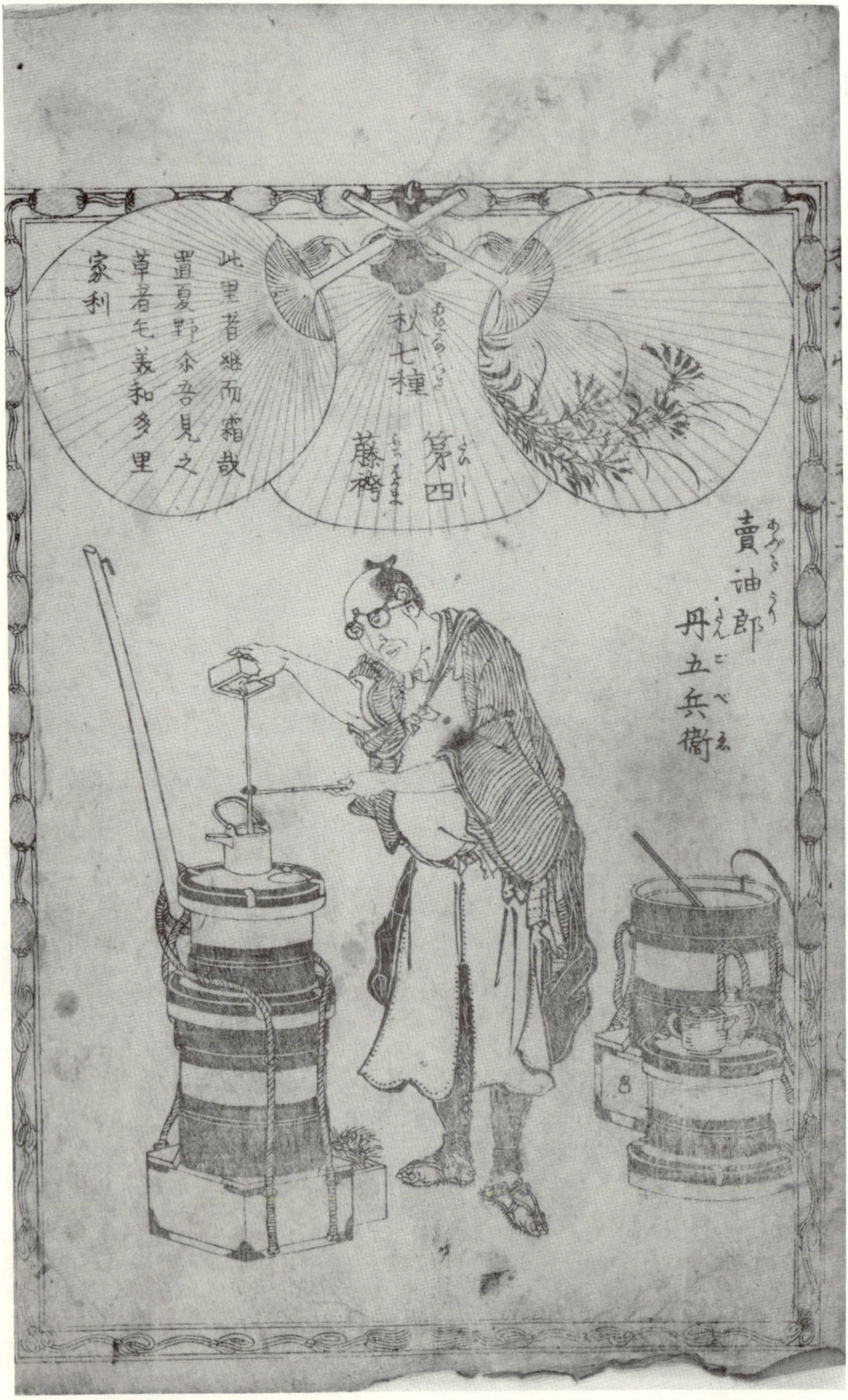
秋七種《あきのなゝくさ》
第四《だいし》
藤袴《ふぢばかま》
此里者継而霜哉
置夏野尓吾見之
草者毛義和多里
家利
賣油郎《あぶらうり》
丹五兵衛《えごべゑ》

秋七種《あきなぐさ》
第五《だいご》
牽牛《あさがほ》
言出而云忌染
朝貌乃
穂庭開不出
戀爲鴨
野崎久作《のざきのきうさく》

秋七種《あきのなゝくさ》
第六《だいろく》
女郎花《をみなへし》
手取者袖弁
丹覆美人部師
此白露尓
散巻惜
油家女児阿染《あぶらやむすめおそめ》
野草摸《のろま》
出九郎《でくらう》

毎朝吾見屋戸乃瞿麦之花尓毛君波有許世奴香聞
秋七種《あきなゝくさ》
第七《だいしち》
瞿麦《なでしこ》
主管是非八《ぜひはち》
小町《こまち》久松《ひさまつ》

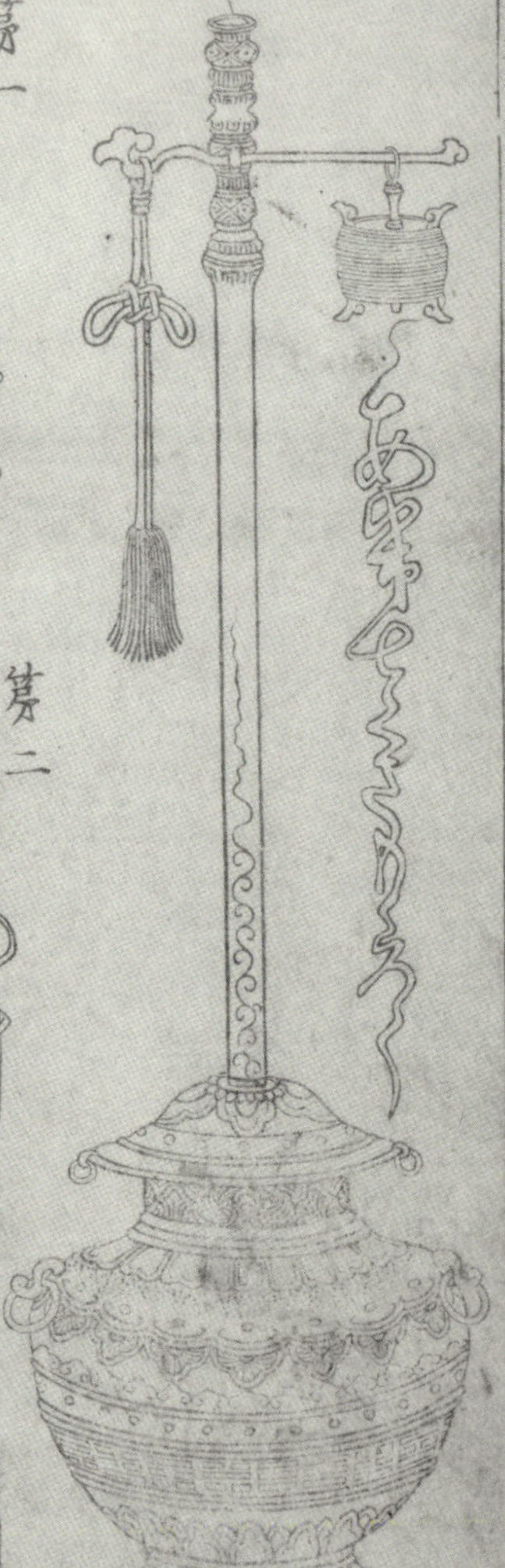

第一

證歌

第二

都にもさ紀負へとも鹿のなく名にあふ艸の秋の山さと

さかのにさけるは萩人毎にとそめ草をなめてくさやとるほ

第三

證歌

水まさる風にみたく波まくら家浪艸に宿そとりかく

第四

第五

證歌

物おもひよくさ野の原にかけゆけは袖のは艸になくをしたひ

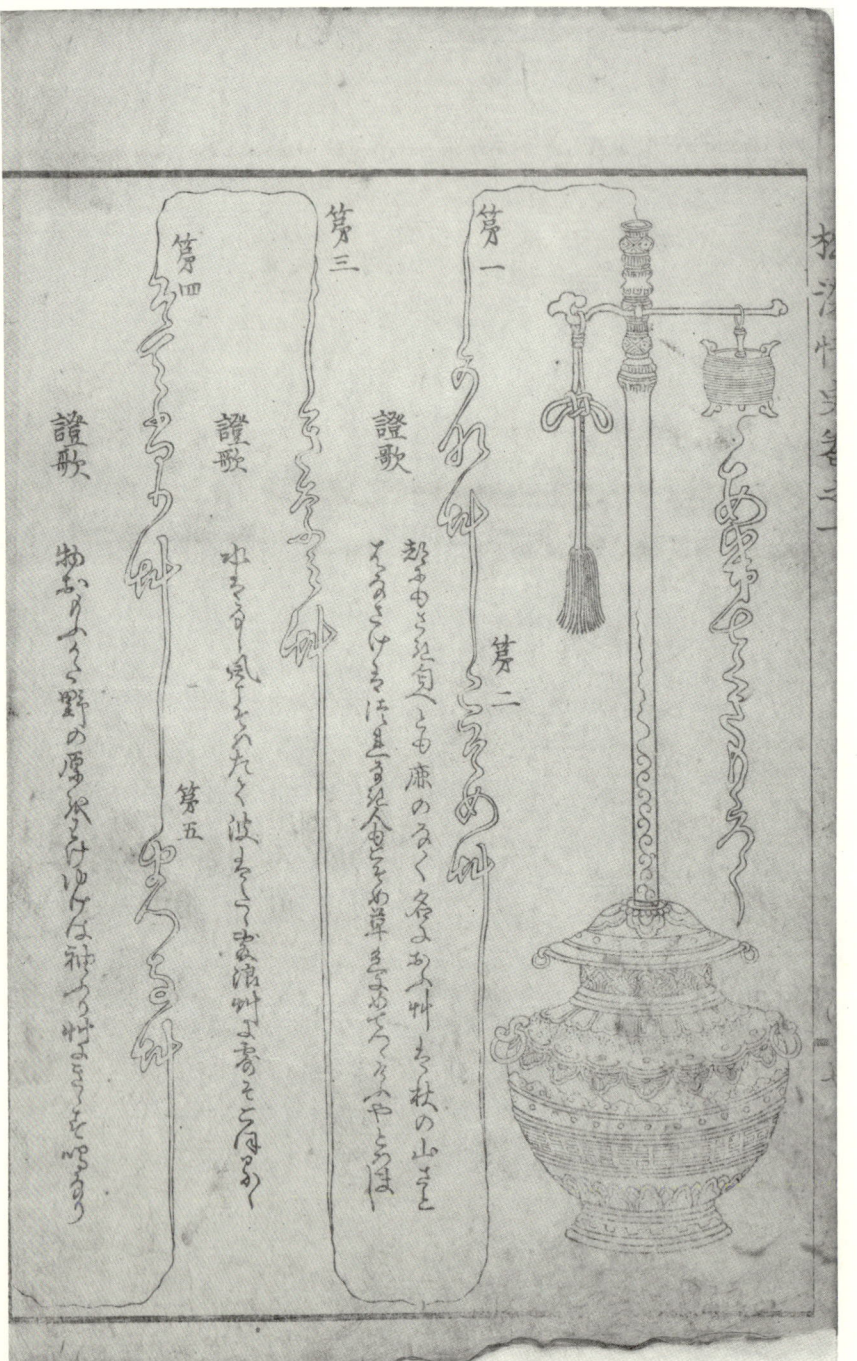

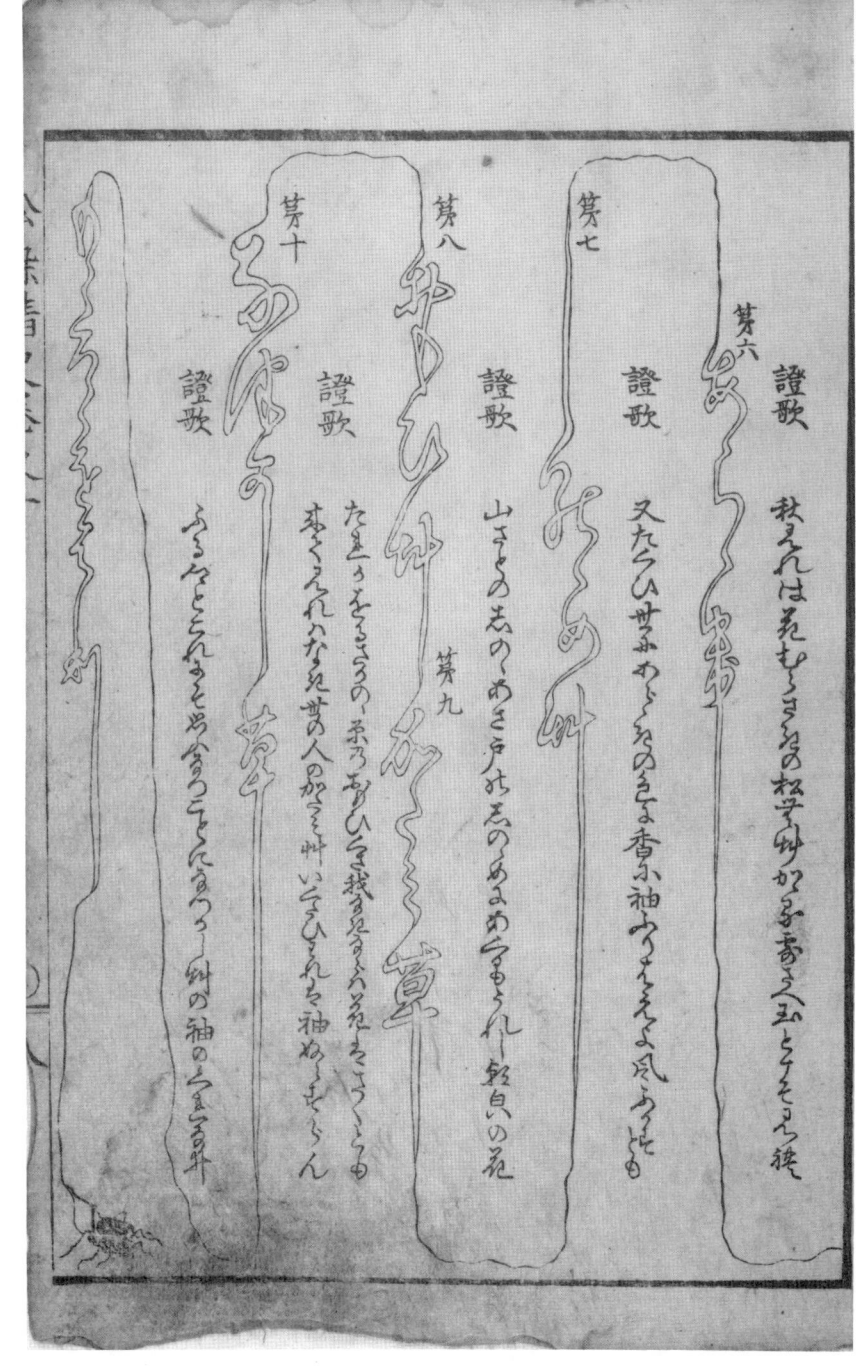

證歌　秋くれは花むらさきの松学鈔かゝる斎く玉とくそるろ襟

第六 [illegible]

證歌　又たくひ世ゝにかくそのゝ香に袖ふれてそよ風ふくとも

第七 [illegible]

證歌　山さとの志のゝめさ戸は志のゝめよめなもくれし紅白の花

第八 [illegible]　第九 [illegible]草

證歌　たまゝをさそふの人のあひくさ我か花の花をさへつゝも
あくれはなき世の人のかたみ草いくひとれも袖ぬらすらん

第十 [illegible]草

證歌　ふる色とくれなゐもかたつもとれなつかし紺の袖のうつり香

[illegible]

秋野尓咲有花乎指折可
伎數者七種花
芽之花乎花葛花瞿麥之
花姫部志又藤袴朝貌之
花
右二首山上憶良詠秋七種謌

松染《しやうぜん》情史《じやうし》秋七草《あきのなゝくさ》巻之一《まきのいち》

東都　曲亭馬琴編次

第一《だいいち》芳宜《はぎ》に名《なづ》く　鹿鳴草《しかなくさ》

都《みやこ》にも咲匂《さきにほ》へども鹿《しか》の鳴《な》く名《な》におふ草《くさ》は秋《あき》の山里《やまざと》と詠《ゑい》じけん。浮世《うきよ》の秋《あき》の憂《うれ》ふるれどいともかしこき十善《どうぜん》の君《きみ》さへ。吉野《よしの》の山居《やまずまゐ》しあひける頃《ころ》。南朝《なんちやう》股肱《ここう》の武臣《ぶしん》なりける。楠《くすのき》左《さ》馬頭《まのかみ》正儀《まさのり》ハ。正行《まさつら》が弟《おとゝ》にて。正成《まさしげ》が二郎《じらう》也。或《あるひ》ハ三男《さんなん》ともいへり　抑《そもそく》河内判官《かはちのはんぐわん》楠正成《くすのきまさしげ》ハ。楠正澄《くすのきやうさゑもん》が嫡男《ちやくなん》にして。その先《せん》諸兄公《もろえこう》より出《いで》たり。誠忠《せいちう》武略《ぶりやく》。古今《ここん》に抜萃《ばつすい》し。世《よ》に許《ゆる》されたる良将《りやうせう》なれど。命運《めいうん》拙《つたな》く時《とき》を得《え》ず。由く末《すゑ》のろのろどもよくありて。延元《えんげん》のはじめの年《とし》。五月《さつき》二十五の日《ひ》。舎弟正季《おとゝまさすゑ》等《ら》と共《とも》に。冦《あだ》を防《ふせ》ぎ戦《たゝか》ひつゝ。摂州《つのくに》湊河《みなとがは》の上《ほとり》にて。或《あるひ》ハ討《うち》うためさの。ゆかれ同胞《はらから》処《ところ》を去《さ》らず。腹《はら》かき切《きり》て死《しに》けれバ。後醍醐《ごだいご》の帝《みかど》ハいと惜《をし》ませ給ひて。正三位《せうさんゐ》。近衛《こんゑ》の中將《ちうぜう》を贈《おくり》給り。摂河泉三州《せつかせんさんしう》の太守《たいしゆ》となるべきよし。仰《おほせ》下されしかば。生殘《いきのこ》りたる親族《しんぞく》等《ら》が面目《めんぼく》いくばくぞ。敵《てき》も自方《みかた》も。嘆賞《たんせう》せざるなかりしとぞ。さる程《ほど》に。正成《まさしげ》が嫡子《ちやくし》正行《まさつら》は。その志《こゝろざし》父《おや》に劣《おと》らず。ともがくもして。尊氏兄弟《たかうぢきやうだい》を討滅《うちほろぼ》し。君父《くんふ》の仇《あだ》を報《むくい》んと。童《わらべ》ごゝろより思ひたちける忠孝《ちうかう》空《むな》しうばしく。憂苦《いうく》の中《うち》に成長《ひとゝなり》。なるべく足利《あしかゞ》の大軍《たいぐん》と挑戰《いどみたゝか》ひ。勝《かつ》に乘《の》らばといふ念慮あれども。長汀《ちやうてい》船横《ふねよこたは》りて。謀略《ぼうりやく》用《もち》ひけるとぞ。世《よ》を欺《あざむ》かくや思ひけん。南帝《よしのゝみかど》。後村上院《ごむらかみのゐん》の正平四年《せうへいよねん》と云し。正月五日。左衛門尉《さゑもんのぜう》兼河内守《かはちのかみ》橘正行《たちばなのまさつら》まさ時に廿五才その弟《おとゝ》右衛門尉《うゑもんのぜう》橘正時《たちばなのまさとき》時に廿三才等《ら》。河内國《かはちのくに》河内郡《かはちごほり》。四條繩手《しでうなはて》に馳向《はせむか》ひ。京家《きやうけ》の大敵《たいてき》と血戰《けつせん》して。敵騎《てきあまた》擊《うち》とりつ。自方《みかた》も殘《のこ》り寡《すくな》く撃《うた》まになれども脫《のがれ》そのが脫《のが》るべかりしに。かへらじと。兼《かね》て思へば梓弓《あづさゆみ》。なき數《かず》にいる名をぞとゞむると。孫しり遺言の葉をいひづらふせしとてや。同胞《はらから》終に討死《うちじに》を。實《じつ》に北朝《ほくてう》の貞和《ぢやうわ》五年《ねん》なりけり。かゝりし後《のち》は。二郎《じらう》左衛門《さゑもん》正儀《まさのり》は。正成《まさしげ》が後《あとゝり》なれば。君もいと惜《をし》の者《もの》に思食《おぼしめし》て。四位《しゐ》の左馬頭《さまのかみ》になされたりしが。その正儀《まさのり》は。その志《こゝろざし》父にも兄《のぶ》にも及《およ》ばねど。さすがは正成《まさしげ》が子《こ》。正行《まさつら》が弟《おとゝ》なれば。武略《ぶりやく》も凡常《よのつね》ならねば。日本《あきつ》過半《くわはん》を敵《てき》にうけて。千剱破《ちはや》。赤坂《あかさか》の城《しろ》を落《おと》されしが。河内《かうち》にありけるものありけり。と畿内《きない》の強敵《がうてき》も舌《した》を捲《まく》程《ほど》に。和田恩地《わだおんち》。湯浅《ゆあさ》。三輪《みわ》の親族《しんぞく》正儀《まさのり》を佐《たすけ》て。足利《あしかゞ》の大軍《たいぐん》を攻靡《せめなびけ》し。文和《ぶんわ》のころは。新将軍《しんせうぐん》義詮《よしあきら》。京都《きやうと》を没落《ぼつらく》して近江路《あふみぢ》に逃《のが》れ。北朝《ほくてう》の帝《みかど》。崇光院《すくわうゐん》。光厳《くわうごん》。光明《くわうめう》の両上皇《りやうしやうくわう》さへ南軍《なんぐん》に捕《とら》はれて。吉野《よしの》へ移《うつ》りおはしゝ事《こと》も。是《これ》併《しかしながら》楠正儀《くすのきまさのり》と和田正武《わだまさたけ》が勲功《いさをし》のあられども。後光厳院《ごくわうごんゐん》。世《よ》を御《しろしめ》しくて。足利《あしかゞ》の武威《ぶゐ》衰《おとろへ》ず。蝸牛《くわぎう》の角《つの》の争《あらそひ》に數《あまた》の年《とし》を経《へ》て。南朝《なんてう》の正平《しやうへい》廿四年　北朝応安二年　三月《やよひ》のころ。後村上院《ごむらかみのゐん》崩御《ほうぎよ》ましくなり。聖算《あんとし》四十三と聞《きこ》えし。熈成皇子《ひろなりのみこと》。吉野《よしの》の宮《みや》に受禅《じゆぜん》ありて。こは後亀山院《ごかめやまのゐん》とぞまうしける。さても楠正儀《くすのきまさのり》は。この年来《としごろ》種々《いろいろ》の謀略《はかりこと》をめぐらしぬれど。動《やゝ》もすれば殿上人《でんじやうびと》。生上達部《なまかんだちめ》の長僉讒《ちやうぜんざん》に阻《さゝ》へられて。遺恨《いこん》するところなるに。今茲《ことし》主上《しゆじやう》はみよしのの花《はな》の梢《こずゑ》の雲《くも》がくれして忽地《たちまち》崩ましゝかば。世《よ》はそれまでなりけりと浅《あさ》ましくて。南方衛護《なんぱうゑいご》の志《こゝろざし》を変《へん》じ老黨《ろうどう》の諫《いさめ》も聴《ちやう》ぜず。子《こ》どもらにもしらせずして。忍《しの》びやかに管領頼之《くわんれいよりゆき》に消《せう》息《そく》して。足利家《あしかゞけ》へ降参《かうさん》すべきよし。誓書《せいし》をもてまうし入《い》れしかば。時《とき》の将《しやう》軍《ぐん》足利義満《あしかゞよしみつ》。速《すみやか》に許容《きよよう》ありて。右馬頭頼之《うまのかみよりゆき》。赤松判官等《あかまつはんぐわんら》を楠《くすのき》が赤坂《あかさか》の城《しろ》へ遣《つかは》さるゝに。かくて同年《おなじきとし》四月下旬《げじゆん》に正儀入洛《まさのりじゆらく》し。まづ頼之《よりゆき》が宿所《しゆくしよ》に到《いた》り。歓《よろこび》を述《のべ》。勧盃《けんぱい》了《をは》りて。彼人《かのひと》に誘《いざなは》れ。義満将軍《よしみつしやうぐん》に見参《げんざん》して。龍尾《りうのを》といふ太刀《たち》を進《まゐら》せしかば。義満《よしみつ》も殊《こと》に頼《たの》もしく睡《まなこ》をゆるへて。件《くだん》の太刀《たち》を秘蔵《ひさう》せらるゝ。そもそもこの條《でう》ぞ。物語《ものがたり》の發端《ほつたん》なる。例《れい》の寓言《ぐうげん》のみなりあらねど。正儀《まさのり》の上。虚実《きよじつ》おぼつかなし。志かれども細々要記《さくようき》。桜雲記《あうゝんき》。足《あし》利《かゞ》治乱《ちらん》記《き》ホにも。正儀《まさのり》が足利家《あしかゞけ》へ降参《かうさん》のよしを載《のせ》たり。嗚呼《あゝ》いかなれバ。かの人《ひと》南朝《なんちやう》棟梁《とうれう》の武臣《ぶしん》たりし。父《ちゝ》と兄との遺訓《いくん》を忘《わすれ》。卅年来の忠《ちう》義《ぎ》を化《あだ》なし。仇人《かたき》の前《まへ》に腰《こし》を折め。親族《しんぞく》たりしが為《ため》に。歯を切るとも影護《うしろめた》しとせぞ。世《よ》の人《ひと》の友《とも》に。あざ笑《わら》ひを。恥辱《ちぢよく》とせど。聴《きか》く赤坂《あかさか》の城《しろ》に立帰《たちかへ》り。絶《たえ》て南朝《なんちやう》の勅命《ちよくめい》に。応《おう》ぜざるこそ浅猿《あさまし》けれ。其のゆゑ正儀《まさのり》に子《こ》ども二人《ふたり》ありたり。嫡男《ちやくなん》ハ。左衛門尉《さゑもんのぜう》正勝《まさかつ》と呼《よば》れし。二郎《じらう》ハ河内《かはちの》守《かみ》正元《まさもと》といひし。この同胞。父《ちゝ》が足利家《あしかゞけ》へ降参《かうさん》しけるよしを嘆いて恨《うら》み憤《いきどほ》り。兄弟《きやうだい》ありしかども。父《ちゝ》に引《ひき》わかれて。千劔破《ちはや》の城《しろ》に楯籠《たてこも》り。いよいよ南朝《なんちやう》へ忠《ちう》を竭《つく》し程《ほど》に。父子《ふし》忽地《たちまち》に不和《ふわ》となりぬ。赤楠が一族《ぞく》なる。和田和泉守《いづみのかみ》正武《まさたけ》さへ。いぬる正平《しやうへい》四年の春《はる》。正行《まさつら》とともに四

松染情史巻之一

家訓《かくん》に悖《もと》りて
正儀《まさのり》讐《あだ》に
降《くだ》る
よりもと
まさのり

条《でう》縄手《なはて》にて討死《うちじに》しける。右衛門尉《ゑもんのぜう》高家《たかいへ》の弟《おとゝ》なり。和田和泉守《いづみのかみ》正《まさ》遠《とを》が二男《じなん》なり。件《くだん》の正武《まさたけ》は武略《ぶりやく》の達者《たつしや》にて。双《さう》なき忠臣《ちうしん》なりしが。正儀《まさのり》が挙動《ふるまひ》いと拙《つたな》なしと怒《いか》り罵《のゝし》り。正勝《まさかつ》正元《まさもと》が父《ちゝ》と共《とも》に。志《こゝろざし》を移《うつ》さず。足利家《あしかゞけ》へ従《したが》ざるは。こよなき忠節《ちうせつ》にこそ。さすがは正成《まさしげ》ぬしの孫《まご》也。されど稱讃《せうさん》し。徳の趣《おもむき》を。吉野殿《よしのどの》に聞《きこ》えあげゝ。南帝《よしのゝみかど》の勅命《ちよくめい》を稟《うけ》。正勝《まさかつ》ホとともに。夥《あまた》の軍兵《ぐんびやう》を率《い》て。赤坂《あかさか》の城《しろ》へ推寄《おしよ》せ息《いき》をも吻《つが》せず攻《せむ》る程《ほど》に。正儀《まさのり》堪難《たへかね》く。京都《きやうと》へ援兵を乞《こひ》しかば。山名《やまな》。畠山《はたけやま》ホ。数千《すせん》の兵《つはもの》をこめて赤坂《あかさか》の城《しろ》に後詰《ごづめ》し。合戦《かつせん》およぶくありけるに。正武《まさたけ》正勝《まさかつ》が鋒《ほこさき》鋭《するどく》して。正儀《まさのり》既を出し逃ぞ。和田は龍泉《りうせん》の城《しろ》にあり。正勝《まさかつ》正元《まさもと》は千剣破《ちはや》の城《しろ》にあり。正儀《まさのり》はその間《あひ》に挟まれて。赤坂《あかさか》の城《しろ》にあれば。常《つね》に左右《さう》に敵《てき》を受《うけ》て。志いぶしたることもなく。只此の戦《こぜりあひ》に光陰《くわういん》を過《すご》して。十三年《ねん》をぞ経《へ》かゝる。時《とき》に北朝《ほくてう》の永徳《えいとく》元年《ぐわんねん》夏《なつ》の首《はじめ》より。正儀《まさのり》長き病《いたつき》に臥《ふ》し秋《あき》に逅《いたり》てもおこたらざ。いとゞ病《やまひ》の床《ゆか》に。来《と》しくも末のことをおもひなやむ。親《おや》同胞《はらから》は。南朝《なんちやう》の忠臣《ちうしん》にて。邦家《はうか》の為《ため》に命《いのち》を隕《おと》し。名《な》のみは朽《くち》ぬ補《ほまれ》の家《いへ》を続《つけ》どもなほ才《さ》なく。不肖《ふせう》にして緯《を》なすに及《およ》ばざ。さりあれ。弱官《じやくくわん》の昔《むかし》より。身《み》に鎧《よろひ》をまとひつゝ耕《たがや》し。絆《ふと》を植《うゑ》てまとひつゝ黐《きれ》り。士《し》を難《なや》ひ。兵《へい》を錬《ね》り。足利《あしかゞ》の大敵《たいてき》と戦《たゝか》ひ毎《ど》に。絶《たえ》て一トたびも不覚《ふかく》の敗《やぶれ》を取《と》らざ。百《ひや》戦《せん》百《ひやく》勝《せう》の計略《さうりやく》を献《さゝぐ》るも。用《もち》ひられざるはこれのみなる。聖運《せいうん》の傾《かたむ》く所《ところ》ちからなく及《およ》ばざ。臣《しん》たるものゝ道《みち》は竭《つく》しつ。今《いま》はこれまでぞと。いざや足利将軍《あしかゞせうぐん》へ伏従《じう》して。子孫《しそん》に富貴《ふうき》を傳《つた》へんとて。君《きみ》を三世《さんぜ》。され二代共に天《てん》を戴《いたゞ》かざる讐敵《かたき》に媚《こび》て阿容《おめく》こと。足利家《あしかゞけ》へ降参《かうさん》せしは。なが生涯《しやうがい》の悞《あやまち》ぞかし。かのうで子《こ》どもらは。親《おや》にまさりて義《ぎ》に勇《いさ》み。孤忠《こちう》を竭《つく》さと賢《かしこ》さよ。家《いへ》の汚《よごれ》を洗《あら》はらく。判官《はんぐわん》どの正成《まさしげ》の神灵《おんみたま》が。正勝《まさかつ》正元《まさもと》が身《み》にそひて。しかるあらはしきかなやおんぞうらん。君《きみ》に叛《そむ》き親《おや》に悖《そむ》き。親族《しんぞく》に累《るい》し。子《こ》どもにはあしくひろまいぞ。それより僥倖《さいはひ》を得《え》てりとすそのひとある人惧めぐるまじ。これを改《あらた》むるに難《かた》からず。ちかくいはゞ今《いま》さらに吉野殿《よしのどの》へまゐらんも面《おも》ぶせなり。せめて老《おい》の皺肚《しわはら》破《さけ》ても。かしの蓋《もち》をとりよりと君にもならまし。子《こ》どもが面《おもて》をおこさんあれと頼《たの》みおもひ定《さだ》めてしが。又正成《まさしげ》より正行《まさつら》へ相傳《さうでん》せし。軍学《ぐんがく》の秘書《ひしよ》。桜井《さくらゐ》の一軸《いちぢく》は。年来《としごろ》受納《うけおさめ》てあるあり。是《これ》を正勝《まさかつ》正元《まさもと》に授与《じゆよ》せずして。終《つひ》に他人《たにん》の物《もの》となりけんさそいはで。子《こ》どもらに覚《さと》えさせし家傳《かでん》の兵書《へいしよ》を通《とほ》すべきとて。さまうさぬ。弱冠《ふめん》もともに。正儀《まさのり》が旧《もと》の家隷《いへのこ》に。雑居《ざうゐ》兵濤《ひやうらう》言直《のりなほ》といふものありて。往《さき》に正儀《まさのり》を諫《いさめ》かねて。和田正武《わだまさたけ》に随從《ずいじう》し。年来《としごろ》龍泉《りうせん》の城《しろ》にありけれど。密《ひそか》にこれを招《まね》きよせて。今般《いまはん》の一言《いちごん》を遺《のこ》さんとして。忠義《ちうぎ》なる兵士《つはもの》に。旗を語えし。
密書《みつしよ》をもたらして。雑居の宿所《しゆくしよ》へぞ遣《つかは》しける。件《くだん》の兵衛《ひやうゑ》言置は。楠《くすのき》普
代《だい》の郎黨《らうどう》にして。志信《こゝろざしあつく》しきものなるが。なかなかに托庇《えひ》の主《あるじ》を去《さつ》て。和田正《わだまさ》
武《たけ》に従《そむ》ひけると。審《つまびらか》に縁故《よしみ》を思《おもひ》ながら。猶《なほ》應安《おうあん》二年。南朝《なんてう》の正平《しやうへい》二十四年　正儀《まさのり》
志《こゝろざし》を薄《ひるがへ》して。足利家《あしかゞけ》へ降参《かうさん》せしかば。雑居兵衛《ひやうゑ》これを歎《なげ》き。面《おもて》を犯《をか》して
諫《いさ》むるといへども。正儀《まさのり》は露《つゆ》ばかりも用《もち》ひざりしかば。兵衛《ひやうゑ》はいでいひがひなく
おもひて。終《つひ》に身《み》の暇《いとま》を申《まう》し。妻子《さいし》を将《ゐ》て赤坂《あかさか》の城《しろ》を出《いで》ると聞
その僚友《はうばい》にいひけるは。これ大殿《おほとの》の不義《ふぎ》を諫《いさ》め難《かね》て。千剣破《ちはや》の城《じやう》に籠
郎君《わかとの》を以 正勝《まさかつ》に従《しん》ひ奉《たてまつ》るべし。その父《ちち》を否《いな》みて。その子《こ》に臣附《しんぷ》せられ義
于てころろに快《こゝろよ》からず。龍泉《りようせん》（石川郡《いしかはごほり》の名所《などころ》）の和田正武《わだまさたけ》なれば。當家《たうけ》の一族《いちぞく》にて在《おは》せば
すれば直《たゞち》に彼殿《かのとの》へ参《まゐ》りて。縡《こと》の趣《おもむき》を愁訴《あうそ》し奉《たてまつ》らばやと。いひあへるに

理《ことわり》なりとて回答《いらへ》つ。別《わかれ》を惜《をし》まざるはなかりける。かくて雑居《ざこゐ》兵衛《ひやうゑ》は龍泉《りうせん》の城《しろ》に赴《おもむ》きて。城主《じやうしゆ》正武《まさたけ》に一五一十《いちぶしじう》を訴《うつた》へしかば。正武《まさたけ》驚《おどろ》きて。正儀《まさのり》が不義《ふぎ》を怒《いか》り且《かつ》兵衛《ひやうゑ》が志《こゝろざし》を憐《あはれ》み。叮嚀《ねんごろ》にこれを留《とゞ》め。俸禄《ほうろく》も旧《もと》のごとく宛行《あておこな》ひしかば。兵衛《ひやうゑ》は庇托《ひたく》の恩《おん》を感《かん》じ。忠勤《ちうきん》を励《はげ》みつ。十年《とゝせ》あまりを過《すぐ》しぬ。兵衛《ゑ》が妻《つま》を豊浦《とよら》といふ。児子《せがれ》染松《そめまつ》は。父母《ふぼ》が正武《まさたけ》に参《まい》り仕《つか》へて後《のち》に出来《いできた》し子《こ》なれば。なほ幼稚《おさなき》に。その心《こゝろ》ざま親《おや》に似《に》ず。奸智《かんち》は年長《としたけ》るかとおもふにまさりて。寐鞨疾あり。奴僕ホ《しもべら》も。生《つね》る子に傷痛く思ひながら。主《しゆう》の愛子《まなご》なればそのあしきをいふものなかりし。かゝりし程《ほど》に。南朝《なんちやう》の天授《てんじゆ》六年。染松《そめまつ》九才《こゝのつ》なりける夏《なつ》の季《すゑ》に。父《ち》兵衛《ひやうゑ》は。おのが領《あづか》る軍《ぐん》要金《ようきん》に剋印《こくいん》し。錆《さび》たる銭《ぜに》の緡《さし》を更《かえ》んとて。奥《おく》まりたる一室《ひとま》に。金銭《きんせん》騣を引散《ばらちら》して。ゑづゝこれを成る。用《よう》なきものゝ入《い》ることを許《ゆる》さず。染松《そめまつ》は彼金《かのかね》をみんとて。いく遍《たび》か芦簾《あしすだれ》のこゝのまよりさし覗《のぞけ》ば。母《はゝ》豊浦《とようら》その袖《そで》を引《ひき》て。あるは遊《あそ》や深松《ふかまつ》李《すもゝ》の下に冠《かぶり》を正《たゞ》さずといへ。常言《ことわざ》もあるものを。稚《をさな》くもこゝろえて。黄金《こがね》あるかたへは。たちもあらざるものゝどいひ諭《さとし》に面皺《おもそあく》しく。物《もの》の蔭《かげ》に躱《かく》れつ。且《しばらく》ありて。かの母なりしがまふ。父《ちゝ》がかたへ歩《あゆ》みよるを。いらく叱《しか》りまして立《たち》出ぞ。その後《のち》は影《かげ》も見えせざりき。さて日《ひ》も傾《かたぶき》て。庭《には》の樹《こ》ずゑに鳴《な》く。寒蟬《ひぐらし》の声《こゑ》のあはれさへしげなりける。頃《ころ》いそしく。兵衛《ひやうゑ》は金《かね》を数果《かぞへはて》て。箱《はこ》へ納《おさめ》んとするに。圓金《こばん》二枚《ひら》足《たら》ざり。兵衛不審《いぶかし》がりて終日《ひねもす》これをさがして戌居て。深松《ふかまつ》が外《ほか》に来《き》たるものもなかりし。這奴《やつ》が不為《てざ》なるあらぬ欲《よく》とおもふかと。豊浦《とようら》深松《ふかまつ》はさらなり。園宅《やしき》の男女《なんによ》をよび集合《つどへ》て。ひとりびとりにこれを問《とへ》ども。元来《もとより》しらざるをあれば。是《これ》ぞといふものもあらざりき。深松《ふかまつ》なぞ疑《うたがはれ》しなりて。さまざまに贓《ぞう》せずも。陸《ろく》をうち搏《うち》て。なしとがいへを。こゝろあらしきりに赤裸《あかはだか》にして。帯《おび》も衣《きぬ》もうち振《ふる》ふに。縫《ぬひ》めげる襟《えり》の端《はし》に。堅《かた》くとぢたるものありけれバ。せハしく綻《ほころば》しみれバ。失《うせ》たる金《かね》なりけるにぞ。とかくするに。父《ちゝ》も母《はゝ》も呆《あき》れ惑《まど》ひ。奴婢《しもべら》ホハ面《おもて》をめがしつ。傍痛《かたはらいた》きまで限《かぎ》りなし。當下《そのときに》兵衛《ひやうゑ》ハものをもいはず。つかつか子《こ》の髻《さ》を引摑《ひきつかみ》て。膝《ひざ》の下《もと》にしき捻挫《ねぢふせ》ぎ。瞪《みはり》たる眼中《まなこのうち》に涙《なみだ》を含《ふく》みて高《たか》やかに声《こゑ》をふり立《たて》。汝《なんぢ》いかにしてこの金《かね》を盗《ぬすみ》しぞ。明白《あからさま》に首状《そくぢやう》せよ。そくいはずや。といひまさぐ。扇《あふぎ》の骨《ほね》も摧《くだけ》よと背《そびら》三ツ四ツ打懲《うちこら》しむ父《ちゝ》の怒《いかり》の理《ことわり》なれバ。母親《はゝおや》も禁《とゞめ》かねつ。奴婢《しもべら》ホも詫《わび》語《ごと》かねつゝ。手《て》に握《にぎ》る汗《あせ》ばかりも出《いで》そくてぬ金《かね》なるに。打懲《うちこら》さるとても深松《ふかまつ》ハ。二声《ふたこゑ》ばかり泣《なき》も叫《さけび》もせざりし。吾子《わご》よ。そのゝへのかまはなかりき。此金《かね》慾《よく》をおもひしが。明白《あからさま》にいはざるとも。賜《たまは》らじとおもひしかバ。衣《きぬ》の裏《うら》に飯粘《めしのり》を塗《ぬり》。引《ひき》ちぎる金《かね》を貼著《ふさつけ》て。只《たゞ》二枚《ふたひら》を盗《ぬすみ》しなりけるといふに。動解《とび》ることなれバ。父《ちゝ》ハなかなかに呆果《あきれはて》。子《こ》を撲地《たさ》と突退《つきのけ》

く。豊浦《そのら》をとんくりつ。太《ふと》やかなる息《いき》を吻《つ》き。日来《ひごろ》染松《そめまつ》が言行《ふるまひ》のあしき
をしんく久後ちりとすく吟ひたるに彼《かれ》が邪智《じやち》の長《たけ》たるをかくかず
なからんとれおもしざりし。召使《めしつかふ》ものどもが。おりりん猩《など》もいと面《おも》すし。楓《かえで》の毒《どく》を
菌《きびやう》にあり。三年《さんねん》茄子《なすび》は花《はな》に毒《どく》あり。世《よ》にあしき子《こ》をもつを親《おや》の業《ごう》
罔《りん》なるべけれど。悪鳥《あくちやう》は卵《かひご》のうちなりとも粮《ふ》べからず。悪木《あくぼく》は嫩《ふたば》なりとも
植《うく》がたし。彼《かれ》は年《とし》も月《つき》も日《ひ》も。庚申《かのえさる》にあたりし。五月五日に生《うま》れしよりいつく
より五月五日に生《うま》るゝ子《こ》は。父母《ふぼ》を食《くら》ふといへり。又庚申《かうしん》の夜《よ》に有身れば
ば。その子《こ》盗賊《とうぞく》となるといふ俗説《ぞくせつ》あれど。端午《たんご》の節《せつ》に生《うま》れたる子《こ》の善人《ぜんにん》
なりし例《ためし》多し。それにもよるべからざめれど。かれ癖者《くせもの》を粮《やしな》へば。おのづから
大《おほい》なる禍《わざはひ》を惹出《ひきいだ》して。親《おや》さへ殺せらるゝもありなん。覚悟せよといひしも果《はた》して
ど。閃《ひら》りと抜《ぬい》てふり揚《あぐ》る。刃《やいば》の下《した》に母親《はゝおや》を。吐嗟とばかり推隔《おしへだ》て。二ッの袖《そで》

雑居兵衛《さこのひやうゑ》
怒《いか》て
その児《こ》を
追《お》ふ

を一子《ひとりご》の猶《なほ》ある身《み》は惜《をし》からねど聴《きく》いるべくもあらざりし。兒《ちご》くに理《ことわり》
あるながら。愛《あい》は引《ひか》されて片羽《かたわ》なる子《こ》を捨《すて》かねる世間《よのなか》の。なべての親《おや》の
常《つね》なるぞや。出来《でき》たるといふをも侍《はべ》れば免《ゆる》しがたきを一トたびは免《ゆる》さ
も親《おや》の慈悲《ぢひ》ぞかし。浪速《なには》の浦《うら》を漕《こぐ》船《ふね》のあとなき童《わらべ》ごころより。嗜《ぎ》
慾《よく》はおのが身《み》をほろぼし。たとへつげくも改《あらた》めざれば。あしかる道《みち》に踏迷《ふみまよ》ふぞかし。
その上《うへ》びは親《おや》の手《て》づから殺《ころ》しあへとも恨《うら》み侍《はべ》らじ。五才《いつつ》の春《はる》に瘡《もがさ》
あやく。九才《こゝのつ》の今《いま》茲《とし》まで蛕気《むしけ》もあらば風《かぜ》にもひかで。あやくよろこんでん
又《また》一ッ。鋏《かく》る事《こと》ある夜《よ》半《は》の月《つき》。人《ひと》に見《み》えぬ恥度《をちど》あれば。助《すけ》んとも。助《すけ》
ども。此《この》心《こころ》一ッに侍《はべ》るべし。猛《たけ》きを生《うま》る常《つね》の武士《もののふ》も。恩愛《おんあい》はさりがたぬ。吾《われ》
悪《あし》にはけしこの年来《としごろ》良人《おつと》の仰《おほせ》に悖《もと》らざりし。操《みさを》も仇《あだ》となるがなれ。七《のち》
去《さる》の一ッなりといふ。言音《ことぞ》も子《こ》ゆゑにこそ。咲《さく》とゆれあへ。とあれ口説《くどけ》

ば。奴婢《ぬひばら》ホもがらともに。さまぐ〜諫《いさめ》けれども。かくハ兵衛《ひやうゑ》も泣啣《なきくさ》まして。勢《いきほひ》ひ猛《たけ》くふり揚《あげ》る刄《やいば》ハ鞘《さや》におさめしも。おくさやうあらねバ子《こ》のうへに。豊浦《とよら》ハそれも國府川《こふのかは》を岸の淵《のうさう》なるらちしく。赤裸《あかはだか》なる染松《そめまつ》に。着《き》せよとくふかと投被《なげかく》る。愛《めで》にたへたる紀單衣《ひとへきぬ》。二重《あはせ》の帯《おび》を。廝《こしもと》粮が引結《ひきむす》べし間《あひ》に父《ちゝ》兵衛《ひやうゑ》ハ。豊浦《とよら》しく四五両《りやう》の金《かね》と系圖《けいづ》の横巻《よこまき》をとり來《き》らしにさく染松《そめまつ》を何より近《ちか》く呼《よ》びよせつ。袴《はかま》の間《あはひ》に手《て》をさし入《い》れ肘《ひぢ》を張《はり》て肩《かた》を高《たか》くし。なくまいる眼《め》に涙《なみだ》を浮《うか》め。寔《まこと》に人《ひと》の親《おや》の。こゝろハ烏夜《やみ》にあらねども。子《こ》を思ふ道《みち》に迷《まよ》ふとぞ。汝《なんぢ》が母《はゝ》ハ深《ふか》くも歎《なげ》けかれも又子《こ》の可愛《かはゆさ》をおもはざるにハあらねど。教《きやうくん》しをいなみせん。身《み》の中の腐《くさ》れをとく剸除《そぎのぞか》ざれバ。餘毒《よどく》骨髄《こつずい》におよぶべし。されバ今日《けふ》より親《おや》にかはりて子《こ》にあらぬぞ。足《あし》の向《むか》はん方《かた》へ赴《おもむ》けよ。助《すけ》がかれ命《いのち》を助《たすけ》させらるゝ親《おや》の私《わたくし》なく。免《ゆるし》がたき罪《つみ》を逼《せめ》て。追放《おひはらふ》は公《おほやけ》の道《みち》なり。汝《なんぢ》が盗《ぬすみ》する金《かね》も。僅《わづか》に二枚《ふたひら》なれど。殿《との》の軍要金《ぐんようきん》なれば。その罪《つみ》私《わたくし》ならねば免《ゆる》しがたし。さるは汝《なんぢ》一旦《いつたん》念《おもひ》こそとげさせんが。わが私《わたくし》の金《かね》をもて一倍《いちばい》し。離別《りべつ》の褁《つと》にそへしなれ。又この綿の嚢《ふくろ》に納《いれ》るは。家《いへ》の系圖《けいづ》なり。わが年もはや竹《たけ》のよそぢにあまれど杖《つゑ》なくて頼《たの》む子《こ》を損《そこ》ぐれありてかひなけれ。誰《たれ》にかこの系圖《けいづ》を傳《つた》へ。孰《たれ》かこの家《いへ》を継《つが》せん。雑居の家名《かめい》の絶《たえ》んを歎《なげ》くにもなほあまりあり。よりてこの一軸《いちぢく》を目今《たゞいま》汝《なんぢ》に授《さづく》るぞ。露《つゆ》ばかりも。人《ひと》たるかひに親《おや》の心《こゝろ》をしるとあらば志《こゝろざし》を更《あらた》めて。情《なさけ》ある人《ひと》に便《たよ》り。身《み》を立《たて》。家《いへ》を興《おこ》せよ。といひ諭《さとし》ゝ件《くだん》の金《かね》と巻軸《まきもの》を。わが子《こ》の母《はゝ》にわたし思《おも》はゞ。さてにも絶《たえ》て母親《はゝおや》の拭《のご》ふ涙《なみだ》と押《お》さへ手《て》の舞《まひ》もしらぬ愁傷《しうしやう》を。條松をさんくりなるがら。羞《はぢ》る気色《けしき》もなくて。金《かね》と巻軸《まきもの》を懐《ふところ》に挟《さしはさ》め。つと立《たち》あがりて外面へ出《いで》

んとするを母豊浦《とようら》ハ。忙《いそが》しく引留《ひきとゞ》め。せよやかて染松《そめまつ》。自の悞《あやまち》をさとるべく
が。なのごとく爰へ勧解《こび》ざりける。悪《あく》に剛《つよ》きハ善《ぜん》ふも剛《つよ》しと世《よ》の常言ふ
いへるのを。張《ちり》ある心《こゝろ》を常《つね》ならずも。善道《よきみち》に用《もち》ひるがゆゑ數を知なへ
させざりしより何処《いづこ》を宿《やど》とせし。何《いづ》人が粮《かるひ》を受《うけ》んと思ふ心《こゝろ》づきけるもと
ふよりけ。あしけ不為《こざ》なき才覚《さいかく》でも。疾《とく》し辭《かゝ》しもまぎらわぬ。假子なくありける
く。勧解《こび》せよれど。川居且が兵儔もとましをさんとく冷笑《あざわら》ひ。彼《かの》世俗《せぞく》の常言
ふ。悪《あく》よ剛《つよ》きもの。又善《ぜん》よ剛《つよ》しといへど。ふれはこゝろえがたけれ語《ご》ふこそ。夫善人《それぜんにん》を
悪《あく》をとるぞ。悪人《あくにん》いかで善《ぜん》を植《うゑ》ん。されが且ハ悪《あく》めのどを計《はか》りて夕《ゆふべ》に善《ぜん》
を發《おこ》さとめのあらが。善《ぜん》も善《ぜん》あらざるぞ。悪《あく》も又悪《まくあく》るべぞ。多く理《ことわり》にかなげり。
語《ご》を口誦《くちずさ》く。子《こ》を教《をしへ》るハ教《をしへ》ざるに志うど。これらが妻《つま》なれ似《に》げなからん。
堯舜《ぎやうしゆん》の子《こ》も聖人《せいじん》にあらざ。盗跖《とうせき》が又寧賊《ぬすびと》るならんや。その性《せい》のなかく

尓。一寸の虫《むし》にも五分《ごぶ》の魂《たましひ》あり。彼《かれ》が目今《たゞいま》の挙動《ふるまひ》をみるに。いよいよ恩愛《おんあい》の羈《きづな》ハ絶《たえ》やりしかれをしも忍《しの》ぶべくハ。孰《いづれ》もそろ忍《しの》ばざる。ものどもハ這奴《しやつ》を追出《おひいだ》せといひきかすれバ。あらくいそがせぞ。豊浦《とよら》ハいさむるよしなくて。よゝと泣《なき》つゝ伏沈《ふししづ》めバ。染松《そめまつ》ハ母の顔《かほ》をつくづくと覗《のぞ》き。母ハいかなれバ泣《なき》たまふぞ。叱《しか》らるゝがうるさくハ。そこ出《いで》てこそさへ坐せ。金銀珠玉《きんぎんしゆぎよく》ハいかゞせんとて。よき衣《ころも》どもを盗《ぬすみ》とりて。おん身《み》一人《ひとり》を染松《そめまつ》が。いと安《やす》からぬ艱《せまる》ハべし。とおもふハ子よりぞ。いかに母《はゝ》を浅猿《あさまし》く。父《ちゝ》も呆《あきれ》ましく口《くち》を噤《つぐ》み。奴婢どもハ舌《した》を巻《まき》て。頻《しきり》に驚《おどろ》き怕《おそ》れしかバ。染松《そめまつ》うち腹《はら》だちて。噫《あゝ》汝ホ《なんぢら》ハ物食《ものくら》ふ木偶《でく》なり。此《この》家《いへ》を出《いで》たるのちまでハ。これも又主《しう》なるものぞや。いはましともこゝろ利《とう》しくて。かゞ弄物《もてあそびもの》なんどハ。残《のこ》るなく被《よぎ》に包《つゝ》み入《い》れ。夕餐《ゆふげ》の割籠《わりご》准備《ようゐ》して。跡《あと》より追著《おひつき》て。今宵《こよひ》の宿《やど》まで送《おく》りけり。

夏《なつ》の入《い》り日《ひ》ハ堪《え》がたきものぞ。菅笠《すげがさ》をかたむけ来《こ》よ。板《いた》金剛《こんがう》の端居を
こんよと。是《これ》彼《かれ》を罵《のゝし》りつゝ袖《そで》うち拂《はら》ひて出《いで》ゆきね。寛《やすき》なるかな。樹《き》を枯《から》す虫《むし》
ハ樹《き》より生《しやう》ず。其《その》子《こ》を亡《ほろぼ》す剣《つるぎ》かたろより刺《さゝ》へ。夫《それ》孝《かう》を親《おや》を慕《あさ》へよ出《いづ》るり。
忠《ちう》ハ恩《おん》を知《し》るに来《き》る世《よ》の童子《どうじ》ら。善《ぜん》をえんとへ。其《そ》を及《およ》ばんとを願《ねが》ひ。
悪《あく》をきそくハ。其にも似《ふ》ざんとをおひ。才学《さいがく》を後《のち》にしぞ。親切《しんせつ》に習《ならふ》勤《つと》
め。忠孝《ちうかう》の道《みち》よをけ入《い》り。信義《しんぎ》の林《はやし》に遊《あそ》ぶべし。五刑《ごけい》の罪《つみ》犯《をか》す不孝《ふかう》より
大《おほい》なるハなし。一世《ひとせ》の暴悪《ぼうあく》。盗賊《たうぞく》より甚《はなはだ》しきハなし。只《たゞ》懼《おそれ》ても恐《おそ》るべきらへ。
人慾《じんよく》の私《わたくし》なりめして雑居《ざうきよ》濮松《ぞくまつ》た贍太《さむふと》くも。親《おや》の家《いへ》を追《おひ》出《いだ》されて憂《うき》を
せざ。龍泉《りやうせん》の城《しろ》より。遥《はるか》に東《ひがし》のかさなる。本宮《もとみや》山（石川郡《いしかはごほり》の内なり）の麓《ふもと》に剝《はぎ》りうく。
ふりる山神《やまのかみ》の廟《べう》を寝《ね》ぐらと。昼《ひる》ハ終日《ひねもす》。路《みち》もなく人の袖《そで》に携《たずさ》へて残《のこ》
ひ。あるときハ里《さと》に出《いで》て朝《あさ》食る。程《ほど》よ。人これ彼《かれ》が稚《をさな》きに欺《あざむ》かれ。是《これ》を憐《あはれ》

本尼《もとこ》ぬ、山《やま》よ
染松
落草《らくさう》そ

なく物《もの》じろかに見えけり。さる程《ほど》に兵衛《ひやうゑ》が妻《つま》豊浦《とよら》ハ。その年《とし》の八月《つき》より。月水《つきのさはり》常《つね》ならざりしぞ。やがて懐胎《くわいたい》しつらん。とされも忍ひ。人《ひと》もしらざりしかりぬ。一子《ひとつこ》なれど。羸疾《ぬえむやまひ》ありてえりがたり果《はて》て。染松《そめまつ》ハ追出《おひいだ》しつ。その七八年《ねん》ハ絶《たえ》て有身《ところ》ことなかりしに。又《また》めづらかにも。子《こ》を産《うま》せるを天《てん》いみじ雑居《ざつきよ》の家《いへ》を滅《ほろぼ》しなんぞとて。夫《をつと》の欣《よろこ》び大《おほ》かたならねど。豊浦《とよら》ハやるかたなき物《もの》おもひに身《み》さへおもくなりてん。生死《せうし》のほどにも。いとゞ憑《たの》む寡《たより》くて心《こゝろ》ぼそさも弥《いや》ましぬ。

○第二《だいに》芳宜《はぎ》ハ称《しよう》す　濃染草《こそめぐさ》

花咲《はなさけ》ば。いつまなれた人《ひと》もこぞめ草《くさ》。色《いろ》に愛《めで》つ。ゑやどりまし。その古歌《こ》に雑《さう》居《お》兵衛《ひやうゑ》が。故主《こしゆう》正儀《まさのり》の消息《せうそく》を得《え》て。今《いま》の主《しゆう》なる正武《まさたけ》に疑《うたが》はれ身《み》の置所《ところ》なくなりぬるにて。詞《ことば》もよく称《かな》へり。康暦《こうりやく》天授《てんじゆ》もはや暮《くれ》て。次《つぎ》の年《とし》北朝《ちやう》にハ。永徳《えいとく》と改元《かいげん》あり。南朝《なんちやう》にても年号《ねんごう》を弘和《こうと》とかん改《あらた》めぬ。今茲《ことし》五月《さつき》の下旬《すゑつかた》に。兵濤《ひやうゑ》が妻《つま》豊浦《とようら》ハ。産《さん》の気《け》つきて。平生《うま》れたるハ女子《をなご》なれど。七夜《しちや》をも経《へ》ずして死《しよ》にければ。母《はゝ》の悲《かなし》み父《ちゝ》の本意《ほね》なさ比《たぐへ》んかたのなかりけるべし。されど豊浦《とよら》ハ。血暈《ちのみち》もなくして。さてよりに肥《ひだち》たゞふ。ありとしひかれ乳房《ちぶさ》のいとあやにふ張《はれ》るも悔《くや》しく。搾《しぼ》り出《いで》て乾《そし》もあへぬ。袖《そで》にしぼるも絞《しぼ》り捨《すつ》る。嗽口《うがひ》茶碗《ちやわん》の暦手《こよみで》も。降《あまり》八専《はつせん》よ五墓十《ごむふつ》死《し》。死出《しで》の旅《たび》ぞからしと嘆《なげ》く。古巣《ふるす》空《むな》しき鳥《とり》の声《こゑ》。子《こ》なき縁《えん》なき歎《なげき》なりけり。かゝれおりから。主君《しゆくん》正武《まさたけ》の夫人《おくがた》。俄頃《にはか》に身《み》まかりたまひて。今茲《ことし》三才《さい》になりたまふ。姫君《ひめぎみ》をそだてさせたまふ。乳母《めのと》さへ労《いたは》るにありけり。乳房《ちぶさ》細《ほそ》きなりつゝ。この姫君《ひめぎみ》ハ。秋野《あきの》と呼《よば》れて。千剱破《ちはや》の城主《じやうしゆ》楠《くすのき》正勝《まさかつ》の弟《おとゝ》。河内守《かはちのかみ》正元《まさもと》の一子《ひとりご》。操丸《みさをまる》よ妻《めあは》さんとて。襁褓《むつき》の中《うち》より。結髪《いひなづけ》ありしが。

正武《まさたけ》ふかく愛慈《めでいつくし》み。幼《いとけな》きものに。痩《やせ》たる乳房《ちぶさ》を舐《ねぶ》らしむるが。忽地《たちまち》飢《うゑ》も渇《かつゑ》もせしかど。病《やまひ》となりぬるを侯《まろ》ふ似《み》たり。然《さ》ば乳母《めのと》を難《く》よして。彼此《をちこち》に索《もとむ》るに。戦《せん》國《こく》の時《じ》なれば。さる給《きふつく》するものもなし。頓《とみ》なれども。雑居《さうとの》兵濤《ひやうたう》が妻《つま》。近曽子を産《うぶ》て。子《こ》はなくなりしかど。乳汁《ちち》は常《よのつね》より太《ふと》し。是召《めさ》るべきにやと申《まう》すものあるよしにて。正武《まさたけ》斜《なゝめ》ならず。兵濤《ひやうたう》を招《まね》きよせて。叮嚀《ねんごろ》に縡《を》の趣《おもむき》を聞《きこ》えなし。さらばし渠《かれ》が妻《つま》をめさく。秋野姫《あきのひめ》が饑《うゑ》を救《すく》へし。と宣《のたま》ふるに兵濤《ひやうたう》は事《こと》をうけたまはり。家《いへ》に退《まか》りて。豊浦《とよら》に主君《しゆくん》の仰《おほせ》を告《つげ》んとし。俄頃《ふかう》に給るの准備《ようゐ》なんどするに豊浦《とよら》をこゝろやすくなど。火急《さしきふ》の事《わざ》に縡《こと》後《おく》れてはあるまじもそのうひすぐ。といそぐさん。よろづその用意《こゝろがまへ》して物《もの》もちやく整《とゝの》ぬ。当下《そのとき》兵濤《ひやうたう》は豊浦《とよら》に対《むか》ひて。われとおん身《み》と家《いへ》にありては夫婦《ふうふ》なれど。君《きみ》に仕《つか》ふるに及《およ》びては。おのく官《つかさど》る所《ところ》あり。去年《こぞ》の夏《なつ》追出《おひいだ》せし。篠松《そめまつ》が事《こと》はさらにもいへどもからくとして念《おもひ》とせず。夙《つと》に夜《よ》に。こゝろを用《もち》ひて。秋野姫《あきのひめ》の養育《やういく》を怠《ゆるがせ》にする事なし。彼姫君《かのひめぎみ》は。母御前《はゝごぜ》ありしほどに。成長《ひとゝなり》の後《のち》は摘じものゝ心《こゝろ》なり。かくのごとくになりにしかば。継母のうへなるに。あしき字もありしかど。大《おほ》きなる不忠《ふちう》なり。されば世の人《ひと》のこゝろも。女《をんな》はなかなかにしてよ知らし。他《た》をも指《ゆび》さゞ。指《ゆび》されど。これを笑《わら》ふものなし。といひ諭《さと》せしが。豊浦《とよら》は主《しゆう》に仕《つか》ふるその日《ひ》より。言行に慎《つゝし》みふかく。器《うつはもの》に十二分《ぶん》の水《みづ》をもりて。これを溢《こぼ》さゞりしが如《ごと》く。他なりなく孚を進《すゝ》むるなる程《ほど》に。秋野姫《あきのひめ》も。大や馴《なれ》むつましく。豊浦《とようら》がほとりに片時《かたとき》をはなれず。いとけなうまつりあふ面影《おもかげ》の付となく。襁褓《むつき》の中《うち》に死《し》にしが。その女児《むすめ》に似《に》しとおもひけるも。過世《すくせ》あさからぬ。信《しん》しも深《ふか》し。はつか。正武《まさたけ》はその形勢《ありさま》をみて深《ふか》く欽び。稚児《をさなご》と病人《やむひと》を。抱《いだき》に手《て》のつかぬと。いつくしみふかくもあしくもなるものゝ室《おく》よりが女児《むすめ》は。これ乳母《めのと》を得《え》たりとて。只管《ひたすら》賞美《しやうび》せられる程《ほど》に。雑居《ざうきよ》兵濤《ひやうたう》は。いと面目《めんもく》なげに見えて。頃《ころ》しも八月朔日《はつさくついたち》。田実《たのみ》の慶賀《こうが》をなさんとし果《はて》て退《しりぞ》きしが。厩《うまや》を預《あづか》る奴隷《しもべ》が。生右のめぐるに参《まゐ》りてまうしやう。只今《いま》いと怪《あや》しげなる男《をとこ》。この書函《ふばこ》めきたるものを懐《ふところ》にし。僕《やつがれ》が秣《まぐさ》を乾《ほし》ある所何かりに来《き》て。主人《あるじ》を進《まゐ》らせよといへどもいひとりけるさ。出《いで》てを何なるし把《と》るとみぐさ。件《くだん》の男《をとこ》は。めきも消《きえ》せるに失《うせ》たり。これ審《ふしんさ》せしとおもひて。縁《えんがは》にまかりぬ。兵《ひやう》濤《たう》笑《ゑみ》て眉根《まゆね》をよせ。いく重《へ》ともなく上裹《うはつつみ》したる。紙帯《しかう》を切《きり》なして。やうやくに蓋《ふた》を開《ひらけ》ば。内《うち》に一封《いつぷう》の手書《てがき》ありて。雑居《ざうきよ》兵濤《ひやうたう》どのへ。正儀《まさのり》と写したれば。いかにと心驚《こころおどろ》き。忙《いそがは》しく蓋《ふた》を旧《もと》のごとくなし。便室《ま》にはいりけり。障子《しやうじ》立《たて》こめて。封皮《ふうじ》をおし剪《きり》。志《こころざし》のびやかに是《これ》を読《よむ》に。これ才浅《さいあさ》く。慮《おもんぱかり》足らぬよしく君《きみ》をうらみ奉《たてまつ》り。父《ちち》の遺命《いめい》に悖《もと》りて。足利家《あしかゞけ》へ降参《こうさん》したる。今《いま》の悔《くやみ》を首《かうべ》まで。いと面《おも》なし。天《てん》の責《せめ》を脱《のが》れがたくて。長《なが》き病《やまひ》に

うち臥《ふ》し日《ひ》にその衰《おとろへ》をおぼゆるに。病《やまひ》て死《し》なんとその本意《ほい》ならね
バ。今《いま》一《ひと》たび汝《なんぢ》に対面《たいめん》しつ。後《のち》のことどもを頼《たの》まんと思《おも》へ。家傳《かでん》の兵書《へいしよ》様《さつ》
井《ゐ》の巻軸《まきもの》を正勝《まさかつ》に贈遣《おくりつかは》しつ。自殺《じさつ》せんやと思《おも》ひけり。伍員《ごうん》
死《し》して呉王《ごわう》滅《ほろ》び。范蠡《はんれい》去《さり》て國《くに》鉞《をさ》荒《あれ》ぬ。悔《くや》らくハ汝《なんぢ》が諫《いさめ》を用《もち》ひぞ。
深《ふか》く恥《はぢ》ず羞《はぢ》るとありし。旧恩《きうおん》空《むな》しからずして。生前《いきのうち》に見臨《まみゆる》ことを得《え》がた。
幸甚《さいはひはなはだ》しからんとぞ書《かき》たりける。兵濤《ひやうゑ》これを読《よみ》おはりて。坐《そゞろ》に落涙《らくるい》
し。さくハ左典厩《さてんきう》。正儀《まさのり》十三年《ねん》の非《ひ》を悔《くい》て。今般《いまそゞ》の一言《ひとこと》を遺《のこ》さん
とく招《まね》きのみに。いかでか申《まう》さざらん。されども。その館《やかた》へ（館ハ正儀を以下ニ）。
明白《めいはく》に行《ゆき》えありてハ許《ゆる》しかたけれど。さればこそ潜《しのび》てやらんハ紛護《?》し。
まんかせんと思《おも》ひ心《こゝろ》しらるゝに思ひかねて。胸《むね》苦《くる》しくぞ日《ひ》を過《すご》しぬ。その時
赤坂《あかさか》の城《しろ》にハ。楠左馬頭正儀《くすのきさまのかみまさのり》。病苦《びやうく》日《ひ》にまして。うち死ぬべく覚《おぼえ》しが。

頃日《このごろ》雑居《さとゐ》兵濤《ひやうたう》へ消息《せうそく》しつ。彼《かれ》を招《まね》きよし。家傳《かでん》の兵書《へいしよ》を附属《ふぞく》しつ。正勝《まさかつ》正之《まさゆき》に。今般の志《こゝろざし》をあらせまほしく。人《ひと》にあのびくこそ待《まつ》わぶ。八月《はつき》もはや半《なかば》すぐれども。兵濤《ひやうたう》は音耗《おとづれ》だにせざりしが。今はとて思ひたえ。有一日《あるひ》百濟《くだら》右衛門《ゑもん》太郎《たらう》義包《よしかね》といふ近臣。只《たゞ》ひとり侍るを。枕方《まくらべ》近《ちか》く招《まね》きつ。岸破《がば》と起《おき》て。そのこゑくるしき息《いき》を吻《つき》て。故《さて》いひけるは。汝《なんぢ》も童《わらは》べより召使《めしつかひ》て。心《こゝろ》ざまもよくしりたれど。こゝま頻《しきり》に先非《せんぴ》を悔《くい》て。自殺《じさつ》せんと思ひ定《さだ》めたる繹の蘊を。量裏にあらせしかば。今亦《いままた》審《つまびらか》にいはんぞ。拙《つたな》き筆《ふで》にも誠《まこと》を告《つげ》く。雑居兵濤《ひやうたう》を喚《よ》べといへども。今まで来《こ》ざるは。これを疎《うとむ》るの深《ふか》ければにや。ありしかば。正武《まさたけ》に洩《もれ》聞《きこ》えんかと防《ふせ》ぐなるめ。かの暁の家にて聞《きく》し。初雁《はつかり》が音《ね》も他《よそ》に過《すぎ》て。只《たゞ》一枚《ひとひら》の回報《へんじ》もせざりしね。強顔《つれなき》人《ひと》をそうらうのめしく。待《まち》もうらびしうるかひぞなきぞ。こらが命旦夕《いのちたんせき》に迫《せま》りぬ。よりて目今《たゞいま》腹《はら》を切《き》らんずるぞ。汝《なんぢ》はこのまゝに逐電《ちくてん》し。縁《えん》を求《もと》めよ。千剱破《ちはや》なる。正勝に奉公《ほうこう》し。形《なり》をうかゞひぞく。こらが遺言《ゆいごん》を告知《つげし》らし桜井《ゐ》の兵書《へいしよ》を受誦《うけよま》せよ迄。汝《なんぢ》ゐでこらが南朝《なんちやう》に殺《そむ》き奉りく。後《のち》に来《まい》り仕《つか》しめのなれが。正勝兄弟《きやうだい》も。和田主従《しゆうじう》も。恐《えし》らじと〆ん之。家隷《いへのこ》あまたの中《なか》に。年《とし》こそうなる弱《よわ》なれ。かれ太刀《ずいど》めを托《ゆだね》んなの。汝《なんぢ》が外《ほか》にあらし。よく心《こゝろ》をえるよし。と叮嚀《ねんごろ》に諭《さと》えつ。枕《まくら》のもとよりに秘《ひめ》おきし。軍術奥妙《ぐんじゆつあうめう》。桜井《さくらゐ》の巻軸《まきもの》を錦の嚢《ふくろ》に納《いれ》るまゝ遣《こと》よせらるが。右衛門太郎《ゑもんたらう》は之を会《さゝ》に受棒《うけさゝげ》て。頻《しきり》に感涙《かんるい》を拭《のご》ひあへず。御遺言《ごゆいごん》の趣《おもむき》をうけたまはりつ。なりとも自殺《じさつ》なしひて。世《よ》に益《えき》あるにもあらねど。願《ねがは》くは自愛《じあい》して。いよく医療《ゐれう》を加《くは》へ。ふらうび吉野殿《よしのどの》へ参《まい》りなが。その御存念《ごぞんねん》は果さる

先非《せんひ》を悔《くい》て正儀《まさのり》赤坂《あかさか》の城《しろ》に自殺《じさつ》を

まさのり
前

べし。今《いま》さらに死《し》をいそぎたまふなと諫《いさむ》れど。正儀《まさのり》卿《くゞ》ハきゝ入《いれ》ず。いよく
志《こゝろ》あらバ。それ今《いま》足利家《あしかゞけ》に叛《そむ》きて又南朝《なんちやう》に仕《つか》ふるハ。忠《ちう》にもあらず義《ぎ》
にもあらず。いよく世《よ》の胡慮《ものわらひ》となりなん。されバとく其《その》恨《うらみ》を悔《くや》るのがれ。此
中《なか》ハ病《やまひ》死《し》するが。雖《され》ども最期《さいご》の志《こゝろざし》をなすべし。この城中《ぢやうちう》にハ山魚《やまな》氏清《うぢきよ》が
兵士《つはもの》もあり。それ死《し》するが。氏清《うぢきよ》ハつかに来《き》て守《まも》らん欲《ほつ》す。汝《なんぢ》ハいちはやく
走《はし》り去《さ》りて。山魚《やまな》が徒《ともがら》に怪《あや》しめられなと。いふも果《はて》ず。枕上《まくらがみ》なる刀《かたな》を
抜《ぬき》て。病《やまひ》衰《おとろへ》たる膳《ひざ》へ。刀尖《きつさき》二寸《にすん》ばかり突立《つきたて》て。右手《めて》のかたへ引《ひき》続《めぐ》らし。
首《くび》を刎《はね》よといふに。右京《うきやう》太郎《たらう》ハ立《たち》もあがらねど。保元《ほうげん》のむかし。朝敵《てうてき》
なく討《うた》れなバども。正清《まさきよ》。延景《のぶかげ》も。六条判官《ろくでうのはんぐわん》を以《もつ》て錯《さく》せども。いふに宜《のたま》ひさる
とも。されのミいもなしかたしと推辞《いなみ》て。落《おつ》る涙《なみだ》の玉《たま》の緒《を》を繋《つな》ぎとめ死《え》
哀傷《あいしやう》に堪《たへ》ず。気《き》を失《うしな》ひしが。正儀《まさのり》いよく焦燥《いらだち》て。あらむざんと取《と》り

ろ母も。刃《やいば》を襟《えり》に推《おし》あてゝ。諸手《もろて》をかけてこれをひけバ。頸《くび》ちぎれ落《おと》しけり
臥《ふし》たりける。勇士《ゆうし》の最期《さいご》ぞめざましき。右衛門太郎《ゑもんたらう》義包《よしかね》ハ主《しゆう》の遺命《いめい》
を他《あだ》にせじとて。かたり落《おつ》る涙《なみだ》を押拭《おしのご》ひ。慌《あはて》るおもゝちして。外面《とのかた》へ走《そう》り
出《いで》。近従《きんじゆ》の徒《ともがら》にかくと告《つげ》しかバ。衆《しゆう》皆《みな》大《おほい》におどろき駭《おどろ》き。急《いそ》ぎ彼《かれ》が所《ところ》に集《へど》
合《ひ》。呆果《あきれはて》てせんすべをしらず。正儀《まさのり》の夫人《おくがた》ハ世《よ》を早《はや》くし。嫡子《ちやくし》正勝《まさかつ》。
二郎《じらう》正元《まさもと》ハ。父《ちゝ》と不和《ふわ》なりし。十三箇年《じふさんかねん》来《らい》。胡越《こゑつ》のごとくなれバ。家隷《いへのこ》も。
互《たがひ》に疑《うたが》ひて。罵《のゝし》りあひ。城《めつて》の外《おもて》に騒動《さうどう》す。此《こ》の紛《まぎ》れに義包《よしかね》ハ。後門《うらもん》
より走り出《いで》。小深《こぶか》といふ里《さと》に。些《ちと》の由縁《ゆかり》あれバ。彼処《かしこ》に隠家《かくれが》を営《いとな》み。千
釼破《ちはや》の城《しろ》へ參《まゐ》り仕《つか》ふるよしもがなとして。頻《しきり》に肺肝《はいかん》を摧《くだ》きける由なり
むかしとく。雑居《さこゐ》兵衛《ひやうゑ》ハ。故主《こしゆう》正儀《まさのり》の消息《せうそく》を絶《え》てしらず。そや十日
あまりを過《すぎ》しかバ。心《こゝろ》のみ焦燥《いらいら》て。終《つひ》に後難《こうなん》を省《かへりみ》ず。遠《とほ》ふなどと

いひつらへ。朝《あさ》とく城《しろ》を出《いで》て。只一騎《たゞいつき》。赤坂《あかさか》に程近《ほどちか》き。菩提寺《ぼだいじ》といふ古寺《ふるでら》に登山《とざん》し。割籠《わりご》を開《ひら》くに。湯《ゆ》をらんとて。厨裏《くり》のうちをさし覗《のぞ》こ生道心等両三人《なまだうしんらりやうさんにん》。落栗《おちくり》の虫《むし》を撰《えり》ゐて。地坑《ぬかり》の底《そひ》へ埋《うづ》めける。うち暗《くら》きを聞《き》くに。一人がいふやう。赤坂《あかさか》の城主《じやうしゆ》楠正儀《くすのきまさのり》ぬし久《ひさ》しく病《やまひ》臥《ふ》しつ坐《ゐ》せしが。病苦《びやうく》や堪《たへ》ざりけん。俄頃《にはか》に物《もの》ぐるはしくなりて。この自《じ》殺《さつ》しおひぬ。よりて紫竹山の老臣《らうしん》。誉高付《ゑんかう》が。交野《かたの》の城《しろ》より来《き》て。赤坂《あかさか》を守《まも》るといへども。いまだ世《よ》に披露《ひろう》せざるは。彼人《かのひと》をはゞかるなるべし。といふに又一人《ひとり》がいはく。その虚説《きよせつ》なり。交野《かたの》は道《みち》も遥《はるけ》し。年来《としごろ》古《ふる》市《いち》に在陣《ざいぢん》しけるに。山名氏清《やまなうぢきよ》。夥の軍兵《ぐんびやう》を率《い》て。翌《あく》る入城《にうぜう》しけるとぞ。誉高なるが分際《ぶんざい》なく。千剣破《ちはや》。龍泉《りうせん》。両城《りやうぜう》の剛敵《がうてき》を押《おさ》へんとする。ものとうなし。氏清《うぢきよ》の来《き》るものよりは。理《ことわり》に稱《かな》へり。といふを雑居《ざふゐ》兵法《ひやうほふ》の計《はか》らまても竊聴《ぬすみきゝ》してそゞろ驚《おどろ》き。されバこそ。縡《こと》後《おく》れて。かゝる志《こゝろざし》ハ他《あだ》となりけれ詐謀《さくりやく》。その虚実《きよじつ》をしらざりしやらん。咳《しはぶき》して裡《うち》に入《い》り。近村《きんそん》の郷士《ごうさむらひ》が追鳥狩《おひとりがり》に出《いで》たる体《てい》にもてなし。湯《ゆ》を乞《こひ》。割籠《わりご》を開《ひら》きて。件《くだん》の事《こと》を問《とふ》に法師《ほうし》ならバ。和田楠《わだくすのき》が間諜者《しのびのもの》なるべしと猜《さい》しく。さるをしらずといふにせんすべなく。その日うちさけて。四表八表《よもやも》の物《もの》がたりなどするに再《かさね》て問《とは》んよすがもなかれバ。辞《ぢ》し別《わか》れて。門前《もんぜん》に立《たち》出《いで》。ほく/\と忍《しの》びさるに。所詮《しよせん》今夜《こんや》。赤坂《あかさか》の城《しろ》に赴《おもむ》き。白地《いさゝめ》にこれを問《とふ》べし。されども彼《かの》城《しろ》にハ故僚友《ともがら》も賤《あやしき》あり。さやいかん。めくや問《とは》んと。ためらひ躊躇《ちうちよ》て。忽地《たちまち》に心《こゝろ》づき閃《ひら》りと馬《うま》にうち騎《のり》つ。赤坂《あかさか》の城《しろ》を投《さし》て走《はし》りける。秋《あき》の日《ひ》なれバ程《ほど》なくて。はや途《みち》なく日《ひ》ハ暮《くれ》より月《つき》さし出《いで》ながら天結陰《そらくもり》て人《ひと》に潜《ひそ》かなる便《たより》よし。鞭《むち》を鳴《な》らし風《かぜ》に追《おひ》し。三巣駒《さんさいごま》の尾花毛《をばなげ》に。戦《そよ》ぐ草叢《くさむら》の露《つゆ》を拂《はら》ひし。

酉《とり》の比及《ころほひ》ふ城の濠際《ほりぎは》へ跨《のりつけ》ゑく。前面《むかひ》を詰《きつ》とる人まで門扇《もんこ》を固《かた》く鎖《さし》たり。當下《そのときに》兵衛《ひやうゑ》は声《こゑ》をあり立城中《じやうちう》に物《もの》まうさん。誰そ出《いづ》る人と呼《よば》はれば遠見《とほみ》の兵士《つはもの》櫓《やぐら》より。何奴《なにやつ》の使者《ししや》なるや。と問《とふ》に。兵衛《ひやうゑ》答《こたへ》く。是《これ》は古市《ふるいち》の氏清《きよ》ぬしより。まうしことありてまゐりたり。如法夜《によほふや》のことなれば。門《もん》を開《ひらき》かのに及ぶべからずとて呼《よば》はれば。老《おも》だちたる黨《らうどう》一両人出《いで》来《き》たりといふ具《ぐ》しく。右邊《めて》なる物見《ものみ》の窓《まど》を押開《おしひら》き。老兵《らうひやう》二三人。かほ出《いだ》して招《まねけ》ば。雜居《さうとね》兵衛《ひやうゑ》は。やがて馬《むま》を近《ちか》く寄《よせ》て。老兵《らうひやう》等に對《むか》ひ。左典廐《さてんきうじ》自殺《じさつ》のこと驚《おどろ》きあり給へ。彼人年來《ひごろ》秘藏《ひさう》しまします。正成《まさしげ》正行《まさつら》相傳《さうでん》の兵書《へいしよ》。櫻井《さくらゐ》の一軸《いちぢく》を。貞利殿《おくりよの》にもよくあるひつ。かれ時《とき》より紛失《ふんじつ》せば。いと惜《をし》むべきものなればや。やがて櫻井《さくらゐ》の巻軸《まきもの》をとりもて。遁《つとてし》去《さる》の人。氏清《うぢきよ》翌《あした》はからしくば。入城《にうじやう》さすべしとなり。主命《しゆめい》かくのごとしとぞ欺《あざむ》きける。老兵《らうひやう》等《ら》は是《これ》を聞《きゝ》て。頻《しきり》に耳を傾《かたぶ》け。

そのかみより件《くだん》の兵書《へいしよ》ハ。正俊《まさとし》病臥《びやうぐわ》ても身《み》をはなさゞりけるに。死後《しご》すへえん見ばさるものなし。ある夜《よ》百済《くだら》右衛門《ゑもん》太郎《たらう》義包《よしかね》といへるもの。その人逐電《ちくてん》して其往方《ゆくへ》定《さだ》かならず。おもふに彼《かれ》もの盗《ぬすみ》とりて逃失《にげうせ》けるにこそといふに。兵衛《ひやうゑ》ハいよ\/望《のぞみ》を失《うしな》ひ。その母《はゝ》是《これ》彼《かれ》に向《むか》ひ偽《いつはる》とも聞《きこ》えんぞいかゞせんとくるしみけるが。又いふやう。氏清《うぢきよ》かくあるべしとおもひなりしかば。今夜《こんや》俄頃《にはか》に某《それがし》を遣《つかは》して。その事《こと》をいはしむるに。既《すで》に兵書《へいしよ》紛失《ふんじつ》あり。とまうさばいと本意《ほい》なくぞおぼすべき。おの\/よく守《まも》りあへ。といひ果《はて》て轡《くつわ》づらを引《ひ》かへし。ふたゝび馬《うま》の足搔《あがき》をはやめつゝ。夜《よ》すがら馳《はせ》て龍泉《りうせん》の城《しろ》近《ちか》くなる隨《まゝ》に。天ハほのぐと明《あけ》になり。斯処《かゝるところ》に前面《むかう》より物《もの》あまた馬《うま》に負《おは》し。又ゝかも脊負《せおひ》なのどして五七人の男《をのこ》出来《いできたる》見《み》る間《あひだ》ちかくなりて。ほどなくこれをみるに。みな兵衛《ひやうゑ》が奴僕《しもべ》どもなり

正武《まさたけ》が間者《かんじや》
雑居《ざこゐ》兵衛《ひやうゑ》
を縛《しば》る

けしれバ。郎等《らうどう》らハいかにと驚《おどろ》き惑《まど》ひ。兵濤《ひやうゑ》まづその縁故《ゑんかし》を問《とへ》バ衆皆《しゆうみな》馬《うま》を牽居《ひきすゑ》。負《おひ》たるものを扛《かき》おろしつゝやうやう殿《との》ハいかゞしろしめさゞれべし。昨夕《ゆふべ》しのびて。赤坂《あかさか》の城《しろ》へ赴《おもむ》き給ひけるを館《みたち》にハかくしりたまひて。おん憤《いきどほ》り甚《はなは》だしく。雑居《さうゐ》ハ原来《ぐわんらい》正儀《まさのり》が家隷《くのこ》なるに彼《これ》今《いま》潜《しの》びて赤坂《あかさか》に交加《ゆきかひ》するを。いと怪《あや》し。これ敵《てき》に内應《ないつう》せんとするなるべし。ありつれバ親族《うから》妻子《やから》一人《ひとり》も残《のこ》さじと首《くび》をとらりかけて。敵《てき》の膽《きも》を拉《とりひし》ぐべかれど。兵濤《ひやうゑ》が妻《つま》豊浦《とよら》ハ。さざま夫《をつと》に似《に》ず。よろづ信《まめ》やかなるものにして。秋野《あきの》姫《ひめ》が乳母《めのと》なり。彼《かれ》なくてハ。たれが女児《むすめ》を学《そだて》がたし。これが面《おもて》に観《めで》て。兵濤《ひやうゑ》が奴僕《しもべ》どもを追出《おひや》らひ。主従《しゆうじう》が調度《ちやうど》ハ。悉《とく》くとらせよと仰《おほせ》しかバかく。吾儕《われわれ》ハからき命《いのち》を助《たすけ》られ。暁方《あけがた》に城《しろ》を追《お》ひ出《いだ》されて。されど今《いま》こゝへ来《きた》まる之館《みたち》にハ。常《つね》に上下《うへしも》の赤坂《あかさか》へ間諜者《しのびのもの》を遣《つかは》しく。城中《じやうちう》の為体を窺《うかゞ》しめしとぞ。されば昨夕《よべ》の景迹《ありさま》を。間諜者《しのびのもの》が闚窺《ものきゝ》て。殿《との》より先《さき》へ走《はし》り帰《かへ》り。審《つばら》に訴《うつたへ》まうせしなるべし。虚《うか》〳〵と帰りぬるなど。忽地《たちまち》醢《ちひしほ》にせらるゝのみならん。且《かつ》脱《のがれ》去《さ》りぬるのみね。と信《まこと》だちて告《つげ》まゐらすれば。兵衛《ひやうゑ》へ是を聞《きく》もあへず。只管《ひたすら》に呆果《あきれはて》て。なげきしが報《ふど》る回答《いらへ》も得《え》せず。心《こゝろ》の中《うち》に思《おも》ふやう。縦《たとひ》故主《こしゆう》に招《まね》かるゝとも。館《ところ》へ告《つげ》奉《たてまつ》らで。後《うしろ》ぐらき挙動《ふるまひ》なりければ。疑《うたがは》るゝも理《ことわり》なり。かくて左典廐《さてんきう》自殺《じさつ》し給ひぬ。その臨終《りんじう》にめへぞ。櫻井《さくらゐ》の兵書《へいしよ》さへ。失《うせ》ありといへば。立《りつえく》なりていひとくとも。実《まこと》なりとしがたし。べからざれど。正武《まさたけ》智勇《ちゆう》の良将《りやうしやう》にて在《おはしま》せば。一時《いちじ》の怒《いかり》に忍《すく》びかねつるが。妻子《さいし》を殺《ころ》し給へど。奴僕《しもべ》どもを追放《おひはなち》て。主従《しゆうじう》が綢度《ちやうど》に至《いた》るまで。うしなへる情《なさけ》なさよ。豊浦《とよら》は身《み》の幸《さち》ありて。幼《いとけ》なき姫君《ひめぎみ》の乳母《めのと》に参《まゐ》りければ。彼《かれ》の城《しろ》に留《とゞま》りぬるこそ。これが悞《あやまち》を勧解《てびき》奉《そゝろ》る。よしぞとあるべけれ。一旦《いつたん》主《しゆう》の怒《いかり》を避《さけ》て。何地《いづち》へなりとも身《み》を遯し。時《とき》を待んなる。と深念《しめん》し。さて奴僕等《しもべら》にいふやう。わが赤坂《あかさか》の城《しろ》へ赴《おもむ》きたるにハ。故《ゆゑ》あるなれ。ことなくおしえをちかはあらねど。縡《こと》明白《あからさま》にハ云解《いひとけ》がたし。よしやいひ解《こたえ》て聴《ゆるさ》るゝとも主《しゆう》に疑《うたがハ》れてハ。よろづに影護《うしろめたく》て。倫難《ゆうなん》を脱《のが》れ得《え》じ。とおもへバ。汝等《なんぢら》が諫《いさめ》に随《したが》ひて。身《み》の住処《すみところ》を索《もと》めなん。わが懐《ふところ》に些《ちと》の金《かね》あれバ。その調度《ちやうど》なんどハ。おのくわかちとりて。それを路費《ろよう》として。故郷《ふるさと》へ帰《かへ》れかし。と叮嚀《ねんごろ》に説示《ときしめ》せバ。みな頻《しきり》に嘆息《えんそく》し。世《よ》に厄難《やくなん》といふことなれ。吾人《われひと》の思ひ屋《つひ》をハいはねど。殿《との》の誠忠《まごころ》を雑《しれ》られあらぶらん。日本《ひのもと》ハ人《ひと》う稱讃《ほめ》られたまひけるに。かくも俄頃《にはか》に世間《よのなか》の狭《せま》くなりもてゆくのみに。縁故《そのゆゑ》ハありもやねど。これ厄難《やくなん》にこそ遭《あへ》るらめ。流浪《るらう》しありひてハよろづ便《びん》なかるべし。せめて衣服《いふく》のたからとも。齎《もたら》しゆくへ。といふに兵燹《ひやうらん》ハ。頻《しきり》

不賞嘆《せうたん》し。主《しゆう》の凋落《おちめ》に物《もの》をとりて。自《み》の僥倖《さいはひ》を求《もと》むれバ。すべての人の
手私《わたくし》なるに。汝《なんぢ》等《ら》ハさもなくて。此《この》時《とき》にも主《しゆう》を忘《わす》れず。志《こゝろざし》ハ欲《ほつ》しけれども。これ今《いま》
その綢度《ちやうど》どもを。悉《ことごと》く身《み》に著《つく》るとも。一生《いつせう》坐《ざ》して食《くら》ふにもあまるぞ。とく
めそあけし。といひ諭《さと》せバ。奴僕《しもべ》どもハいよ〳〵感涙《かんるい》を拭《のごひ》つ。主従《しゆうじゆう》遂《つひ》に東《とう》
西《ざい》に立《たち》わかれ。おのがさま〴〵になりゆけり。次《つぎ》の日《ひ》千剱破《ちはや》。龍泉《りうせん》の両城《りやうぜう》へ。
正儀《まさのり》自殺《じさつ》のよし聞《きこ》えしかバ。正勝《まさかつ》正元《まさもと》ハ。忠義《ちうぎ》に伏《ふく》して。その年《とし》又《また》と不
和《わ》みへなりけれど。その凶音《きようゐん》を聞《きい》て。今《いま》さらに驚《おどろ》き歎《なげ》き。しのび〳〵
僧《そう》を招《まね》きて読経《どきやう》さし。追善《ついぜん》形《かた》のごとく行《おこな》ひぬ。當下《そのとき》和田正武《わだまさたけ》ハ。
千剱破《ちはや》の城《しろ》に来到《いたつ》て。正儀《まさのり》あるに雑居《ざつきよ》がるを告《つげ》しらし。正儀《まさのり》。件《くだん》の兵法《ひやうはふ》ハ
内應《ないつう》させしる奸計《かんけい》をしれに。暁《さと》りしが。物狂《ものぐるひ》したるに自殺《じさつ》したる欺《う》[illegible]
べきかん探并《さうる》の兵書《へいしよ》なりといふに。正勝《まさかつ》正元《まさもと》も。父祖《ふそ》相傳《さうでん》の秘書《ひしよ》なるを

なれを敵《てき》によらせんハ。いと朽《くち》をし。速《すみやか》に赤坂《あかさか》の城《しろ》を攻落《せめおと》しなく。櫻井《さくらゐ》の一抽《いちぞく》をとり復《く》すべし。といひまつれども。氏清《うぢきよ》多勢《たせい》なく。彼城《かのしろ》へ籠《こも》りてしれバ。それも意《こゝろ》に任《まか》せず。物《もの》ありハ身ハそのゝなりして。豊浦《とよら》ハ子《こ》と世葉夫ふ捨られ悲歎《ひたん》するかなしけれども。老ふ弱《をど》き婦も泣《なか》ぞ。給ふるを化なれせし。傍《かたへ》の人に笑《わら》はるゝと志《こゝろざし》を励《はげま》しつ。直憂《うれ》ふるもいはず憂《うれ》に堪《た》えぬ。忠信《ちうしん》節義《せつぎ》ハ婦女子《をうなご》に。稀《まれ》なる日本《やまと》だましひなる。

松染情史秋七草巻之一終

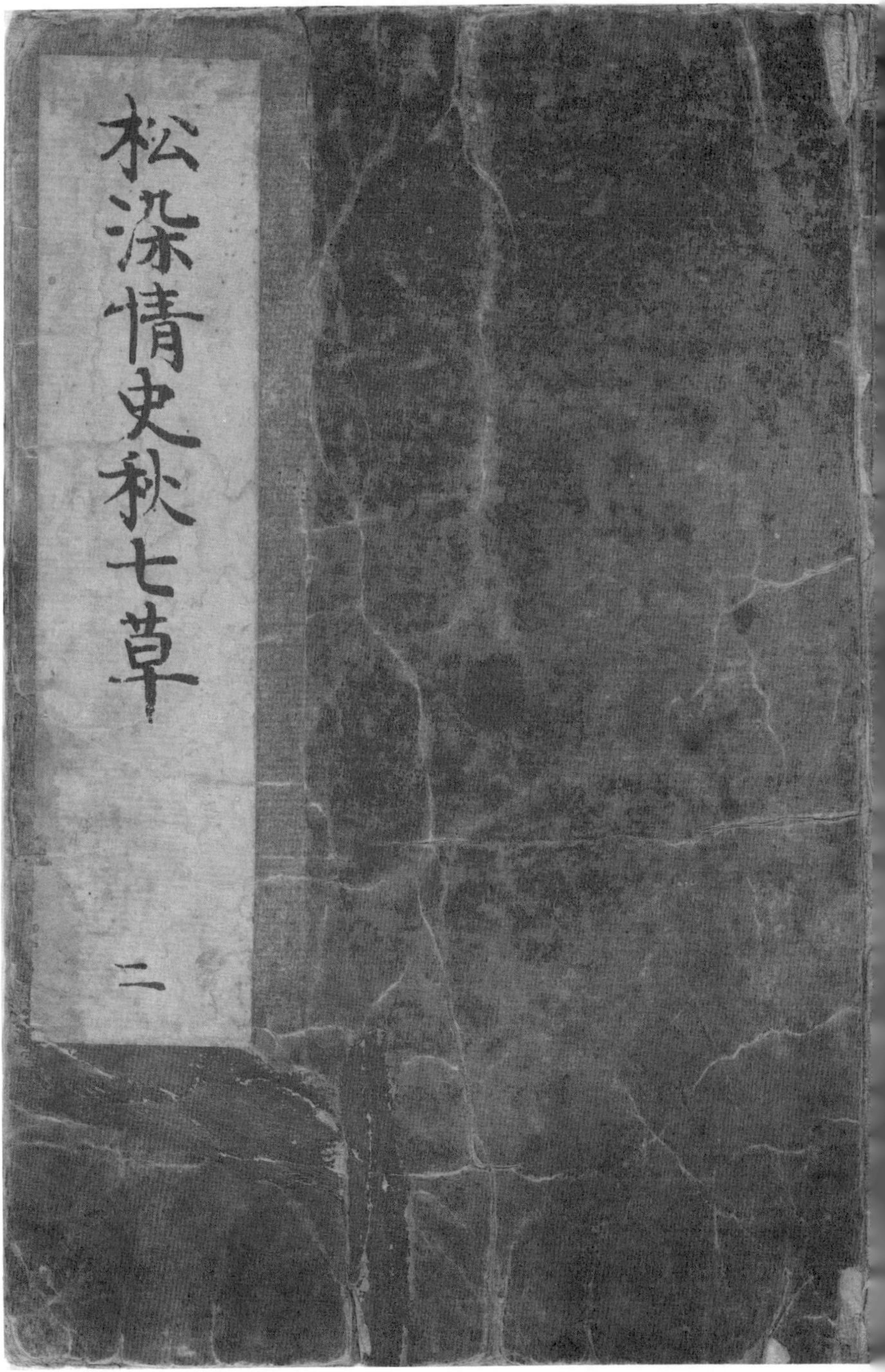
松染情史秋七草
二

松染情史《せうぜんじやうし》秋七草《あきのなゝくさ》巻之二

東都　曲亭馬琴編次

第三《だいさん》　芒花《をばな》に喚《よび》かへす　敷浪草《しきなみぐさ》

水《ミヅ》は奇し。風《かぜ》うそふく。波《なみ》はうて。敷浪草《しきなみぐさ》に。露《つゆ》ぞ底《そこ》なく。げにや波風《なみかぜ》なくぬ世間《よのなか》。人《ひと》のこゝろ定《さだ》めなしとぞ。その人の自方《みかた》も。今は忽地《たちまち》に仇《あた》となりつら。り赤坂《あかさか》の城兵等《どやうへいら》が心変《こゝろがへ》りして。南朝《なんちやう》へ参るとかや。と隠《かく》れなく。山名《やまな》氏清《うぢきよ》は。俄頃に古市《ふるち》を進発《しんぞう》して。赤坂《あかさか》の城《しろ》を守《まも》り。城兵等《どやうへいら》を慰《い》向《めん》して。正儀《まさのり》の亡骸《なきがら》を葬《はうむ》りしかどさるに。老兵等《らうへいら》は。おそろしく。氏清にまうちをあつめ。前夜《ゆふべ》使者《ししや》來めして。楠氏《なんし》相傳《さうでん》の兵書《へいしよ》櫻井《さくらゐ》の一軸《いちぢく》を進《まゐ》らせよと宣《のたま》はせしが。件《くだん》の兵書《へいしよ》は。正儀《まさのり》自殺《じさつ》のとき。既《すで》に紛失《ふんしつ》せしかば。思ふに。近臣《きんしん》百済《くだら》右衛門《ゑもん》太郎《さらう》が盗《ぬすみ》とりて。逐電《ちくでん》なしつるなるべし。縡の趣を審《つまびらか》に聞《きこし》食《め》してぞ在《おは》すべき。とこそ信《まこと》ずらく咲えめ給ひが氏清《うぢきよ》笑《ゑ》みて。眉《まゆ》を顰《ひそ》め。ある意《こゝろ》も得《え》ね。されど前夜《まへべ》家隷《いへのこ》しく。件《くだん》の兵書《へいしよ》を求めまゐらせし。そのものいかなる打扮《いでたち》しく来《き》つる。年《とし》の齢《よはひ》へいくつばかりなくありしと問《と》へば老兵《らうへい》もまた疑《うたが》ひ惑《まど》ひ。彼人《かのひと》内《うち》へ入《い》らざりしが。遊とはいへどもかの給ひど。尾花毛《をばなげ》の馬《うま》に乗《の》りて。主《ぬし》は狩倉《かりくら》の打扮《いでたち》。従者《ずさ》をも倶《ぐ》せず只一騎《いちき》。手《て》には滋籐《しげどう》の弓《ゆみ》の握太《にぎりぶと》なるを挟《たばさ》み。背《そびら》には猟箭《さつや》を負《おひ》て。腰《こし》には麋鹿《うせき》の行縢《むかばき》をせり。その声音《こわね》を聞《きゝ》くに。年《とし》の齢《よはひ》。四十《よそぢ》あまりにやあらんずらん。物《もの》のいひざま。耳熟《みゝなれ》しる人《ひと》のごとくありし。といへば。氏清《うぢきよ》いよいよ怪《あや》しく。しばし沈吟《しあん》し。それは千剣破《ちはや》の城《しろ》の間者《まはもの》ならんずらん。かならず和田正武《わだまさたけ》が家隷《いへのこ》ならん。彼《かれ》が城中《じやうちう》へ入《い》らざりしは。察《さし》するもののなるらんかし。またしるべ右馬太郎とかいふんが。桜井《さくらゐ》の一族《いちぞく》

を盗《ぬす》み去《さ》らるも。豫《かね》て正勝《まさかつ》兄弟《きやうだい》。和田正武《わだまさたけ》ホ《ら》に。志《こゝろざし》をよしみあはしそ
あこがれ。かのく油断《ゆだん》なくかぎぞ。説諭《ときさと》しぬ。頻《しきり》に驚嘆《きやうたん》し。やがて落居の
て手配《てくばり》しく。ようづりく城中《じやうちう》をうち巡《めぐ》り。交野《かたの》の城《しろ》を守《まも》るなる。峯高《みねたか》へ謀
あかしつ防禦《ばうぎよ》等閑《なほざり》なかりげるる。括分両頭。ゝて百済《くだら》右衛門《ゑもん》太郎兼包
へ。主君《しゆくん》正儀《まさのり》の遺命《いめい》ふなろぞ。櫻井《さくらゐ》の巻軸《まきもの》を懐《ふところ》ふし。赤坂《あかさか》の城中《じやうちう》を
脱出《のがれいで》く。小楠《こくす》の山里《やまざと》に宿《やどり》を投《とゞ》め。笠《かさ》を深《ふか》くして。ぞうく千劔破《ちはや》の城下《ぢやうか》
に赴《おもむ》き。正勝《まさかつ》へ奉公《ほうこう》なすべき縁《えん》を求《もと》むるの外佗るすほど。かくて十月某日《それのひ》正《まさ》
儀《のり》の放光忌《ばうくわうき》なれへ。正勝《まさかつ》正元《まさもと》ふのびやかに。城外《じやうぐわい》なる香花院《かうげゐん》に詣《まうで》て。亡父《ばうふ》の
追薦《つゐぜん》。叮嚀《ねんごろ》に修行《しゆぎやう》なし。時《とき》えしがべ。右衛門太郎《ゑもんたらう》ハ竊《ひそか》に欽《よろこ》び。あ日《ひ》いふなる
なく。正勝《まさかつ》に咫尺《しせき》し。馬《うま》の尾筒《をつゝ》に携《たづさ》はりても。君臣《くんしん》の義《ぎ》を締《むす》び。亡君《ばうくん》の
遺命《いめい》を告奉《つげそまつ》らでやんと。臥嘗にしのび定《さだ》め。太刀《たち》衣裳《いしやう》なれども。この日を晴《はれ》と

打扮《いでたち》つ。朝《あさ》まだきに旅宿《りよしゆく》をたち出《いで》。件《くだん》の寺《てら》に来到《いたれ》りて大門《だいもん》の内《うち》を
徘徊《たちもとほ》し。今《いま》なくとまれる跡《あど》に。ゐや未下剋《ひつじくだるころ》まりかねたれど。正勝《まさかつ》も正元《まさもと》も
詣來《まうき》たりたれど。親《おや》ながら正儀《まさのり》は。南朝《なんちやう》のおん敵《てき》となりたりしかば。後聞《こうぶん》を
憚《はゞか》りて。參《さん》詣《けい》しまいらせず。とあるのみ。いかゞ本意《ほい》ならし。されべきる程に冬《ふゆ》の
日《ひ》の短《みぢか》く。はまてとく撞《つく》にあらねど。山寺《やまでら》の鐘《かね》の音《ね》も。それならぬ燈《とう》の花に
似《に》たり。いざ退《まか》らん子《こ》なくらん。その子《こ》の母《はゝ》に待《まち》わぶらめと。思《おも》ひとりぬる
僑居《かりずまゐ》も。おぼつかなき臥座《ねざ》の夕鳥《ゆふからす》。ものゝあはれぞ催《もよほ》さるゝと。天うち仰《あふ》ぎて立在《たゞずみ》ぬ。
さそもあるべきことにあらねば。右衛太郎《ゑもんたらう》は。編笠《あみがさ》ふかくして。小深《とかう》へくして立去《たちさる》
に。本《もと》えんぬ山の麓《ふもと》まで来《き》にけり。頃《ころ》しも冬《ふゆ》の初《はじめ》なれば。しぐれがちなる雨《あま》もよひ。
小翠微《こすゐびのこし》より雲《くも》を吐《はき》て。風《かぜ》さへ俄《にはか》に吹変《ふきかは》りて。まだ暮《くれ》ねども。いと闇《くら》く
なりて。さと降《ふり》そゝぐ驟雨《むらさめ》に。憩《いこ》む木《こ》の下《もと》も落《おち》葉《ぞ》ぶりて。笠《かさ》もぞりせんかたも

あらねバ。両《りやう》の袖《そで》を巻揚《まきあげ》て。袴《はかま》の稜《そば》高《たか》くとりて。直走《ひたはしり》にはしる程《ほど》に風雨《ふうう》ます〳〵烈《はげ》しく。笠《かさ》ハ戴《いたゞ》けるまゝに。臺輪《だいわ》のミを残《のこ》して。往方《ゆくへ》もしらず吹断《ふきち》離《ぎ》られ。水田《みづた》を渉《わた》る鼠《ねづみ》のごとく。尾《を》を引頭《ひきかうべ》を抱《かゝ》へ。苛《からう》じて山《やま》ふところなる。禿倉《ほこら》の内《うち》へ走《はし》り入《い》り。一息《ひといき》吻《ほ》とつきて。雨水《あまみづ》したゝる鬢《びん》の毛《け》を掻《かき》揚《あ》げ。項《うなじ》に被《かけ》たる採井の巻袖《まきその》を濡《ぬら》さじとて。やをら襟《えり》をゆるめて。まづ鰐口《わにぐち》の緒《を》に著《つけ》たる。布《ぬの》めく濡手《ぬれて》を押拭《おしのご》ひ。しづかに巻袖《まきその》の紐《ひも》をとり外《はづ》しつゝ見るに。綿の嚢《ふくろ》ハ湿《しめ》りたれど。内《うち》までハ徹《とほ》らじとおぼしけるに安堵《おちゐ》て。そのまゝ備《そなへ》ある繪馬《ゑま》の釘《くぎ》に掛《かけ》おきて。裾《すそ》も袂《たもと》も褄《つま》を揚《あげ》て。氷《こぼ》の雫る袍《わど》をひく。度《たび》ごとに絞《しぼ》り捨《すつ》るに。寒《さむ》さハ年《とし》の終《をはり》よりも堪《たへ》がたけれど人《ひと》めなれ深山辺《みやまべ》の古祠《ふるやしろ》にハ。神燈《みあかし》とてもまつるものもなく。日《ひ》ハいつしかに暮果《くれはて》て雨《あめ》の脚《あし》も細《ほそ》くなりぬ。雖《され》かあらん。この禿倉《ほこら》ハ。染松《そめまつ》が寝坐《ねぐら》にて已前《さき》

より社壇《しやだん》の背《うしろ》にて。幃のやうを張りて竊《ひそか》に歓《よろこ》び。されど去年《こぞ》の夏父無浩
に勘當《かんだう》せられ。かゝる騒の月日《つきひ》を送《おく》り。里《さと》に求食《あさり》野《の》に遊《あそ》び。些《ちと》の物《もの》を獲《え》て。
おのづからに生育ども。友垣《ともがき》むしそがねが人《ひと》もあらねば。あるに彼《かの》武士《ぶし》が項《うなじ》より
外《はづ》して。壁《かべ》に掛《かけ》られ。金《かね》なりとしてそものぞや。かりしこしを奪《うば》ひとれば。
四五十日の挵《うせざ》ずにやあるべし。果報《くわほう》は寝《ね》てまてといふ常言《ことわざ》も。かゝるをりに
こそと云より鬼政右衛門《ゑもん》太郎《たらう》が濡《ぬれ》たる衣《きぬ》を絞《しぼ》る間《ま》に。背《せ》より手《て》を長《なが》く
伸《のべ》て。錦の嚢《ふくろ》を。そと撥《ぬ》きとらんとせしが。忽地《たちまち》に臂《ひぢ》を縮《ちゞ》め。しばしうち案《あん》
じて。さうなくはあらぞ。おのが懐《ふところ》なりける系図《けいづ》の巻軸《まきもの》を嚢《ふくろ》に納《いれ》るまゝに
ぎり出《いだ》し。終《つひ》に是《これ》を彼《かれ》麗換《すりかえ》て。数回《あまたゝび》押戴《おしいたゞ》き。社壇《しやだん》の下《もと》へ躱《かく》まりつゝあらば
かく右衛門《ゑもん》太郎《たらう》は。そも衣服《いふく》の雨水《あまみづ》を絞《しぼり》去《さ》て。外面をうち瞻《あふげ》ば。雲《くも》は五日《いつか》
の月《つき》を娩《うそ》て。山川《やまかは》の音《おと》いと高《たか》くなりぬ。この雨間《あまあひ》に。と云ひつゝく望よりける

秘書《ひしよ》を把《とり》て。舊《もと》の如《ごと》く懐《ふところ》なしつ。衝《つ》と走《はし》り出《いづ》るを。染松《そめまつ》ハ社壇《しやだん》のかくれゐより吭《くび》を鶴《のべ》て目送《みおく》りつ。舌《した》を吐《はい》て冷咲《あざわら》ひ。端近《はしぢか》く歩《あゆ》み出《そ》て。月《つき》を燭《あかり》に。すかしみる囊物《ふくろもの》の口《くち》を押開《おしあけ》て内《うち》をみれバ。金《かね》にハあらで巻軸《まきもの》なり。あらこれなるから鈍《おぞ》ましや。外目《よそめ》にみても重《おも》からざれバ。疑《うたが》ふべくもあらぬ。金《かね》ぞと思へるを。巻軸《まきもの》に。巻軸《まきもの》抜換《かえ》て彼《かれ》に損《そん》なく。そましに鳴るゝ。ゐだし娯《うん》しとおもひて可惜《あたら》骨《ほね》を折《を》りぬる。這奴《しやつ》が面《つら》の憎《にく》さよ。と呟《つぶやき》て。忽地《たちまち》投捨《なげすて》しが。さりとも思ひかへして又《また》巻軸《まきもの》を拾《ひろ》ひとり。再《ふたゝ》び月影《つきかげ》にすかし見て。屹《きつ》とうちかへし。重《おも》からぬも理《ことわり》なり。軸《ぢく》ハ赤銅《しやくどう》を盈《のべ》て。茶靡《やすがた》流水《えすし》を金貝《かながひ》に磨《みが》きたり。囊《ふくろ》の錦《にしき》もこがね物にハ勝《まさ》れり。何《なに》ならんを書《かき》たるものぞとひらきて。さやくと押開《おしひら》くに。首尾《はじめをはり》よくも読《よめ》ねど。八才《やつ》の春《はる》より手習《てならひ》して。消息《せうそこ》艶書《あむさもの》にさへ。されバ。この條《くだり》彼條《かのくだり》。とひらくに會解《ゑそく》ず。かくて軍術《ぐんじゆつ》の秘書《ひしよ》なりけり。その中《うち》

茂包
笠せらしく
兵書の
横巻を
奪ふ
納
本間孫四郎門人
阿多利伊太郎

間諜《しのび》の術《じゆつ》を載《のせ》たり。すなはちその奥書《おくがき》を見るに。

増補越後名寄巻四菅名庄龍谷山慈光寺の條下に正成の遺書といふもの傳ふと云楠堂は楠判官正成の末男幼年の出家なりしてその遺書と證巻布をこの寺におさむ證巻物は田禄して今はなくなり讀のみ存すと云是真蹟なりといへり又吉野拾遺にのするところこれにおなじ但両三字づつの錯誤あり弁せずく備す

授《さづけ》此《この》壱《まき》布《ぬの》袋《ぶくろ》」君《きみ》於《おいて》願《ねがう》具《そな》足《へ》」袋祖《そ》我《われら》等《さまざまに》謹《つつしみ》給《たまふ》（より於イ二ゆるし此壱衣三）（於イ二我等之古へ人）

長代《ちやうだい》之《の》遺《おくり》形見《かたみ》而《として》以上（於イ二永ク形見と遺ス）（よりの拾遺なれこの旅を示まふかれ又流布の墨本又本文の間八玉入れより）

此《この》度《たび》筆《ふで》人《と》等《ら》哉《を》ゑの乱《みだり》に義《ぎ》我《われら》（於イ二足妻ゆるの非余之後）

家《さい》教《ご》を覚《おぼえ》而《そろ》貴《き》爲《でん》成《せい》幸《ちう》之《の》盛《さ》（於イ二なるべくと覚へ候へ）

見《え》届《うけ》度《たく》而《さふらへ》得《ども》義《ぎ》道《おそく》而《さふらへ》更《さら》難《には》道（於イ二而処）

勤《きん》学《がく》無《す》」怠《おこたり》成《せい》幸《ちう》之《の》後《のち》我《われ》等《ら》仏《しん》中《ちう》（於イ二忠孝之勤学）（於イ二無懈怠）

附て／さ河内の観心寺吉野の如意輪堂ふも正成の遺書あるふや同文の尺牘世ふ賤残せるをすこぶく奇ろり流布乃墨本ゆ大ふらん違ひを集めてこゝふ標出せるる左のごとし

〔於イニてゝありし〕
てゝ令《しめ》候《さうし》也《そろ》謹《きん》言《げん》

〔於イニ二年五月日〕
建《げん》民《む》三年正月廿日
楠《くすのき》庄《せう》五《ご》郎《らう》殿《どの》

〔右の楷書によれバ庄五郎ハ正行がおさな名と云ふ由〕

〔於イニ多聞〕
兵衛《ひやうゑ》正成《まさしげ》

おし此巻猶一丈
此度隼人兄下るの
うへり於是てたくへ
勝利の事。最末最後を
祖父家のためにて
と受て我手を疾〔?〕長く
もくうてきと退くる
以て盖見届度て候
義宗尓従遺孫

と読《よみ》もをハらぬ。大《おほい》に驚《おどろ》き。昔時《むかし》先君《せんくん》。摂州《つのくに》湊《みなと》河《がは》にて。討死《うちじに》の前日《さきつひ》。桜井《さくらゐ》の駅《しゆく》より。嫡子《ちやくし》正行《まさつら》を故郷《ふるさと》へかへし給ひしとあく。やありけん再《ふたゝ》び老党《ろうどう》隼人《はやと》をめぐ。遺書《いしよ》に紀念《かたみ》の二種《ふたくさ》をそへ流《る》…贈《おく》まゐらすと。父の物語《ものがたり》に受《うけ》たまハりぬ。是《これ》ぞされ…その巻軸《まきもの》ハ。桜井《さくらゐ》の兵書《へいしよ》なり。件《くだん》の武士《ぶし》ハ此《この》

勤学無怠兵書を授
我ホん中下さ家を伝
建武三
正月廿日　円宗僧　正成（花押）
楠兵衛とのへ

殿《との》正儀《まさのり》をいふの近臣《きんしん》なりしが。左衛門《さゑもん》どの正勝《まさかつ》をいふの家隷《いへのこ》なりしん。これ不意もこの秘書《ひしよ》を得《え》たりしよく諳《そん》じく。間諜《しのび》の術《じゆつ》に熟《じゆく》せしかれ。出没自在《しゆつぼつじざい》なりく。小厮《こもの》の卒六《ろく》。槙嶋十郎《まきしまじうらう》にも勝《まさ》るべし。よれ物《もの》語りとふらく欽《よろこ》び。其より兵書《へいしよ》を巻《まき》おさめつゝ。又《また》其ほかに。彼武士《し》。家《いへ》に帰《かへ》りて。おのが巻軸《まきもの》ならざるを知りしが。ふたゝび走り来《き》て。この禿倉《ほこら》を狩索《かりもとめ》めるん。加旃《しかのみならず》。さりかえしるは父《ち》が手《て》づから写しける。されど家系図《かけいづ》の巻軸《まきもの》なれば。終《つひ》にそが不為《とざ》なるを知りまして。穿鑿《せんさく》この身《み》にも係らん狡。虚《うつろ》くとしくをる如《ごと》くにあらんぞと。深念《しあん》しく。日本掠奪《ねうぶう》なる五器《ごき》調度《ちやうど》なりしかば。山川《やまかは》へ投入《なげいれ》しまく。物《もの》とても残《のこ》しおかめぞ。金銭《きんせん》のこを懐《ふところ》にしく。忙《いそが》しく草鞋《わらぢ》穿締《はきしめ》。ありもまちぐ玉櫛笥《たまくしげ》。ふたゝびよかゝる隠家《かくれが》を。神前《みまへ》の鈴《すゞ》となりもて。咎《とが》めぬ神《かミ》は名《な》のミなく。千釼破《ちはや》巓《いたゞき》を東《ひがし》へと。北山村《きたやまむら》の藜《しの》薄《すゝき》。穂《ほ》にあらはれねど幺らく。闇《くら》き山路《やまぢ》を迷《まど》ひ出《いで》て。往方《ゆくへ》もしらぞなりにけり。さる程《ほど》に百済《くだら》右衛門《ゑもん》太郎《たらう》芦包《よしかね》も。その夜子《よね》二ツの比《ころおひ》に。小深《とふか》の旅宿《りよしゆく》に立《たち》より。まづ濡《ぬれ》たる衣《きぬ》を脱更《ぬぎかへ》て。燧袋《ひうちぶくろ》を出《いだ》し探《さぐ》り。蒼紫《ふしちば》折焼《をりくべ》て。夕餐《ゆふげ》したゝめなどするに。旅人の本意《ほい》なきにはあらねど。友《とも》なき宿《やど》は殊《こと》さらに。更闌《かうたく》る随《まゝ》寂寥《ものさびし》く。霜《しも》に鳴《なく》蟋蟀《こうろぎ》。紙窗《あかりまど》から竊虫《ちやたてむし》の。声《こゑ》あやしくも耳《みゝ》につきて。いもねられねどさんまくらぬけれバ。衾《ふすま》をとり出《いだ》し。枕《まくら》おし直《なほ》して。項《うなじ》にかけたる搖井《さくらゐ》の巻軸《まきもの》をとり外《はづ》し。枕上《まくらがミ》におかんとして。孤燈《ともしび》の光《かげ》にしばしと見れバ。嚢《ふくろ》の裂目《やれ》より。なへあらバ。いへりかふと。周章《あわてふためき》。紐《ひも》引《ひき》断離《ちぎり》て。内《うち》なる巻軸《まきもの》をとり出《いだ》すに。雑居《ざふゐ》家譜《かふ》と標題《ひやうだい》せり。怪《あやしき》限《かぎ》りなくて。押開《おしひら》きて熟視《つくづくミ》れバ。雑居《ざふゐ》兵衛《ひやうゑ》言直《のりなほ》が家系《かけい》なくぞありけるがしく疑《うたがひ》の解《とけ》べきよしもあらざれバ。さうきよかうさま思忍なるに。郷《さと》に本《もと》見《み》ぬ山《やま》の麓《ふもと》なる。なりける禿倉《ほこら》のうちへ走《はし》り入り。なほしも笠《かさ》ぬぎりありけるに。彼《かの》巻軸《まきもの》を濡《ぬら》さじとて。檜馬《ゑま》の絵《ゑ》を釘《くぎ》に掛《かけ》たる外《ほか》に。身《み》をそはめてうかゞひ居たりしかバ。原来《さては》雑居《ざつゐ》兵衛《ひやうゑ》も。とみ一より先《さき》に彼《かの》禿倉《ほこら》に雨《あめ》を避《さけ》。その為体《ていたらく》を張《うかゞ》ひたりき。闇《やみ》さらまし麗換《そうゑ》し欲《ほつ》。件《くだん》の兵衛《ひやうゑ》へ亡君《ぼうくん》最期《さいご》に。その身《み》の愚昧《おろか》を悔《くい》歎《なげ》きつゝ。密《ひそか》に掠《かすめ》んとすれども。果《はた》さず。その故《ゆゑ》に次《つぎ》の殿《との》征伐《せいばつ》へ待《まち》もせで自殺《じさつ》しつらひ。ゆきてその遺命《いめい》を禀《うけ》て。家伝《かでん》の兵書《ひやうしよ》を千釼破《ちはや》なる。郎君《ろうくん》征《まさ》勝に進《まゐ》らせんとて。かくまで心を竭《つく》すものを。這奴《しやつ》に奪《うば》ひとられては。何《なに》をもて亡君《ぼうくん》。のお志《こゝろざし》を果《はた》すべき。故主《こしう》の不義《ふぎ》に爪弾《つまはじき》して。その掠《かすめ》まくほしきざりし言直《のりなほ》が。却《かへつ》て後《うしろ》ぐらき。挙動《ふるまひ》ある奸佞邪智《かんねいじやち》。呑ひやるぶり

腹《はら》なし。彼《かの》兵書《へいしよ》をもて後々ハ。生《いき》て百年《ひやくねん》の壽《じゆ》を保《たも》ち。千劒破《ちはや》どの
同胞《はらから》正勝《まさかつ》正元《まさもと》に見参《げんざん》のよろこびかはし。死《し》して泉下《せんか》のものが君《きみ》に。ゆるしらく言《こと》の葉
なし。心安《こゝろやす》からぬ事なかれ。といひすてゝ。衝《つ》と身《み》を起《おこ》して帯《おび》に結《むす》び。
忙《いそが》しく雑居《ざつゐ》が巻軸《まきもの》を懐《ふところ》に押入《おしい》れ。刀《かたな》を引提《ひさげ》て走《はし》り出《いで》しが。如法闇《によほうあん》
夜《や》のことなれバ。咫尺《しせき》の間《あひだ》もみえわかねど。身《み》を翻《ひるがへ》して内《うち》に入《い》り。簷《のき》裏《うら》に
挿《さ》されたる。唯《ようゐ》依の松明《たいまつ》を取《とり》おろし。地炉《ゐろり》の埋火《うづみび》をうつさんとするに。こゝろ
のいそがれて。頻《しき》りにはかどらねど。からうじて焦燥《せうさう》て。燧《こがらし》細く吹入《ふきい》れて。
門《かど》の戸《と》破《やぶ》り引とりしが。やうやく燃《もゆ》る篝火《かゞりび》を。高《たか》く抗《かゝげ》て門《かど》を鎖《さ》し。
本《もと》をしらぬ山《やま》へともなく行《ゆく》に。夜《よ》も天《てん》明《あけ》て。日《ひ》も早《は》や山《やま》の巓《いたゞき》に昇《のぼ》りぬ。かくて
右惣《うそう》太郎《たらう》へ。笠《かさ》かぶりせし。老倉《ねぐら》に入《いる》。残《のこ》る隈《くま》なく索《たづね》れども。探《さが》す者の
巻軸《まきもの》のなきにあらざれバ。いよく雑居《ざつゐ》兵傳《ひやうでん》が所為《しわざ》と思ひ定《さだ》めて。

憤《いきどほり》に堪《たへ》ねども。彼《かれ》は久《ひさ》しく和田正武《まさたけ》に仕《つか》へ。龍泉《りうせん》の城中《ぜうちう》にあれば。策
換《かへ》らる巻軸《まきもの》を。取《とり》復《かへ》さんを容易《たやす》からねば。ふかく謀《はか》らんと思念《しねん》して。
その日《ひ》はいたづらに旅宿《りよしゆく》に立《たち》帰《かへ》り。雑居《ざつきよ》兵衛《ひやうゑ》に近《ちか》づいて。方便《てだて》もなく
とく起《つかれ》されおもひ。臥《ふ》してのみ慮《おも》ひ。頻《しきり》に首《くび》を病《なやま》するふ名《な》のきこえ聞《き》けれど
兵衛《ひやうゑ》を従《こし》らぜずして龍泉《りうせん》の城外《ぜうぐわい》に起臥《おきふし》して。その出居《いでゐ》を張《うかゞ》ひ。彼《かれ》を
従《こし》る捷径《ちかみち》なるべしとせうせくに計畧《はかりごと》を定《さだ》め。俄頃《にはかに》に旅宿《りよしゆく》をあけにし。
面《つら》には漆《うるし》を塗《ぬり》て。いろく歯《は》を窶《やつ》し。歯《は》あれ捨《すて》の蔽衣《やれきぬ》を被《き》て。野臥《のぶせり》
の乞食《こつじき》に打扮《いでたち》。龍泉《りうせん》の城下《ぜうか》に到《いた》りて。並木《なみき》の松蔭《まつかげ》に起臥《おきふし》し。さなく
その年《とし》も空《むな》しく暮《くれ》ぬ。春《はる》も三月《やよひ》のころになりて。凡《およそ》百日あまりを
経《へ》られしかど。果《はた》して城中《ぜうちう》の奴隷《しもべ》ども。あさな夕《ゆふ》な。出入《いでいり》する毎《ごと》に。これ
を憐《あはれ》み。食《いひ》の餡《あん》せる。魚《うを》の餒《あざ》まるあれば。くるのらばめぐく出《いで》て。衣飯

に食《くら》せたり。右衛門《ゑもん》太郎《たらう》は。その便宜《びんぎ》を得《え》て。有一日《あるひ》雑談《ざだん》なる奴隷に對《むか》ひ。おのれらくのごとく。殿《との》ばらの庇《めぐみ》を稟《うけ》て。露《つゆ》の命《いのち》を繋《つな》ぐならば。こじうなる僥倖《さいはひ》なれ。和田《わだ》どのゝ河内《かうち》にあり。雑居《さかね》兵衛《ひやうゑ》とて喚《よば》れてゐるは。よろづに情《なさけ》ふかきよしを。豫《かね》て聞《きゝ》つ。おん身《み》は彼《かの》兵衛《ひやうゑ》ぬしに使《つかへ》れ。かの人なれ在《おは》さずや。と問《とふ》に。奴隷答《こたへ》て。いがはりのならされ人にあらず。汝《なんぢ》がいふごとく。當家《たうけ》の老臣多かれ中に。雑居《さかね》ぬしとゝ。すぐれて主《きみ》を救《すく》ひ。下《しも》を憐《あはれ》みあへりける。城主《じやうしゆ》に寵《めで》られ。僚友《はうばい》にも誉《ほめ》られかなひしがりける故《ゆゑ》なかりし。去年《こぞ》の秋《あき》。陥《おとし》いれ。赤坂《あかさか》の城《しろ》へ交加《かよひ》なさるゝ忽《たちま》ちに發覺《あらはれ》て。罪科《ざいくわ》脱《のが》れがたくおもひなもひなん。その夜《よ》さり逐電《ちくてん》し。今《いま》に在処《ありか》をしらせざれど。されど内室《おくがた》は。城主《じやうしゆ》の息女《そくぢよ》の幼《いとけな》くて在《おは》せるが。乳《めの》母《と》なれば。許《ゆる》されて残《のこ》すべきやうもなけれど。その餘《よ》のものどもは。養《やしな》ひ猫《ねこ》

龍泉《りうせん》の
城下《じやうか》に
美包《よしかね》
乞食《こつじき》を

こく土地《しやうとち》に追放《ついはう》せらるゝを。惜《をし》まざるものはなかりけり。されバこそ汝等《なんぢら》すぐ。かの人《ひと》の名《な》代傳聞《つたへきゝ》て。ありけりやあらんとて。律審《つまびらか》に回答《りく》県一《そぎのう》の城戸《きど》の方《かた》へ去《さり》去《ゆき》にしが。右忠太郎《ゑもんちうたろう》は是《これ》を聞《きゝ》て。かつ呆《あき》れ且《かつ》疑《うたが》ひ大《おほい》に望《のぞみ》を失《うしな》ひく。ほどなくと思ひけり。雑居《さいゐ》兵衛《ひやうゑ》が赤《あか》坂《さか》の城《しろ》へ交加《かたらひ》せらるゝのみなれバ。その故《ゆゑ》に罪《つみ》を得《え》たりといへども。それ縁《ゆゑ》を得《え》ざりし。それとしれやしれ由ありけり。去年《こぞ》の秋《あき》より。ふたゝびあらざる兵《ひやう》傍《ゑ》にあらんとて。浅《あさ》ましく打扮《りさうち》して。可惜《あたら》月日《つきひ》を過《すご》しこそ。悔《くや》しけれ。渠《かれ》楠公《なんこう》の兵書《へいしよ》を得《え》られバ。軍学《ぐんがく》をよく生活《わたらひ》とせん欲《ろ》。なりけれバ京《きやう》難波《なにはそ》の間《あひだ》を索《たづね》んに。環會《めぐりあは》ざるのみなりけれバ。さりながら志《こゝろざし》を励《はげま》し。その夜《よ》龍泉《りうせん》の城下《じやうか》を立去《たちさり》。人あやしむなる扮装《いでたち》して。直《たゞ》に花洛《みやこ》へ赴《おもむ》き。類《るい》をもとめけれバ。その人《ひと》を識《しる》に幾《ちか》しとぞ。剣法《けんぽう》の師範《しなん》して活業《なりはひ》とし。是首《ここ》に一年《ひとゝせ》。彼首《かしこ》に二年《ふたとせ》。長明《ちやうめい》が掇居車《やどりくるま》の迹《あと》追《お》ふて。おのづから処《ところ》かふる住居《すまゐ》せしが。京《きやう》難波《なには》堺《さかひ》なんど。すべて五畿《ごき》内《ない》なる熱閙場《にぎはしきところ》へは。かならず移《うつり》を好《この》むほどに。その度《たび》毎《ごと》に弟子《でし》も離《はな》れて。武藝《ぶげい》は人《ひと》に勝《まさ》れたれども。身《み》単《ひとへ》を潤《うるほ》すに足《た》らず。去年《こぞ》に今茲《ことし》はいやましにて。いとゞ貧《まづ》しくなりけり。案下某生再説《それはさておき》楠左エ門尉正勝《くすのきさゑもんのじやうまさかつ》の男《おとこ》。河内二郎正元《かはちじらうまさもと》（時《とき》に河内守《かはちのかみ》故《ゆゑ》に河内《かはち》二郎《じらう》と称《しやう》せ。）は。父《ちゝ》正儀《まさのり》が赤坂《あかさか》の城中《じやうちう》にて。自殺《じさつ》のよし沙汰《つたへ》聞《きゝ》て。哀戚《あいせき》に堪《さく》へず。ふかく之にあたりて。はかなくしと世《よ》路たゞそれのみを思ひつめけるに。往時《わうじ》鳥羽院《とばゐん》の御時《おんとき》（天仁元年《てんにんぐわんねん》春《はる》二月）。源為《みなもとのため》義《よし》。いまだ童形《わらはべ》にして。叔父《をぢ》義綱《よしつな》を誅伐《ちうばつ》し。保元《ほうげん》の擾乱《おほみだれ》なるが為《ため》殺《ころ》されき。その子《こ》義朝《よしとも》に誅《ちう》せられぬ。これ勅命《ちよくめい》なれば。己《おのれ》に然《しか》るべきとは言《いへ》ども。後《のち》の議論《ぎろん》を脱《まぬか》れず。悲《かな》しいかな。その胞兄《はらから》は。祖父正成《おほぢまさしげ》の遺訓《いくん》を守《まも》りて。顧《かへりみ》

不忠義《ちうぎ》を存《ぞん》ず。父《ちゝ》に引《ひか》れて。野《あまた》の年月《としつき》を過《すぐ》し。今《いま》その枉死《わうし》を
嘆《なげ》くといへども。棺《ひつぎ》を送《おく》る事《こと》も得《え》せず。只《たゞ》いたづらに老《おい》てける。吾儕《ともがら》の老人
ハ歎《なげき》くなるべし。然《さ》れどもいちねんハ忠《うと》なれども。先帝《せんてい》後村上院《ごむらかみのゐん》の時《とき》に。父《ちゝ》に叛《そむき》かる
直義《たゞよし》。高氏《たかうぢ》の弟《おとゝ》。父《ちゝ》に叛《そむけ》る直冬《たゞふゆ》。高氏《たかうぢ》の猶子《いうし》を首《かうべ》として。清氏《きようぢ》直常《なほつね》が類《るゐ》。
主《しゆう》に叛《そむ》きて。身《み》のおき所《ところ》なきものどもなれバ。余り従《あつらう》はんとぞまうせべ。
忽地《たちまち》に勅免《ちよくめん》ありて。直冬を一方《いつはう》の大将《たいしやう》とし。高氏《たかうぢ》を討《うた》しめんとされぞ。
かへすがへすも君《きみ》のおん慎《あやまち》なるべき。さるからに。たゞ父《ち》頼《たのう》に南方《なんぱう》を疎《うと》ミ果《はて》
足利家《あしかゞけ》へ降参《かうさん》なるを。是《これ》併《しかしながら》不忠《ふちう》不義《ふぎ》を教《をしへ》なりし。叡慮《えいりよ》より
起《おこ》りて。倖なる道《みち》に称《かなへ》ねべく。らべ。南朝《なんちよう》の創業《さうげふ》。ふたゝび振《ふる》ひあがざる
なり。後《のち》の議論《ぎろん》なぼつなし。さへあれ。君《とく》くちよべとも。臣《しん》なく臣《しん》
ハあらじ。いかなれバ足利が父《ちゝ》ハ。庭訓《ていのをしへ》を忘却《ばうきやく》し。魔風《まふう》に靡《なび》き邪路《じやろ》に入《いり》。

死《し》しその後《のち》もかくなぞよ。子《こ》どもに物《もの》をさとしあふ。忠《ちう》を竭《つく》せば孝《こう》ならず
ぞ。孝《こう》ならんとすれば不忠《ふちう》なり。かれ時《とき》ならぬ人なれば。死《し》ぬべかりしと身《み》を
あろるゝ。坐《そゞろ》に落涙《らくるい》しくりける。浩処《かゝるところ》に外面《とのも》に。鳥《とり》の鳴声《なくこゑ》衆夛《おびたゞ》しく
聞《きこ》えし。いと訝《いぶか》しかりしかば。正元《まさもと》障子《せうじ》をさと開《あけ》て。これを見《み》るに。奇《き》なる
かな。烏《からす》と鷺《さぎ》と。夥《あまた》群《むれ》飛《とび》て。啄《ついば》みあふかぞありける。その形勢《ありさま》。鷺《さぎ》は南《みなみ》
より翔《とび》来《きた》りて。北《きた》に向《むか》ひ。烏《からす》は北《きた》より翔《かけ》来《きた》りて。南《みなみ》に向《むか》ひ。相戯《あひたはむ》るゝごと
稍《やゝ》久《ひさ》し。譬《たとへ》ば。鷺《さぎ》は白《しろ》き羽《はね》を飛《とば》して。雪《ゆき》の花《はな》の風《かぜ》に飜《ひるがへ》るがごとく。烏《からす》は黒《くろ》
觜《くちばし》を鳴《な》らしつゝ。樫の炭《すみ》の枝伐《えだごろ》に似《に》たり。一往一来《いちわういちらい》。先手《せんて》後手《ごて》。勝《かつ》
夾《さし》かふ綽る。綴五に飛《ひちがへ》るの争《あらそ》ひ。棋石《ごいし》を投《なぐ》るに異《こと》ならんや。従《したが》ふ
挑《いど》み争《あらそ》ひ絶《たえ》ず。鷺《さぎ》は終《つひ》にうち負《まけ》て。紛《ふん》々として地上《ちしやう》に落《おち》。死《し》
十二枚に暨《およ》べり。かくて烏《からす》は三遍《みたび》喜鳴《よろこびなき》をして。隊伍《たいご》を乱《みだ》さず。西北《いぬゐ》を

扨《さて》く翔去《とびゆく》ぬぞ。正元《まさもと》これを目送《めおく》りて大《おほい》に怪《あや》しみ。空《そら》の中《うち》いよゝ安《やす》らぞ。維《これ》らあらく。と呼《よび》たまへ。有義《ありよし》これにさゝやき念《ねん》つ。令孫《とうそん》僅《わづか》に四才《よつ》なりける。正元《まさもと》の嫡男《ちやくなん》。操丸《みさをまる》を抱《いだ》きて。ほどなく近《ちう》く来《まゐ》りぬ。この有義《ありよし》は。楠《くすのき》普代《ふだい》の老黨《らうどう》なり。姓《せい》は津積《つづみ》氏《うぢ》。字《あざな》窪六《くぼろく》と呼《よ》ばれし。されば操丸《みさをまる》の乳母夫《めのと》なり。年《とし》の齢《よはひ》は四十《よそぢ》のうへを六ツ七ツもやあらん。ずらん。妻《つま》は逝曽《ちうごう》身《み》まかりて。子《こ》もなかりしど。ひとうへをめぐ愁《うれ》ひとせしが。君《きみ》をなゐける。自《そ》をありのより篤《あつ》く。その忠《まめ》やかなるなり。絶《さえ》て肩《かた》を比《なら》ぶるものなし。當下《そのとき》正元《まさもと》は。津積《つづみ》有義《ありよし》をよびよせて。いふに窪六《くぼろく》。汝《なんぢ》も今《いま》の怪異《あやしき》をやみつゝ。向《むか》ひに窪六《くぼ》答《こたへ》て。御諚《ごぢやう》のごとく。鳥《うとう》の鳴声《なくこゑ》いと罝《うつま》しけるを。郎君《わこ》のみせよとて。むづかりたまひしかば。抱《いだ》き進《まゐ》らせ。彼処《かしこ》の縁頬《えんがは》に立出《たちいで》て。初《はじめ》よりみてゐたりし。さても奇《く》しきなりと。念《いよ》やりせべ。

正元《まさもと》なげく嗟嘆《さたん》し。死したる鷺《さぎ》を熟《つく〳〵》うち目逆《すがめ》。白《しろ》きハ物の本色《ほんしき》なるに。黒《くろ》きハ墜《おち》て本《もと》を失《うしな》ふ。これその吉凶《きつきやう》おそらくハ。南朝《なんちやう》衰廃《すいはい》の祥《さが》ならん。夫《それ》鳥ハその色黒《いろくろ》し。是を四方《しはう》に配《はい》すれバ。北朝《ほくちやう》に當《あた》り。又鷺《さぎ》ハその色白《いろしろ》し。これを四方《しはう》に配《はい》すれバ。西《にし》なるべき是ど。んよ。その鷺《さぎ》。よく〳〵艸《くさ》を銜《ついばむ》るに。死《し》してなほこれを放《はな》さず。西《にし》に艸《くさ》を冠《かむ》らせ。これバ茜《あかね》となる。茜《あかね》ハ一名《いちめう》深緋草《ひそめくさ》。物《もの》を染《そめ》て深紅《しんこう》之。赤《あか》きハ南方《なんはう》是。南朝《なんちやう》。乃至《ないし》南北両朝《なんぼくりやうちやう》多《さ》年《ねん》のあん争《あらそ》ひ。その勝敗《せうはい》を示《しめ》すに似《に》たり。且《かつ》鳥《からす》ハ日中《につちう》の鳥《とり》なり。是一を天子《てんし》に象《かたど》るべし。嘗聞《かつてきく》。人《ひと》の代《よ》の首《はじめ》神日本磐余彦天皇《かんやまといはれひこのてんわう》。神武《じんむ》皇軍《みいくさ》して。中洲《なかつくに》に赴《おもむ》かんとしたまふ。山中《やまなか》嶮絶《さうーく》しく。復《また》ゆくべき路《みち》なく。乃《すなはち》捿遑《すまひ》そ。その跋渉《ふこゆる》んに苦をなやんぜ。時《とき》に天照大神《あまてらすおほんかみ》。夢《ゆめ》に天皇《てんわう》に訓《さとく》なりく。朕今《われいま》頭八咫烏《やたがらす》を

黒白《こくびやく》を論《ろん》じて
正元《まさもと》その子《こ》を遠離
まさもと

を遣さん。宜《むべ》郷道《みちびき》者としたまへとの給はせしが。果《はた》して八咫烏《やたがらす》を
空《そら》より翔降《とびくだ》りて。皇軍《みいくさ》の郷道《しるべ》せしとかや。そも是《これ》が爲《ため》は。天照大
神《かみ》の使令《つかひめの》なり。嗚呼《ああ》いかにせん。宗廟《そうびやう》祖神《そじん》も。南朝《なんちやう》を補《たすく》け給はず。
天武《てんむ》の例《ためし》もあるものを。吉野《よしの》の宮《みや》のよしや世《よ》を。足利《あしかゞ》に挟《せば》められ鄙《ひな》と
都《みやこ》の八重《やへ》櫻《ざくら》。春《はる》にもあはしめ給はざる。神慮《しんりよ》實《まこと》にはかるべし。と未然《みぜん》を
察《さつ》する良將《りやうせう》の。言《こと》の葉《は》さへなど。窪六《くぼろく》も。こゝろに曉《さとり》かく慰《いさめ》かね。且《かつ》く
なくゆふうをせうつ。作殘《ごぢやう》にあれはへども。妖《よう》は德《とく》に勝《かつ》ざといへり。勝《かつ》と負《まく》るは
天運《てんうん》に係《かゝ》りて。禽獸《きんじう》のごとくなる所《ところ》にあらず。吉野《よしの》を皇居《くわうきよ》としたまへば。
南朝《なんちやう》の御領《ごれう》今《いま》は二十餘箇國《よかこく》はれども。その間《あひ》に志《こゝろざし》をよし。忠《ちう》
義《ぎ》を存《ぞん》ぜざる武士《ぶし》なかりしとせず。そのうちそのうの妖孽《げつ》をなす。
英氣《えいき》を落《おと》しなからんとハ。と諫《いさむ》れど。正元《まさもと》再《ふたゝ》び。いふことばもなかりけり。

義陸 或作義隆

さハ望《のぞみ》のかなはぬあらねど。命《いのち》を隕《おと》しゝ鷺《さぎ》の数《かず》をしらず。未来《みらい》を推《おし》量《はか》るまれハ。今《いま》より十二年《ねん》の後《のち》。南朝《なんちやう》終《つひ》に絶《たえ》なん歟《か》。去《さ》られバ摘《なん》氏《し》の子孫《しそん》。生《いき》て残《のこ》るものハあるべからず。されバおのれ旨《むね》あれバ。汝《なんぢ》ハ竊《ひそか》に。操丸《みさをまる》をうち抱《いだ》きて。ひそかに當國《たうごく》を立去《たちさ》りて。迹《あと》を埋《うづ》め。國々《くに／＼》を編歴《へんれき》して。世《よ》の名跡《めいせき》をたてよかし。陸奥《みちのく》なるハ。新田前左少將《につたさきのさせうしやう》義宗《よしむね》の嫡男《ちやくなん》。左少《させう》將《しやう》貞方《さだかた》。脇屋式部太輔《わきやしきぶのたいふ》義治《よしはる》の長男《ちやうなん》。右少將《うせうしやう》義陸《よしみち》（時《とき》に奥《あう》州の國司）父子《ふし》あり。又《また》鎮西《ちんぜい》なるハ。菊池《きくち》武光《たけみつ》が子《こ》。肥後守《ひごのかみ》武政《たけまさ》。征西將軍宮《せいせいしやうぐんのみや》懐良《かねよし》親王《しんわう》を守護《しゆご》して。九州《きうしう》に武威《ぶゐ》を振《ふる》へど。些《ささ》やまれバ。彼処《かしこ》ハしづかなる世《よ》を潜《ひそ》ぶに便宜《びんぎ》の地《ち》なり。かゝれども。それその子《こ》をしりて。他郷《たきやう》に潜《ひそ》ませなバ。と人《ひと》しらべ。忽地《たちまち》に疑《うたがひ》まれて。讒者《ざんしや》の舌頭《しつとう》にかけらるべし。汝《なんぢ》閑様《かんやう》にておしえやすく。操丸《みさをまる》を撫《ぶ》せ。それその期《ご》におよびて。續《ぞうとく》ありとて。

繹《と》審《つまびらか》に耳語《さゝやけ》ば。窪六《くぼろく》もこゝろ得果《えはて》て。次《つぎ》の日《ひ》より。かのびくに旅行《たびだち》の用意《こゝろがまへ》をいたし。河内国《かはちのくに》讃良《さゝら》郡《ごほりの》。野崎《のざき》の観音堂《くわんおんだう》を守《も》る生法師《なまほうし》は。語《かたら》て。相《あひ》し識《し》れるものなれば。これを瞞《だまし》て。つれづ方人《かたうど》とし。繹《と》既《すで》にそのひぬ。さる程《ほど》に八月《はつき》も尽《つき》て。九月《ながつき》の上旬《はじめつかた》。右一日《あるひ》正元《まさもと》は。津積《つづき》窪六《くぼろく》を呼《よ》びていひけらく。これ頃日《ひごろ》は。父《ちゝ》の喪《も》にありつるほどは。稚《をさな》きものゝ。いとゞ徒然《つれづれ》に堪《たへ》ざるべし。汝《なんぢ》操丸《みさをまる》に倶《ぐ》して。遊山《ゆさん》させよ。小松山《こまつやま》の茸狩《たけがり》なんどいと興《きやう》あらん哉《かな》と仰《おほせ》ければ。窪六《くぼろく》うけたまはりて。童《こもの》庵従《こせう》三四人《さんよにん》とともに。操丸《みさをまる》に冊《かしづ》きて。本《もと》えぬ山《やま》のこゝろさかれ。小松岡《こまつがおか》に赴《おもむ》き。終日《ひねもす》茸狩《たけがり》して。幼《いはけな》き主《しゆう》を慰《なぐさ》むるに。操丸《みさをまる》はいとよろしげに。樹間《このま》立潜《たちくゞ》り右《みぎ》よ左《ひだり》よと。漫行《そゞろあるき》するほどに。稚《をさな》きは却《かへつ》て足《あし》速《はや》く。動《やゝ》もすれば窪六《くぼろく》ほも。遥《はるか》に後《おくれ》て。忽地《たちまち》に見失《みうしな》ひぬ。さればこそとて窪六《くぼろく》は。つきまとふにもあらで慌忙《あわてふためき》童扈從《どうこせう》ありともに。樹《こ》の蔭《かげ》叢《くさむら》の中《なか》まで。喚《よび》つ叫《さけ》びつ尋《たづ》ね索《もとむ》るに。影《かげ》もなし。日《ひ》もはや向暮《くれなんく》とするに。さてもあるべきにあれど。ひめを殘《ざ》せんふも。いひがひなき童扈從《どうこせう》のみなれば。是非《ぜひ》なく城中《ぜうちう》へ走《そう》り歸《く》りて。縡《と》の趣《おもむき》を訴《うつた》へまうせしかば。正元《まさもと》大《おほ》いに驚《おどろ》き患《うれひ》。操丸《みさをまる》が失《うせ》たりとぞ。生死《せうし》もしらず。たゞ安《やす》からん。部《てわけ》して索《とづ》ねど。いそぎあらく下知《げぢ》するにぞ。かの熟《なれ》たる老黨《らうどう》。おの〳〵驍兵《きこい》をゐて。前後《ぜんご》の城戸《きど》より走《そう》り出《ぞ》。通霄《よもすがら》こゝかしこ索《たづね》るに絶《たえ》て往方《ゆくへ》をしらざりける。

○第四《だいし》芒花《をばな》にいふ袖《そで》振《ふり》草《ぐさ》

物《もの》おもひ。交野《の》の原《はら》をわけゆけど。袖《そで》ふり草《ぐさ》に雉子《きゞす》啼《なく》なり。いとも果敢《えう》なきわびの世《よ》に。凡《およそ》いきとし活《いけ》るもの。恩愛《おんあい》の覊《きづな》に繋《つなが》れしその思ひを焦《こが》さらん。焼野《やけの》の雉子《きゞす》夜《よる》の鶴《つる》。峯《みね》の猿《ましら》腸《はらわた》を断つ。その悲《かなし》さぞまさるなる。楠正元《くすのきまさもと》の夫人《おくがた》は。和田正武《わだまさたけ》の従弟女《いとこめ》にて。交野《かたの》の前《まへ》と申しけるが。いぬる日《ひ》最愛《さいあい》の一子《ひとりご》操丸。茸狩《たけがり》して。往方《ゆくへ》しれざりけるその日《ひ》より。招《まね》くかひなき尾花《をばな》がもとの。袖《そで》ぞ乾く間《ひま》なくて。神《かみ》に祈《いの》り仏《ほとけ》を念《ねん》じ。存命《ながらへ》てぞあるならば。今《いま》一トたび。わが子にあはしまへとて。歎《なげ》きかなしむぞ理《ことわり》なる。正元《まさもと》も。隙く繋りしをのかれば。人《ひと》めをしのび懶《ものう》さあけくらしく。兄《あに》正儀《まさのり》にかくまひ。龍泉《りうせん》の城《しろ》へも。かくと告《つげ》しかば。和田正武《わだまさたけ》大きに驚《おどろ》き。操丸はこれが女婿《むこ》之。彼《かれ》僮《わらべ》は四才《よつ》なれど。眼ざしの凡常《よのつね》ならぬをみるにも。ゆかしく憑《たのも》しくおもひつるに。失《うせ》しることぞ安《やす》からね。これ山名氏清《やまなうぢきよ》が所為《しわざ》なして。窃《ひそか》に奪《うば》ひとりし。人質《ひとじち》にするなるやあらんかまづ間者《しのびのもの》を入《い》れしと。赤坂《あかさか》の為倅《さく》を張《ちやうか》し。わが推量《すいりやう》に違《たが》はざれバ。ぞもかくもして。その復《く》さすべし。と回答《いらへ》しつ。さまぐに方便《てだて》をめぐらし。赤坂《あかさか》のせうを探問《さぐりとふ》に。操丸《みさをまる》の在処《ありどころ》絶《たえ》て知《しら》ざりける。されバ正勝《まさかつ》の為《ため》ならんハ。よびとりの侫《ねい》なれバ。遺憾《いかん》に堪《たへ》ざりしつ。童僕《》従《》を責罵《せめのゝし》り。渕中《えんちう》へいひがひなくとも。津積《つづき》窪《くぼ》六《ろく》が丹《》であらんものぞ。幼児《いとけな》き主《しう》を失《うしな》ひ。阿容《おめ》〳〵と帰《かへ》り来《き》しかバ。いかなるぞや。いまく操丸《みさをまる》が往方《ゆくへ》志らざれバ。かの窪六《くぼろく》が首《くび》を刎《はね》て。その罪《つみ》を正《たゞ》さずんバ。何《なに》をもて不忠《ふちう》の士卒《しそつ》を懲《こら》すべき。といきまくを。正元《まさもと》諫《いさ》めて。その憤《いきどほ》りは。某《それがし》に予《あづか》て異《こと》なるぞかし。窪六《くぼろく》が罪《つみ》軽《かろ》からねども。彼《かれ》が首《くび》を刎《はね》られたりとて。失《うせ》たる子《こ》の帰《かへ》るにもあらざれバ。死刑《しけい》を宥《なだめ》て。追放《おひはなさ》んこそ。穏便《おんびん》の沙汰《さた》なるべきなれ。とゝく。藪《やぶ》く窪《くぼ》六《ろく》を追放《ついはう》せし。皆《みな》これ正元《まさもと》の謀略《ぞうりやく》なり。最《さき》に窪六《くぼろく》に。心中《しんちう》の機密《きみつ》を貌《かたち》なりし。操丸《みさをまる》の乳《ち》を托せしかバ。窪六《くぼろく》ハ。毎月《つきづき》。主《しう》の代参《だいさん》しつ。野《の》崎《さき》の観音《くわんおん》に詣《まうで》。堂守《だうもり》の生道玄《しやうだうげん》が愚直《ぐちよく》なるをよく知りてあれバ。竊《ひそか》に野崎《のざき》に訓《いさ》りて。件《くだん》の法師《ほうし》を賺《すか》し。これが再世《さいせい》の恵《めぐみ》を稟《うけ》しる。主家《しゆうか》乃老臣《おとな》何《なに》がしが子《こ》なるを。僅《わづか》四才《よつ》なると。継母いたく憎《にく》みて。人《ひと》しらぞ殺《ころさ》んと計較《もくろむ》を既《すで》に急《きふ》なり。これ恩人《おんじん》の子《こ》なりけれバ。救《すくは》んとおもひはかる。其《そ》れよりてはなさんもよくなし。所以ハ。老師《ひじり》。これが為《ため》に彼《その》稚児《をさなご》を奪《うばひ》去《さり》て。しバし隠《かく》しおくべし。五七日を経《へ》て。それより来《きた》りて。他処《よそ》へ忍《しの》バせべしといふに。元来《もとより》愚直《ぐちよく》の桑門《よすてびと》なれバ。こまごとを実《まこと》なりとし深《ふか》く憐《あはれ》み。慈悲《じひ》ハ佛《ほとけ》の本願《ほんぐわん》なり。人《ひと》を助《たすく》るに於《おい》て。出家《しゆつけ》の推辞《いなみ》べきよあらねど。その児《ちご》を奪《うば》ひ去《さ》らんこと。容易《たやす》かるべし。毛《け》を吹《ふき》疵《きず》をもとめんみつから罪《つみ》得《え》ぬべきも不為《とざ》なり。と回答《いらへ》つゝ。速《すみやか》に承《うけ》諾《ひき》ぬ。窪六《くぼろく》ハさらねて。

そのころハ宗安《そうやす》去《さり》し九月《ながつき》某《それ》の日《ひ》あれバかれ四五人の童《わらべ》とともに。件《くだん》の稚兒《おさなご》を率《い》て。本《もと》又《え》ぬ山《やま》の西《にし》の岡《おか》に潜《ひそ》ぶべし。老僧《ひじり》そのうへ。茅《ち》萱《がや》の中《うち》にかくろひ居《ゐ》て。竊《ひそか》によりて抱《いだ》きて走《はし》りゆく人。侶《とも》なる童《わらべ》にぞあり。あらざれバ。縁《えん》を妨《さまたげ》なりし。程《ほど》経《へ》て發顕《あらはれ》すとも。老師《ひじり》を連係《まきぞひ》さらにくるしからず。只《たゞ》両三日《りやうさんにち》の日《ひ》を費《つひや》しぬれバ。その功徳《くどく》莫太《ばくだい》ならんとぞ。さまぐ〳〵にいひこしらへしかバ。法師《ほうし》ハ遂《つひ》に騙《かた》されて。窪六《くぼろく》とともなへり。そろ〳〵と千劔破《ちはや》に來《きた》りて。本日《そのひ》の暗号《あひづ》を定《さだ》め。朝《あさ》まだきに。小松《こまつ》が岡《をか》に到《いた》りて。叢《くさむら》の中《うち》に身《み》を隠《かく》し。彼《かの》主従《しゆうじう》が茸狩《たけがり》に出《いづ》るを張《うかゞ》ひて。漸《やうや》く操丸《みさをまる》をとらへ抱《いだ》きて。通宵《よもすがら》徑《こみち》より走《はし》りて。野崎《のざき》へ率《い》て婉《え》りて。かくれゐて窪六《くぼろく》が音耗《おとづれ》を待《まち》わぶるに。窪六《くぼろく》ハあとよりしぞく。罪《つみ》ならぬ罪《つみ》を得《え》て。千劔破《ちはや》の城《しろ》を追放《ついはう》せられし。直《たゞち》に野崎《のざき》に趣《おもむ》きて。件《くだん》の法師《ほうし》によろこび聞《きこ》えぬ。物毀布施《ふせ》し。郎君《らうくん》の冥後を。観世音《くわんぜおん》に祈願《きぐわん》なしつ。操《みさを》を脊負《せお》ひつ。身《み》を窶《やつ》し笠《かさ》をふかくし。藁《わら》に裹《つゝ》む両刀も。さして往方《ゆくへ》ぞ定《さだ》めなき。旅路《たびぢ》に迷《まど》ひ出《いで》けり。その下《もと》に殺《ころ》す。かくて春《はる》ゆき春《はる》なりぬ。又《また》十二年《ねん》の光陰《くわういん》を経《へ》るほどに。いぬる應安《おうあん》七年《ねん》南朝《なんてう》文中《ぶんちう》三年十月《ぐわつ》なれ。菊池武政《きくちたけまさ》。義満将軍《よしみつしやうぐん》に攻《せめ》られやすさん。且《かつ》ぐ和睦《わぼく》し。その英気《えいき》を避《さけ》つつ。只《たゞ》如《しよく》の城《しろ》を守《まも》りて。ふたゝび九州《きうしう》を討従《うちしたがへ》んとおもひけれども。武政《たけまさ》が武威《ぶゐ》この比《ころ》に衰《おとろへ》て。終《つひ》に志《こゝろざし》をとげ果《はた》さず。明徳《めいとく》二年《ねん》南朝元中八年に至《いた》り。龍泉《りうせん》の城主《じやうしゆ》。和田正武《わだまさたけ》討《うた》れぬ。享年《きやうねん》五十四才《さい》なり。かくりし程《ほど》に。河内《かはち》の国人《こくじん》悉《ことごと》く叛《そむ》きて。足利家《あしかゞけ》へ属《ぞく》せしかば。今《いま》は千剣破《ちはや》の城《しろ》のみ残《のこ》りつ。正勝正元《まさかつまさもと》。ぞろひ勇《いさみ》しといへども。赤松《あかまつ》?竹山《たけやま》の大軍《たいぐん》に火攻《ひぜめ》せられ。兄弟《きやうだい》従兵《じうへい》。思《おも》ひなく戦《たゝかひ》なく。自《みづ》方《かた》の兵士《つはもの》悉《こと》く討《うた》れしかバ。楠兄弟《くすのきはらから》ハ。不思議《ふしぎ》に必死《からうし》を脱《まぬか》れ。正勝《まさかつ》ハ血路《ちのみち》を披《さ》て没落《ぼつらく》し。十津川《とつかは》に漂泊《ひやうはく》して。彼処《かしこ》にかく身《み》をかくしけり。叔《しゆく》正元《まさもと》ハ只《たゞ》一騎《いつき》。二の城戸《きど》に立塞《たちふさが》りて。さしも猛《たけ》く結《むす》び結《むす》ぶ。寄《よ》せ手《て》の敵《てき》を射《い》て落《おと》し。その身《み》も薄手《うすで》数箇処《そうしよ》負《おひ》にけれバ。今《いま》ハ是《これ》までとひとりごち。猛火《みやうくわ》の下《した》をつと潜《くゞ》り抜《ぬけ》て。煙《けふり》に噎《むせび》て立迷《たちまど》ふ。夫人《おくさま》交野前《かたののまへ》と。和田《わださ》正武《まさたけ》の息女《そくぢよ》。秋野姫《あきのひめ》を救《すく》ひ出《いだ》して。後門《うらもん》より走《はし》り去《さ》るに。秋野姫《あきのひめ》の乳母《めのと》。豊浦《とよら》のみ。只《たゞ》ひとりかのん従《ともな》ひたる。去《さ》りけるに秋野姫《あきのひめ》ハ。去年《こぞ》母《はゝ》武世《たけよ》を逝《さり》て。孤《みなしご》となりにけれバ。正元《まさもと》ふかく憐《あはれ》み。乳母《めのと》なりとして斂破《えやぶ》の城《しろ》へ迎《むか》へとり。夫婦《ふうふ》これを慈《いつくし》むこと。実《まこと》の女児《むすめ》に異《こと》ならざりし。その姫《ひめ》今茲《ことし》ハはや。十四才《さい》なりしが。容止《すがた》の嬋娟《あでやか》なるハ。いへばさらなり。操丸《みさをまる》異《こと》なるゆゑなれバ。婚姻《こんいん》の期《とき》も。従《ふど》ちかれべきよ。正元が子ハ二なく、へなくなり

妻子を扶引《たすけひき》て
正元《まさもと》
大和路《やまとぢ》へ
走る

て。既《すで》に數《あまた》の年《とし》を經《ふ》れども。世《よ》にありともなしとも聞《きこ》えず。片時《かたとき》も忘《わす》れがたき親《おや》の歎《なげ》きに思ひくらぶるに。幸《さち》なきものは姫《ひめ》なりけり。稚《おさな》きときは母御《はゝご》を喪《うしな》ひ。去才《こぞ》は父御《てゝご》に死別《しにわか》れ。四才《よつ》のときより結髪《いひなづけ》して。今歳《ことし》は十五になるべかりし。夫《をつと》の顔《かほ》をさへもしらぬぞ。しられずしてぞおはさんとて。交野《かたの》前《まへ》は殊《こと》さらに。愛慈《めでいつく》しみたまひしが。かくは千劔破《ちはや》の城《しろ》さへ攻落《せめおと》されて。主従《しゆじう》只《たゞ》四人。大和路《やまとぢ》へにげ入《い》り。吉野《よしの》の皇居《くわうきよ》へ参《まゐ》らんとて。登《のぼ》る樹《こ》の陰《かげ》。岩《いは》の挟《はざま》に身《み》を潜《ひそ》め。夜《よ》を通霄《よもすがら》路《みち》を走《はし》り。辛《からう》じて六田《むだ》の山《やま》里《さと》まで来《き》つる日《ひ》。正元《まさもと》の矢瘡《やきず》。思ひの外《ほか》に痛《いた》み出《いで》て。苦悩《くなう》いふべうもあらざりしかバ。かくてハ吉野《よしの》へ参《まゐ》りがたしとて。杣木挽《そまきひき》なるもの。只独《たゞひとり》住《すむ》家《いへ》に宿《やどり》投《もと》て。且く保養《ほよう》ありけれ。嗟夫《あゝ》栄枯得喪《ゑいことくそう》の理《ことわり》。誰《たれ》かは脱《のが》れん。今《いま》にかはらぬ世《よ》なれども。楠公《なんこう》正成《まさしげ》の誠忠《せいちう》。死して且朽ず。子孫《しそん》その遺《い》列を守《まも》り。父子《ふし》三代《さんだい》。五十餘年《よねん》が間《あひだ》。河内《かはち》半國をめく。足利《あしかゞ》の大軍《たいぐん》を防《ふせ》ぎ戦ふといへども。水涸《みづかれ》て船絶ぞ。城《しろ》敗《やぶ》れて人《ひと》守《まも》りがたし。されば正勝《まさかつ》兄弟《きやうだい》千劔破《ちはや》を没落《ぼつらく》して。南朝《なんちやう》の股肱《ここう》の武臣《ぶしん》を失《うしな》ひ。君臣《くんしん》忽地《たちまち》鰕《えび》に離《はな》れし水母《くらげ》のごとく。進退《しんたい》究《きはま》りて。とさまかうさまをしかへ給ひしもあまり。京都《きやうと》将軍《しやうぐん》義満《よしみつ》より。大内《おほうち》義弘《よしひろ》。六角《ろくかく》満高《みつたか》をあらく。さま〳〵に驕《おご》りしかば。後小松院《ごこまつのゐん》をば養君の義《ぎ》にて南北《なんぼく》朝の和睦《わぼく》とゝのひ。是年《ことし》（北朝明徳三年 南朝元中九年）閏十月《のちのかみなづき》二日。南帝入洛《なんていじゆらく》ありて。嵯峨《さが》の大覚寺《だいかくじ》に著御《ちやくぎよ》まし〳〵。同月《おなじつき》の五日に。三種《さんしゆ》の神器《じんぎ》を渡《わた》させまし〳〵ありしかば。やがて太上天皇《だじやうてんわう》の尊号《そんがう》をたてまつり。後亀山院《ごかめやまのゐん》とぞまうしける。延元《えんげん》二年に。後醍醐天皇《ごだいごてんわう》吉野《よしの》へ遷幸《せんかう》ありしより。五十五年。（足利治乱記に五十六年《ねん》とす）ふしく。南北両朝《なんぼくりやうちやう》の合躰ありしかば。大日靈貴《おほひるめのむち》の神慮あるも稱せなかるべし。さる程に楠《くすのき》河内《かはち》二郎《じらう》正元《まさもと》は。箭瘡《やきず》せうせくに癒《いえ》ざれば。まづ吉野《よしの》の皇居《くわうきよ》へや参《まゐ》らん。撃残《うちのこ》されたる兵士《つはもの》を招《まね》き集《あつ》めて。千《ち》剣破《ちはや》の城《しろ》をや恢復《くわいふく》さんと思ひをりふ。南北朝は合躰《がつたい》ありて。南帝入洛《じゆらく》しありぬと風声《ふうぶん》するに。忽地《たちまち》胸《むね》塞《ふさが》りて。縡《こと》の由を聞定《きゝさだ》めれば。実《まこと》なるかな。これぞもいかにと仰天《ぎやうてん》し。思ひしとも化となりて。死《しな》ん外《ほか》なかるべくもなかりく。ある日《ひ》正元《まさもと》を。あるじの男《をとこ》が薪樵《たきゞこり》に出《いで》て。傍《かたへ》に人《ひと》なかれど。乃母は次《つぎ》のやあるとて。豊浦《とよら》に出居《いでゐ》の処に守《まも》らし。交野《かたの》前《まへ》と称野《の》姫《ひめ》に對《むか》ひて。声《こゑ》を低《ひく》し。さるにも主上《しゆじやう》は。天運《てんうん》の尽るところ知食《しろしめし》てやはらかにくも入洛《じゆらく》ましくるは。是非《ぜひ》をまうさるべうもあらず。さりとも足利家《け》は千鈞の盟誓あり。密《ひそか》に花洛《くわらく》に赴《おもむ》きて。義満《よしみつ》を狙撃ん。汝達《なんだち》は婦人《ふじん》のことなれば。よしや楠《くすのき》が妻子《さいし》とも。命《いのち》をつゞまるくとてハあらじ。さもかくもしく。一生《いつせう》をおくりし身とおもひも果《はて》ぬ。怒《いか》れる眼《まなこ》よりおちかねし。只《たゞ》一滴《ひとしづく》の涙《なみだ》の玉《たま》も落《おち》て砕《くだ》る胸《むね》くるしさを。おもひせめて主従《しゆうじゆう》が哀《あはれ》み給《たま》ふ面《おもて》をあげし。いかにともいへど稲舟《いなふね》の。のがるゝ身を卿《きやう》の。交野《かたの》前《まへ》ハ。あふれ落《おつ》る涙《なみだ》をおさへつゝ押《おし》拭《のご》ひ。君《きみ》の仇《あだ》自《みづから》の仇《あだ》を。狙《ねらひ》撃《うた》んと宜《のたま》ふなるを。雖《され》ど禁《とゞ》めとゞむべき。されども。彼《かの》義《よし》満《みつ》が威勢《ゐせい》ハ。傳《つた》へ聞《きく》しよりいかめしく。六十餘州《よしう》を掌握《しやうあく》して。仮初《かりそめ》の出居《そでゐ》すにも。前《さき》をおひ後《あと》に隨《したが》ふ従者《ずさ》ハ。洛《らく》の小路《こうぢ》にもあふるゝ。仇人《あだびと》を撃《うた》んとしたまふ。おん身《み》立よつて六《むつ》の臂《ひぢ》。両《ふたつ》の翼《つばさ》ハ生《おひいづ》るとも。ちからなきとそれに不為《せざ》るが。武士《ものゝふ》の子と生《うまれ》て。武士《ものゝふ》の妻《つま》となりてハ。さすがの人のらくに。羞《はぢ》くおもふさへ。なんぞ愍《なさけ》に存命《ながらへ》て。いくその物をおもはんより。虞氏《ぐし》とすらんが節操《せつそう》に。せん方《かた》なく臂近《ひぢちか》なる。夫《をつと》の刀《かたな》を引抜《ひきぬき》て。

胸《むな》さわぎぬれ。傍なる人が。是《これ》をみとむり秋野姫《あきのひめ》豊浦《とよら》おどろきも左右《さゆう》より。抱き起《おこ》さば漬《わとえし》る。鮮血《ちしほ》よりいとゞえざめあへぬ。新婦《よめ》と乳母《めのと》が涙《なみだ》の雨《あめ》。憂《うれ》への虫《むし》となく音《ね》さへ。よるべの枝《えだ》はなかりけるを。交野前《かたののまへ》は息《いき》の下《した》に。秋野姫《あきのひめ》をみかへりて。ふりすつる身の殊《こと》さらに。旅人《たびゞと》となりなんぞ。ちからともなりならるめり。嫁姑《よめしうとめ》を睦《むつ》ましく。下賤の常言《ことわざ》なり。なれし迭の落命。憎《にく》まれて世《よ》に憚《はゞか》るより。惜《をし》まれて死ぬ人《ひと》は花ちり際めでたき玉椿《たまつばき》の八千代《やちよ》までもとおもひ子《ご》に耦《つれあひ》をもとむれ嫁御前《よめごぜ》の。歎《なげき》もいとゞ痛《いた》ましけれど。己が身を夫《をつと》に先《さき》だちて。後《うしろ》安く羑満を。發し進《すゝ》ませんと思ふのミ。母よ豊浦《とよら》。乳母《めのと》は母にむとしとしくぞ。杖《つゑ》ともなり楯《たて》ともなりて。秋野姫《あきのひめ》を守《も》り冊き。浦《うら》の谷屋《や》に起臥《おきふし》し。山《やま》の幸雄《さちを》に身をかよへるとも。夛の名をも阿翁乃。

名《な》をさへ名告《なのり》そ。青丹《あをによ》よしなら の廣紫《ひろむらさき》に世《よ》を挟《せば》み。火打《ひうち》水《みづ》汲《く》み薪《たきぎ》樵《こ》り。人の奴《やつこ》と身《み》をなしても。其誠《まこと》にかなひなば。神《かみ》も守《まも》り佛《ほとけ》も憐《あはれ》み。發明なす時《とき》もあらん。化《あだ》なる縁《えん》しに締《むすば》れぞ。三才の年よりも寡婦《やもめ》の名《な》を。おひつ負《おは》せし因果《いんぐわ》どうちが。かのどくくかくまで集合《つどひ》なん。脱《のが》れ得ざりしは過世《すくせ》の業報《ごうほう》。苦《くる》しきめのは今生《こんじやう》の契《ちぎ》りにころそこりし口説《くどき》言《ごと》も細《ほそ》きく霜夜《しもよ》の虫《むし》の。憑《たの》みをさけかのしえんえしらば。いくぐ露《つゆ》けき秋野《あきの》姫《ひめ》も。己《おの》が身《み》をもなくの秋なくて。暮野の鹿《しか》乃夢《ゆめ》の世《よ》と。おもひ絶《たえ》なも絶《たえ》ぬ。峯《みね》の落葉《おちば》のうきねぐ。かくれ歎《なげき》ぞ助けなかりし。空《かうと》の親《おや》とよんまかりなる。その二柱《ふたはしら》に捨《すて》られしぞ。ヱられなぞ何《なに》となりまぐらん。形《かたち》なりし世《よ》に残《のこ》らんよりぞ。ありともに伴《ともな》ひなば。死出《しで》の山路《やまぢ》の轎《のりもの》ともし。三途《さんづ》の川《かは》の筏《いかだ》とも。なりて渡《わた》さば孝行のたしやあらん。と忙《いそが》しく。綾《あや》の嚢《ふくろ》に玉《たま》の緒《を》の。魂《たまぎる》銷《きえ》又も名《な》のみ似《に》ぬ。護身刀《まもりがたな》を抜出《ぬきいだ》せば。豊浦《とようら》は吐嗟《あなや》と携留《ひきとゞめ》。憂《うき》に逼《せま》りて此《こ》はさるまで。乱《みだ》れなる欲《か》苧環《をだまき》の。うたてまさに死《しな》んとせしに。げに理《ことわり》なりぞ侍《はべ》るなるか。結髪《むすびがみ》ましくらる。殿《との》もおん往方《ゆくへ》しらせまさね。世《よ》になき人とも聞《きこ》えねどもを。存命《ながらへ》て坐《おはしま》さば。孰《いづれ》の命《いのち》めく彼君《かのきみ》に。環會《めぐりあは》んともはからん。花《はな》も操《みさを》も十《と》へもの含《つぼみ》をされかゝ散《ちら》せしく。姑《しうとめ》の自害《じがい》をみらんや。堪《こら》へがたきを忍《しの》びあへねば。孝《かう》なる侍《はべ》らで。貞《てい》なる侍《はべ》らど。いひがひ迄と諫《いさめ》もされも無常《むじやう》の名《な》に響《ひゞ》く。豊浦《とようら》の寺《てら》の鐘《かね》ならで。そもに涙《なみだ》にくれの声《こゑ》。外《よそ》へ漏《もら》さじ哭《こう》せじとなく。せうせし刀《かたな》を引放《ひきはな》せば。文野《ふみの》前《まへ》は喜《うれ》しげなり。息《いき》のみなく物《もの》いはね。苦痛《くつう》さらそとおもひなりて正元《まさもと》頷《うなづき》に嘆息《たんそく》し。扇《あふぎ》翁《をきな》にあらて小膝《こひざ》をすゝめ。死《し》を潔《いさぎよ》くしなく。夫《をつと》を励《はげま》さと文野《ふみの》が

忠烈《ちうれつ》。なかんなも死んと欲《よく》す。秋野《あきの》が孝行《かう〳〵》。されば正元《まさもと》が妻《つま》とも
いはれ。嫁《よめ》ともいはれ。其十二年《ねん》が間《あひだ》。兄正儀《まさのり》にも告《つげ》ずして。深《ふか》く秘《ひ》し
たるが子《こ》の往方《ゆくへ》。目今《たゞいま》審《つまびらか》になりし後《のち》。それとを冥土《めいど》の餞別《せんべつ》に。
うけ給はて清果《きよはて》に赴《おもむ》きまし。抑《そも〳〵》いぬる天授《てんじゆ》三年《ねん》。此君の正儀《まさのり》。赤坂《あかさか》にて
自殺《じさつ》しあひしところ。千劔破《ちはや》の城《しろ》の前裁《ぜんさい》なく。烏《からす》と鷺《さぎ》と挑《いど》み争《あらそ》
ひ。死《し》しつる鷺《さぎ》を並べて十二枚。其《その》十二箇年《かねん》の今茲《ことし》に當て。南朝《なんてう》傾《かたぶ》
廢《すい》の祥《さが》を示《しめ》さむと豫《かね》しても曉《さとる》よすがら。人《ひと》にいはぬべきよしもなく。摘《ちやく》
氏《し》の子孫《しそん》。ここに断絶《だんぜつ》せんとするの歎《なげき》は。さればこそ。老黨《らうだう》律積《つづく》窪六右《くぼろくゑもん》
衛門に。襁褓《むつき》を授《さづけ》ず。其操丸《みさをまる》を失《しな》ひつるとはせ。それを越度《をちど》に窪六《くぼろく》
を追放《ついほう》せしに。人《ひと》あまた子《こ》を遠離《あらゝげ》。彼窪六《かのくぼろく》に久後《ひさしく》を托《たく》しつるの
あればなり。それもたゞさんが兄正儀《まさのり》と。和田正武《わだまさたけ》の忠《ちう》はからずして。交野《かたの》が悲《ひ》

六田《むつた》の山家《やまが》に
節婦《せつふ》
朝露《あさつゆ》に
先《さき》だつ

歎《たん》も痛《いたま》しけれど。兵《へい》は詭道《きどう》なりといへり。謀《はかりごと》は密《みつ》なるをよしとす。事《と》は洩《もれ》易《やす》きを憚《はゞか》りて。かくまではいはざりける。これ恩愛《おんあい》に惑溺《わくでき》して。その子の栄達《えいたつ》を思《おも》ふにあらねど。秋野姫《あきのひめ》もあしくな咎《とが》めたまひそ。わが兄弟《きやうだい》は時《とき》を得《え》ずして首《くび》を敵《てき》に授《さづく》るとも。操丸《みさをまる》だに世《よ》にあらば。年《とし》を経《へ》て義兵《ぎへい》を起《おこ》し。父《ちゝ》が志《こゝろざし》を続《つい》がば。仇《あた》を滅《ほろぼ》さゞりやあらん。と忠孝《ちうかう》によるところ。止《やみ》がたくて。親族《うから》妻子《やから》にもその年来《としごろ》いはで。その歎《なげき》を被《うけ》しむるなり。我《わ》れ思慮《おもひはかり》ありしに違《たが》へど。兄《あに》は紀路《きのぢ》へ没落《ぼつらく》し。これは花洛《みやこ》へ一死に向く。千枝《ちえ》の常葉《ときは》も枯《かれ》くに。一樹《ひとき》残《のこ》りし操丸《みさをまる》が在処《ありか》を索《たづね》て。環會《めぐりあひ》夫婦《ふうふ》全くなるよしの。なかれにしもあらざめれば。秋野姫《あきのひめ》は大和《やまと》摂津《せつゝ》の間《あはひ》に世《よ》を潜《しの》び。時《とき》の到《いた》るをも等待《まち》なん。産霊《むすびのかみ》に偽《いつはり》なくんば。妹背《いもせ》の契《ちぎり》も空《むな》しからじ。遂《つひ》に面《おもて》を拵《こし》らざるとも。操丸《みさをまる》が護身嚢《まもりふくろ》には。野《の》崎《さき》の観世音《くわんぜおん》を擬《よう》しなる尊《そん》像《ぞう》あり。今《いま》なる秋野姫《あきののひめ》にハ。志紀《しき》の毘沙門天《びしやもんてん》の小像《せうぞう》を得《え》さすべし。是《これ》ハ亡《なき》祖父《おほぢ》正成《まさしげ》。幼稚《いとけなき》よりふかく信《しん》じ給《たま》ふ。霊験《れいげん》あらたなるよしハ。世《よ》の人《ひと》の知《し》る所《ところ》なり。夫婦《ふうふ》再會《さいくわい》の割符《わりふ》なれバ。これにゆかりのものなる。されバ法華経《ほけきやう》普門品《ふもんぼん》の要文《やうもん》に。礼拝供養《らいはいくやう》観世音菩薩《くわんぜおんぼさつ》。便生福徳智恵男《すなはちふくとくちゑのをのこをうまん》。設欲求女《もしをんなをもとめんとおもはゞ》。便生端正有相女《すなはちたんしやうのさうあるをんなの》。宿植徳本《むかしとくをうゑて》。衆人愛敬《もろもろのひとにあいきやうせらるゝをうまん》と。説《とき》のべ。又《また》賢愚《けんぐ》経《きやう》にハ。有優婆夷誦経《うばいのきやうをよむあり》。毘沙門天従空而過《びしやもんてんそらよりしてあひ》。乃曰《すなはちのたまはく》姉《あね》妹《いもと》。我与汝宝物《われなんぢにたからをあたへん》。可請舎利弗斉《しやりほつをこふべし》。當得勝福《まさにすぐれたるさいはひをうべし》と説《とき》あへり。これ智《ち》の及《およ》バざるところハ。人《ひと》の才《さえ》を借《かる》べし。人力《じんりき》の及《およ》バざるところハ。神佛《しんぶつ》の冥助《みやうぢよ》を仰《あふ》ぐべし。豊浦《とよら》ハ雄《を》々しき心操《こゝろばえ》のものなり。秋野姫《あきののひめ》を扶掖《たすけだき》て。主従《しゆうじう》いつく身《み》を窶《やつ》し。法隆寺《ほうりうじ》のがらへ落《おち》よ。彼寺《かのてら》ハ。楠氏《なんし》に舊好《きうかう》あり。密《ひそか》に住持《ぢうぢ》を憑《たの》み聞《きこ》えけるが。しばしの隠家《かくれが》ともなりぬべし。ことしまたこと逆《ぎやく》の峯入《みねいり》せし。山伏《やまぶし》に打扮《いでたち》て。直《すぐ》に華洛《みやこ》へおもむきけるに。かくて縁《え》よりやと兎彼《とかく》に貌示《かほしめ》して項《うなじ》に被《かけ》る。獲身嚢《まもりぶくろ》を取《と》り外《はづ》し。秋野《あきの》姫《ひめ》にこれを授《さづ》け。まる軍要《ぐんよう》に貯禄《たくはへ》し。金《かね》二包《ふたつゝみ》をとり出《いで》し。これをぞ豊浦《とよら》に遞与しけり。秋野《あきの》姫《ひめ》主従《しゆうじう》ハ。なじめぐく縁由《ゆかり》を聞《きゝ》て。ありがたさやすぐく忝《かたじけな》く。世《よ》に憑《たのも》しき住持ハちぎれど。互《たがひ》に絡らぬ操《みさを》丸《まる》に。あの日《ひ》をいつと定《さだ》めかねし。人《ひと》の命《いのち》ハ槿花《あさがほ》の。夕《ゆふべ》をまたぬ姑御前《しうとごぜ》。せんかたなく存命《ながらへ》のひるが名告《なのり》あふよすがもあらん。今《いま》となりてハいかゞなるや。本意《ほい》なき別《わかれ》りなげくなる哉。はやく実にめぐりのへと呼活《よびいけ》られて交野前《かたのまへ》ハ。

せうせくに眼《め》を閉《ひら》き。縡《こと》のやうハ咲《さき》そへりぬ。今般《いまそ》にたまへるこらが子《こ》の存亡《そんばう》。その物語《ものがたり》る千僧《せんそう》の。読経《どきやう》にましく罪《つみ》あらし。迷《まよひ》の雲《くも》を吹《ふき》あらしに。鷲《わし》の高峯《たかね》へ帰《かへ》り花《はな》。吉野《よしの》とりへバ紙雛《かみひな》の。夫婦《みやうと》が手《て》うち末期《まつご》の水《みづ》を。え受《うけ》ぬるすのゝ遺憾《のこりをし》と。いへも竿《すゞ》ハ唇《くちびる》を。動《うごかせ》とつんえく縡断《ことぎれ》たり。覚悟《かくご》ハ去《さり》ても堪《たえ》かねて。声《こゑ》に泣嫁《なくよめ》。眼《め》に泣舅《なくしうと》。あるじがくわとが便《びん》なし。と励《はげま》を乳母《めのと》も袖《そで》たぐりし。千叙破《ちそや》を出《いそ》ぐ神《かみ》無《な》月《つき》。六《む》田《さ》の山川《やまかは》水《みづ》落《おち》て。石《いし》に名《な》を書《かく》亡魂《なきたま》を。導《みちび》かれの人《ひと》救世《ぐせ》圓通《ゑんつう》。煩悩《ぼんなう》菩提《ぼだい》種《もく》く門天《めんてん》。数《かず》の宝《たから》も眼前《まのあたり》。男《をとこ》の情《なさけ》をさし戴《いたゞ》く。路費《ろよう》に物《もの》ハ欠《かく》ねども。世《よ》を濁《しの》ぐ旅《たび》と死出《しで》の旅《たび》。道《みち》しるべするを前途《ぜんど》ハ。経帷子《きやうかたびら》に禅衣《おかづり》に。笈《おひ》と兜巾《ときん》の假山伏《つくりやまぶし》。女道者の めぐり回向《ゑかう》。旅《たび》のころもハ篠《ささ》被《かけ》の。篠《さゝ》かへあらぬ亡體《なきがら》を。笠《かさ》とり隠《かく》しゝ骸《なきがら》を枯《かれ》に。芒花《をばな》が末《すゑ》の野葬《のべおくり》。哀《あはれ》も哀なりに。ながめよりなり。

松染情史秋七草巻之二終

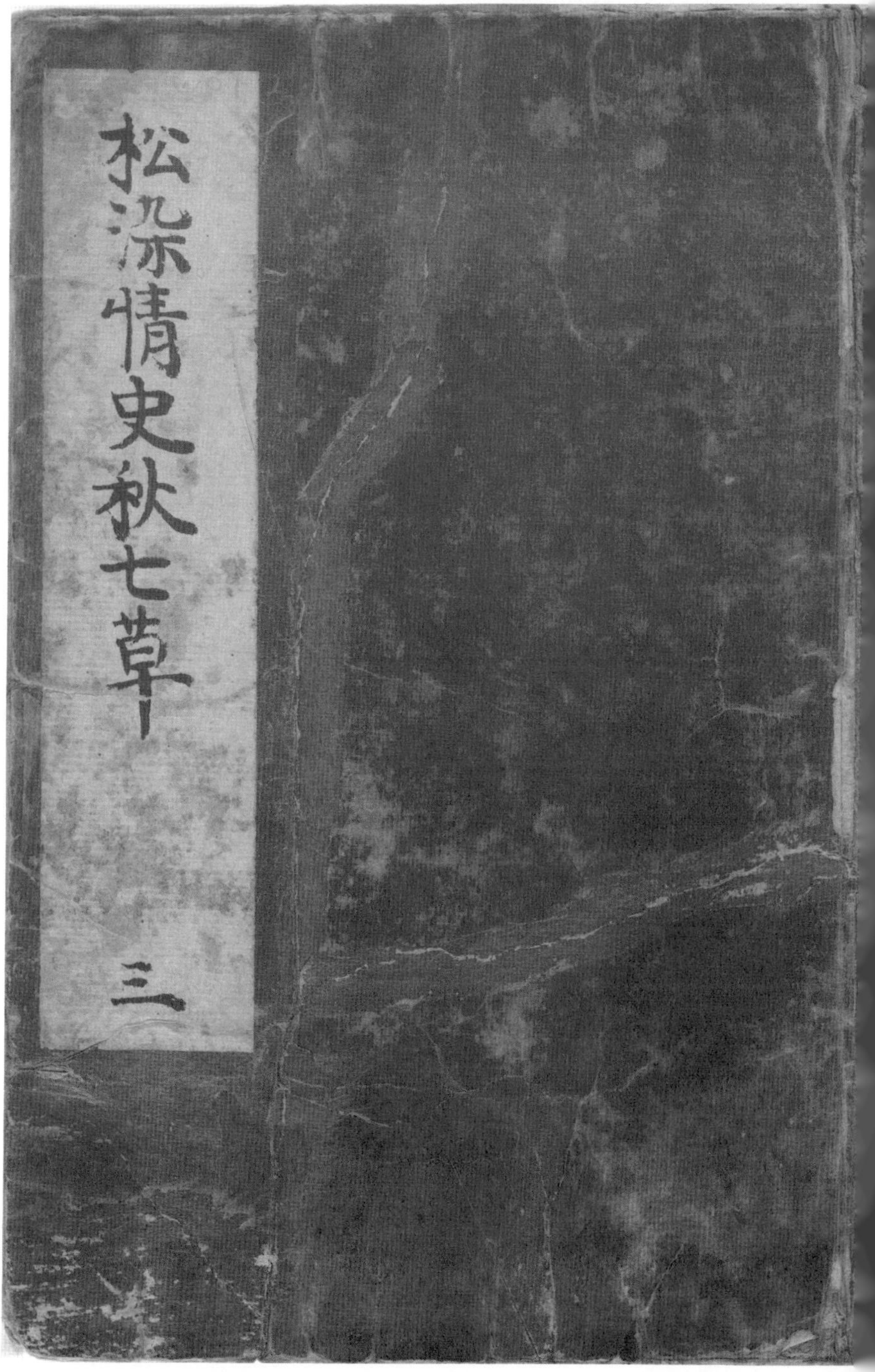
松染情史秋七草
三

松染情史秋七草《せうぜんじやうしあきのなゝくさ》巻之三

東都　曲亭馬琴編次

○第《だい》五《ご》　葛《くず》に名《な》つる　わすれ草《くさ》

秋《あき》に逢《あ》ふて。花《はな》むすぶ尾花《をばな》の松虫《まつむし》。かく秋露《つゆ》さへ玉《たま》とすぐ。なれも昊《まよ》ひが尾花《をばな》が袖《そで》に。吉野《よしの》の葛《くず》もうら枯《かれ》て。衣手《ころもで》寒《さむ》き神無月《かみなづき》に。名《な》のみとなりなり秋野姫《あきのひめ》ぞ。乳母《めのと》豊浦《とよら》に扶掖《たすけひかう》されて。六田《むた》の旅宿《たびやど》を出《いで》しより。志《こゝろざ》し人《ひと》め忍《しの》ぶ隠笠《かくれがさ》に。涙《なみだ》の雨《あめ》ぞ降《ふり》そゝぐ。胸《むね》のしぐれてさしてゆく。道《みち》ぞ難《かた》きなげきをおもひ入《いる》。山跡路《やまとぢ》を彼此《をちこち》と。野《の》をゆく里《さと》を平群郡《へぐりのこほり》法隆寺《ド》に詣《もうで》遠《ど》からね。西安《あいぞ》の里《さと》すぐたどり着《つき》なりに。なからぬ旅《たび》なれどしく。苦《くる》しさもるかれ哀傷《あいどう》に。身《み》さへ心《こゝろ》も疲労《つかれ》て。歩《あゆみ》の運《はこ》びも定《さだ》まらずしぼ。豊浦《とよら》はさまざまに勤《いさめ》て進《すゝめ》らせ。或《ある》は激《はげま》し。或《ある》は慰《なぐさ》めつゝして西安《かせい》の川《かは》を渡《わた》しまゐれど。あまりに痛《いた》ましくみえぬるぞ。行轎にて傭《やと》ひて。姫君《ひめぎみ》を扶乗《たすけの》し。その身《み》も轎《かご》に引《ひき》そひて。後《おく》よりし走りゆく。その日《ひ》秋野《あきの》姫《ひめ》を扛乗《かきの》しゝ轎夫へ。白毛《しろむく》皂の太郎《たろ》犬《いぬ》。赤斑《あかぶち》の二郎犬《いぬ》と喚《よべ》る。野臥《のぶせり》の悪棍《わるもの》なるが。件《くだん》の主従《しゆうじゆう》が形容《ありさま》。いとらうたけなる庸なる。常なる旅客《たびびと》とも見《み》えざるに。郎黨《らうどう》も一人《ひとり》ども倶《ぐ》せず。又南朝《なんちやう》の零落人《おちうど》ならむや。と思《おも》ふに。豊浦《とよら》が懐《ふところ》の重《おも》げなるも。いと憎《にく》く。明白《あからさま》にそれと知《し》り。互《たがひ》に心《こころ》に計《はか》りて。四表八表《よもやも》の物《もの》がたりなどし侍。慰《なぐさ》め興《きよう》じて舁《かき》めぐく走《はし》りぬ。こゝにまた法隆寺《ほうりうじ》の門前《もんぜん》に年来《としごろ》住《すめ》る賣油郎《あぶらうり》。丹五兵衛《えごべゑ》といふものありけり。年《とし》の齢《よはひ》を五十《いそぢ》可《あまり》なるに。妻《つま》もなく子《こ》もなくて。世《よ》にさびしき男《をとこ》なりけり。元来《もとより》その性《さが》貪實《まめやか》なく。さえて高利《こうり》を貪《むさぼ》れども。油《あぶら》を節《つゞ》るに手煉《しゆれん》して。件に没受《ききうけ》よく

油《あぶら》を。銭《ぜに》の目《め》より油筩《あぶらさし》へうつし入《い》るゝに。一釐《りちりん》も違《たが》はず。糸《いと》を引《ひき》て落《おつ》る
ごとくなれば。人みな奇《きめう》あることにおもひて。油緡《あぶらさし》の丹五兵衛《えごべゑ》と渾名《あだな》し。
その油《あぶら》を買《か》ふものゝ多《あまた》かり。加旃《しかのみならず》法隆寺《ほうりうじ》の法師《ほうし》なども。いと不便《ふびん》なる
ものなりとて。堂塔《だうたふ》佛前《ぶつぜん》の御燈《とうし》みなこれを。うけおひてぞ丹五兵衛《えごべゑ》が油《あぶら》
なりとぞ。用《もち》ふれをかのりけれ。かくして程《ほど》に丹五兵衛《えごべゑ》は。はや十年《ととせ》余《あまり》
を経営《いとなみ》しけり。有一夜《あるよ》の夢《ゆめ》に。誰《たれ》とはしらず。枕上《まくらもと》に声《こゑ》ありて。

由《よりて》レ水《みづに》喪《うしなひ》レ水《みづを》　點頭《てんとうして》得《え》レ王《わうを》

と高《たか》やかに口順《くちずさみ》ぬ。覚《さめ》て後《のち》そのことをおもへども。いかなる故《ゆゑ》とも
暁《さとりえ》ざるぞ。ぬかりなく縁《え》に評《ぞう》りかのぐらぐ。さそもあるべきことなれば然《さ》ぞ欲《つ》
の日《ひ》もやすく経営《いとなみ》の為《ため》に。二桶《ふたをけ》の油《あぶら》を杠擔《くれかつぎ》して。彼此《をちこち》を羅《せ》り
あるくに。冬《ふゆ》の晷《ひあし》はされより速《すみや》く。夕陽《せきやう》斜《ななめ》にして。塒《ねぐら》へとらく

急《いそ》ぐ烏《からす》となりふ。白石の森《もり》の蔭《かげ》に。没《いり》なんとするに心《こゝろ》いそしく。喘《あへぎ》く走《はし》りつゝ。法隆寺《ほうりうじ》のほとりなる。石橋《いしばし》を半《なかば》うち渡《わた》るに。昨乃《きのふ》雨《あめ》のいまだ乾《かわ》かず。今《いま》冴《さえ》初《そむ》る薄氷《うすごほり》に。忽地《たちまち》足《あし》を踏《ふみ》辷《すべ》らし。小膝《こひざ》を衝《つき》て礑《はた》と投《なげ》られ。朸《あふご》も飛《とび》て向《むかひ》の岸《きし》に閃《ひらめ》き落《おち》。二ッの油桶《あぶらをけ》も。滾々《ころ〳〵》と轉《まろ》びつゝ。橋《はし》の左右《さゆう》へ走《はし》り下《くだ》るに。油《あぶら》も流《なが》れて足《あし》の踏《ふみ》どころもあらず。こはいかにと忙慌《あわてふためき》て身《み》を起《おこ》せども。うち覆《こぼ》したる油《あぶら》も術《すべ》なし。やうやくに桶《をけ》のみを追《お》ひ留《とめ》て法隆《ほうりう》寺《じ》のかたへゆくもさ。はか〴〵しく〳〵あゆみけり。それの本錢《もとで》を失《うしな》ひたれば。さすが身《み》をころの損《そん》なれど。数升《せう》の油《あぶら》も日用《にちよう》の宝《たから》なるに。空《むな》しくうち覆《こぼ》して。この橋《はし》に塗《ぬ》らせしすて。惜《を》しくてもいと惜《をし》かりき。扱あるかな昨夕《ゆふべ》の夢《ゆめ》に。水《すい》に由《よう》て水《すい》を喪《うしな》ふとは

となるなりし。夫《それ》水《すゐ》に由《よる》ものは檣《ほばしら》なり。又《また》水《すゐ》と由《よる》と。二字《ふたじ》合《あはす》
されば油《あぶら》となる。是《これ》その檣《ほし》なくして一艘《さう》の油《あぶら》を失《うしな》ふべき祥《ざう》なり
き。さてその對句《ついく》なる。忠臣《えんとう》しく王《わう》を得《え》るとあれ。いはゆる事《こと》や
あらんずらんとおもふに今《いま》さらさら絶《たえ》がたく。ゐとおしく。うきより路《くぐ》を
病《やまひ》しめぐ。呂忙然《ぶばうぜん》として立在《たゞずめ》ば。憧《うね》さへおもひ入相過《りあひ》をすぐ。油恋《あぶらごひ》
しれ野狐《のきつね》の。火《ひ》なりしがこれにかなりなり。浩処《かうるところ》に。秋野姫《あきのひめ》を拉《うばひ》し
たる。太郎犬《たろいぬ》。二郎犬《じろいぬ》等《ら》は。石橋《いしばし》の傍《かたはら》より艪《ろど》をおろしたるに。
豊浦《とよら》をえんとなり。川《かは》の向《むか》ひなる大門《だいもん》は。則法隆寺《ほふりうじ》なりし。そこふかく
暇《いとま》をもとむべしといひも果《はて》ず。轎《かご》の後方《あとべ》に著《つけ》たりける。草履《ざうり》を取《とり》
くさし寄《よ》されば。二郎犬《じろいぬ》は笠《かさ》と杖《つゑ》をもちて豊浦《とよら》に随《ござ》ひけり。
中をりて遊簾《むしろすだれ》を反揚《そねあげ》たり。當下《そのとき》豊浦《とよら》は。轎《かご》の戸口《とぐち》に立《たち》よりて。

秋野姫《あきのひめ》を扶出《たすけいだ》し進《まゐ》らせまするに。二人《ふたり》の悪棍《わるもの》は。右《みぎ》より左《ひだり》より。その顔《かほ》をうち観《まぼ》りつ。太郎《たろう》犬《いぬ》がいふやう。二郎《じらう》は何《なに》とおもふ。ぞんじめより。この女《をんな》ながらを。平人なれど。と大《おほ》きに猜《さい》しけれど。日《ひ》を暮《くら》さん為《ため》ふ。これまでは肩《かた》を貸《かし》たり。めしう鳥《ちやうちや》を放《はな》さまじが。宝《たから》の山《やま》に入《いり》ながら。手《て》を空《むな》しくするのえならぬぞ。賤計の奴原《やつばら》によられるの。ぞするまるのん。さへあらぬぞや。といふに。二郎《じろ》犬《いぬ》笑《ゑみ》をうち点頭《うなづき》。それもさることなれど。冬枯《ふゆがれ》しても桜《さくら》は桜《さくら》なり。吉野《よしの》の内裡《だいり》を迷《まど》ひ出《いで》て。遥が袖《そで》を呻吟《さまよふ》ても。長閑《のどけ》き春《はる》にあふよしもなれ。乳母《めのと》どのゝ懐《ふところ》なる二包《ふたつゝみ》欲《ほし》三包《みつゝみ》。堰堤《ゐで》の山吹《やまぶき》さへ持《もち》たり。とおぼし。その金《かね》がよふし去るべ。眼《まなこ》閉《ふさ》ぐらんぞも脱《のが》さぬ。そこく出《いだ》せ。といらめしく。黒《くろ》かりける手首《てくび》を。豊浦《とよら》が懐《ふところ》に挾《さしはさ》ん。とせる処《ところ》を。ちらせも附《つけ》ぞ丁《ちやう》と突退《つきのけ》。此れ奇怪《きくわい》なり。女主《をんなあるじ》従《ぢう》と思ひ侮《あなど》りもせし。ふしなれたるをいひつくる。そも汝等《なんぢら》を賊《ぞく》なるに。南《なん》朝《ちやう》の零落人《おちうど》なりけれ。誰《たれ》に聞《きゝ》てかくいふぞ。従者《ずびと》も髭《あまさ》あれど。老《おい》たるものゝ先《さき》へ走《はし》り。膂力《ちから》人《ひと》に勝《すぐ》れたる若黨《わかたう》へ。笠岡の郷《さと》まで駈《かく》しるが。今《いま》はなや追《お》ひ着《つ》くべし。さりとも命《いのち》に欽代《かけかへ》やある。二ツなき首《くび》を失《うしなへ》んとぞ。鳴呼《をこ》なる白徒《しれもの》なりけり。と猛《たけ》くは罵《のゝし》れど翼《つばさ》なき化《あだ》し枯野《かれの》の姫小松《ひめこまつ》。引《ひ》くも得《え》ひしそ臙を。襷《たすき》ぞ難《かた》なる風情《ふぜい》なり。悪棍《ならずもの》らは嘲《あざけ》りもあへぞ。呵《から》と含笑《めざま》ひ。健気《けなげ》なりともほざんなり。目盲《めくら》法師《ほうし》になれ捕《とらへ》ても。南朝《なんちやう》の零落人《おちうど》とは名のるべきものを。従者《ともびと》髭《あまさ》ありなんどとれ。童《わらべ》もいづれ実《まこと》なりと云べき。なくいはんも詮《せん》なき所行《とざ》なれ。吾《おれ》打仆《うちたふ》せと。闘《ひしめ》きつゝ。息杖《いきつゑ》をうち振《ふ》りつ。左手《ゆんで》右手《めて》より競《きそ》ひ蒐《かゝ》る。豊浦《とよら》も閃《ひら》りと久滑《くゞ》り。足《あし》をとくめて太郎犬《ころいぬ》に。筋斗《かへる》うたして撲《え》

法隆寺《ほうりうじ》の門前《もんぜん》に
丹五兵衛
秋野姫《あきのひめ》
主従《しゆうじう》を
救《すく》ふ
丹五兵衛
どろ太
しろいぬ

あさのひめ
とよら

と投《なげ》続《つゞい》て蒐《かゝ》る二郎犬《じろいぬ》が。臑《むかうずね》を丁《ちやう》と衝《つ》く。女《をんな》の拳《こぶし》も部合《えづき》を打《うち》とく。叫苦《あつ》と一声《ひとこゑ》仰《のけ》ざまに。倭僂《よろめき》臥《ふし》て起《おき》もゑるど。誘《いざ》なへその隙《ひま》かど豊浦《ゆたかうら》をいよゝひゞくし。秋野姫《あきのひめ》の手《て》を捩《ひき》て。十橋《はし》を向《むか》ひへ渡《わた》り去《さる》程《ほど》もあらそひ悪棍木《ならずもの》へ。忙《ひそか》しく身《み》を起《おこ》し。驀直《まつしぐら》に追蒐《おつかゝ》る。樗《あふち》の竿《さを》によぢち覆《こぼ》しる。油《あぶら》に足《あし》を辷《すべ》らして。是《これ》彼《かれ》尻居《しりゐ》に輾轉《ねまろび》。起《おき》んとしては又《また》辷《すべ》り。溝《うち》に尾《を》を曳《ひく》濡鼠《ぬれねずみ》。或《ある》は赤瘦犬《あかやせいぬ》の。轍《わだち》に引《ひか》るゝ蠢《うごめ》くぞく。罵《のゝし》るのゝせんとぞする。直《ひた》と呆《あき》れて眼《め》を睜《みは》り。訖《あぞ》やと是《これ》を怪《あや》しみ。招《とゞ》めもあれ向《むか》ひの岸《きし》に立在《たゞずみ》たる。賣油郎《あぶらうり》丹五兵衛《たんごべゑ》は。その分野《ありさま》を佶《きつ》と見《み》て。弱《よわ》りたりと杣《めうこ》を引提《ひさげ》つ。走《はし》りかゝりて打《うつ》て丹どふ。太郎犬《たろいぬ》も二郎犬《じろいぬ》も。肩《かた》を折《をら》れ背《そびら》を腫《はら》し。ゆるせゆるせとぞなりに高吠《こゑぶえ》してぞ逃去《にげさ》りけれ。後《のち》に是《これ》をや傳《つた》へきゝん。世《よ》の総角《あげまき》が小唄《こうた》にも。油屋《あぶらや》の損《そん》ぞ。ちゝり氷《こほり》の辷《すべ》り。

油《あぶら》一斗《ひとと》覆《こぼ》しつ。その油《あぶら》いまだ干し。太郎《たらう》の犬《いぬ》と。二郎《じらう》の犬《いぬ》と。みな塗れきらんぬ。と今《いま》の世《よ》までも唄《うた》ふめり。かくて丹五兵衛《たんごべゑ》は。悪棍木を追《お》ひ捨《すて》て。舊《もと》の処《ところ》へ立《たち》かへり。秋野姫《あきのひめ》の立在《たゝずみ》たまふ。樹《き》の下《もと》に蹲踞《そんこ》して。いひ出《いづ》るもなく。涙《なみだ》を潸然と落《おと》させたまふ。姫君《ひめぎみ》もいと訝《いぶか》しげに。渠《かれ》は誰《たれ》と問《とひ》たまへば。豊浦《とよら》は月光《つきあかり》にそのかほみえて。しかくいらふ。彼《かれ》は乳母《めのと》が夫《をつと》なる。雑居《さとの》兵衛《ひやうゑ》に侍《はべ》りけり。と回答《いらへ》すれば。秋野姫《あきのひめ》は黄泉《よみぢ》なく仏《ほとけ》に逢《あへ》るこゝちして。歓《よろこ》びたまふの大《おほ》かたならぬぞ。原来兵衛《ひやうゑ》なりける歟《か》げにえならざる対面《たいめん》せり。憑《たの》む蔭《かげ》なき身《み》ともかく。捐《すつ》る神《かみ》あれば又《また》祐《たすく》る。神《かみ》なし月《つき》ともおもほえず。そも汝《なんぢ》はいつの頃《ころ》より。此《この》ところに隠《かく》れ住《すみ》ける。縁故《ことのもと》をきかせよかしと。いと叮嚀《ねんごろ》に問《とひ》たまへば。豊浦《とよら》は目《め》を押《おし》拭《のご》ひつ夫《をつと》に対《むか》ひ。おん身《み》が龍泉寺《りうせんじ》の城《しろ》を脱《のが》れ去《さ》りしのち是より以来《このかた》。十年《ととせ》あまりをいたづらに。過《すぐ》せど忘《わすれ》られぬ。妹《いも》夫《せ》の中に一子《ひとりご》の。深松《みまつ》が往方《ゆくへ》さへ。その世《よ》をしらぬかなしの。かなしさいかにおもひや。夫婦《ふうふ》ちなく逢《あは》んとも。神《かみ》ならでしては縁《えん》られまじきれ恩義《おんぎ》の為《ため》に形《かたち》をかへ。身《み》を捨《すて》させ給事《たまふこと》。守冊《かみつゞ》さまの姫君《ひめぎみ》へ人《ひと》となりたれども。過世《すくせ》あしくして草《くさ》ならず木《き》ならず。心《こころ》をこぞおく山迹路《やまとぢ》の。六田《むた》の里《さと》なる住《すみ》ら給ふて。狩場《かりば》の雉子《きぎす》音《ね》に鳴《なく》のも。思《おも》ひつれる主《しゆう》も家《いへ》の隷《こ》も。世《よ》となく時《とき》となく浅《あさ》ましき。菅《すげ》の小笠《をがさ》に旅疲労《たびつかれ》。身《み》の汗《あせ》しぼる賣油郎《あぶらうり》。人《ひと》のゆくへと行水《ゆくみづ》の。河内《かはち》に名《な》ある弓矢《ゆみや》の。楠殿《くすのきどの》の新《にひ》よ婦君《めぎみ》と。正武《まさたけ》ぬしの老臣《おとびと》が。なかなる果欲《そそう》と。いへる口説《くぜつ》外《ほか》なれまじらぬ袖《そで》の雨《あま》笠《がさ》かはりせんすべもなし。兵燹《ひやうゑ》は世《よ》をやく所《ところ》を攫《かすげ》て。秋野《あきの》姫《ひめ》に稟《きう》させり。幼《いとけな》く在《まし》ましければ。身《み》退《しりぞ》きしぬへざ。姫君《ひめぎみ》の面影《おもかげ》を。謗《そし》り奉《たてまつ》るべきハあらねど。千剱破《ちはや》の城《しろ》の没落《ぼつらく》。吉野《よしの》の帝《みかど》。入洛《じゆらく》ましませし折《を》りハ。世《よ》にかくれもなけれど。故主《こしゆう》の往方《ゆくへ》いかにぞやと心《こゝろ》より明暮折《をり》もなきあれ。豊浦《とよら》を招《に》く来《き》ませしかバ。問《とふ》ぞしてたやすかりつ。彼《かの》悪棍等《わるものら》を追《お》ひ退《しりぞ》け。塚《つか》なれあん容止《みなぜ》をゑんなるより。歎《なげ》びこれふかきよりの世ハゆべき。抑《そもそく》兵衛《ひやうゑ》が。厳《よめ》く正武《まさたけ》をの御不審《ごふしん》を被《かうむ》りて。跡《あと》を暗《くら》ませし首尾《しゆび》も。一朝《いつてう》に述《のべ》も竭《つく》しがたけれど。それ縁《ゆゑ》あればふかまりし訳《そく》べし。かくりし後《のち》ハまよくハ世《よ》を厭《いと》ふ心《こゝろ》を発《おこ》りて。かの法隆寺《ほうりうじ》へ来《まい》りて。頻《しきり》に頭《つぶり》剃《そり》たく。墨染《すみぞめ》の衣《ころも》被《き》まほしと希《こひねが》ふに。上人一切《いや》許《ゆる》し給へど。汝《なんぢ》が宿業《しゆくごう》いまだ尽《つき》ざれど。今《いま》より後《のち》。十年《とゝせ》を待《まち》なバ。忠義《ちうぎ》を全《まつた》うする時《とき》あるべしと。諭《さと》し給ふ程《ほど》に。遂《つひ》にその志《こゝろざし》を果《はたさ》ざ。されバとくろのまゝとろく。其《そ》身ところの口《くち》ずさみ餬《あへ》ふよしなりければ。

油《あぶら》を賣《うり》て活業《なりはひ》とし。丹五兵衛《たんごべゑ》と名を更《あらため》て。やうやくその日を送《おく》れども。形《かたち》こそ商人《あきひと》。心《こゝろ》こそ出家《しゆつけ》。反《そ》りし杣を弓箭《ゆみや》にかえて。清《きよ》くもさやめる水油《みづあぶら》。闇《くら》き迷《まど》ひを照《て》らしめん。仏《ほとけ》の慈悲《じひ》を願《ねが》ふの外《ほか》に。他《あだし》なるのぞみなきを。さるに今《いま》えらぶども。姫君《ひめぎみ》の危窮《きゝう》を救《すくひ》奉《たてまつ》り。別《わか》れて久《ひさ》しき妻《つま》にさへ環會《めぐりあひ》。是《これ》彼《かれ》名のり合《あひ》されば。昨夜《ゆふべ》の夢《ゆめ》にてそさぶらひね。水《みづ》に由《より》て水《みづ》を喪《はじめ》と見《み》て。鄕《さと》に彼《か》の丑《うしと》なる桶《をけ》の手へ二桶《ふたをけ》の油《あぶら》を覆《こぼ》し。その油《あぶら》に辷《すべ》りて。頓く惡棍木を追《お》ひ退《しりぞ》け。怨盗《えんとう》しく王《わう》をねらひしと見えて。故主《こしゆう》に逢《あ》ひ奉《たてまつ》る。王の頭《かうべ》にゝ《てん》を加《くは》えれば。主《しゆう》の字《じ》となれり。方《まさ》に是《これ》姫君《ひめぎみ》の危《あやう》きに參りあふ前象《さが》なくゆひし。こなた疑《うたが》ふべうもあらぬ。三位《さんゐ》中將《ちうじやう》の正成《まさしげ》神靈が。枕《まくら》に立《たち》て告《つげ》給へるなるらん。めるなりとさへゆめといひと信《しん》ぜずに疑しかば。

豊浦《とよら》ハさくらなり。秋野姫《あきのひめ》も。世《よ》よ憑《よるべ》しき扶持《そち》しく。正武《まさたけ》病死《びやうし》め
ゐめへさくらなり。操丸《さうまる》の往方《ゆくへ》志れざなりしく。夥《あまた》の年《とし》を経《へ》ること。
文野前《かさのまへ》の自害《じがい》のこと。正勝《まさかつ》正元《まさもと》没落《ぼつらく》のなりを物《もの》かたりつ。うち泣《な》
あめよ。兵乱《ひやうらん》を聞《きく》毎《ご》よ嗟嘆《さたん》しく。又《また》まうちをゆり。そい縡《と》を議《ぎ》する
ふ便《びん》なし。法隆寺《ほうりうじ》へ。楠氏《なんし》累代《るいだい》所縁《しよえん》の蘭若《らんにや》なり。ゆゑ上人《しやうにん》よ見《げん》
参《ざん》しのくりしといそぎして。猶《なほ》く寺内《じない》へ誘引《いざなひ》進《すゝめ》らし。紀客の老僧《らうそう》
しく。縡《こと》の趣《おもむき》をまうせしかば。住持《ぢうぢ》の上人《しやうにん》出迎《いでむかへ》く。秋野姫《あきのひめ》よ対面《たいめん》し。
旅路《たびぢ》の疲労《つかれ》を問慰《とひなぐさ》めく。実《じつ》又正武《まさたけ》の物故《ぶつこ》。姑文野前《をうとめかさのまへ》自害《じがい》の
かの紙幟《そと》を卒《さ》え。追福《ついふく》の好事《かうじ》をも。心安《こころやす》かれ。叮嚀《ていねい》よ読経《どきやう》いたすべし。
雲附《あぞし》の隠家《かくれが》ともなりぬべ。假《かり》の宿《やど》りを厭《いと》ふまあらねど。いと艶妖《えんび》
かる女主従《によしゆじう》を。僧坊《そうぼう》よ舎《やど》さんも難儀《なんぎ》なり。されどとて。丹五《たんご》

兵衛《べゑ》が草舎《くさのや》ハ。あまりにあしからん。さが山の菜園《さいゑん》ハ。世《よ》を去《のがる》る処《ところ》なり。今宵《こよひ》ハ彼処《あしこ》にて睡《ねぶ》り給へとて。いと〳〵切《せち》に勧《すゝ》待《まつ》ぬる程《ほど》に。行童《ちご》たち夕膳《ゆふぜん》を主従《しゆうじう》が前《まへ》に安排《すゑ》けり。秋野《あきの》姫ハ。いと憑《たの》もしくおもひたまふに。丹五兵衛《たんごべゑ》夫婦《ふうふ》も。はじめて安堵《あんど》して。浅《あさ》からざる上人《しやうにん》の庇護《めぐみ》を欽《よろこ》び聞《きこ》え。非時《ひじ》も果《はて》て上人《しやうにん》ハ。後堂より入《い》りたまひしかバ。主従《しゆうじう》も蓆襖《むしろふすま》引開きて。ゆくさきのことをうち相語《かた》よ。丹五兵衛《たんごべゑ》ハ。正儀《まさのり》の消息《せうそく》を獲《え》て。赤坂《あかさか》の城《しろ》へ赴《おもむ》きたりし。縡《こと》の趣《おもむき》を物《もの》がたり。桜井《さくらゐ》の兵書《へいしよ》紛失《ふんしつ》して。往方《ゆくへ》しれざるを打《うち》嘆《なげ》くに。豊浦《とよら》ハこれを聞《きゝ》て嘆息《たんそく》し。故主《こしゆう》の枉死《わうし》も見果《みはて》ぬ夢《ゆめ》。散《ちり》て跡《あと》なき桜井《さくらゐ》の兵書《へいしよ》のことも。いと惜《をし》けれど。悔《くひ》てかへるにも術《すべ》なし。只《たゞ》願《ねが》ハしきハ姫君《ひめぎみ》に。異《こと》なることも在《まし》まさず。結髪《ゆひなづけ》の殿《との》。

操丸《みさをまる》に環會《めぐりあひ》し進《まゐ》らし。交野前《かたののまへ》の遺言《ゆいごん》を化《あだ》にせざらんとぞ。夫《ふう》婦《ふ》がくに忠義《ちうぎ》なれども。大刹《みてら》は寂《しげ》かなしく。世《よ》を潜《しの》ぶに便宜《びんぎ》なるべけれど。女子《をなご》の宿《やど》る処《ところ》ならねば。郤人に疑《うたが》はれん。六田《ひさ》の旅宿を出《いづ》るとき。舅君《しうとぎみ》のまうしあはし。路費《ろよう》も夥《あまた》給《たま》はりし。これをもとゞく。ふも。かくなり。かゝ隠家《かくれが》を修理《しうり》なせど。信《まめ》せるに密語《さゝやき》なぞ。兵法《ひやうはう》をまなびし。沈吟《しあん》しく。声《こゑ》を低《ひく》うし。足利《あしかゞ》の追捕《ついぶ》忽ならじと思ふに。大和《やまと》は坐《ゐさ》んもいと危《あやう》し。浪速《なには》も繁華《はんくわ》の地《ち》なれども。彼処《かしこ》はなかなか摘《てき》し氏の舊恩《きうおん》をおもふものもあるべし。主従《しうじう》彼地《かのち》に身《み》を潜《ひそま》し。放《ゆる》せり操丸《みさをまる》のおん往方《ゆくへ》を索《たづね》ばや。よしなに。姫君《ひめぎみ》も豊浦《とようら》も。まゐるべしとぞ諾《うべなひ》ぬ。かくて主従《しうじう》は。老僧《らうそう》に價《てびき》せられて。菜園《さいゑん》なる草堂《さのや》に赴《おもむ》きぬ。なほ来《と》しかた行末《ゆくすゑ》のことをうち相譚《かたらふ》などに。冬《ふゆ》の夜《よ》もいと短《みじか》く覚《おぼ》えたゞ丹五兵衛《えごべゑ》は。件《くだん》の路費《ろよう》二百金《きん》をあたへ。結句浪速へ起行《たびだち》。尾橋の上に油店《あぶらみせ》を開《ひら》きて。家号《やがう》を山迹家《やまとや》と称《せう》。[illegible]八かんどりに主管《てだい》。両三人を雇《かゝえ》て。鄽《みせ》のことを主《つかさど》らし。忍びて法《ほう》隆寺へ来到《いたり》て。上人に縁《ゆかり》の趣《おもむき》をさらし。故郷《ふるさと》なる妻《つま》と女児《ひとりむすめ》をむかへ来《きた》りぬと偽《いつは》りて。豊浦《とようら》が名を阿也女《あやめ》と呼《よ》び更《かえ》。秋野姫《あきのひめ》をば。何とか呼《よ》びまゐらせんとて。夫婦《ふうふ》窃《ひそか》に商議《だん》する。豊浦《とよら》がいひけるは。曩《さき》に生《うま》れていく程《ほど》もなく墓《はか》なくなりし。女児《むすめ》が面影《おもかげ》。彼《かの》姫君《ひめぎみ》に肖《に》たりしも。今更《いまさら》他人ぞ主従《しゆうじう》が。親子《おやこ》と名告《なの》る間《え》。果報《くわほう》なりけん。追《お》ひ遣《や》りたる染松《そめまつ》が。妹《いもと》といはんも恐《おそれ》あれど。せめてその子《こ》の名《な》に象《かたど》りて。阿染《おそめ》と呼《よ》びかえ奉《たてまつ》らめ。といひつ涙《なみだ》さしぐみぬ。丹五兵衛《えごべゑ》も哭《なき》あへりけれど。いつまでさてもあらん。されども。秋の野かせの蔦紅葉《つたもみぢ》。染《そめ》かへる松《まつ》に係《かゝ》るといへ。霜《しも》の後《のち》なる櫟丸《いちゐまる》に。再会《さいくわい》あはせまほしと見えしが。お染《そめ》と名《な》づけ稚《をさな》きもあしくらくとく。夫婦《ふうふ》通路《かよひぢ》にて相語《かたらひ》つ。秋野姫《あきのひめ》にかくとまうせば。姫《ひめ》もよくぞのとて縁《えん》を得《え》ざく。浪速《なにはへ》に赴《おもむ》くその日《ひ》より。丹五兵衛《たんごべゑ》を父《ちゝ》とよび。豊浦《とよら》の阿也《おや》女《め》を母と慕《した》ひ。假初《かりそめ》ならぬ孝行《かうかう》に。夫婦《ふうふ》はそゞろ喜《よろこ》びぬれど。お染《そめ》と呼《よび》ける。名《な》にそよあらぬ人《ひと》めの関《せき》越《こえ》る縁を思《おも》ひおのが眼《め》す。わりなきものは涙《なみだ》なり。

○第六《だいろく》　蘭によせ　あらそひ

又《また》あそび。世《よ》にあらそ戔の色《いろ》に香《か》に。袖《そで》ふれそえし伶人《れいじん》の。舞楽《ぶがく》なれあらくて。末《すゑ》いく條《えだ》なりけれる。ながれての世《よ》の田楽《でんがく》といふものゝ出来《いでき》て。ありけれを弄《もてあそ》びつ。閭里《りより》よりもはじめて槐門《くわいもん》に及《およ》び。その舞曲《ぶきよく》に。高足《さうさう》。

勧進田楽

勧進田楽能
福若麻呂
蕪雲丸

一足《いつそく》。腰鼓《ようこ》。振鼓《ふりつゞみ》。銅鈸子《どびやうし》。編木《びんざさら》。殖女《うゑめ》。養女《うひめ》等《とう》の数種《すしゆ》あり。これ猿楽《さるがく》の一変《いつへん》したるものにとぞ。いまだその起《おこ》る処《ところ》を考《かんが》へず。むかし郁芳門院《いくはうもんゐん》。白河《しらかは》院の皇女《くわうぢよ》なり。賀茂《かも》の齋院《いつきのみや》となり坐《ましま》す。皇后《くわうごう》なりしかど。門院《もんゐん》と称《しやう》へたてまつれるとなん。殊《こと》にこの能芸《のうげい》を好《この》ませ給《たま》ひしかば。姑射仙《こやせん》宮《きう》の内《うち》にさへ。召《め》し催《もよほ》されて。田楽《でんがく》御覧《ごらん》ありけり。しば〳〵ありけり。その後《のち》五十五代《だい》の帝《みかど》。後醍醐院《ごだいごのゐん》の元弘《げんこう》年中《ねんちう》。ますます洛中《らくちう》に。堪能《かんのう》の者《もの》。多《おほ》く集《あつま》り聚《つど》ひしかば。鎌倉《かまくら》の高時《たかとき》入道《にうだう》。本座《ほんざ》新座《しんざ》の田楽《でんがく》を喚《よ》び下《くだ》し。日夜《にちや》にこれを舞踏《まひおど》らし。みづからもこの戯《たはぶれ》をなして。遂《つひ》にその家を亡し。天下《あまがした》南北朝《なんぼくてう》となりつ。北朝《ほくてう》の九十七代《だい》。光明院《くわうみやうゐん》の御《おん》時《とき》。貞和《ぢやうわ》五年《ねん》のころ。元弘《げんこう》より十八年の後《のち》なり田楽《でんがく》ますます盛《さかん》に洛中《らくちう》に行《おこな》はる。将軍《しやうぐん》尊氏《たかうぢ》これを好《この》みたまひき。抑《そもそも》田楽《でんがく》といふ。田家《でんか》の楽《がく》といふ義《ぎ》なりや。その舞曲《ぶきよく》に。殖女《うゑめ》鶏女《うひめ》といふ名目《みやうもく》あり。殖女《うゑめ》とは田《た》を殖《うゑ》る女《をんな》のかたちなるべし。養女《うひめ》とは。蚕飼《こがひ》する女《をんな》のかたちなりや。

田を殖《つく》り。蚕《かひこ》を養《か》へ。これ田家《でんか》常《つね》の業《わざ》なれバ。それらに打扮《いでたち》て舞《まひ》すれバ。田楽《でんがく》とハ名《なづ》けられしものなるべし。以上俳優考の説《いじやうはいゆうかうのせつ》亦《また》一説《いつせつ》に。今《いま》の世《よ》に豆《とう》腐《ふ》を短冊《たんざく》形《なり》に切《きり》て。竹《たけ》の串《くし》に貫《つらぬ》き。練《ねり》味噌《みそ》を塗《ぬり》て焼《やき》を田楽《でんがく》と称《となふ》るも。彼《かれ》が舞踊《まひをどり》しとき。長《なが》き竿《さを》に携《たづさは》る形容《ありさま》を似《に》せしよしにて。その名《な》を負《おふ》しなりといへり。愚按《ぐあん》ずるに。放下刀玉《ほうかかたなだま》も。田楽《でんがく》の所作《しよさ》之《し》。田楽《でんがく》廃《すた》れて放下《ほうか》僧《そう》といふものの出来《いでき》。そののち放下僧《ほうかそう》も。又《また》廃《すた》れて。今《いま》ハ上竿《うはざを》の役《やく》のこれり。刀玉《かたなだま》。今《いま》これを品玉《しなだま》といふ。法苑珠林《ほうゑんじゆりん》に。西域《さいゐき》の女戯《ぢよぎ》に。五人三刀《みつのかたな》を伝弄《つたへもてあそ》して。加《くはへ》て十《とを》に至《いた》るといふ。これ刀玉《かたなだま》なりと駒谷山人《くちさんじん》いへり。匡房卿《まさふさきやう》の洛陽田楽記《らくやうでんがくき》を按《あん》ずるに。高足《かうそく》一足《いつそく》。腰鼓《ようこ》。振鼓《ふりつゞみ》。編木《びんざさら》。殖女《うゑめ》。養女《かひめ》。木これらのものの曲目《きよくめ》なり。その打扮《いでたち》。或《ある》ハ九尺《くしやく》の高扇《たかあふぎ》を捧《さゝげ》。或《ある》ハ平《ひら》蘭笠《ゐかさ》を戴《いたゞ》き。或《ある》ハ蒿《かう》の尻切《しりきれ》を穿《はき》。或《ある》ハ裸形《あかはだか》にして。腰《こし》に紅衣《もみ》を巻《ま》き。或《ある》ハ髻《かぶり》を放《はなち》て。田笠《さうさ》を戴《いたゞ》くと見《み》えたり。これハ院《いん》中《ちう》白河上皇《しらかハのじやうくわう》の侍臣《じしん》。仰《おふせ》によりて。この戯《たはぶれ》をなしけると。文安田楽能記《ぶんあんでんがくのうき》。是年《このとし》三月十七日。後花園院《ごはなぞののゐん》の皇子《みこ》。伏見殿《ふしみどの》。田楽《でんがく》御覧《ごらん》。同十八日ハ将軍《しやうぐん》義尚《よしひさ》の連枝《れんし》。今出川《いまでがハ》義視《よしみ》。田楽《でんがく》を見そなハせしことを記しつ。文安《ぶんあん》ハ。後花園院《ごはなぞのゐん》の年号《ねんがう》なり。明徳《めいとく》四年より五十六年後《のち》なれども。こゝにあ田楽《でんがく》のことを ならべいふのミ。四番《ばん》附《つけ》なる。

勢田《せた》の春敲門《しゆんかうもん》の能《のう》
尺八《しやくはち》の能《のう》
法然上人《ほうねんしやうにん》の能《のう》
実方《さねかた》の能《のう》　以上十番

女沙汰《をんなさた》の能《のう》
なるこの能《のう》
小野小町《をののこまち》の能《のう》

北野《きたの》物狂《ものくるひ》ひの能《のう》
書写《しよしや》の能《のう》
屏風《びやうぶ》の能《のう》

三月十七日伏見殿《ふしみどの》に是を観《み》まつる。次《つぎ》の日《ひ》の番組《ばんくみ》ハ八番《ばん》なり。悉《ことご》くこれ写《うつ》さんもくしるべしに及。後《のち》ハ猿楽《さるがく》のミ世に伝《つた》はれて。田楽《でんがく》ハいつとなく。廃《すた》れたり。○田楽《でんがく》刀玉《かたなだま》の事ハ。長明《ちやうめい》の発心集《ほつしんしふ》にもみえたり。田楽《でんがく》の事ハ祖説《そせつ》果《はて》つ。さても明徳《めいとく》三年《さんねん》の十月《かみなづき》に南北両朝《なんぼくりやうてう》の天子《てんし》おん和睦《わぼく》ましくて。天下《あめがした》やうやく一統《いつとう》し。万民《ばんみん》安堵《あんど》乃おもひをなせるを祝《いは》よ。同四年《おなじくよねん》三月《やよひ》のころ。将軍《せうぐん》足利《あしかゞ》義満公《よしみつこう》。四條《しでう》河原《かはら》よ桟《さん》敷《じき》を打《うた》しく。本座《ほんざ》新座《しんざ》の田楽《でんがく》を興行《こうぎやう》し。竹園《ちくゑん》柳営《りうえい》の貴族《きぞく》より。洛《らく》中《ちう》の士庶《しゝよ》よ至《いた》るまで。放よこれを観《み》せしむ。年来の軍役《ぐんやく》を労《ねぎら》ひ。且《かつ》泰平《たいへい》の時《とき》を祝《しゆく》さるべしとて。只管《ひたすら》そのよし仰出《おほせいだ》されしかば。管領《くわんれい》四職《ししき》の老臣《らうしん》眉《まゆ》を顰《ひそ》め。こゝろなり給とも不諫《いさめ》まうさせけり。曩祖《なうそ》尊氏公《たかうじこう》のおん時《とき》。貞和《ぢやうわ》五年　明徳《めいとく》四年に至て四十七年以前《いぜん》なり　六月十一日。祇園《ぎをん》の執行《しゆぎやう》。行直《ぎやうちよく》といふもの。太平記《たいへいき》に詳也　の沙門とあり　四條《しでう》の橋《はし》を渡《わた》さん料《れう》よ。本座《ほんざ》新座《しんざ》の勧進《くわんじん》田楽《でんがく》を興行《こうぎやう》せしかば。摂禄《せうろく》の大臣《だいじん》。大樹《たいじゆ》座主《ざす》。良賤《りやうせん》の僧俗《そうぞく》よ至《いた》るまで。四條《しでう》河原《かはら》よ桟敷《さんじき》を打そ。これを記《そ》より。一の簓《さゝら》は本座《ほんざ》の阿古《あこ》。乱拍子《らんひやうし》は新座《しんざ》の彦《ひこ》夜叉《やしや》。刀玉《かたなだま》を道一《だういち》なんど。おのく堪能《かんのう》を尽《つく》させ。その曲《きよく》を果く後《のち》新座《しんざ》の楽屋《がくや》より。猿楽《さるがく》を出《いだ》して。その猿《さる》いと微妙《いみじく》舞踏《まひおど》るおりから。忽地《たちまち》にみだれて。不慮《ふりよ》に命《めいち》を隕《おと》せしもの。数百人《すひやくにん》に暨《およ》べり。かゝれば先《さき》蹤不吉《しようふきつ》なりし前車《ぜんしや》の覆《くつがへ》るをみて。後車《こうしや》の戒《いましめ》とこそいへ。此度《こんど》も災害《さいがい》あるべからも量《はかり》がたし。努《ゆめ》〳〵ひそまりあるべし。とおそる〳〵稟《まう》せしぞ。義《よし》満《みつ》聞《きゝ》もあへず冷笑《あざわら》ひ。汝達《なんぢ》は只《たゞ》その一《いち》をしりて。その二《に》をしらず。貞和《ぢやうわ》の昔《むかし》へ。足利《あしかゞ》の武威《ぶゐ》。いまだ全《まつた》く振《ふる》はざるぞ。とよめく夜叉天狗《やしやてんぐ》なんど。動《やゝ》もすればその隙《ひま》を窺《うかゞ》ひて。さる禍《わざはひ》を起《おこ》せしなり。今義満《いまよしみつ》が時《とき》に至《いた》りて南帝《なんてい》を入洛《じゆらく》なし進《まゐ》らせ東西《とうざい》の強敵《がうてき》を討成《うちたひらげ》て。四海《しかい》をしづめて武威《ぶゐ》に及《およ》し。萬民《ばんみん》今《いま》より天日《てんじつ》を見る。独楽《ひとりぐ》して楽《たの》しむと。衆《しゆう》と楽《ぐ》して楽《たの》しむと。孰《いづれ》か楽《たの》しき。衆《しゆう》と楽《ぐ》しむにしかじとぞ。いにしへの人《ひと》もいふなる。しかるを汝達《なんぢたち》標綮《さうけい》の武臣《ぶしん》として。それに対《たい》してかくいふぞよ。女《めゝ》しき紀と縦いふへ意《そゝろ》を得《え》ぞ。

と気色《けしき》あしくいひ懲《こら》しめ給へば。衆《しゆ》皆《みな》再《ふたゝ》び諫《いさむ》る言語《ことば》なく。背《そびら》に汗《あせ》を流《なが》して退出《まかで》しが。ぢろく心《こゝろ》ありとはしとく。件《くだん》の老臣《らうしん》たちを聚《つど》ひて商《ぶん》議《ぎ》し。貞和《ぢやうわ》五年《ごねん》の田楽《でんがく》なん。天狗《てんぐ》山伏《やまぶし》の為《ため》に。夥《あまた》の人《ひと》を殺《ころ》されたり。と世《よ》にいひふれり。かゝれば此度《こたび》の田楽《でんがく》に。修験《しゆげん》の山伏《やまぶし》を禁《きん》じて。桟敷《さじき》の中《うち》へ入《い》るべからず。且《かつ》非常《ひじやう》の衛護《まもり》肝要《かんよう》なりとて。供奉《ぐぶ》の近臣《きんしん》に。よくそのころ得《え》さし。番卒《ばんそつ》等《ら》にも。その旨《むね》を下知《げぢ》しけり。時《とき》に明徳《めいとく》四年《よねん》三月《やよひ》廿五日を。田楽《でんがく》興行《こうぎやう》の当日《たうじつ》と定《さだ》められて。将軍《せうぐん》義満《よしみつ》公《こう》午の比及に。室町《むろまち》花の御所《ごしよ》を出《いで》まひて。斯波《しば》葉竹山の両管領《りやうくわんれい》。四職頭人衆。近《きん》の武士《ぶし》。殿上人《てんじやうびと》。上達部《かんだちめ》なんど。夥しく。河原《かはら》の桟敷《さじき》に入り給へり。洛中《らくちう》の貴賤《きせん》なを後《あと》までと。ふと入《い》りて。二百八十九間《けん》の桟敷《さじき》に。爪《つめ》を立《たつ》べきもあらざりけり。去程《さるほど》に楠河内二郎正元《くすのきかはちじらうまさもと》は。去年《こぞ》の冬《ふゆ》。六田の旅宿《りよしゆく》なく。妻《つま》を喪《うしな》ひ嫁《よめ》に別《わか》れ。独《ひと》り洛《みやこ》に潜《しの》び上《のぼ》りて。君父《くんふ》の仇人《うらみ》。将軍《せうぐん》義満《よしみつ》を狙撃《ねらひうた》んとなく。昼《ひるま》は寐《いね》。夜《よる》は戦《いくさ》を枕《まくら》とし。窃《ひそか》に便宜《びんぎ》をうかゞへども。足利《あしかゞ》の武威《ぶゐ》烈《はげ》しくて。夏《なつ》の日《ひ》に異《こと》ならざれば。草《くさ》木《き》も靡《なびけ》が隙《ひま》をなくて。いたづらに年《とし》も暮《くれ》。春《はる》も三月《やよひ》になりたれども。さらに其《そ》見ても。処《ところ》を定《さだむ》るよすがかあらざれど。霞《かすみ》ならねどほどしとなる。操丸《みさをまる》のとめ秋野《の》姫《ひめ》の往方《ゆくへ》。いかにあるらん。とおもひぬれば。越路《こしぢ》へ帰《かへ》る天津雁《あまつかり》。征箭《そや》脱《のが》れがく志《つが》なく。世《よ》をしのぶと水茎《みづくき》に。問《と》ひよしもなし。山《やま》。昼《ひる》もなる馬《ま》の奥《おく》に隠《かく》れつく。さなく洛中《らくちう》を徘徊《はいくわい》し。ある時《とき》は鳥部野《とりべの》の乞児《こつじき》に打扮《いでたち》。或《ある》ときは修験《しゆげん》の山伏《やまぶし》に打扮《いでたち》。室町《むろまち》の御所《ごしよ》を窺《うかゞひ》窺《うかゞ》ひ得《ねど》に。三月《やよひ》なかの五日《いつか》なれ。将軍《しやうぐん》義満《よしみつ》。四條河原《しでうがはら》にて。田楽《でんがく》を覧《み》させるよし。豫《かね》て風声《ふうぶん》ありしが時《とき》至《いた》りぬ。と深《ふか》く歓《よろこ》び。其日《そのひ》は早旦《あさまだき》より。

篠縣《すゞかけ》に兜巾《ときん》して。長《なが》やかなる太刀《たち》を佩《はき》。網代《あじろ》の笈《おひ》を背《せ》負《おひ》つゝ。金剛杖《こんがうつゑ》を衝《つき》鳴《なら》し。假山伏《つくりやまぶし》となりて。河原《かはら》に赴《おもむ》き。群集《くんじゆ》の老弱《らうにやく》にうち雜《まじ》り。遂《つひ》に時尅《ときこく》をはかり得《え》て。亭午《まひる》の比《ころ》に。大樹《だいじゆ》桟敷《さんじき》に入《い》りたまひぬ。と響音《どよみ》動《どよ》きわたる。衆皆《みな〳〵》走《はし》り騷《さは》ぐ。後方《あとべ》に跟《つれ》て正元《まさもと》も。東《ひがし》の木門《きど》より入《い》らんとしけるに。番《ばん》卒等《そつら》桿棒《らうぼう》を。左右《さゆう》より投《なげ》かけて遮留《さへぎりとゞめ》。汝《なんぢ》ハしらずや。きのふの田楽《でんがく》みし山伏《やまぶし》を禁制《きんぜい》すなれバ。とく退《しりぞ》きゆけ。といといかめしく制《せい》しける。正元《まさもと》ハこれを聞《きゝ》て。おもしろの打扮《いでたち》なりしとおもひながら。騒《さはが》しき気色《けしき》もなく。これハ越路《こしぢ》より。順《じゆん》の峯《みね》入《いり》する修験者《しゆげんじや》なり。道《みち》の次《ついで》に。洛中洛外《らくちうらくぐわい》の神社仏閣《じんじやぶつかく》。霊宝《れいほう》霊跡《れいせき》をおがミ奉《たてまつ》らんとて。杖《つゑ》を路《みち》に曳《ひく》折《をり》から。かゝる壮観《みもの》に来《まの》あはせしも。生涯《しやうがい》の幸《さいはひ》なれと。結縁《こゝろに》おひつるぶらへのミ入《い》ましめへざるハ本意《ほゐ》なし。すげて呂一曲《ぎんきよく》をさんせめへといひも果《はて》ず。うち合《あは》しける棒《ぼう》の上《うへ》を。跨《また》ぎ踰《こえ》んとせしかバ。番《ばん》卒等《そつら》大いに怒り怒りて狼藉《らうぜき》なりし。傳聞《つたへきく》や貞和《ぢやうわ》のむかし。将軍《しやうぐん》なる氏公《たかうぢこう》。この河原《かはら》にて。田楽《でんがく》を興《きやうぜ》せしに。天狗《てんぐ》山伏《やまぶし》の怪異《けち》ありて。數多《あまた》の人《ひと》を殺《ころ》しけり。この故《ゆゑ》に管《くわん》領家《れいけ》の下知《げぢ》によりて。それより山伏《やまぶし》を禁制《きんぜい》し。汝《なんぢ》いふべくだらんは許《ゆる》して内《うち》へ入《い》るべき。是盃の唇《くちびる》を動《うご》かして縛《いましめ》られしなりと罵《のゝし》るを。正元《まさかど》を呼《よ》びかけして。持《さゝ》げ棒《ぼう》を拂《はら》ひ退《の》け。木戸《きど》より内《うち》へ衝《つ》と入《い》りしが。辨者ぞと発し立《たち》て。背《うしろ》より面《まへ》より。組留《くみとめ》んとして闘《ひしめ》くを。物《もの》ともせず。金剛杖《こんがうぢやう》をうちふりて。當《あた》る随《まゝ》に打倒《うちたほ》し。桟敷《さじき》を倚《より》ところとさせんとせし。西面《にしおもて》に高欄《かうらん》して。紫《むらさき》の幔幕《まんまく》に。引両《ひきりやう》の紋著《もんつけ》たるを引《ひき》まはし。将軍《しやうぐん》義満《よしみつ》。上坐《じやうざ》に光御《くわうぎよ》ありて。公卿《くぎやう》武士等《しら》。これを囲繞《いねう》し。その為体《ていたらく》。風流《ふうりう》の綺羅《きら》をつくさざるはなかりし。正元《まさもと》もこれをみて。盲亀《まうき》の浮木《ふぼく》。優曇華《うどんげ》の春にあひたる心地《こゝち》して。些《ちと》も擬議《ぎゞ》せず。笈《おひ》を投捨《なげすて》。数万人《すまんにん》が群集《くんじゆ》せし。頭《かうべ》の上《うへ》を飛越《とびこえ》て。下《しも》なる桟桟敷《さんしき》の柱《はしら》に手《て》をかけ。仰上《とうど》るばかりの高欄《かうらん》へ閃《ひらり》と攀登《よぢのぼ》る。その疾《とき》こと。樹傳《こづた》ふ猿《ましら》に異《こと》ならず。登《のぼ》りも果《はて》ず声《こゑ》をかけ立《たつ》は義満故《よしみつこ》摂河泉《せつかせん》三州《さんしう》の守《かみ》。贈正三位《ぞうせうさんゐ》。近衛中将《こんゑのちうじやう》正成《まさしげ》が孫《まご》。河内国《かはちのくに》千剣破《ちはや》の城主《じやうしゆ》。廷尉《ていゐ》正勝《まさかつ》が弟《おとゝ》。河内介《かはちのすけ》正元《まさもと》と総《これ》りや。累代《るいだい》君父《くんふ》の怨敵《あだかたき》ぞ遁《のが》さじと名告《なのり》て。太刀《たち》を抜翳《ぬきかざ》して打《うち》て蒐《かゝ》れば。近臣《きんしん》吐嗟《あなや》と推隔《おしへだて》られ組《くま》伏《ふせ》ん。と防《ふせ》ぎ戦《たゝか》ひ。矢庭《やには》に撃《うた》るゝもの八九人に及《およ》べり。その隙《ひま》に義満公《よしみつこう》は。斯波義将《しばのよしまさ》。畠山基国《はたけやまもとくに》等《ら》とゝもに。隣棚《つゐのさじき》へ移《うつ》りたまひしが。やがて室町《むろまち》の御所《ごしよ》へ帰《かへ》りたまひつ。綷《そ》の景迹《ありさま》。いと遽《あはたゞ》しくぞ見えし。されば今《いま》まで踊狂《をどりくる》へる田楽法師《でんがくほうしら》等も。魂消《たましひきえ》て東西《とうざい》に走《はし》り探《うく》まどひ。或《ある》は沓《くつ》を失ひ。鼓《つゞみ》を抱《いだ》き笛《ふえ》を握《にぎ》りながらも。腰《こし》うちぬかして立《たち》も得《え》ず。顔色《かほのいろ》も素襖《すあう》の袖《そで》に等《ひと》しく。花田《はなだ》に黄《き》黒《くろ》に。或《ある》は青《あを》く。或《ある》は土《つち》のごとくなりし。伶人《れいじん》も三方《みかた》より。ゆくりなく

田楽《でんがく》の桟敷《さんじき》に正元《まさもと》血戦《せん》す
まさもと

見物《けんぶつ》の老弱男女《らうにやくなんによ》も。人崩《ひとなだれ》打《うち》て慌忙《あわてふためき》。いひがひなき婦幼《をんなこども》。尼法師《あまぼうし》などへ。踏仆《ふみたふ》されて泣叫《なきさけ》び。半死半生《はんしはんせう》なるもの。いくそばくといふ数をしらねど。楽竭《たのしみつき》て悲《かなしみ》を生《せう》ず。人間《にんげん》の苦楽《くらく》は一瞬の中《うち》にあり。目《め》もあてられぬ分野《ありさま》なり。かゝりける程《ほど》に楠正元《くすのきまさもと》は。将軍《せうぐん》義満公《よしみつこう》を擊漏《うちも》らして。遺恨《いこん》限《かぎ》りなく。太刀《たち》の刃《は》の続《つゞ》く程《ほど》は。と敵手《あひて》を撰《えらま》ず挑《いど》み戦《たゝか》ふに。非常《ひじやう》の衛《まもり》護として。召《めし》おかれたる騎兵百人。陰襖を佩《つ》けて。正元《まさもと》をとり圍《かこ》み。奮擊突戦数刻に及《およ》べども。正元《まさもと》は。南蛮鉄《なんばんてつ》の鎖帷子《くさりかたびら》を被《き》たりしかば。浅《あさ》疵《く》ども負《おへ》ど。元来《もとより》双《そう》なき勇士《ゆうし》なるに。必死《ひつし》と思ひ定《さだ》めたれば。さながら猛虎《まうこ》の羊《ひつじ》を駆《か》るごとく。その鋒《ほこさき》に當《あた》るものなく。血《ち》は流《なが》れて涿鹿《たくろく》の野《や》を浸《ひた》し。屍《かばね》は積《つ》んで黒てなり。かくて正元《まさもと》は一人にて撃悩《うちなやま》されて。手《て》負死人《おひしにん》。数十人に及《およ》びしかば。長《なが》き春《はる》の日《ひ》も暮《くれ》たり。かゝれば強敵《ごうてき》をとり

嘆じて
正元《まさもと》
田楽《でんがく》の
櫓《やぐら》上に
自殺を
河内三郎正元

迯《あが》さへ忌《ゆゆ》しかりし大事《だいじ》なるべしとて。紫竹山基國討手《うつて》の大將《たいせう》をうけたまはりしかねて兵士《つはもの》を倍加《ますくはえ》られ。稲麻竹葦《たうまちくい》ふせり養へる。篝火挑灯《まつちやうちん》を晃星《きらぼし》に異《こと》ならず。されど正元《まさもと》は一足《ひとあし》も退《しりぞ》かず。とろぞうりは猛《たけ》しといへども。その身《み》鉄石《てつせき》にあらざれば今《いま》はかうと思ひ絶屋の棟《むね》を突破《つきやぶ》りて櫓《やぐら》の上《うへ》によぢ登《のぼ》りつ。天《てん》を仰《あふぎ》て長嘆《ちやうたん》し。後主《こうしゆ》降《くだ》て。姜維《きやうい》が謀《はかりごと》成らず。嗚呼《ああ》天《てん》われを喪《ほろぼ》せり。天《てん》我を喪《ほろぼ》せり。夫《それ》善悪《ぜんあく》正邪《せいじや》。因果《いんぐわ》應報《おうほう》の係《かゝ》る所《ところ》。一旦《いつたん》の利運《りうん》によりて遅速《ちそく》あり。久《ひさ》しく曲《まが》れる足利《あしかゞ》が武威《ぶゐ》に誇《ほこ》るとも衰《おとろふ》る時《とき》なからんや。とても寄《よせ》る討手《うつて》の大將《たいせう》を。紫竹山とみるかれ。僻目《ひがめ》か。正元《まさもと》が死首《しにくび》取《と》て。功名話説せんと。なからば腹立るまでもよく見《み》おきと。後《のち》までも語《かた》り続《つゞ》ぎ。汝等《なんぢら》が運掲なんと見の。手本《てほん》にせよと呼《よ》びかけつ。肚甲の上帯《うはおび》切《きつ》て捨《すて》。血刀《ちがたな》を

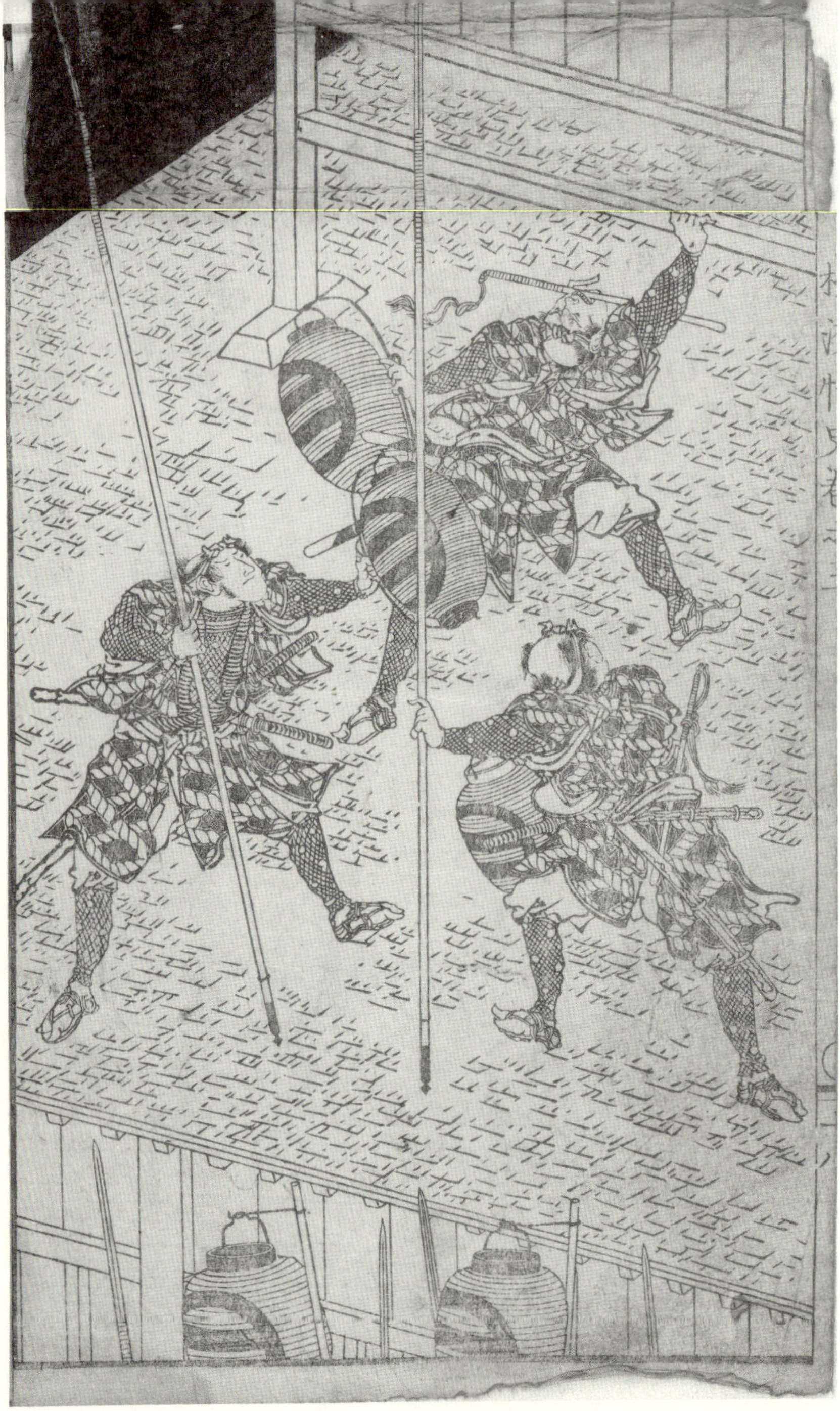

ざりけるなしく。左《ひだり》の肚《わき》へぐさと突立《つきたて》。きりきりと引繞《ひきめぐ》らして。さぐりて腸《ざうもつ》

を摑《つか》み出し。寄手《よせて》の方へ投著《なげつけ》て。立《たち》ながら死《し》しける。この勇敢《ゆうかん》

に恐怖《おぢおそ》れて。たぢろぎしが。頓《やが》て近《ちか》づくものもなく。たゞいたづらに遠《とほ》ちより膽《きも》を

て居《ゐ》たりしが。兵士《つはもの》四五人。屋棟《やね》に登《のぼ》りて。上《うへ》より險《けは》しき鋒頭《ほさき》をもつて。突《つき》

動《うご》しつべるに。倒《たふ》れしを。よくしても。その死《し》するを見《み》究《きは》めしかば。遂《つひ》に首《くび》

をぞ取《と》りける。かくて此《この》日《ひ》正元《まさもと》の首級《くび》を。日岡《ひのおか》の山蔭《やまかげ》へ梟《か》けられし

かば。是《これ》を見るものの堵《と》のごとく。つまり朝《てう》の豫讓《よじやう》にして。田横《でんわう》が義《ぎ》を慕《した》ふ

ともに。その忠孝《ちうかう》勇猛《ゆうもう》を。唱嘆《しやうたん》せざるはなかりける。このころ近國《きんごく》

にかくれなかりしかば。浪速《なには》なる山跡家《やまとや》丹五兵衞《たんごべゑ》。その妻《つま》阿也女《あやめ》。

なにとかも驚《おどろ》き悲《かな》しみ。このびくにうち歎《なげ》きしが。丹五兵衞《たんごべゑ》がいふ

やう。是利《めぐり》どの武運《ぶうん》高大《かうだい》にして。正元《まさもと》遂に復讐《ふくしう》の本望《ほんまう》を遂《と》げ

遂《とげ》なんぞ。御最期《ごさいご》の形容《ありさま》をおもひやるにも遺恨《いこん》さこそと推量《おしはか》られて。そのうへはべるもあらねど。それ歎《なげ》くともかひなきことなりし。さればとておん首級《くび》を馬《うま》の蹄《ひづめ》にかけさせんは。いと朽をし。これを直に洛へ走せ上《のぼ》り。夜《よ》に紛《まぎ》れて盗《ぬす》みとり。然るべき寺院《じゐん》へ葬《はうむ》りて奉るべしとて。忙《いそがは》しく行装《たびよそほひ》し。従者《とも》さへ倶《ぐ》せず只一人《ただひとり》。十三里《り》の道程《みちのり》を直《ひたすら》走り走りつ。その日《ひ》の曛昏《たそがれ》に京《きやう》へぞ著《つき》ぬ。甲夜《よひ》の間《ま》は往来《ゆきき》も跡絶《とだえ》ねど。守《も》る人《ひと》も油断《ゆだん》なかるべしと深念して。小夜《さよ》の深《ふく》るをまつに。春《はる》の夜《よ》すれば短《みぢか》くて。はや人定《ゐのとき》も過《すぎ》ぬ頃しも廿六日の。善悪《あやめ》もわかぬ闇《やみ》き夜《よ》を。いざるく潜《しの》びよれば。番卒《ばんそう》共は。燒捨《たきすて》る篝火《かゞりび》の側に睡臥《ねむりふせ》り。丹五兵衛《たんごべゑ》はほゝゑんで。時分《じぶん》よし。と足《あし》を躡《つまだて》からうじて正元《まさもと》の首級《くび》を盗《ぬす》みとり。袖《そで》に裹とりて抱《いだ》き。走《はし》り去《さ》らんとする。

足音《あしおと》にや驚《おどろ》き覚《さめ》けん。十人あまりの野伏《のぶし》の番卒《ばんそう》。めつともに段《ろくべ》を携。寐《ねた》る者《もの》ありと罵《のゝし》りて。岸破《がば》と起《おき》て騒しく。手《て》に／＼器械《えもの》を引提《ひきさげ》て。群《むら》がり来《き》たりつゝ丹五兵衛《えごべゑ》を。うち挫《ひしが》んと閧《ひしめ》くにぞ。丹五兵《えごべ》衛《ゑ》は。遂《すぐ》へとも脱《のが》さじ。とおひしらべ。やがて正元《まさもと》の首級《くび》を叢《くさむら》の中《うち》に投入《なげい》れ。競《きそ》ひつゝかゝれる番卒《ばんそう》ばらを右《みぎ》に拄《さゝえ》。左《ひだり》に靡《なび》け。縦横《じうわう》無碍《むげ》に身する防《ふせ》ぎ戦《たゝか》ひ稍《やゝ》に。うちかゝる刺扠《さすまた》に。袿《うちぎ》の袂《たもと》を巻《まき》とめられ。隻袖《かたそで》さらりと断離《ちぎれ》ゝりつ丹五兵衛《えごべゑ》は。既《すで》に識《あし》の袖《そで》をとられて。後難《こうなん》脱《のが》れうじと思へば。命《いのち》を惜《をし》まで突戳《とつせん》し。頬《あたり》に袖《そで》をそり覆《ふく》さんとく。必《ひつ》がよりれ焦《いら》燥《ぞ》ども。六《むつ》の臂《ひぢ》もあらざれば。いとど術《すべ》なかりけり。編笠《あみがさ》深《ふか》く着《き》たる武士《ぶし》。忽然《こつぜん》と走《はし》り来《き》て。刀《かたな》の鞘《つか》に手《て》をかけると見《み》えし。件《くだん》の袖《そで》をまれ取る番卒《ばんそう》を。ぼでうでをぞんと砍《きり》おとし。やがて袖《そで》を奪《うば》ひけり。

叢《くさむら》の中《なか》なりける。正元《まさもと》の首級《くび》をさへきらんとするを。番卒《ばんそつ》ら五六人引《ひき》とられて。面《おもて》もふらず撃《うち》てかゝれば。彼《かの》武士《ぶし》は。己《おのれ》をとらんど受拄《うけさゝえ》ていと烈《はげ》しくぞ戦《たゝか》ひける。浩処《ところところ》に石《いし》の地蔵《ぢざう》の背《うしろ》より。年齢《そのよはひ》六十《むそぢ》に近《ちか》き頑礼《れい》の修行者《しゆぎやうじや》。緯のせうを瞬窺《ひまうかゞ》ひけん。つと出《いで》て。正元《まさもと》の首級《くび》をうち抱《いだ》き。後方《あとべ》も見《み》ずして走去《はせさ》りしが。一人《ひとり》の番卒《ばんそつ》これを追《お》ひゆき。せと呼《よ》びかけて組留《くみとむ》る。襟上《えりがみ》掴《つかみ》てねぢ返《かへ》し。後《うしろ》さまに撞《どう》と投退《なげのけ》。見《め》に信《まこと》しく脱失《ぬけうせ》けり。番卒《ばんそつ》らは。敵《てき》に加勢《かせい》ありとて。首級《くび》を奪《うば》ひ去《さう》ぬと思ひしかば。頻《あはて》に法螺《ほら》を吹鳴《ふきなら》し。事《こと》の急《きう》を告《つげ》るにぞ。丹五《たんご》兵衛《べゑ》は遂《つひ》に志《こゝろざし》を果《はた》さず。あへなく搦捕《からめとら》れけるが。これの杖《つゑ》とも憑《たの》みたる。姫君《ひめぎみ》はいかになりなんと思ひやりつゝ。去りがたさに情《そゞろ》に泪《なみだ》もいと惜《をし》く。其一條《ひとすぢ》の道《みち》をもとめて。且《かつ》戦《たゝか》ひ且走《はし》りしが。件《くだん》の武士《ぶし》は

正元《まさもと》の
首級《くび》を
奪《うば》んとして
丹五兵衛《たんごべゑ》
隻袖《かたそで》を
失《うしな》ふ
丹子兵衛

勇《ゆう》を奮《ふる》ひて。一方《いつぱう》を砍開《きりひら》き。烏夜《やみ》に紛《まぎ》れていちはやく。往方《ゆくへ》もしらずなりにけり。かくて丹五兵衛《えごべゑ》は。辛《からう》じて日岡《ひのおか》の危難《きなん》を砍脱《きりぬけ》つ。通宵《よもすがら》走りつ。次の日《ひ》浪花《なには》へ立かへるに。既に労して功《こう》なく。正元《まさもと》の首級《くび》は。何《なに》ものとも知らず奪《うば》ひ去《さり》つ。それが隻袖《かたそで》を取るのみ。歎《なげ》かし身方《みかた》かと。さまざまかうさへ思案する。はやく出合《であひ》ぬるよしもなく。只ゆるやかに安《やす》からねば。途《みち》すがら日《ひ》を暮《くら》し。尾橋《をはし》なる己《おのが》が肆《みせ》に帰りつけば。阿也女《あやめ》は深《ふか》く待《まち》わびて。忙《いそが》はしく出迎《いでむかへ》つゝ。長途《ちやうど》の疲労《つかれ》を問慰《とひなぐさ》めなどするに。主管も非八《ひはち》も。小廝も。只活業《なりはひ》のことのみありて。堺《さかひ》へ行《ゆく》するのみ。とかくの気色《けしき》なれど。丹五兵衛《えごべゑ》は些《ちと》もおちゐて。さて夕餐《ゆふげ》くらべなり。その間《ま》に阿也女《あやめ》は。夫《をつと》が脱捨《ぬぎすて》たる衣《きぬ》をとりたゝむとて。そのうへに被《き》たりし匕を。下に襲衣《うはぎ》をくゝりみれば。母がなく引《ひき》放《はなち》つてあるに。左《ひだり》の袖《そで》は断離《ちぎれ》てありし。これ不審《いぶかし》と思ひしが。その夜《よ》是非《ぜひ》八と小廝《こもの》等《ら》を臥《ふさ》しめて後《のち》に。親子《おやこ》三人《さんにん》。蒸襖《むしふすま》ふかく籠《こも》りて。洛《みやこ》の中を問《とふ》に。丹五《えび》兵衛も仔細《つばら》なる物《もの》がたりもせで。只守《も》る人《ひと》のいとまなくて。卒忌を経遂《とげ》ざといふに。阿也女《あやめ》再《ふたゝび》て。これ宣《のたま》へど。そろ紐がされは左《ひだり》の袖《そで》なりし。これいかにしあひける。と問《とふ》が。丹五《えど》兵衛答《こたへ》て。彼《かの》夐袖《そで》へ今朝《けさ》しも淀《よど》の河《かは》船《ぶね》に乗《の》りて帰《かへ》るに。岸《きし》の茨《いばら》に引《ひき》かゝりしが。断離《ちぎれ》きたるを。得《え》もとらざりし。と欺《あざむ》くなるぞ。阿也女《あやめ》はなほもこゝろつくるけれど。今宵《こよひ》夫《をつと》がいえづらに。帰《かへ》らるゝに望《のぞ》みを失《うしな》ひて。そらひそめく折《をり》なれば。かさねてはいひも出さで。次《つぎ》の日《ひ》より。曜斎《さい》に物《もの》がたらして。昼《ひる》も家廟《ぢぶつだう》に御燈《みあかし》を進《すゝ》めらし。香《かう》もりそへて。お染《そめ》が縁とも。密《ひそか》に正之の菩提《ぼだい》を弔《とむら》ひぬ。かくて三月《やよひ》も尽《つき》て。四月《うづき》もすぎや。三旬四日といふところ。年紀《としのころ》三十《みそぢ》あまりなる。武士《ぶし》の浪人《らうにん》とおぼしきが。皂《くろ》羽二重《はぶたへ》の小袖《こそで》きて。申《さる》の時《とき》になんなんとして。尻《しり》のあたり。さめて赤《あか》みたるを。只一ッ紋とく。月代《さかやき》五分《ごぶ》ばかりに伸《のば》し。よれたる帯《おび》を結《むす》び。朱《しゆ》室《さや》の両刀《りやうたう》を跨《よこた》へ。煤《すゝ》染《び》たる編笠《あみがさ》を脱《ぬぎ》捨《すて》つ。呼門《おとなひ》して。山迹家《やまとや》が店前《みせさき》より。上坐《じやうざ》にむずと推《おし》なほりて。主人《あるじ》に逢《あは》んといふ。その形《なり》容《さま》。面色《めんしよく》白く。眉《まゆ》黒《くろ》く。鬚《ひげ》は青《あを》みて。唇《くちびる》赤《あか》く。黄《きば》みたる扇《あふぎ》笏《しやく》に取《とう》る。居丈《ゐたけ》いと高し。窓《まど》に一癖《ひとくせ》ありぬべき面魂《つらだましひ》なれば。小厮《とものこら》らは。ゆゞところに五分《ごぶ》の怕害《おそれ》を生《いだ》さく。遽《あわたゞ》しく主人《あるじ》に辞《と》の趣《おもむき》を告《つぐ》る。丹五《たんご》兵衛は聴《きゝ》つゝ立出《たちいで》て対面《たいめん》し。慇懃《いんぎん》にその姓名《せいめい》を問《と》ふぞ。彼《かの》武士《ぶし》答《こた》へて。われは山家税平《やまがぜいへい》と呼《よば》れて。年来《としごろ》京浪速《きやうなにはの》の間《あひだ》にし僑居《きうきよ》し。剣法《けんぽう》の師範《しはん》するものなり。志かるにかれ足下《そこ》の令愛《むすめご》。お染《そめ》とゆゑんを。娶《めと》るべき宿縁《しゆくえん》あり。故《ゆゑ》に請来《しやうじ》て。来歴《らいれき》を説《とく》のミ。早く〳〵、お染《そめ》を出《いだ》して。逢《あは》しのへといふ。丹五兵衛これを聴《きゝ》て。いぶかし呆《あき》れつゝ。顔《かほ》うち観《まも》り。これ狂人《きやうじん》なり。と思ひしかば。いよ〳〵言語を卑《ひく》し。あらおもひもうけぬ。さるかたざまより。賤《いや》しき商人《あきひと》の女児《むすめ》を娶《めと》らん。と宣《のたまへ》るを。これよりの僥倖《さいはひ》なれど。然《さ》ぞあらうりの女児《むすめ》なれば。こなたさへこそ婿《むこ》を招《と》るべけれ。加之《しかのみならず》。彼《かれ》ハすでに結《いひ》髪《なづけ》の夫《をつと》あり。これぞ縁《えん》なのれよすそ。といひせも果《はて》ず。税平《ぜいへい》ハ呵々《からから》とうち笑《わら》ひ。その招女婿《いりむこ》。元来《もとより》所望《のぞむところ》なり。されハ既に嫉妬ありて。姻縁《いんえん》を締《むす》べるに。外に。結髪《いひなづけ》の夫《をつと》あるべうも覚《おぼえ》ず。お染《そめ》が夫《をつと》といふハ何ものぞ。名告《なのり》あらしめへ。といひけく。その声《こゑ》の中高くなるやゝふ。時也女《やめ》もお染《そめ》も。これ何事《なにごと》やらん。とおぼつかなくて。出居《いでゐ》のところの暖簾《のうれん》の蔭《かげ》に立在《たゝずみ》。且《かつ》闚《うかゞひ》且《かつ》竊聞《ぬすみぎゝ》するに。丹五兵衛《えど》は。騒《さわ》ぎたる気色《けしき》もなく。税平《ぜいへい》に対《むか》ひ。某《それがし》むかし身《み》に。女児《むすめ》を妻《めあは》せんとて。假《かり》そめに約諾《やくだく》せし事《こと》のあれバこそ。行人《ゆきひと》の媒妁《なかだち》せしか。まづそのをりの名告《なのり》もなさゞりしものを。といふ。税平《ぜいへい》は。さればこそと冷笑《あざわら》ひ。いかで媒妁《なかだち》をなさるべし。これ見《み》のへ。と急《いそ》がしく。懐中《くわいちう》より丹五兵衛《えど》が裏袖《うらそで》をとり出《いだ》しつゝ。左手《ゆんで》に高《たか》くさし翳《かざ》し。泰山《あくと》どの。これを認《みし》りやと問《とふ》に。丹五兵衛《えど》は大《おほ》きに驚《おどろ》き瞞《あきれ》しく。そらんとする。手首丁《てくびちやう》と拂《はら》ひ退《のけ》。いぬる三月《やよひ》廿六日。大津《おほつ》にありしぞ。丑三《うしみつ》ころ。路《みち》いと闇《くら》き日岡《ひのおか》の。山蔭《やまかげ》に梟《かけ》られたる。楠正元《くすのきまさもと》が首級《くび》を盗《ぬすみ》とらんとせし。潜《しの》びよりける癖者《くせもの》あり。それを脱《のが》さじとて。番卒等《ばんそつら》が。打《うち》かくる刺杈《さすまた》に。袿《うちぎ》の袖《そで》をうちとられ。必死《ひつし》と戦《たゝか》ふひましものがれ。行《ゆく》へしれずなりにき。その夜《よ》とり得《え》たる裏袖《うらそで》は。色《いろ》も花田に。お染《そめ》が媒《なかうど》妒。がくさしも固辞《いなむ》や。変改《へんかい》するや。否《いな》と云べき袖《そで》をもなく。紫竹山《やま》どめく宿所《しゆくしよ》に赴《おもむ》き。審《つまびらか》に訴《うつた》へん。正行《まさつら》が首級《くび》にてろをかくる。油《あぶら》の岡丸丹五兵衛《まるたんごべゑ》。とへ問《とふ》どころも楠《くすのき》が残黨《ざんたう》なりとへあらべし。縁《えん》しを締《むす》べがその袖《そで》の片腕《かたうで》とよのみを憑《たの》ろく。聟《むこ》翁《おきな》は親子《おやこ》に等《ひと》し。推辞《いなむ》とへはその袖《そで》の片腕《かたうで》先《さき》に妻子《さいし》も同罪《どうざい》てる紙定《さだ》めく回答《へんたう》せうとよろこぶ跟入《つけい》る傭若黨人《ぶじん》も時によりその理《り》の當然《たうぜん》なれし胸《むな》も隻袖《かたそで》も。さもなくありし麻糸《あさいと》の有無《うむ》の二ツに丹五兵衛《たんごべゑ》は。若《わか》しき随《ずゐ》よりのやう。世《よ》を渡《わた》りのやうく物倖《ものつらい》なくも女児《むすめ》と呼《よ》べ。主君《きみ》の息女《そくぢよ》を素姓《すぜう》もしらぬ。瘦浪人《やせらうにん》の妻《つま》にせんや。されのぞみがたく姫君《ひめぎみ》みべ操丸《みさをまる》とするを夫《をつと》あり。つらが身《み》を捨《すつ》るは数《かず》ならねど。楠氏《なんし》の餘《よ》類《るい》とあらばされ。姫君《ひめぎみ》の人も危《あやう》し。ぜん。くせんとぞかりに。今《いま》さら脱《のが》れ

かき袖《そで》のうらにそもひたすらなり。お染《そめ》は聞《き》くに堪《え》へかねて。走《そし》り出《いで》
つ紙剪《かみきり》の小刀《こがたな》をうひとりて。吭《のど》へ突立《つきたて》んとせしかば。阿也女《あやめ》は
吁嗟《あなや》と走《そし》り出《いで》。丹五《えご》兵衛も続きともに。右《みぎ》より左《ひだり》より抱《いだ》き留《とゞ》めて
物《もの》にや招《まね》かるらん。自叉《じがい》せんとは何《なに》ゆゑぞと。愁《うれ》ふる顔《かほ》をうち観《まも》り。涙《なみだ》は袖《そで》
にあまりかれ。親《おや》の難義《なんぎ》もさらはあれ。幼《いとけな》くして別《わか》れしも。結髪《いひなづけ》の殿在《とのさまれ》
に。操《みさを》を破《やぶ》り身《み》を汚《けが》し。他《あだ》し夫《をとこ》に伴《ともな》ひ。百年《もゝとせ》千年《ちとせ》存命《ながらへ》るとも。
世《よ》にあるかひの侍《はべ》らんや。今面《いまのまゝ》あすり墓《とろ》なくかなしべ。娶《めと》らんとする人《ひと》の。
望《のぞみ》も絶《たえ》て袖《そで》もくちり。是《これ》彼等《かれら》を呉《くれ》にかり結《むす》べ。柳《やなぎ》の糸《いと》を墳標《つかじるし》を常《つね》の
風《かぜ》は誘《さそ》ふとも出《いで》ぬるえの緑《え》も靡《なびか》ぬ。女子《をなご》の操《みさを》を遂《とげ》させ玉《たま》へと。かき口説《くどき》つゝ
よゝと泣理《なくことわり》なれば丹五兵衛《えご》も。阿也女《あやめ》も共《とも》にそゝり落《おつ》る涙《なみだ》を拭《のご》ひ袖《そで》は仇物《あだもの》伴遮《めさまりつる》
ともいひかねて。さまで諫《いさ》めこしらへ。出《いで》やくぬをとりかくせば。お染《そめ》はいよゝ泣《なき》

沈《しづ》ミ。放《はなち》て殺《ころ》しあひね。と父《ちゝ》よ卿《とち》。母《はゝ》よりとち。思ひせまる気色《けしき》なし。
當下《そのとき》主管《てだい》是非《ぜひ》八も。油桶《あぶらをけ》の銅具《かなぐ》。これ磨《みが》きて居《ゐ》たりしが。うち
豪をおこし。十の指《ゆび》をおしつくるに。引《ひき》も抜《ぬく》べうもなく拭《のど》ひつ。店《みせ》の框《かまち》
不這《そ》ひ登《のぼ》り。まづ税牢《ぜいろう》に對《むか》ひて頭《かうべ》を低《さげ》。僕《しもべ》ら丹五《えご》兵衛が主《く》
管《だい》に。是非《ぜひ》八と呼《よば》れてめしつかはれし。目今《たゞいま》咲くがそりめるれば。縁由《よゐこう》はよくも
志らねど。さて結《つか》る主《しゆ》の難義《なんぎ》へ。その蔭《かげ》によりて。小厮《こめのら》ホやうぞ難義《なんぎ》
あり。さもかくもしく。お染《そめ》どのを説諭《ときさと》し。その婚姻《えいん》を整《そのへ》て進《かうね》らせべし。
さへいくんのかぞく。死《しな》んとまでふ思ひ究《きはめ》る。小《こ》女児《むすめ》の尼意《こゝろ》蛇《だ》かいかでか
三五の生《うまれ》ごろ縁。それがそれなく立果《たちはて》なもあらじ。今且《いまさら》く待《まち》そのへ。
威勢《いきほひ》あく逼《せま》りなばべ。釋迦《しやか》に鮮鯖《なまいさ》も食《くひ》さべかれど。彼《かれ》よりも糞《ふん》さ
従《したが》はざればつ。趣《おもむき》なりかたうりのなのはまりさせとても。猜《きら》しめのへふやおとん

らうそく入
ぜひ八

丹五兵衛《えごべゑ》よ
逼《せま》る税平《ぜいへい》
阿染《おそめ》を
娶《めと》らんと
議《ぎ》を
おそめ
山家ぜい平

さぞらん。といひて信《まめ》やかに勸解《こしら》ふるぞ。税平《ぜいへい》笑《ゑみ》てうち点頭《うなづき》げに汝《なんぢ》がいふ所《ところ》さもありなん。去《さ》りながら。後《のち》の證據《せうこ》なくては。一日も放《ゆる》べからし。汝《なんぢ》はまづお染《そめ》を諭《さと》し。目今《たゞいま》證《あかし》をえさする事と問《とへ》ば是非《ぜひ》なく微笑《ほゝゑ》み。それ宣《のたま》ふまでもあらぞ。おのれ計《はから》ふにすめり。と愈《いよく》て。主《しゆう》の丹五《たんご》兵衛がわくふ。と小膝《ひざ》をおし向《むけ》。今《いま》まであのぞくなれど。只《たゞ》一筆《ひとふで》。今茲《ことし》年擬乃晦日《つごもり》を限《かぎ》りに。お染《そめ》と婚姻《えんいん》さするべし。と書《かき》あらして遣《こゝろ》よかへあれば。その證文《せうもん》と。隻袖《かたそで》と引《ひき》かえて。異《こと》なく。おさまる今夜《こんや》の悶著《もんちやく》。滅《きえ》えなんとする燈火《ともしび》も。忽地《たちまち》に掻活《かきいけ》たる。油杜叓《あぶらそうじ》が一世《いつせ》の忠義《ちうぎ》。めでつべき。すのを主管《しゆい》くと。これから誉《ほむ》るも傍痛《かたはらいた》く。丹五《えご》兵衛はつくゞくと思へ。どおひ定《さだ》めるぞ。これより先《さき》へ自刃《じがい》せん。と只管《ひたすら》思ひ定《さだ》めありし。姫《ひめ》君《きみ》の心操《こゝろばえ》に。身《み》を羞《はぢ》てか假初《かりそめ》にも。阿容《おめく》とよして婚縁《こんえん》の。證《あかし》の書《ふみ》を出《いだ》

く写ん。さらでハ絆《を》の破《やぶれ》となる。後《のち》の難義《なんぎ》とさし當《あた》る。難義《なんぎ》ふりかゝ
る苦《くる》しき胸《むね》を。推量《おしはかり》て芝《しばし》於《おき》ける。阿世女《あやめ》ハ夫《をつと》の袂《たもと》を引《ひき》。濤渚《なぎさ》の人や
ある一寸《いつすん》延《のび》まバ尋《ひろ》延《のび》ると世《よ》の常言《ことわざ》よいへど。悔《くや》てもそのせんなき袖《そで》
へ。ふり拂《はら》いまぬ今宵《こよひ》の厄難《やくなん》。頃《ころ》ハ四月《うづき》のはじめなれバ。夏秋冬《なつあきふゆ》と
全九箇月《まるくかげつ》。その間《あいだ》ハ彼君《かのきみ》のおん往方《ゆくへ》を尋索《たづねもと》めぐ。そもかくもなる
べきものへ。亦《また》お染も嘆《なげき》まきれ身《み》へ。おん身が命《いのち》を隕《おと》せバとて。養《そだ》てまぁ恙《つゝが》
なきみも作らざ。よのしやもしハ扱らるかうへ。幸《さいはひ》を重《かさね》るとも。主君《しゆくん》の
息女《そくぢよ》。といゝんとするを。丹五兵衛《たんごひやうゑ》を咳《しはぶき》しく。これを禁《とゞ》め。教《をさ》稅《ぜい》卒《へい》すり
對《むか》ひて嘆息《たんそく》しげなる思ひ候ぬ。今《いま》證文《せうもん》と認《したゝめ》しうえよ。その袖《そで》湯しく
なるふべ。これぞ親子《おやこ》が厄《やく》おとし。大晦日《おほつごもり》を限《かぎ》りの婚姻《こんいん》。春《はる》までなくらね室《むろ》
の梅《うめ》咲《さく》さるも。又散《またちら》さるも。女児《ひとりむすめ》お染がそろ一ツ二ツの弓《ゆみ》を弯《ひく》も商人《あきびと》らしき

よ世の義理《ぎり》も命《いのち》なれ。かゆる物なれど悲しく。やうやくに手《て》をかけ硯《すゞり》の蓋《ふた》反くし掲る黒も。曲《まが》らぬ性《さが》を枉《まげ》て書。夏毛《なつげ》秋毛《あきげ》の筆《ふで》の跡《あと》。冬《ふゆ》の終《をはり》と主従《しゆうじう》が。一世《いつせ》の浮沈《ふちん》。事《こと》称《たゝへ》ども。身をや捨《すて》なん只《たゞ》憑《たの》む。弥陀《みだ》の御国《みくに》の西《にし》のうてな。めでも守《まも》すらせ給へとゝく。神《かみ》を誓《ちか》ひて偽《いつはり》の。證書《あかしのふみ》をとうし出《いだ》すべう税平是《ぜいへいぜ》を取《とり》て読《よま》ざりし。巻《まき》くしく懐《ふところ》に挾《はさ》め。かれ證據《しやうこ》あれば。宰極《きを》までハ結《むす》ぶべし。その隻袖《かたそで》に締《むす》びし婚縁《えんえん》。もが為《ため》みれ舅姑《しうとしうとめ》。釈《しやく》の威光《いくわう》をかゝれ附《つけ》なりのに深《ふか》く教訓《きやうくん》しあへどといひて袖《そで》をさし復《もど》せば。丹五兵衛《たんごへゑ》取《とり》て押戴《おしいたゞ》き。聟《むこ》といへど命《いのち》の親《おや》。なでこのうへハ限《かぎ》りなきその寛子《のこま》に恭《うやうや》山《と》どめ刀《かたな》よ残《のこ》るその夜《よ》の鮮血《ちしほ》。いひあらハせバこれも脱《のが》れまじ。是非《ぜひ》ハこれるうらんが。小断《こだん》よりあふが忘《わす》れても。主《しゆ》の陰《かげ》をも人《ひと》にないひそ。とさだめにかゝる笑《ゑみ》の眉《まゆ》。むつくといふも祝儀《しうぎ》の言《こと》の葉《は》。花聟《はなむこ》が傍《かたへ》に立《たち》

陸《ろく》る。税平《ぜいへい》どのを送《おく》りあく。とこりあく お染《そめ》を引《ひき》つれ。母《はゝ》の阿也女《あやめ》も
袖《そで》ぬらさ。安積《あさか》の沼《ぬま》の花《はな》かつみ。菖《ふく》や皐月《さつき》の丹五兵衛《えご》が。深見《ふかみ》え
入る江《え》ぞしらぬ。是非《ぜひ》八が信《まめ》ぶらさく。かねハ草履《ざうり》も客《きやく》ぶりよ。善悪《ぜんあく》
いまぞしら 絞《しぼ》り。油屋《あぶらや》お染《そめ》が浮名《うきな》を流《なが》せし。元その張本《ちやうほん》なり。

松染情史秋七草巻之三終

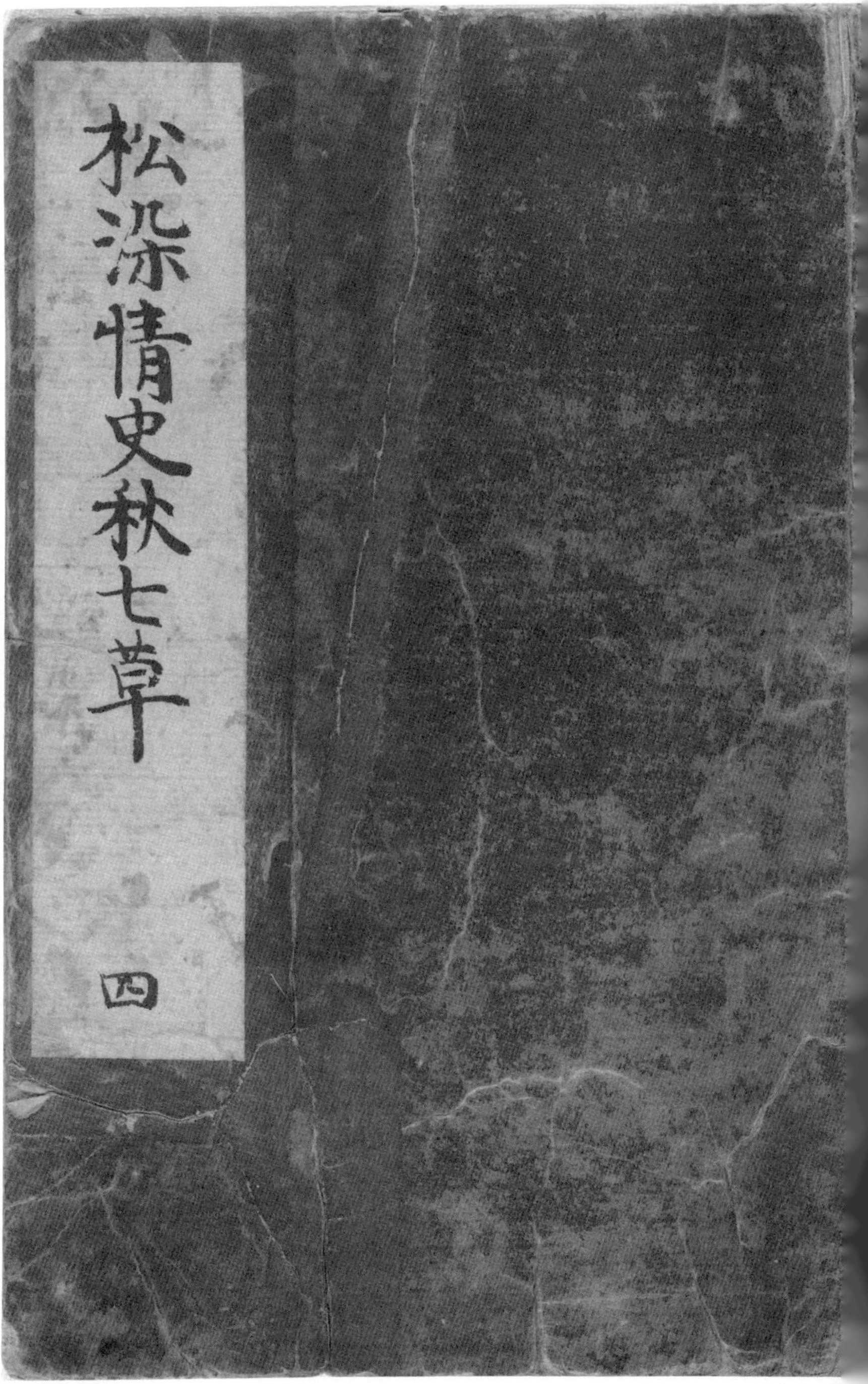
松染情史秋七草
四

松染情史秋七草《せうせんじやうしあきのなゝくさ》巻之四

東都　曲亭馬琴編次

○第七《だいしち》　蕣《あさがほ》に呼《よ》ぶ　しのゝ笶草《ぐさ》

山里《やまざと》の。しのゝめ戸《と》のしのゝめに。あはれもふかし朝顔《あさがほ》の。花《はな》よりもはかな果敢《か》なきは。只人《たゞひと》の世《よ》の栄枯《えいこ》なり。さても楠譜代《くすのきふだい》の忠臣《ちうしん》。津積六右《つゞらろくゑもん》義《よし》へ。いぬる永徳元年《えいとくぐわんねん》秋《あき》の比《ころ》。主君《しゆくん》正元《まさもと》の密談《ろうぢう》を稟《うけ》て。罪《つみ》なき罪《つみ》に追放《ついほう》され。僅《わづか》に四才《よつ》なりける。正元《まさもと》の嫡男《ちやくなん》操丸《みさをまる》に倶《ぐ》して。肥後国《ひごのくに》へ赴《おもむ》き名《な》を久作《きうさく》と更《あらた》めて。菊池武政《きくちたけまさ》が采地《れうぶん》に身《み》を潜《ひそ》め。農業漁猟《のうげふぎよれう》に活《くら》して。十二箇年《かねん》を過《すぐ》しぬ。河内国《かはちのくに》なる。南朝《なんてう》の元中八年《げんちうはちねん》に正武《まさたけ》病死《びやうし》せしより劣《さこ》えしかば。西海《さいかい》の宮方《みやかた》。いかで英気《えいき》を出《いだ》し。ひとつの武武威《ぶゐ》遂《つひ》に振《ふる》はず。加之《しかのみならず》。今茲《ことし》北朝《ほくてう》の明徳《めいとく》三年。南朝《なんてう》元中《げんちう》九年 千剱破《ちはや》の城《しろ》没滅《ぼつめつ》しく。正勝《まさかつ》。正元《まさもと》の存亡《そんばう》さだかならねど。閏十月《のちのかんなづき》に。南北両帝《なんぼくりやうてい》御和《おんわ》睦整《ぼくせい》ひて。南帝《よしのゝみかど》後亀山院《ごかめやまのゐん》入洛《じゆらく》ましく。嵯峨《さが》の大覚寺《だいかくじ》を仙居《せんきよ》とし給へりし。西《すう》の果《はて》へも聞《きこ》えしかバ。久作《きうさく》も頻《しきり》に驚嘆《きやうたん》し。さるものもなりあへど。やがて河内《かはち》へくだらんとす。されに操丸《みさをまる》そ。今十五才になり給ひて。鄙《ひな》に生育《おひたち》なへども。容止《かほばせ》の艶《あでやか》なる。いへバさらなり。学《まなび》ばずして文武《ぶんぶ》の道《みち》に怜悧《さかしく》。名家《めいか》の莚おのづからしら。その気《き》にあふられて。未憑しく見《み》えたるへバ。久作《きうさく》は。款《よしみ》に疑《うたがひ》せんなるの怕害《おそれ》て。幼少《ようせう》より楠氏《なんし》の嫡男《ちやくなん》なるよしを告《つげ》ど。久松《ひさまつ》と呼《よび》かえたく。おのが子《こ》としく字《あざな》さへ。されえくも久《ひさ》しくかりぬ住吉《すみよし》の松《まつ》の操《みさを》と久後《ゆくすゑ》を。ゑに祝《いはひ》ぐともさらで。久松《ひさまつ》も久作《きうさく》を。実父《まことのちゝ》とのみおもひしが。十二といふ春《はる》の頃《ころ》。久作《きうさく》にいでかなるは。扠《さて》もしらず父《ち》は。よろづの動静《ありさま》。土民《どみん》の子《こ》とも見《み》えざりけれど。先祖《せんぞ》はいかなる人《ひと》なりけん。名告《なのり》さへしらしと問《とふ》に。久作《きうさく》は坐《そゞろ》に涙《なみだ》を落《おと》しながら身《み》が問ところ。究てよし。これハ壮年を過《すぐ》るまで。河《かハ》内《ち》の國司《こくし》に仕《つか》へしが。妻《つま》なるものは世《よ》を早《はや》くし。剣侯ありて。彼地《かのち》を追放《ついはう》せられしが。世間《よのなか》を憚る覚《おぼえ》て。かく鎮西《ちんぜい》に漂泊せり。又《また》おのれハ実の子《こ》にあらず。三才歟。四才歟。とおぼしき頃。河内《かはち》なる小《こ》松山の麓《ふもと》に拾ひしが。園子なれバ父母《ちゝはゝ》を。誰《たれ》なるらんたえて知らず。但《たゞ》護身囊《まもりぶくろ》の裏《うち》に。野崎《のさき》の觀世音《くわんぜおん》をうつしたる小像《しやうぞう》ありけり。これハおん身《み》が親《おや》の形見なれバ。日来《ひごろ》秘蔵《ひさう》しけれど。思ひつるなり。そのをりをしるものが。せう母しく思ひて。言の叙《ついで》なくて黙止《もだし》がたく告《つげ》るなれど。今《いま》まで時《とき》なる早《はや》し。六才ふもあけるべくなるが。ぬふよしをいふべけれと識しゆく小回巻。おへべ久松寺《ひさまつでら》。原来ながら身を園子《そそこ》なりしを。又親《ちゝおや》の手《て》一ツあるく。かくまで小字なかりしハ。生産《うぶ》の恩《おん》よりも高《かう》し。さりとも志《こゝろざし》年月《としつき》をかさぬふ過《すぐ》せしこそ。久しくも悔《くや》しけれと信《まめ》だちて。いよ〳〵孝行《かう〳〵》に事《つか》へしかバ。久《きう》作《さく》ハいと心苦《こゝろぐる》しく思へども。主従《しゆうじう》なるよしハ。ふかく匿《つゝ》みつ。そのころ操丸《みさをまる》ハ尚稚《おさな》ければ。人《ひと》にも漏《も》らしあやまりもあらんかとてなり。時《とき》に明徳《めいとく》三年《さんねん》十一月《しもつき》の上旬《じやうじゆん》に。大和《やまと》河内《かうち》の凶音《あしきたより》。頻《しきり》に九州《きうしう》へ聞《きこ》えしかバ。久作《きうさく》ハ十二分《ぶん》の憂苦《いうく》をかさね。正勝正元《まさかつまさもと》のうへ心《こゝろ》もとなけれバ。有一日《あるひ》久松《ひさまつ》にいひけるハ。河内《かうち》ハわが故郷《ふるさと》なれど。彼処《かしこ》の親族《しんぞく》朋友《ほういう》も死果《しにはて》ければ。音耗《おとづれ》するよしもなくして。十余年《よねん》を過《すぐ》せしが。その地《ち》も年来《としごろ》の兵乱《ひやうらん》に。土痩《つちやせ》民労《たみつか》れて生活《せいくわつ》の便着《たつき》いと薄し。河内《かうち》を憚《はゞか》る国《くに》なれど。今《いま》ハ暇《ひま》の年《とし》を経《へ》て。認《みと》むる人《ひと》もあらじと思へバ。故郷《ふるさと》へ帰《かへ》りなん。行装《ぎやうさう》せよといそぎつゝ。寒家《まづしきいへ》ハ。ものの整《ととの》ふるひまもなくして。一蓋《いちがい》の笠《かさ》。一條《ひとすぢ》の杖《つゑ》。草鞋《わらんぢ》の紐《ひも》を結《むす》ぶ外《ほか》に。旅《たび》の准備《ようゐ》とてもなくして。西海《さいかい》を起程《かどいで》し。久松《ひさまつ》もろともに。夜《よ》に宿《やど》り日《ひ》に歩《あゆ》ミ。十一月《じふいちぐわつ》下旬《げじゆん》に。河内國《かはちのくに》讃良郡《さゝらごほり》野崎《のざき》の郷《さと》に著《つき》て。まづ観世音《くわんぜおん》の堂守《だうもり》なる。老僧《らうそう》を訪《とふ》に。彼《かれ》ハ五年《いつとせ》己前《いぜん》に身《み》まかりて今《いま》の堂守《だうもり》ハ。黙善《もくぜん》と呼《よべ》る前《さき》の堂守《だうもり》が弟子《でし》なり。その性《さが》の愚直《ぐちよく》なる事《こと》。師父《しせう》にもまされりとて。近郷《きんがう》の農夫《ひやくせう》などハ。これを正直坊《せうぢきばう》と渾名《あだな》しつ。さて久作《きうさく》ハ黙善《もくぜん》に。わが身《み》肥後《ひご》より来《きた》りしを告《つげ》。舊《もと》の老《らう》法師《ほうし》なれバ。親《した》しかりしよしを物《もの》がたるに。正直坊《せうぢきばう》ハ。楠《くすのき》の残黨《ざんたう》なりとしれバ。ねんごろ。親子《おやこ》が便《たつき》なき趣《おもむき》を聞《きゝ》て。ふかく憐《あはれ》み。いと親切《しんせつ》にもてなして。両三日《りやうさんにち》堂内《だうない》に寄宿《きしゆく》し給へ。といふに。久作《きうさく》も久松《ひさまつ》も。いと嬉しく覚《おぼえ》て。次《つぐ》の日《ひ》村長《むらおさ》に相譚《かたらひ》。野崎《のざき》の郷《さと》に猶ぞ知《し》るよしありける空屋《あきや》あるを購《あがな》ひ得《え》さく。久松《ひさまつ》とともに膝《ひざ》を容《い》る。親子《おやこ》二人《ふたり》。ともかくもして。口《くち》を餬にす。一畝の田園《でんえん》も所持《しよぢ》せざれバ。久松《ひさまつ》ハ。日毎《ひごと》に野山《のやま》に入て秣を外。久作《きうさく》は薪《たきゞ》を樵《こり》。或《あるひ》は人《ひと》に傭《やとは》れて馬《うま》を牽《ひき》。辛《から》じてあらたまの春《はる》を迎《むか》へり。かゝりし程《ほど》に久作《きうさく》は潜《ひそか》に世《よ》の風聞《ふうぶん》を聞《きく》に。千劍破《ちはや》の城《しろ》没落《ぼつらく》のとき。正勝《まさかつ》は十津川《とつがは》へ漂流《へうりう》せしが。箭傷《やきず》愈《いえ》ずして去年《こぞ》の師《し》走《はす》身まかりたまひつ。又正元《まさもと》は六田《むつた》の山里《やまさと》に蟄《く》れ居《を》りて療《つくろひ》の愈《い》ゆるを待《まち》わび。吉野《よしの》の皇居《くわうきよ》へ参《まゐ》らんと思ひあひしが。南帝《よしのみかど》入洛《じゆらく》ましましければ。空《いたづら》に堪《よく》かねて。洛《みやこ》のかたへ赴《おもむ》きあひぬといふ。その母覚《おぼ》えつゝあるけまべ。彼此《とうとう》にと嘆《なげく》よ。太《おほ》くは違《たが》へど。當下《そのとき》久作《きうさく》は。ほくぐと思ひ出す。廷尉《ていい》正勝《まさかつ》墓ろのくなりの邊なり。いと悼《いたま》しけれど。その歎《なげ》くとおもひあり。河州《かしう》正元《まさもと》は勇敢《ゆうかん》武略《ぶりやく》兄《このかみ》に勝《まさ》りあへば。かくならば洛《みやこ》へ潜《しの》び上《のぼ》りて。室町《むろまち》將軍《せうぐん》を狙撃《ねらひうた》んと思ひたちあへるなるべし。さればこれも京《きやう》へ赴《おもむ》きぬ。ふみもして環會《めぐりあひ》にてまつりて操花《こゝろざせる》の恙《つゝが》なく成長《せいちやう》しあへるよしを告《つげ》まつり。その先途《せいと》を見進《すゝ》めせばやと思案《しあん》しく。久松《ひさやつ》ふハ以宿縁《しゆくゑん》ありて。長谷《はせ》。清水《きよみづ》両処《りやうしよ》の観世音《くわんぜおん》へ参詣《さんけい》し。道《みち》の次《ついで》ふ。洛中《らくちう》の霊場《れいぢやう》をおがミ巡《よくまつ》らんと思ふよ。五七日が間《あひだ》。留守《るす》志のへと竹え《きさに》おもへ。藁苞《わらつと》を脊負《せお》ひ。匙笥《くひげ》の柄杓《ひさく》携《たづさ》へ。通路《みちすがら》乞食《こじき》しつ。洛《みやこ》を扱《さ》く起行《たびたち》ける。頃《ころ》ハ三月《やよひ》の下旬《げじゆん》。旅《たび》おり絶《たえ》ぬ春の日《ひ》も。身《み》ふ憂雲《うれひ》のかゝる世《よ》ふ。これのミ秋《あき》のこゝちして。遂《つひ》ふ洛《みやこ》へ着《つき》けるその日《ひ》よ。今朝《けさ》日岡《ひのをか》よ懸《かけ》られける。楠正之《くすのきまさゆき》の首級《くび》をさらんとて。人聚奔走《ひとあまさゑんそう》を。久松《ひさまつ》もその形勢《ありさま》ふ。こゝろいらつと驚《おどろ》き患《うれ》ひ。路《みち》の傍《かたへ》なる茶店《さてん》ふ立《たち》よりて。縡《こと》の趣《おもむき》を問《とへ》ば。主人《あるじ》答《こたへ》て。さこのふ室町将軍《むろまちせうぐん》。四条河原《しでうがはら》よ桟敷《さんじき》を打《うち》しく。田楽《でんがく》を翫《もてあそび》ぜし。楠正之《くすのきまさゆき》窺《うかゞ》ひ入《いり》ようて撃《うち》奉《たてまつ》らんとするふ。近臣《きんしん》これを防《ふせ》ぎ戦《たゝか》ふ術《てく》よ。室町《むろまち》どのハ脱《のがれ》給ひつ。正之《まさゆき》ハ比類《ひるい》なき勇士《ゆうし》なれバ。身ふ疵《きず》よ血戦《けつせん》し。遂《つひ》よ自殺《じさつ》しつれバ。その首級《くび》を。日岡《ひのをか》なる山蔭《やまかげ》へ懸《うけ》られしか。されバこれをみんとて。衆人《もろびと》の罵《のゝしる》

久作《きうさく》夜《よる》正えの首《くび》を埋《うづ》む
久九郎

久さく
野崎村
建武三年三月

老たれど物《もの》かはりするに。久縦《きうさく》をおもひて嗟嘆《さたん》し。僅《わづか》に後《おく》れて正元《まさもと》の。最期《さいご》に参《まゐ》りあはざりしを。ふかく意中《こゝろ》に歎《なげ》けども。後悔《こうくわい》をまに立《たゝ》ざれば。せめてかの首級《くび》をも盗《ぬす》みとりて。故郷《こきやう》の土《つち》となしなばやと思《おも》ひ起《おこ》しつゝ。ひそかに日岡《ひのをか》に赴《おもむ》き。群集《くんじゆ》の老弱《らうにやく》にうち雑《まじ》りて。梟木《きやうぼく》を仰上《あふぎみ》れば。生《いけ》るがごとき勇士《ゆうし》の首《くび》は。晒《さらさ》れて日岡《ひのをか》に梟《かけ》られて。夥《あまた》の人《ひと》に見《み》らるゝなることを。浅《あさ》ましと世《よ》をさるのぞ。いと朽惜《くちをし》くも悲《かな》しくて。遺恨《いこん》に涙《なみだ》禁《とゞ》めあへざれど。憤《いきどほり》を忍《しの》びつゝ人《ひと》に疑《うたがは》れじと。ひそかに樹《こ》の蔭《かげ》に立入《たちいり》て。其夜《よ》を化了過《すご》さじと思《おも》ひ定《さだ》めしかば。甲夜《よひ》より日岡《ひのをか》なる石《いし》の地蔵《ぢざう》の背《うしろ》に身《み》を潜《ひそ》ます。野伏《のぶし》の兵卒《つはもの》が隙《すき》を窺《うかゞ》ふ程《ほど》に。更闌《ふけ》て誰《たれ》ともあらねども。これに等《ひと》しく。正《まさ》元《もと》の首級《くび》を奪《うば》ひとらんとて。窃《ぬす》びよるものの二人《ふたり》ありけり。かくて件《くだん》の徒《ともがら》や番卒《ばんそう》に遮留《さへぎりとめ》られ。命《いのち》を限《かぎ》りに戦《たゝか》ふほどに。久縦《きうさう》もその騒《さわぎ》に紛《まぎ》れて。正元《まさもと》を掠く

首級《くび》をとりぬ。抱《いだ》きて足《あし》に信《まか》して逃去《にげさ》りぬ。此段詳《このだんつまびらか》に三の巻《まき》にみえたり 方《まさ》に是《これ》両虎《りやうこ》食《しよく》を争《あらそ》ふ
ときに狐《きつね》その虚《きよ》に乗《の》ずといふに類《るゐ》するべし。さる程《ほど》に久仙《きうせん》通宵《よもすがら》走《はし》りて摂州《つのくに》より
河内路《かうちぢ》へと逃《にげ》ゆきぬ。世《よ》は憚《はゞか》りしが卒忽《あからさま》に正元《まさもと》の首級《くび》を葬《はうむ》り次《つぎ》の日《ひ》
ゆゝしく崇《そう》りて居たりし。志紀《しき》の毘沙門天《びさもんでん》と野崎《のざき》の観世音《くわんぜおん》は正元《まさもと》年来《としごろ》
信仰《しんかう》浅《あさ》からざりしに。大悲《だいひ》大慈《だいじ》の境内《けいだい》に葬《はうむ》り進《まゐ》らせなバ菩薩《ぼさつ》の引接《いんぜふ》によりて
冥土《めいど》の苦艱《くげん》を脱《まぬか》れしめんと深念《しあん》して。その夜《よ》亥中《ゐなか》の比及《ころほひ》よ郷《さと》
近《ちか》く成《なり》来《き》つ。笆《かき》を踰《こえ》て観音《くわんおん》堂《だう》の内《うち》とりふ潜《しの》び入《い》り。藪蔭《やぶかげ》の土《つち》を
起《おこ》しく首級《くび》を瘞《うづめ》んとするに。一挺《いつてう》の鋤ずるに准依せざりしかバ腰《こし》なる
の頭《かしら》を拔去《ぬきさそ》。その柄《え》をもとびとやうく掘《ほ》らんとするに。思ひの外《ほか》に夜《よ》も深《ふけ》しくて
たゝに又野崎の村長《むらをさ》に鉈平《なたへい》といへる老人ありけり。これが児子《せがれ》鋤九郎《すきくらう》と呼
りの。今茲《ことし》三十《みそぢ》と一期《いちご》とし。三月《やよひ》のはじめに世《よ》を去《さり》ければ父《ちゝ》の哀悼《かなしみ》ふ

えうりありしが。かくてあるべきにあらねば。親族隣人《しんぞくりんじん》に諫《いさめ》られ。その日《ひ》は。中《なか》の道内《かいと》と。日下《くさか》の里《さと》の間《あひ》なる。善根寺《ぜんこんじ》へ送葬《そうそう》せんとて。棺《ひつぎ》を擡《かき》出《いだ》せしに。川上《かはかみ》や雨《あめ》ふりけん。龍間川《たつまがは》の水《みづ》俄頃《にはか》にまして。渉《わた》るべうもあらず。その川《かは》常《つね》は膝《ひざ》の節《ふし》を浸《ひた》すばかりなる浅瀬《あさせ》なれど。水《みづ》まさりしかば。急流《きうりう》矢《や》のごとくなりて。船《ふね》も筏《いかだ》も棹《さを》とするよしなければ。されども水《みづ》の落《おつ》ることも。又連《またまた》あらんとて。四五日《しごにち》とゞまらん。さるに陀平《だへい》が親族《しんぞく》ら。棺《ひつぎ》を川《かは》の上《かみ》に扛《あげ》おろして。いかにせんと議《ぎ》するに。一人《ひとり》がいふやうは。かくてもその川《かは》を渉《わた》さずしては。善根寺《ぜんこんじ》へ到《いた》りがたし。さればとて。棺《ひつぎ》を扛《あげ》めども。難儀《なんぎ》なり。所詮《しよせん》正直坊《しやうぢきばう》をたのみて。棺《ひつぎ》を観音堂《くわんおんだう》に入《い》れおき。二三日《にさんにち》が間《あひだ》。水《みづ》の落《おつ》るまでは。彼《かの》坊主《ばうず》に守《まも》らすべしといふに。衆皆《みなみな》ともかくもせん。まかせんと応《おう》じて。轍《ただち》に棺《ひつぎ》を野崎《のざき》の観音堂《くわんおんだう》へ。扛《あげ》めく。かくして正直《しやうぢき》坊《ばう》に緯《いさい》の趣《おもむき》を告《つげ》て。憑《たの》みまゐらするに。生家人《いへのひと》のありけれバ。固辞《いなむ》によし

なく。黙然《もくぜん》もしかりけるのみなりしが。やうやく領諾《れうだく》しけれバ。皆悦《よろこ》びて。棺《ひつぎ》を
堂内《だうない》の隅《すみ》に杠居。屏風《びやうぶ》なんど引《き》まはし立繞《めぐ》らし。おのゝ宿所《しゆくしよ》へ帰りけり。
かくて正直坊《しやうぢきばう》ハ。思ひもかけざる新亡者《しんまうじや》を領《あづか》りて。その夜《よ》さり出《で》とり。
うち瞻《まも》りゐるに。生道心《なまだうしん》のかなしけれバ。何《なに》となく物《もの》のおそろしくおぼえて。
雑寝《ざこね》せんと思ひ折《をり》から。外《と》に名《な》ある破落戸《もの》に。野草摸の出九郎《でくらう》と
いふものありけり。定《さだ》めける宿《やど》も生計《なりはひ》もなく。只賭博《とぞく》をのみなく酒食《しゆしよく》に給。
あしき友《とも》とのみ交参《まじはら》に打《うち》つれて余凶く。兄《あに》と称すと呼ばるゝ友《とも》がらなるも
疎《うと》まれて。せんすべなきのさまに。野崎《のざき》の観音堂《くわんおんだう》へ籠《こも》りて。一夜《ひとよ》あかさバやとて
来《き》たりけり。正直坊《しやうぢきばう》これをみて。間人《とぎ》得しれおもはれハ。日来《ひごろ》ふみ似《に》げなく。いと
信《まめ》やかに管待《もてな》して。山茶《やまちや》に烹《に》て喫《のま》せ。村長《むらおさ》が子《こ》の棺《ひつぎ》を領《あづか》りたるよし抔物《もの》がたり
きくに。出九郎《でくらう》ハ。黙然《もくぜん》が臆病《おくびやう》なるを。よく知りてあれバ。今昔《いまむかし》のてい紙より

雑《ざふ》く。狐《きつね》の人《ひと》に憑《つか》る。或《ある》ハ妬女《ねたみをんな》の死《し》して夫《をつと》をとり殺《ころ》しけるなんど。いとおどろ〳〵しき物《もの》がたりのさゝやく程《ほど》に。正直坊《せうぢきばう》も。忽地《たちまち》に面色《めんしよく》土《つち》のごとくなりて。其処《そこ》にまゐり得《え》ど。それハ今夜《こんや》。何様《なにさま》か庚申《かうしん》待《まち》に非《あら》ずといひしを。直《ひた》とうち忘《わす》れてけり。野《の》草《ろ》槙《まき》のぬし。ならべし一留守《るす》しくらべといひかけて。忙《いそが》ハしく法衣《ころも》は脱《ぬぎ》。蓑火ありてなじく走《はし》り去《さり》にけれバ。出《で》九郎ハ物とりあへじくそく。黙念《もくねん》が衾《ふすま》より出《いで》てうち被《かづ》ぎ。思ひの外《ほか》に暁《あかつき》なる。その夜《よ》をあかしてかくのごとくうとうとしく。枕《まくらひき》引よせ睡《ねぶ》らんとする。怪《あや》しむべし。前面《むかひ》なる叢《くさ》の ほとりかくとなるを。犬《いぬ》か狐《きつね》かと。枕《まくら》を欹《そばだて》て聞《きく》に人《ひと》なり。さハ不審《ふしん》とものなぞ。端《そば》ちかく起出《おきいで》て。窗《ひそか》に簾《す》の中を窺《うかゞ》ひて。ゆる〳〵叢《くさ》の陰《かげ》を掘《ほる》がごし。何様《なにさま》なるならんと心憎《こゝろにく》くて。燈火《ともしび》をさし向《むけ》て。癖者《くせもの》と呼《よび》かくる。声《こゑ》を聞《きく》ともなく叢《くさ》の中《うち》よりあらはれ打洸硯ふ。出《で》九郎ハ袂《たもと》を縺《ねれ》まくく。

その身《み》に恙《つが》なけれども。よく縊《ミとめ》ん。と思ひしかば。叫苦《あつ》と叫《さけ》びて。仰《のけ》さまに倒《たふ》れけり。當下《そのとき》久作《きうさく》ハ。正元《まさもと》の首級《くび》を埋果《うづめおほせ》て。徐《しづ》に堂《だう》の縁《えん》づたひ。竒のミよりつゝるに。己《おの》が打仆《うちたふ》せしハ。郷《さと》の壯佼《わかうど》出《で》九郎なり。這奴《しやつ》究竟《きやうかう》て悪棍《わるもの》なれど。これに于《おい》て恨《うらミ》もなければ。あつたら罪《つミ》造《つく》りよなり。と今更《いまさら》に痛《いたま》しく思ひながら。太《ぶど》なりのまへのふろりにこそとち直となからぬ紙《とろ》鬼《がき》なしく。薮《やぶ》を潜《くゞ》りて脱去《ぬけさり》ぬ。出《で》九郎ハ死《しぬ》るおもひして。久作《きうさく》を楚《しろ》と縊《ミとめ》よなれば。せはしく身《ミ》を起《おこ》して。まづ打《うち》かけたる銃覘《えん》を引抜《ひきぬき》。灯光《ほかげ》にさし寄《よ》りて。見んとすれバ。双物《なりもの》みなあらで。柄杓《ひさく》の莖に。河内國《かはちのくに》讃良郡《さゝらごほり》。野崎《のざき》の久作《きうさく》と写《しる》しつれバ。ふかく欽《よろこ》び。やがて指燭《しそく》まく。薮蔭《やぶかげ》よいそれて。目今《たゞいま》物《もの》を埋《うづ》めたらんと思ふ処《ところ》を堀起《ほりおこ》せば。土中《つちのうち》五尺可《ごしやくばかり》にして。人《ひと》の首《くび》ありけり。さすがの悪棍《わるもの》なれど。大《おほ》きに驚《おどろき》引《ひき》出《いだ》さば旧《もと》のごとく。土《つち》を覆《うけ》ん。とおもひしが。忽地《たちまち》に奸計を生《しやう》じて。件《くだん》の首級《くび》をもつて来《く》りて。観音堂《くわんおんだう》の縁《えん》の下《した》へ投入《なげいれ》。魔除《まよけ》の為《ため》にやあらんずらん。棺《ひつぎ》の上《うへ》へ載《の》せおきけるが。刀《かたな》をとりて。遽《ひそか》しく蓋《ふた》をうち開《ひら》けば。死人《しにん》の首《くび》をうち落《おと》しく。刄《やいば》を鞘《さや》に納《おさ》め。首《くび》を藪蔭《やぶかげ》に埋《うづ》めて。柄杓《ひさく》の柄《え》をもつて。おのが股《もゝ》を突《つき》傷《きず》り。又仰《あふのけ》さまに倒《たふ》れて。正直坊《しやうぢきばう》が来《く》るをまつ程《ほど》に。黙然《もくぜん》は。嚮《さき》に出《で》九郎に魘《おびやか》され。隣《ちか》き里人《さとびと》が家《いへ》に到《いた》りて。壮佼等《わかうどら》を喚《よ》び起《おこ》し。如此《しか》ゝくの事《と》あるに。今宵《こよひ》も御堂《みだう》に通夜《つや》しくしくぞ。と憑《たの》みきこえて。両三人《りやうさんにん》を誘引《いざなひ》て来《く》り来《き》つ。されば出《で》九郎は。血《ち》に塗《まみ》れて縁頬《えんがは》に倒《たふ》れ。棺《ひつぎ》さへうち開《ひら》けるが。渺九郎が屍《しがい》に首《くび》なし。こはそもいかに。とおどろくに。衆皆大《おほい》に驚《おどろ》き呆《あき》れ。まづ出《で》九郎が面《つら》へ水《みづ》を吹かけ。薬剤《くすり》を口《くち》に含《ふくま》して。声高せり呼《よ》び活《そ》しが。出《で》九郎ハやうやくふ。それよりくりけるおもむきじぞ。彼《かれ》を搵《からげ》。正直《しやうぢき》坊《ばう》ホを見《み》くりて。太《ふと》やうなる息《いき》を吻《つ》き。阿《あ》。阿遅《あそ》かりしぐ。世《よ》に盗賊《ぬすびと》ゆ夥《おびたゞ》しければ。死《し》したる人《ひと》の首《くび》を盗《ぬす》みへいふなる物数寄《ものずき》なりありん。それその盗賊《ぬすびと》を生捕《いけどら》んとしく。却《かへつ》て一挙《ひとこぶし》に打《うち》ふされ。剰《あまつさへ》太股《ふともゝ》を志てかり突《つ》きしく。敵《てき》をくぐりもあらど。件《くだん》の賊《ぞく》へやがて擒《ひつぱ》をうち関《ひき》き。屍《しがい》の首《くび》を斬《きれ》く。藪《やぶ》の中へ埋《うづ》めつ。忽地《たちまち》に脱《にげ》去りけるを。夢《ゆめ》の中にお覚えしあり。世《よ》には怪《けう》有《う》る奴《やつ》もあるかり。と虚《そら》言《ごと》実《まこと》言うち雑《まじ》く物《もの》語れば。正《しやう》直坊《ぢきばう》ホを。やまとく果《はて》し。その盗賊《ぬすびと》へいかなる打扮《いでたち》なりし。惣《そう》しるものかなあるぞや。と問《とふ》に出《で》九郎巻《そゝ》く。楚《しん》とく惣《そう》ねど。コゞ郷《さと》なるえ作《きうさく》り仇《よ》より。打《うち》りける竹篦《ちくべう》を。證拠《せうこ》となるべきものなりや。よくぞんありと。いひつさし出《いだ》しぬ。正直坊《しやうぢきばう》を里人《さとひと》とまよ。つゞくえて皆ごび驚《おどろ》きこれ篦《へら》にありしが。柄杓《ひさく》の鞘《さや》なり。野崎《のざき》の久作《きうさく》と写《ある》しけるがこれによりて證據《せうこ》はあらじ。やがて旋主《せしゆ》に。縡《こと》の趣《おもむき》を告《つげ》めへといそがし立《たて》て。一人《ひとり》の壮佼《わかうど》を。村長《むらおさ》沱平《たさへい》許《がり》走《はし》らせるに。沱平《たさへい》はこれを聞《きゝ》て目《め》驚《おどろ》き。且《かつ》怪《あやし》しみて。その人《ひと》とともに。喘《あへぐ》く走《はし》り来《き》つ。是《これ》彼《かれ》の長劍《ながつるぎ》曩《さき》に。春《はる》の終夜ともろなく明《あけ》しけり。さて沱平《たさへい》は。出《で》九郎がいふに随《まか》に藪蔭《やぶかげ》を掘《か》へしてみるに。果《はた》して土中《どちう》より。鋤《すき》九郎が首《くび》を掘《ほり》出《だ》しぬ。當下《そのとき》沱平《たさへい》は。衆人《もろびと》に對《むか》ひていふやう。世《よ》に武者修行《むしやしゆぎやう》といふことある猛者《もさ》も。人《ひと》の首《くび》を。國々《くにぐに》の霊場《れいぢやう》へ埋《うづ》めて。首塚《くびつか》を築《きづ》くといふなる。彼久作《かのきうさく》は。近曾《ちかごろ》わが郷《さと》へ流来《ながれき》たるものなく。本貫《ほんぐわん》も定《さだ》かならねど。思ふに武者《むしや》修行《しゆぎやう》の類《たぐひ》なるべし。なり私《わたくし》に計《はか》らし。出《で》九郎は證人《しやうにん》なり。これと共《とも》に来《こ》よと誘引《いざなひ》して。やがて山名《やまな》が老臣《らうしん》。縣守《あがたもり》何《なに》がしが宿所《しゆくしよ》へ参《まゐ》りて。

一五一十《いちぶしじう》を訴《うつた》へしかバ。さらバ久作《きうさく》を搦捕《からめとる》べしと下知《げぢ》せられし儀須に捕《とり》兵《て》を向《むけ》られしとも志らずして久松《ひさまつ》を父久作《ちゝきうさく》が昨夜《ゆふべ》深《ふけ》て帰《かへ》りけれバ。詰旦《あけのあさ》も放《ゆる》やうに睡《ねぶ》りし。その身《み》ハ朝《あさ》まだきに起《おき》て。火《ひ》を打《うち》水を汲《く》みて炊《かし》ぎ果《はて》て後《のち》に。父《ちゝ》を喚《よび》覚《さま》して。早飯《あさいひ》をすゝめ。けふハ長途《ちやうど》の疲労《つかれ》もあるべけれバ。休足《きうそく》しねへといひ慰《なぐさ》め。草籠《かご》を脊負《せお》ひ利鎌《とがま》を携《たづさへ》。秣刈《まぐさかり》にとて出《いで》るが。道《みち》十町《ちやう》ばかりゆきも果《はて》ず忽地《たちまち》に胸《むね》うち騒《さは》ぐなぞ。家《いへ》に老《おい》たる親《おや》のある身《み》を。何《なに》となく心《こゝろ》もとなく其処《そこ》より立かへりしが宿《やど》ちかくなるまでに。前面《むかひ》を佶《きつ》と見れバ縣守《あがた》の騎兵五六人。村長《むらおさ》沱平《あさへい》と。野草《のろ》摸出九郎《かうえで》を後方《あしぞ》に立《た》し久作《きうさく》をいく縛《いましめ》て来《き》たりけり。久松《ひさまつ》ハこの形勢《ありさま》に。驚《おどろ》き悲《かな》しみて路《みち》の傍《かたへ》に踏踞《きんこ》して。縣守《あがたもり》が騎兵《うでこら》木に對《むか》ひていひけるハ。是《これ》ハ久作《きうさく》が一子《ひとりご》に久松《ひさまつ》と呼《よば》るゝもの

松染情史巻之四

久松《ひさまつ》遠《とほく》父《ちゝ》の縲絏《なわめ》に代《かは》らんと
詣《まう》ふ
久さく

に侍《はべ》り。抑《そもく》等《ら》が父は。いかなる罪犯《とが》によりてか。かく縛《いまし》められ給ふやらん。縁由《そのよし》を志らし給へ。といひもあへず。ちからなく涙泉《なみだいづみ》のごとく。流れ拭《のごへ》どもなほ竭《つきせ》ぬ。歎《なげけ》はおなじ久作《きうさく》が。物《もの》いひさげに立在《たゝずめ》ば。兵士《つはもの》も木石《ぼくせき》ならねば。いと哀《あはれ》に覚《おぼえ》て。久松《ひさまつ》を見やり。汝《なんぢ》が愁傷《しうせう》理《ことわり》なれど。久作《きうさく》は昨夜《よべ》野崎《さき》の記青堂《くうんあんどう》に潜《しの》び入《い》り。村長《むらおさ》沱平《たさへい》が児子《せがれ》。渤九郎《ぼつ》が死首《しまくび》をうち砍《そう》て。首塚《くびつか》を築《きづ》く。剰《あまつさへ》出九郎に浅痍《あさで》負《おは》しけるによりて。汝が儕《ともがら》縣守《あがたもり》の命《おふせ》を稟《うけ》。搦捕《からめとり》て将《い》てゆくなり。願《ねが》はくはおんみが沱平《たさへい》と出九郎《で》をに勧解《てび》て。命《いのち》乞《こひ》せよ。と説諭《ときさと》し。久作《きうさく》をいそがしてさり去んとしけり。久松《ひさまつ》はいよく泣《なき》て。慌忙《あわてふためき》き。縲絏《いましめのなは》に携《すがりつ》き御さることなりけれど。わが父《ちち》は年老《としおい》たれば。人《ひと》とものあらがひをせねど。さてろを家教《かけのをしへ》によりて。ともかく物《もの》のあはれをしらぬ。所行《こざ》はたぞう由覚《おぼえ》ぞ。

と恨《うらみ》あるもの。讒言《ざんげん》に作るべし。しかやそのかの證據《せうこ》ありとも。聊《いさゝか》疑《うたがひ》をこゆるの。五十《いそぢ》にあまる老《おい》が身《み》を。獄舎《ひとや》に繋《つなが》れ笞《しもと》に打《うた》れ苛《から》き呵責《かしやく》に労《つか》れなば。果《はて》は朝《あさ》の露《つゆ》の玉《たま》。砕《くだけ》てのちはわが子《こ》が一生《いつしやう》泣《なく》とも呼《よぶ》がへ。いかでそのなひ得《え》るべき。さても脱《のが》れぬ罪《つみ》ならば。久松《ひさまつ》を縛《いましめ》て。父《ちゝ》を許《ゆる》させたまひね。とかく口説《くどく》こそ理《ことわり》なれ。久作《きうさく》もともに落《おつ》る。千行《ちすぢ》の涙《なみだ》を拭《のごは》んとも。苦《くる》しき胸《むね》を撫《なで》んとも。素《もと》は背《せ》へかれ手《て》の。ぞうね思ひに咽《むせ》びけり。せよ久松《ひさまつ》。今《いま》や親《おや》として子《こ》を慈《いつくし》む。禽獣《とりけもの》ども異《こと》なることなし。況《まし》て義理《ぎり》あるおん身《み》なれば。たとへ玉椿《たまつばき》の八千代《やちよ》までも。と神《かみ》に祈《いの》らぬ日《ひ》もなかりしが。それに代《かは》りて縛《いましめ》られ。命《いのち》もとらへて惜《をし》からぬぞ。冀《こひねが》ふ孝行《かうかう》は。嬉《うれ》しとも思はぬかし。今年《ことし》は十五になりぬれば。年来《としごろ》父が病み給ふ跡《あと》を。継《つげ》もさせんぞともかりふ。いかで悔《くや》しき麻糸《あさいと》の。長《なが》き別《わか》れとなりもせば。死《し》しての後《のち》も彼君《かのきみ》へ。いひわけよしなかるべし。護身嚢《まもりぶくろ》の観世音《くわんぜおん》。親《おや》の像《ぞう》を忘るゝな。ながらへる世《よ》に水鳥《みづとり》の。志紀《しぎ》に名高き多門天《たもんてん》。野崎《のざき》の郷《さと》なる観世音《くわんぜおん》。朝《あさ》な夕《ゆふ》なに禱《いのり》なば。終《つひ》に実《まこと》の二親《ふたおや》を。名告《なのり》もあらしめ給へ。と河内《かうち》に勇ある楠《くすのき》の雑枝なりと人告《つげ》られし。心《こゝろ》ならずもいひ遺《のこ》せし。言《こと》の葉《は》ぞなれ。罪人《つみびと》の。名《な》をし老樹《おいき》の根《ね》にくゆる。春《はる》の餘波《なごり》の花曇《はなぐもり》。それ晴せぬ身を喞《かこ》つとて。おのがぞそいく唄唱る。久松《ひさまつ》いよ〻號哭《さけびなき》。義理《ぎり》ある子《こ》とて情《なさけ》あるに。養《やしなひ》の恩《おん》高し。おもとりの親《おや》をよそにして敷しく。あらぬ父母慕とれ。老《おい》ての愚癡《ぐち》欲疑ひて。ちゝが身をそと代《か》らしめひね。と媚《こび》つ口説《くどき》つ。貪縁子さへ。煩悩《ぼんなう》の羈《ほだし》愛惜《あいじやく》の絆《きづな》に狂《くる》ふ意《こゝろ》の駒《こま》よ。いかぬもはゝしむずて誘《あざむ》かれば。死《し》を究めける。久作《きうさく》も声《こゑ》を激《はげま》し。ひなあれ縦かれ口説《くどけ》ば。親《おや》に罪《つみ》をゆさせしいと愚《おろか》なり。と叱《しつ》りも果《はて》ぞ。兵士《つはもの》ホをゑくりて。誘《いざ》なへと。會釈《ゑしやく》なる。健気《けなげ》なるの親《おや》孝行《かう》なる子《こ》なりし泣《なく》まくいと猛《たけ》き。兵士等《つはものら》も袖《そで》濡《ぬら》し。涙の河内《かはち》ながし委《よど》む。春《はる》の野《の》崎《さき》の村雨《むらさめ》に。四鳥《しちやう》の別まし五六町《ちやう》。後《あと》に跟《つ》く子《こ》にうしろ髪引まてぞなく親《おや》に縋《すが》り。思ひせまりて哀《あはれ》まさるなり。

○第八《だいはち》　女郎花《をみなへし》に稱《たとふ》る　思ひ草《ぐさ》

誰《たれ》が折《と》る。嵯峨《さが》野《の》の原《はら》の思《おも》ひ艸《ぐさ》。これるなれるならべ花《はな》をさくとも。舊《もと》の根《ね》になもまちぬ子《こ》の久後《ゆくすゑ》をおもひせる。親《おや》の歎《なげ》きは故《ゆゑ》あれとも。曉《さと》りがべ久松《ひさまつ》まで。只《たゞ》その罪《つみ》に代らんと。願言《ねぎごと》も絶《たえ》ず稱《となへ》ぞ。哀慕《あいぼ》の涙《なみだ》するせもなく兵士等《つはもの》が教ふかくして。村長《むらおさ》鉈平《なたへい》が家《いへ》に到《いた》来《れ》て。父《ち》の愆《あやまち》を勸解《こび》。或《ある》は山出《で》九郎を寛《くわん》なるに。人《ひと》の性《さが》は。おのく善《ぜん》ならざるをなし。鉈平《なたへい》は勿論《もちろん》。悪棍《わるもの》の野草槙も久松《ひさまつ》が孝行《かう》に自《みづか》ら羞《はぢ》ん。彼《かれ》が請隨に三人斉《ひと》しく。縣守《あがたもり》の宿《しゆく》所《しよ》に赴《おもむ》き。久作《きうさく》が命乞《いのちこひ》をなすに。此度《このたび》洛にて。日岡《ひのをか》に梟せらる。楠正元《くすのきまさもと》が首級《くび》を奪《うば》ひ去《さり》ける癖者《くせもの》あり。倘《もし》久作《きうさく》も。これらの支黨にやあらんとて許《ゆる》されず。久松《ひさまつ》は忽地《たちまち》に望《のぞ》みを失《うしな》ひて。只《たゞ》このうへは。神仏《かみほとけ》の利益《りさく》を祈《ねが》ふの外《ほか》あらじと。深念《しねん》し。朝《あさ》に夕《ゆふべ》に。野崎《のざき》の観世音《くわんぜおん》へ参詣《さんけい》し。夜《よ》を通《よも》霄《すがら》御堂へ籠《こも》りて。父《ちゝ》が繫縛《いましめ》を釋《とろ》しめへと祈《いのり》ぬ。ある程《ほど》に。龍間川《たつまかは》の水《みづ》もおちかゝりけれバ。陀ろ事は。児子《せがれ》珍九郎《ちん》が首《かうべ》もろともに。軀《むくろ》を善根《ぜんえ》寺《ド》へ送葬《さうさう》し。さらぬ今般《こんど》の椿《ちんじ》なりしよ。ありし出《で》九郎ならりせバ。つれが子は股體《こしたい》不具《ふぐ》の鬼《おに》となりぬれバとて。只管《ひさまつ》に賞嘆《せうたん》し。かづらく出《で》九郎に銭五貫《ぜにごくわん》と。新《あたら》しき布子《ぬのこ》一ツとらせしかバ。野《の》草《ろ》模《まれ》なる。なり課《あな》せりと。密《ひそか》に歓《よろこ》び。おひの外《ほか》に。襟《えり》に垢《あか》つきし布子《ぬのこ》を被《き》て。飽《あく》までに酒《さけ》を喫《の》み。残《のこ》れる銭《ぜに》を開《とかれ》して。その夜十貫《くわん》にもせんずやと。計較《かくろを》しが。人《ひと》を寛《あざむけ》て。おのれを利《さ》する銭《ぜに》なれバ。亦立地《またちどころ》に人《ひと》に取《と》られて。はじめにも似《に》ざりければ。大《おほい》に後悔《こうくわい》し。

更《さら》に一層《いつそう》の悪念《あくねん》を発《おこ》し。はしぐしと尋思《しあん》するに。彼《かの》久松《ひさまつ》を落《おと》さんも。捨《すて》がたかるべき美少年《びせうねん》なり。時勢粧《いまのよ》は男色《なんしよく》さかりにして。浪速津《なにはづ》。堺《さかひ》なんど迄《まで》。男色《なんしよく》を衒《うり》て生活《なりはひ》とするものあり。さればにや。大和《やまと》遊歴《めぐり》とてとく。寺川に両三日《りやうさんにち》逗留《とうりう》なとと聞《きこ》えし。浪華《なには》の旅客《りよかく》なり。彼《かの》衒艶郎《うりいろおとこ》の親方《おやかた》なり。いかにもして久松《ひさまつ》を欺《あざむ》き。彼《かの》親方《おやかた》に商銭せば。数段《あまたゝ》の金《かね》を得《え》つべし。されども久松《ひさまつ》は。年《とし》なほ若《わか》くして怜悧《さうしけ》に。庸常《よのつね》なれば謀《えうり》がたし。とせんかくせんど。肚裏《はらのうち》に問答《もんだふ》し。屹《きろ》と思ひはかる事ありて。その日《ひ》の黄昏《たそがれ》に。観音堂《くわんおんだう》のほとりを徘徊《はいくわい》し。堂守《だうもり》黙然《もくぜん》が。厠《かはや》へ登《のぼ》る間《ひま》を窺《うかゞ》ひ。奥《おく》ふかく潜《しの》び入《い》りて。本尊《ほんぞん》の厨子《づし》の背《うしろ》に身《み》を屈《くゞ》め。小夜《さよ》の深《ふく》るを待《まち》ゐたり。その後久《ひさ》松《まつ》は。観音堂《くわんおんだう》に通夜《つや》するなり。既《すで》に七日《なぬか》に及《およ》びしかば。正直坊《しやうぢきばう》も孝子の苦心《くしん》を憐《あはれ》みてかく物食《ものくは》ずや。湯は呑《の》みしかずや。と問慰《とひなぐさむ》るに。久松《ひさまつ》は火食《ひのもの》を断《たち》て待《まぢ》ゑぺく固辞《いなみ》て水《みづ》だにも飲《のま》ず。親《おや》をおもへど。かくのごとくなれば。正直坊《せうぢきばう》はいたく嘆賞《えんせう》し。彼少年《かのせうねん》が通夜《つや》する程《ほど》を。心《こゝろ》を放《かる》しく睡《ねむ》りたりしが。やがてその夜《よ》も深《ふけ》ゆくまゝに。久松《ひさまつ》も思ひ労《いろ》まづく。寝《ぬ》るともなけれど。まどし目は睡《まどろみ》るに。夢《ゆめ》にやありけん。現《うつゝ》にやありけん。戸帳《とちやう》の内《うち》より妙《たえ》なる声《こゑ》して。久松《ひさまつ》。久松《ひさまつ》。と呼覚《よびさま》し。汝《なんぢ》が親子《おやこ》。これを信《しん》ずることいと深《ふか》し。すでに久作《きうさく》が禁獄《きんごく》。を救《すく》ひ出《いだ》さんとならば。出《で》九郎に相譚《かたらへ》し。身《み》を捨《すて》てこそ浮《うか》む瀬《せ》もあれ。と示現《じげん》しあへぬと思ふに。驚《おどろ》き覚《さめ》ぬ。霊験《れいげん》あまりに掲焉《いちじる》ければ。久松《ひさまつ》は坐《そゞろ》に感涙《かんるい》を拭《のご》ひあへず。ほどなく示現《じげん》の趣《おもむき》を案《あん》ずるに。彼野草模出《かののろやるで》九郎は。行状《おこなひざま》よろしからぬ破落戸《いさづら》なるに。迚《と》とうり紙銭《ぎ》せよと示《しめ》しあへを。一切《つやく》ちぎりがたしとは思ひながら。凡慮《ぼんりよ》をもて疑《うたが》ひ。久松《ひさまつ》はいとあやしかしとは思へど丁嚀《ねい》に冥助《みやうぢよ》を祈念《きねん》し。天の明《あく》るを待《まち》わびぬ。仏前《ぶつぜん》を退《しりぞ》り。出《で》九郎に逢《あは》ん

とく。彼此《をちこち》を覓《たづぬ》るに。せうせう未下刻《ひつじさがるころ》野崎《のざき》の里外《さとはづれ》なる。茶店《さてん》乃
母とりかくゆれかひね。当下《そのとき》久松《ひさまつ》を遥《えうう》みとめるさように。早く喃《なう》と呼《よび》かけて。
喘《あへぎあへ》ぎ立寄《たちより》て。せがく樹《こ》の蔭《かげ》へ誘《さそ》引て。観世音《くわんぜおん》の示現《じげん》蒙《かうむ》りたるよし物語《がたる》
只管《ひたすら》救《すく》ひを求《もと》むるなど。出《で》九郎ハ呆《あき》れてゐるおりからしぞ。これハ智《ち》もなく才《さえ》
もなし。いかでか久作《きうさく》を救《すく》ハ謀《てだて》あるべきぞ。それ戯《たはむ》るゝなるらんと。とくうけ引《ひく》べう
もあらざれバ。久松《ひさまつ》もこの母《はゝ》叮嚀《ねんごろ》に憑《たの》み吹えく。放《まま》さざ。出《で》九郎志ざし
沈吟《しあん》して。やうやくふいさうかしく。繂《を》を案《あん》ずるに。千金《せんきん》の子《こ》ハ市《いち》り
死なずといふことあり。久作《きうさく》が罪《つみ》いと軽《かろ》からねど。といへども原《もとこれ》人《ひと》を殺《こう》匹
にもあらざれバ。只屍《しかばね》の首《くび》をとりて砍《きる》るのミなれバ。その母《はゝ》救《すく》ハなれざるものならべし。
それもさりながら。龍間川《たつまがは》へ。をりく水出《みづいで》て。郷民《がうみん》旅客《りよかく》ばかりの難儀《なんぎ》
に苦《くる》しむ久《ひさ》しけり。その水《みづ》の倍《ます》ものたれバ。船橋《ふなはし》をかけて人《ひと》をことさば。

久まつ

久松《ひさまつ》芽を
賣《うり》あるく
父《ちゝ》を旅人《たびびと》
とぞ
五百羅漢建立

自他《じた》の幸《さいはひ》なるべけれど。年来《としごろ》の軍務《ぐんむ》に労《つか》れて。企及《くはだておよ》しがたきのみならず。この施主《せしゆ》となりて。船橋《ふなはし》の料《れう》を寄進《きしん》せバ。その功《こう》によりて。父《ちゝ》の罪《つみ》を贖《あがなふ》べし。この外《ほか》にハわが施《ほどこ》すべき謀《はかりごと》なし。といへ久松《ひさまつ》これを聞《きい》て。いかなる所《ところ》道理《だうり》に称《かな》へり。しかりとも。貧《まづ》しき我身《み》の分際《ぶんざい》なれバ。数《あまた》の金《かね》を調《とゝの》へがたし。なほ別《べち》に術ハあらずや。と問《とふ》を。出《で》九郎ハ聞《きゝ》もあへず。されバとよ。今《いま》そなたが物《もの》がたりせし。観世音《くわんぜおん》の示現《じげん》にも。身《み》を捨《すて》てこそ浮《うかむ》せもあれ。と諭《さと》しあへるにあらずや。折からこそよけれ。浪速《なには》の旅客《りよかく》に御艶郎の親方《おやかた》。湊家《みなとや》美四郎《びしらう》といふ人《ひと》。寺井《てらゐ》なる親族《しんぞく》の家《いへ》に留《とゞめ》られ。あへるを野崎《のざき》の観世音《くわんぜおん》へ詣《まうで》て。直《ぢき》に故郷《こきやう》へ帰《かへ》るとて。彼処《かしこ》の茶店《さてん》に憩《いこひ》ぬ。親《おや》の為《ため》に。その身《み》を售《うら》んとするならバ。媒妁《なかだち》して得《え》さすべし。といと信《まめ》くしく誘《いざな》ふを。久松《ひさまつ》ハつくとうち聞《きゝ》て。世《よ》に幸《さち》なる婦女子《をうなご》が。親《おや》の

為《ため》。同胞《きやうだい》の為或《あるひ》は自《みづから》の淫奔《いたづら》によりて。憂河竹《うきかはたけ》の瀬《せ》にしづむ浅《あさ》ま
しきさまに。男子《をのこ》と生《うま》れて色《いろ》を御《ぎよ》し。酒《さけ》に侍《はべ》り枕《まくら》をとめ。野《やぼ》の容《かたち》とかはる
かる睡《ねぶり》んでのしと朽《くち》をしと思へども。観世音《くわんぜおん》の示現《じげん》もあればこそ
志《こゝろざし》をとゞんせらるし。一旦《いつたん》父《ちゝ》を救《すく》ひて後《のち》に死《しな》るとも生《いき》るとも。術《すべ》あらじ。
と深念《しねん》して。然《ところ》あるふじもうち点《まづれ》男色《なんしよく》に身《み》を售《うら》んとすれ。絶《たえ》て
願《ねがひ》しかねども。世俗《せぞく》の常言《とこさ》に。時《とき》の要《よう》なれば鼻《まる》も劓《そぐ》といへればこそ身《み》
のぞみものとても。金《かね》にかへる代《しろ》なれ。嫉妬《あつかひ》しくあらし。意《いし》さらるゝ。
生九帝は。為課《おあわせ》て。と窃《ひそか》に欲《よろこ》びせずて久松《ひさまつ》を茶店《さてん》にあづけて父《ちゝ》
四郎《しらう》に汲川《ばくせん》し。おのが従弟《いとこ》なりといひこしらへ。彼《かれ》が孝行《かうかう》の一五一十《いちぶしゞう》を
告《つげ》て。貴身《えうり》のために相譚《ものがたり》に。四郎《びしらう》は。久松《ひさまつ》を一ト しきりに見て指《ゆびの》
浅樹《あるき》をなるとちし。且《かつ》その至孝《しかう》を感激《かんげき》して。一銭《いちぜ》もなほ及《およ》ばず。一年《ねん》

季《き》三年《みとせ》を限《かぎ》りに。身價《みのしろ》三十金《きん》と定《さだ》め。腰《こし》なる墨斗《やたて》の筆《ふで》を濡《ぬ》らし
出《いだ》しゝ一枚《ひとひら》の證文《せうもん》をかき写《あて》め。これに出九郎《でくらう》と久松《ひさまつ》が印信《いん》を捺《おさ》しむ。
かくて身價《みのしろ》を遍与《わたし》けり。その日《ひ》浪華《なにわか》をさる。山迹《やまと》家《や》丹五兵衛《たんごへゑ》が妻《つま》。阿《あ》
也女《やめ》は。操丸《みさをまる》の在処《ありか》をたづねん為《ため》に。大和《やまと》河内《かはち》の灵場《れいぢやう》を巡礼《じゆんれい》し。野《の》
崎《ざき》の観世音《くわんぜおん》へ来《き》て詣《まうで》しる。賓《ぬかづき》に従者《ともびと》が草鞋《わらぢ》買《か》んといふ程《ほど》に。おなじ
茶店《さてん》に尻《しり》をかけて。久松《ひさまつ》が親《おや》の為《ため》に。身《み》を賣《う》るよしを聞《きゝ》しかば。
坐《そゞろ》に感涙《かんるい》を拭《のご》ひあへず。かゝる孝子《かうし》に恵《めぐま》んとて。三十金《きん》を贈《おく》りしぞ。
と深《ふか》くこゝろに憐《あはれ》みけるが。餘《あまり》ある路費《ろぎん》も。夫《をつと》に告《つげ》ずして。男子《をのこ》さ
らんかのふれ。抱《だき》しがゞ。と悉止《すぐし》て。年來《としごろ》尋《たづね》る操丸《みさをまる》を。この久松《ひさまつ》なりせ
とはしらでぞ外《よそ》に立別《たちわかれ》し日《ひ》なれど浪花《なには》へ歸《かへ》り着《つき》て。夫《をつと》丹五兵《たんごべ》
衛《ゑ》と。お勝木《かつら》に。件《くだん》の孝子《かうし》の物《もの》がたりするに。衆皆《みな》聞《きゝ》て感嘆《かんたん》し。

さる少年《せうねん》を將《い》て來《き》りしが。物《もの》の要《よう》にたつべきものならねば。丹五兵衛《べゑ》は
殊更《ことさら》ふびんと惜《をし》みけるところに。案下某生再説《それはさておき》久松《ひさまつ》は身價《みのしろ》三十金《きん》を
受《うけ》とりて彦四郎《び》にいはせ。急《き》に少し計《ばか》りて。其《その》金《かね》は父《ちゝ》を救《すく》ふべき料《れう》
なれば両三日《あすあさつて》が程《ほど》を待《ま》つ身の暇《いとま》をもらふべし。その中《うち》に事《こと》よく圖《はか》りて父《ちゝ》に
別《べつ》を告《つげ》てこそといひしも果《はて》ず彦四郎《び》は袂《たもと》を掉《ふり》はらひて。
さるものか既《すで》に身價《みのしろ》を遞《わた》しては半晌《しばし》も放《はな》ちがたし。直《すぐ》に浪
速《なには》へ伴《ともな》ひゆかめと誘《いざな》へど。いそがはしく出九郎《でくらう》もいと便《びん》なしと呟《つぶや》く。
久松《ひさまつ》はいかにせん親方《おやかた》の言《のたま》ふ所《ところ》は理《ことわり》なれば。その金《かね》をこれに領《あづか》りおくべし。
ふに代《かへ》て。久作《きうさく》を救《すく》ひ出《いだ》し。やがて音耗《おとづれ》すべしといふもその
貰《もらひ》し。と懇切《ねんごろ》ぶりに謙《へりくだ》せども久松《ひさまつ》は是《これ》をうけず。身《み》を售《うる》
は何《なん》の為《ため》ぞ。恙《つゝが》なき親《おや》の身《み》の上《うへ》を。何《なに》よりとこそいはゞ繂《を》

は整《ととのへ》ど左せん右せんと。今《いま》さらに思ひなやみ瞻《ながむ》る空《そら》に孟夏《まうか》の日影《ひかげ》

ころなく翠微《やまのは》低《ひく》く傾《かたぶ》くなぞ。美《び》四郎はやるせなく焦燥《いらいら》てやうやく

も久松《ひさまつ》が手《て》を引《ひ》ける折《をり》しもあれ茶店《さてん》のほとりを過《よぎ》るものあり。これ別《べち》

人《じん》にあらず正直坊默善《しやうぢきばうもくぜん》なり。久松《ひさまつ》はこれを見《み》て忙《いそが》はしく呼《よ》び入《い》れ

つ忽卒《あわたゞしく》に事《こと》の顛末《もとすゑ》をのこりなく老師《ひじり》は綽号《あざな》を正直《しやうぢき》と呼《よば》れ

あるはいと憑《たの》しくおもひまゐらせ其《その》件《くだん》の紙《ぶみ》を托《その》進《まゐ》らする。思《おもひ》も

もしく又久作《ちよさく》を購《あがな》ひとりてあひねと涙《なみだ》とともに頼《たの》みをいえ茶店《さてん》の

あるじに硯《すゞり》を借《か》りて代価《しろ》三十金《きん》を包《つゝ》む紙《かみ》へながやく如と認方《おやさ》の家号《やな》

を写《うつ》しくその金《かね》を正直坊《しやうぢきばう》に遣与《さづ》けしかば默然《もくぜん》として頬《つら》に涙《なみだ》うちうなづき。

件《くだん》の代価《しろ》を懐《ふところ》へ楚《しつ》と挟《はさ》め遂《つひ》に久松《ひさまつ》を々緒《さとそづき》なく別れすゞろに道《もく》べ

久松《ひさまつ》はそのまゝ叮嚀《ねんごろ》に又のこの紙《ふみ》を憑《その》みてそへ美《び》四郎に伴《ともな》ひて綾《まだ》りもあへ

ぬ袂《たもと》を分《わか》ちぬ。かゝりしが出《で》九郎は。昨夜《よべ》久松《ひさまつ》が御堂《みだう》籠《こも》りの夢《ゆめ》ごゝろ。観世音《くわんぜおん》の示現《じげん》と悦《よろこ》びて縡《こと》八九分《はつくぶ》は折《をれ》かゝるに身価《みのしろきん》一段《だん》に至《いた》りて。三十金《きん》を賊者《わくせん》が懐《ふところ》にせられしが縡《こと》終《つひ》に労《らう》して功《こう》なく直《ひた》と呆《あき》れて茶店《てん》の母とかいふ。[illegible]とり忙然《ぼうぜん》として立在《たゝずみ》しが遮莫《さもあらばあれ》彼《か》の痩坊主《やせぼうず》を観音堂《くわんおんだう》へはなさでとく遽《いそが》しく裳《もすそ》を引折《ひきをり》鳥《とり》も塒《ねぐら》へいそぐゆふ雀色時《すゞめいろどき》としも迄。と並樹《なみき》の蔭《かげ》に身《み》を潜《ひそ》し正直坊《せうぢきばう》が上《うへ》り来《く》るを今《いま》かく。とまつ程《ほど》に然《すで》に善《ぜん》は久松《ひさまつ》を々稍《えづれ》見えざるまで目送《みおく》りて暮果《くれはつ》る日《ひ》のかげいそしく観音堂《くわんおんだう》を投《さし》て走《はし》り去《さ》るを埋伏《まちぶせ》しゐる野草模《のろ》を樹《こ》の蔭《かげ》より跳《をど》り出《いで》声《こゑ》ふるはしうけど賊者《わくせん》が法師《ほうし》天窓《あたま》を磯《とろ》と撲打《うちうつ》て叫苦《あつ》と倭僂《よろめき》のがるゝを出《で》九郎。といへども果《はて》ず手拭《てぬぐひ》咽喉《のんど》に纏著《まとひつけ》て。忽地《たちまち》に縊殺《しめころ》し。仆《たふ》るゝ屍《しがい》に騎《のり》かゝりて懐《ふところ》をよく探《さぐ》り。矢庭《やには》に金《かね》を奪《うば》ひとりつゝ押戴《おしいたゞ》きて莞尓《につこ》とし。命吉とゆふ口をつぶ手《て》に押《おさ》へ慌《あわて》しく手拭《てぬぐひ》とりてうち被《かぶ》り。何地《いづち》ともなく脱去《ぬけさり》ける。さる折《をり》に畑打果《はたうちはて》て立帰《たちかへ》る農夫《ひやくせう》二三人夕月夜《ゆふづくよ》の隈《くま》すれに正直坊《せうぢきばう》が仆《たふ》れたるを見《み》て大《おほい》に駭《おどろ》き抱《いだ》き起《おこ》しつゝ。さすりつゝ勤《いたは》れバ。やうやくに魁生《いきかへ》り。原来《さてハ》死《しな》ざりけりと。散動《どよめ》きつゝ。頓《やが》て観《くわん》音堂《おんだう》へ舁《かき》ゆき入《い》れ医師《くすし》を招《まね》き近隣《ちかきとなり》に告《つげ》て。湯薬《くすり》をとゝのへなどするに。詰旦《あけのあさ》に到《いた》りてハ。いよ〳〵恙《つゞが》なきを得《え》る当下《そのとき》然否《しか〳〵》ハ里人等《さとびとら》に。浅《あさ》からざる恢抱《かいはう》を歓《よろこ》び聞《きこ》え。さて久松《ひさまつ》が身《み》を售《うり》る孝行《かう〳〵》。出九郎《でくらう》が暴悪《ぼうあく》是彼《これかれ》おちもなく物かたりつ。これ久松《ひさまつ》が身價《みのしろ》三十金《きん》を野《の》ろ草摸《さくれ》に奪《うば》ひとられバ。彼《かれ》親子《おやこ》の面《おもて》を観《を》ずして各《おの〳〵》住《ぢう》愚僧《ぐそう》が為《ため》に縛《ばく》の趣《おもむき》を訴《うつた》へしかバ。里人等《さとびとら》ハこれを聞《きゝ》て。ふかく久松《ひさまつ》が至孝《しかう》を称《せう》讃《さん》し且《かつ》出九郎《でくらう》が兇悪《きやうあく》を憎《にく》み。村長《むらおさ》に告《つげ》しかバ。終《つひ》にもに懸守《あがたもり》に詢《らうく》しかば県守《あがたもり》由久松《ひさまつ》が純孝《じゆんかう》を嘆賞《たんしやう》し。遂《つひ》に久作《きうさく》が死刑《しけい》を宥《なだめ》て。野崎《のざき》の郷《さと》を追放《おひはなち》直に出《で》九郎をば禁獄《きんごく》せよとて。俄頃《にはか》に捕兵《とりて》を向《むか》はせしが。野草摘もいちはやく逃去《にげさり》ぬ。絶《たえ》て所在《ありか》は志らざりけり。かくて野崎《のざき》の久作《きうさく》は思ひの外《ほか》に放《はな》されて。檻《をり》の獣《けもの》の山に入《いり》。故の宿の野《の》に帰《かへ》る心地《こゝち》ぞしても由久松《ひさまつ》が身《み》を責《せむ》る孝行《かうかう》を哭《な》くに悲《かな》しく浅《あさ》ましく。親《おや》と呼《よ》ばし子《こ》と呼《よ》ばれ世《よ》に憚《はゞか》る由《よし》なるふのみ深《ふか》く慮《おもんはかり》て。幼少《いとけなく》ませし頃《ころ》より。楠殿《くすのきどの》の孺君《わかぎみ》なく。家が為《ため》には主《しゆう》なるよしを告《つげ》知らしずりしが艱父《やまひおや》をおもひなく。金枝《こがねのえだ》を惧《おそれ》て。糞土《ふんど》の牆《かき》の傍《かたはら》に落しなる郎とうりのみに。てぞなのが罪《つみ》すりと。思ひの八千遍《やちたび》慚愧《ざんぎ》しつゝ遂《つひ》に野《の》崎《さき》を追《おは》れし時《とき》に正直坊《しやうぢきばう》悠然が里人《さとびと》ともに。これを郷《さと》の出門《でぐち》に目送《みおく》り出《で》九郎に久松《ひさまつ》が身價《みのしろ》を奪《うば》ひされしに面《おも》てなきよしを賠語《こび》て件《くだん》の孝子《かうし》がいひつるをば告《つげ》けれバ久作《きうさく》咲《ゑみ》をいそぎうち泣三十金《きん》ハ惜《をし》むにあらねど。身價《みのしろ》を親方《おやかた》へ贖《つぐの》ざれバ久松《ひさまつ》ハ井《ゐ》に墮《おち》る約難《るべ》に近く引揚《ひきあぐ》るもいと難《かた》し。さても彼《かれ》が親方《おやかた》ハ何地《いづち》の人《ひと》なる名《な》ハ何とかいふ。せんすべしもなしと問《とへ》バ孫善《まごぜん》の賊《ぞく》をとらへ掠《かすめ》彼《かの》親方《おやかた》の家号《やごう》なんどいと委細《くはしく》。金《かね》を包《つゝ》める紙《かみ》の上《うへ》へ。名字しるく遍《こさ》与されしが。よしもえんどして懐《ふところ》にせし。出《で》九郎に奪《うば》ひとられてなければそれもせんなしと回答《いらへ》するに久作《きうさく》も頻《しきり》に焦燥《いらだち》て。かの悪人《わるひと》に問《とふ》によるものなりしがいよゝさらに嗟嘆《さたん》し。およそ男を徴《せめ》ものを京浪華《きやうなには》に限《かぎ》りさらバ彼地《かのち》を索《たづね》んとて孫善《まごぜん》等《ら》に別《わかれ》を告《つげ》。沈《しづ》めべきれものからも歩《あゆみ》の運《はこ》びも定《さだ》かならで。やうやく杖《つゑ》に扶《たすけ》られ洛《みやこ》を投《さし》ていそぎつ路《みち》すがらも。ある観音堂《くわんおんだう》の藪蔭《やぶかげ》にうづめる首《くび》を正元《まさもと》の首《くび》と人《ひと》なれバ孺君《こいうぎみ》の父《おや》も危《あやう》かるべくなりしに出《で》九郎が悪計《あくけい》なりし。それともさらぞ御《また》九郎が屍《しがい》の首《かうべ》を埋《うづ》みえて。物怪《もつけ》の幸《さいはひ》となりにけれど。吾君《わがきみ》の御《おん》首級《くび》は。這奴《しやつ》何処《いづち》へか捨《すて》られん。鴉の觜のゑじきとなりしも縡《こと》既《すで》に齟齬《くひちが》ふ。さても〳〵それ命運《めいうん》なきと只管《ひたすら》に嘆息《たんそく》し。形《あぢき》なき身の形《あぢき》なき旅《たび》寝嬾《ねものう》く日《ひ》を過《すご》しぬ。さる程《ほど》に夏《なつ》も果《はて》て。七月《ふづき》十六日になりぬ。京浪速《きやうなには》の風俗《ならはし》にて。于蘭盆《うらぼん》の霊祭《たままつり》せし。さま〴〵の供物《ぐもつ》。或《ある》は土器《かはらけ》公卿膳《くぎやうぜん》。燈籠《とうろう》なんどに至《いた》る。ゆふぞその夕河原《ゆふかはら》へもち出《いで》て焼《やく》なりこれを精霊《しやうれう》の送燎《おくりび》と称《となへ》その所為《こざ》正月《ひつき》の爆竹《さぎちやう》に等《ひと》しく。俗説《ぞくせつ》に初春《はつはる》初秋《はつあき》の十六日は閻王《ゑんま》の斎日《さいにち》にて地獄《ぢごく》の釜《かま》の蓋《ふた》もあけべしとて。商家《あきひとのいへ》の小廝《こもの》ホは。許《ゆる》されて親里《おやさと》へ赴《おもむ》くを。藪入《やぶいり》といふ。これ五雑組《ござつそ》に所謂《いはゆる》走百病《そうはくびやう》におなじ。わが俗《ぞく》これを藪入《やぶいり》といふをのゝ縣《あがた》より草《くさ》ふかき田舎《ゐなか》へもゆくなり。されば七月《ふづき》の十六日は。今ハ十四日也拾女野治郎《やらう》なんども容貌《きりやう》よしぞ。さればおのが随意《まゝ》に遊《あそ》ばるべし。不題《さても》山迹家《やまとや》丹五兵衛《たんごべゑ》

御艶郎の隊を羞て久松《ひさまつ》身を投《なげ》んとす
あや免
おそ免
松染情史巻之四

久よう

へ古主《こしゆう》正武《まさたけ》の三回忌《さんくわいき》なりけるに正元《まさもと》交野前《かたのゝさき》なれ。令兹《そし》彩盈《ゆひぶん》なりければ。十三日より呉棚《こもだな》ひとつあまた祭《まつ》りつ。十六日の曛昏《ゆふぐれ》に親子《おやこ》三人河原《かはら》へ出《いで》て送《おく》ね君《きみ》を送《おく》り火《ひ》も涙《なみだ》に湿《しめ》る麻殻《あさがら》の煙《けふり》もそれ夕《ゆふべ》の雲《くも》にかくれてゆくさぞ。出《いづ》る月《つき》も流《なが》るゝ漣浪《さゞなみ》に。ふく風《かぜ》さへも涼《すゞ》しかりければ回向《ゑかう》し果《はて》て彼此《をちこち》と。河原《かはら》にそゝめき。漫歩《そゞろありき》する程《ほど》に一隈《ひとくま》なる柳《やなぎ》の下《もと》に。女子《をなご》ひとりうづくまりなる美少年《びせうねん》。石《れいし》を拾《ひろ》ひて袂《たもと》に裹《つゝ》み。掌《たなごゝろ》をうち合《あは》して念仏《ねんぶつ》十遍《へん》許《ばかり》唱《となへ》つゝ。身《み》を投《なげ》んとしけるが。阿也女《あやめ》は深《ふか》くその形勢《ありさま》に。咄嗟《あなや》と叫《さけ》ぶに丹五兵衛《えごべゑ》も走《はし》り寄《よ》りて抱《いだ》き留《とゞ》め矢庭《やには》に水際《みぎは》を退《しりぞ》かして。やすめてその名《な》を問《とふ》に。少年《せうねん》答《こたへ》て我身《み》は河内《かはち》の野崎《のざき》なる。久作《きうさく》といふ土民《どみん》の子《こ》に。久《ひさ》松《まつ》と呼《よば》るゝものなりしが。思《おも》ひもかけぬ罪犯《とが》ありとて屠所《としよ》の羊《ひつじ》となれる親《おや》を救《すくは》ん為《ため》に浅《あさ》ましき世《よ》を渡《わた》りつ渡《わた》りかねて長柄《ながら》の橋《はし》のあがらんとする。憂身《うきみ》をおもひ郷《くに》のこと。されど一旦《いつたん》身《み》を賣《うり》てハ。遂《つひ》に父《ちゝ》の安否《あんぴ》をもしらず。身價《みのしろ》も遺《のこ》し書翰《ふみ》も通《かよ》ひがたくて。四月《うづき》より。かくまで絶《たえ》て音耗《おとづれ》なき。父《ちゝ》をいふかなりけなん。然《しかう》りといへども。籠中《こちう》の鳥《とり》の悲《かな》しさハ。ひとりくよくよもなき人《ひと》の數《かず》に入《いり》すべからくまでに竭《つく》せし孝《かう》も化《あだ》となりし。金《かね》に代《かへ》せし身《み》なりけれど。男子《をのこ》と生《うま》れて宿於《よねあそび》君《きみ》に。異《こと》ならぬ生活《すぎはひ》の。苦《くる》しきなかにはじめより。病痾《やまひ》ありて容《かたち》もあれど。それ憎《にく》しとて親方《おやかた》の。呵責《かしやく》の笞《しもと》に打懲《うちこら》さるゝへ。元来《もとより》覚期《かくご》の上《うへ》なれど。打《うち》も殺《ころ》さず勲懲《こら》されても。なほこりずまの。須磨《すま》の浦曲に潮《うしほ》を汲《く》ミ。浪速《なにハ》にありしに芦《あし》を刈《かり》。火打《ひうち》水汲を蔬菜つむ。業ならぬくにこれをしも。忍《しの》ばゞ何《なに》か忍《しの》ばざらん。金《かね》に換《かへ》る身《み》をつながれば。捨《すつ》るハ救も罷《つき》ぬれ。かの川水と死《しな》ところ。禁めど殺《ころ》しくれもひね。といひつゝ涙《なみだ》を拭《のご》ひもあへず。又跳《をど》つて入《いら》んとするを。丹五兵衛《えごべゑ》ハ背《そびら》より。抱《いだ》きとめしる手《て》も放《はな》さず。阿也女《あやめ》ハ目今少年《せうねん》が物《もの》がたりを聞《きく》顔《かほ》うち観《まもり》。原来《さては》そなたハいぬる四月《うつき》。野崎《のざき》の郷《さと》の茶店《ちやみせ》なる。親《おや》の為《ため》に身《み》を賣《うり》たる。孝子《かうし》なるありなど聞《きこ》えてなる噂《うはさ》ぞ。そハいかにしてかくありけん。と問《とひ》かへせバ阿也女《あやめ》再《かさね》て。その縁《えん》つげバ身《み》ハ辛勤《しんぎん》ありて。大和《やまと》河内《かはち》の霊場《れいぢやう》を。おがみて巡《めぐ》る旅《たび》疲労《ひろう》に。厭《いと》ふ茶店《ちやみせ》に身《み》を賣《うり》し少年《せうねん》。なるに併《え》。聞《きく》に副《さく》。いと痛《いたま》しく思《おも》ひしが。再《ふたゝ》びこゝに環會《めぐりあひ》。過世《すくせ》怪《あや》しき縁《えにし》なりけん。と緯《て》審《つまびらか》に物《もの》がたれバ。久松《ひさまつ》ハ今《いま》さらに顔《かほ》うち赧《あか》めてものいはぬぞ。女児《むすめ》お染《そめ》も豫《かね》て聞《きく》。その人《ひと》を見るべかりし也。こゝにありしハいまして長《なが》き袂《たもと》を濡《ぬ》らしたるぞ。丹五兵衛もいと憐《あはれ》さ。久松《ひさまつ》にいふやう。汝《なんぢ》その生活《なりはひ》の卑《いや》しきに身《み》を羞《はぢ》て命《いのち》を隕《おと》さんと思《おも》ひ究《きは》めたる心緒《こゝろばえ》。いと愚《しれ》り。人《ひと》ハ只《たゞ》羞《はぢ》をしのびてこそ。潔《いさぎよし》とせ。されバこそ死《しぬ》べからず。汝《なんぢ》がいへる。曩《さき》に妻《つま》が物《もの》がたりなる。ことさら惜《をし》みめぐりしに。今《いま》不意《ゆくりなく》その柱《ことう》死《し》を禁《きん》めし因《いん》縁《えん》なり。されバ又《また》。望《のぞ》まざる事《こと》なるに。女児《むすめ》お染《そめ》が聟《むこ》がねハ。幼《いとけなき》より往方《ゆくへ》しれず。既《すで》に夥《あまた》の年《とし》を経《へ》ぬれバ。その面影《おもかげ》いかなるらん。又もとめねども聟《むこ》も汝《なんぢ》に等《ひと》しく十五六なるが。美少年《びせうねん》になりけめど。思ひあるハ愚痴《ぐち》なれども。外《よそ》のこととハおもほえず。されバその至孝《しかう》清《せい》潔《けつ》を感《かん》ずるのあまり。一臂《いつぴ》の力《ちから》を竭《つく》して汝《なんぢ》を購《あがな》ひ出《いだ》し。野崎《のざき》へも信《おとづれ》させん。又久作《きうさく》とせらんにも逢《あは》さすべけれバ。かならずおもひたゆるなかれぞ。稚枝《わかえ》も枯《かれ》ぬ花《はな》を咲《さか》せ。又《また》あふ春《はる》のなかるらんぞかし。と阿世女《あやめ》もろとも信《まこと》ありに。諭《さと》し諭《さと》しさらにぞ久松《ひさまつ》に。手《て》を合《あは》して伏拝《おが》ミ。さて再生《さいせい》の高恩《かうおん》え。活地獄《いきぢごく》の艱苦《かんく》ぶに。救《すく》ひとられたれバ。死《し》をもつて恩《おん》に答《こたへ》侍《はべ》らん。されども年来《としごろ》信《しん》じまゐる。救世菩薩《ぐせぼさつ》の利益《りやく》にこそ。と悉《いと》ゞ感涙《かんるい》禁《とゞ》めあへざりけり。かくて丹五兵衛《たんごべゑ》ハ。阿世女《あやめ》お染《そめ》もろともに。久松《ひさまつ》を招《まね》く。尾移《いそがはし》く立《たち》かへり。その夜《よ》ひそかに雛家《ひなとりや》美四郎《びしらう》が許《がり》にゆきて。久松《ひさまつ》が身購《みうけ》のことを相譚《かたら》ふ。彼《かれ》もまたよえて一夕《ひとよさ》も。客《きやく》を迎《むか》ふることなりけり浮《はう》ぶる少年《せうねん》なり。美四郎《びしらう》も玉《たま》に瑕《きず》ある心《こゝち》ねしく。かくあましける折《をり》なれば。更《さら》に利欲《りよく》を云へど。舊《もと》の身價《みのしろ》。三十金《きん》をかへさば。久松《ひさまつ》を進《しん》ずべしといふに。丹五《えご》兵衛《べゑ》歓《よろこ》びて。即坐《そくざ》に金《かね》を遍与《わたさ》しく。證文《せうもん》をとり復《かへ》し。やがて家《いへ》に伴《ともな》ひて。縡《と》の趣《おもむき》を久松《ひさまつ》に説《とき》きかされば。久松《ひさまつ》へその鴻恩《こうおん》を謝《しや》するに。言《こと》語《ば》も足らざ。涙坐《なみださう》に袖《そで》を洗《あら》ひつ。この大人《うし》の為《ため》としらば。一死《し》をもて仕《つか》へんものをと云ひ定《さだ》めて。かゝる信《まめ》やかに挙動《たちふるまひ》などは。丹五《えご》兵衛《べゑ》夫婦《ふうふ》は。いとゞ憐《あはれ》み。彼《かの》久松《ひさまつ》も。主管《てだい》是非《ぜひ》にも立《たち》せられけり。と窃《ひそか》にこれを賞《ね》めつゝ年《とし》僅《わづか》に十六なりしく。彩象のこのなれば。小廝《こもの》にそめし使《つか》ひ。河内《かはち》の野崎《のざき》へも。別《べつ》に人《ひと》を遣《つか》はしく。久作《きうさく》が安否《あんぴ》を問《とは》するに。その人《ひと》にも勝りていみせり。件《くだん》の久作《きうさく》は。その子《こ》の至孝《しかう》によつて。命《いのち》を助《たす》けられ。彼地《かのち》を追放《ついほう》せられしが。愛子《まなご》の往方《ゆくへ》を尋《たづね》んとて。泣《なく》〳〵洛乃うちへ赴《おもむ》きつ。その後《のち》のありかハしるものなしといへども。やつこ野《の》草《ろ》模《まね》出《で》九郎とやらいふ悪棍。その曛昏《ゆふぐれ》に埋伏《まちぶせ》して。正直坊《しやうぢきばう》を打仆《うちたふ》し。久松《ひさまつ》が身價《みのしろ》を奪取《うばひとり》て遂電《ちくてん》せり。さるによりて。久松《ひさまつ》が遺書《かきおき》も。父《ちゝ》の久作《きうさく》あてなるえんちど。子《こ》を失《うしな》ひたる親《おや》の歎《なげ》き。何国《いづく》を求《と》めて尋《たづ》ね惑《まど》ふやあらん。かくれ里人《さとびと》が物《もの》がたりしけるとぞ。おちもなく告《つげ》けれバ。久松《ひさまつ》ハ忽地《たちまち》おちゐ失《うしな》ひて。足摺《あしずり》してうち泣《なき》けり。あるじ夫婦《ふうふ》もこれを聞《きゝ》て。ひと辛《わ》意《ゐ》ろのく覚《おぼ》えしが。存命《ながらへ》てなにあるなるが。いつぞ験《しるし》もあらざらん。あきらめ思ひ屈《くつ》して。病《やまひ》に煩《わづら》ひそといひ諭《さと》して程《ほど》に。是非《ぜひ》なくて。主《しゆう》の丹五兵衛夫婦《ふうふ》が。久松《ひさまつ》をわが子《こ》のごとく。愛慈《いつくしみ》ぶるに始《たき》まる。お染《そめ》さへ懃もされば又松《ひさまろ》とのゝ呼《よ》びよする小腹《ちやう》たてまゝく。彼《かれ》をみるを讎言《あさうれ》欲《ひとしく》のみなく。さものみ呉ふのも仇《と》なく。罵《のゝし》りつゝ責使《せめつか》へば。丹五《えご》兵衛も阿也女《あやめ》もの傍痛《かたはらいた》く思ひながら。是非《ぜひ》もなく。経営《いとなみ》の為《ため》に。うち任《まか》する老僕《おとな》なれば。只《ただ》憤《いきどほり》を忍《しの》びて咎《とが》めず。とかくする程《ほど》に年《とし》も暮《くれ》て。十二月《しはす》卅日《みそか》あまりになりつ。媒妁《なかうど》をなし音《おと》もいと苦《くる》しき胸《むね》をしらずがほなれんども。節季《せつき》さしせまりふと隙《おと》門《かど》にも。物《もの》思《おも》ふ宿《やど》にはきたるべし。かくて山家《やまが》税平《ぜいへい》が。約束《やくそく》の日《ひ》も近《ちか》づきぬとて。毎日《ひごと》に山迹家《やまとや》が店《みせ》に来《き》て。婚姻《えんえん》をいそがしたふぞ。一日《ひとひ》くといひ延《のべ》しが。大晦日《おほつごもり》を限《かぎ》りなれば。借銭《しやくせん》の淵《ふち》なるぞ。色情《こひ》の山路《やまぢ》を脱《のが》きらねし。お染《そめ》が蔭《しげ》き思ひ草《くさ》。且《あした》の霜《しも》と消《きえ》もせず。うちぞ曇《くも》りし玉櫛笥《たまくしげ》。ふさ秋るが身の嬾《ものう》くて。あけても春《はる》にあなよし酒。と丹五《えご》兵衛はものびくよ。阿也女《あやめ》と額《ひたひ》をつきあはし。さまぐ゛に商銭《ずんさう》されども。

脱《のが》るべき術《じゆつ》もあらざれ。所詮《しよせん》姫君《ひめぎみ》を扶掖《たすけひき》進《まゐ》らせん。わらが夫婦《ふうふ》。密《ひそか》にこそ
を走《そう》り去《さ》る欤。又稅平《くのまさずみ》を犯《おか》ろ。よりて。發《ろう》して捨《すて》る欤《か》。この二ッのうち。孰《いづれ》か
よからん。批判《ひはん》してみれどいふに。阿也女《あやめ》もなし沈吟《しあん》して。三十六の計《けいで》も。
走《そう》るにしかずといへど。室町殿《むろまちどの》の威徳《いとく》めでく追《おつ》しもがゝ。脱《のが》れ果《はつ》
べうも覚《おぼ》え侍《はべ》らず。さればとて。彼《かの》税平《ずへい》を殺《ころ》しなバ。毛《け》を吹《ふき》疵《きず》を
求《もとむ》るなり。ことし未《ひつじ》の八日なるに大晦日《おほつごもり》までハ。中二日《なかふつか》侍《はべ》り。よろしく思《おも》ひ運《めぐ》ら
しねへ。と声《こゑ》をひそめて練まが。丹五《たんご》兵衛はうち点頭《うなづき》つゝ。数回《あまたゝび》嘆息《たんそく》しに
その日もいたづらに暮《くら》しつ。あくる日ハ是非《ぜひ》なく。主夫婦《ふうふ》がうち相譚《さうだん》を
よく考へて。豫《かね》しも思ひを焦《こが》せし。お染《そめ》を妻《つま》になさんとねがふことせ。こゝ深念《しあん》
して。この件《くだり》の事《こと》をかへさずめより。信《まめ》やかなりのせしが。そのゆうべ阿也女《あやめ》がひとり
物思《ものおも》ひにしげなのをみんで。母ゆかに居《ゐ》よりつゝいふやう。世《よ》の人《ひと》は媒《なかだち》を

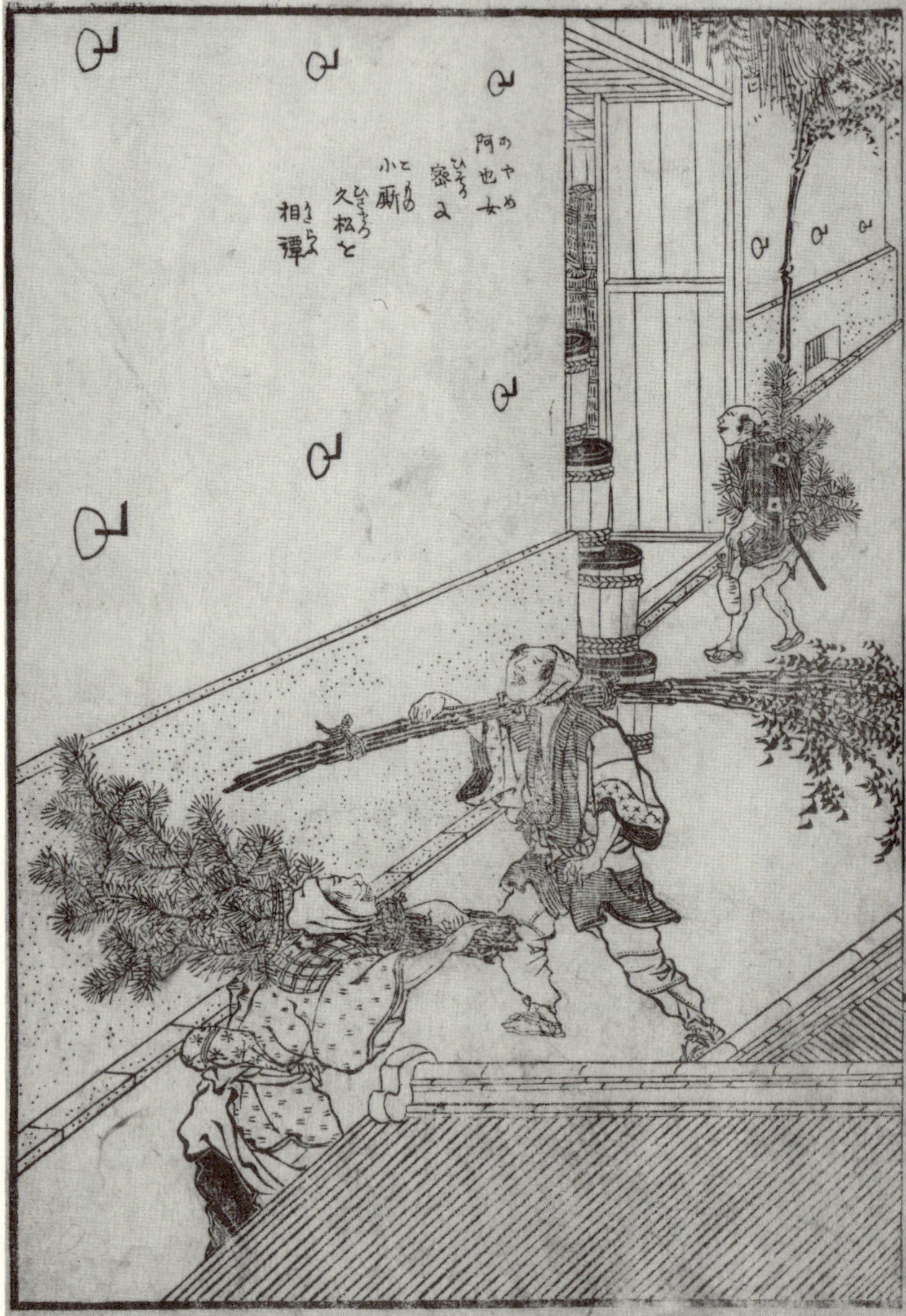
阿也女《おやめ》密《ひそか》に
小廝《こもの》久松《ひさまつ》と
相譚《かたらふ》

あやめ
久米
ぜひ八

掃《え》き。餅《もちひ》を搗《つ》き。席薦の表綴《おもてとぢ》かへて。障子《せうじ》の切張《きりはり》する松下《まつした》の
尼《あま》もあるに。家に釈子三人ハさる之。久松《ひさまつ》さへ物おもひがほなるに。税平《ぜいへい》
がゝるをりにかりのめなるべし。僕熟《しかれつく》なりのみ。這奴《しやつ》を謡《あざむ》きて大晦日《おほつごもり》の
婚姻《えんえん》を。いひ延《のべ》を術《すべ》なかりしもあるぞ。野夫《やぶ》にも功者《こうのもの》ありといふ。
なほどく是非《ぜひ》ハなく斎銭《ぜんき》志なきぬぐはざるせらん。と怨《ゑん》ずれば阿也女《あやめ》はうれしさ
咲《ゑみ》て。せうやくまかせり。それいふなる謀《えくりど》ぞ。必よしあらば皆《つげ》もせてよ。
よりよ。是非《ぜひ》ハ手《て》に持《もつ》する。庫《くら》の鍵《くぎ》を膝《ひざ》拭《つゑ》しらく。莞尓《につこ》とうち
笑《ゑ》み。問《とひ》のなかで恣し。大晦日《おほつごもり》に。彼《かの》瘦《やせ》浪人《らうにん》。聟《むこ》と称《せう》して来《き》たらんとかふ。
お染《そめ》も密夫《まおとこ》ありて。既《すで》に有身《みごもり》ぬ。さが女児《むすめ》なれバとて。かく淫婦《いたづら》して。
疎《うと》ませりなれ。然れども。あん身《み》を聟《むこ》がねなり。この家《いへ》を進《ゆづ》るべし。
女児《むすめ》なれ離縁《いとま》の状《でう》をなへまでといひのへ。これ理《り》の當然《とうぜん》なれば。従《つき》税平《ぜいへい》

富婁那《ふるな》の辯舌《べんぜつ》をもつて論破《ろんぱ》すとも。その夜《よ》の婚姻はさらに已《やむ》べし。とかくいふ間《ま》に。夜《よ》もあけるべし。又《また》いひ延《のべ》を術《すべ》とぞおもふめど。いと信《まめ》くなく婉尓せば。阿也女《あやめ》をもて是を咲《ゑ》て眉根《まゆね》をよせ。その様《ありさま》よしといへども。心《こゝろ》ざま正《たゞ》しき女児《むすめ》に。その名《な》を立《た》させんも難儀《なんぎ》なり。されど一旦《いつたん》の謀《はかりごと》なるべし。堪《え》も忍《しの》ばんか。お染《そめ》に蜜夫《まをとこ》ありといふとも。證據《せうこ》なくんば。彼《かれ》いつぐ実《ま》を事《こと》とせん。あらはべ女児《むすめ》にねまき衣《きぬ》被《きせ》て。その心《こゝろ》もなく。世間《よのなか》の胡盧に。なりもやせん。と陥《おとしめ》べ。是非《ぜひ》なくて。鬚《ひげ》かき撫《なぞ》てうちあふ笑《ゑ》ミ。かずかりの覚期《かくご》なりけんや。近曾《ちかごろ》門《かど》に立《た》ち。巷《ちまた》に停止《さしとめ》。太平記《たいへいき》読《よみ》を。草紙商《さうしあきな》人《ひと》。これらを相譚《かたらひ》て。翌《あす》の夜《よ》よりお染《そめ》さまの浮名《うきな》を唄《うた》し。その名の紙《こと》まで世《よ》の人《ひと》にしらしむべ。彼《かの》説《ぜい》革《へい》も実《ま》なりとぞいへ。とまでのものゝ是非《ぜひ》八に。うち任《まか》しおくべし。主《しゆう》の為《ため》なれば。お染《そめ》さまの。不義《ふぎ》の敵手《あひて》といふとも。浮《うき》

名《な》を厭《いと》ひしかども。おのが田へ引く水ならで。瀆《くゞ》ハ見ぐるしや醜郎《ぶをとこ》の。顔《かほ》す
似《に》げなき色好《いろごの》みと。嗚呼《をこ》とおもひながら。阿也女《あやめ》ハおかしくうち点頭《うなづき》。お
染《そめ》が密夫《まをとこ》といはんものか。忍《しの》めてんなければども。やがて丹五兵衛《えど》どのゝやうにしてみん。
固《もとより》そのさハ下らが家の孔明《こうめい》也と賞美《ほめ》られて。是非《ぜひ》八ハ喜《え》ばしげに眉尻《まゆじり》さげ
てうち笑《ゑ》みつゝ。其身叮嚀《ねんごろ》に謀《はかり》しめしつゝ。ながく店前《みせさき》へ退出《まかで》けり。かくしつれば
是非《ぜひ》八を媒《なかだち》なりと。心《こゝろ》のしく次《つぎ》の日《ひ》物《もの》を取《とり》出さんとて。土蔵《ぬりごめ》の門口《とくち》
まで出くるに。裏《うち》にハ忽地《たちまち》阿也女《あやめ》が声《こゑ》して何なりやらん密語《さゝやき》あへ今《いま》一人《ひとり》を
久松《ひさまつ》なり。とハ不審《ぶしん》とさこそ疑《うたが》ひ。細戸《ほそど》に耳《みゝ》附《つけ》さしよせて一五一十《いちぶしじう》を繻《よち》
聞《きく》せり。

松染情史秋七草巻之四終

松染情史秋七草
五上

松染情史秋七草《まつぜんじやうしあきなゝくさ》巻之五上

東都　曲亭馬琴編次

○第《だい》九《く》　撫子《なでしこ》にかゝみ草《くさ》

氣《き》をくみれば。なれ世《よ》の人《ひと》のかゞみ草《ぐさ》。いくたびこれを袖《そで》ぬらさ。袖《そで》よりるの起《おこ》すぞ。主《しゆう》の像《かたち》見の姫君《ひめぎみ》にうれ名《な》あるも推《お》して知《し》る。皆《みな》の山家《やまが》がよせられまうに。昼《ひる》もなほ庫《くら》の中《うち》。久松《ひさまつ》と何《なに》をやらん。阿也女《あやめ》が声《こゑ》しくく語《かた》らひ。是非《ぜひ》八を聞《きゝ》偏《も》らさじ。と耳《そば》を側《そばだ》て竊聞《たちぎゝ》するに。且《かつ》くくく阿也女がいひける。縁故《ゆかり》を目今《たゞいま》にひつるぞ。もしんあり。とおめかんが。お染《そめ》が不敵手《あひて》と名告《なのり》て。大晦日《おほつごもり》の婚姻《ゑんえん》を。妨《さまた》てぶにありとも。跡《あと》は野《の》となれ山家《や》の。名《な》をば汚《けが》さじ。身《み》は汚《けが》さじ。女児《むすめ》お染《そめ》が幼《いとけ》なかりし。別《わか》れて後《のち》へなれ結髪《ゐひなづけ》の夫《をつと》の為《ため》に。よしある節《せつ》も久松《ひさまつ》がこの一つなあるのその性《さが》の信《まこと》ある。そのさまなれども紙《と》。憑《よの》を聴《きこ》えんものそなし。家《いへ》の小《こと》厮《もの》に恋情《こひ》なるらね。恋情《こひ》の取引《とびき》を知る母《そ》が。胸《むね》苦《ぐる》しさ紙猜《との》しても深《ふか》へさらぬ丹五兵衛《えご》どのも久松《ひさまつ》ぐるみ納得《なつとく》せバ。それにすぐも幸《さいはひ》ハあらじ。と幾《いく》絡みもちて性《おく》すべし。彼《うの》是非《ぜひ》八がいとなめげな忠義《ちうぎ》めかして主《しゆう》の聟《むこ》になりなんと計較《けいかう》奸曲《かんきよく》邪智《じやち》。それもしらぬにあらねど。彼《かれ》に疎《うとま》れてハ便《びん》なきさまに来《き》ぬも附《つき》ど草《さ》あるもなりけれど。なかなかでも気色《け》に見《み》せざれど。かかるほど彼《かれ》に暁《さと》されしなれど。理《ことわ》りなる言語《ごんご》に久松《ひさまつ》も呆《あきれ》て幾《いく》もなかりしが。すべき路《みち》を擡《もた》げ。自《みづか》らの差《そぢ》を雪《すゝ》めらるく。野《あまさ》の金《かね》もあく赦《ゆる》ひあらひし。再世《さいせい》の恩《おん》ある御主人《ごしゆじん》。脱《のが》れぬ難義《なんぎ》を脱《のが》れん為《ため》に。数《かず》ならぬ小厮《こもの》にならぬ。掌《て》を合《あは》さぬばかりに宜《のたま》ふを。いかで固辞《いなみ》すべき。覚期《かくご》のよくなる濡衣《ぬれぎぬ》ハ乾《ひ》るべくもあらで聟君《むこぎみ》の。我《わが》の讒《さゞび》よるれバともかく。この秋《あき》捨《すて》る命《いのち》と覚《おぼ》へバいと惜《を》しみ思《おも》ひ侍《はべ》れど。志《こゝろ》ざしかれどもさすが身《み》なれば。三人《さんにん》の親《おや》あり。いへけるはきとき棄《すて》られし。実《まこと》の父母《ふぼ》は世《よ》になくや。なしやその名《な》もしらぬ火《ひ》の。筑紫《つくし》のさぶ人《ひと》となり。故郷《ふるさと》なれど。去年《こぞ》の冬《ふゆ》。養父《やしなひおや》に伴《ともなは》れ。河内《かはち》の野崎《のざき》へ来《く》るむかへ。親《おや》に異なるなるもなく。かく数《あまた》を紙せずやあらん。別《わか》れて後《のち》は音《おと》耗《つれ》なかりし。父久作《ちゝきうさく》が先途《せんど》を見《み》ど。不思議《ふしぎ》の縁《えん》にして家公《しゆう》の。恩《おん》を受《うけ》て恩《おん》を報《むく》ひ。十六年《ねん》を一朝《いつてう》の夢《ゆめ》。春《はる》ならもあらで埋木《うもれぎ》の。埋《うも》れ果《は》名《な》のみ止《とゞむ》おく。それもあらずもして索遂がん。父久作《ちゝきうさく》が世の風声を。栞《しをり》よりて来すべ。年《とし》の尾《を》に讃岐《さぬき》なる。金毘羅《こんひら》へ代参《だいまゐり》に旅《たび》だちけるも。そもかくも。いひこしらへて。正月《むつき》を過《すご》し。志むしか等《など》も春《はる》の日《ひ》の。長《なが》き別《わかれ》まで告《つげ》ずともあれ。老《おい》たるさるもよするといへど。手向《たむけ》の水も逆《さか》さまに。跡弔《あととむら》ふ親《おや》乃悲傷《かなしさ》を。思ひやるにまして胸苦《むねくる》し。と欲《よく》もあへずさし俯《うつふ》く。膝《ひざ》に涙《なみだ》の露《つゆ》

の命《いのち》を。恩《おん》に答《こたへ》く悟気《きしげ》なる兒。言《こと》の信《まこと》よりしてらび。阿也女《あやめ》も驗《すゞき》なし
拭《のご》ひ。その痍《いたく》を呟《き》けバされのとゝのふで。親子《おやこ》三人《さんにん》が幸《さいはひ》なりし。よ
税手《ぜいへい》が。弘《こう》ぶさま猛《たけ》くとも。婚姻《こんいん》せし妻《つま》にあらぬ。お染《そめ》が密夫《みそかを》
とく。砍《きり》も殺《ころ》しもすべきを。弘《こう》よりきとるめなりひそ。そなた一人《ひとり》を
殺《ころ》さしく。可愛《かあい》き女兒《むすめ》の。命《いのち》助《たすく》るべうハあらぐ。苦《くる》しきあまりの筆《ふで》の
且《かつ》誓《ちかひ》し婚縁《こんえん》を。いひ延《のべ》るまでの詐術《けいりやく》よ。お染《そめ》なりそなたさうなり。世《よ》
の弱輩《じやくはい》にあれ絶《たえ》て他《よ》ならぬ生《うま》ざりなりて淫是《いんぜ》なる。かくて是ぬ忠臣貞《ちうしんてい》
女《をんな》ども人に賞美《ほめ》さし。羨《うらやま》るる。女兒《むすめ》と小厮《こもの》を寛《しくさげ》て。淫奔《いたづら》ものといひ
いはるる。親《おや》の因業《いんぐわ》が子に報《むく》ひ。かく悪縁《あくえん》しに繋《つなが》るまく。主従《しゆうじう》となりし
薄命《ふしあはせ》。さるに前世《さきつよ》の仇人《かたき》どちが。聚《つど》ひぬと思《おも》ひ締《あきらめ》よ。鳴呼《あゝ》面《めん》目
とつびしらよ。猿啼《さるさけぶ》ねど申《さる》の時《とき》。冬《ふゆ》の横日の短《みじか》くも。庫《くら》の窗《まど》へぞ

さし入るゝぞ。それ思ひの外に長居《ながゐ》せし。人《ひと》にきつとまる疑《うたがひ》ありなどといひ諭《さと》しつ立《たち》あがる。阿也女《あやめ》が後《あと》に久松《ひさまつ》も。出《いづ》る門口《とぐち》に絶《た》ゆる琴《こと》の音《ね》聞《きゝ》つけて是《ぜ》非八《ひ》も。慌忙《あはてふためき》走《はし》り退《の》き。中庭《なかには》なる小《こ》ぐれ縁《えん》に手《て》を又《こまぬ》きくりの思ひ。主《しゆう》が主《しゆう》なれば女房《にようばう》さえ。それに傚《なら》ひ化骨《あばらぼね》折《を》らして久松《ひさまつ》によれさするは腹《ちよ》らし。君臣《くんしん》をなるとれに。塵芥《ちりあくた》のごとくなれば。臣君《しんきみ》を視《み》るを。讐敵《あだかたき》のごとしとせうんいへるも是なり。坊主《ばうず》を憎《にく》めば袈裟《けさ》までも憎《にく》きと久松《ひさまつ》が賢《さかしら》が母《はゝ》を。白《しろ》き眼《まなこ》にぞ見《み》えるに堪《たへ》ざりつの返報《へんぽう》をせんと思ひある。謀《たくみ》によりて謀《たくみ》を行《おこな》んなればよく二《に》なき志《こゝろざし》を示《しめ》せしく。その妬《とう》み誘《さそ》ひさし。彼《その》生女児《あまむすめ》と生《あま》が弁年《せうねん》が。浮名《うきな》を唄《うたは》して。税草《ぜんの》に向火《むすび》を焚《たき》つけ。まづ久松《ひさまつ》を殺《ころ》さしめ。その騒《さは》ぎに紛《まぎ》れ。思ふ君《きみ》をうんまとひき去《さ》るべし。志《こゝろざし》なりせんとぞ。肚裏《はらのうち》なる術《てだて》を究《きは》め。むしろ怒《いか》りつ。欽《よろこ》びつ。その夜《よ》蜜《ひそか》に人《ひと》をくらふらく。お染《そめ》久松《ひさまつ》がなき名《な》を立《たて》て。歌祭文《うたさいもん》を作《つく》らしむる天満《てんま》の何《なに》とかやいへる。二人《ふたり》の悪棍《わるもの》に。金《かね》をとらして文《ぶんしやう》を結《むす》び。その夜《よ》窃謀を奪《うば》ひ去《さ》るとその翼《ことゝけ》とせし。件《くだん》の悪棍《わるものら》まで。曩《さき》に法隆寺《ほうりうじ》の門前《もんぜん》なく。丹五《えご》兵衛に打仆《うちたふ》されける。太郎犬《たろういぬ》二郎犬《じろういぬ》なり。このものどもハ。近曽《ちかごろ》浪華《なにはへ》へ流《なが》れ来《き》て。半侠《はんきやう》半賊《はんぞく》を事《こと》とするに。是非《ぜひ》八が主《しゆう》なりといふ。山跡家《やまとや》丹五《えご》兵衛を。怨《うらみ》ある人《ひと》なるべしとぞ思《おも》ひもうけねど。銭《ぜに》を見《み》せ。首《うくべ》の落《おつ》るを忘《わす》れし癖者《くせもの》なれバ。頻く驕りて。既《すで》に暗号《あひづ》を定《さだ》めたりける。程《ほど》に丹五《えご》兵衛ハ。山家《やまう》税卒《ぜいへい》を阻《あひ》で。謀なりしに。是非《ぜひ》八が奸智《かんち》の長《たけ》ける。久松《ひさまつ》が老実《すなほ》なる。是彼《これかれ》二《ふた》つながらあやし用《もち》ひて。まづ阿也女《あやめ》に久松《ひさまつ》を相譚《うはさ》して。お染《そめ》にもよくその志《こゝろ》を得《え》させし。なほ近隣《ちかきとなり》にも。その気色《けしき》を告《つげ》しらせん為《ため》に。お染《そめ》をいと苑

せらに装《よそほ》ひしく。久松《ひさまつ》を冊《かしづけ》て。そのかは生玉《いくたま》へ詣《まうで》させて遣《つかは》しつ。その
大歳《おほとし》になりしかば。今宵《こよひ》聟《むこ》の来《く》るなるべし。お染《そめ》は日《ひ》の闌《たけ》ざる間
に久松《ひさまつ》を招《い》く。御霊《ごれう》の神社《やしろ》へ参詣《さんけい》しねへとて。いそがしく立て出《いだ》し
やり。お染《そめ》は今茲《ことし》十五にて。含《つぼめ》る花《はな》の紅濃《こま》やに春《はる》の旭《あさひ》に向《むか》ふが
ごとく。久松《ひさまつ》はその年《とし》も已一ッまして十六なり。いざよひの月《つき》の雲《くも》を出《いで》し。
秋《あき》の夕《ゆふべ》を照《て》らせるに似《に》たり。女子は長《なが》き袂《たもと》と裙《すそ》に。いろいろの摺箔
さしく。練《ねり》の帽子《ばうし》の白《しろ》きなる。帯《おび》の色《いろ》なども花色なれど。紺木の
人《ひと》もえ知るなるべし。そのうて流石《さすが》に商家《あきひとのいへ》に仕《つか》へてより衣《きぬ》を殺《さ》ねど。
雪肌しれ容止そ。いと臈闌《らふたけ》て賤《いや》しからねど。彼《かの》東路《あづまぢ》にさすらひ人
し。在五中将《ざいごちうぜう》といへんも憎《にく》からぬ。纐纈《かのこ》ゆかりに絞染《しぼりぞめ》の帛紗《ふくさ》包を
引携《ひさげ》つる。腕の捷げるなるへ。紙鳶《いかのぼり》を引《ひき》かけしる。梅の梢《こずゑ》に吴なるべく

松染情史巻之五
四
久まつ

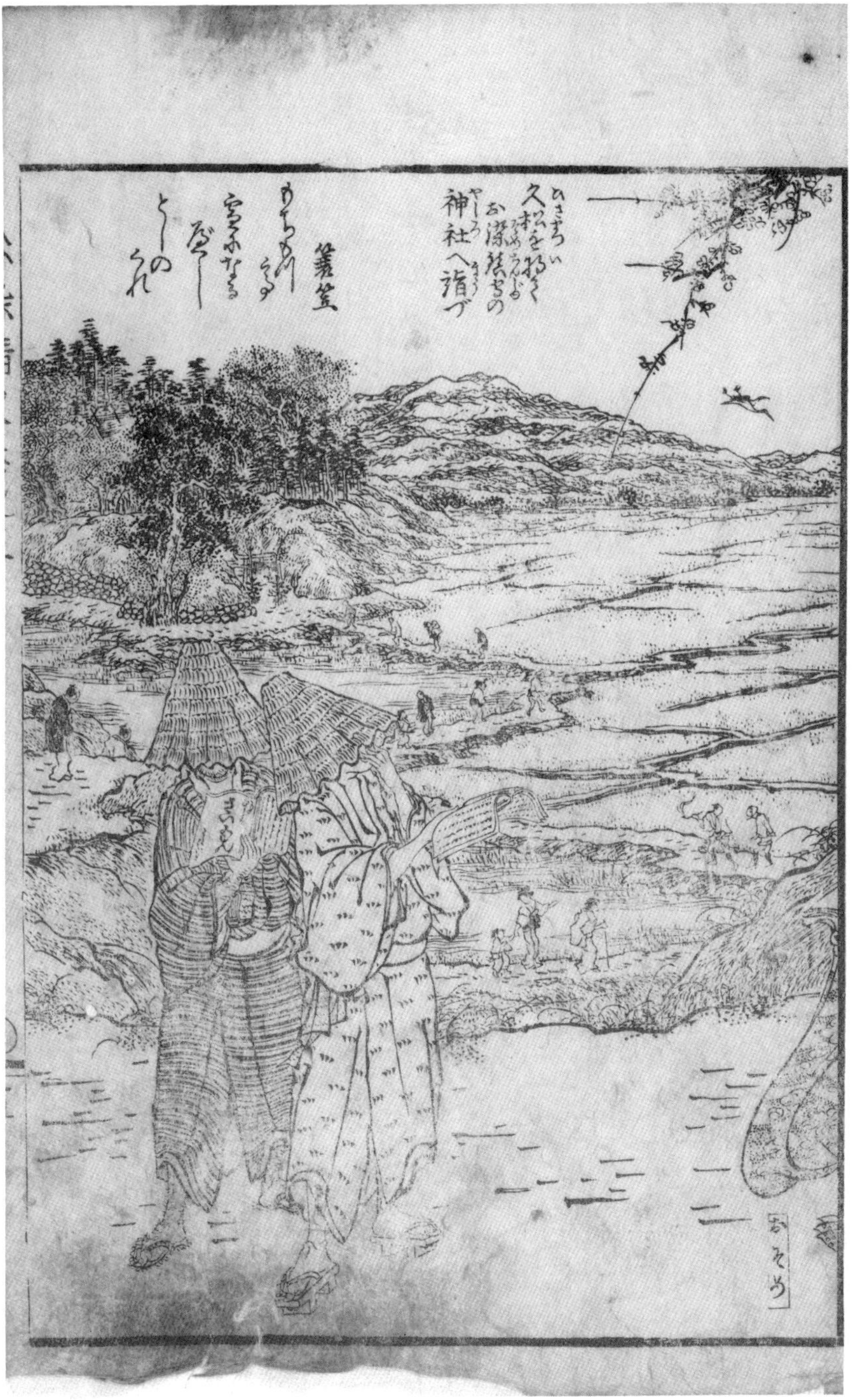
久松《ひさまつ》
神社《やしろ》へ詣《まう》で
蓑笠

霞《かすみ》そめし年《とし》の内《うち》に。春《はる》ともいふ名《な》の浅《あさ》ましと。歎《なげ》く二人《ふたり》が思案《しあん》投《なげし》つ
可惜《あたら》黄金《こがね》を尾町《をまち》へ。かれがうしれ字《あざな》して。尾樽とも呼《よ》べるのらん昇口《ひる》
はいまだ傾《かたぶく》かねど。西《にし》へくと渦町《うずまち》に。うかべるの人《ひと》が指《ゆびさ》しく。あれや名《な》しらる。
淫奔《いたづら》女児《むすめ》に深《そめ》なり。山家《やまい》と呼《よ》ばれんいふ彩聟《むこ》を。嬶《そう》とゆふも理《ことわり》なりけり
ぞ。廣《ひろ》き浪速《なにはへ》に侍《さむらひ》なりし久松《ひさまつ》といふ小厮《こもの》を彼《かれ》なり。さても愛《めで》しられ
少年《せうねん》なれど。志《こころ》あるも志らぬも立在《たたずみ》て声《こわね》弾《はず》らぜ呼《よ》びける。恋《こひ》せ数
られまいなれば。かくへ浮名《うきな》の立《たち》なん。と見《み》えくるに深《そめ》と久松《ひさまつ》まで。面《おもて》を
あげて嘆息《えいそく》し。捎瞻望る東町《ひがしまち》。春《はる》の色《いろ》なく梅押も。注連《しめ》の内《うち》
あるは御霊《ごれう》の社《やしろ》に。参詣《さん》の老弱《らうにやく》を立《た》ちせんとぞ。號《よば》る声《こゑ》の草紙《さうし》よみ。
頬杖《ほうづゑ》掛《つけ》て鳴呼がましく。
咲《さき》し召《めせ》しく。これぞ今茲《ことし》の室《むろ》の梅《うめ》。それも揉《そろ》はで散《ちり》もせず。包《つつ》む其の

香《か》のかをりに。發と世《よ》よう名《な》に高《たか》き。所《ところ》は浪華《なには》東堀《ひがしほり》。笑《さく》
や鬼門《きもん》の角屋鋪《かどやしき》。瓦町《かはらまち》に油賣《あぶらう》る。恋《こひ》の山迹家《やまとや》愛女《まなむすめ》がおそめん
そめく落るもみぢ。秋《あき》のころより物《もの》おひ。さひし雛鶏《こがひ》の久松《ひさまつ》とものぐ
に絵あぶら紙。髪《かみ》にも伽羅《きやら》をさしてしまり。ようらぬ縁《えん》のえのあぶら。魚《うを》の油《あぶら》に
水《みづ》さして。聟《むこ》にあへ絶《たえ》てあれろうそくの。まんきまんれが積《しやく》の種菜種《なたね》の
あぶら蝶《てふ》くの。翅《つばさ》かさねてもろともに。死《しな》んとおもひおりて。遂《ついに》ぞいとゞ哀《あはれ》なる。
とり返しつ唄《うた》ひけり。久松《ひさまつ》聞《き》くに堪難《たえかね》て。お染《そめ》が袖《そで》をそとゝして見あはし
を面《おもて》の赧《あか》らむる。是《これ》も彼《かれ》も是非《ぜひ》なきが。作《つく》てや唄《うた》はさん。腹《はら》きたなし。と恨
ても。恨《うら》んよふかくるかくに。新護《うしろめさ》さる油垢《あぶらあか》。脊《せなか》に汗《あせ》の冷灰《ひやあく》汁の。その悪名《あくみやう》
を濯《そそぎえ》ぬ。色情《こひ》するかな主従《しゆうじう》が。色情《こひ》に浮名《うきな》を唄《うた》ふて。こちも過世《すくせ》
の業報《ごうほう》なるらん。歎《なげ》かへな歎《なげ》けど。互《たがひ》に諫《いさ》め諫《いさめ》らる。清《きよ》き心《こころ》もて神《かみ》ぞしる。

宝前《みまへ》にぬかづき額著《ぬかつき》て。やがて家路《いへぢ》へ立《く》ちかへる。忠《ちう》と貞《てい》ハ久しかれども。織《おさ》
めでたきかゞみ持《もち》。世々にその名《な》をとゞめたり。〇人足繁《ひとのしげ》き大歳《おほとし》の一夜《ひとよ》を
千代《ちよ》と祝《いは》へども。身《み》の憂《うれ》き越《こえ》る稲し。さても山跡家《やまとや》丹五兵衛《たんごべゑ》ハ。聟《むこ》税《ぜい》
平《へい》がまる比《ころ》なれど。婚姻《えんいん》の儲《まうけ》もなせず。元より炬燵《こたつ》に仮寝《うたゝね》の夢《ゆめ》おどろかす
うき撞《かね》の声《こゑ》。黄昏《たそがれ》ハ殊《こと》さらに。油買人《あぶらかふひと》迹絶《とだえ》て。大《おほ》どかりかつめぐりか。
上《くゞる》を下へとくゞる。席薦《そを》の表《おもて》彩玉《あやだま》の春《はる》を迎《むか》ふる年徳《としとく》の棚《たな》に晃《きらめ》く
燈火《ともしび》もなまめかしといへバ梅椿《うめつばき》。水仙《すいせん》もけふぞ。福寿艸《ふくじゆさう》もひらきそめされどや。めされよ。
と呼声《よびごゑ》高《たか》き待樹賣《まつのえだうり》が。杤似《あてこよ》げなる鬢《びん》の霜《しも》。二重《ふたへ》の腰《こし》に八重《やへ》梅《うめ》と。
乙《おと》ゑし雪《ゆき》の根《ね》あがり松《まつ》。歳暮《せいぼ》年玉《ねんとう》に一荷《いつか》に擔《かつ》ふ。冬木《ふゆき》と春の花暦《はなごよみ》。吉《こうち》
例《れい》寿《ことぶき》ハのへとなく。店前《みせさき》近《ちか》く呼《よ》びて来《き》ぬ。阿也女《あやめ》ハ栽樹《うゑき》商人《あきんど》が。呼声《よびごゑ》
咲《さき》そくいそしげに。走《そし》り出《いで》て。久松《ひさまつ》にいかにや。このほど生ぬ聟入《ひといり》するとふ。年《とし》の

尾の経営《とゝのへ》に紛れて。島臺《しまだい》一ツ准備《ようゐ》もせざれど。蓬莱《ほうらい》もまだ飾《かざ》られねど。牌《ちゝ》の樹《き》なく物《もの》とあらせん。所《ところ》なさげに店前《みせさき》を便《びん》なし。背門口《せどぐち》より喚《よ》び入《い》れなへ。ざくしといそがしさをふるぞ。久松《ひさまつ》を呼もあらねど。そや喃と。掲《おほね》れよりなく。脚門《ぶりもん》と押閉《おしひら》き。誘《いざ》なへと。此間《このま》に。商人《あきひと》を撥《ふせ》ぐやうにふ。嬰《おさなご》の牌《ちゝ》の樹《き》を扛入《かきい》れ。縁《えん》の下《もと》よりおろして。松《まつ》と梅《うめ》と左右《さゆう》に引植。例年《れいねん》の吉祥《きちじやう》れ。子孫《しそん》繁昌《はんじやう》の花《はな》の兄《あに》。冬籠《ふゆごもり》なる浪速津《なにはづ》も。今宵《こよひ》一夜《ひとよ》に明《あけ》そめて。子《ね》の日《ひ》の姫松《ひめまつ》。陰陽和合《いんやうわごう》松《まつ》としんくばなりつゝれ。孰《いづれ》をそめさるといへ声似《に》たれど。久松《ひさまつ》を。指燭《しそく》を縁《えん》よりさし抗《おや》まで。老眼《ろうがん》なれど見《み》も違《ちが》へねど。孩児《すゞれ》なるぞや。家《か》なるの大人《うし》。恙《つゝが》なく坐《おわ》せ欲《ほ》しく。無事《ぶじ》なるを在《あ》りなりといひつ。撲地《そさ》と落《おと》す梅《うめ》そのうれ久松《ひさまつ》も。老《そ》なりよりつくなをなりて。涙《なみだ》されざる親《おや》と子《こ》が。同《おな》じべれりるも泣《なく》ばかり。喜《これ》しさ袖《そで》にあまりけり。

阿世女《あやめ》ハ其形勢《ありさま》に。さてハと猜《さい》して障子《せうじ》引開《ひきあけ》。端近《はしちか》く出《いそ》ぐ久作《きうさく》をうち瞻《やが》り。久松《ひさまつ》を孩児《せうれ》と呼《よ》バれ。豫《かねて》も其名を窺《きき》く。野崎《のさき》の久作《きうさく》なるハ。ぬる秋河内《かはち》へ信《おとづれ》さしたるが。おん身《み》が往方《ゆくへ》ハ絶《たえ》て志れず悲歎《かなしみ》を慕《しと》ふ孝子《かうし》の歎《なげ》き。見《み》るがふも痛《いたま》しく。環會《めぐりあはせ》ずありし事《こと》の嬉《うれ》しけれ。をりげなる對面《たいめん》ハ。祓《おと》なれて丹五兵衛《えび》どのも。さこそ歓《よろこ》びのふらん。不思議《ふしぎ》なる縁《えん》しふとく。久松《ひさまつ》をめし使《つか》ふ。その物《もの》がたりハいと長《なが》きによつて。裳《もすそ》を引《ひき》おろし。火桶《ひをけ》の傍《かた》へ居《ゐ》よりめぐ。と立《たち》まろく咲《さき》まれバ久作《さく》も洗濯《せんだく》の頭巾《づきん》を脱《ぬぎ》て腰《こし》を弓《くぐ》め。ゑ慢《そぞろ》なりし。内室《ないしつ》も其処《そこ》ふや坐《おく》せし。ゑつれゆべ名告《なのり》まうさまに及《およ》バど。四月《うづき》の頃《ころ》より久松《ひさまつ》が往方《ゆくへ》を思《ひさ》管索《さうさく》巡《めぐ》り。京《きやう》。堺《さかひ》さてハ亦浪速《なには》のもの艶治郎《いろと》を見《え》さしも。肖《よ》たる少年《せうねん》ふそえもあのど。神《かみ》に仏《ほとけ》に祈《ねぎごと》かけはてしてしかくに。この地《ち》が在《ところ》がりされば。秋《あき》の季《ころ》より旅宿《りよしゆく》を定《さだ》めて。毎日《ひごと》に里巷《ちまた》へ出商《であきなひ》。その五七日は。鶏家《にはとりや》のあるじ。美四郎《びしらう》どのとやらんが。生垣結《いけがきゆひ》するに傭《やとは》れていたりけるに。不図《ふと》せしことより。久松《ひさまつ》が。はじめ彼人《かのひと》に買《かは》れて。浪速《なには》へ赴《おもむ》き。その家《いへ》の公に必死《ひつし》を救《すく》ひし。身《み》の羞《はぢ》をさへ雪《きよ》めなかりし縁由《ことのよし》を。聞《きき》ていたりのも手《て》に附《つけ》ぞ。垣《かき》も羊結《よつめゆひ》ひかけて。身《み》の暇《いとま》をあかり。老《おい》の目《め》も飛《と》ぶがごく。尾町を投《さし》て来《く》る親《おや》を。呼《よ》び入《い》れさしあへるへ。いひあへさねど恩《おん》と義《ぎ》の。重擔《おもに》をおろしし身《み》の僥倖《さいはひ》。孩児久松《ひさまつ》が禀《うけ》る恩恵《めぐみ》を。高《たか》うしく武庫山のごく。深《ふか》さを浪速《なには》の浦《うら》に似《に》す。命《いのち》の親《おや》なる主《しゆう》に仕《つか》へて。その恩澤《おんたく》のたよるべを。露《つゆ》ばかりもおろそかならねど。けぐと学んつるなくこそせめ。その鉢植《はちうゑ》の梅《うめ》と松《まつ》を。心《こころ》ぞこもれる久作《きうさく》が贈《おくり》の久松《ひさまつ》彼処《かしこ》へ進《まゐ》らせよ。といひつけて。竹縁《たけえん》へ。おどりぬれば久松《ひさまつ》は父が

おそめ
あやめ
丹又兵へ
久まつ

尾橋《をはし》に
久作《きうさく》
久松《ひさまつ》

顖《くれ》をうち覩《まが》り。喃《なう》笭《ちど》と鶏家《にはとりや》なくなぐらくを叫《さけ》ばなで人《ひと》らしくもなき際
よくぞなよ。命《いのち》を救《すく》ひもらひし。主《しゆう》の恩《おん》をあるやまつくごや学《まな》んつる哉し。と宣《のたま》八
ときん紗《しや》を朶《え》ぬれども。のいへせもあくぞ。久作《きうさく》をうち見《こ》の襟上《えりかみ》。それ掴《つか》みて膝《ひざ》の
ほとりへ。楚《しも》とし隠《ひき》著《つけ》て。声《こゑ》をあり立《た》てて。久松《ひさまつ》。齢《よはひ》六十《むそぢ》にちかくとも久
似《さく》て老耄《ろうもう》せども。いまだあるじとや呼《よ》へ。主《しゆう》の令弱《ひとりむすめご》。おそめどのとせんと
密會《しのびあひ》。歌祭文《うたさいもん》に作《つく》りまでて。油屋《あぶらや》の店暖簾《みせのうれん》へ泥《どろ》を塗《ぬ》る。不忠不義《ふちうふぎ》
今夜《こよひ》聟《むこ》どのゝ来《き》まさるとふ。世《よ》の風声《ふうぶん》に呼《よ》ばれなされば。是《これ》も彼《かれ》もおのが児
の噂《うはさ》。尋《たづね》めてぞへりくすぞふ。面目《めんぼく》は失《うしな》ふと呼《よ》べば。いとゞ浅《あさ》ましく。悲《かな》しく。
恋《こひ》しく。朽《くち》をしく。泣《なき》つゝ尋《たづね》て来《く》る父《ちち》なる。ころ子故《こゆゑ》の闇《やみ》の梅《うめ》。ある人《ひと》ぞ
なる姓氏《うぢ》素姓《すぜう》といひあらさねて汝《なんぢ》が可愛《かはゆ》さ。結髪《むすびかみ》の妻《つま》もあれど。時
その頃早しと黙止せも。今《いま》ぞその身《み》の仇《あだ》となりぬ。松《まつ》の操《みさを》の名《な》をあげて

久後《ゆくすゑ》をしらんとしらざるや。然《さ》るに人がらの鉢樹《はちうゑ》。開《ひらく》もあり合《あはず》もあり。早咲《はやさき》あれバおそ梅《うめ》の。お染《そめ》どのハ合《つぼみ》の花《はな》。花盗人《ぬすびと》なるよりひ松《ひさまつ》。主《しゆう》の女児《むすめ》を瑕瑾《きずものの》にせし。密夫《まおとこ》なれバ。首《くび》ハ続《つゞ》きど。身《み》を賣《うり》てもひとりの親《おや》を救《すくひ》へといふ親《おや》をおもへど。楊貴妃《やうきひ》。小町《こまち》にまさるべきとく色《いろ》に惑《まど》ひて身《み》を亡《ほろぼ》さバ久作《きうさく》もおぼれりくまれ。しらぬ実《まこと》の二親《ふたおや》と。高恩《かうおん》受《うけ》る主《しゆう》へ対《たい》して。孝《かう》うしんや忠《ちう》なるふんやしひがひなし。と歯《は》を切《くひ》り。握《にぎ》り固《かた》め拳《こぶし》の上《うへ》に霰《あられ》ふちる血《ち》の涙《なみだ》。識《まこと》ありける教訓《けうくん》に久松《ひさまつ》へ身《み》を伏《ふし》て。胸《むね》苦《くる》しさに痿《いく》せバ。阿也女《あやめ》ハよそに痛《いた》ましく。実《まこと》の不義《ふぎ》にあらバこそ。いつもいハさねバ鬱《あぢき》なくていとぶせんをくべるなりけり。縁《え》の中《なか》を閉《とぢ》たん。お染《そめ》もなげきつ生《い》亦《また》久松《ひさまつ》が養《てぐ》親久作《きうさく》どのとも也ん。凡庸《よのつね》の色情《と》と思《ひ》ひば。腹《はら》立《たち》し縁《え》も理《ことはり》なれど。さりとハ深《ふか》き情由《わけ》ありて。と後《あと》いひかねて涙《なみだ》ながらに久作《きうさく》に恨《うらめ》しげに。ほゝぐと見《み》えつゝ。標致《きりやう》はよけれど。少女《をとめ》に似《に》げなき処《ところ》ざまは拙《うられ》女《め》にゆずりし。生《うま》れながらもつれ果《はて》ぬ。孩児《せがれ》に早晩《いつしか》淫奔《いたづら》を教《をしえ》て老《おい》たる親《おや》までふ面《おも》なき歎《なげ》きさしあひぬ。まず婚姻《こんいん》は結《むすべ》どもも。結髪《ゆひなづけ》の夫《をつと》を嫌《きら》ひそく。化《あだ》なるうきふ名《な》をとられ。親《おや》の油断《ゆだん》といひつべし。女《をんな》も女男《をんなをとこ》も男《をとこ》。ともに揃《そろ》ひし義理《ぎり》あれど。今《いま》の世《よ》の小女児《こむすめ》と云生《つめとするう》の夕皃《ゆふがほ》もちひさうええとも熟《ひね》てめる。その夕皃《ゆふがほ》の宿《やど》なれで。惟光《これみつ》が母《はゝ》に色情《とひ》の汲《くみ》ありける奴《やつ》もありて。それを恨《うら》みても責《せめ》ても及《およ》ばね主《しゆう》なり子《こ》なり。今《いま》ぞ放《はなち》ぞば互《たがひ》の儕倖《さいはひ》。久松《ひさまつ》が思《おも》ひ絶《たえ》て。今宵《こよひ》の婚姻《こんいん》を締《むすび》て。親《おやご》の心《こゝろ》休《やすめ》めん。つれなくとも思《おも》ひ迫《せま》りて千日寺《せんにちでら》へ足《あし》の向《むか》ひは死神《しにがみ》に誘《さそ》はれ。深念《しねん》して。誠《まこと》の道《みち》へ赴《おもむ》くが孝行《とうく》。彼《かの》覇王樹《さぼてん》を商《あきな》ひ。その形《かたち》の似《に》ねればとて。俗《ぞく》に位牌《ゐはい》木と綽号《あだな》せり。いと

惜《をし》と云ふも。可愛《かはい》と云ふも。梟《すゞめ》が息《いき》のかよふ内《うち》のこと。位牌《ゐはい》となりては
戒名《かいみやう》を。信士《しんじ》信女《しんによ》と書《かゝ》るゝべし。年《とし》に一度《いちど》の牛女《たなばた》や。雛《ひな》には劣《おと》る寺
虚空《こくう》泡沫《ほうまつ》無常《むじやう》の朝茶湯《あさちやとう》。親《おや》の手《て》づから手向《たむく》るさへに残《のこ》りもあり
の悲傷《かなしみ》は。情郎《いろおとこ》を云ひ絶《たゆ》る。あんまが歎《なげ》きをよいほどにして。いつそのことんど
云ひのこすことさへなく。逢《あ》ふこともなきさへなくいふ。殺割《さつせつ》も恩《おん》高《だか》し。家《け》主人《ひとを》までし訳《わけ》
何国《いづく》の浦《うら》も甘《あま》えて母親《はゝおや》が縋とも泣《なき》叫《さけ》んでも縺《と》果《はて》ど。久松《ひさまつ》が身《み》を
お暇《いとま》を。只今《たゞいま》などしなくりと云ひ果《はて》て子が兒《と》の手《て》に縋《すが》る。もしゆれ。
蒸襖《むしぶすま》をさと開《ひら》き。母は久作《きうさく》。そちらのえど。呼《よ》び留《とゞ》むるにも聞かで別人《べつじん》にあらんや。
するはちあまた丹五兵衛《たんごべゑ》なり。栈留布《さんとめおり》の襦袢《じゆばん》の裾《すそ》を押《おし》ひろげて上座《かみざ》へ
無言《むご》と坐《ざ》して。すそとるうち。お染《そめ》が久松《ひさまつ》が為《ため》に主《しゆう》なりと思《おも》ひ
被《き》せく名《な》告《の》るならねど。件《くだん》の小厮《こもの》が不義《ふぎ》淫奔《いたづら》。憎《にく》き主家《しゆうか》を

さゝせおくべしと。いふまゝに紙衣《え》なれど。親《おや》ならずとも主《しう》の威光。よしや今宵《こよひ》の發顕《あらはれ》て。聟《むこ》が為《ため》に二人《ふたり》ながら。忽地《たちまち》首《くび》地《ち》喪《おとさ》るゝとも。なかく悞《あやまち》なうらがいゝにせん。三十金《きん》の其價《そのあたひ》と。引《ひき》かへならずとも久松《ひさまつ》を。國《くに》より今商《あきな》へ。一歩《ひとあし》も出《いだ》しだに。その金《かね》をめぐみ来《きた》るとや。唯依《ようか》やある。と物《もの》ぐるしく。結《むすぼ》り問《とへ》ばく。久作《きうさく》も。いかゞとぞかうに當然《さもある》。理《ことわり》に迫《せめ》られて。勢《いきほひ》脱《ぬけ》て撲地《はた》と坐《ざ》し。頻《しきり》に嘆息《たんそく》しけりける。浩処《かゝるところ》に鄰《となり》のかみさまや新郎《むこ》の來おもひぬと告《つげ》る焚婢《まゝしもめ》小廝《とも》が声《こゑ》に。丹五兵衛《えご》も狼《うろた》へてけり。さらにとよとそゝりどち。驚《おどろ》きえんとする。妻《つま》の裳《もすそ》を引《ひき》とめて。騒《さわ》ぐ気色《けしき》なくまづ於に。山家《やまが》税年《ぜいねん》は。是非《ぜひ》に案内《しるべ》させて。縁頬《えんがは》より繞《めぐ》り来《き》つ。粘《のり》の脱《ぬけ》る麻上下《あさかみしも》。裾《すそ》から出《で》し古小袖《ふるこそで》。浅黄《あさぎ》の裏《うら》も垢染《あかじみ》て。鼠《ねずみ》とこれも転ようのとの。聟《むこ》といはんもいと似《に》げなく。席薦《ござ》の縁《へり》に足踏《あしふみ》かけ。おもむろ歩《あゆ》ミ入《い》りて。東面《ひがしおもて》に坐《ざ》しけり。しかれども。お染《そめ》ハさすがなり。久松《ひさまつ》も。伏沈《ふししづミ》ゐるまゝ顔《かほ》を擡《もたげ》ず。阿也女《やめ》ハ眉《まゆ》をうち顰《ひそ》め。丹五《たんご》兵衛ハ手《て》拱《こまね》きたり。見えけるのミ。物《もの》いふべきもあらねバ。是非《ぜひ》八ぞより信《まめ》だちて。小廝して燭臺《しよくだい》に灯《ひ》を点《とも》させて。是首彼首におかれぬべしけれバ。心のうちしく小晴《はれ》がましくて久しいと苦《くる》しげに。是非《ぜひ》八が後方《あとべ》に退《まか》りつ。當下《そのとき》税平《ぜいへい》ハ扇翁にすゝみて。丹五《たんご》兵衛に對《むか》ひ。放ぐされ婚姻《こんいん》を。さるまで待《まち》しるハ。おのが志《こゝろざし》にあらねど聟《むこ》翁《おきな》の好《よし》ミしに破《やぶ》れじとて。枉《まげ》て仏顔するに階上りてる。盃《さかづき》の唯依もろく打《うち》湿《しめ》りて見《み》ゆるハ二絵紙《え》ならど。なかなかお染《そめ》ハ。衣服《いふく》を更《あらた》めて待《まち》ぶりける九字嫁据聟《むことり》なんど。さまざまの作法《さはふ》あれども。よろづ忙《いそが》しき大歳《おほとし》なれバ。それがしや畧《りやく》してよきを。二郎ハあまりに奥《おく》ならず。先盃《さかづき》してあくべしといとなめげにいひ丹五兵衛とまを呼めて。一旦《いつたん》諾《うけ》ひける女児《ひとりご》が婚姻《こんいん》するによしや推辭《いなむ》とも。

今宵《こよひ》脱《のが》るゝに言緒《ことが》なし。但《たゞ》胸苦《むなぐる》しければ。一條《いちでう》の物《もの》ありと。咒が口《くち》づから。かゝりしを。羞《はぢ》をしのぶるに似《に》たれども。いふにせん。お染《そめ》かゝる密夫《みそかを》ありて。隠に有ね。さあるの近曾《ちかごろ》外《よそ》より聞《きこ》えて。驚《おどろ》きあわてふるへ。破鏡《はきやう》の面《おもて》を照《てらさ》よしほど。己汚《けが》まる女子《をなご》は疎《うとま》しかるべし。舅姑《しうとしうとめ》の面《おもて》に觀《みせ》ん。彼《かれ》には身《み》の暇《いとま》をとらせ。お染《そめ》をさまれうしもあれ。それに干て誓《ちか》ふ言《こと》は食《はま》など。数《うぞ》ならねども。其《その》肆《いちぐら》を進らるべければ。浩業《かうげふ》を相續《さうぞく》しぬべ。といへども果ぞ。税平《ぜへ》は。顔赤《かほあか》めずに筋《すぢ》なくて。眉尻《まゆじり》さがりさまに。声《こゑ》を激《はげま》し。其埒《らち》をしらするを聞《き》くりのうち。其肆《いちぐら》を所望《しよまう》せど。いへ。澄書《すみのしよ》はえさゞりし。さのみならず彼此《をちこち》の。巷《ちまた》に唄《うた》ひ歌祭文《うたさいもん》につく。久松《ひさまつ》がうのへよりしありつ。いまだ臥房《ふしど》を倶《とも》にせざれども。結髪《いひなづけ》せし女子《をなご》を。小廝なんどに奪《うば》れたる。我が刀《かたな》もありそうひるし。件《くだん》の久松《ひさまつ》とく。這奴《しやつ》がろの欲にこく出《いで》よ。淫婦《いんぷ》奸夫《かんぷ》を押《おし》ならべ首《くび》うち落《おと》して熱腸を冷《い》んとし出《いだ》そや。といひすてゝ。刀の鞘に手かけて見べ是非八《ぜひはち》を。
ちろねが母に。飛《とび》かゝりし久松《ひさまつ》が。既に髻《たぶさ》を掌《て》にとらん個《つか》み。隙《ひま》に引よせんとする
処《ところ》を。引《ひつ》しもよせまじ。久作《きうさく》が。つと出《いで》て推隔《へだて》ゝ。妨《さまたげ》なす。と罵《のゝし》りて裳《もすそ》を
翻《ひるがへ》して破《は》と蹴《け》る。脚首《あしくび》捉《とら》へて捻挫《ねぢひしげ》ば。筋斗《もんどり》をうつて踉蹡《よろめく》是非八を
跳《おどり》こえて。税平《ぜいへい》が抜《ぬき》かくる。刃《やいば》の下に久作《きうさく》も推《おし》なりて項《うなじ》を伸《のべ》名告《なのり》
やうもも鳴呼《をと》なりんが。お染《そめ》どの不義《ふぎ》の敵手《あいて》へ。久松《ひさまつ》が親野崎乃
久作《きうさく》。わが児《こ》の代《かへ》に自殺《じさつ》を。撃《うち》おとしてよ。婿《むこ》の殿《との》。と一刀《ひとかたな》に撃《うた》れんと
わが手に掛《かゝ》るお坐毛《け》に。臆《おく》まれせじ。と久松《ひさまつ》も慌忙《あわてふためき》て。又を隙《すき》
親《おや》を殺《ころ》して阿容《おめ》〳〵と。命《いのち》を助《たす》けられんと思《おも》ひ。趾《あしあと》つけ所《ところ》行《ゆき》
せんや。代《かは》らんと宜《のたま》ひし。世《よ》の形《ありさま》かく為《なさ》まし。死《し》する後《のち》に久松《ひさまつ》が。勇《いさみ》
よしあらん暁《さと》るまへめ。先《まづ》こゝろ不孝《ふかう》を許《ゆる》しあへ。といひつゝ涙押拭《おしぬぐ》ひ己《おの》が喉《のど》の

は走らう刃《やいば》の下《もと》へ。ゑぬるゝが子を引退《ひきのけ》く。己《おのれ》不覚《ふかく》なりされ死ん。いる久《ひさ》
松《まつ》が。釈《しゃく》と子《こ》が恩義《おんぎ》の為《ため》に死《し》を辞《じ》せざれど。最期《さいご》を早《あそ》く形勢《ありさま》に擶《ざ》
年《ねん》は抜《ぬき》うける。刃《やいば》をおさめて呵《からく》々と冷笑《あざわら》ひ。ぎて襟《えり》なり。与へらりて。遣《ふで》
と告《つぐ》る小廝《こもの》が身《み》がまりふ。白眼《にらみ》つけて何《なに》かはせん。是非《ぜひ》八と申《まを》さん。油断《ゆだん》して
久松《ひさまつ》を。さりな逃《にが》しそといひ諭《さと》せば。是非《ぜひ》八ふらび力《ちから》を得《え》て。久松《ひさまつ》が胸《むな》
ぐら捉《とら》へ。圓《つぶら》なる眼《まなこ》を睜《みは》り。と世つが色《いろ》の生白《なまじろ》けなる兄まへとまかく腰《こし》
ぐくしていへべれなは軽《あたまさ》なれど。拐《さら》もがなと。いはざりしが。此秋《あき》より の
新参《いまゝゐり》。前髪《まへがみ》ぢちの年《とし》に似《に》げなく。老嘗《おもざし》?口を開《あ》かせど。主《しゅう》の
気《き》にあはざれば。といはぬばかりに驕慢《おごりたかぶ》り。盗《ぬすむ》むものふらぬ欲《と》ゝく。内外《うちと》
の人《ひと》の睛《め》を盗《ぬす》み。結髪《いひなづけ》の壻《むこ》どの。愚蠢《あほう》なりとて。親方《おやかた》の女児《むすめ》を盗《ぬす》む
が傷痛《うちいたく》けれど。主《しゅう》の面《おもて》に観《めで》て。あらくまるなれ。皇天《てんとう》も許《ゆる》しあれど。

人《ひと》をあくいやしまふ辻読《つぢかうしやく》の祭文《さいもん》。縦石仏《たとひいしぼとけ》に等《ひと》しき夫《をつと》なりとも妻《め》敵《かたき》と髪《ぞく》ざししは睾丸《ふぐり》のなくなるひとなり。いはゞ聟《むこ》の嫁《よめ》まがひといひつべし。今《こん》生《じやう》の暇《いとま》をとらしなひね。とおのが詐術《さじゆつ》の弦《つる》をかけて。虎《とら》の威《い》を借《か》る老狐《らうこ》。さしとろ穴《あな》とへええざりね。税平《ぜいへい》は是非《ぜひ》なくに向火《ひかひひ》を焼《たき》つけし坐燃《もえ》る薪《まき》に油《あぶら》を沃《そゝ》ぐ。烈《はげ》しき怒《いか》りに些《ちと》も擬議《ぎぎ》せず。肩衣《かたぎぬ》の前《まへ》を除《のけ》て袴《はかま》の稜《そば》を結《つま》ゝ揚《あげ》。いで二人《ふたり》ながらと押黒《おしまろ》して。四段《よきだ》にうちさんといひもあへず。走《はし》りかゝりて泣沈《うちしづ》む。お染《そめ》が黒髪《くろかみ》引《ひき》掴《つか》めば。吐嗟《あなや》とおどろく母阿也《はゝあや》女《め》が吾悪《め》もあらず携《たづさ》へ笛《ふえ》を突退《つきのけ》んとする壮夫《ますらを》に力《ちから》およばず撥跳《はねとば》され妻《つま》をとつたれて。丹五兵衛《たんごべゑ》は。税平《ぜいへい》を推退《おしのけ》て女児《むすめ》をひしとらふ後方《あとべ》に咄《を》しかを。いふせう。お染と小厮《こもの》が不義《ふぎ》發覚《あらはれ》。その罪《つみ》絶《たえ》て脱《のが》るべくもあらねども。国《くに》に王法《わうはふ》あり。家《いへ》に家則《かそく》あり。山家《やまが》どのゝ原《もと》武士《ぶし》なりとも今《いま》嵩

苦肉《くにく》の計《はかりごと》
淫婦《いんふ》奸夫《かんふ》をいましむ
久さく
山家ぜい平
ぜひ八
松染情史巻之五
十四

おその
久まつ
あやめ

人《びと》の聟《むこ》になり商人《あきひと》の家《いへ》を継《つげ》バ是《これ》商人《あきひと》也。商人《あきひと》にして私《さゝし》に妻敵ハ撃《うち》がたからん。縡《こと》の趣《おもむき》を公《おほやけ》へ訟《うつたへ》まをし室町殿《むろまちどの》の仰《おほせ》を稟《うけ》て。ともかくもはからはるべし時なえや。愛《ぬ》の比及《ころおひ》すらん欲令宵《こよひ》一夜《ひとよ》ハ土蔵《ぬりごめ》へお染《そめ》久松《ひさまつ》を閉籠《とぢこめ》て縺《もつれ》を聟《むこ》どめ関《あづく》るとえハ親《おや》もうらみぬ篭中《こらう》の鳥《とり》。雙鳥《そし》の剣《つるぎ》翔《かけ》りしまえと。髪《ろく》をとるにやあらで舅《しうと》が截断《さいだん》。彼ホに年《とし》を越《こさ》するとも国の法度《はつと》を越《こえ》がたからん。久作《きうさく》も親《おや》がひに久松《ひさまつ》を縛《いましめ》し阿也女《あやめ》も庫《くら》の鍵《かぎ》をとりて来《て》よとく。といそがし立《たて》。縁《ゑ》て准依《よるよ》やすらひん。袂《たもと》のうちより二條《ふたすぢ》の麻《あさ》索《なは》をとり出《いだ》しその一條《ひとすぢ》を久作《きうさく》に投与《なげあた》へ。やがてお染《そめ》を縛《いましむ》れバ久作も阿《あ》と應《いらへ》て忙《いそが》しくも麻索《あさなは》のあさからぬめぐみが賜《たま》りの截《つなぐ》さるゝながら久松《ひさまつ》を括《くゝ》りあげゝる左右《さう》の手《て》も痛《いたま》ぬやうにと結《むす》びめのゆるみ合《あは》せがあしく書綴《かきつゞ》りにも文《ふみ》にも書尽《かきつく》されぬ親《おや》と親《おや》とが心《こゝろ》の内庫《うちぐら》一夜《ひとよ》の獄舎《ひとや》

と引《ひき》たまへバ税卒《ぜいそつ》その理《ことわり》に。横《よこ》ふへ得《え》ぬ車坐《くるまざ》する。彼首足首へ
臥を明《めぐ》らし。室町殿《むろまちどの》の厳命《げんめい》を受《うけ》し後《のち》と縄《なわ》を延《のべ》さとも。僅《わづか》三時ゟ四時が間《あひ》
一番鳥《いちばんどり》にて冥土《めいど》の前驅《さきがけ》。春告《はるつげ》する暁《あけ》の鐘《かね》ハ。命《いのち》を縮《ちぢむ》る生滅《せうめつ》と己。その声
泣《なく》も喞《かこつ》も。只《ただ》あや遅《おそ》がと思ひつれ夫《をつと》が意《い》に激《げき》され。阿也女《あやめ》ハ女心《をんなごころ》
を起《おこ》し。納戸《なんど》へゆきく庫《くら》の鍵《かぎ》を。そろりく来《く》れバ丹五兵衛《えど》ハ。税卒《ぜいそつ》にうち
對《むか》ひ。是《あへ》に弱《よわ》りて不義《ふぎ》ものゝを奉《そ》らすまりや。と疑《うたがへ》まん旅《う》と氣蔑《さしろわさ》
し。固《よ》くこの鍵《かぎ》を聟《むこ》引出《ひきで》。前室《まぐ》五間《ごえ》の油藏《あぶらぐら》。世帯《せたい》を遺与《ゆづ》せバ二代《にだい》の山
跡《と》家《や》祝《いは》ふく相続《さうぞく》しませどいひつ鍵《かぎ》を手に出せバ。税卒《ぜいそつ》これを受《うけ》とりて。
竭《つく》すに易《やす》く庫中《くらのうち》の財《たから》より先《さき》に竭《つく》る。お深《ふか》久松《ひさまつ》が命數《めいすう》を名んじ封《ふうぜ》る
土藏《ぬりごめ》へ入れ玉の鍵《かぎ》玉手箱《たまてばこ》。あくる紙待《まさ》ん。と立《たち》のバまへバ。是非《ぜひ》ハそこのあれげ
ふ。針設《はりくろ》違《ちが》ひころの底《そこ》の底《ぞこ》ある柄杓《ひさく》に水《みづ》祝ひつゝひあく服《おろ》す油手《あぶらて》にて采

糟《ぬか》三合《さんごう》もつならバ。招聟《いりむこ》ハなるなといへ。世《よ》の常言《ことわざ》もいと宜《うべ》し。ある日の外《ぐわい》ハ浪人《らうにん》の太刀《たち》の鈍《なまくら》さめと呟《つぶや》くを。丹五兵衛《たんごへゑ》ハ税平《ぜいへい》に笑《わら》せじとて言《こと》なうふ。咳《しはぶき》しつゝ紛《まぎ》らし。是非《ぜひ》ハもう客房《きやくざしき》へ聟《むこ》どのを案内《しるべ》して。夜《よ》の明《あく》るまで饗應《あるじ》せよ。誘《いざ》なへ山家生《やまがうど》といひつゝ衾《ふすま》を引《ひき》かぶる。その麻衾《あさぶすま》も長兇根《ながね》の五《ご》尺《しやく》のあやめ水《みづ》そゝぐ。臉拭《すゞさめ》へバ久作《きうさく》もわが児《こ》をもたせつゝ引起《ひきおこ》し。物体《もつたい》なしといくべきよいへぬが識《まこと》の道《みち》のべよ冥土《めいど》の旅《たび》の一里塚《いちりつか》。死出《しで》の門松《かどまつ》久松《ひさまつ》よ。かくれ縲絏《るいせつ》の餝藁《かざりわら》。うねのあく庫《くら》鰕錠《えびぢやう》さして。そろかへど死神《しにがみ》の憑《つく》ところ寓言《そ》うなんぞかし。ゆら白《しろ》ゝなく鐵網窗《あみまど》のめもめてらしと母親《をや》も。致《うぞ》の子《こ》なのより亡君《なきぎみ》の子《こ》を捨《すて》かねる藪柑子《やぶかうじ》。ぞひく栄《さかえ》し。楠《くすのき》の血絡《ちすぢ》ハことに絶《たえ》る歟と歎《なげ》く忠臣《ちうしん》義士《ぎし》節婦《せつふ》。互《たがひ》によそぐ舊名《もとのな》を匿《つゝ》む福豆《ふくまめ》蒿菜盆子《ぼんし》。福ハ名《な》のみふくらまし竹《たけ》の子の禍《わざはひ》に大歳《おほとし》の二更《よう》の太鼓《たいこ》ところめ鳴《な》るよ。中庭《なかには》設《まうけ》て引《ひ》し去《やく》。ありしは果敢《はか》なき世《よ》なりけり。

松染情史秋七草巻之五上終

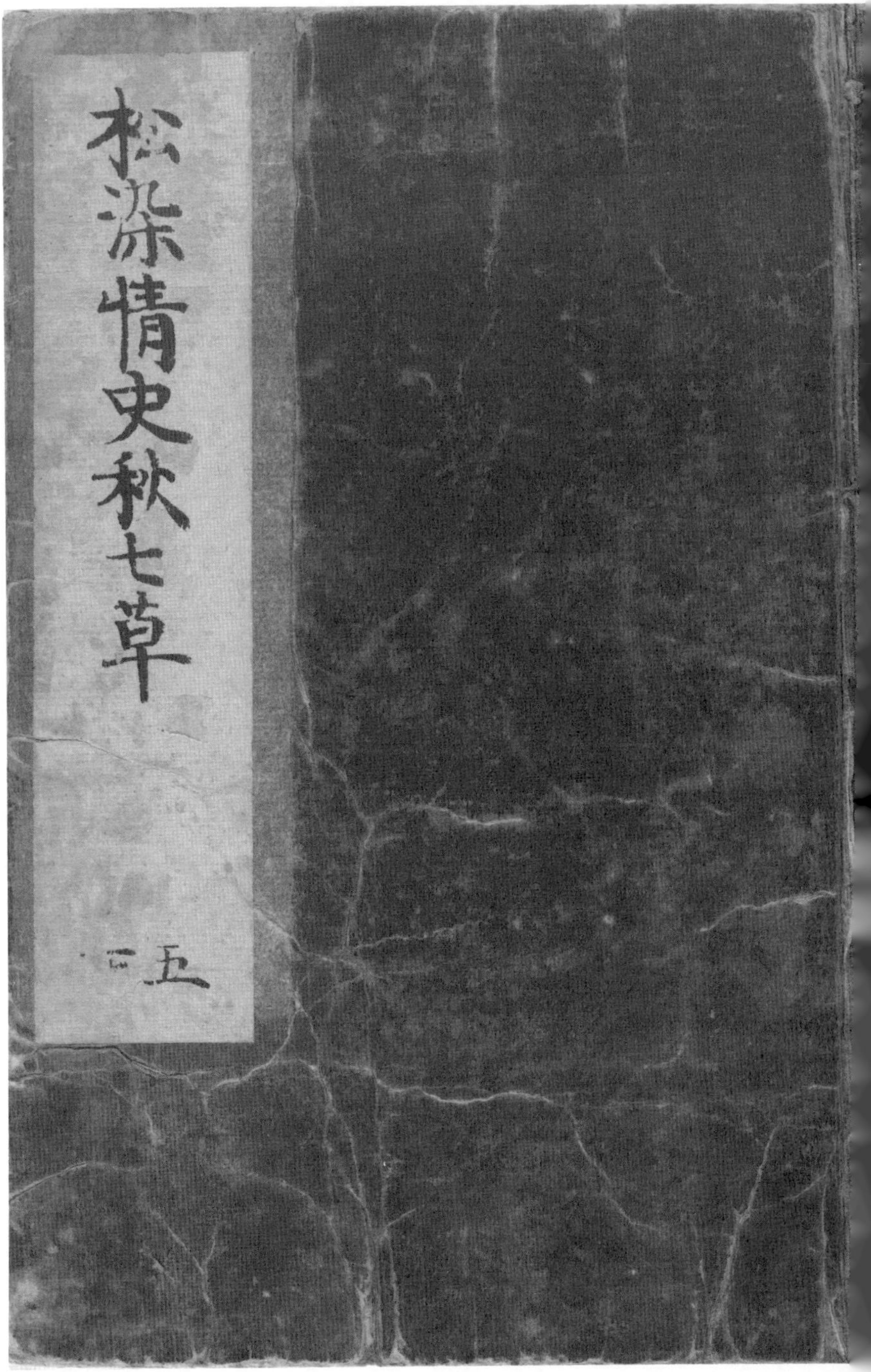
松染情史秋七草
五

松染《せうぜん》情史《じやうし》秋七草《あきのなゝくさ》巻之五下

○第十《だいじう》　瞿麥《なでしこ》よりし　なつかし草《ぐさ》

故郷《ふるさと》とこれなぞ思へ夏《なつ》ならで。なつかし草《ぐさ》の袖《そで》の露《つゆ》。今《いま》も涙《なみだ》を重《かさ》ぬるの園生《そのふ》にあらぬ庫《くら》の中《うち》。痛《いたま》しや久松《ひさまつ》がこれも人の子《こ》捨《すて》し子《ご》の。火桶《ひをけ》もあらざるをも冷《ひえ》く。さこそな堪《たへ》がたかりぬべし。咲《さき》けべきあきの園子《そのこ》なれ。実《まこと》の父母《ふぼ》をしらざとや。一下るこゝらぬ憂《うれ》へ多かるに。養親《やしなひおや》の禁獄《いましめ》を。寄《よ》らん為《ため》に身《み》を責《せめ》て死人《しびと》と思ひ定《さだ》めしを。愍《みやうが》にて父《ちゝ》に。助《たす》けられてる悪因縁恩義《あくいんえんのおんぎ》を思ひて濡衣《ぬれぎぬ》を年《そ》の内よりきそそめ。綴《つゞ》りあへせし染色《そめいろ》の。深《そめ》からぬ縛《いましめ》へ。ころは絶《とが》えこそが身《み》恵《めぐ》みと久作《きうさく》どのゝ恨《うらみ》られても。初《はじ》めて時《とき》に結髪《むすびかみ》せし。夫《をつと》へ尽《つく》して節操《みさを》とし人《ひと》べ。露《つゆ》ばかりも厭《いとひ》ねど。よしある人を寛《ゆるく》ぐ。その悪報《あくほう》なく税卒《ぜいそつ》に。いひ入をまちまちて随《やく》に命《いのち》をすてるもあだべ。面影《おもかげ》しらぬこそが良人《つま》へ。いひ解《とく》しも見ぬ跡《あと》にて

もあらず。さこそ憎《うく》しと思ひつめ。見ぬ人《ひと》に思ひまさく。見ぬ君《きみ》なれえもあらねど思ひね
そのひと化《あだ》し名《な》を。立《た》てそさせる面《おも》なさよと。嘲《あざけ》りつゝお染《そめ》が声《こゑ》ふさぎ。又《また》哽咽《むせかへり》て伏《ふし》
沈《しづ》めば。え松《ひさまつ》頼《しきり》に嘆息《ためいき》し。その悲傷《かなしみ》へらず身《み》も絶《たえ》て果《は》つるよしは。形《あだ》なき世間《よのなか》に存《ながらへ》
命《いのち》べしとおもへど。なかなかまでもおもひとゞまりし。結髪《むすびかづけ》の妻《つま》なりしを。御同《さえ》に父《ちゝ》が物《もの》がたりあり。
暁《きけ》めば今更《いまさら》に親《しろめ》護《ご》し。老《おい》たる親《おや》を跡《あと》に残《のこ》して。外《よそ》にも数《あまた》く妻《つま》あるべしとおもひゆるし
なかるべし。いはる日《ひ》母《そで》巾の窃《ひそ》かなる。女児《ひとむすめ》が嫁《きら》ひ婿《むこ》親卒《ぜのへい》。婚姻《えん》を整《とゝの》へることも久《ひさ》しく遂《とげ》
ぬ妹《いも》と夫《と》なりけん。さればこそあめりて一旦《いつたん》締《むす》びし縁《えん》なりとも別《べつ》になりなば変改《へんがい》せん
臣《しん》たるものも主《しう》の為《ため》なれば羞《はぢ》を忍《しの》びておもひしが縒《そゐ》つゝお染《そめ》が密夫《まをとこ》になりてこゝでは
婚姻《えいん》をいひ延《のべ》て。謀《はかりごと》をうちあけて。憑《たの》むをなだえおもひしなるべし。いかなるといへども止まぬ恩報《おんほう》
し。さてもかくても禍《まがつ》の神《かみ》の貴縁《まうれ》なる久松《ひさまつ》が命《いのち》へ縁《うね》てなれものと学《うぐ》びのくく
は是非《ぜひ》に及《およ》ばず。只《たゞ》痛《いた》しきは父《ちゝ》久作《きうさく》。終《つひ》に憑《たの》む一子《ひとりご》が年《とし》の首《はじめ》を亡日《きさらぎ》と為《なし》

ど。見《み》つゝ忍《しの》びがらぶじく。朽《くち》折《を》れて便《たより》なき世《よ》をいかにして過《すぐ》しなからん。それがしは[illegible]と名《ま》もよばぬ。実《まこと》の父母《ふぼ》は世《よ》にありや。なしや像見《うつしゑ》の護身嚢《まもりぶくろ》。年頃《としごろ》項《うなじ》にかけたる。河内国讃良郡《かはちのくにさゝらこほり》。野崎《のざき》の郷《さと》なる観世音《くわんぜおん》。世《よ》のかなしみあらん限《うだ》りは誓《ちか》ひは漏《も》らさじ。親子《おやこ》が後《のち》の世《よ》助《たす》けてよ。と涙《なみだ》と共《とも》になく口説《くどけ》ば。お染《そめ》はとゞまを聞《きく》もあへず。原来《さては》あんずが実《まこと》の父母《ふぼ》の。像見《うつしゑ》は河内《かはち》の野崎《のざき》なる。観世音《くわんぜおん》より護身《まもり》在《ゆうま》ら狭《う》。まりしかバ。その嚢《ふくろ》の裂《きれ》は。山吹流《やまぶきながし》の金襴《きんらん》なりしぞや。問《とひ》もあへず護身《まもり》嚢《ふくろ》は。堰堤《ゐで》の山吹《やまぶき》を織出《おりだ》しゝれど。上覆《うはおひ》して人《ひと》には見《み》せざりし。それいかにして知《し》りなるぞ。いと不審《いぶかし》。と疑《うたが》ひ遂《はと》へバ。お染《そめ》は慌忙《あわてふためき》て。走《はし》りよらんとすれば縛《いましめ》の索《なはさ》にし。ひかれて仰《のけ》さまに振《あし》搦《まろ》びて身《み》を起《おき》しかねどてあるとは情《なさけ》なし。その観世音《くわんぜおん》の小像《せうざう》を秘《ひ》蔵《さう》しゝ人《ひと》が紛《まぎ》ふくさるゝなれ。それが為《ため》には結髪《おもひあげ》の郎《をのこ》。楠《くすのき》河内《かはちのすけ》枝正《まさき》元《りと》ねしの嫡男《ちやくなん》。操丸《みさをまる》なく坐《おは》するなれ。お染《そめ》と呼《よば》れて油鄽《あぶらや》の。女児《むすめ》とはなか世《よ》を潜ぶ假の名なり。楠氏《なんし》の親族《しんぞく》。龍泉《りうせん》なる。和田正武《わだまさたけ》が女児《むすめ》秋野姫《あきのひめ》が。なれる果《はて》ハ志ありなく。ろが身も護《まもり》神ハ廚《づし》を抜《ぬき》さぎ。舅君《しうとぎみ》の像見なとく。さしかなし志紀《しき》の毘沙門《びしやもん》。なの神佛《しんぶつ》の利益《りやく》なそ。それよりぞ今宵《こよひ》名告《なのり》あへ。妹《いも》夫《せ》の縁《えん》ハ竭《つき》ねども。あん儔《たぐ》ひなへ强《え》もよらぞ。さいよう縲絏《なわめ》にかゝれ身の圄《ひとや》れり。遂《まで》に庫《くら》の中《うち》ぞいりなせん。とぞりな。悶《かぶ》つ卿《きやう》を久松《ひさまつ》そ。ほゝしと呼《さ》けども。未《ひまぞ》意《とゑ》をなるぞいらす不何《とまらず》とせん。むひあれとるりもあれど。僅《わづか》に觀世音《くわんぜおん》の小《ちう》像《ざう》をめぐ。楠の子孫《しそん》なり。とハむひ定《さだ》めがし。但《ただ》それかと疑《うたが》ひしハ。養親《やしなひおや》久作《きうさく》が故《ふるさと》河内《かはち》なく。おちず國《くに》なる小松山《こまつやま》の麓《ふもと》に于《おいて》。ちが身を拾《ひろ》ひしといくるゝめ。且《かつ》賤《いやし》きものゝ子と字《そだ》もなへ似《に》げなく。物《もの》のいひざまに礼義《いやゞ》正しく。肩《けん》癖《へき》一ッ打《うち》せざりしハ。り久松《ひさまつ》を正元《まさもと》の嫡男《ちやくなん》と志りながら。世《よ》を憚《はゞか》りて告《つ》げざりし歟《か》。それかあらぬか。されながら。いと頻《ひそか》しと思《ひさとら》ひ惑《まど》へバ。秋野《あきの》姫《ひめ》ハ。なほえ堪《たへ》かねてよゝと泣《なけ》ば。郎《との》ハ氏《うぢ》も系図《けいづ》も。その母はしりしや坐《ざ》さらん。男君《をとこぎみ》の物《もの》がたりに思ひ合《あは》して推量《おしはか》るに。彼《かの》久継《きうけい》ハ楠氏《なんし》の家隷《いへのこ》。津積《つゝみ》窪六《くぼろく》有《あり》義《よし》と呼《よば》れしものゝいとくめんざうらん。縁故《ゆかり》は箇様《かやう》くし。如此《しかく》となりて正元《まさもと》が未前《みぜん》を察《さつ》して。稚児《をさなご》を遠離《とほざけ》し一五一十《いちぶしじう》千《ち》。斂破《ゑや》の城《しろ》没落《ぼつらく》のをり。六田《むさ》の旅《やま》宿《やど》に入《い》て。安野前《くさのまへ》自叙《ドころ》しのびゐる為《ため》倅《せがれ》を告《つげ》たまひし。丹五《たんご》兵衛ハ楠《くすのき》普代《ふだい》の郎《らう》黨《どう》。雑居《ざつゐ》兵衛《ひやうゑ》言直《のりなほ》といふものなれど。操丸《みさをまる》の祖《おほぢ》又正儀《まさのり》の非義《ひぎ》を疎《うと》みて。秋野姫《あきのひめ》の父《ちゝ》和田正武《わだまさたけ》に仕《つか》へしを。兵衛《ひやうゑ》が今《この》春《はる》正元《まさもと》の首級《くび》を奪《うば》ひてとらく。密《ひそか》に洛《みやこ》に赴《おもむ》き。野伏《のぶし》の番卒《ばんそつ》としてうかゞひて。断離《ちぎ》らるゝ隻袖《かたそで》を山家《やまが》税年《おのゝ》にをられ。その袖《そで》を取復《とりかへ》さん為《ため》に。枉《まげ》て彼《かれ》が望《のぞみ》に任《まか》して擯《ねど》にせんと繕《つくろ》ひしかば。縄《など》の今宵《こよひ》に及《およ》べる首尾《しゆび》を。家《ある》そら泣《なき》或《あるひ》は喩《さと》して。ありのまゝ告《つげ》まけれバ。操丸《みさをまる》ハうちお驚《おどろ》きて。太《ふと》やかなる息《いき》を吻《つ》き。おもハずりしが。されバ楠氏《なんし》の嫡流《ちやくりう》なれば。正之《まさゆき》の子《こ》ならんとて。俎杙《まないた》をしたる津積《つゝみ》窪六《くぼろく》。足利《あしかゞ》に世を換《すが》めしまゐらせ。潜《しのび》ある為《ため》なりとも。なほとて父母《ちゝはゝ》と告《つげ》ざりける。南朝《なんちやう》無二《むに》の忠《ちう》臣《しん》。河内判官贈三位《かはちのはんぐわんぞうさんゐ》正成《まさしげ》なれ四代《よだい》の後胤《こういん》。楠操丸《くすのきみさをまる》といふ名《な》を。今宵《こよひ》ぞなへつゞけよ。土民《どみん》の子《こ》なりとおもひ。侮《あなど》り一生《いつしやう》化《くわ》に過《あやまち》をなせりし。痛《いたま》しかりし母《はゝ》のこと。いと惜《を》しかりし父《ちゝ》の討死《うちじに》。君父《くんぷ》千鈞《せんきん》の讐敵《あだかたき》。義満《よしみつ》を撃《うた》でやあるべき。ましぞん。信《しん》ずる野崎《のざき》の観音《くわんおん》。志紀《しき》の毘沙門天《びしやもんてん》の加護《かご》とおもへば。此後《このゝち》もいと憑《たの》もし。歎《なげ》きそめるな。秋野姫《あきのひめ》と激《はげま》しを言《いふ》緒《を》も忽地《たちまち》に。おどめるに異《こと》なる意気《いき》揚《よう》〳〵。流石《さすが》に勇《いさ》む稚駒《をさなごま》に。絆《ほだし》されし縛《いましめ》の索《なは》に。妹夫《いもせ》を繋《つなが》まく。思《おも》ふには似《に》ぬ身《み》を憤《いきどほ》り。浅《あさ》ましかりけるかくなりぬれ。匹夫《ひつぷ》の為《ため》に苦《くるし》めらるゝ縲絏《るいせつ》の羞《はぢ》を辻義《ねりぎぬ》に。閉籠《とぢこめ》られく思ふよしもなし。ひがひがしかりける兵衛《ひやうゑ》言直《のりなほ》。なる髭《ひげ》なるもの鋭平《ぜいへい》を。なんどさやうなく怕《おそ》れしけるが。腕《ぶらん》へ折《を》るとも。その縛《いましめ》を立地《たちどころ》に。ふりほどきて焦燥《あせ》て柱《はしら》へ牙《き》をよせ搦著て。秋野姫《あきのひめ》ももろともに。縛りの涙《なみだ》はら／＼と。降《ふ》るや年極《しはす》の夜《よる》の雪《ゆき》消《きゆ》るがごとき物《もの》おもひ。烏夜《やと》さへめもるし黒髪《くろかみ》の。乱《みだ》れてもおもふさぞあるらん。浩処《かゝるところ》に雉《きじ》とおぼしき梁《うつばり》の上《うへ》に人《ひと》ありて。ひく／＼と歎《なげ》きて。その索《なは》解《とか》んといひつゝ閃《ひら》りと飛《とび》おりれば。秋野姫《あきのひめ》へさゝやく。操丸《みさをまる》をとまし紙怪《あや》しき。吾儕《われら》二人《ふたり》が外《ほか》に籠《こも》るものありとも覚《おぼ》えね土蔵《ぬりごめ》に。潜《しの》びて居るは何《なに》ものぞと問《とへ》ば。せめ人ど冷笑《あざわら》ひ。小《さ》夜深《よふけ》てよめるらん。名告《なの》らずとも知れずともしれ盗賊《ぬすびと》。大晦日《おほつごもり》とて物忙《ものいそがは》しく。上《うへ》を下《した》へと人を隙《ひま》に紛《まぎ》れ入《い》りて。そのまゝ二人《ふたり》が牙《え》のうへ話説《はなし》を聞《きゝ》て魁《さきがけ》の目かも涙《なみだ》その縛《いましめ》を解《とか》んとそれを忘《わす》れて面目《めんぼく》なし。其処《そこ》は是処《こゝ》とうろ探《さぐ》り操丸《みさをまる》と秋野姫《あきのひめ》の索《なは》を忽地《たちまち》解捨《ときすて》て。亦《また》いかにせう。対面《たいめん》なさんとその郷《さと》の主管《いへぬし》と暮しゝ痴者《しれもの》と。太郎犬《たろいぬ》二郎犬《じろいぬ》と呼《よば》る悪棍《わるもの》等が。お染《そめ》を奪《うば》ひ去《さ》らんとて縲しめはさるを甲夜《よひ》に聞《き》つ。かゝるにべとてよめらんも危《あやう》し。これはならずと志之。路費《ろよう》に過て大和路《やまとぢ》へと落《おち》なんと叮嚀《ねんごろ》に説諭《ときさと》して懐《ふところ》なる財布《さいふ》を出《だ》して進《すゝめ》られバ。棣丸《ていまる》ハ之《これ》を受《うけ》て。うや/\しく拝《はい》し。梁上《りやうじやう》にも君子《くんし》あり。そろ/\汝が餞別《はなむけ》汚《けがさ》ずするものと思へバ。心《こゝろ》に快《こゝろ》よけれど。大切《たいせつ》ハ細謹《さいきん》を顧《かへりみ》ず。是《これ》も又神仏《しんぶつ》の擁護《おうご》とおもへバ。且《まづ》くその意《い》に随《したが》ひんバ。戸口《とぐち》を固《かた》く鎖《とざ》しされバ。今更出《いまさらいづ》るゝさもあるし。何処《いづこ》より脱《のが》れ去《さ》らん。と問《とひ》の人が。盗賊《ぬすびと》答《こたへ》て。禍《わざはひ》も三年経《へ》て。後《のち》り その盗《ぬすみ》たるもしもあらバ。牆《かき》を踰《こえ》壁《かべ》を穿《うがつ》て。つらがねるゝ所《ところ》のいと業《わざ》する内《うち》して出《いで》さん。と信《まこと》しちそ。庫《くら》の窓《まど》なる鐵網《くろがね》を。一拳《ひとこぶし》に打破《うちやぶ》り。索《なは》を桃《つなぎ》て梯子《はしご》として。窓《まど》へ閃《ひら》りと投《なげ》かけそ。ぺてくと手《て》をとして。おのが脊《せなか》へ踏《ふま》のぼし。颯《さつと》くいばにも外面《とのおもて》とし。雪《ゆき》白妙《しろたへ》に降《ふり》積《つも》て。吹《ふ》く風《かぜ》寒《さむ》き如法《によほふ》夜《や》ぞ。ゑんくまでどもその面《おもて》をぞ。棣丸《ていまる》ハ盗賊《ぬすびと》が誠心《まごころ》を感嘆《かんたん》し。刎捩《きりどり》をとめとさる老賊《らうぞく》め。なんぢ人に信《しん》あり義《ぎ》あらバ。志《こゝろざし》を継《つぎ》て。世《よ》に出《いづ》る日もあらんに。窓《まど》ねまに報《むくひ》せん。と吟《さけ》え果《はて》て秋野姫《あきのひめ》を。扶援《たすけひき》て外面《とのかた》へ。撲地《はた》とおろしけり。雪吹《ふぶき》に袖《そで》をさし翳《かざ》しつゝ。かれとともに走《はし》り去《さり》ぬれバ。既《すで》に夜《よ》ハ丑三《うしみつ》比《ごろ》の鐘《かね》の声《こゑ》。丹五《ご》兵衛ハうかゞふに。心《こゝろ》りとなれ庫《くら》の中《うち》。夜《よ》ハあけぬ間《ま》に姫君《ひめぎみ》を。法隆寺《ほうりうじ》まで落《おと》さん。と思ひて見へバ税平《ぜいへい》ハ。遁《にげ》んとせし外《と》に合鍵《あひかぎ》を准備《ようい》して妻《つま》阿也女《あやめ》に。乗《とく》さする灯《ともしび》の光《ひかり》を漏《もら》さじと夫婦《ふうふ》が袖《そで》にうち掩《おほ》ひ。庫《くら》の戸口《とぐち》に潜《しの》びよるを。義ハなるのが久作《きうさく》久松《ひさまつ》がゐるのおんぶつなり。酔臥《ゑひふし》たる税平《ぜいへい》が。枕方《まくらべ》なる庫《くら》の鍵《かぎ》を挙《ぬ》いて奪《うば》ひそつと其処《ところ》へ探《さぐ》りより。三人《みたり》面《おもて》を突《つき》あハし。互《たがひ》にいたく驚《おどろ》きて。暫《しばし》退《のき》しが丹平衛ハ久作《きうさく》をさし招《まね》きつゝ声《こゑ》を低《ひく》し。いかなる女児《むすめ》の三紀子とやら欲と恨《うら》みあるべきと見えたり。おのが滅《ほろ》びて其の鍵《かぎ》を。ありてゐるべしと。おのが夜に別《べつ》に合鍵《あひかぎ》を准《そなへ》ておれ。目今《たゞいま》お染《そめ》と久松《ひさまつ》を。助《たす》け出《いだ》さんとて来《き》たり。と説《と》きゝかせれバ。父娘《おやこ》も

梁上《りやうせう》の君子《くんし》
お染《そめ》・久松《ひさまつ》を
さます
ひさまつ
おそめ

庫《くら》の鍵《かぎ》をとり出《いだ》し。おのれも中さ久松《ひさまつ》と。令弱《なよめど》を落《おと》さん為《ため》に容房《きやうざん》不税平《ぜい》ぶ。熟睡《うまゐ》せし紙張《かや》ひそく。庫《くら》の鍵《かぎ》を奪《うば》ひ来《きた》り。原来《さて》互《たがひ》にいひあはせねど。術《すべ》は同《おな》ど胸《むね》の合鍵《あひかぎ》。後方《あとべ》よりこゝろつけゐしと。云《い》ひそめたり。丹五兵衛《えご》が引開《ひきあけ》。庫《くら》の戸口《とぐち》に久作《きうさく》も。阿也女《あやめ》も竊《ひそか》しく走《はし》り入《い》り。まづ燭《ひ》を挑《あげ》てさしうかゞへば。お染《そめ》久松《ひさまつ》もと居《ど》ならびしそ。いと怪《あや》しげなる大男《おほをとこ》が。うつ俯《ぶ》に仆《よ》れしより。こゑもなかりけるうち駭《おどろ》きて。久作《きうさく》が忙《いそが》しく。襟《えり》がみ摑《つか》みて引起《ひきおこ》せば。鮮血《ち》しほさと漬《ひたぶる》り。自殺《じさつ》とみえて左《ひだり》の肚《はら》へ。晃《きらめ》く刃《やいば》を突立《つきたて》しより。これなどぞり三人《みたり》が。まさしく呆《あれ》れて顔《かほ》をならべたり。久作《きうさく》は大男《おほをとこ》が。顔《かほ》うち覩《まもり》てふたゝび猶予《いぶかる》。汝《なんぢ》は野草《めろ》摸出九郎《でくらう》ならずや。いかにしてこゝへ来《き》たりし。最裏《さいぜん》に久松《ひさまつ》を恂《おど》りて身《み》を售《う》らし。身価《みのしろ》を奪《うば》ひたる。天罰《てんばつ》さるぞっと罵《のゝし》りければ。出《で》九は苦《くる》しげに。吭《のど》を撻《ゆるげ》て息《いき》を吻《つぎ》。面目《めんぼく》なし津積《つゝ》どの美《こと》ども母《で》に前《て》。染松《そめまつ》を。見えりや忘《わす》れたる坐《おは》ざるといふに夫婦《ふうふ》は驚嘆《きやうたん》しつはらくゑ見が稚皃《おさながほ》の。残る額《ひたひ》の黒子《ほくろ》まで紛《まが》ふべうもあらぬわが子ぞ。さる癖者《くせもの》には子とおもへど憎《にく》し。といへど可愛《かはゆ》さの殊《こと》よりやまさる母親《はゝおや》は携《たづさ》へ著《つけ》てぞよゝと泣《なく》。丹五兵衛《えご》はさすがに義《ぎ》を知るわが子を殺《ころ》さんもまよひにて。いかにも久松《ひさまつ》に對《むか》ひていふやう。かゝるがゆゑは染松《そめまつ》が足下《でん》を津積《つゞみ》と呼《よび》かけらるゝ。かれば昔日《むかし》。正元《まさもと》の密意《こゝろね》を稟《うけ》。楪丸に倶《ぐ》して。河内《かはち》を遂電《ちくてん》せしと聞《きこ》えし。津積窪六《つゞみくぼろく》有義《ありよし》なりや。と詰《なじ》り問《とへ》ば久松も。又《また》これを誘《いざな》ひ。さが舊名《もとのな》をあらためしは原《もと》何人《なんびと》ぞ。と問《とふ》べ。丹五兵衛《えご》莞尓《につこ》とうち笑《ゑ》み。今《いま》はなにをか匿《つゝ》むべし。己《おのれ》は楠正儀《くすのきまさのり》が普代《ふだい》の郎黨《らうどう》赤坂《あかさか》を退《しりぞ》きて。和田正武《まさたけ》に仕《つか》へる。雑居兵衛言直《さゝゐひやうゑのりなほ》が。浮世《うきよ》を潜《しの》ぶ[illegible]。癖者《くせもの》は。九才《こゝのつ》の時《とき》に勘當《かんどう》せし。後見《せがれ》染松《そめまつ》といふものゝ。足下《でん》も彼主君《かのしゆくん》の嫡男《ちやくなん》。足下《ごえ》も彼《かの》姫君《ひめぎみ》を守冊《もりかしづ》きする。忠臣義士《ちうしんぎし》にありけるよ。されば小厮《こもの》久松《ひさまつ》は。楠氏《なんし》の稚君《わかぎみ》楪丸。お染《そめ》といひしは和田《わだ》の息女《そくぢよ》。秋野姫《あきのひめ》なるぞ生《おひ》せし歟《か》。ともましとして税平《ぜいへい》を折《くじか》る為《ため》に浮名《うきな》を負《おは》せし。お染久松《そめひさまつ》が淫奔《いたづら》も。不義《ふぎ》なれあとゞ縁《ゑにし》の道《みち》に称《いふ》るも不思議《ふしぎ》の良縁《りやうえん》奇遇《きぐう》。これなれどなりけり。三人《みたり》が呆《あき》れて愕然《がうぜん》となりて兵衛《ひやうゑ》窪六《くぼろく》木は。染松《そめまつ》が左右《さいう》に居《ゐ》よりて声《こゑ》をふり立《たて》。稚君《わかぎみ》姫君《ひめぎみ》在《まし》まさねば。汝《なんぢ》が所為《しわざ》に疑《うたが》ひなし。悪棍《わるもの》どもに頼《たの》まれしる欤。おん往方《ゆくへ》をいひて告《つげ》よ。首伏《そくぜう》せよと罵《のゝし》りつ。膈膕《きをえつ》くして揺動《ゆりうごか》し。赤《あか》よろ父《ちゝ》と。有義《ありよし》をきゝあへて落涙《らくるい》し。九才《そのかみ》のむかしより。三悪道《さんあくどう》へ踏迷《ふみまよ》ひ。不孝《ふかう》非義《ひぎ》は世《よ》にも稀《まれ》なる。染松《そめまつ》の出九郎《でくらう》が。自《みづか》の罪《つみ》費《あがな》ふ時《とき》至《いた》り。親《おや》の家《いへ》とはしらで忍《しの》び入《い》りたる大蔵《おほくら》の。庫《くら》は主君《しゆくん》の厄《やく》をとし闇《くら》して面《おもて》も見えねど互《たがひ》に名告《なのり》あひなば禄丸と秋野姫《あきのひめ》。小操《こみさを》によりて羞《はぢ》。故主《こしゆう》へかへて一世《いつせ》の忠《ちう》。野崎《のざき》あく悪計《わるだくみ》せし。出九《でく》郎《らう》と縁《ゑん》まして快《こゝろよ》く受《うけ》なれど。深念《しねん》して假声《つくりごゑ》して懐《ふところ》なる。金《かね》を路費《ろよう》に詐《いつはり》。加之《そのうへ》稚児とも又《また》追《おひ》まて宿《やど》もなし。且《かつ》くれ縁を住《すみ》。李見ぬ山の古廟《ふるみや》にて。

笠《かさ》やどりせし武士《ぶし》の。所持《しよぢ》せしめの名金《かね》なるん。と云《いひ》遂《おど》ひ。さるが又のありし。系図《けいづ》の巻軸《まきもの》と
麗《きり》かえて。秘《ひ》さるるんとさ。が金《かね》にへめてて隊《かね》をもて主家《しゆうか》の重宝《ちようほう》。桜井《さくらゐ》の兵書《へいしよ》之。やって。その
書《しよ》を猜《そねみ》て。習《あひおぼえ》ふし間諜《しのび》の術《じゆつ》をもつて。かが身の仇《え》と志《めざ》す。波《なみ》に身《み》を比《え》べて。野草楨《のうまさ》と渾《あざ》
名《な》を呼《よば》れて河内《かはち》なる。野崎《のざき》の里《さと》に年《とし》を経《へ》て。人《ひと》に忌《いま》る残忍《ざんにん》無頼《ぶらい》。操君《みさをぎみ》と六志ぶれた。
孝子《こうし》を折《くじ》りて身《と》を售《う》らし。その身價《みのしろ》を奪《うば》ひとる。それより先《さき》にも彼御《かのさと》
あそく。久仙《きうせん》どの紙虐《あそび》て。非道《ひどう》の利《り》を射《い》る箭竹《やだけ》の藪《やぶ》に。卿九郎《きやうくらう》が首《くび》を埋《うめ》
うえ。舊《もと》の首級《くび》は観音堂《くわんおんどう》の。簀子《すのこ》の下《した》へ投入《なげい》れしが。今《いま》さら又《また》が彼首級《かのくび》
は正《まさ》に汝《なんぢ》の贋首《えせくび》なく。あり又んめの紙と思《おも》しと。それからが身が陳《と》しく。
稚君《をさなぎみ》姫君《ひめぎみ》の乃ん物語《ものがたり》なく。久仙《きうせん》どの旧名《もとのな》を呼《よび》て。忠義《ちうぎ》を感《かん》じ且《かつ》羞《はぢ》て不孝《ふかう》
非義《ひぎ》の萬分《まんぶ》一。合《つぐ》宵《よひ》ぞ〳〵と桜井《さくらゐ》の。兵書《へいしよ》と金《かね》を財布《さいふ》へ納《い》れ。操君《みさをぎみ》へ進《まゐ》
らせて。秋草姫《あきくさひめ》の乃ちらも。彼処《かしこ》の窓《まど》より延《お》落《おとし》まいらせしが。おん眼前《まのあたり》にて。

雑居《ざうゐ》兵衛《ひやうゑ》が倅《せがれ》見へと申さんとハ思ひよられど。親《おや》の恥《はぢ》なりと思ひ
て。名告《なの》らず別《べつ》主《しゆ》某《なにがし》と。主の者生《ねお》なりしをまぎらハし。己が乳名《をさなな》の染松《そめまつ》
を二ッに分ちて染久松《そめひさまつ》。思ひ大蔵の家《いへ》夜中《よなか》に。庫《くら》の中《うち》にて情死《じやうし》しけり。と
世《よ》に披露《ひろう》し。仇家《かたき》の疑《うたがひ》を避《さ》くる術《すべ》ともなるなるべし。己が身一ッを二ッの。
おん身《み》たりけふよろこぶと。訪解《わかる》もいとうれしよ。息《いき》の下《した》なる物《もの》がたりと。阿《あ》
也女《やめ》ハ聞《きゝ》ながら忍《しの》びかね先非《せんぴ》を悔《くひ》て主《しゆう》を思ひ親《おや》を思ふ罪犯《つみをかせ》しも忽地《たちまち》消《きえ》ん
あハ雪《ゆき》のあハれ墓《はか》なくなりぬとも又せんすべもありなんものゆゑ。これて
此年来《このとしごろ》十三年《ねん》思ひ出《いで》さぬ日《ひ》とてハなし。志《こゝろざし》直《なほ》りし。菱この往方《ゆくへ》なく
なりし縁由《ことのよし》ハ忘れがたかりし。母なる物《もの》のいひ易《やす》し。訪解《ことわけ》ぞや去年《こぞ》
なれども。これふ待《まて》ど信《おとづれ》なし。今宵《こよひ》ハ大晦日《おほつごもり》。主君《しゆくん》の
危窮《ききう》を救《すく》ひまゐらせ。親《おや》にハ面《おもて》をあハされども。春《はる》や境のうら

の梅《うめ》。ちり際《ぎは》なるは無《む》常《ぢやう》の風《かぜ》。西《にし》へとふるが節分《せつぶん》に。子が手《て》のころの
鬼女《おにをんな》とひ。嫩豆《めりやす》にさく花《はな》も実《み》も。ありそうひなれそのおりみちが末《すゑ》の
鮮血《ちしほ》に染松《そめまつ》が。今般《いまも》の功績《いさをし》。只一言《ただひとこと》。賞《ほめ》て勘當《かんだう》許《ゆる》してよべ。ところ
つられもや父親《たゝおや》の常《つね》とはいへどかゝる時《とき》。ところつられもなまよれ。ところつましと
られ口説《くどき》。声《こゑ》を惜《をし》まず泣《なき》にけり。雑居《さておゐ》兵衛《ひやうへ》も思《おも》ひの外《ほか》なる。深松《そめまつ》が
心操《こゝろばえ》に面《おもて》をおこしこちしく。数回《あまたゝび》嘆息《えんそく》し。鳥《とり》の将《まさ》に死《しな》んとする時《とき》
ふ。その鳴《な》くを悲《かな》し。人《ひと》の将《まさ》に死《しな》んとする時はその云ふことよしとぞう。
桜井《さくらゐ》の兵書《へいしよ》にようつく。孩児《せがれ》が悪《あく》をすしゐるは。彼宋人《かのそうひと》が不亀《ふさし》の
の薬《くすり》あれ用《もち》ひく兵《そ》を滅《ほろぼ》せし。自業《じごう》自得《じとく》といひつべし。さるゆへも
彼《かの》兵書《へいしよ》を。所持《しよぢ》せし武士《ぶし》も何《なに》なのかうれん。それうまれかくもあれ。
孩児《せがれ》が罪《つみ》も。今宵《こよひ》一條《いちでう》の功《こう》をもつく。許《ゆる》しがたしとのへども。親子《おやこ》は

一世《いつせ》の契《ちぎ》りと歎《かこ》ちしぞ。母《はゝ》の歎《なげ》きも不便《ふびん》なりければ。汝《なんぢ》が[illegible]て。其《その》名《な》に象《かたど》り。女児《むすめ》お染《そめ》と。小厮《こもの》久松《ひさまつ》が情死《しんぢう》せし。と世《よ》に披露《ひろう》して。法幢寺《ほうどうじ》へ葬《ほうむ》りえさせん。うち主《ぬし》ぞ舊《もと》の親子《おやこ》なり。主《ぬし》を冥土《めいど》八裹《つと》り[illegible]よろし。仏果《ぶつくわ》を得《え》るなどいひ諭《さと》し。涙《なみだ》落《おと》さぬ胸《むね》もなし。されば泣《な》く泣《な》く母《はゝ》よりぞ。やすらふ。夫婦《ふうふ》が誠《まこと》を窪六《くぼろく》も。只管《ひたすら》に唱歎《せうたん》し。これ野草《のろ》槙《すゝき》小謀《くろ》らまぞく。操丸《みさをまる》さへ衛艶郎《ゑいつらうしや》の。隊《あれ》に一トとび入《い》りあひし。その禍《わざはひ》も忽地《たちまち》に。福《さいはひ》となる。稚君《つるぎみ》と姫君《ひめぎみ》の奇《あやしき》、縁《えにし》。人間《にんげん》萬事《ばんじ》塞翁馬《さいおうがうま》。これも[illegible]も何ろ卿《うご》らん。只《たゞ》面《おも》なれも窪六《くぼろく》のみ。あまりに遠《とほ》く慮《おもひはか》りて。楠氏《なんし》の嫡男《ちやくなん》に在《ありしま》よしよし。家《つる》ぞなりも操丸《みさをまる》に。告《つげ》來《きそう》らざりしをうくさくも悔《くや》しがれと頻《しきり》に嗟嘆《さたん》しけるにぞ。染松《そめまつ》とて莞尓《につこ》と打ち笑《ゑ》み。津積生悔《つゝきうじかい》ありしなる。母御《ご》前《ぜ》も汝なりな。善悪《ぜんあく》吉凶《きつきやう》時《とき》あり時《とき》なし。十三年《ねん》のうちが罪障《ざいしやう》も。一《ひと》夜《よ》に滅《めつ》せる今般《いまは》の悦《よろこ》び。思ひ遺《のこ》せることもなし。南無阿弥陀仏《なむあみだぶつ》と唱《とな》へつ。右手《めて》の刀引《ひ》く刃《あいば》に。あまりて出《いづ》る腸《はらわた》を。二釼にてあろともに。五臓《ごぞう》も断離《ちぎ》るゝ思ひなく。臨終《りんじう》せる弥陀名号《みだみやうがう》。奇妙頂礼《きみやうちやうらい》観世音《くわんぜおん》。補陀落山《ふだらくせん》にいや高《たか》し。慈雲《ぢうん》慈航《ぢかう》に。救世円通《ぐぜゑんつう》の。佛《ぶつ》智《ち》。佛力《ぶつりき》引接《いんぜふ》し。主君《しゆくん》に代《かは》る染松《そめまつ》が。冥土《めいど》の苦艱《くげん》を救《すく》ひ給へ。と異口同音《いくどうおん》に唱《とな》ふる折《をり》から。外面《とのかた》に竊聞《たちぎく》しつれ。山家《やまが》親平《ちかへい》。呵々《からから》と冷笑《あざわら》ひ。縡《こと》のやうを審に聞《きゝ》つ。稗が餘類《よるい》残党《ざんとう》室町殿《どの》に寇《あだ》せんとなれ。儕痛し。お染久松《そめひさまつ》を擱捕《からめとろ》て。洛《みやこ》へ登《のぼ》らば一世《いつせ》の僥倖《さいはひ》。一郡《いちぐん》の主《ぬし》ともなるべきそれその時《とき》なり。遠《とを》くへ去《さら》じといで追《おひ》着《つ》ん。といひも果《はて》ず。鷲直に走《はせ》去《さ》れば。兵衛窪《ひやうゑくぼ》六大《ろくだい》に驚《おどろ》き。引留《ひきとめ》んと跡《あと》追《おひ》出《いづ》る。裾《すそ》に蹴《け》かへせど稍蒐子の燈火《ともしび》も染松が。つゆの命《いのち》も忽然《たちまち》と滅《きえ》つゝ磯と作《なり》ぬ。

両狗《りやうく》をさらふて是非《ぜひ》八久松《ひさまつ》を害《がい》も
ぜい平
じろ太
ぜひ八

あやめ

○物《かの》みくだ。ほつしの神も在《ま》さば。天神橋《てんじんばし》に天満橋《てんまんばし》。川筋《かはすぢ》黒き夜《よる》の雪《ゆき》。ふるぞ寒《さむさ》さは旅《たび》の天《そら》に惑《まど》ひ出《いで》る久松《ひさまつ》と。お染《そめ》を遂《つれ》て脱《のが》さしとて。是非《ぜい》八ハ河原《かはら》ゆる。枯柳《かれやなぎ》の掛稾《かけわら》に。雪吹《ふぶき》を禦《ふせ》ぎし。佇《とゞま》ひ来《き》りし。太郎《たろ》犬《いぬ》。二郎《じろ》犬《いぬ》ぞうんうくりつくいかすり。甲夜《よひ》に久松《ひさまつ》を稅半《ぜいはん》に殺《ころ》さしと。その騒《さわ》ぎに紛《まぎ》れ。お染《そめ》をゐれ去《さ》らんとおもひの外。二人《ふたり》なりがら庫《くら》の中《うち》へ閉籠《とぢこめ》られしかれば。遂《つひ》に館衛《さへ》の隙《すき》へ入《い》らんぞとせんかたなくせん。と思案《しあん》に小夜《さよ》を深《ふか》さを程《ほど》に。這奴《しやつ》ら小翼《さすけ》を頼《たの》みて。織網窓《あみまど》を破《やぶ》りて脱《のが》れ出《いづ》る縦。兎かく暗号《あひづ》をよぶべしとぞ。されどもなかなか逃《のが》すまじなれ。去ありとも此の深雪《みゆき》に。女子《をなご》を携《たづさ》へては。おのれまでに走《そし》るべうもあらぬぞとの道条《みちすぢ》へ。と見ん究《きはめ》て。その前《さき》へ走《そし》り抜《ぬけ》て。まちかく鵠《まぞ》が袋《ふくろ》の鼠《ねづみ》。生捕《いけどら》んれいと易《やす》し。件《くだん》の久松《ひさまつ》は楠《のきのえ》が余類《よるい》なるを。路費《ろよう》さへ准備《ようゐ》せしよし竊《ぬす》みしられば。かねが意趣《いしゆ》を遂《とげ》るのよろからず。擱捕《うちとら》へ。室町殿《むろまちどの》へ進《まゐ》らせなれば。

過分《くわぶん》の賞銭《かうび》をあたへべし。いひがひなき働《はたらき》して。そのまゝ脱《にが》して。と咎《とがしめ》尓せば。太郎犬《たろういぬ》二郎犬《じろういぬ》皆《みな》もあへど。それはうるまじもなし。御《さて》は親方《おやかた》是非《ぜひ》八の物《もの》とりあつく。ちがじめてまある。丹五兵衛《ごべゑ》あれ去年《こぞ》の冬《ふゆ》法隆《ほうりう》寺の門前《もんぜん》なく。打《うち》き怨《うらみ》もあり。とて来《く》るとは今《いま》穏《おだし》なる。酒肆《さかや》にて立《たち》るがふ。喫《のみ》る酒《さけ》の醒《さめ》ぬ間《ま》よ。彼小廝《かのこもの》とく来《と》よかし。と待《まち》わびて。賊手《われて》拭《のごひ》を頰《ほゝ》かぶり。吹入《ふきいれ》て襟《えり》の六出《むつのはな》を。五ッの指《ゆび》もてうち払《はら》ひ。三人《みたり》窃々《さゝやき》ち路《つれ》と。待《まつ》ともあらで操丸《さうまる》は。秋野姫《あきのひめ》を扶掖《たすけひき》。河原《かはら》にそふて走《とし》くあふふところへ急《いそ》げども。凍《こゞ》る手《て》も氷《とぼえ》牙《え》も冷《ひえ》て。袖《そで》うち払《はら》ひ陰《かげ》もなれ雪《こほれ》ゆ中道《なかみち》なかくふかき。ねてぞ立《たち》あふ。背後《うしろ》よ閃《ひらめ》く悍棒《ようぼう》を打《うち》も果《はて》ずたる沈《しづ》ませ。右《みぎ》と左《ひだり》へ打《うち》ちがへし。こは狼籍《らうぜき》といはせもあへず。二人《ふたり》の悪棍《あくもの》冷笑《あざわら》ひ主《もう》の女児《むすめ》を誘《さそ》ひ出《いだ》して。逐電《ちくでん》さる横道《わうだう》ものぞ。それなくえも許《ゆる》さんが笑は楠《くすのき》が餘類《よるゐ》なく。懐《ふところ》に物《もの》さへあるをよくしるなれば。是非《ぜひ》ハどのみち憑《たのみ》きて。闇《やみ》の雪《ゆき》うち雪《ゆき》なりし。掃《はら》ひて窓《まど》をかくすぞふ。降積《ふりつ》む雪《ゆき》は犬《いぬ》の叙母《とが》。七里《あさと》根《ふだ》なるを銀世界《ぎんせかい》。年極《しめきり》の銀《かね》も殊《こと》さらなるる。賞銭《ほうび》にせん。と響動《どよめ》く。又打《ゆきうち》かゝる大《さう》ふ犬《いぬ》が。棒《ぼう》の只中《まんなか》へ。二郎犬《じろいぬ》が右手《めて》のかさすり。さしのべてふ懐《ふところ》なる。財布《さいふ》をやりたり。と隠《ひそ》かにあひぬかは透《すき》を得《え》らう。と太郎犬《たろいぬ》が。やをら走《はし》り棒《ぼう》を引《ひ》きれ志ゞれ。裳《かきとぞ》を拂《はら》へば跳《おど》り越《こえ》。打《うち》つ打《き》たる雪《ゆき》を蹴《け》ちらして。二人《ふたり》を敵《あひて》にすり防《ふせ》ぎ戦ひ。いと危《あやう》くぞ見えぬる。秋野姫《あきのひめ》は雪風《ゆきかぜ》の。肌膚《そぶく》を徹《とほ》して寒《さむ》さより。胸《むね》を冷《ひや》しても心《こゝろ》の中《うち》に。志紀《しき》の毘沙門天《びさもんてん》を祈誓《きせい》して。良人《つま》の勝利《せうり》を念《ねん》じぬれば。多門天《たもんでん》の加護《かご》にやありけん。操丸《さをまる》も辛《からう》じて。太郎犬《たろいぬ》が棒《ぼう》を奪《うば》ひとり。怯《ひるむ》とするを飛《とび》かゝつて。臥を礎と打裂《うちさけ》れんぞ。阿《あつ》と叫《さけ》びつゝ忽《たちまち》地に。脳髄《なうずい》出《いだ》して仆《たふ》れたり。二郎犬《じろいぬ》これに心《こゝろ》臆《おく》し。頂《うなじ》を縮《ちゞ》めて遁《にげ》んとするを。脱しもせしぞ棒《ぼう》をとりのべ。打倒《うちたふ》して鳩尾骨《むなぼね》を突折《つきおら》きめへるぞ。一声《ひとこゑ》吼《ほえ》て息絶《いきたえ》つ。秋野姫《あきのひめ》はこの形勢《ありさま》に。せうせうにこれにつけて。忙《いそがは》しく走《はし》りより。夫《をつと》の恙《つゞが》なきと祝《しゆく》して。衣服《いふく》の雪《ゆき》を打拂《うちはら》ひ。さまざまに勦《いたは》りものするに。操丸《さゝねまる》は。二人《ふたり》の悪提求と苦戦《くせん》して。いたく疲労《つかれ》たまひにけれど。ますます志《こゝろざし》を激《はげま》して。秋野姫《あきのひめ》を慰《なぐさ》め。彼《その》盗賊《ぬすびと》が。窣《たて》の趣《おもむき》を告《つげ》しらせるが。兵衛《ひやうゑ》窪六ホ《くぼろくら》も跡《あと》より来《き》つべし。既《すで》にあらかくと。楠氏《なんし》の餘類《よるい》とおもひけれバ。天の明《あけ》ざる間《ま》に一歩《ひとあし》も遠《とほ》く去《さ》るこそよけれと。持《もち》たる棒《ぼう》を投捨《なげすて》。二郎大《じろうた》が奪《うばゝ》んとして。雪中《ゆきのうち》に落《おと》したる紺布《さいふ》を探《さぐ》りつゝ。そろりとしのびの処《ところ》を。是非《ぜひ》八は後方《うしろ》より。棒《ぼう》を引《ひき》そばめて。竈《わたし》より。声《こゑ》ぶかうけぞ操丸《さゝねまる》の頂《いたゞき》を丁《ちやう》と打《うつ》。灸所《きうしよ》なれバ瞑眩《めくるめき》て。うつ俯《ふし》に倒《たふ》れけるが。忽地《たちまち》に小膝《こひざ》を突《つい》て。身《み》を起《おこ》さんとするが。起《おき》しもそぞ向脛《むかすね》拂《はら》はれ。川へ突《つき》とうら落《おと》さる。秋野姫《あきのひめ》は。吐嗟《あなや》と叫《さけ》びて。夫《をつと》の袂《たもと》を引留《ひきとゞめ》つ。冰《ながれ》る雪《ゆき》に足《あし》をとゞし。

共《とも》に水中《すいちう》へ飛《とび》入《い》り。やがてぞ沈《しづ》ミゆきける。是非《ぜひ》八はこれに驚《おどろ》き慌《あはて》て。秋野《あきの》姫《ひめ》を引揚《ひきあげ》んとなし。岸《きし》より棒《ぼう》をさしおろすに。水泳《すいえい》してさがせども見えず。やむなく呆《あき》れて。彼方《かなた》此方《こなた》と走《はし》り徒《めぐ》れども。遂《つひ》にせんすべなかりしが。忙然《ぼうぜん》として川《かは》の上《ほとり》に立在《たゝずみ》。久松《ひさまつ》こそ殺《ころ》しもされ。思ひもかけぬ因縁《ゑんを》の傍杖《そばづゑ》に。お染《そめ》さへ水中《すいちう》へ滾《まろ》し落《おと》しハ。角《つの》を切《きり》て牛《うし》を殺《ころ》し。枝《えだ》を禁《とめ》て花《はな》を散《ちら》すの悞《あやまち》あり。遮莫《さもあらばあれ》天《よ》の明《あく》るをまちて。二人《ふたり》が屍《しがい》を引揚《ひきあげ》。その首級《くび》を絡《まと》へ上《のぼ》せるが。これも又《また》無益《むやく》の殺生《せつしやう》なれども。まづこのものより賞翫《せうぐわん》なるべしと。言ひながら件の財布《さいふ》を拾《ひろ》ひたるに。雪吹《ふぶき》面《おもて》を打《うつ》て堪《たへ》がたけれバ。柳《やなぎ》の蔭《かげ》へ退《しりぞ》きつゝ。財布《さいふ》の紐《ひも》を解《とか》んとなせるに。掛菰《かけこも》の背《うしろ》に人《ひと》ありて。是非《ぜひ》八が臥髻《しぶさ》を掌《むづ》とつかん偃《つかめ》バ。叫若《あつ》とあまりに駭《おどろ》きて走《はし》り退《のか》んとすれども。かなはざれバ。叫《さけ》ばんとするに声《こゑ》出《いで》ず。いづくに足《あし》を踏鳴《ふみな》らしゝ程《ほど》に。仰《のけ》さまに引《ひき》入《い》れられて。菰《こも》の中《うち》へぞ隠《かく》れける。

浩処に津積《つゞみ》窪六《くぼろく》。雑居《ざうとね》兵衛《ひやうゑ》夫婦《ふうふ》は。稚君姫君《わかぎみひめぎみ》の御《おん》往方《ゆくへ》おぼつかなしとて。河内路《かうちぢ》を志《こゝろ》ざしゆくに。喘《あへぎ》く。天満《てんま》と天神《てんじん》橋《ばし》の間《あひだ》まで至り来《く》るに。三人等《ひと》しく。太郎犬《たろいぬ》二郎犬《じろいぬ》が屍《しがい》に跪《つまづ》き。その死《し》するを見とりて。大《おほい》に驚《おどろ》きたるに。雪《ゆき》あかりに透《すか》し観《みる》るに。数十根の長き髪毛《かみのけ》散落《ちりおち》て。雪《ゆき》に印《おし》する足跡《あしあと》のこされあり。これ疑《うたが》ふべうもあらね。操丸《みさをまる》と秋野姫《あきのひめ》は。これなく驚《うこ》れなべるあらん。嗚呼《ああ》後《おく》れよりけると。衆《しゆ》皆《みな》遺恨《ゐこん》の涙《なみだ》を禁《とゞ》めあへど。勢竭《いきほひつき》て撲地と坐《ざ》し。雪《ゆき》を掴《つか》て面《おもて》をあらひ。物《もの》いふべうもあらざりしが。兵衛《ひやうゑ》は臉《まぶた》を押《おし》拭《のご》ひ。去《いぬ》る四月《うづき》。山家《やまが》税《ぜい》卒《へい》を撃《うち》て捨べかりしに。縡《こと》を穏便《おんびん》におさめんとのこゝろ招くよ。この禍《わざはひ》を醸《かも》しける。稚君姫君《わかぎみひめぎみ》。幸《さいはひ》なくして。ことなく殺《ころ》されなんぞとも。既《すで》に擒《とりこ》となりつるのみでこそ。命助《いのちたすか》るべうもあらじ。さなくこれ臣等が罪《つみ》なり。己なんど。と慚愧《ざんぎ》後悔《こうくわい》して。腰《こし》の刀《かたな》を抜《ぬき》とりつ。やがて腹を切《き》らんとすれば。窪六《くぼろく》豊浦《とよら》阿世女《あやめ》が母《はゝ》の名後《おく》れじとぞ。おのく雪中《せつちう》に坐《ざ》を占《しめ》。自殺《じさつ》せんとする折《をり》から。かよ待《まち》たまへとよばひとゞめて。樵蒿《くけつかう》の脊《ひら》より。走《はし》り出《いづ》るものありけり。是《これ》山家税平《やまがぜいへい》之。右の小竈《こづえ》に是非《ぜひ》八を抱《いだ》きながら。不《ふ》より近《ちか》く歩《あゆ》み来《く》れバ。兵衛《ひやうゑ》窪六《くぼろく》これを見《み》て。奮《ふん》然《ぜん》と身《み》を起《おこ》しつゝ。君臣《くんしん》運竭《うんつき》て。この処《ところ》なといふべきに。死《しな》んとするを卒《ふい》さへぎりしが。冥土《めいど》の伴侶《つれ》を得《え》たり。主君《しゆくん》の仇人《あだ》山家税平《やまがぜいへい》。脱《のが》さじといひすれて。ありける刄《やいば》をとり直《なほ》し。矢庭《やには》に撃《うた》んと競《きそ》ひかゝるを。税平《ぜいへい》へ騒《さわ》ぎたる気色《けしき》なく。さなり／\ながいひしとあり。と推禁《おしとゞ》め。御尚《さうし》に土藏《ぬりごめ》の外面《とのかた》なく。深松《そめまつ》が懺悔《さんげ》物《もの》がたりせし窃閣《ちやうさく》し。操九《みさをまる》秋野《あきの》姫《ひめ》のうへもきこえ之。雑居《さうしみ》津積《つゞき》の誠忠《やのちう》。感《かん》ざるものありけれど。名告《なの》れバ。楠左典廐正儀《くすのきさてんきうまさのり》が近臣《きんしん》に。百済右衛太郎《くだらゑもんたらう》美色《ようがん》と呼《よば》れしものなり。いぬる永徳元年《えいとくぐわんねん》八月のころ。主君《しゆくん》正儀《まさのり》の遺命《いめい》を稟《うけ》。桜井《さくらゐ》の兵書《ひやうしよ》を。正勝《まさかつ》正元《まさもと》に進《まゐ》らせん為《ため》。正儀《まさのり》自殺《じさつ》の日《ひ》に。赤坂《あかさか》の城《しろ》を脱《のが》れ声《さ》り。卒《のとこ》らんぬ山《やま》の古廟《ふるやしろ》なく。雑《ゑ》とへあらざ。件《くだん》の兵書《へいしよ》を。雑居《さうちね》の系譜《けいふ》と篭《さとり》ゑんてまてあり。これ兵衛《ひやうゑ》言直《のりなほ》の所為《しわざ》なるべし。と思ひしが。児《ちさね》となりて。龍泉《せん》の城外《ぜうぐわい》よ野臥《のぶせり》し。なさくこれを張《ちやう》ゑよ。雑居《さうとか》は旅《たび》めりて。近曾《ちかごろ》遂電《ちくてん》して往《ゆく》方《へ》しらず。と嘆《なげ》きしが。いよく所《いどこ》失《うしな》ひしのびくよ。その所在《ありか》を尋《たづね》つ。十年《ととせ》あまりの光陰《くわういん》を過《すぐ》る程《ほど》よ。南帝《なんてい》北帝《ほくてい》御合體《ごがつたい》ありし。千劔破《ちはや》の城《しろ》没落《ぼつらく》ありて。正勝《まさかつ》は十津川《とつかは》よ病死《びやうし》しければ。正元《まさもと》は洛東《らくとう》四條《しでう》河原《かはら》よ于《て》討《うち》死《じに》しけるひしが。従《じ》憾《かん》せるもなく。せめて正元《まさもと》の首級《くび》を奪《うば》ひ去《さ》んと思ひて。有一夕《あるよ》日岡《ひのをか》へ潜《しの》びよるふ。かれよ等《ひと》しく。彼《かの》首級《くび》を奪《うば》んとし。野伏《のぶし》の番卒《ばんそつ》よ囲《かこ》まる。突戦《とつせん》奮撃《ふんげき》するものあり。爰包本意《ほんい》を遂《とげ》をとらへども。不意《かうるべ》。彼人《かのひと》の断離《ちぎ》らるる隻袖《かたそで》を得《え》て。これを疑《うたが》ひ。その後《あと》べ方よ限《つね》く。浪花《なには》へ赴《おもむ》き。油商人《あぶらあきうど》。丹五兵衛《たんごひやうゑ》といふもののあるじなりし。

かく〳〵さまで小衡《なぞそ》を運《めぐ》らして。その為人《ひとゝなり》を張《うかゞ》ふに。正元《まさもと》の首級《くび》を奪《うば》ひちらんとせしその夜《よ》の勇敢《ゆうかん》。且《かつ》女児《むすめ》お涤《ぞめ》が挙止《ふるまひ》。併《しかも》市井《しせい》の少女《さうぢよ》にあらねバかしこし。この疑《うたが》ひあるべきものならね。丹五兵衛《たんごべゑ》は。雑居兵衛《ざふゐひやうゑ》にして。女児《むすめ》お涤《そめ》と呼《よぶ》未通女《をとめ》は正武《まさたけ》の息女《そくぢよ》。秋野姫《あきのひめ》なるべしと猜《さい》しかバ。件《くだん》の隻袖《かたそで》をとりて招《まね》き婿《むこ》目《み》せよと。責《せめ》しかバ兵衛《ひやうゑ》も栄利《えいり》を謀《はか》りて羞《そち》を容《ゆる》し。秋野姫《あきのひめ》をとめて。富《とめ》る商人《あきひと》なんどが妻《めあハ》さとるのかや。と心《こゝろ》めとろのしなくべくなり。さるかなりて浅《よし》包《ゐ》招《り》婿《むこ》としに稱《となへ》して。彼《その》家《いへ》に留《とゞま》り。密《ひそか》に秋野姫《あきのひめ》に。愚臣《ぐしん》が旧名《もとのな》を告《さと》えめげ。正儀《まさのり》の遺命《いめい》を述《のべ》て。雑居《ざふゐ》が胸中《きやうちう》をさぐり。時宜《じぎ》によらバ。兵衛《ひやうゑ》を撃《うつ》て。桜井《さくらゐ》の兵書《へいしよ》をとり復《かへ》し。秋野姫《あきのひめ》のおんために。浪花《なには》を立退《たちのき》。幼《いとけなき》がさしたる。往方《ゆくへ》なくなりたまひぬと聞《きこ》えし。正元《まさもと》の嫡男《ちやくなん》。操丸《みさをまる》のおん所在《ありか》を尋《たづね》まはり。祖父《おほぢ》左典厩《さてんきう》正儀《まさのり》の遺命《いめい》を告《つげ》て。兵書《へいしよ》を授《さづけ》まいらせ。稚君《わかぎみ》姫君《ひめぎみ》は夫婦《ふうふ》を再會《さいくわい》なし進《まゐ》らせよ。楠氏《なんし》旧恩《きうおん》の武士《ぶし》をかくまひ。義兵《ぎへい》を起《おこ》させ奉《そもろ》らんと云ひ定《さだ》めしが。今宵《こよひ》なかなかに深松《そのまつ》が物《もの》となりぬ。迄めく雑居《ぞうきよ》津積《つつみ》の忠義《ちうぎ》を感悟《かんご》し。且正元の御首《おんくび》級は。津積《つつみ》生《うち》とれを奪《うば》ひ得《え》るなりし説《とく》笑よりいひもあへさず三人が。志《こころざし》の異《こと》ならざるを發《はつ》明《めい》し。本元《もとと》は山《やま》の麓《ふもと》なく。桜井《さくらゐ》の兵書《へいしよ》を篭《こう》らえしるは。深松《そのまつ》が所為《さざ》なるのなりし欲志るなりしか。忽地《たちまち》にその疑《うたが》ひ解《とけ》。両忠臣《りやうちうしん》を激《はげ》まさん為《ため》に。かの屍をかくし舊《あと》の名《な》を告《つげ》ずして。稚君姫君《ひめぎみ》のおん迹《あと》を慕《した》ひ奉《たてまつ》りしに。縡《こと》遂《つひ》に合《がう》期《ご》せずして。操丸秋野姫《あきのひめ》は。その是非《ぜひ》八が為《ため》に命《いのち》を隕《おと》しのひ。おん亡骸《から》は水中《すいちう》へ滾落《まろびおち》させ給へり。とその癖者《くせもの》が首伏せり名家《めいか》良将《りやうしやう》の胤子孫《そん》も。運《うん》竭《つき》て匹夫《ひつぷ》の為《ため》に。弑《ころ》されたまひぬるこそ悲《かな》しけれ。今《いま》は歎《なげ》くともそのかひなし。只《ただ》速《すみやか》に是非《ぜひ》八が首《くび》を刎《はね》て。腹《はら》かき切《き》らんものをといふ。兵衛《ひやうゑ》夫婦《ふうふ》窪

あやめ

六木《ろくろ》は。犬《おゝかみ》に驚嘆し。おひさや。山家生《やまがうぢ》也。又楠家《なんけ》の忠臣《ちうしん》百済《くだら》右衛門《ゑもん》太郎《らう》。義包《よしかね》と呼《よば》れし壮佼《わかうど》なるらんとも。今《いま》は何をかいかん。只憎《にく》むべきものゝ悪《ぜ》非《ひ》八なり。吾黨生ながらぞ。その肉《しゝむら》を喰《くら》へんこと。百済生の賜《たまもの》ぞと。散動《どよめ》きちらおのく刄《やいば》を閃《ひらめ》かして。まづその手足《てあし》を破落《きりおと》し。苦《くる》しむ間《ひま》に。義包がごとく。是非《ぜひ》八が首《くび》を刎《はね》て。屍《しがい》を川へ蹴落《けおと》せば。奇《き》なるかな。水気《すいき》激《げき》しく。逆《さか》まく浪のぼるとと一丈《ぢやう》あまりざるのごとく鯨鯢《くぢら》の潮《しほ》を吐《ふく》に異《こと》ならず。忽《たちまち》光明《くわうみやう》赫奕《かくやく》として紀音薩陀《おんさつた》。毘沙門天《びさもんてん》の尊像《そんざう》。水に浮《うか》みてあらはれぬが。衆皆奇異《きい》の思《おも》ひをなし。刄《やいば》を捨《すて》て礼拝《らいはい》せり。時に掛藁《かけわら》の彼首《かのくび》より。操丸《あやつりまる》秋野姫《あきのゝひめ》の佗《わび》しく走り出《いで》。縄《そ》の如くは那裏《うち》にて安《やす》つ。なかなかに歎《なげ》くべからず。これぞ夫婦《ふうふ》の冗《あかし》末。慈《うつく》しめと宣《のたま》へば。水勢《すいせい》忽然《こつぜん》と。おさまりて。毘沙門天《びさもんてん》の尊像《そんざう》は。秋野姫《あきのゝひめ》の掌《たなごゝろ》に止《とゞま》り。観世音《くわんぜおん》の尊像《そんざう》は。操丸《あやつりまる》の掌《たなごゝろ》にぞ宿《やど》らせ給ひける。兵衛《ひやうゑ》夫婦《ふうふ》。

窪六《くぼろく》右エ門太郎《うゑもんたらう》は。その形勢《ありさま》に雀躍《じやくやく》し。庶《さち》は彼《かの》神仏《しんぶつ》が身《み》かくりよ
たちのひふりり。さいつゝも思《おも》ひしに渇仰《かつがう》随喜《ずいき》の涙《なみだ》拭《ぬぐ》ひあへずぞ。兵衛《ひやうゑ》ハ稚君《わかぎみ》
姫君《ひめぎみ》に染松《そめまつ》が自殺《じさつ》のつりを聞《きこ》えあげつ。右エ門太郎《うゑもんたらう》ハ。是非《ぜひ》ハが奪《うば》ひ取《とり》し。
財布《さいふ》の中《うち》にある。桜井《さくらゐ》の兵書《へいしよ》と金《かね》とを献《たてまつ》りぬ。當下《そのとき》操丸《みさをまる》ハ。秋野《あきの》姫《ひめ》と
ともに四人《よたり》の忠義《ちうぎ》を賞嘆《しやうたん》して。且《かつ》染松《そめまつ》が自殺《じさつ》を惜《をし》み兵衛《ひやうゑ》へ一トしほ
移《うつ》り住《すみ》く立《たち》給《たま》ひつ。染松《そめまつ》が後《のち》の事《こと》なぞ營《いとな》まく。迹《あと》よく弔《とむら》ふべし。またしつぎの近《ちか》
隣《きんじよ》の為《ため》に疑《うたが》はれん歟《か》と宣《のたま》ふに黙止《もだし》がたく。雑居《ざふゐ》兵衛《ひやうゑ》は豊浦《とよら》を辞《い》して尾《うつ》
移《うつ》り住《すみ》く。窪六《くぼろく》右衛門《ゑもん》も辞《さら》ば。主君《しゆくん》のおん供《とも》して。河内路《かうちぢ》へ赴《おもむ》きつ。次《つぎ》の
日《ひ》兵衛《ひやうゑ》夫婦《ふうふ》は。染松《そめまつ》が亡骸《なきがら》を煙《けふり》となし。白骨《はくこつ》を頭《かしら》にかけつ。大和《やまと》へ赴《おもむ》きつゝ。
これを法隆寺《ほふりうじ》へ葬《はうむ》りぬ。近世《ちかきよ》の稗史《つくりものがたり》浪華見聞録《なにはけんもんろく》写本《しやほん》といふものゝ。
彼《かの》染久松《そめひさまつ》が墓《はか》は法隆寺《ほふりうじ》にありと記《しる》せり。これらなん歟《か》。かくて操丸《みさをまる》は

野崎《のざき》なる観音堂《くわんおんだう》の簀子《すのこ》の下《した》より父《ちゝ》正元《まさもと》の髑髏《どくろ》を堀出《ほりいだ》して。厚《あつ》く
これを葬《はうむ》り。正直《せうぢき》慈善《じぜん》よ。数《あまた》の金《かね》を布施《ふせ》して。正元《まさもと》の忌日《きにち》毎《ごと》に墓《はか》に
詣《まう》し。観世音《くわんぜおん》の仏恩《ぶつおん》を拝謝《はいしや》ありけり。兵衛《ひやうゑ》豊浦《とようら》もまうりあひつ。さて重從《しげより》が
志紀《しき》の毘沙門堂《びさもんだう》に参篭《さんろう》し。遂《つひ》に吉野《よしの》の奥《おく》に隠篭《ひきこも》りて。時《とき》の到《いた》る
まつ程《ほど》に。秋野姫《あきのひめ》の腹《はら》に一男一女《いちなんいちぢよ》出生《しゆつしやう》し。嫡子《ちやくし》は楠七郎《くすのきしちらう》と名告《なの》りし息女《そくぢよ》
は成長《せいちやう》の後《のち》。大和《やまと》の越智《をち》へ嫁《よめ》りけるが。ほどなく數《あまた》の年《とし》を經《へ》て。南帝《なんてい》
高福《かうふく》院《ゐん》ふたゝび吉野《よしの》に起《おこ》りたまひしとき。楠七郎《くすのきしちらう》大將《たいしやう》とうけたまはりて。武略
織忠《せいちう》先祖《せんぞ》に劣《おと》らざれども。足利《あしかゞ》の大軍《たいぐん》と戰《たゝか》ひぬ。楠七郎《くすのきしちらう》のことは櫻雲記《あううんき》倉大草紙等《など》にくはしく見えたり
後醍醐天皇《ごだいごてんわう》南山《なんざん》に遷幸《せんかう》ありしより。五十五年《ねん》にして。南北両帝《なんぼくりやうてい》
の合體《がつたい》ありて。その後《のち》五十年《ねん》を経《へ》て。南帝《なんてい》ふたゝび吉野《よしの》に起《おこ》りたまひ
その後《のち》十五年《ねん》ありて。南帝《なんてい》絶《たえ》させたまひつ。南朝《なんちやう》は前後《ぜんご》後醍醐《ごだいご》後村上《ごむらかみ》後亀山《ごかめやま》長慶院《ちやうけいゐん》高福院《かうふくゐん》なり

百六年《ねん》にして亡《ほろ》びたるなり。
○今茲《ことし》予《よ》が著述《ちよじゆつ》の稗史《さうし》五部《ごぶ》。所謂《いはゆる》松染情史《せうぜんじやうし》五冊《ごさつ》。俊寛嶋《しゆんくわんしま》物語《ものがたり》八冊《はつさつ》。頼豪《らいがう》怪鼠《くわいそ》傳《でん》後編《こうへん》四冊《しさつ》。旬殿《しゆんでん》実々記《じつ〳〵き》十冊《じつさつ》。椿説《ちんせつ》弓張月《ゆみはりづき》続編《ぞくへん》六冊《ろくさつ》。亦《また》合巻《がつくわん》と稱《とな》ふる繪《ゑ》草紙《ざうし》三部《さんぶ》。釣鐘《つりがね》弥左傳《やざでん》十冊《じつさつ》。小女郎《こぢよろう》蜘蛛《くも》十二冊《じうにさつ》。山中鹿之介稚物語《やまなかしかのすけをさなものがたり》十冊《さつ》。統計《つがふ》八部《はちぶ》。六十五巻《くわん》なり。正月《むつき》下旬《げじゆん》に草《さう》を起《おこ》して。十一月《しもつき》中旬《ちうじゆん》筆《ふで》を絶つ。この書《しよ》第一巻《だいいちくわん》第二巻《だいにくわん》は七月《ふづき》六日より。閏月《うるふづき》廿七日に到《いた》りて稿了《かうをへぬ》。秋後《しうご》病痾《やまひ》によりて。筆硯《ひつけん》に親しまず。然《しかれ》ども。書肆《しよし》の為《ため》に責《せめ》られて。まづ怪鼠傳《くわいそでん》。弓張月《ゆみはりづき》。旬殿実々記《じつき》。俊寛嶋物語《しゆんくわんしまものがたり》等《とう》の稿《かう》を脱《だつ》し。遂《つひ》に十一月《しもつき》四日に至《いた》りて。ふたゝび第三巻《だいさんくわん》より稿《かう》を起《おこ》して。第四巻《だいしくわん》第五巻《だいごくわん》共《とも》に九一條張《ちやう》。同月《おなじつき》十八日に。書画《しよぐわ》の草稿《さうかう》全了《まつたくをはる》。僂まで僅《わづか》に十五日にて。とても思ひを運《めぐ》らしたる遑《いとま》あらねば。夜《よ》をもて日《ひ》に續《つぎ》。或《ある》は草《さう》し。或《ある》は校《かう》じ。その条をの速《すみやか》なるを是《ぜ》とせり。夫《それ》編者《あむもの》は。毫《ふで》を忽卒《さうそう》の際《あはひ》に把《と》り。看官《けんぶつ》精細《せいさい》にこれを閲《けみ》するときは。余《よ》が麁漏《そろう》なるを。且《かつ》事《こと》を悞《あやま》るの譏《そしり》を脱《まぬかる》べからず。文辞《ぶんじ》の拙《つたな》きハ。元来《もととより》先乃短き所《ところ》。いふもさらなれど。倘《もし》その數種《さくしゆ》の稿本《かうほん》。年中《ねんぢう》にして刻梓をなしとせば。その拙《つたな》きを許《ゆる》したまひね。

馬琴再識

松染情史秋七草巻之五終

作者　曲亭馬琴著

畫工　歌川豊廣画

江戸　鈴木武筍傚書

京師　井上治兵衛刀

大阪　山崎庄九郎刀

江戸曲亭先生編演
仙《せん》壺《と》茶《さ》談《だん》利久《きう》箸
歌川一柳齋主人画
浪華文金堂梓
来巳十二月發販

馬琴《ばきん》伏稟《ふしてまうす》。近曾《ちかごろ》何《なに》がし書肆《しよし》が發兌《さうざ》の草紙《さうし》。雙名傳といふものに。曲亭馬《きよくていば》琴《きん》校合《きやうがう》とあらはしあるは。まつたく書肆《しよし》のわざにこそありけん。彼書《かのしよ》は怱卒《そうそう》の際《あはひ》に序《じよ》して。旧交《きうかう》の責《せめ》を塞《ふさげ》るのみ。絶《たえ》て校合《きやうがう》せざるものなり。看官《けんぶつ》たちしれあへなからば。

○亦《また》すらば。おのれ近来《ちかごろ》生活《なりはひ》繁忙《はんた》なれば。諸才子《しよさいし》新作《しんさく》の草紙《さうし》へ。或《ある》は序《じよ》し。或《ある》は校《かう》じ。ある書肆《しよし》へ紹介《しやうかい》杯《など》のことへ。その請《こひ》に應《おう》ぜざるはいとまなし。周《よう》く不敏《ふびん》を省《えうく》ぜして以後《いご》これを推辞《すいぢ》す。且《かつ》隣里《りんり》生熟《せいじゆく》の君子《くんし》。遠方《ゑんぱう》未見《みけん》の俊才《しゆんさい》或は蔽屋《へいおく》に臨況《りんきやう》し。或《ある》は尺素《せきそ》を寄《よせ》て。その風流《ふうりう》をしめしたまへども。世路《せいろ》白駒《はくく》の隙《ひま》を惜《をしむ》がゆゑに。速《すみやか》に應答《おうたふ》せざるに至《いた》れば。不憶《ふりよく》疏慢《そまん》の譏《そしり》を惹《ひく》こと多《おほ》かり。よりその不接《ふせつ》を恕《ふむ》るところ。すなはち屋烏《をくう》の愛《あい》を蒙《かうむ》らば。幸甚《さいはひはなはだ》しからん。

馬《ば》琴《きん》画《ぐわ》賛《さん》あへぎ

神田通鍋町書肆かしやにあり

これいと嗚呼《をこ》なる所為《わざ》なれど。雅俗《がぞく》繁雑《はんざう》にして。その請《こひ》多く毎《こと》に悉《ことごとく》應《あう》ずることを紙絵《ゑ》などによりて著述《ちよじゆつ》のいとまなくば。筆《ふで》を染《そめ》ることもあたはされど。かくなん己《おのれ》をしらざれの消脱《そうのぶ》をぶつてぞ学《まなび》ゆる。

◯東都曲亭先生著述目次　浪華書肆　河内屋太助梓

俳諧《はいかい》歳時記《さいじき》　四季《き》の詞林細注《さいちう》○いにしへの俳習　人のつねにまなぶところにして重宝なる書也　全二冊

月氷奇縁《げつひようきえん》　享禄年間孝子伝文が復讐のものがたりよみ本　全五冊

新累解脱物語《しんかさねげだつものがたり》　一名巷談因果経　葛飾北斎主人画　全五冊

俳諧人物志《はいかいじんぶつし》　守武《もりたけ》より貞《てい》門蕉《せう》門其外諸名家の小傳　近刻

江戸日本橋室町十軒店書肆　文刻堂　西村源六

文化六年巳己春正月吉日發販

大阪心齋橋筋唐物町書肆　文金堂　森本太助

常夏草紙

常夏草紙

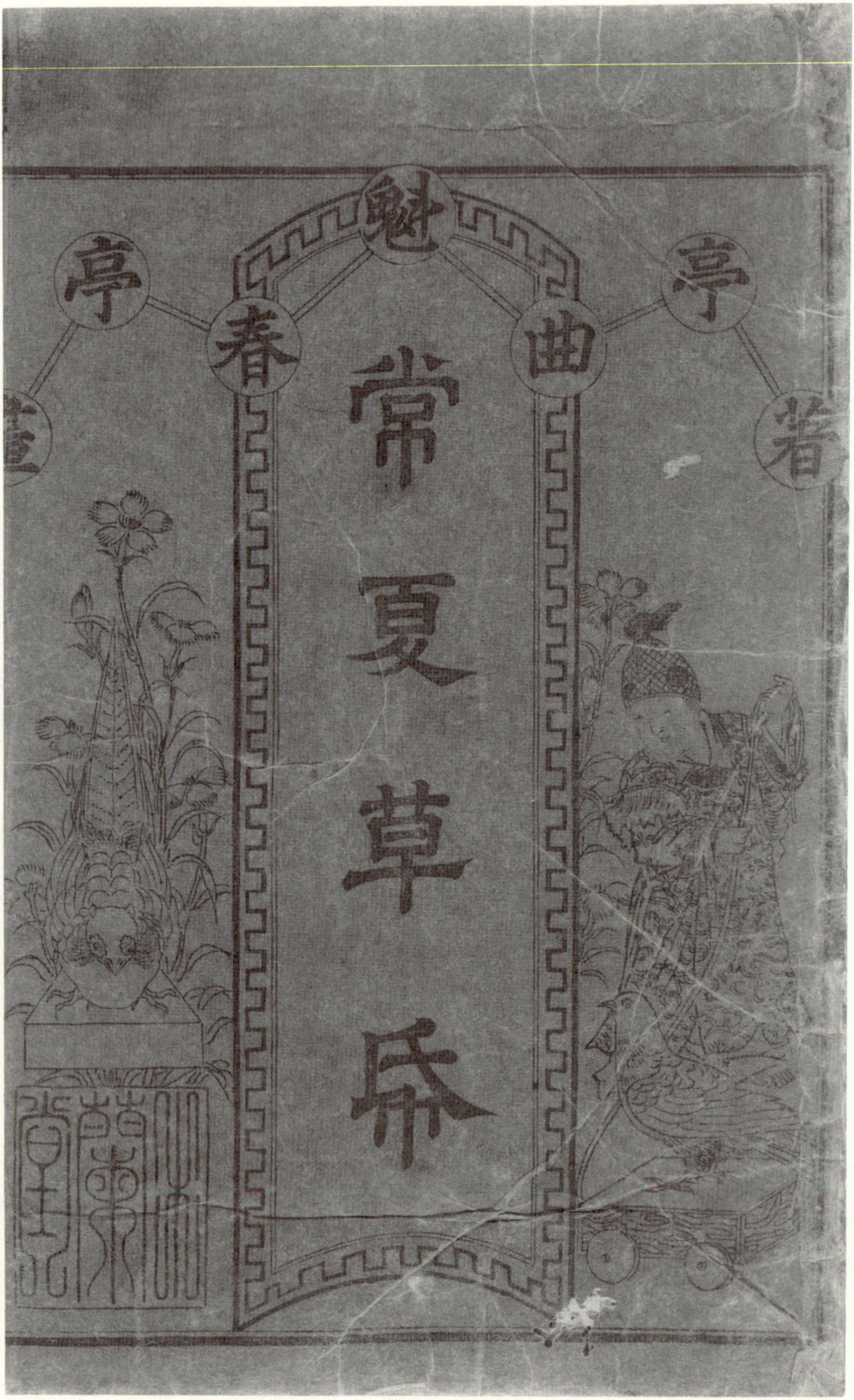
常夏草帋

狩古郷通草紙序

賢者《サ》乃喜《ヨロコ》ぶを可悲許哉。不肖者波皆能称美愛。

不肖者悪好《ム》斗也。賢者已空人面貌孰《タレ》か知

能善《ヨス》を弊挺宇志く科く氏。信佳通了。翫残語

毋能已。迷《ヒ》乃傑孰《レ》可悪。能悪《ニクム》弊筆表翫乃佳

残之年。志繁能く深尚毛乃歎。迷《ヒ》能氏。此人

波鳥声宇毋足。喜《ハシ》等さ、鶯《ノ》声宇悲《シ》斗周。

南人八鵑《ナリ》噪を聞如婆。則《チ》喜《コ》偏。鳥声宇

聞計伐。則《チ》唖《ツグ》等難氏。先《レ》南北俗鳩異《コト》也

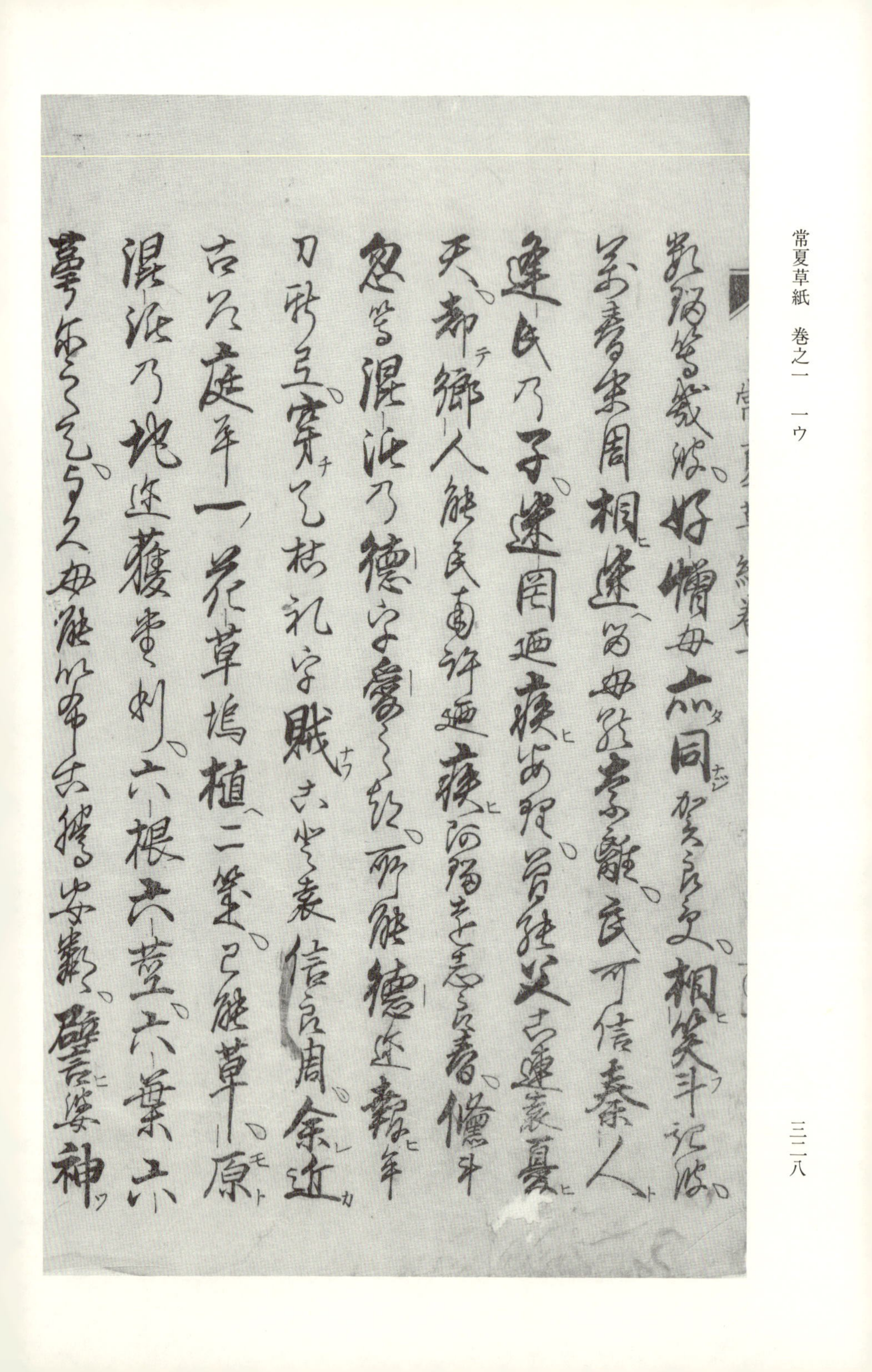

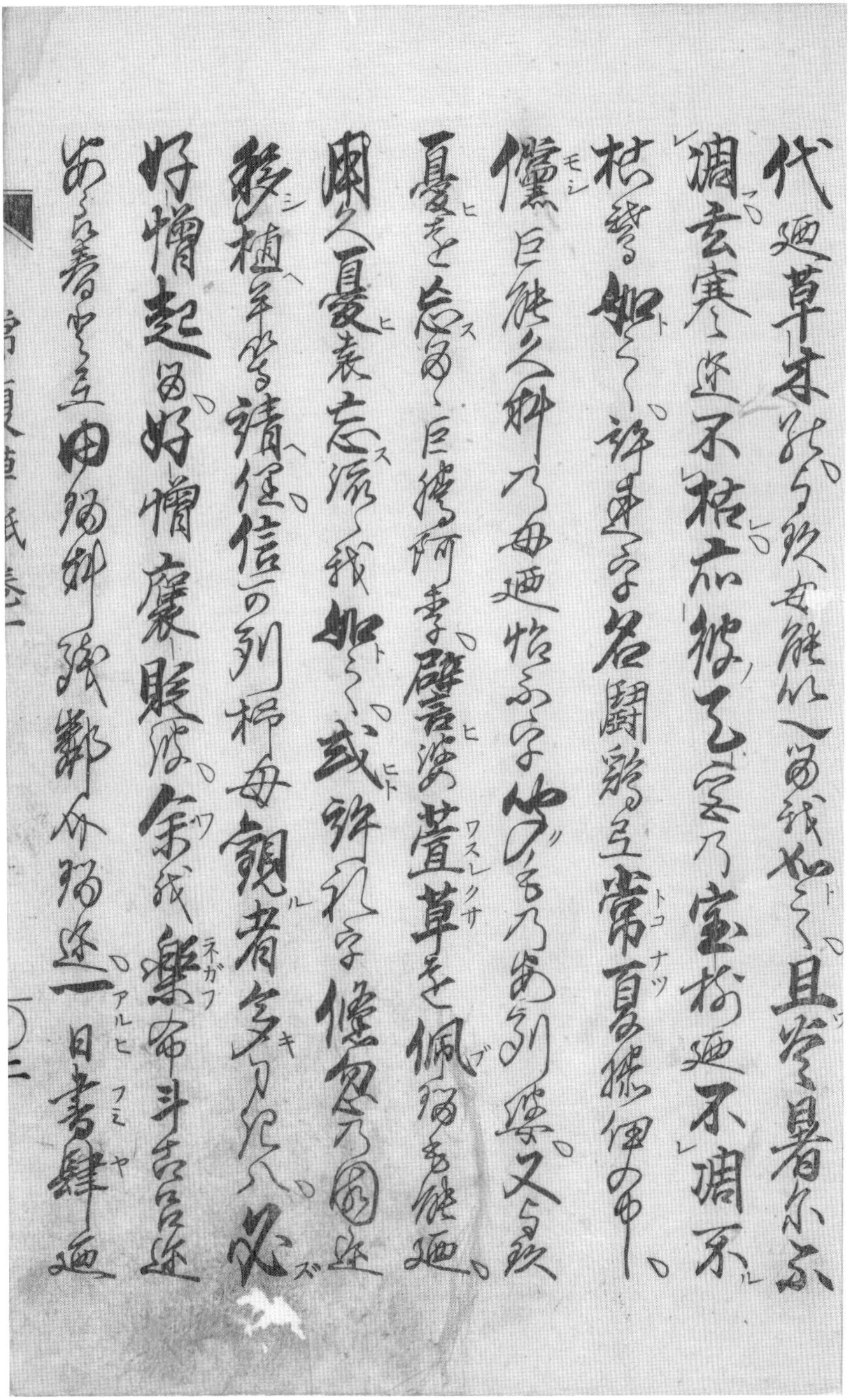

吾《ガ》庭尓遊《ベ》留安艶亭。常夏能毋乃仔不字幽《キ》廼。聽《リ》巨勢稍《ヤ》久《リ》々之。愛《メデ》之楚能根島千殘之鄰。窮《ツ》枯之七遍《タビ》年喜之。遊《ヒ》尓翦鶴乃草紙之稱《トナ》ふ。余《レ》波々雨之々旨過。奮《ヒ》忠之流々子信野之。許種哀逐《ヘ》栖毋及《バ》散俚御雛。若夫人巨乃草紙圖果。六稚《レ》之我《レ》力年師留登。如《ト》之。原《ト》是《レ》混池毋根乃字。倏忽乃図迹。賊《ナハ》猶之手稽古歌半余《ガ》葦《ヒ》之圖之。

文化。庚午季秋月《ノ》。書《ニ》于《ス》著作堂《ノ》南總《ニ》。

物《もの》語《がたり》總《そう》目《もく》録《ろく》の上《じやう》

拾遺集
よみ人しらず
多磨河に
さらす
手作り
さらさらに
むかしの
人の
こひしきや
なぞ

清十郎
常夏艸紙巻一

燕来雁去途中喜遇説春秋
兎走烏飛海外欣逢評月旦

物《もの》語《がたり》総《そう》目《もく》録《ろくの》下《げ》

常夏草紙《とこなつさうし》巻之一

小引并證歌《せういんならびにせうか》

東都　曲亭馬琴編演

草《くさ》の花《はな》のかずかずある中《なか》に。いと愛《めで》たくおぼえられ。常夏《とこなつ》の花《はな》なるべし。この花秋に先《さき》だちてさく。さくも又久《ひさ》し。定家《ていか》卿《きやう》の。ひとゝせさけると詠《よ》ミ給ひけん。霜枯野辺《しもがれのべ》にも。稀《まれ》なるありさまなるを。かくてその異名《いめう》まゝおほかり。まづ撫子《なでしこ》とよぶなるを世の親《おや》のこゝろの露《つゆ》いとふかし。大和《やまと》撫子《なでしこ》とやらうなるぞと。いづれはあれど人《ひと》の情《まこと》に。異なることのなきさまゝに。世がくし色《いろ》もや出《いで》つらん。また石竹《せきちく》ともかきしをいふよし。本草綱目《ほんさうかうもく》巻《まき》の十六。瞿麦《くばく》の釈名《しやくめう》にみえたりとあるされば万葉集《まんえふしう》なつ石竹《せきちく》と書《かき》て。なでしこと読《よま》したれど。俊頼朝臣《としよりあそん》は家のぶし。石《いし》の竹《たけ》と読《よま》ぬひねど。石竹《せきちく》と同じる。物《もの》がたり一條《いちでう》あり。藻塩草《もしほぐさ》にむかし鳥田時主《ときぬし》といふものありけり。それが家の後《うしろ》の山《やま》に。霊《れい》ある石《いし》の人《ひと》をなやましあるとき。時主《ときぬし》件《くだん》の石《いし》を射《い》たりけるに。そのいち矢《や》はたちて抜《ぬけ》ず。遂《つひ》に花《はな》されぬ。その名石竹《せきちく》と。花さかりて咲《さく》とあるされしとぞ。されば又

夫木集に

君《きみ》が代《よ》のためにひかん春日野《かすがの》は石《いし》の竹《たけ》なる花咲にけり。　俊頼朝臣《としよりあそん》

又かたみ草《くさ》ともいふなり。莫傳抄《ぞくでんせう》にいはく大和國《やまとのくに》に。人《ひと》の子《こ》のなでしこをほく
見たりけるが。其後死《のちし》して。親《おや》が子のつくりたるなでしことてくぢられをやすく。
来《き》てみればあはれ世《よ》の人《ひと》のかたみ草《くさ》ぞ。なびかれ袖《そで》やぬらさん
夫木集《ふぼくしう》
撫子《なでしこ》の花《はな》さへなげきなれ人《ひと》の。意《こころ》にみるよくさ草《くさ》　躬《み》恒
又なつかし草《くさ》ともいふなり
夫木集
よそへてかひそなかれ結人《まうひと》の。こゝろのとこ夏《なつ》花《はな》さけども　前中納言
篠目抄《しののめせう》
故《ふるさと》々とこれなぞとふ夏《なつ》ぞなかし草《くさ》の袖《そで》のくちなやね　よしく人ぞべ

なでしことりふは。此草《くさ》の本名《ほんみやう》は深殿后《そのかくきさき》。瞿麦《なでしこ》の御《ご》とまうせしが。諱《いみな》を避《さけ》て。常夏《とこなつ》の花《はな》といふなり。祐盛抄《すけもりせう》。大鏡裏書《おほかゞみうらがきとう》にみえたりとなん。夏《なつ》よりも秋冬《あきふゆ》三《み》時《とき》みちてさくものなれば。常夏《とこなつ》の花《はな》と。畑《はた》の常夏《とこなつ》と。常《つね》の義《ぎ》なりと。既《すで》にあるものに注《ちう》したれば。まさに篠《さ》でなでしこと。藤撫子《ふぢなでしこ》。河原《かはら》なでしこと唐《とう》の数種《を》あり。この呉花《ごくゎ》のかはらちによりく名《な》はけ。或《ある》はその色《いろ》によりて名《な》つけるのみ。大《おほ》かたならずめとそこれらの古歌《こか》をおもひ起《おこ》して。笠屋《かさや》夏《なつ》と。丹嶋清《たじませい》十郎《らう》が。一期《いちご》盛衰《せいすい》の物《もの》がたりいで来《き》なり。よりて常夏《とこなつ》草紙《さうし》といふ。是《これ》もまた常《とこ》なつにさかえ。久《ひさ》しく世《よ》に行《おこなは》れよ。と種《たね》だたる書肆《ふみや》がねがいるに似《に》たり。

第一《だいいち》　うけれの霧《きり》　鳥田荘二時主《とりさのせうじえんや》があづまを獲《え》たる子《を》

今《いま》へむかし。武蔵國多磨河《むさしのくにたまがは》 和名抄國郡武蔵國《わみやうせうこくぐん》 多磨《たま》乃太波　國府《こふ》 のほとり近《ちか》き小手差原《こてさしはら》とふ

曠野《あらの》へ當初《そのかみ》戎具《うちもののぐ》の掩膊《こて》さを工人《さいく》夥《あまた》なれど。鎌倉将軍家《かまくらしやうぐんけ》の時《とき》よりとぞ。

さりけめへなりて狼《らく》の数《かず》るかも足《さ》らざるりよりれどかぼその餘波《なごり》とて。小手差《こてさし》

原《はら》とふなん唱《となへ》ある。安徳天皇《あんとくてんわう》の治承《ちしやう》五年。閏《うるふ》二月廿三日。志田先生義廣《しだのせんじやうよしひろ》と小山《をやま》

朝政《ともまさ》。宗政《むねまさ》ホと合戦《かつせん》のとき。義廣《よしひろ》が方人《かたうど》。足利《あしかゞの》七郎有綱《ありつなら》ホ。小手差原《こてさしはら》。小《こ》

堤《つゝみ》ホの処《ところ》〳〵にお(い)て合戦《かつせん》ありと東鑑《あづまかゞみ》巻二にみえたり。後《のち》また後光厳院《ごくわうごんゐん》の文和《ぶんわ》

元年。新田少将義宗《につたせうしやうよしむね》朝臣《あそん》と。等持院尊氏卿《とうぢゐんそんうぢけう》と武蔵野《むさしの》よおいて合戦《かつせん》の時《とき》

尊氏《たかうぢ》の軍《いくさ》。小手差原《こてさしはら》にて要害《うち》かまへられ。義宗朝臣《よしむねあそん》ふのくく追《お》はれて坂東道《ばんどうみち》四

十六里《り》を端《はし》え。石濱《いしはま》まで逃《にげ》あかりし。太平記《たいへいき》巻三十一にみえたり。小手差原《こてさしはら》いいま

その処《ところ》を詳《つばら》ならせざれども。武蔵野《むさしの》に遠《とほ》からねバ。新座郡《にひくらこほりうち》の中なるべし。○其人《そのひと》呂

太平記《たいへいき》をのせ證《せう》として小手差原《こてさしはら》の事を談《だん》ずれども。東鑑《あづまかゞみ》を引《ひく》ものなきぞ。東鑑《あづまかゞみ》に記《しる》さゞるところは。太平記《たいへいき》にまして處々の郷名《さとのな》連続《れんぞく》せり。當時《そのかみ》の鎌倉《かまくら》街道《かいどう》なりしと疑《うたが》ふべからず。件《くだん》の原《はら》に。掩暲石《とていし》と唱《となふ》る怪石《くわいせき》あり。常《つね》に草《くさ》に埋《うづま》れしかど。その名《な》おのづから高《たか》くなりし。疑心の散《さん》ぜられざるものゝ。この石《いし》に對《むか》ひて誓言《ちかひ》をすれば。善悪《ぜんあく》邪正《じやせう》立地《たちところ》に甚顕《あらは》るゝとて。異名《いめう》を誓《ちかひ》の石《いし》とよびし。里俗《りぞく》口碑《こうひ》に傳《つた》へたり。又彼《まつかの》多磨河《たまがは》は。小手差原《こてさしはら》より坂東道《ばんどうみち》十里《り》六町一里ほども隔《へだつ》るとや。河《かは》の上中下《かみなかしも》にて遠近《ゑんきん》あるべし。閑話且休《むだことはさておく》。後奈良院《ごならのゐん》の世《よ》を御《しろしめ》す。享禄年間《きやうろくのころ》。武蔵國《むさしのくに》多磨河《たまがは》の里《さと》に。鳥田荘二《とりたのせうじ》時主《ときぬし》といふものありけり。調布《てつくり》や。曬《さら》を垣根《かきね》と詠《よめ》る。梭《さ》を投《なぐ》る間《ま》の世《よ》にも又怪有《けう》に家富《いへとみ》栄跡て。多磨の郷士《ごうし》と稱《せう》せられ。調布《てつくり》の長者《ちやうじや》と呼《よば》れし。縁故を尋《たづぬ》るに。時主《ときぬし》がかりし時《とき》より。鎌倉《かまくら》の管領《くわんれい》。山内憲廣主《やまのうちのりひろぬし》に仕《つか》へて。三百貫《くわん》の禄《ろく》なりけるが。あやまてる事ありて。鎌倉《かまくら》を追放《ついほう》せられき。

遂《つひ》に参磐河の里《さと》に来《き》て僑居《かりずまひ》をさだめつゝとして月日《つきひ》を送《おく》るに。夫婦《ふうふ》が外《ほか》には憑《たのみ》し親族《しんぞく》もあらざれば人《ひと》にはいとゞおとされて。これもいぶせき柴《しば》の。細《ほそ》きけぶりを立《たて》かねたる。貧《ひん》の病《やまひ》を愈《いや》さんべき医師《くすし》はあえてなければ世《よ》とともにふかく思ひ屈《くつ》したるが。亦《また》おもひ出《いで》つゝもありて有一日《あるひとひ》時主《ときぬし》。妻《つま》なりける亀井《かめゐ》と。むかし来《こ》し来《こ》しかたのことを相語《あひかたらふ》停《すく》ませりたるは。そが家《いへ》は鎌倉《かまくら》の執権《しつけん》。北條時政《ほうでうときまさ》より出《いで》て十八代《だい》に及《およ》べり。盛《さかん》なるものは衰《おとろふ》。栄枯《えいこ》得失《とくしつ》のことわり今《いま》にはじめぬことなれど。祖先《そせん》九代《くだい》の繁昌《はんぜう》も。正慶《せうけい》の一夢《む》に覚《さめ》て子孫《しそん》の飢渇《きかつ》を救《すく》ふに足《さ》らず。今《いまゝ》亦流浪《さすらう》にさすらひを失ひ。轍《》の鮒《ふな》の泥《どろ》に吻《いきつ》く。枯魚《こぎよ》の市《いち》に送《おく》らるゝとも。詎《たれ》か憐《あはれ》むものあるべき。かれ懃《なまじい》に武士《もののふ》の家《いへ》に生《うま》れたる幸《さいはひ》は。今《いま》さらにかへりて不幸《ふかう》となりて。商賈《あきびと》の所為《こざ》をもしらず。農夫《のうふ》のうへにはいかし疎《うと》かりしかねだに元弘《げんこう》建武《けんむ》の播乱《ぶらん》より世間《よのなかいま》今に静《しづか》ならず。明徳《めいとく》應仁《おうにん》の騒擾《さうぎ》よりて京鎌倉《きやうかまくら》は。いふもさらなり。縣田舎《あがたゐなか》までも。合戦《かつせん》に疲《つか》れたとへば活業《なりはひ》の便失《たよりうしな》はざるものは稀《まれ》なる時《とき》にこそ。その憑《たの》みたてまつるべけれ。只神仏《しんぶつ》の冥助《みやうぢよ》なれ。先祖北條時政《せんぞほうでうときまさ》ぬしは。相州榎嶋《さうしうえのしま》の。辨財天《べんざいてん》を信《しん》じねんじしが。願《ねが》ふにほじたる洪福《さいはひ》ありし。時主苟《ときぬしいやしく》も。その後裔《こうゑい》なれば禱《いの》らば應驗《おうげん》あらんぞ。安からんくはこれ今《いま》このざ日まで。まづ榎嶋《えのしま》へ参詣《さんけい》せば。鎌倉君《かまくらぎみ》の故朋《こほう》輦《ぎの》にも。指《ゆび》さゝるべし。それも又《まさ》面《おも》ぶせ。縦《たとひ》榎嶋《えのしま》まで詣《まうで》ざるもあれ。辨財天《べんざいてん》は一體《いつたい》ならんに。竪《また》よそはとめて浅草寺《あさくさでら》なる。錢瓶辨天《ぜにがめべんてん》へ日参《につさん》して祈念《きねん》しまゐらすべうぞ。なりと。彼辨財天女《かのべんざいてんによ》に。錢瓶《ぜにがめ》の名を負《おほ》しまゐらするよしは。いぬる大永《だいえい》二年秋九月《あき》。辨天《べんてん》堂《だう》のほとりよりぞ。忽然《こつぜん》として錢夥涌出《ぜにあまたわきいづ》るとありしと。この比相州《ころさうしう》の左京兆《さけいちやう》氏綱《うぢつな》ぬしの家臣《かしん》。富永三郎左衛門尉《とみながさぶらうさゑもんのぜう》使《つかひ》うけたまはりて。許我《こが》の高基朝臣《たかもとあそん》へ参《まゐ》るとて件《くだん》の奇特《きどく》をみてありしと。さる風聞《ふうぶん》せられてや。八九年《ねん》よりかねべかれど霊験《れいげん》日《ひ》に灼然《いやちこ》。これなる身もあるところに。夫婦《ふうふ》がこゝろを一ツにして。祈《いのりたてまつ》らばなどや。

くば尾井《をゐ》は其《その》微妙《いしく》もそろつれなかひね。後《のち》くまでも怠《おこた》らで参《まゐ》らせなへと祈《いのる》なる
に憑《よりゐ》しれたちして。時主《ときぬし》は次《つぎ》の日より。朝《あさ》まだきに宿所《しゆくしよ》を出《いで》て。更闌《かうたけ》て帰《かへ》る夜《よ》
もあり。坂東道《ばんどうみち》四十里《り》あまりを日《ひ》とりて往還《ゆきき》せざるなかりければ。尾井《をゐを》もまた。
楽《あそび》を供《そな》へ神燈《みあかし》をともしまゐりて。遥《はるか》に浅草寺《あさくさでら》の方《かた》を拝《をが》みまゐらするを常《つね》の務《つとめ》
として。凡《およそ》百日に満《まん》ざる日。時主《ときぬし》は常《つね》のごとく。浅草寺《あさくさでら》へ詣《まうで》て立《たち》かへるに。藪窪《やぶくぼ》の
あるところにて日はくれより。孰《すれ》にし路《みち》を夕月《ゆふづき》に送《おく》られて。里遠離《さととほざか》る薄原《すすきはら》を。
露《つゆ》にそぼちて行《ゆく》程《ほど》に。前面《むかひ》に撃《うち》あふ太刀音《たちおと》烈《はげ》しく。と見れば旅《たび》せるもの
とおぼしく。四十《よそぢ》あまりなる武夫《もののふ》と。野伏《のぶし》とみえて年《とし》の齢《よはひ》は。三十《みそぢ》にたらざる荒《あら》
男《をとこ》と。刀尖《きつさき》より火《ひ》出《いづ》るまでに。喧叫《おめきさけ》んで戦《たたか》ふなる。彼旅人《かのたびびと》が従者《ずさ》なるべし。
若党《わかたう》二人。奴隷《やつこ》二人いづれも撃《うた》れて。あへなく枕《まくら》に臥《ふし》たるが。旅人《トモヒト》《たびひと》も鬢《びん》のほつれ。
二寸あまりを斫《き》られて。鮮血《ちしほ》に半面《はんめん》を塗《まみ》らし。荒男《あらをとこ》は左《ひだり》の肩尖《かたさき》より。浅痍《あさで》二ヶ所

鳥田荘二《とりたのせうじ》荻窪《をぎくぼ》の荻原《をぎはら》まで旅人《たびびと》の危難《きなん》を観《み》る
鳥田荘二時主
常夏艸紙巻一
九

負《おふ》たるとある時《とき》主《ぬし》これをみて。喧嘩《けんくわ》の側杖《そばづゑ》打《うち》れんよりは。路引《みちひき》ちがへてゆかめ。とおもひしが。只一條《ただひとすぢ》なる秋草《あきくさ》の野《の》を横《よこぎ》らんとするに。これもむかしは主君《しゆくん》に従《したがひ》。数度《すど》の戦場《せんぢやう》に臨《のぞ》みたるに。かゝりのある綫おそれて。後《あと》へやは戻《もど》るべき。彼等《かれら》が勝負《しようぶ》を見《み》果《はて》んと。とあるひろくへしきりと繁《しげ》き薄の中に身《み》を潜《ひそま》し。月《つき》を燭《あかし》に闚窺をりさる程《ほど》に。件《くだん》の二人は。手煉《しゆれん》の太刀風《たちかぜ》草葉《くさば》を靡《なび》かし閃《ひらめ》く白刃《しらは》の光《ひかり》は。彼武蔵野《むさしの》の草《くさ》より出《いで》て。草に亦入《またい》る月影《つきかげ》の。露《つゆ》に流《なが》るゝかと怪《あや》しまれ又多摩河《たまがは》の稚年魚《わかあゆ》の早瀬《はやせ》に躍《をど》るに異《こと》ならず。是彼等優《これかれらがまさり》て。命《いのち》を限《かぎ》りと戦《たゝか》ひしが。猿人《えびと》は鬢《びん》のほつれより流《なが》るゝ鮮血《ちしほ》の眼《まなこ》に入《い》りて太刀《たち》もぢ竟《つひ》に乱れしが。荒男《あらをとこ》が畳《たゝみ》かけたる。刃《やいば》を左手《ゆんで》へ拂《はら》ひのけても。臑をたくる砍《き》られて尻居《しりゐ》に撞《どう》と仆《たふ》るゝを。起《おき》しも立《たて》ず刺《さゝ》んとすれば。臥ながら切拂《きりはら》ふ白《しら》刃の上を跳《をど》り越《こえ》。胸前《むなさき》楚と踏さえば。ゆりそる刀をとゞむるほどて咽《のんど》のあたりをな

ぐさと刺《させ》バ。拳《こぶし》を握《にぎ》り脚《あし》をあげ。今般《いまは》の苦痛《くつう》をつゞくりて。莞尓《につと》と笑《ゑ》みを
たる面魂《つらたましひ》。勇悍《ゆうかん》無敵《ふてき》の癖者《くせもの》なりけり。荒男《あらをとこ》は殊更《ことさら》に敵《てき》を刺《さし》とめて騒《さわ》だ
ちる気色《けしき》もなく。隙《すき》ふゝ入るところや有《あり》けん。旅人《たびびと》の刀《かたな》をとりてすら／＼と抜《ぬき》て鞘《さや》に
納《おさ》めおのが刀の血《ち》を拭《ぬぐ》ひて是彼《これかれ》ともに腰《こし》に帯《おび》。袖《そで》うち払《はら》ひしづ／＼と程《ほど》に時主《ときぬし》は
なる小忍《しの》びど。這奴《しやつ》疑《うたがふ》べくもあらぬ盗賊《とうぞく》なるを。憎《にく》さも憎《にく》しと身《み》を起《おこ》し。山客笞。
と呼留《よびとむ》れバ驚《おどろ》きながらつゝが後《あと》に人《ひと》ありけりと見かへりて携《たづさ》へたる銑視打《しやくりんうち》かくる
を菅笠《すげがさ》揚《あげ》て縫《ぬひ》とめたるその隙《ひま》に癖者《くせもの》は。身丈《みたけ》より長《なが》き草《くさ》に躲《かく》れて。
往方《ゆくへ》はしれざりけれバ。時主《ときぬし》悔《くや》しがりてこれを追《お》はんとすれど。他《ひと》の怨《うらみ》を身《み》に負《おふ》て危《あやう》
きを求《もとめ》んハよしなかるべし不覚《ふかく》なりけりと思《おも》へバせめて菅笠《すげがさ》不受《うけ》とられたる銑視《しやくりん》を
援取《ぬきとり》て熟視《つら／＼》みるに。南蛮鐵《なんばんてつ》の割掃《かうりうがい》枝に。金《きん》の杜鵑《ほとゝぎす》をつけたりけるが。左《ひだり》の羽
は彼処《かしこ》に残《のこ》りて。鳥《とり》の半隻《かたへ》をとゞめたり。野伏《のぶし》が料《れう》にハいと似《に》げなしられも

今《いま》奪《うば》ひ去《さり》る。刀《かたな》はやつけたりけん。さるにても痛《いたま》しきはこの旅人《たびびと》と従者《ともびと》さへに討《うた》れそれが名《な》をも郷《さと》をも問《とふ》よかし迄り。懐中《くわいちう》に記《しる》したる。物《もの》もやあると立《たち》よりて。雙《さう》の袂《たもと》をかつれあらため。息《いき》をも絶《たえ》しかれ骸《から》の懐《ふところ》へ手《て》をさし入れて。探《さぐ》る拳《こぶし》にまつわりし。財布《さいふ》の紐《ひも》も悪縁《あくえん》の。いともはぢらひまし引出《ひきいだ》し。身《み》の罪《つみ》重《おも》き三《み》つまで。問《と》いで数《かぞ》ある三百両。鮮血《ちしほ》に染《そめ》ても山吹《やまぶき》の。黄金《こがね》花《はな》さく身《み》の栄《さかえ》。辨財《べんざい》天女《てんによ》の賜《たまもの》なるらん。宝《たから》の山《やま》へ入《いり》ながら。手《て》を空《むな》しく去《さり》て悔《く》やむべき後悔《こうくわい》そとふたちがるゝ。ちの金《かね》あらば貸《かし》あへ。そのまゝ跡《あと》は叮嚀《ねんごろ》に。弔《とむら》ひ今宵《こよひ》の報《むくひ》いふべし。南無阿弥陀仏《なむあみだぶつ》と念《ねん》じは。佛《ほとけ》たのみて罪造《つみつく》る。あらず迷《まよ》ひの山客は。わが身《み》をそのまゝくらう波《なみ》。やならびなき賊《ぞく》を眄し。眼金《まなこかね》もゑ闇《くら》まぎれ。欲《よく》に心《こゝろ》穢《けが》しつる。財布《さいふ》の鮮血《ちしほ》紋捨。終《つひ》にこの野《の》を立脱《ぬけ》て。その夜《よ》亥中《おなか》の比及《ころおひ》に。多磨河《たまがは》の宿所《しゆくしよ》へ帰《かへ》り着《つき》しが。妻《つま》にもかゝるを告《つげ》ず。次《つぎ》の日《ひ》より。浅《あさ》草寺《くさでら》へ詣《まうづ》る毎《ご》に。けふハかゝるものを拾《ひろひ》しとて円金《こばん》一弐枚《まい》とり出《いで》てハ見せ。その次《つぎ》の日《ひ》にも。かゝるものを拾《ひろ》ひしとて。銭《ぜに》五六百をとり出《いで》て見せ。毎日《ひごと》に金銭絹《きんせんけん》布《ふ》の類《るい》をもて帰《かへ》らずといふことなきに。浅《あさ》き女《をんな》のこゝろにハ怪《あやし》くおもひながら疑《うたが》ひぬ。こハこれ天女《てんによ》の授《さづけ》ある財《たから》にこそとおもひとりて。信心《しんじん》日来《ひごろ》にいやましぬ。かゝりしが時主《ときぬし》ハ。此頃《このごろ》に豊《ゆた》かなる人《ひと》となりて。子母《しぼ》の術《じゆつ》を逞《たくま》しくし。貧《まづ》しきものに金《かね》を貸《かし》て。その利足《りそく》もて布《ぬの》を織《お》らせ。これを鎌倉《かまくら》の商賈《あきひと》へ賣《うる》ことせしかバ。利《り》を射《い》ること歩《すゝみ》ありしかバ。元来心《もとよりこゝろ》ざま賤《いや》しくて。その性吝《さがやぶさか》なりければ。僅《わづか》五六年《ねん》が間《あひ》に發跡《ありいで》て。黄金《こがね》一万あまりの主《ぬし》になりたり。こハこれ弁財天《べんざいてん》の冥助《みやうぢよ》なりとて。月のその日《ひ》毎《ど》にハかならず法師《ほふし》を招《まね》きて経《きやう》を読《よま》し。竊《ひそか》に彼《かの》喪人《うせびと》の菩提《ぼだい》を弔《と》ひぬ。かくて時主《ときぬし》ハつくづくとおもふやう。縦《よし》千金《せんきん》を積《つめ》どとて。乱《みだれ》たる世《よ》にハ憑《たのみ》なし。況《まい》て家作《やつくり》奇麗《きれい》に。土庫殿棟を連《つらね》たる

○人《ひと》もおのづからいへんするさかひなれども分相應《ぶんさう》の。労働《らうく》をはげまざるべしそれは安《やと》
らずにて居《ゐ》ても。○夫《おと》は兵火《ひやうくわ》に家《いへ》を焼《やか》れて。彼《か》ら呻吟《さまよひ》。いとむすびの常《つね》。
足《さびしい》入るを厚《あつ》くし。出《いづ》るを薄《うす》くし。○貯《たくはへ》るすべもなしとて。○よく織《か》る女子《をなごのまうさうえ》を殺養《かひ》て。○調《てう》
布《ぬの》を織《お》らし。○さだすけ嗟《よめ》るなど呼《よ》び。小廝《こもの》四五人にこれを賣《う》らして。交易《こうゑき》をなさしむ。
郷士《ごうし》のごとくにて世《よ》をわたりしが。○里人《さとのと》すべて調布《てうふ》の長者《ちやうじや》とぞ喝《とな》へる。されば鳥田《とりさ》
時主《ときぬし》は。○なまじひに富栄《とみさかえ》れども。○物《もの》さびしきばかりにて。○人《ひと》の兄をうらやむ事《くべ》
思《おも》ひ○嘆息《さんそく》せざる日もなかりしが。○尾井《うらゐ》はこれを詳《いぶか》り。煙《けむり》をたてゝたま
どかくまぎらし物《もの》をもひやみざりし。○何《なに》がゝ心《こゝろ》にかゝりて眉《まゆ》うち顰《ひそ》めあかしけん。
こゝろ得《え》ぬ事《ぞべ》をいひて。○時主《ときぬし》がなく嘆息《さんそく》し。どいふ妻《つま》がそれをいぶかしげに。
兄世《かれそよ》によりて○子孫《しそん》のことは皆《みな》ともなり。夫婦《ふうふ》が洪福《さいはひ》なりとて。
かく豊《やさく》な世《よ》をわたるのからに。なほ願《ねがひ》しことはなにをかあれば一家《いへ》

あれもあまる。黄金《こがね》白銀《しろがね》積《つみ》たくはへても。なにならん。後《のち》は誰《たれ》にゆづらせん。ある年《とし》浪の淵瀬《ふちせ》にまよふ。浮《ふう》れどひは足られのみ。今茲《ことし》も化《あだ》なれ竹《たけ》のふしぶしを過《すご》てもまたねの子《こ》の子《こ》田舎に迷《まよ》ふと志をすがら。暁《さとり》ある辨財天女《べんざいてんによ》を憾《うらみ》まうさても凡夫《ぼんぶ》の自勝手《みかつて》。その願《ねがひ》も一トきはなきゆゑ。富《とみ》を祈《いの》りしと見え百日に満《まん》ずれども。不思議《ふしぎ》の霊験《れいげん》ありながら。年《とし》を経《ふ》れども祈子《まうしご》の感報《ちうりん》なければ彼《あるじ》あるじが妻《つま》みづも怪《あや》まるやがてそれかの子《こ》をすりしと卿《うで》がすれ良人《をつと》の述懐《じゆつくわい》ほくに今《いま》さら悲《かな》しくて。盈《みつ》れば虧《かく》る世のならひ。一世《いつせ》の富《とみ》をなさん人《ひと》の子《こ》のなきに苦《くる》しむ。あん身一人《ひとり》に限《かぎ》らんや。遮莫《さもあらばあれ》悲しきは。わが身ひとつに絶《すべ》るが子《こ》なき妻《つま》をば去《さ》れとの七去《しちきよ》の罪《つみ》を身にもてば。又慰《なぐさ》むべき言葉《ことぞ》も絶《えべ》ず。ひとりゐの婢妾《きんなめ》も。側室《そばめ》もいとど厭《いと》ふべけれども。なくもして子《こ》を産《うま》しめんと。又あらへが願《ねが》ひにかけりと絶《えべ》ず時主《ときねりかみ》を禱《あり》て。それはともかくかけねなく塵《ちり》を聚《あつ》めて山《やま》となす。家《いへ》の費《ついえ》を省《はぶ》きながら驕《おごり》がましく側室《そばめ》を使《つか》ひて。かれ身《み》に物《もの》をとらせんやいまへの人《ひと》の言《こと》に老《おい》ての後《のち》に妬《ねたむ》る婦《つま》乃。功《いさを》をなすとひへまされどかれ身《み》に嫉妬《しつと》すられ七不去《しちふきよ》の一ッに稱《かな》へり。元《もと》来《より》かさね子《こ》なりしが。毎《など》夜に妾をとすめも子《こ》を産《うま》せんと人力《じんりき》の及《およ》ぶべきかぎりはねがひけれどなひ忘《わすれ》んとても後《のち》は赤子《まつこ》なる死のうらみを告《つげ》ぞ。しかれども互井《くわちお》は良人《をつと》をとひこれをありへば今更《いまさら》に子《こ》のほしと欲しくときさま。かうさま案思《しあん》するに。夜《よ》も快《こころよ》く睡《ねふ》られず。是《さ》ぞかうまでも辨財天《べんざいてん》を祈《いの》りたてまつるの外《ほか》あらじとて志《こころざし》を激《はげま》しけり。時《とき》主《ぬし》まもあらせず。夜《よ》ふかく人定《ひとさだま》りて窃《ちか》びやかに背門《せど》より出《いで》て。筧《かけひ》の水《みづ》に身《み》をうたし。爪《つめ》を剪《きり》髪《かみ》を乱《みだ》して。母屋《おもや》の棟《むね》へ傳《つた》ひ登《のぼ》りまづ。浅草《あさくさ》のかさを拝《をが》しぞ。又榎嶋《えのしま》の方《かた》を拝《をが》し。奇妙頂《きめうちやう》礼閻浮長姉《らいあんぶのちやうし》。能与聰持《のうよさうち》大智恵聚《ざいちゑしゆ》大辨財天《だいべんざいてん》に祈請《きせい》したてまつる。只

かつら井
時主《ときぬし》が妻《つま》尾井《をのゐ》寒夜《かんや》に苦行《くぎやう》し一すぢに辨財天《べんざいてん》に祈《いの》る

願《ねがは》くは夫婦《ふうふ》が中《うち》に一子《いつし》を授《さづけ》てたびたまへと。俯《ふ》して拝《はい》し。仰《あふ》ぎて星《ほし》の光《ひかり》に降《ふ》る霜《しも》の。しろき浄衣《じやうえ》も氷《こほ》るまで。祈念《きねん》丹誠《たんせい》を凝《こ》らす事既《すで》に七日《なぬか》に及《およ》べる夜《よ》。空中遥《くうちうはるか》に音楽《おんがく》聞《きこ》え。紫雲《しうん》靉靆《あいたい》として天華《てんげ》降《ふ》る事《こと》遠《とほ》からず。天女《てんによ》面《まのあた》りに影向《えうがう》ありて。袖《そで》ゆれくして尾井をめぐりてびこ《み》しびさし招《まね》き怪《あやまそ》る事《こと》汝《なんぢ》ら夫婦《ふうふ》が。念願《ねんぐわん》いとも罪《つみ》ふかし。夫《それ》神仏《しんぶつ》は親疎《しんそ》によりて禍福《くわふく》を降《くだ》すものにあらず。只《たゞ》善《ぜん》に福《さいはひ》し。悪《あく》にはあるべく禍《わざはひ》をぞ。すなはち天理《てんり》のしろする処《ところ》。凡夫《ぼんぶ》はこれを悟《さと》らずして。情欲《じやうよく》を逞《たくま》しく。忠孝《ちうかう》五常《ごじやう》の道《みち》に疏《うと》く。善根《ぜんこん》を継《つ》がず。鬼責《きせき》をもいはず。不義《ふぎ》の富貴《ふうき》の願《ねがひ》しきりに。神《かみ》に侫《へつら》ひ。仏《ほとけ》に媚《こび》。その霊験《れいげん》を憑《たの》むなしく。又《また》造悪《ざうあく》の罪《つみ》をます〳〵。迷《まよ》ひふかければその罪《つみ》も又《また》重《おも》し。されば時主《ときぬし》が叢《あり》出《いで》ゝし。半世《はんせい》の富《とみ》を抵《ひさ》ぎてみな我《わが》護《まも》りて授《さづけ》たる福《さいはひ》なるべし。亦《また》これ脱《のが》れぬ因果《いんぐわ》なり。かくて又子《まさに》を祈《いの》るとも。みられ又これを何《なに》とかすべき。汝《なんぢ》ら一子《いつし》を願《ねが》ふが為《ため》

○子《こ》を挙《まうく》るとあたはぬべし。○それも脱《のが》れぬ因果《いんぐわ》なり時主《ときぬし》一旦《いつたん》零落《おちぶれ》て○不意《ゆくりなく》家《いへ》を富《とま》し。○又子《またこ》を祈《いの》りて一子《ひとり》を挙《まうけ》ず。○子《こ》ゆゑに後《のち》の歎《なげ》きをまねくも。○みづから作る殃《わざはひ》なり。○過世《すくせ》の悪業《あくごう》これに係《かゝ》れば今《いま》の福《さいはひ》も。○後《のち》を助《たすけ》るにあらで後《のち》の禍《わざはひ》も己《おの》が罰《ばつ》するにあらざり。○疑《うたが》はれきみよ。○といひあへざるとあるべし。○と示現《じげん》して○色香《いろか》愛《めで》たる草《くさ》の花《はな》を尾井《をゐ》に投《なげ》おこへ。○光《ひかり》を放《はなち》て飛去《とびさり》ぬれば。○尾井《くわうゐ》の名《な》さへ花尾《あふをゐ》に足踏《あしぶみ》させら。○檐下《のきした》へ撲地《そさ》と堕《おち》たるが。○そのまゝ一人《ひとり》よ呼《よ》び活《いけ》られ愕然《がくぜん》として驚《おどろ》き覚《さむ》れば。○是《これ》おもひ寐《ね》の夢《ゆめ》にてぞ。○これを呼《よ》び覚《さま》せしは良人《をつと》なり。○さては夢《ゆめ》にてありける歟《か》。○といひて胸《むね》の汗《あせ》を拭《ぬぐ》へば。○時主《ときぬし》もまた枕《まくら》を擡《もたげ》。○あまりにいたく魘《おそはれ》たまふ声《こゑ》さへ驚《おどろ》き覚《さめ》て。○よびて揺起《ゆりおこ》しつる。○いかなる夢《ゆめ》をみたまひしと問《とへ》ば。○それつゝ匿《つゝ》がくしかね身年来子《としごろこ》の無《な》きを根《ね》のふかき理《ことわり》なれど。○せめてはあさゆふ思《おも》ひ忘《わす》れぞ。○頃日《このごろ》は夜《よ》も寐《い》ねられねば。○思《おも》ひ疲《つか》れて真夜中《まよなか》に目睡《まどろ》む程《ほど》よ。浅《あさ》ましやわが身《み》

夜《よ》すがら水垢離《みづごり》とりて爪《つめ》を剪《きり》髪《かみ》を乱《みだ》し。母屋《おもや》の棟《むね》へ攀登《よぢのぼ》りて。天女《てんによ》をおど
ろかし奉《たてまつ》り。一子《いつし》を祈《いの》りまゐらせしに既《すで》に七日《なのか》に及《およ》べる夜《よ》。弁才天女影向《べんざいてんによえうがう》ありて。妙《めう》
音《おん》を発《はつ》し面《まのあた》りに示現《じげん》ありしが。是《これ》因果《いんぐわ》の道理《だうり》にして。天《そら》がそむかせ玉ふべう
も有《あら》ざれど竟《つひ》に一茎《ひとくき》の草花《くさばな》を投与《なげあた》へ。光明赫奕《くわうみやうかくやく》として飛去《とびさ》りたまふを翻《つまさき》たる
足《あし》を踏《ふみ》はづして。母《はゝ》が身《み》は忽地《たちまち》に滑《まろ》び落《おち》るとみえて覚《さめ》ぬ。先《まづ》天女《てんによ》の示現《じげん》は箇様《かやう》々々。
と夢《ゆめ》みしまゝに物《もの》がたれば。時主《ときぬし》は稀《ひさ》しくと言《い》ひあへる中《なか》のことなれば。気色《けしき》変りて物
をも得《え》のたまはで。且《しばら》くして冷笑《あざわら》ひ。夢《ゆめ》はおもひになるといへば。ふりし心《こゝろ》にかけぬものならんぞ
さることやあるべき。人《ひと》に語《かた》らば笑《わら》はるべしといひ慰《なぐさ》めやるほどするに。八声《やこゑ》の鶏《とり》の声《こゑ》たてゝ。
閨《ねや》の燈《ともしび》うすくなるまゝに。夫婦《ふうふ》はもろともに起出《おきいで》しが。このころより尾井は月水《さはり》をとゞめ
ずなりて。三月《みつき》が程《ほど》も有身《とごもり》たらんと。これもおもひ医師《くすし》もさらばえ量《はかり》にえつるは。
真《まさ》へ夢《ゆめ》ありしと久《ひさ》しく後のくるしみにかゝれども。この子《こ》を挙《あげ》よの欲《りう》しさに。夫婦《ふうふ》慰《なぐさ》め慰《なぐさ》められ

て人待《ひとまつ》ぞく十月《とつき》を過《すぐ》て。天文《てんぶん》八年七月十日の朝《あさ》まだきに。亀井《かめゐ》へ産《さん》の気《け》つき
て。いと安らかに女子《をんなご》を産《うみ》けるに。かくて晩めてる子《こ》より壮年《さかりをぎ》ての初子《うひご》挙《まうく》る。
歓《よろこび》しさのやまされ。世にも富人《とむひと》の情《まま》なれば。時主《ときぬし》が歓《よろこ》びいはさらなり。園宅《やうち》の
奴婢《ぬひ》もられがみな奔走《ほんそう》して。千《ちぢ》の賓客《まれひと》一時《ひとときに》に来《き》たるがごとく。夜《よ》だに睡《ねむ》らず。
この日は里《さと》の草市《くさいち》なればとて。時主《ときぬし》が女児《むすめ》の名《な》を。撰子《まぢと》と呼《よび》て。掌《たなそこ》の玉《たま》
と愛慈《めでいつく》しみ。乳母《うば》して養育《ちぐさま》するに。母子《おやし》ともにすくよく肥《ひ》ふとりて歓《よろこ》びに
歓びをかさねたりき。さて新《いまゝゐ》りせし撰子《まぢと》が乳母《うば》の名《な》を揮恐《りぶ》といひ。小堤《こつゝみ》
の里《さと》にていと貧《まづ》しきものゝ女児《むすめ》なるが。はやく父母《ちゝはゝ》を喪《うしな》ひて。養《やしな》ふべきものもなけ
れば。村長《むらをさ》の家《いへ》にやしなはれて。穉児《をさなご》の抱衞《だきもり》などする程《ほど》に。いつしか遂《まど》ひけるを。稚蔵《なざう》とろ
のみ蕩夫《りひと》と密通《えつう》しけり。さるほどに主人《あるじ》の責《せめ》脱《のが》れがたくて。かの夫は元来《もとより》出処《とこ》
不定《ふぢやう》のものなれば。亭《ていで》よりかへりてやむりんに。小堤《こつゝみ》の里《さと》を逐電《ちくてん》して。往方《ゆくへ》しれざりける

日《ひ》掏改《うざし》は産《さん》の気《け》つきて女子《をんなご》を産《うみ》つ。穉《をさなご》既《すで》に身《み》をかくしつれば。掏改《うざし》ひとりが越度《をちど》となりて主人《あるじ》の責《せめ》にあへ脱《のが》れがたく。その債《おひめ》を贖《つくのひ》ん為《ため》に日子《ひがらそ》果て後《のち》。こちが女児《ひめぎみ》をば里《さと》に養《やしな》ひしてさて時主《ときぬし》が女児《ひめぎみ》の乳母《うば》になへ来《き》けるとこのとえ年《とし》の頃二十に小《さ》足らぬ十分《じうぶん》の顔色《がんしよく》すぐれてはあらねど。肌膚《ちぶく》清らく脂《あぶら》つきて。乳汁《ち》のよく出《いづ》るに。ころざる又《まそおろろ》愚なるぶ。艱苦《うんく》の中《うち》に人《ひと》となりて。よるべなきもののあはれとかうに時主《ときぬし》も尾井《うらうね》え。こちが子《こ》をも宰《ちぞま》きられば殊《つさ》に不便《ふびん》のものにおもひて。夏冬《なつふゆ》の衣《きぬ》なんども。定《さだめ》の外《ほか》にとらしつ捏《ひあでと》より艱《やる》なければ。媒約《なかだち》して。よき夫《をとこ》をもて。こちが女児《ひめぎみ》の後看《うしろぞ》すべきぞと憑《たのも》しくぞおもひぬ。掏改《うざし》もよき主《しゆう》をとりたりと歓《よろこ》びて。いと信《まめ》やかに仕《つか》ふ。されば隙《ひま》なく駒《こま》の足掻《あがき》をみて。時主《ときぬし》が女児《ひめぎみ》捏子《あそびこ》のはや四歳《よつ》になりぬ。辨《べん》財天《さいてん》の祈《まうじご》なりければにや。標致《きりやう》は尋常《よのつね》に勝《まさ》れて。西施《せいし》小町《こまち》が童《わらべ》たちもおよばへよそとおもひしとまで。親《おや》の寵愛《ちやうめのてぶく》比《くらべ》んにものなし。人《ひと》の子《こ》の大人《おとな》びたるぞさえて。

引《ひき》も伸《のべ》して拷子《あぐこ》をさへあれくせざりとて。待《まち》らが親《おや》のある年《とし》ごろいかぬもまうさいと墓《はか》なひとくする程《ほど》に。今茲《ことし》も七月十日にあたりぬ時《とき》。主《あるじ》は拷子《あぐこ》が誕生日《たんじやうび》の祝《いはひ》をとて里長《さとのをさ》どもを招《まね》きて終日《ひねもす》盃《さかづき》を勧《すゝ》め夜《よ》に入《い》りてハ奴婢《ぬひ》にも許《ゆる》して酒飲《さけのま》せ。られもひくく酔《えひ》て蝸《かや》の内《うち》へよろめきつゝ入《い》りたり。短夜《みじかよ》のいだたるきさるに主《あるじ》も僕《しもべ》も。酔《えひ》ふく臥《ふし》たる癖《くせ》あれバ。戸鎖《とざし》あだもゆるやかなりけるを。その夜偸児《ぬすびと》忍《しの》び入《い》りたるに。園宅《やうち》熟睡《うまゐ》してこれをしらざりし程《ほど》に。尾井《をゐね》の家狗《いぬ》の吠《ほゆ》る声に覚《さま》されて。浄手《ちやうづ》せんとて。ひとり指燭《しそく》して厠《かはや》へ登《のぼ》らんとするに。行縁《ちくえん》の戸袋《とぶくろ》に隷《そふ》て。立在《たゝずめ》るものあり。怪《あや》しと思ひて燭《ひ》を抗《あげ》て。その誰《たれ》なるぞと咎《とがむ》れバ。声《こゑ》をもたてずちるにどもおもひあへん偸児《ぬすびと》ハ。矢庭《やには》に走《はし》り寄《より》て腰《こし》の刀《かたな》を拔《ぬく》手《て》もみせず尾井《をゐね》が腋《わきのした》乳《ち》の下《した》かけて丁《ちやう》と切《き》る。砍《き》られて苦《あつ》と叫《さけ》ぶ声《こゑ》に。一間隔《ひとまへだて》て臥《ふし》たりける乳母《うばのめのと》挿《さしば》が驚《おどろ》きさめて。せきたゝ叩《くぐ》を撻《めぐ》るに拷子《あぐこ》へよく睡《ねぶ》りたり。今《いま》叫《さけ》びしハ詛《のろ》へるならん酒《さけ》ニ醒《さめ》て物《もの》つれちらを欲《ほ》りやど夜《よ》ハ明《あけ》ぬやとひとりごち。起出《おきいで》て障子《しやうじ》押《おし》ひらき。出居《いでゐ》の柱《はしら》ニ掛《かけ》たりける。燈蓋《とうがい》の火《ひ》を嫁《うつ》して簾《すだれ》の隙《ひま》より竹縁《ちくえん》のおもてをさし覗《のぞ》くニ面影《おもかげ》さへ定《さだ》かならね。身丈《みのたけ》たかき癖者《くせもの》が氷《こほり》のごとき刀《かたな》を引提《ひきさげ》て立《たち》たるハ魂《たましひ》きへやする身ニおそろしく音《こゑ》もたてバ殺《ころ》さるべし。後《あと》へやさらん横《よこ》さまにや逃《にげ》んとて住《すみ》も熟《なれ》たる我家《いへ》の門《と》迷《まど》ひ運《はこ》んとする足《あし》攣《なへ》て。痛《なや》さへ裏《とざ》くニ。歯《は》の根《ね》もあハず。添臥《そひぶし》せる様を見かへるニ遑《いとま》なくて中々納戸《なんど》へ躱《かく》れ入《い》つるニ頃日《このころ》の虫乾《むしぼし》ニ。調布《てうふ》入《い》りる通櫃《かよひびつ》縣引ちらしたりし。究《く》竟《きやう》の隠所《かくれが》なりとおもひしが。臂《ひぢ》ちかゝる空櫃《あきひつ》の蓋《ふた》を推揚《おしあげ》てそのうちへ潜《しの》び入《い》るまで内《うち》より蓋《ふた》を支《さゝ》へながら。懸鎖《かけがね》おのづから磤《ちやう》とおりて又出《いづ》べくもあらねど。こゝろ遽《あはて》たる折《をり》なれバ鎖《ぢやう》のされたりとハしらで咥《つ》を呑《の》ミ膝《ひざ》を抱《いだ》きゐて。念仏《ねんぶつ》となへて居《わ》たりける。さる程《ほど》ニ偸児《ぬすびと》ハ刃《やいば》の血《のり》を拭《ぬぐ》ひて腰《こし》ニ帯《おび》。

しばしうち案《あん》じゐたりしが。遂《つひ》に納戸《なんど》へ潜《しの》び入《い》りて。調布《ちやうふ》の通櫃《ひつ》を。是彼《これかれ》と撥探《かきさぐる》にさる物《もの》なし。そが中《うち》に只《たゞ》一ツ。鎖差《ぢやうさし》たる櫃《ひつ》ありて。いと重《おも》かりければ。内《うち》に人《ひと》ありともしらず。貫木《くわんのぎ》の穴《あな》へ肩《かた》を入れて。やう〳〵に脊負《せお》ひながら。小鞆の誘援とりて。傍の壁《かべ》へ何やらん只二行《ふたくだり》切《きり》付けて。舊《もと》の戸尻《とじり》に又潜《しの》び出《いで》つ。足の木ぐちを纏《めぐ》りて。籬笆を毀《こぼ》ちて逃去《にげさり》けり。かれどもなほしるめのおのこまに曉《あけ》がたちかくなるまでに。蚤《のみ》や苦《くる》しかりけん。揺子《あそびと》がひとり覚《さめ》ていたく噂声《あくびごゑ》する時《とき》主夫婦も覚《さめ》て。左右《さゆう》を見かへるに。尾井外房《ふど》にをらぞ。厠《かはや》へや行《ゆき》けんとて。紙門《からかみ》越《ごし》に。掉啓々と呼《よび》覚《さま》せども。應《いらへ》せず。乳母《うば》が手のいともさえいだしてもあそぶ覚ざる欲起《おき》よくといひながら。紙門《からかみ》を押あけて蝸《かや》の外《そと》にまださぐりみしにも。又臥房《ふど》にをらざれば。厠《かはや》へ行《ゆき》けんあるは便《びん》ありと呟《つぶや》きて。蝸《かや》の内《うち》へ滑り入りてさがすを膝《ひざ》に抱《いだ》きあげてさるほどに賺《すか》して

尾井夜《うわらゐよる》賊《ぞく》に殺《ころ》さるる
画者の蛇足
此処本文と
齟齬せり
看官咎を
ゆるされ
うわら井

しかれど。女子《をさなご》は殊さらに父の膝《ひざ》に親《ちかく》まつはれむつかりて反《そり》かへる。猶《あがく》子
を抱《ざ》え縮《すく》めてもむせんとすれバ蛹を出誘《ぞいざ》なへ。厠《かハや》まで出て乳母《うば》は呼んでいく
は嗅《あき》て。と携《めり》あげて厠《かハや》のかたへゆかんとするに。血《ち》を踏着《ふミつけ》たる足跡《あしあと》彼此《をちこち》にあり。
こハいかにとうち驚《おどろ》きて走《はし》りて竹縁《ちくえん》のかたをみれバ。雨戸一枚《あまどいちまい》打《うち》はされ在明《ありあけ》
の月隈《つきくま》なくさし入るに。鮮血《ちしほ》ながれ傳《つた》ひて此《こ》簀子《すのこ》を染《そめ》しが。蠟黄《がらう》の涙《なミだ》
を伏《そげ》るごとく。妻《つま》の尾井《くちらか》へ仰《のけ》さまに斫仆《きりふ》されて。軀《むくろ》は両股《ふたきざ》よりたり。浅《あさ》ま
しさいふもさらねば。叫声《さけびこゑ》を限《かぎ》りに事ありと叫《よば》びしかバ。奴婢《ぬひ》はこれに驚《おどろ》きさまとて。
家《まし》皆帯《あび》を締《むと》びもあへずまどし燭《ともしびとり》秉《て》て走《き》りきつ。その形勢《ありさま》に周章《ちうさう》して
あハれなる婢《をんな》どもハ死骸《しがい》をとりまきてうち泣《なく》のミ主人《あるじ》に向《むか》ひて。主人《あるじ》もさしもの仇人《あだ》を詛
ともに定《さだめ》かにて主従《しゆうじう》面《おもて》をあハしつゝ呆《あき》れてさへありけるが。當《その》時《とき》主《あるじ》は遺恨《いこん》の
瞼《まぶた》をさへたる事のある体《てい》を精《す》する盗賊《とうぞく》の所為《こざ》なるならんとあれど。只《さだ》…

乳母《うば》挿頭《かざし》が。おもへる騒《さうど》れに出《いで》来《こ》ずん。彼《かれ》も賊《ぞく》みや殺《ころ》されけんと。案《ゑゞね》よと焦燥《いらちえ》が。要皆《ゑるかし》らある果《えもそ》て。窓向《まどのと》残る隈《くま》もなく。その名《な》を呼《よ》びかけて索繞《さがめぐ》るまたえてくるぞ。納戸《なんど》の空櫃《あきひつ》呂《ぞ》一ツ失《うせ》たる外《ほか》ハ奪《うば》ひ去《さ》らるゝものもなければ。主従ふたゝび納戸《なんど》へ聚合《つどひ》てさまざまかしやらんと罵《のゝし》りあふ程《ほど》に。時主どもはじ尋思《しあん》しそつが妻《つま》ハ殺《ころ》されて。乳母《うば》ハもろぞ。空櫃《あきひつ》一ツ失《うせ》たるもとらるほどに。り乳母《うば》挿頭《かざし》密夫《みそかを》ありて。今宵《こよひ》偽《しの》びのりたるを。毛井《くらゐ》ふみ咎《ことがめ》られ己《○ゑ》ことゝなるど殺害《せつがい》して。挿頭《かざし》も脱去《にげさ》りたるうしれも又さりがたし。且空櫃《そであきひつ》の失《うせ》たるのを。推量《おしはか》るべきものなれば。汝等《なんぢら》ハ何《なに》ところへおもむきたるとやらんとたづね向《むか》へと。ども答《こた》ゆるもの侍《なし》。なかなかに老僕《おとこな》嗇《さだむね》ハ近属《ちかごろ》調布《てうふ》百反《ひゃくたん》あまり私《わたくし》してられを贖《つぐの》ずとてさかく。ひとりひかすく其わ彼《まり》。空櫃《あきひつ》の失《うせ》たるを。究竟《くつきやう》のなりとて肚《はら》裏《うち》に校計《めくらし》あれば。小膝《こひざ》を拊《うち》てさてハ出《いで》し。各位《おのおの》ハ彼櫃《かのひつ》に。物《もの》なしとおもひつらんが。

急《きう》に鎌倉《かまくら》へ登《のぼ》るべきよしありて。前夜《よんべ》おのれ百反《たん》の調布《てうふ》を納置《いれおき》たれど。殊《こと》さらに人《ひと》の出入《いでいり》多《おほ》く。吉酒《よきさけ》に酔《ゑひ》みだれて。納戸《なんど》にはおきしまりし。されば偸児《ぬすびと》が奪《うば》ひ去《さ》り。匣は空櫃《あきびつ》にあるぞといふに。衆皆詐欺とおもひもうけど。原来《さては》掉訳《くろう》は偸児《ぬすびと》の衆内匿に究《きはま》れり。部《てわけ》して往方《ゆくへ》を索《さがさ》ん。いざとて衆皆立んとせしを。時主《ときぬし》急《きう》に推《おし》禁《とゞ》めて。側《かたへ》の壁《かべ》をうち向上《みあげ》。汝《なんぢ》らよくあれをみよ。壁《かべ》に痕《きず》つけて何《なに》やらん書《かき》すゑたるか。とおぼし燈《ともしび》の口《くち》さしむけよ。といひつゝ立てこれを見《み》れば。調布《てうふ》一櫃《ひとひつ》借用《しやくよう》の事《こと》。天文《てんぶん》十一年。七月十日。草中《さうちう》の人《ひと》へ。草中《さうちう》の人《ひと》と写したれば。囀鳥が俤も忽《たちまち》に真《まこと》とありて。衆皆ぬからび呆《あきれ》て。飽《あく》まで膽《きも》の太《ふと》き奴《やつ》かな。草中《さうちう》の人《ひと》とは何《なに》の名《な》るぞ。究名もこれも草《くさ》の中《うち》の人《ひと》とは解《げ》せぬ又袋謎。判ぜどもいと憎《にく》むべければ掉訳にぞと散動《どよめく》るぞよ。窓《まど》の隙《ひま》よりもるゝは。常《つね》まつあへぬ明烏《あけがらす》も物《もの》の哀《あはれ》をなを忘るに似て。時主《ときぬし》は今《いま》さらよせひあへるともあれば。囀《さへづ》る奴ホをおさへ禁《とゞめ》て。

掻説《くどく》が往方《ゆくへ》を審《さば》んともせず。まづるの趣《おもむき》を幽府へ訴《うつたへ》て。尾井が野辺《のべ》の送《おく》りをいそぎ。過七の追薦《ついぜん》読経《どきやう》も。手向《たむけ》の水も袖《そで》の露《つゆ》。香《かう》の煙《けむり》ふ胸《むね》の火《ひ》のきえぬ妻《つま》の像《うつし》見とおもへば。なほ愛着《あいぢやく》のいやませし。撲子《なでしこ》のを慰《なぐさ》みん。て。新魂祭《あらたまゝつり》迎《むかへ》たまはられずん景異ふ尾井が夢《ゆめ》まくらよ立《たち》まひし。辨財天《べんざいてん》の示現《じげん》ふたがはず。こまをもちて後《のち》ゆくまでふ歎《なげき》の霧《きり》のいとふかく。おもひ沈《しづ》みて身の秋《あき》を今茲《ことし》よりあるそぢのみぢ。散《ちり》ゆくも哀《あはれ》なりけらん。終《つひ》よ脱《のが》れぬ因《いん》果とへ。おもひおもはね元文《ぐわんぶん》。正《まさ》ね月日《つきひ》のよろまくふ。呉世《ごよ》をもりふらち給《まだ》れし。春《はる》秋《あき》を送《おく》るなるべし。

第《だい》二《に》　あげ尾の森上《もりのせう》　稲城《いなぎ》補二郎《ふじらう》が家嫗《いへさと》の事

光陰《くわういん》箭《や》のごとく。又杵《またきね》のごとく。鳥田荘《とりさのせうじ》二時《とき》主が女児《むすめ》撲子《なでしこ》ゟや二八の春を迎《むかへ》たまへる。田舎《ゐなか》ふ入《いり》とあすれど。いとみぐく蘭《らうたけ》て。白《おしろい》ぬる面影《おもかげ》は京《きやう》様《さまぐら》倉ふ。も傳《つたへ》聞《きか》るべうもあらず。風《かぜ》を含《ふくめ》る柳《やなぎ》の髪《うく》。露《つゆ》に濡《ぬれ》たる花の唇《くちびる》物《もの》のいひざまの愛敬《あいきやう》づれて眉《まゆ》は春の月の。遠山《ゑんざん》をのぞるぞく。目《め》は秋《あき》の波《なみ》の。瑤池《ようち》に走るがごとく。毛嬙《もうしやう》西施《せいし》も面《おもて》を恥《はぢ》。絳樹《かうじゆ》青琴《せいきん》も鏡《かゞみ》を掩《おほ》ふべかりし未通女《をとめ》なる。小ちうき書又拙からず。草紙物語《さうしものがたり》なども大かたは読《よみ》ならひて。數嶋《しきしま》の道《みち》にさへ。をよし。糸竹《いとたけ》の志らべ尋常《よのつね》ならざれば。彼俊蔭《かのとしかげ》の女児《ひめ》といふとも。これにはいかでまさんべしと。なるもあらぬも。その爪音《つまおと》をきけば聞《き》く人の。立《たち》とまらぬといふことなし。されば莊園《しやうゑん》殿ありて。官職《くわんしよく》高《かう》き郎君《とのばら》も。聞《きく》傳《つたへ》てこゝろみぬ色情《この》にあくがれ。媒《なかう》妁《だち》めてさま〴〵にいひよるもあれど。時主《ときぬし》は女壻《むこ》を擇《えら》みて。いまだその婚縁を定《さだ》めず。管領《くわんれい》武将《ぶしやう》を女壻《むこ》にとるとも。難《かた》からじとおもひ誇《ほこ》れるなるべし。ありける去年《こぞ》の秋《あき》より。時主《ときぬし》が居宅《いへ》の。東鄰《ひがしどなり》に僑居せる。武士《ぶし》の浪人《らうにん》ありけり。年《とし》は廿の上を出《いで》ず。これも稀《まれ》なる美少年《びせうねん》にて。彌子瑕《びしか》が家《いへ》に悩《なやめ》る面《おも》

影。在五《ざいご》の君《きみ》の東路《あづまぢ》に。呻吟《さまよひ》ありし風情《ふぜい》あり。君《きみ》の寵《ちやう》の衰《おとろへ》たるか。又よ
愛《あい》を失ひたる歟。身を多磨河に流し来て。光《ひかり》を埋め。跡《あと》を潜《ひそ》め。里《さと》の総角《あげまき》
にて手本《てほん》をとらし。又壮佼あるよ。尺八《さくはち》の笛《ふえ》をおしえて。是《これ》を朝暮《あさゆふ》の給し
つ。その名《な》を稲城《いなき》補二郎と呼《よ》ぶる。元来《もとより》無僕の僑居なれば。ふからら
打火汲水て。宴しくれ挙動ども。由緒《よし》ある人《ひと》の子《こ》ならやありけん。ざまの賎
しからべ。よろづ慥《ひとえ》ならして。物ならぬもせざりしかバ。里人《さとひとら》にも又これを侮《あなど》
らざるあるものハ。ミな補二郎が弟子《でし》にて。稲城《いなき》の大人と称たり。されバ
補二郎ハ。物足ることもあら世《よ》をなかく。に安くおがえて。昼《ひる》ハ終日置壁
き。童子《どうじ》が衛をまれバ。これらを泡し果て後《のち》。ハが家楽の徒あひとき
猶ちうちきりて夕月にうち對ひ。尺八《さくはち》の笛《ふえ》吹すさミつ。更しらけて寐る夜《よ》
もあり。現秋の鹿の笛《ふえ》よよるも。恋てものよ身を忘れて。おのが妻《つま》とぞ

惑《まど》ふるぞ。それならくあらで訪《おとづ》るは。鄰《となり》なる家《いへ》の笛《ふえ》の音《ね》の。いとおもしろく聞《きこ》ゆるに。元来《もとより》好《この》む技《わざ》なれば。いかなる人《ひと》のならべにやと。或《あるひ》は疑《うたが》ひ。或《あるひ》は感《かん》じて。ひとしほ耳《みゝ》を側《そばだ》てく。月《つき》のいとあかき夜《よ》は。それも又《また》楼《たかどの》にて。琴《こと》搔鳴《かきなら》し合《あは》すれば。補《ほ》二郎も豫《かね》て聞《き》く。これぞ鳥田《とりた》が愛女《まなむすめ》の。爪音《つまおと》なるべしとおし量《はか》るの。こなたが宅《いへ》と彼《かの》楼《たかどの》とうち對《むかひ》てあるながら。琴の絃《を》ならで十二間《けん》の濠《みぞ》の水に隔《へだて》られ。汀《みぎは》にはいさゝむら竹《たけ》。いやが上《うへ》に繁《しげ》りあひて。平屋《ひらや》なれば彼処《かしこ》はみえねば。彼処《かしこ》よりも此方《こなた》をうかゞふるに。よし絶《たえ》てなかりけれ。さあれども補《ほ》二郎は。その志《こゝろざし》色《いろ》好《この》せずば。母のひをかくるゝかなたに。訪《おとづ》れつるが好《この》むところより。彼処《かしこ》の笛《ふえ》の音《ね》に引《ひか》れて。只《たゞ》その人《ひと》をみまほしく。外《よそ》ながら婢どもに。稲城《いなき》がなるを傳《つた》へ聞《きゝ》て。心《こゝろ》の中《うち》にこれを慕《した》ひけるに。いかにしてみんなやとおもへど楼《たかどの》に登《のぼ》るよしも。低《ひく》き白屋《くさのや》は左右に。濠《ほり》と竹《たけ》とに隔《へだて》られ。面《おもて》に墻《かき》して立《たて》ど。彼処《かしこ》なるもこゝの

如《ごと》く。楼《たかどの》あれバとてものゝ。亦《また》なるよしもなかりしが。天《あま》の河原《かはら》の中絶《なかたえ》て。月《つき》さへくらし
び稀なる年《とし》の秋《あき》出水《でみづ》して。平屋《ひらや》の簀子《すのこ》を越《こえ》ければ。補《ほ》二郎ハ水《みづ》に熟《な》れ
ど。さいゝく驚《おどろ》きおそれて。茅屋《くわや》の棟《むね》に攀登《よぢのぼ》り居て。水《みづ》の落《おち》るを待《まつ》ほどに。時《とき》
主《ぬし》が園宅《やうち》のむすめのハ。こゝな楼《たかどの》に登《のぼ》りてなぐさみにちかて。探りて意中人と面《おもて》を
あハせて。互《たがひ》にその艶麗《みめびやう》なるをしるのみから。間《あひだ》をへだてゝ隔《へだ》れバ物《もの》いひかはすべも
あらず。況《まし》て補《ほ》二郎ハいと困《こう》じたる折《をり》なれバ。色《いろ》を好《このま》ざれバ。猶てびとれをみんつく
らねど。探りあハでのみましたる。稲城《いなき》が面影《おもかげ》に猿馬《むね》うち騒《さわ》ぎ。舟《ふね》さしよせて彼人《あのひと》
を擲方へ迎《むか》へとりてよ。とゆんとしてわくを渡りもえひかずて人《ひと》あらねどひそ彼処へ
運《はこび》ちとれバ。曉《さと》らね親《おや》ハ鷺鳥《さゞれさゞけら》父もと。補《ほ》二郎を捐《あび》さうほゝ。あそばりの水に狼狽て。
屋棟《やね》へ登《のぼ》りしものもあり。彼《あれ》ハよやとてのぞき笑《わら》ひ。稲《など》。水《みづ》の僅《わづか》に二晌《ふたとき》だありよ
ぞや落《おと》く。人《ひと》を害《そこな》ふともなく。田圃《さくく》を壊《やぶ》るともなかりしが。里人ハ歓びて。祝《よろこ》び

あふ声。ぐくに満《みち》たるゝこれにみちて補《ふ》二郎も。屋棟《やね》よりおちて簀子《すのこ》を洗《あら》ひ。濡《ぬれ》たる衣を乾《かわか》して。両三日《りやうさんにち》が程《ほど》に。手習《てならひ》の童子《どうじ》らを聚《つど》へて。教育《きやういく》なすとさだめのぞく。大納言《おほなごん》の水の立地《しやうち》に落《おち》たるを。飲《のむ》ぶるめのふるがに。呂揆するのごとく。意中人《こゝろあるひと》をえるよしなれば。これから繁茂《しげ》れる草。刈《かり》も拂《はら》はね袖《そで》の露《つゆ》よ。ねる夜《よ》の夢《ゆめ》のごとなのまれて。苦《くる》しみやる日《ひ》の今《》蔵《》も。織《のと》まちくなりつ。おちぶるのとつめず並《しきち》まどはのが意《こゝろ》の春《はる》駒《こま》の。いさまるでひとりうち歎《なげ》けど。人《ひと》に告《つげ》べきすべもあらねば。慰《なぐさみ》よもなくすぐりぬるに。二月《きさらぎ》の上旬《ぢやうじゆん》。有一日《あるひ》補《ふ》二郎は。童子《どうじ》らを返《かへ》し果《はて》て。ひとり硯《すゞり》に墨《すみ》摺《すり》るとて。手本《てほん》を書《かき》てありけるに。忽然《こつぜん》として鳩《はと》一隻《いつぴき》。紙窓《あかりまど》より飛《とび》入りて。机《つくゑ》の上《うへ》に蔵《かく》れしが。ふしぎなりと怪《あや》しみて。ひきずら引出《ひきいだ》して。これをとらえようとしたるに。鳩《はと》やうやく追《おは》れたりしん。喘《あへ》ぐこと甚《はなはだ》し。窮鳥懐《きうてうふところ》に入《い》るときは。猟師《りやうし》も捕《とら》ずとぞいふなる。野《の》の鳥《とり》は人《ひと》をおそれて。その足音《あしおと》を聞《き》くときは。忽地《たちまち》ふところのうちなれど。その危窮《ききう》に及《およ》びては。却人《かへつてひと》の助《たすけ》を求《もと》む。憐《あはれ》むべし〳〵とひとりごち。雛《ちごう》に羽《は》を拘《あぞ》。水《えず》を飲《のま》し。餓頃《うゑごろ》に豆《まめ》を水漬《ひた》して。これに飼《か》ふに。との鳩《はと》竟《つひ》に飛去《とびさ》らず。十日あまり経《ふ》るほどなるに。馴《な》れて。主《しう》の進退《しんたい》に従《したが》へば。いとゞ不便《ふびん》のものにし。名《な》をば男山《をとこやま》と喚《よ》びて鍾愛《せうあい》せり。これよりして彼鳩《かのはと》は。朝《あさ》に出《いで》て夕《ゆふべ》に帰《かへ》るにあまりなれど遠《とほ》くは行《え》も遊《あそ》ばで。時主《ときわし》が前栽《せんざい》に飛《とび》おりて。落穂《おちぼ》など拾《ひろ》ひしかバ。島田《しまだ》が家《いへ》の僕僮《しもべども》にも。鄰家《となり》の鳩《はと》ぞ。と知《し》らざるものはなかりける。稚子《あど》に授《まぐこ》くるは意中《とひしれぬと》人の家《ひとう》鳥と呼《き》くにとられさへす豈《うるい》くて。飼狎《くひなれけ》んとせしかバ。件《くだん》の鳩《はと》が来《く》る毎《ど》に。粟《あは》をまき。豆《まめ》を散《ち》らして誘引《いざなひ》に。人《ひと》に馴《なれ》たる鳥《とり》なれバ。いまだいく日《り》もあらずして。やゝ《なる》近《ちか》く来《く》るが嬉《うれ》しく。うち騒《あどろ》ることもやさしく。婢《をんな》どもまで驚《いましめ》て。障子《せうじ》を開《あけ》て閉《くそ》ても心《ころ》を用《もち》ひ。終《つひ》によく飼狎《かひなれ》になれバ。亦授子《まさかりごと》が進退《しんたい》に従《したが》ひなどいふごとくあるもがなに産夫《せぶのをつと》の。直使《ひとづかひ》するかと思へバ憐《りうい》しちもなき限《かぎ》りを書写《かきうつ》したる艶簡《ふみ》より出《いで》て。鳥《とり》の脚《あし》へ結《むすび》つけるに。人《ひと》やえるとて凄《すさま》じく。のんでをそへんとありけり。右手《めて》をそへんとしけれバ。小鳥《ことり》の求食《あさり》がさく。こひも猶《なほ》ひし妹《いも》と夫《せ》の。縁《えん》しと共《とも》に結《むすび》ちし。色情《こひ》の所訳《ちよすけ》にハあらむ鳩《はと》も。雨《あめ》なハ妻《つま》を喚《よ》がと啼《き》く。らの返簡《へんし》ちらせちますとひつゝ母がりく放遣《すてたちや》見ずさす。が小脚《あし》にむすびつけて。軒着羽《のきばし》らくく飛《とび》ていねかなかれしや。と胸狩《むねまで》おもひし。亦彼鳩《またかのはと》をまろ招《まね》く。なれともらの空《そら》にすゝめかなる。彼処《かしこ》を瞻望《ながめ》て居《ゐ》せりしが。匠が稲城《いなき》禰二郎は。その夕《ゆふ》されに帰《き》り来《き》て。嫐求る男山《をとこやま》が脚《あし》に結着《むすびつけ》られしるものありけれバ。鏃をやひきぬん。吹矢《ふきや》をや負《おひ》なとて。膝《ひざ》の上《うへ》へ招《まね》きよつくこれをみるに。蘇武《そぶ》が雁《かり》の翼《つばさ》にむすびし故事《ふること》に似《に》てけりなきにしも不害《いづら》。と遽《いそがは》しく引《ひら》とれて披《ひら》きみるに。陸奥《みちのく》紙《がみ》に笛奇南して春の花の散《ちる》らく。秋の草《くさ》の乱《みだ》るまじく。いと細《こま》やかに書《かき》流《なが》らねまじく。ちがやまへ。笛の音《ね》に嘆唱《えいそう》して。

君《きみ》が風流《みやび》をしたふゆゑ。老面影《おもかげ》をかくさんとて。ことさらにはじめ身《み》をやつら
ゑんなりとゞ。こひの十寸鏡《ますかゞみ》。胸《むな》さへ曇《くも》る秋雨《あきさめ》をさそふ水《みづ》と思ひきや。茅屋《かや》が
棟《むね》小をへせちを。まちてまみえまゐらせんとかさねたゞみもめぐがれし所に。一トたび面
あやしき小鹿の角《つの》の束《つか》の間《ま》も。思ひ忘るゝ隙《ひま》はなく。そなたの山《やま》の繁芒《しのすゝき》に。それ
ゝ出《いづ》るを結びそへて思ひ一毫《ひとふで》のおもへをとふらしまへど筆およばずたる書ざ
まのと艶《みやび》なりしく。その文章《ぶんしやう》かざしのごとくなるその思ひをこめたる奥《おく》に。
千《ち》はやぶる神のむすびんめとせしを。教る鳥《とり》にまかせたりき。
補二郎はちぢめより。操へしかんて嘆息《えんそく》し。他人の親《おや》たるものゝその子のために師
を撰《えら》みて。手習《てならひ》し物読《ものよま》するも。仇《あだ》なる恋《こひ》に情《じやう》を運《はこ》び。淫奔《いたづら》せしよとの
ためならんや。室《むろ》なる花《はな》は開《ひら》くにまかせ。深《ふか》き窓《まど》に粮《やしな》ふ。少女《をとめ》も恋《こひ》にその智《ち》
長《たけ》たり。抑《そも〳〵》鳥田《とりた》はその郷《さと》なりし。人《ひと》にしられて豪富《とむ》のものなるに。憑恋む藤《うげ》のえ

補《ふ》二郎が願《ねが》ひある身も浮浪《ふらう》のさすらへ。まづとてそなれぬ旅硯《たびすゞり》。ならふは筆《ふで》の命毛《いのちげ》を。ちゞに繋《つな》ぐ破《や》れ庇《ひさし》。結《むすば》るゝ縁《えん》しありとも。結《むす》び果《はて》べき縁《えん》しにあらば。況《まし》て道《みち》ならぬ色欲《こひ》に浮名《うきな》を立《たて》られ。人《ひと》の女児《むすめ》に瑕つけて。それらの郷《さと》を追《おわ》れるなぞ。百たび千遍《ちたび》悔《くふ》とも及《およ》ばじ。人木石《ひとぼくせき》にあらねども。慎《つゝし》むべきハ情欲《ぜうよく》のこゝろ。これわが身《み》の禍《まがつ》の神《かみ》やよくぞいひけんと。ひとりごちて。艶簡《ふみ》をちぎりて推《お》しこめて火桶《ひをけ》の底《そこ》に埋《うづ》めたき。とハあらざれして極子《すゞと》ハ。次《つぎ》の日《ひ》も朝《あさ》とく起《おき》て。稲城《いなき》が鴫《そと》を待《まつ》れど。なまぞべ又生憎よ。その日《ひ》ハ終日《ひめもすがら》影《かげ》もみえず。第三日の亭午《まひるごろ》よ。竹縁《ちくえん》の外さゝとにまかり。極子《すゞと》ハこれを見て。連洏《さんざん》とよろこびくづれしが。返翰《へんし》をやめて来《き》たる。とまづその脚《あし》をとゞむるに。締《むす》びそえてる物《もの》ハあらで。忽地《たちまち》望《のぞみ》を失《うしな》ひてけし。彼《かの》尺素《ふみ》を落《おと》しやりつる。縦《たとひ》あくろよ称《かなへれ》ぞとも。見ぬならバ一筆《ひとふで》のかへしあれバ。ざるまじのある。この心《こゝろ》とゞめとて。申《まうさ》ハいそがハしく艶簡《ふみ》書写《かきうつし》て。此度《このたび》ハ五色の糸《いと》を

なし。赤《まつか》き鳥《とり》の脚《あし》に結《ゆひ》そへて放《はなち》すに。ちぎもやらず飛《とび》去りつ。又《また》次《つぎ》の日《ひ》も来《き》
たれど。稲城《いなぎ》が返輪《へし》もなかりしかば。或《ある》は夫《をつと》の強顔《つれなき》をうらみ。或《ある》は縁《えに》しの墓な
きを歎《なげ》き。よゞ日ゞに思ひのまゝ。酒そぎの落《すゝ》めぬ迄てあらじ鳩《はと》を媒妁《なかだち》
に。艶筒《ふえ》は千束《ちつか》にあまれども。補二郎は此《この》前《ほど》より人《ひと》しらぬ胸《むね》を苦《くる》しめ。此《この》
鳩《はと》のあればこそ。かゝる正《まさ》なきもいで来《く》れ。追《お》ひ失《はな》ちなむやと思ふものから。懇《ねもごろ》によ
く馴《なれ》されば。追《お》へども〳〵。尚《なほ》来《き》まつはりて。いかにともせんすべなし。かくまでに狎着《なつき》し
ものをこの鳥《とり》何《なに》の譯《つゝ》かあらん。所詮《しよせん》一トしびて。彼少女《かのをとめこ》なれば返輪《へし》して思ひ絶さ
せんとて。硯引《すゞりひき》よせて。墨摺《すみすり》ながら。立紙《たちのがみ》をとりおろし。十文字にあまる歌《こゝろ》
操《みさを》は有《あり》がたけれどもぞ恭《うれしみ》く思ひ侍《はべ》れども。思ひがけぬ故《ゆゑ》も侍《はべ》れば。回報《いらへ》し侍らざ
るはかならず思ひたまひそ。信《まこと》あらばかならずや水ぐきの跡《あと》をさへみたまひ
そぶらかし。それからと情《なさけ》にせよとて書果《かきはて》て。そのまゝに。

ちはやぶる。神代《かみよ》ハしらず。わが鳥《とり》も。親《おや》のゆるさぬ恋《こひ》ハきこえじ。
と詠《ゑい》じて鳩《はと》の脚《あし》に結《むす》びつけて放遣《はなちや》るに鳥《とり》さへこゝろあるにや。鄰家《となり》の前栽《せんざい》を斥《さし》
て飛行《とびゆき》ぬ。かの撫子《なでしこ》ハ紅粉樓《けはひべや》に入《い》りて髪《かみ》とりあげておはしけるが鳩《はと》の来《き》
たるをしらず。親《おや》の時主《ときぬし》がきのふ栽《うゑ》させたる庭《には》の松《まつ》を見《み》んとて障子《しやうじ》
をさと引《ひき》あくれば竹縁《ちくえん》のほとりにゐたりし鳩《はと》ハこれに驚《おどろか》され遽《いそが》はしく飛去《とびさ》り
しが尺書《ふみ》のゆひめや放《ゆるみ》けん補二郎《ふじらう》が書《かき》たる物《もの》を踏石《ふみいし》の上《うへ》に落《おと》しゆきけり。
時主《ときぬし》ハ母《はゝ》のひもゆかしげに見やより立鳥《たちどり》の落《おと》せしとハしらねども一封《いつふう》の書状《ふみ》送《おくり》
たるを見て拾《ひろ》ひとりて披《ひら》きみるにいまだ會《あは》ざる男《をとこ》より女《をんな》へおくりしものなりけり。
歌《うた》のこころばくもしらねど手迹《しゆせき》殊《こと》に優《すぐ》れければ奴婢《つねひ》などの恋《こひ》せるにハあら
じ。原来《さては》撫子《なでしこ》に密夫《みそかを》やありけんと一トたびハ疑《うたが》ひ一トたびハ憤《いきどほ》り人《ひと》に見《み》えせじと
巻《まき》かへして懐《ふところ》に挿《おさ》めはさみ又つくづくとおもふにわが女《むすめ》四人《よつたり》の生《うま》れに勝《すぐれ》て十二分《ぶん》の顔色《がんしよく》

ほ二郎
鳥田時主
さだ奴

あるは心《こゝろ》ざま又怜悧《まさ〳〵さかしく》。物《もの》なれ歌《うた》よむるへさらに糸竹《いとたけ》の技《わざ》一ツとして拙《つたな》しといふものなし。なかまでに教《をしへ》たる。親《おや》の丹精《たんせい》は何《なん》のためぞ。権勢《いきほひ》ある人《ひと》の子《こ》を女聟《むこ》にしてするは花咲だ。たゞ栄《さかえ》をえんずやと末《すゑ》をのみおもひたる。親《おや》の心《こゝろ》を子《こ》は知らで親《おや》の教《をしへ》ね生《まゝ》なるの。そだつまゝにおのがこゝろよからぬ事をしらねど。その生涯《しやうがい》をあやまりて磨《みが》きし玉《たま》を泥《どろ》に擲《なげうつ》て。作《つく》りし枝《えだ》を折《をる》にも劣《おと》れり。今《いま》その腐《くされ》の浅《あさ》きときはその毒《どく》を削去《けづりさ》らば竟《つひ》に腹心《ふくしん》の病《やまひ》とならん。等閑《なほざり》にすべからんと等閑《なほざり》にすべからずなれあれど理《ことわり》を推《おし》非《ひ》を責《せめ》てうちつけに挫《あなど》り小向《とよ》ともいつで実《まこと》を吐《つげ》んとなかるべし。婢《をんなども》に媒妁《なかうど》するがあるべし。と肚裏《はらのうち》にて思案《しあん》しつゝそのびしふられを問《とく》どもとならべといふにせんをべる。又老僕事《こと》の趣《おもむき》を時《きゝ》え知て出ひあへをるがありやと問べ遙る故をそらし頭《かうべ》を傾《かたむ》けとひあへをるがてそゆへ。近属《ちかごろ》近鄰《となり》の浮《ふ》浪人《らうにん》稲城《いなき》補二郎が家鳩《くひなと》の。ごろすくのみ来《き》る求食《あさり》ひがよく娘郎《ぢよらう》に聊《なれ》なりと。女子等《めのこら》がいひつたふるも云へば。彼鳥《かのとり》の立《たち》よる迹《あと》にその艶簡《ふみ》の落《おち》たるこそ。意《こゝろ》をつくべき所《ところ》なれ。彼鳩《かのはと》の脚《あし》にむすび。艶簡《ふみ》を結著《ゆひつけ》。情《なさけ》を運《はこ》ぶべし。おもひを通《かよ》はせる。媒妁《なかだち》にせしにあらずや。さりながら猜《すい》しあひねと。其実《まめ》ならで私《さく》語《かたら》ば。時主《ときぬし》はきて。うち忘れ。汝《なんぢ》が鑒定《かんてい》しがたかるべし。件《くだん》の蒙塾《てらこや》補二郎は出処《いでどころ》を定《さだ》かに覚《きく》もあらねど。田舎《ゐなか》には殊《こと》に更《さら》に。麗《きらゝか》しき男《をとこ》なり。されば今《いま》捨《すて》て不遍《あまね》なり。却《かへつて》親《おや》の歎《なげき》をまねくにもあらぬ所行《しわざ》こゝろひ絶《たえ》よくいふべけれ。めゝしかるひなり。をやなるべきもべけれ。これも又《また》恋《こゝろ》のと道《みち》。只《たゞ》憎《にく》むべきめのゝ鳩《はと》なり。彼密夫《かれみそかを》にもいまだあらんとながしかよ。件《くだん》の鳩《はと》ずよ打殺《うちころ》さば。艶簡《ふみ》のかよひ路中絶なんかしてさが家《いへ》の夜《よる》の衛《まもり》を固《かた》くせば。捨子《すてご》いくよ出すとも。相譚《かたらひ》よろしとかゝるべからず。浮気《うはき》どちの恋《こひ》なれば。遠離《とほざかる》まく踈《うとく》なりてこれから悪魔《あくま》を禳《はらひ》ん欲《ほり》なれ又急《きふ》に女婿《むこ》を擇《えらみ》て。婿縁《ちんえん》を定《さだ》むべし。汝《なんぢ》よく意得《こゝろえ》て彼鳩《かのはと》をうち殺《ころ》せ。嫁捨子みなむかしぞと。微言《ひそめごと》は。讒る故に忠臣の主従《しゆうじゆう》讒しあへるを。捷子は近くあるは。紙門障子に竊聴《たちきく》て。且《かつ》驚き且《かつ》歎《なげ》きたまひし君《きみ》が逆鱗をしも蒙りてのなる拾《ひろ》はれて。恋の関令《せきもりすゑ》居られし。過世《すくせ》いかなる悪報ぞ。加禰つがひの媒妬したる彼鳥《かのとり》を。又《また》これなる殺《ころ》さしそれぞの恩《おん》を受《うけ》ながら。竟《つひ》に仇《あだ》して報《むく》ふなるぞといひませんとぞありふ。懸ひ向て吻《つく》く息《いき》も。涙《なみだ》の雨《あめ》の横波《よこしぶき》吹まがみのなくなれども。ふかき憾《うらみ》を人《ひと》づてならでいふよすがもなければのみぞ。只待《まち》くる鳥《とり》を又ぞなくこゝへ来《き》ますと只管《ひたすら》に祈る誠《まこと》のかひなくて。次《つぎ》の日《ひ》も彼鳩《かのはと》の。前栽《せんざい》了来《き》ふなれば。讒る故とも知られきえて。すえちあしよせんとて。庭への豇豆を ちらして笆の蒼に隠れてをりされども。鳩の枝《えだ》を離れまで。人無なるにと見れ禽獣《とりけもの》もよく狎《なれ》て。常《つね》ならずともこれを怖《おそ》れず。害心あると見へ。その気色を見んて近《ちか》づけど。荘子が所謂《いはゆる》鷗《かもめ》の喩《たとへ》にしもありなんともしらざりし。

讃助《さゝへすけ》は小半日《こはんにち》笆《まがき》の蔭《かげ》に居《を》り縮《すくみ》て。痿痺《しびれ》きりて大に倦《あぐみ》じ。やをら身《み》を起《おき》て足《あし》を引《ひき》ずり。裡《うち》に入《い》りて主人《あるじ》に報《つぐ》知れは。時主《ときぬし》騒《さわ》ぐ気色《けしき》もなく。いぞやと打《うち》落《おと》さんといひつけて。臂《ひぢ》近《ちか》なりける硯筥《すゞりばこ》を彼此《をちこち》と探《さぐ》りて。究竟《くつきやう》の物《もの》そあれと微笑《ほゝゑみ》て。文鎮《ぶんちん》めきたる鐵串《かなぐし》を袖《そで》の内《うち》にかくしもち讃助《さゝへすけ》をよべば縁《えん》より卉《くさ》して。竊《ひそか》に庭《には》へ出《いで》てゆける。擡子《あぞうと》はちぢめより。綍《と》の女らをとりてみれば外扉《とびや》の縁《えん》に尻《しり》をかけて。心苦《こゝろぐる》しくものゝ。高《たか》き梢《こずゑ》にある鳩《はと》を追《お》ひやらんとすなるぐされどとて明向《あからさま》に。人《ひと》には告《つぐ》るよしもあらねに。とく逃《にげ》よかしと立《たち》つ居《ゐ》つしたびかゝる手《て》を抗《あげ》て。数丸《はとの》ども飛《とび》もせず。又餌《まきゑ》をえてもちりも来《と》ずあるは心憂《こゝろう》と眉《まゆ》うち顰《ひそめ》。さぐりねどひのとどくやと。神《かみ》に佛《ほとけ》に祈念《きねん》しつ。梢《こずゑ》を瞻《まもり》て居《ゐ》たまけるに。父《ちゝ》の時主《ときぬし》が竊《ひそか》に前栽《せんざい》に立出《たちいで》て。梢《こずゑ》をうち仰《あふ》ぐ樹《こ》の下《もと》ちかく竈《わらひ》よりきたらでや。鳥《とり》は飛《とび》もせず。擡子《あぞうと》まきにられをうえて。吐嗟《あなや》とむろまうち騒《さわ》ぐ。こゝろ彼処《かしこ》に。身《み》ハこゝにありとハいへども神仏《かみほとけさま》助《たす》けぬべときを。あり。光明真言十方世界《くわうみやうしんごんじつぱうせかい》念仏《ねんぶつ》衆生《しゆぜう》と。唱《となへ》も果《はて》ぬに。鳩《はと》ハ忽《たちまち》ち枝《えだ》を。離《はな》れて。稲城《いなき》が如く飛《とび》ゆくを。時主《ときぬし》ハ追《おひ》さまに丁《ちやう》と打《うつ》る手煉《しゆれん》の鎖覘《しゆりけん》羽《え》つれの髑髀《ふね》を打《うち》ぬかれ。魂滅声《くるしげなるこゑ》ともろともに落《おち》んとせしがゆら〳〵に。風《かぜ》をちかたに飛《と》ぶ鳥《とり》の翅《つばさ》と共《とも》にさそはれたる。霜《しも》の拍子《ひやうし》声《こゑ》枯《かれ》でおれよ。と高《たか》く叫《さけ》ばれね。親《おや》子いとゞ悼《ちやうり》の嘆《せき》に紛《まぎ》らん胸苦《なやむ》しさを尻目《しりめ》にかくる塗《まだまけ》る牧がおちくよげるに縁《えん》端《ふゑ》鳴らして。やゝと誉《ほむ》るも面憎《つらにく》き。恋《こひ》まハ鳥《とり》を恨《うら》むといへどその後朝《きぬ〴〵》いまださらで。鳥《とり》に別《わか》るゝ物《もの》おもひ。これも脱《のが》れぬ因《いん》果《ぐわ》とハ。いはぬ親《おや》と相《あひ》思ふ子《ご》の迷《まよ》ひ。いづれふる翠《みどり》。並木《なみき》の松《まつ》に隔《へだて》ら。鳩《はと》の往《ゆく》へかいえそぞなりね。

常夏草紙巻之一　終

常夏草紙《とこなつさうし》巻之二

第三《だいさん》　すげ笠の裏下

撫子《なでしこ》が頭髻剪らるゝ事

東都　曲亭馬琴編演

扨《さて》も稲城補二郎《いなきすけじらう》ハ。とハぬ少女《をとめ》にあひ見て。契りの文字にあらねバ。立《たゝ》ん浮名《うきな》のいと惜《を》しく。三十一文字《みそひともじ》にまりて亦彼鳩《またかのはと》の脚《あし》に附《つけ》。はなちやりく遣《つかは》せしが。流石《さすが》にその子《こ》意《こゝろ》をやれども。いかにせしとも問《とふ》よしなく。次《つぎ》の日《ひ》も手《て》習《ならひ》子ふを得《え》し果《はて》て。ひとり帰《かへ》る。ちかき出《いで》て。外面《とのもさ》観《あがめ》をながめやりけるに。忽地《たちまち》物《もの》に追《おは》れまで。来《き》し鳩《はと》は驀直《まっしぐら》に飛《とび》来《き》て。折戸《をりと》のこなたへ。礫《つぶて》と落《おち》たりけるが鳥《とり》にハあらぞや。とおどろく。拙《ぶくり》き木履引穿《ひきうが》ち。忙《いそが》しく走《はし》りよりてかきあげつゝ。引立《ひきたて》てそれに憐《あはれむ》べし男山《をとこやま》の。左《ひだり》の片なる羽《は》の翅《それ》骸《ね》を洗硯《すゞり》に打《うち》抜《ぬか》れ。半身《はんしん》鮮血《ちしほ》に塗《まみ》れて息《いき》は絶《たえ》たり。かゝる深痍《ふかで》を負《おひ》ながら。わが宅《やど》とても思へバぞ辛《からう》じて

帰《き》宅まて主《しゆう》の目前《まのあたり》に死《し》したれ。鳥《とり》すら舊《もと》巣を忘れぬなるに。彼《かの》返書《へんじ》を他《ひと》に
とられ。荘二《せうじ》が奴婢《ぬひ》等《ら》に憎《にく》まれたる殺《うい》むだんに毆《うち》もうちて匿《ひさま》痛しえまえてありと。
おもひあまりて嘆息《えんそく》し。その銑硯《しゆりえん》を援《ぬえ》とりて生血《のり》押拭《おしぬぐ》ひうちかへし。打《うち》かへし
つくゞ遍《えび》う。かんれバ年来《としごろ》寄《しろがね》る揥枝《かうがい》。それかあらぬかとぞありけるに。護身嚢《まもりぶくろ》に
秘《ひめ》おかれし。繪圖《ゑづ》遽《いそがは》しくとり出《いだ》して。彼《かれ》と是《これ》と引《ひき》あはし。引《ひき》あはしても鳥田《とりさ》が宅《や》
地《しれ》の森《もり》を遥《はろか》にかへり見《そ》て。或《あるひ》ハ怒《いか》り。或《あるひ》ハ歎《まど》ひなげき天地《てんち》を拝《をろが》ミて。亦《また》
彼《かの》むすめ鳩《もと》を引立《ひきたて》。大古《むかし》天稚彦《あめわかひこ》と云へる神《かみ》。葦原《あしはら》の中國《なかつくに》に逗留《とゞまり》して。
下照姫《したてるひめ》の色《いろ》に愛《めで》。久《ひさ》しくかへり来ざりしかバ。高皇産霊神《たかむすびのかみ》謀りたまひて名
雉《きじ》を遣《つか》はして。事《こと》見させしめ給の栢《かど》に雉《きじ》は飛去《とびゆき》飛降《とびくだ》りて天稚彦《あめわかひこ》の門辺《かどべ》
なる湯津《ゆつ》の杜木《かつら》に居《をり》しかバ。天稚彦《あめわかひこ》これをみて高皇産霊尊《たかむすびのみこと》より
賜《たまはり》たる。天鹿児弓《あめのかこゆみ》に天羽々矢《あめのはゞや》をうち刻《つが》ひ。射《い》て彼雉《かのきじ》を殺《ころ》せるに。その

揥《かうがい》枝《え》をもつて
補《ほ》二郎《じらう》
仇《あさ》をしる

矢雉《やきじ》の胸《むな》を洞達《とうたつ》て。高皇産霊《たかむすび》のおん前《まへ》に飛《とび》あがる。尊《みこと》これを見そなはし。その矢《や》を還《かへ》し投《なげ》おくれば。天稚彦《あめわかひこ》の胸上《むなさき》に。羽ぶくら迫《せめ》て立《たち》たりける。これ返矢《かへしや》の縁故《めと》なりとぞ。神代《かみよ》の事《こと》を今《いま》にてよ。どもひあへまるハ恐惶《りつく》れど。この揥枝《かうがい》ハ父《ちゝ》の像《かたち》見え又その鳩《はと》ハつかぶれよ。なる〳〵無名雉《ななしきじ》にてありけるぞ。也と。さればどこの鳥《とり》を。男山《をとこやま》と名《な》づけしもその。正是《まさしくこれ》八幡宮《はちまんぐう》の武運《ぶうん》を守《まも》らせ給ふなれ。天命《てんめい》に空《むな》からで。父《ちゝ》の枉死ハ十九箇年《かねん》のむかしを今《いま》に至る。あへも。正木《まさき》のかつらいと長《なが》え。怨《うらみ》を報《むく》ん欲《よろこび》しや。父《ちゝ》の仇《あだ》となる鳥田時主《とりたのときぬし》。ひで首級《くび》とりて尊霊《そんれい》に備《そなへ》んものと。悍《いさ》みたつ。年《とし》も稚木の花の兄春なら。なりに魁《さきがけ》て。跡《あと》へハひかね餓鬼《がき》骨の。障子《せうじ》を礙《さゝ》と推開《おしあけ》て。網代《あじろ》はつ邑。敗葛籠《ふるつゞら》も。人目《ひとめ》を褁《つゝ》む具足《ぐそく》櫃《ひつ》。蓋《ふた》と見え除《のけ》て引出《ひきいだ》し。准備《ようゐ》の身甲躬。あり〳〵打扮《いでたち》。大刀《たち》に短刀《のだち》を蹲添《そばそく》て。立《たち》ながら穿《むかぶ》武者草鞋《むしやわらじ》。庭《には》へ閃《ひら》りと飛《とびを》かけりて西《にし》を示《さし》てぞ遠《をちかた》去ぬ。かゝりし程《ほど》よ時主《ときぬし》ハ。惜《をし》とおもへ稲城《いなき》が鷹を。
窺外《ねらひそご》さゞ撃《うち》たりしが。銑現《しゆりん》を負《おひ》ながら鳥《とり》の飛去《とびさ》る方を送憾とひへ
しかバすれ縁頬《えんがわ》に尻《しり》をかけ。嗟收《さだすけ》笑くりつゝ。彼鷹《かのたか》怪《けう》有よ飛去《とびさ》るとひへ
ども。既《すで》よ銑現《しゆりん》ふ縫《ぬひ》れし上ハ稲城《いなき》が宅《いへ》まではゆもやらじ。築垣《ついひぢ》の外《そと》田圃
の中《うち》なんどよ落《おち》るなるべし。發留《うちとめ》るを見果《みはて》ねバ。物足《ものた》らねてちすそすれ。
汝《なんぢ》そこら一巡《ひとめぐり》してえて来《き》よかし。といふよ。嗟收父顔よ。主人《あるじ》の手練《しゆれん》を
稱讚《せうさん》し。尋常《よのつね》の商賈《あきびと》ならバ。算盤《そろばん》の玉《たま》ハ彈《はぢ》くんが。髙《たか》く梢《こずゑ》よ翔る鷹を。
彈《うち》べうもハあらぞ。布《ぬの》を賣《う》らして浩業《なりはひ》としあひなるうなれば両刀を捐あらねを。
らろなかくゆひしが。目今《いま》の本事《てなみ》をえて。昔慕しくすそと慰れバ時主《ときぬし》。
とろぶげよ笑向既ふ悪魔《あくま》ハ禳ふたりどくどいそがせバ。嗟收ハ當
引折《ひきをり》て。外面《とのかた》へ走《はせゆき》ぬ。浩然ふ補二郎ハ案内もせバ時主《ときぬし》が背門《せど》より入

て庭門《ていもん》なる。樹立《こだち》の間《ひま》に身《み》を潜《ひそ》まし。裡《うち》のやうを窺《うかゞ》へバ。水草《がま》薦《ござ》布《しき》る。縁椽《えんがハ》のあられ柱《はしら》に。身《み》を倚《よせ》ける羊面《ようめん》ハ。豫《かね》て認《しり》たる當家《とのや》の主人《あるじ》。時主《ときぬし》と見えてけれバ。勢《いきほ》ひ猛《たけ》く走りの里《い》。父《ちゝ》の仇《あた》なる荘二時主《せうじときぬし》。里見《さとみ》の藩臣。稲城《いなぎ》治部《ぢぶ》平《へい》が長男《ちやうなん》。補二郎《すけ》をしれりや。と名告《なのり》もあへず。大刀《たち》抜翳《ぬきかざ》しく斬《き》らんとするを。時主《ときぬし》ハ背さるおふに。扇《あふぎ》をもて受《うけ》るが。蹴《け》かへし障子《せうじ》を肴《そで》にして。赤鑿《まさうつ》大刀《さち》を遮《さへぎ》り留《とゞ》めとゝろも得《え》ねバ。これを指《さし》て。父《ちゝ》の仇《あた》とハいかなる故《ゆゑ》ぞ。貨殖の人《ひと》と身《み》をやつせども。おのれ両刀ハ捨《すて》ね。時主《ときぬし》時宜《じぎ》によって脱《のが》るゝが。證迹《せうせき》あらバ疑《うた》れもせず。人《ひと》をはかりて後悔するな。といわせもあへず眼《まなこ》を瞪《いか》らし。證據《せうこ》あつて仇人《かたき》といはんや。この掃枝《うつがの》ハ見《み》えも忘れず。汝《なんぢ》がこゝろにあるよしあらんに。長物《ながもの》くらハ無益《むや》に似《よ》たれど。傳《つたふ》れバ二十年《はたとせ》に。一《ひと》とせ足《さ》らぬ失怙《ちゝこ》のうらミ。天文《てんぶん》三年八月三日。わらが父《ちく》をそこなへせし人《ひと》。

主君《しゆくん》の仰《おほせ》うけありり鎌倉《かまくら》の管領《くわんれい》家《け》へ。婚縁《こんえん》の事《と》ありて。聘物《ひきでもの》としく。里見《さとみ》の重宝《ちやうほう》。大月形《おほつきなりくさ》の太刀《たち》を衛守《もりあづ》りて。敵國へしらまでを。従者《ともびと》どもが。のと窶《やつ》し。鎌倉《かまくら》へ赴《おもむ》く道中《どうちう》。武蔵野《むさしの》のあるさある。荻窪《をぎくぼ》の御既盡処《さとたづれ》ここらが父《ちゝ》主従《しゆうじう》あへなくも。盗賊《とうぞく》の為《ため》に殺れ。大月形《おほつきなりかさ》の大刀《たち》はさらはれり。別《べつ》に聘物《ひきでもの》として齎《もたら》したる。主君《しゆくん》の要金《ようきん》三百両を奪《うば》ひとらるるの。とれ父《ちゝ》が倶《ぐ》したる若党《らうたう》。壽郎奴とりあめの所要《しよよう》ありて。二三里《り》が程《ほど》後《おく》れしが。事果《ことはて》たりける跡《あと》へ走着《はせつけ》。空《むな》しく主《しゆう》の屍を備《まり》て。房州《ぼうしう》へ立帰。吏《を》の為体《ていたらく》を告《つぐ》るといへども。其年《とし》これは僅《わづか》に二才《ふたつ》。弟《おとゝ》瀬次郎《せじらう》は当歳《たうざい》にて。母《はゝ》の胎内《たいない》にありしが。奪《うば》はれし父《ちゝ》の夢《ゆめ》の跡《あと》を。夢《ゆめ》ともしらで後《のち》に聞《き》く。送《い》怨《えん》あるとはいへども。仇人《かたき》の面影《おもかげ》認らねば。的《まと》なき弓を射《い》るごとし。弓矢《ゆみや》の家《いへ》につへし父《ちゝ》は大事《だいじ》の使《つかひ》をうけありていまだ鎌倉《かまくら》へ得《え》もあらぞ。その身

枉死して大月形《おほつきぎやうぶ》と三百金を奪《うば》ひとられしなり。その咎《とが》のとも軽《かろ》からず。主君《しゆくん》
の気色蒙《かうむ》りて。所帯《しよたい》悉《ことごと》く没収《もつしゆ》せられ。妻子《やから》までを追放《ついはう》せられしかば歎《なげ》き
のうへに歎死《なげきじに》をまでなし。母の劬労《くろう》は言《こと》の葉《は》に説《と》き竭《つく》されね一家《いつけ》の沈落《ちんらく》なる
時節《じせつ》に弟《おとゝ》が出生《しゆつしやう》しけれ由縁《ゆかり》を求《もと》めてそのあとに羊年《ねんねん》彼処《りと》に一年《いちねん》流《なが》れ
渡《わた》りあるにすみ果《はて》ね。親子《おやこ》三人《みたり》が涙川《なみだがは》照《て》らされぬ月日《つきひ》もとつとせやうやくあれハ
八歳《はつさい》弟《おとゝ》ハ七ツ。亡父《ぶふ》が七回忌日《しちくわいきにち》の逮夜《たいや》ぢやが。母の物《もの》がたりに。父《ちゝ》が枉死《こゝし》の
形勢《ありさま》を聞《きく》るとれの朽《くち》おしさ。仇人《かたき》ありとハおもへども顔《かほ》も認《みと》らず名《な》もしらず。
あらでも鞍《うさ》めんとおもひ立《たち》し。去年《こぞ》に今年《ことし》ハ茲《ここ》ハやまして雀小弓《すゞめこゆみ》に菖蒲大刀《あやめたち》童挺《わらべあそび》
も只《ただ》その子のまゝ十年《とゝせ》にちかれ春秋《はるあき》をおくれど仇敵《あだ》何人《これ》なりとしらるゝよしも
なかりし不親子《おやこ》三人ひとところにありてハのと便《びん》なきとおもひしかバ同胞《はらから》ひそかに謀《はか》りて
あに弟を咽《のど》残し留《とど》めて。病《やまひ》を常《つね》なる母《はゝ》への孝養《こうやう》す。これハ猛《まう》に猿《ゑび》なちて処《ところ》

定《さだ》めぬ武者修行《むしやしゆぎやう》し。自然《じねん》とおぼえし武藝《ぶげい》を一通《ひととほり》して。この妻磨河《さまがは》の橋《はし》
居宅《すまゐ》が擇まして萩窪《をぎくぼ》に程遠《ほどとほ》からねば。仇《あだ》をたづぬるよしもあらんかと。深《ふか》く遠慮《おもんぱかり》を
しかひおりて。鄕《さと》に汝《なんぢ》がつちが鳩へ。打《うち》かける洗硯は大月形へ附《つけ》られし。杜鵑《ほとゝぎす》の
割掃枝《わりかうがい》大刀《たち》の飾《かざり》は。つちが母の菊《きく》も傍《つき》へてをはせしかば。これ悉《ことごと》くこれを圖《づ》し。出《いだ》
彼《かの》大刀《たち》を仇人の證據《せうこ》とこころ頼《たの》む男山《をとこやま》。弓矢神《ゆみやがみ》の擁護《おうご》によりて鳩《はと》が
鄕導《みちび》く仇人の隱宅《かくれが》。件《くだん》の繪圖《ゑづ》にこの掃枝《かうがい》の。家ぞありも違はねば迯《のが》
ともいはで脫《みづ》をのべん萩窪《をぎくぼ》の曠野《あらの》へつくつゞが。父《ち》治部平《ぢぶへい》殺害《せつがい》し大月形と
三百金《きん》を奪《うば》ひとりたる癖者《くせもの》は。鳥田莊二《とりたのさうじ》時主《ときぬし》と昭くたる皇天《てんとう》の鏡《かゞみ》に
うちてあらしめつり。名告《なの》れく。とゐれまゝき高《かう》く刀《かたな》を翳《かざ》し詰《つめ》よせたるやらく。
時主《ときぬし》は聞《き》く毎《ご》に。おひあへざるのみなれば数回《あまたゝび》歎息《たんそく》して。障子《せうじ》搔《かい》やり
礙と坐《ざ》し。人《ひと》を殺《ころ》さぬ身《み》の潔白《けつぱく》も。割掃枝《わりかうがい》が證據《せうこ》となりて。疑《うたが》はるゝ理《ことわり》

されど。これみな種々《しゆじゆ》の因縁《いんえん》あること。たゞのかなしみを待《まさ》ずして。憂《うさ》がかゝらざるぞ後悔《こうくわい》のあらんか。あなへ纓《うくさ》に刀を帯《お》びねば。敵對《てきたい》もせん。姓《こわげ》もせん。年《とし》ころとぞ早《さや》きものを。勇士《ゆうし》の本意《えい》といふのみべからず。まづいふよりを守《きく》りてと驕《さるが》ね日本《やまと》たましひに補《れ》二郎刃《やいば》を引《ひき》そばめ。今《いま》に及《およ》びて命《いのち》を惜《をし》み。墨《すみ》めて雪《ゆき》と欺《あざむ》くとも。誰《たれ》かそれを実《まこと》とせんのみよめらざらへきかんいりよいよと遁立《にげたち》まで。時主《ときぬし》悔《くや》みて嗟嘆《さたん》して。その向《とき》れぞもいはざらんや。目今《じやうごん》の辺《へん》が物《もの》がたりよ。ひあへさる大秋窪《だいくぼ》の。秋《あき》をやてに十九年《ねん》がられいと貪《まづ》しかりける。念願《ねんぐわん》の旨《むね》ありて。浅草寺《あさくさでら》より賽日《さいはい》募《ひろれ》て帰《かへ》る野中《のなか》にて。襤《えび》たる武士《ぶし》と荒男《あらをとこ》と切《きり》むすぶ刃《やいば》の光《ひかり》をえりどとも外《ほか》な道《みち》もなし。闘諍《けんくわ》の側杖《そばづゑ》打《う》れじと。家《つら》を拂《はら》ひて草《くさ》に臥《ふ》し。縡《こと》のやうを闚窺《うかゞひまさ》たるに。旅人《たびびと》の従者《ともびとら》は。やや撃《うた》れて主《りやう》も小鬢《こびん》の外《そと》まで砍《き》られ。鮮血《ちしほ》流《ながれ》れて眼《まなこ》に入《い》りけれん。撃《うつ》も大刀《たち》さばきも定《さだ》まらざりし。件《くだん》の野伏《のぶし》の荒男《あらをとこ》も。薄痍《うすで》少《せう》く負《おひ》たりしが。これに気《き》を得《え》て蹈《ふみ》とゞまく。終《つひ》に旅人《たびびと》を砍《きり》ふせて。縷《たて》ある力を奮《ふる》ひとまき去《さ》らんとせしが。よるべ係《く》りのあれこれもかんるに忍《しの》びぞ身《み》を起《おこ》し。癖者《くせもの》まてと呼《よ》び留《とむ》るに。見かへるところ打《うち》かけし。筆硯《ふでかうえん》を菅笠《すげがさ》に纏《ねらひ》とあやうしたるその隙《ひま》に。彼荒男《かのあらをとこ》は草《くさ》に躱《うく》ゐ、て。往方《ゆくへ》しれずなりねれど命《いのち》をかけて追《お》ふべくにあらざれば痛《いたみ》に枉死《わうし》の主従《しゆうじゆう》何地《いづち》の人《ひと》と問《とふ》よすがもなく。只《たゞ》手《て》に残る掻枝《さしぶの》のその半隻《かたかれ》は後《のち》の證《せう》これと懐《ふところ》に挟《おさ》め持《もち》。旅《せが》ちぞ家《いへ》に帰《かへ》りしが。人《ひと》にいふべくもあらねば。彼掻枝《かのかうがい》は硯《すゞり》にほけて文鎮《ぶんちん》にせしと見えもありしが。物忘《ものわすれ》しからでありその後《のち》はいとゞ忘《まど》ましてとりも恙《りざ》ぞ。あり侍るにきのかみならずも。御辺《ごへん》が愛《あい》する家鳩《いへばと》の。殺《ころ》せる跡《あと》に送《のこ》りし艶簡《ふみ》は。女児《むすめ》と情《なさけ》のあつふに似《に》たりきとて。親《おや》の一下《こ》ぞちぐは。件《くだん》の鳩なに撃殺《うちころ》さず。情欲《こひ》のあつかひ路中絶《ちうえ》んと。物頑《ものくる》は校計《めぐろそ》て件《くだん》の鳩を待《まつ》かどくよれ。夜《よ》も又つらづ庭《には》の。樹《こ》の枝《えだ》に居《を》るをみえて。心遍《ちろちろ》まで臂近《ひぢちか》る。硯箱《すゞりばこ》を掻撈《かいさぐ》りて。手《て》あたりに当《あた》る揚枝《やうじ》を洗硯《あらひけん》となしたりしが。仇人《かたき》といひつゝつらづ身《み》の厄難《やくなん》。これも不思議《ふしぎ》の因縁《いんえん》なる。御辺《ごへん》の仇人《かたき》を認《みとめ》し時主《ときぬし》時冥《おだ》ふらが力《ちから》を戮《あは》して本意《ほい》遂《とげ》させるゆゑもあるなん。まづその刃《やいば》をおさめなへとのべぞ呼《よび》と冷笑《あざわら》ひ。その身《み》の罪《つみ》を脱《のがれ》んために。口《くち》さきにもたらへもりまれこの郷《さと》へ来《き》て常《つね》に汝《なんぢ》はちぢわいといふて貪《まづ》しくは過《すご》ぐしにあらず。浅羅《ぜうりわ》弁天《べんてん》の冥助《みやうぢよ》にもよつて。大家《おほいへ》と富《とみ》を有《ゆう》といふにも疑《うたが》ふべき一ッならず。彼宝刀《かのみたち》を沽卸《うりおろ》し三百金《きん》とられを合《あは》して盗跡《ぬすみあと》なる不義《ふぎ》の財宝《ざいほう》は落《おち》ず語《うる》に落《おち》ると世《よ》の常諺《ことわざ》へ汝《なんぢ》におそらく稚《をさな》きより父《ちゝ》の仇《あだ》を報《むく》はんとの志《こゝろざし》の家《いへ》より身《み》を起《おこ》して蚤《のみ》にも刺《さ》されざるによつていねる秋《あき》さへ寒ある出水《でみづ》にもおりたちけれど茅屋《あばらや》が棟《むね》に攀登《よぢのぼ》りたるところへ立ちで冷笑《あざわら》ふのみならりしに悪縁《あくえん》のよる処《ところ》歟。

汝《なんぢ》が女児《むすめ》撫子《なでしこ》が。そのとしごろより眷恋《けんれん》してこがるゝ艶簡《ふみ》を送《おく》るといへども。仇人《かたき》を窺《ねら》ふこの身《み》にハ。色《いろ》も情《なさけ》も何かせんとうち捨《すて》て見もかへらねばいとゞ思ひ焦《こが》れてや。これが紙鳩を媒妁《なかうど》に。千束《ちつか》にあまりの艶簡《ふみ》の数連累《まきぞひ》せらるゝひめやかにしかぞろへる其一毫《ひとふで》。三十一文字《みそひともじ》によみて鳩《はと》に附《つけ》たる遠慮の一封。却《かへつて》汝《なんぢ》に獲《え》られしより。かれ又仇人《かたき》の證據《せうこ》を獲《え》たり。盲亀《まうき》の浮木《うきぎ》優曇羅花《うどらげ》の春《はる》にあふて。遂《とげ》がたき命《いのち》を惜《をし》む欲臆せし欲怨の刃とてうけよと罵《のゝし》る。あながち内の君を潜《くゞ》る時主ハ背《うしろ》さまに飛退《とびのき》て今さら脱《のがれ》かさな撲《うけ》。臂《ひぢ》を伸《のば》して揺る中刀拔《ぬき》あひつゝ切《きり》むすぶ。一上一下《いちじやういちげ》。手煉《しゆれん》の刀尖《きつさき》。電光石火《でんくわうせつくわ》と閃《ひらめ》かして大刀音《おと》。こゝハ何するぞと。撫子《なでしこ》が忙《いそが》しく走《はし》り来《き》て。とみれバ父《ちゝ》と情郎《こひびと》の。刎を削る生死《せうし》の際《さかひ》。あなあさましや。と声《こゑ》立《たて》て呼べど喚《よ》べど織《お》る機《はた》の音《おと》に紛《まぎ》れて人《ひと》も来《こ》ず。彼方《かなた》此方《こなた》と走続《はせめぐ》れバ。怪我《けが》さする。

世《よ》なるみ。禁《とゞ》むれど。父《ちゝ》も郎《をとこ》も眼《まなこ》を瞪《ひら》き。叱《ちつ》と退《のけ》てもすかしに命《いのち》をもまん半部《そちとこを》の。障子《しやうじ》をとつて打合《うちあは》せ。刃《やいば》の上《うへ》へ掩《あれ》ひかけ。其《その》身《み》を壁《かべ》に撲地《ひたと》と坐《ざ》る。腕弱《かよわく》き女《をんな》の力草《ちからぐさ》も。身《み》を捨《すて》れば止《とむ》る。氷《こほり》の刃《やいば》うちとけかねて補二郎《ふ》は声《こゑ》を激《はげま》し。謂《いはれ》ぬ女子《をなご》の裁判《さいばん》。親子《おやこ》命《いのち》を捨《すて》んと欲《わが》歟。其処《そこ》退《のけ》せよといへれけれども。時主《ときぬし》も小膝《こひざ》を衝《つけ》。身《み》よりあかれなき複讎三昧《わざうちざんまい》。彼《かの》狂人《きやうじん》を生拘《いけどつ》て。国府《こふ》へ引《ひつ》せんとや。退《のけ》捏《あぢと》るよしなき所為《わざ》のあやまちをなさじと。ひつ喘《あへ》ぐ〳〵る親《おや》と郎《をとこ》が角組《つのぐみ》し。そのよしあしはしらねども。一人《ひとり》は捨《すつ》る命《いのち》ならず。三人《みたりよ》一所《ひとところ》に死出《しで》の旅《たび》。三途《さんづ》の河《かは》も共筏《ともいかだ》。されどもこれを先《さき》へ殺《ころ》してたゞ意中人《おもひをとこ》の刃《やいば》にかけられ親《おや》の先途《せんど》とてまつるか。咽喉《のどのと》の残り恥《はぢ》物《もの》をさせん後《のち》の嘆《なげき》をよましめて待《まち》らぬ。少女《をとめ》の裁判《さいばん》と叱《しつ》らるゝかれしらねども稲城《いなき》のむすめはわが父を親の仇人《かたき》と宣《のたま》へど。彼《かの》とのはも汝《なんぢ》が父《ちゝ》を撃《うち》しど。名告《なの》る我《き》なりで撃《うち》ながば。武士《もののふ》の道《みち》にも缺《かけ》り。仇《あだ》ならぬ事告の。後《のち》に悔《きこ》えて仇《あだ》ならぬ人《ひと》を殺《ころ》せし身《み》の罪《つみ》を負《おひ》なんとならば。何《いづ》れの命《いのち》いづれの身《み》をめるく。真《まこと》の仇人《りうえ》を撃《うち》なりてつらへがたきさうえ截判小手差原《こてさしはら》に剱《あやむ》れてなどで誓言《ちかひ》をしかへざる侍《つき》へ聞《きく》。小手差原《こてさしはら》なる掩膊石《こていし》へむかひより哭《れう》侍りが。疑念《ぎれん》解《それ》ざるまの件《くだん》の石《いし》のほとりにて。誓《ちか》ひを立れば立地《たちどころ》に善悪《ぜんあく》虚実《きよじつ》をあらはすといふ疑《うたがひ》しれば罪《つみ》せんと物《もの》にもあらずてあるならばさや。されば誓言《ちかひ》の石《いし》の名《な》の空《むな》しからんば疑《うたが》ひの散《それ》ねるやは侍るべき互《たがひ》に深念《しあん》しあへとおもひうけて落《おと》せし紅涙《ちのなみだ》。雙の袖《そで》はありながら拭《ぬぐ》ふに手《て》さへ赦《ゆる》されね。障子《しやうじ》の上《うへ》に生死《せうし》の際《さかひ》。ある時《とき》しも少女《をとめ》子が。頓智《とんち》を感《かん》じて補《ふ》二郎は。刀《かたな》の鞘《つか》を握《にぎ》り命《めう》の拳《こぶし》も堅し放るゝ時主《ときぬし》は殊更《ことさら》に感涙《かんるい》を禁《とゞめ》あへぞげなく。とひ忘れたりぱ。はや撃《うつ》とも撃《うつ》るゝとも。怨《うらみ》あれ身《み》を狗死《いぬじに》して。世《よ》の胡慮《ものわらひ》となるもうさて。彼《かの》

ふじはら補二郎時主《ときぬし》と庭前《ていぜん》にこゝろみ
鳥田時主

不二郎

掩膊石《こてりし》は霊験《れいげん》ありとて。里人《さとびと》におしなべて。誓《ちかひ》の石《いし》と喚《よび》なせり。稲城《いなぎ》とてもよ彼処《かしこ》に至らざりしの虚実《きよじつ》はおのづから分明《ぶんめう》にならるべし。補二郎はうなど。とのひければ。うち点頭《うなづき》て気色を和げ。それも又彼石の霊《れい》ある事は組党に名告《なの》らね仇人を轉《うた》せんより。おなじ一件の原に赴《おもむ》かれ。いへしその事実《まこと》ならば。小手差原《こてさしはら》が直当戦場《せんぢやう》ならば刃《やいば》をおさめんや。のごひけびかん。とありともに刃を鞘《さや》へ納《おさむ》まで。然《さ》はいとゞ安堵《あんど》て。胸《むね》のあくりを撫《なで》ても。障子《しやうじ》掻遣《かいや》て。髪《かみ》の掛恥《おもはゆ》ぞあるおづら答へと郎子《とのど》へ願《ねが》ひ作に誓《ちかひ》の石《いし》の誓ひありて。仇《あだ》ならねば分明に疑《うたが》ひの散《ちり》ぬるぞ。これを妹夫《いもせ》の縁《えん》にあてて妻《めあは》してよびてんや。とられどもおのが身《み》を玉椿《たまつばき》の八千代《やちよ》まで斉眉《うづ》しくならざりつられが為中も男《をとこ》の仇人答《ちご》への助誠《よしなり》は聟《むこ》の為恩《おん》と情《なさけ》を結《むすび》あへし。郎子《とのど》の本意《ほい》もならしが願《ねがひ》も遂《とげ》させてならべでにの恨《うらみ》引《ひき》かへて悦《よろこ》びられにまいらせ候とのたまふ顔《かほ》をうち掩《おほ》ふ袖《そで》の隙《ひま》より親《おや》の良郎の良さき頭《のぞ》く。少女心《をとめごころ》の末長《すゑなが》き、袂《たもと》にあまりし思ひあり時主《ときぬし》も恩愛《おんあい》のさらそとゝへばうち嘆《なげ》き、かゝる折《をり》から婚縁《えんえん》の事告《とふさ》まへをよあらねども。稲城《いなき》が父《ちゝ》の仇《あだ》なる癖者《くせもの》ぞ、その面影《おもかげ》はこれ認《しる》れり。されば糸引《うけひく》よしもあらんが。管領《くわんれい》武将《ぶしやう》ねにあらざるよりは女婿《むこ》まてでとおもへども。蓼《たで》喰《くふ》虫《むし》もおのが好《すき》ずきまでゞらふ夫《をつと》ならべ。これ又《また》なぞに阻《こそ》むべきにはあらじ疑《うたが》ひ解《とく》るにおいては。女児《むすめ》が情願《ねがひ》を稱《かな》ふべきや。稲城《いなき》が胸中《きやうちう》安まはし。とひへが頭《かうべ》を左右《さやう》へうち掉《ふり》。そのゝちの回答《いらへ》が臣島田は父《ちゝ》の仇《あだ》ならず。と事分明に疑《うたが》ひの霽《はれ》ての後《のち》はとまれかくまれ。只今《ただいま》にて議《ぎ》をべからず。[illegible]小田原《をだはら》へ誘《いざ》なへと立《たゝ》んとするを時主《ときぬし》は遽《いそがは》しく推留《おしとゞ》め。彼原《かのあら》までは坂東道《ばんどうみち》十里まゐまれるにけふは草るに程《ほど》もあらぬ夜《よ》の中《うち》より準備《ようい》して明《あけ》なば彼処へ赴《おもむ》くべし。おくのみ夜《よ》に紛《まぎ》れて逃《あが》も走《はし》るかとむべかれど、これも刀はいまで捨《すて》ぞ。今夕《こよひ》一宿《ひとよ》の保質《ひとぢち》なれ。撫子《なでしこ》をまゐらせべし。とのたまふに喜《うれ》しといへバえ。いふで喜《うれ》しき少女《をとめ》が。こゝろよく父《ちゝ》を伏拝《ふしおがみ》ながら。稲城《いなき》へ親子《おやこ》を兄目《えりめ》ふうけ。虚実《きよじつ》いまだ定《さだ》かならね。仇人《かたき》の女児《むすめ》を伴《ともな》ひ。柳下恵《りうかけい》といへども。爪弾《つまはぢき》せねなのためなれバとて仇人《かたき》と思《おも》ひ定《さだ》めたる。時主《ときぬし》を阿容《おめ〳〵》と一宿《ひとよ》だて。ともみん殺《みなごろ》さんへ人《ひと》のこのせざる所《ところ》。勇士《ゆうし》の恥《ちぢ》るところ〴〵いましむべけれど。隣を傾《かたぶ》けさうなれど。身《み》を起《おこ》し。刀《かたな》抜《ぬき》て撫子《なでしこ》が頭髻《たぶさ》を弗《ふつ》と剪《きり》て。親子《おやこ》のなのようち對《むか》ひ。只今撫子も思ひとべりし。撫子《なでしこ》が父《ちゝ》の首《かうべ》。小選時《しばらく》代《かは》るこの頭髻《たぶさ》を。ことごとく懐《ふところ》におさめおかれ。事分明《ことふんみやう》ならず疑《うたが》ひ散《ちら》するこの髻《もとどり》を聟《むこ》引出《ひきだ》し。疑《うたが》ひの散《ちれ》ざるときへ。鳥田《とりた》が首級《くび》もかくのごとくこそが刃《やいば》を受《うけ》さもなくバ。さらバ親《おや》の菩提《ぼだい》のために尼《あま》ともなられ。撫子《なでしこ》が頭髻《たぶさ》一ツを二人《ふたり》がもへよりけて。出るさらね。閨の戸をとあけ。六ツの日《ひ》の撞《つき》暗号《あひづ》として小手差原《こてさしはら》まで再會《さいくわい》せんとのひとこと刃を納《をさむ》れバ。拳《こぶし》を掌《て》をうち合《あハ》し。妹夫《いもせ》の縁《えん》をむすび髪《がく》。こそもとゞりよりちとけし頭髪《さうふさ》もそのまゝ情郎《とひびと》の手《て》にとゞまらバその身《み》の本多を頸《えりもと》に落《つらく》がおちおし。帯《おび》推《お》し放《はな》る折《をり》しもあれ栄螺介《さゞえすけ》は手拭《てのごひ》をとりあげに頭顱《えち》巻《まき》志く。六尺棒《ろくしやくぼう》を挾み炊夫東六西八が先に立て緑樹の隙《ひま》より。のぞ《き》きて主人《あるじ》に對《むか》ひ事《こと》ありとみてゆへがめのどもを孤《くり》あつかひ助大刀《すけだち》せんと思ひゆへに。娶《めそ》の旦開《あさけ》に。小手差原《とてさゝはら》にく。勝負《せうぶ》せんと宣《のたま》ふを窈鞨《さうきく》に准備《おうゐ》忽地《たちまちさうゐ》相違して。送撼くてそゆゑんれ誓言の石《ちかひいし》に依估《えこ》ありて。稲城《いなさき》が疑念《ぎねん》散ぞもあれ。栄螺介《さゞえすけ》はかくてゆへがれ。そとてる安《やす》くとひまつどのせちもあつど時主は眼《まなこ》を醉て莊二が一世《いつせ》の厄難《やくなん》に。汝《なんぢ》ホを憑《たの》まんやどく退出《まかで》よと叱られて栄螺介《さゞえすけ》は冷笑《あざわら》ひ。良薬《りやうやく》は口《くち》に苦《にが》く。諫言《かんげん》は耳《みゝ》に逆《さか》ひ。初灼はいつでも熱《あつ》し。忠義《ちうぎ》を忠義《ちうぎ》とあらぬ主君《しゆくん》へ。盡《つく》さど忠義《ちうぎ》がまことの忠義《ちうぎ》かするはね時《とき》に栄螺介《さゞえすけ》憑と宣《のたま》ふをるゐと。呟《つぶや》けバ。時主《ときぬし》ハさびのらんとするに。補二郎これをさゝへりて。もろらバ時主《ときぬし》暇《いとま》なうべくとのひて袖《そで》を引《ひか》へし。縁頬《えんがは》に立《たち》ながら潜《さだまけ》るをきえて。うち微笑《ほゝゑみ》て。汝《なんぢ》が本事《てなみ》ハ志らねども。物《ものものし》くしき廣言《くわうげん》するに。敵《あひて》ハ嫌《きらは》ね。廣野《ひろの》の戦《たゝか》ひ。一郷《ひとさと》つゞいて助太刀《すけだち》せよ。とて小手差原《こてさしはら》まて目《め》に物《もの》みせんといひけるく。庭《には》「縋《すがり》よやらんとせし。ところを今《いま》まづ試《こゝろ》みると。打《うち》こむ棒《ぼう》を互《たがひ》にかへし。怯《ひる》む項上《えりがみ》撈廻《かいつかみ》て。火生《ひのこ》るまでに踏石《ふみいし》へ。もどり筋斗《もんどり》うたして撲地《はた》と投《なげ》つけゆるびあらじをえいうりそ。時主既《ときぬしすで》に恥《はぢ》をたらバ。望《のぞみ》へ必《かならず》まゞ兇よ其誓《ちかひ》の石《いし》のほとりにあれのひがひるゝて臆《おくれ》なせそいゝまやながゝ。と言葉《ことば》尖《するど》く。送《おく》る容態《ありぶり》主態《あるじぶり》。藏獲《やつこ》へ懲《こり》て尻《しり》ここすれバ。腰《こし》をうゝ匹《ひき》潜《さだまけ》る蚊も。片足揚《かたあし》て匍匐《はらばひ》ながら。目送《みおく》る影《かげ》をとゞめあへも。樹間《このま》を繞《めぐ》る下《や》り水の浅《あさ》くへ人《ひと》をとらバと伸《のび》あがりて拱がる。招《まね》くひまれ。小手差原《こてさしはら》の露《つゆ》小先ごろ露《つゆ》の身《み》と。ならで送《おく》るもあへれなるべし。

第《だい》四《し》　けふその闇《やみ》　小手差原《こてさしはら》の獵夫《かりうど》雉《きじ》を射《い》る事《こと》

むさしのの小手差原《こてさしはら》に狩《かり》くらして。世《よ》にありとある健雄《ますらを》ありけり。家《いへ》は野《の》さなかにありながら。茅草《ちかや》八重葎《やへむぐら》にまとはれて。浮世《うきよ》に遠《とほ》く住《すみ》なせば。人《ひと》に訪《とふ》れぞと訪《と》ひもせざん。木《こ》しげ隙《ひま》なき軒《のき》のつまに。磐蝉《うつせみ》ぞ鳴《な》く夏《なつ》までも只《たゞ》ひとり蔀《で》の孤館《ひとつや》に。名《な》を志《し》るものだに稀《まれ》なりけるが。かれも亦《また》まだきより。夜《よ》を犯《おか》し。星《ほし》を戴《いたゞ》き。弓箭《ゆみや》手挾《たばさ》み出《いで》たるに。天《よ》はいまだ明果《あけはて》ず。まどひの外《ほか》にさまよひしとて。志ばし株《くひぜ》に尻《しり》をかけ。夏草《なつくさ》に火《ひ》を鑽《きり》かけて。その明《あか》るきを待《まち》わびぬ。星《ほし》の光《ひかり》もうすくなりて。引《のそ》こゝに横雲《よこぐも》の。そうそく紫《むらさき》だちたるに。今《いま》わかるゝなるなりと。ひとりごちながら身《み》を起《おき》しつ。野中《のなか》を指《さし》てゆかんとすれば。その獵夫《かりうど》の妻《つま》なるべし。年《とし》の齢《よはひ》三十《みそぢ》のうへを五ツ六ツもこえやしつらんとみゆる賤婦《しづのめ》が。裳《もすそ》みだれ麻衣《あさきぬ》被《き》て。落の穂末《おどろ》統《なが》しぞ。長せする髪《かみ》を締《むす》びさげたる割籠《わりご》を引提《ひさげ》て。忙《いそが》しげに走《ち》り来《き》て。こや喃《なう》〳〵と呼留《よびとむ》れば。猿夫《うろひと》は頭《かうべ》を回《めぐ》らし。何事《なにごと》かある。人驚《ひとおどろ》るけの呼声《よびごゑ》かなと呟《つぶや》く程《ほど》に。賤婦《しづのめ》走《ち》り着《つき》。今朝《けさ》はあまりにをやの何べし。といひつゝを嗅《きう》で出《いで》しかひしかば。割籠《わりご》を忘《わす》れしのあるべや。これなくて昏餉《ひるけ》の料《れう》よ何《なに》をかたらんのべんと。心《こころ》苦《くる》しく待匠《まべ》がの。と商《あきな》ふれば。せんまべかく鳥《からす》の鳴《なく》を待《まち》びて跡追《あとお》ふて来《き》つるなり。割籠《わりご》進《まゐ》らせんのことかたらばこそ墳日《ころ》は打《うち》つれて。夢見《ゆめみ》もかなし。往方《ゆくへ》しれざる常夏《とこなつ》がすのどさへあくにつけすれば。夫婦《ふうふ》がうへこそ罪《つみ》ふかけれ。秣刈《まぐさかり》ても立《たて》んとするらん。朝《あさ》の煙《けふり》こそ立らるべきに。好《この》む業《わざ》といひながら。明《あけ》ても暮《くれ》ても弓箭《ゆみや》三昧《ざんまい》。殺生《せつせう》をのみ事《こと》としぬるを。年来《としごろ》諫《いさめ》けれども。露《つゆ》ばかりも聴《きく》ならぞ。尽生《あなそれ》とて活《いけ》る物《もの》ぞかれが命《いのち》の惜《をし》からざる。物《もの》の祟《たゝり》のあればこそ。絶《えん》て久《ひさ》しき女児《むすめ》が往方《ゆくへ》。今《いま》ならずすまれにあらんや。老少不定《らうせうふぢやう》は世《よ》の転変《てんぺん》。疱瘡《ほうさう》麻疹。五痳の疾病めや亡かるが故人《ひと》の数《かぞ》にや入《い》りしといひ寐《ね》にかゝは目睡《まどろま》ね暁《あかつき》の風の便もなく。ふかく子《こ》にかゝば泣《なき》もせず。かの卯月《うづき》八日とて。佛《ほとけ》の生《うま》るゝふ日《ひ》といへば。小斎時《ちやうじ》なりとも後世《ごせ》のいとなみ。弓箭《ゆみや》をもてあそび。あひねとかれ口説《くどけ》ば冷笑《あざわら》ひ。付《つけ》たるをいのとおりくば。面疵《おもげ》ぶすつんをもおかえぬ女児《むすめ》がなさへとて出《いで》ゝ。それを吾倚《わがまゝ》がたるを欲《ほ》しく。されたえぬ後世《ごせ》あらふく。殺生《せつしやう》せねば夫婦《ふうふ》なりとも。餓死《らくえ》するより外《ほか》なべもなし。大約鳥獣魚虫《おほよそちやうじうぎよちう》なんどは。その皮《かは》をはぎ。衣裳器物《いしやうきもの》とし。その肉《しゝ》をとりて食《しよく》となし。人間《にんげん》に益多《ゑきおほ》かりし。又それをなして。年《とし》に夥の子《こ》を産《うま》し。人の所用《しよよう》に立《た》くとく。天《てん》より作《つく》りおくるゝめぐ。蘭若《てら》の大鼓《たいこ》も皮《かは》で張《は》れば殺生戒《せつしやうかい》は名目《めうもく》のみ。あれ身《み》がどれるのみいはゞ。猟夫《かりうど》の漁《すな》は竭《つえ》ねべし。割烹遁与《こうどこうし》てとく還《く》ると

叱《しか》られて妻《つま》はいとゞしく。酸鼻《さみだるゝ》たる目《め》を拭《ぬぐ》ひ。心《こゝろ》つよけれど健雄《ますらを》の。常《つね》ならねど。とるによるおらず浮世《うきよ》を渡る身の獦《かり》夫《ひと》せるが餓《うゑ》る歟《か》。死《しぬ》る歟。こゝろつよしといはせもあへず。眼《まなこ》を睜《みを》りて声《こゑ》をふり立喞《かこ》がましく怪癡《けち》つけたればにや。獲《えもの》も猶《など》はあれたり。日《ひ》も出《いで》ぬるに虚《うつ》くとり言《こと》をきく暇《いとま》をあらせず。割籠《わりご》とらしてもちぞやといひまく折《をり》から。小手《こて》さし差原《さゝら》の草《くさ》かれば。ほろうつ雉《きじ》の声《こゑ》立て。おのが所在《ありか》を志らすの石塚《いしづか》目識《めあて》とら箭《や》うち刈《か》ひ。竄《つが》ひちらづく夫の袖《そで》を遽《いそがは》

あく引《ひれ》とゞめ。こゝ呼《き》きれつと怨《ゑん》ずまゝば。妨《さまたげ》ぐると礙《さゝ》と蹴《け》る。蹴《け》られて撞《どう》と偃《ふしまろ》ぶ。妻《つま》もこれ夏草《なつくさ》のけかりのものの程遠《ほどとほ》き。亦鳴く雉《きじ》よ矢比《やごろ》をはかりて。よつ引《ひた》き兵《ひやう》と射《い》る。鳥叫《さけ》びの声《こゑ》ありともは。着羽《ちやく》くところを信《まこと》と見て。まさしく矢答《こたへ》ありしよ。射外《いはづ》したる欲打《りきう》をしとひりあて走《はせ》かけば。喃情《あうあうさけ》なと叫《さけ》びつゝ。妻《つま》よいかにとまし身《み》を起《おこ》し。女よ給《まち》めへいかにあまとや喃《あうあう》く。とゆくせど返《へん》らぬ夫《をつと》よ呼《よび》声《こゑ》かゝるゝをきれさく雉子《きゞす》の雄《つま》こひてあゞつら

ゐしも追蒐《おつかけ》たりざる程《ほど》に獠夫《かりひと》ハ草《くさ》がくれして射《い》たりし雉子《きゞす》を。是首《こゝ》か。彼首《かしこ》。欲と索《たづね》れバ。憐《あはれ》むべし一個《ひとり》の弱官《わかうど》。身甲《よろひ》に掩膊《こて》脛繳《すねあて》して。白布《しろぬの》を頭顱《はち》巻《まき》として。長き両刀《ふたこし》を峰《ひつさげ》て。いとりゝしく打扮《いでたち》たるが。乳《ち》の下《した》を箆《の》ぶかく射《い》させて。誓《ちかひ》の石《いし》のほとりなる。草莽《くさむら》の上《うへ》に仆《たふ》れたり。獠夫《かりひと》ハこれを見《み》て。且驚《うちおどろ》き。且呆《あきれ》。あな痛《いたま》しと。抱《いだ》き起《おこ》せバ。妻《つま》もやうやく走《はし》り来《き》つ。これをもいろはとばかりに。是彼《これかれ》前《まへ》より後《うしろ》より。さまぐに勦《いたは》れバ。弱官《わかうど》ハやうやくに息《いき》出《いで》て。眼《まなこ》を睜《みひら》き。卑怯《ひけう》なり島田時主《しまだときぬし》。われを謀《もう》しての曠野《ひろの》へ誘《おびき》だし。矢石《とびどうぐ》をもて。互《たがひ》に殺《うち》あはんとせし計匡《さう》しに。汝等《なんぢら》も讐言《うきれ》敵《かたき》の方人《かたうど》。補二郎《ゑうじらう》が黄泉《よみぢ》の旅《たび》の。郷導《しるべ》をさせんと。罵《のり》もあへバ刀《かたな》を抜《ぬ》けど。衝《つた》かゝる拳《こぶし》も既《すで》に衰《おとろ》へて。いとゞ怨《うらみ》ぞやましたる。苦痛《くつう》さこそと。獠夫《かりひと》ハ。瞼《まぶた》にあまる泪《なみだ》を湛《たゝへ》。原来《さては》島田時主《しまだときぬし》に。怨《うらみ》ある人《ひと》なりや。吾儕《われら》ハ全《まつた》く時主《ときぬし》が。方《かた》ざまのなのにあらざる。野稍《のずゑ》尽処《ありとだち》なる林原に。世《よ》を遁水《にげみづ》の追鳥狩《おひとりがり》。殺生《せつせう》をのみ活業《なりはひ》に。遁《にげ》かくれねど里遠《さととほ》ければ。夫婦《ふうふ》ありて住《すま》ひたる。猟夫《かりうど》なそれなる。今日《けふ》の石のほとりにて。鳴《なけ》る雉《きじ》を射留《いとめ》んとて。ふつ引《ひき》放《はな》つ箭《や》は翦《それ》て。人《ひと》を射《い》たりし不慮《ふりよ》の過失《あやまち》。痛《ひたま》しくおもひてけるを。と勧解《こぶ》なからも賠詫《わび》。あがく員《あへ》せし深痍《ふかで》をいかにせん。ざるは是《これ》過世《さくせ》の悪業《あくごう》といひ諦《あきら》め許《ゆる》したべ。と掌《て》を合《あは》すれば頭《かうべ》を掉《ふり》。それ汝《なんぢ》は時主《ときぬし》に憑《このま》されて。かれを遠矢《とをや》にかけすがら。その奸計《わるだくみ》をいひくるめんとて。雉子《きゞす》といひ違《たが》へしとかさて根《ね》ふかくも謀《はか》りたまへり時主《ときぬし》は何処《いづこ》にある。仇人《うらえ》の息《うへ》をたえね徒《あだ》に死すべく。去《さ》。。とかの声《こゑ》も母《つ》よろりもく今般《ひまへ》の苦悩《くるう》を。見るに得堪《えたへ》ずよゝと泣《なく》。女《をんな》なからの殊勇《ときゆう》に陝《せま》りて袂《たもと》を絞《しぼり》あへず。ゑ素《もとより》見えねし聞《きく》もせね。人《ひと》を何《なに》しに意《こゝろ》ありて。良人《をつと》が猟《や》箭《さつ》にかゝり侍《はべ》らん。世《よ》にある業《わざ》の身《あれ》ならば。射法《やごろもと》を人《ひと》なることに弄《ひそ》もおぼえし悪業《あくごう》なせ。良人《おつと》は野山《のやま》に狩暮《かりくら》し。射猟《あさり》ありきて後世《ごせ》をしらず。よからぬ業《わざ》と諫《いさ》めても。あさぢの原の露《つゆ》ばかりも。用《もち》ひられねど。さりとてまたふかく殊《こと》さら佛生會《ぶつせうゑ》せられし一ト日《ひ》は殺生《せつせう》の。弓箭《ゆみや》を休《やす》らへ給ひねど。今《いま》しもめぐく争《あらそ》へバ。生憎《あやにく》に鳴《な》く雉《きじ》の声《こゑ》。射《い》むとする君の袖《そで》を引《ひき》とめてかれに説《ことわり》たる詞《ことば》に。狙《ねらひ》は逸《それ》てもとよりなく。かはらん身《み》を射《い》さしけん。悔《くひ》しくおもへらねなりけれど。つまが夫《つま》の過失《あやまち》なりけるぞ。疑《うたが》ひ散《はら》して佛果《ぶつくわ》を得《え》させなへ。夫婦《ふうふ》が命《いのち》のあらんかぎりは跡《あと》叮嚀《ねんごろ》に吊《とひまつ》り侍らはりつる。あはれなる詞《ことば》に多磨汁《たいりは》の。長者《ちやうじや》を仇《あた》と宜《のたま》ふかなしさが。身《み》につらくあたりしとこそ。いはんとせしを。獠夫《りやうと》はうち嘆《なげ》き。目今《たゞいま》妻《つま》が此おもむき。野《や》ん心なくて害《がい》せらるるにもあらねど。いとこそあはれなる人《ひと》なるに。親胞《おやはらから》は才《ざえ》もなきものとべし。いかに送《のど》をなかりけバ。故郷《ふるさと》へ言告《ことつげ》せんとしけるが。いかなる事の僞《いつはり》あらば。八百萬《やほよろづ》の神罰《しんばつ》を立《たちどころ》に被《かうむ》らん。固《かた》く処《ところ》は小《こ》を差《さし》原《はら》。誓《ちかひ》の石《いし》のほとりなそ。誓《ちか》ふ詞《ことば》は曇《くも》らぬ鏡《かゞみ》。妻《つま》の諫《いさめ》を入《いれ》させなくに。さるはあはせし下司《げす》の智慮《ちゑ》。後《あと》へまはせし胡籙《やなぐひ》の箭《や》なるも折弦《きりつる》なるも断《きり》。殺生戒《せつせうかい》を持《たも》つべし。疑念《ぎねん》を散《ちら》して成仏《じやうぶつ》あれとのひとつ箭《や》となして丁《ちやう》と折《を》る。気色《きしよく》に信《まこと》見《あらはれ》たり。補《ふ》二郎ならの形勢《ありさま》に。恨《うら》みも絶《たえ》て歎《ゑん》息《そく》し。原来《さて》は辺《ごへん》の猟夫《かりうど》なるぞ。島田がために助太刀《すけだち》せんとて。これを射《い》つるにはあらざる。欽父《うち》の仇人《きうじん》と十九箇年《かねん》。あるが月日《つきひ》を戴《いたゞき》ながら。名だにしらねば讐《うち》ふようすゞ。智《ちゑ》を尽《つく》し。身《み》を寠《やつ》し。さのみちがひて父《ちゝ》の仇《あだ》を。時主《ときぬし》なりとあるめのあら。名告《なのり》あらねば。讐《うた》ても讐《うた》れど。誓言《ちかひ》の石《いし》のほとりにて。虚実《きよじつ》をさとれと理《り》を推《おし》て。勧解《そが》れば是非《ぜひ》なくその意《ね》に応《おう》じて。これは甲夜《よひ》より宿所《すくしよ》を出《いで》。ひとまちの野《の》にまちゐて。時主《ときぬし》遅《おそ》しと暁《あく》る天《よ》を。待《まち》わびて袖《そで》の上《うへ》におく露《つゆ》に先《さき》だちて。なかなか命《いのち》を殞《おと》せとも。神も仏《ほとけ》もながらへ我が衛《まも》りとなりなせ世《よ》るやとりやまかしまで武運《ぶうん》に竭《つき》たる某《それがし》。やれ御辺《ごへん》を恨《うら》むとも叶ふべき生《らく》べき我《つが》身《み》にあらざりしが。所信《まこと》あらば。許我《ごが》のほとりに僑居《こびすまゐ》せる母と弟《おとゝ》に言傳《ことづて》をく。抑《そも〜》是《これ》は里見《さとみ》の藩臣。稲城《いなぎ》治部《ぢぶ》平《へい》が長男《ちやうなん》に。補二郎と喚《よば》るゝもの。父《ちゝ》治部《ぢぶ》平《へい》は荻窪《をぎくぼ》にて。盗賊《たうぞく》の為《ため》に撃《うた》れ。主君《しゆくん》より與ける。犬月形《あかつきなた》の宝刀と。三百金《きん》を奪《うば》ひとられる。その咎《とがめ》によりて。家《いゑ》は断絶《だんぜつ》。そのとき某は僅に二歳《ふたつ》。弟《おとゝ》瀬二郎《せじらう》は当歳《たうざい》なれば。父《ちゝ》の枉死《わうし》を後《のち》に聞《きゝ》いで送り。恨腸を断といへども。仇人《あだびと》を詎《それ》としらざれば。髫《あげまき》の年《とし》を作《わざ》によるなく。近属《ちかごろ》これは多摩河《たまかは》の郷《さと》に且《しばら》く僑《こび》居《すまゐ》しつく。密《ひそか》に犬月形《あかつきなた》の大刀《たち》を索《たづね》ける。祐《さいはひ》に島田荘二時主《しまだしやうじときぬし》が所伴《つれ》の大刀に附《つけ》られし。杜鵑《ほとゝぎす》の割掃枝《こりかうがい》を蔵《かくし》もてるなれ。姉妹《あねいもと》ちの《ちのく》の息《を》みよりて。不慮《ふりよ》に彼《かの》掃枝《かうがい》を。うるが家《いゑ》に僑《こ》より打著《うちつけ》りてきよちめて時主《ときぬし》を。父《ちゝ》の仇《あた》なりと猜《すい》せしが。島田《しまだ》が宅《え》小走《そうそ》わか。既《すで》に勝負《しやうぶ》を挑《いど》むといへども。時主《ときぬし》つかく仇人《あだびと》と名告《なの》らざ。彼《かの》杜鵑《ほとゝぎす》の掃枝《かうがい》は。むし荻窪《をぎくぼ》の曠野《あらの》にて。野伏《のぶし》とあがりし荒男《あらをとこ》が。猿《よび》ける武士《ぶし》を

斫《きり》ふせ、。腰《こし》なる刀《かたな》を奪《うば》ひ去《さ》るとそのまゝ行方《ゆくへ》なし。その一人《ひとり》は忍《しの》び声《こゑ》
もらせば。癖者《くせもの》はなにものなりけん。打《うち》かくる硯《すゞり》を菅笠《すげがさ》に纏《まとひ》としたまふ。その硯《すゞり》
はその撫枝《くうがふ》と信《しん》じ。母《はゝ》と争《あらそ》ふ程《ほど》に。時主《ときぬし》が女児《むすめ》撫子《なでしこ》が哀《あはれ》を告《つげ》て。折言《ちかひ》の
石《いし》のほとりに到《いた》り行《いか》て誓《ちか》ひ。虚実《きよじつ》をさらんといふ日《ひ》も雨《あめ》に傾《かたむ》けば。三日《みか》を経《へ》ざと。
再会《さいくわい》を。瑩《かど》の旦角《あさげ》と契《ちぎ》るをしへ。またえらよりも。時主《ときぬし》を待《まつ》といへども。
天《てん》は明旭《あけあさひ》の昇《のぼ》るまで。時主《ときぬし》は出《いで》も来《こ》ず。かれがきのなのひつるに悪縁《あくえん》のりなるを。
疑《うたがひ》なれものゝ。此辺《ごへん》潜《ひそ》みしその撫枝《くうがふ》を證據《しやうこ》として。母《はゝ》に告《つげ》。おとなしく匠《たくみ》も又《また》の
仇《あだ》なる時主《ときぬし》を斬《うて》と言《いひ》付《つけ》なれば。母は持病《ぢびやう》に積聚《しやくじゆ》あり。年来《としごろ》の労《いたはり》
にふして病臥《やまひふせり》ひなひしが。見捨《みすて》て出《いで》も親《おや》の仇《かたき》。仇人《あだびと》を窺《ねら》ひ。便《たより》が信《しん》ばなりと
音耗《いんもう》の空《むな》しき鉄《くろがね》の堅《かた》き。待《まち》かねて居《ゐ》る所《ところ》への凶《あし》き音《おと》を聞《きゝ》ければ。
その儘《まゝ》絶《たえ》も果《はて》なれば母の歎《なげ》きに牙《きば》が悩《なや》み。今《いま》の迷《まよ》ひ。許《ゆる》す我《が》の

こゝらの浮浪人《ふらうにん》。稲城《いなぎ》瀬二郎《せじらう》とたゞよひあへ。憑《しづ》まりをれるのことひ。つく掃枝《うづゑ》より出《いで》て。遍《つる》ともいふ若《わか》げなる。他《ひと》の哀《あは》れよ女児《むすめ》がるをどひあれくて賤婦《しづのめ》は。まもなくよくと哽咽《むせく》みて現世《このよ》の中のくさもまひ落命《あへなく》あるものゝ。こがみのこゝろもあらざりけるこ。二才《ふたつ》の時《とき》よりも姿《すがた》をさなくをなれ。十九箇年《かねん》の艱苦《かんく》て。仇《あだ》もあらぬ人《ひと》の箭《や》よ。かゝる恨《うらみ》など思《おも》ん言《あざさや》の葉《は》は待《まち》らねど。色々《そろそを》安らぬ良人《をつと》をいそぎ。許我《こが》の親族《やから》へ告《つげちべ》らんさんとへかん身が仇《あだ》としまへ。鳥田《とりた》のぬいとゐあせも果《はて》ぞ。撩夫《かりびと》は妻《つま》を搔遣《かいや》りて。呼吸《こきう》急《せ》しぬ補二郎《ふ》が耳《みゝ》のほとりよ口《くち》をよせ。原来《さては》汝《なんぢ》は里見《さとみ》の藩臣《はんしん》。稲城《いなぎ》治部《ぢぶ》平《へ》が子なりし歟《か》といへば。忽地頭《たちまちかうべ》を擡《もたげ》ぞかゝはしてつが父《ちゝ》の名《な》を識《しり》たりしと。訝《いぶかり》じば。撩夫《かりびと》は莞尓《につこ》と笑《ゑ》を己《ゑゑ》でて怨《うらみ》ふかく。荻窪《をえくぼ》の曠野《あらの》よて。治部《ぢぶ》平《へい》主従《しゆうじう》を剿《ころ》しまてしは。これとありといふに驚《おどろ》く妻《つま》よりも。補二郎《ほ》は歯《は》を切《くひしば》り。原来《さては》汝《なんぢ》がわが父《ちゝ》を闇《やみ》撃《うち》とめし大月形《おほつきなり》と。三百金《きん》を奪《うば》ひとつたる。盗賊《とうぞく》なりしありける歟《か》。今更《いまさら》に時主《ときぬし》がいひつまりの偽《いつはり》ならぬを志りても誓言《ちかひ》の石《いし》の奇特《きどく》。縦深痍《たとひふかで》は負《おひ》ぬとも。一大刀《ひとたち》なりとも父《ちゝ》の仇《あた》ならまでかれと。声《こゑ》を激《はげま》し。仇《あた》とならで母《はゝ》のゝ身がふと告《つげ》し悔《くや》しさ。いまぞ名告《なのり》も恥《はぢ》て。めいまゝ小反撃《くりうち》に。撃《うた》れはせぢど。刀《くさ》を杖《つゑ》に。立《たゝ》んとしてもひく倒《たふ》れ。起《おき》ても輾《まろ》び。轉《まろ》びても又起《おき》あがり。潰《つひ》る鮮血《ちしほ》みづからに送恨《いえん》の涙《なみだ》拂《はら》ひもあへぬ。白露《しらつゆ》を。珊瑚《さんご》の珠《たま》と染《そめ》る有り。僚夫《りうひと》はこの形勢《ありさま》に。いよく騒《さわ》ぐ気色《けしき》もなく。治部平《ぢぶへい》が撃《うた》れしまゝ。汝《なんぢ》はいかゝなりしが絆《きづな》をの趣《おもむき》をしらざる歟《か》。汝《なんぢ》が父《ちゝ》を盗賊《とうぞく》なりとて却《かへつ》てこれを盗賊《とうぞく》野伏《のぶし》と罵《のゝし》るぞ過言《くわごん》なり。今《いま》詳《つまびらか》に説《とき》しらせん。苦痛《くつう》を忍《しの》びてよくも聞《き》け。これは鎌倉《かまくら》の管領職《くわんれいしよく》。扇谷《あふぎがやつ》朝奥《ともおき》朝臣《あそん》の老党《らうどう》。藤沢藏人《ふぢさはくらんど》春行《はるゆき》が一子《いつし》内藏五郎《くらのごらう》春澄《はるすみ》といふものぞ。志るやその比《ころ》。汝が父《ちゝ》治部平《ぢぶへい》は。扇谷殿《あふぎがやつどの》に仕《つか》へ。ながく文《ぶ》は武藝《ぶげい》の弟子《でし》となりて。鎌倉《かまくら》の両管領《りやうくわんれい》扇谷山内《あふぎがやつやまのうち》確執《かくしつ》によつて。合戦《かつせん》数度《すど》に及《およ》ぶほどに。汝《なんぢ》が父《ちゝ》治部《ぢぶ》平《へい》は慾《よく》にまどひて主《しゆう》を賣《う》つて。敵《てき》へ内通《ないつう》せんとするの気色《けしき》みえたるを。さるが父《ちゝ》も母《はゝ》もこれを猜《そね》し。遂《つひ》に師弟《してい》の好《よしみ》をすてゝ密《ひそか》に教訓《きやうくん》を加《くは》へしかど。上《うへ》より御服《きふく》のありくちし。誓言《せいごん》を立《たて》てそのこゝろを放《ゆる》さじ。有《ある》一夕《よ》風雨《ふうう》烈《はげ》しかりけるに紛《まぎ》れて。さるが密《ひそか》に濳《しの》び入《い》りて。父《ちゝ》春行《はるゆき》が預《あづか》る所《ところ》の。大《おほ》月形《つきかた》の大刀《たち》と。軍要金《ぐんようきん》三百両を盗とりて。逃《にげ》去《さ》らんとする折《をり》。春行《はるゆき》いざとくこれを見《み》て。刀《かたな》を引提《ひさげ》追蒐《おつかけ》しが。庭《には》の踏石《ふみいし》に跌《つまづ》きて。忽地《たちまち》倒《たふ》るゝ程《ほど》に。治部《ぢぶ》平《へい》かけよつて返《かへ》し。さるが父《ちゝ》をさへ刺殺《さしころ》して。何処《いづく》ともなく逐電《ちくてん》せり。この物音《ものおと》にこれも見《み》え。若党《ろうとう》奴隷《あしがる》ども騒《さわ》ぎ立《たて》ども。如法闇夜《によほうあんや》のことなれば。終《つひ》に仇人《きうじん》の往方《ゆくへ》しれねど。屍《しかばね》のほとりに遺《のこ》せし書翰《しよかん》は疑《うたが》ふべくもあらぬ治部平《ぢぶへい》が。敵《てき》へ内通《ないつう》の密書《みつしよ》なれば。ちからなくて仇人《きうじん》をしるといへども。既《すで》に遠《とほ》く脱去《にげさ》るて。されどその所在《ありか》をしらず。このとき是《これ》は十九歳《さい》。母をば稚《をさな》きときに喪《うしな》ひ。父《ちゝ》が狂死《きやうし》に身の薄命《はくめい》をうち歎《なげ》けども。かゝるときは親族《しんぞく》も力《ちから》とならず。所蔵《しよぞう》の武具《ぶぐ》。衣裳《いしやう》なんどを沽却《うりはらひ》して盗《ぬすま》れたる軍要金《ぐんようきん》。三百両は贖《つくの》ふとしても宝刀《たち》大月形《おほつきなり》を失《うしな》ひたれば。主君《しゆくん》扇谷殿《あふぎがやつどの》。わが身の暇《いとま》をたまはり。父《ちゝ》の仇《あた》稲城治部平《いなきぢぶへい》を撃《うち》とりて。大月形《おほつきなり》の大刀《たち》を持参《ぢさん》せば。旧《もと》の主従《しゆうじう》たるべしと仰《おほせ》あるに。未憑《すゑたのも》しく思《おも》ひしかども。仇人《かたき》は方《まさ》に山内《やまのうち》の管領家《くわんれいけ》。憲広《のりひろ》ぬしの城中《じやうちう》へ立《たち》入《いり》たらんと思《おも》ひしかば。身《み》を窶《やつ》して窺《ねら》ふこと五六年《ねん》に及《およ》べども。終《つひ》にその所在《ありか》をしらず。かくて又三年《まるみとせ》を経《へ》て。治部平《ぢぶへい》は安房《あは》の里見《さとみ》に仕《つか》ふるよしを伝聞《つたへきゝ》しかば。直《たゞち》に房州《ばうしう》に赴《おもむ》き。乞食《こつじき》となりて里見《さとみ》の城下《じやうか》を徘徊《はいくわい》し。仇人《かたき》の進退《しんたい》を窺《うかゞ》ふに。治部平《ぢぶへい》は窃《ぬすみ》とりたる三百金《きん》をもて。里見《さとみ》の老臣《らうしん》等《ら》に好《よしみ》を結《むす》び。彼《かの》大月形《おほつきなり》の大刀《たち》を義弘《よしひろ》へ進《まゐ》らせしかば。義弘《よしひろ》その大刀《たち》を愛《え》でて悦《よろこ》び。遂《つひ》に治部平《ぢぶへい》

蔵坂くら五郎春澄
ちるすゞ妻
小手差原《こてさしはら》に春澄《はるず》舊怨《きうゑん》を述《の》ぶ
常夏艸紙巻之二
十九

ちかひの石

ゆへ。五百貫《くわん》を宛行《あておこなは》れて近習《きんじゆ》に召《めし》おかれしが。立地《たちどころ》に出頭《しゆつとう》して。妻《つま》を娶《めとり》。子《こ》を産《うま》せしと聞《きこ》えたり。よりてこれを殺《ころさ》んとすることたび〳〵なれども。大月形《おほつきかた》は。既《すで》に里見《さとみ》の宝蔵《ほうざう》に秘《ひめ》おかれしが。これをとるを復《ふく》するの方便《てだて》なくて。とさまかうさま。比《ころ》を苦《くる》しみたるに。時《とき》なるかな。天文《てんぶん》三年の秋《あき》の比《ころ》。里見義弘《さとみよしひろ》の息女《そくぢよ》と管領《くわんれい》憲廣《のりひろ》の息男《そくなん》と婚縁《こんえん》のありて。里見《さとみ》より大月形《おほつきかた》の太刀《たち》を聟引《むこひき》出《で》として。鎌倉《かまくら》へ贈《おく》るに。仇人治部《ぢぶ》卒は。その使《つかひ》をうけたまはり。織頂に啓行せしと風聞《ふうぶん》あれば。天の助《たすけ》と窃《ひそか》に欣《よろこ》び。獵て治部《ぢぶ》卒が跡《あと》を追《お》ふて程《ほど》に。両三日かくて武蔵《むさし》なる。荻窪《をぎくぼ》の曠野《あらの》にて追《おひ》追迫《せま》り。遂《つひ》に治部卒主従を砍《きり》ころし。大月形《おほつきかた》の太刀《たち》をとり復《く》を折。忽地《たちまちところ》背に人《ひと》ありて。癖者《くせもの》よと呼《よ》びかけたるに。仇人《かたき》の従者《ともびと》なるらんとおもへば。こゝろ遽《せく》まゝ大月形《おほつきかた》の。太刀《たち》に附《つけ》たる杜鵑《ほとゝぎす》の割《つば》。拂枝を脱出《ぬきいだ》して撓現《しゆりけん》に打《うち》つけつゝ。件《くだん》の草野《のら》を走《ち》り去《さ》りて。鎌倉《かまくら》へ帰招《まね》かんとしたまひしほどに。此主君扇谷殿《このしゆくんあふぎがやつどの》卒去《そつきよ》したまひて。孤城《こせう》忽地《たちまち》に守《まもり》を失《うしな》ひ。朝興《ともおき》の郎君《らうくん》奥雅丸《おきまさまろ》の。おん往方《ゆくへ》しれざりしと聞《きゝ》ゑなるに。忽地御家離散《たちまちおいへりさん》よるべを失《うしな》へ。狼狽《らう〳〵》の蛉蟀《きり〴〵す》ひつゝ。竟《つひ》にこの野《の》の締《おと》びりけし。茅屋《ばうや》が檐《のき》も漏《もる》月の。弓箭《ゆみや》を挾《わきはさ》み毎日《まいにち》に出《いで》て。只雉子《たゞきゞす》を射《い》つ。小鳥《ことり》を射《い》つゝそけく立《たつ》る煙《けぶり》の價《あたひ》とするもあはれなりけれども。ゑて汲《まんぢ》に環會《めぐりあひ》の獲《えもの》不仇人《》の根《ね》を断《たち》て勇士《ゆうし》の意地《いぢ》ともいふべし。可惜《あたら》捨舎《つがそ》の弱齢《つうかど》を一《ひと》箭《や》に散《ちら》せば快《こゝろよ》からず。孝《かう》なる愛《めで》。時宜《じぎ》によりて名告《なのり》あひて勝負《せうぶ》を決《けつ》し。然《のらく》れどもせんなきことなれば。猟箭《さつや》にあけしつるぶうへの。幸《さいはひ》に似《に》て幸《さいはひ》ならぬぞ。誓言《ちかひ》の石《いし》に誓言《ちかひ》ひしたる。家《うち》だちのも緒《ゆらり》あらね。證據《せうこ》をえんとせしによりて燧嚢《ひうちぶくろ》の底《そこ》ふかく。秘《ひめ》おかれたる治部《ぢぶ》孝《かう》が遺《おと》せし密書《みつしよ》を押披《おしひら》き目上《まくらもと》ちかしくちかられば。補二郎《ほ》は苦痛《くつう》を忍《しの》び。終《そうり》まで読《よみ》くだちて。いと面《おも》

なげに歎息《たんそく》し。現《げん》も認《みし》る父の直筆《しせき》内意《ないゐ》の密書《みつしよ》に。ひらけるに時《とき》
ち父を恋《こひ》ひ母《はゝ》ぞにたづねるなれば。むなしかるべしとおもひもうけれど。夢《ゆめ》の管領《くわんれい》
扇谷《あふぎがやつ》の譜代《ふだい》の家隷《けらい》たるうへ。家系《けいづ》にもよつてこれを知れり。又その
父ならずとはいふてもすむ子ならずといはるべからず。いかならぬ行《おこなひ》ひあらがあれ。
思ひ定《さだ》めし復讐《ふくしう》の志《こゝろざし》をとげ得《え》も遂《とげ》ぞ。仇《あだ》に縁《えん》ある過世《すくせ》の悪報《あくほう》。親《おや》の
因果《いんぐわ》がみなにむくふと。世《よ》の常言《ことわざ》もことわりが身《み》にあり。とおもひぞして恨《うらみ》なれ。
時主《ときぬし》をも罵《のゝし》りて恥《はぢ》しめ。搆《かまへ》てきたえにいつぞくの物《もの》おもひしたる罪《つみ》ふかさよ。
やの野《の》の露《つゆ》と消《きえ》ても。魂《たましひ》は家《いへ》に立《たち》かへり。瀬二郎《せじらう》が身《み》に憑《つき》て。母《はゝ》を
慰《なぐさ》め復讐《ふくしう》の志《こゝろざし》を果《はた》さすべし。それまでなりと大刀《たち》と取《とる》よりはやく。腹《はら》へぐさと
突立《つきたて》。右《みぎ》へきりまはして引繞《ひきめぐ》らせば。義理《ぎり》がらみの柵《しがらみ》も籬《まがき》さへ嫁《つま》が妻《つま》ゆゑ見《み》るかげもなく
堪《たへ》ぞ。仇《あだ》に報《むく》ひける千行《ちしほ》の涙《なみだ》といひ散《ち》る苔清水《こけしみづ》。涌《わき》かへるにぞ堰《せき》あへぬ。

人《ひと》の子《こ》のうへわが子《こ》のうへ。聚《より》も集會《つどひ》し因果《いんぐわ》どち。仇《あだ》とるを仇《あだ》とるゐ。
こゝそ前世の悪業《あくごう》と。云へど云ひませるえけり。の闇《やみ》に煩悩《ぼんのう》。の火《ひ》け壁い
雉《きじ》と身《み》を焦《こが》し。泣《なき》まどふ妻《つま》が目《め》もうけど。苦痛《くつう》させじと。春澄が臨終
すゝむる唱名《せうみやう》と。共《とも》に肉《ひら》く刃《やいば》の下《しも》に。稲城《いなき》が首《くび》は落《おち》てしまる。

常夏草紙巻之二　終

常夏草紙
三

常夏草紙《とこなつさうし》巻之三

第五《だいご》　けいせいの闇《やみ》

東都　曲亭馬琴編演

草中《くさのうち》の人《ひと》草中《くさのうち》の人《ひと》に逢《あふ》

浩処《くるところ》よりと繁《しげ》りたる夏草《なつくさ》をさらさらと押靡《おしなび》け。妻《つま》の仇人《かたき》を逸《のが》さじといふ声《こゑ》ちかくに島田《しまだ》が老僕《おとこ》路標《さへさき》を先にたてて。東六《とうろく》。西八《さいはち》なんど呼《よば》はる小廝《ともの》どもおほく捍棒《よりぼう》を引提《ひきさげ》て。叢《くさむら》の中《うち》より走《はし》り出《いで》。内《うち》藏五郎春澄《はるずみ》夫婦《ふうふ》を犇《ひし》く囲繞《とりまき》て矢庭《やには》に打仆《うちたふ》さんとて覘《ひかへ》げば。春澄《はるずみ》騒《さは》だたる気色《けしき》もなく。ゆめゆめ亂《わざ》の輩《ともがら》汝《なんぢ》らに所要《しよえう》なし。時主《ときぬし》よりかくべきなれば莊二《せうじ》を出《いだ》せと罵《のゝし》りて疾視《まちまく》さつたる勇悍《ゆうかん》に左右《さう》なく打《うち》も蒐《か》らず。呂畳《ろぐ》塵《ま》しく散動《どよめ》きたり。当下《そのとき》一叢《ひとむら》茂《しげ》りたる稚芽《ちがや》を推《おし》わけて。島田莊二《しまだせうじ》時主《ときぬし》は。野袴《のばかま》に高紐《たかひも》結《むす》びひきしめて朱鞘《しゆざや》の両刀《りやうとう》を佩《よこたへ》。禹歩《あゆみ》ゆるやかに出《いで》て。春澄《はるずみ》夫婦《ふうふ》に對《むか》ひ。絶《さへ》てひさしき草中《さうちう》の人《ひと》。今《いま》亦《また》草中《さうちう》にて再会《さいくわい》せし事。実《じつ》に不思議《ふしぎ》の因縁《いんえん》なり。往時《むかし》天文《てんぶん》のころほひ。萩窪《をぎくぼ》の御稍《さと》盡処《はづれ》にて。汝《なんぢ》がうちかけたる。杜鵑《ほとゝぎす》の栴枝《かうがい》によつてそれがありのべも。稲城《いなぎ》補二郎《ねじらう》に疑《うたが》ひ。其《そ》の虚実《きよじつ》を誓言《ちかひ》の石《いし》にかけて。締《あつ》さんと契《ちぎ》りしが。朝《あさ》ゆふべに小家《と》を出《いで》。衢《さ》よりこの所《ところ》へ来《き》たり。絆《と》の為体《ていたらく》を張《うく》るに痛《いたま》しいかなや補《ね》二郎は。汝《なんぢ》が猟《さつ》箭《や》に災所《きうしよ》を射《い》させて。救《すく》ふべうもあらざれば。縁故《ゆゑ》をしらん為よるは草《くさ》がくれして一五《いちぶ》一十《しじふ》をおちもなく窃聞《ぬすみきく》せし。現《げに》汝《なんぢ》が説《とく》ところ。忠孝《ちうかう》に假托《かこつけ》て。補《ね》二郎をまで欺《あざむ》くとも。いつぞ時主《ときぬし》を欺《あざむ》れけんいねる天文《てんぶん》十一年七月十日の夜《よ》に紛《まぎ》れ。それなる女盗《をんなぬすびと》の挿頭《かざし》を御導《みちびき》としてわらが宅《たく》へ濳《しの》び入《い》り。女房尾井を砍殺《きりころ》して。一櫃《ひとひつ》の調布《てづくり》を盗《ぬすみ》とり。壁《かべ》に数ケ字《そうじ》を鑚著《きりつけ》て。挿頭《かざし》を遺《い》て脱去《にげさり》たる。草中《さうちう》の人《ひと》とはおのれのなれば汝《なんぢ》がなる。より挿頭《かざし》をえて今《いま》にこれをしられけれ。加之《そのうへ》これ当初《そのかみ》萩窪《をぎくぼ》の草原《くさはら》にて面影《おもかげ》をいかで送《おく》らん。就中《なかんづく》憎《にく》くとも。かれ憎《にく》むべきは挿《くゞり》ゐるを。女児《むすめ》捨子《すてご》が乳《ち》はげふとく。新参《いまゝゐり》せし其《その》日《ひ》より。四年間《よとせがあひ》その身《み》に餘《あま》りし。衣食《いしよく》は抑《そも》誰《た》が蔭《かげ》ぞや。二親《ふたおや》なくて母し衰《よは》ひ。夫《をつと》にハ捨《すて》られて。よるべなきものなりと。いふに涙《なみだ》もろくて。りちぎ夫婦《ふうふ》の憐《あはれみ》ありひしく。自餘《じよ》の奴婢《ぬひ》と齊《ひと》しからぬぞ。捨子《すてご》が奶房《ちふさ》をあちたる後《のち》まへどり。ゆもしてあんどりと懇切《ねんごろ》に啓《きこ》えあれてよりしその恩恵《めぐみ》を酬《むくい》んとまでおもへども。なぞや盗賊《とうぞく》を引入《ひきい》れて。主《あるじ》の女房《にようばう》を喪《うしな》はせ。賊《ぞく》とても恩知《ち》りたる。畜《ちく》は狗《いぬ》に手《と》を嚙《くま》れ植《うく》たる茨《いばら》に邑《うれ》を倒《ふさ》さるとは。常言《ことわざ》にも過《こえ》たるに。世《な》にそも主《あるじ》をも憚《はゞか》らぬ。偷児《ぬすびと》に伴《ともな》れて。かゞ御《さと》より妻《とれ》もあらねど。その野稍盡処に躱《かくろ》ひたる汝《なんぢ》が膽《きも》の太《おそれ》ずなる。面《つら》の皮《かは》の厚《あつ》かる。比《くら》べんにも物《もの》もあらねど。これは仏《ほとけ》ところをめぐゝ年来《としごろ》汝《あんぢう》ホを驅索《くりもとめ》んとはせざりしに。天《てん》の羅《あみ》をかけられて。境《さかひ》をびぬも越《こえ》ざるうちぞくれのちに。まらが妻《つま》の仇《あだ》を獲《え》たり。国府《こふ》へ引《ひき》て罪《つみ》を糺《ただ》し。一ツには尾井《をゐ》が亡魂《なきたま》を慰《なぐさ》め。一ツには稲城《いなき》補二郎がために。怨《うらみ》を復《ふく》さんと。肱《ひぢ》を屈《くゞ》めて縛《いましめ》をとく〳〵うけよと。いはれましければ。捶《うなだれ》いりて面目《めんぼく》もなく沈《しづ》みてありしが。落《おつ》る涙《なみだ》を押《おさ》へて。やゝ有て頭《かうべ》を擡《もたげ》。主の家刀自《いへとじ》を殺《ころ》さて。夫《をつと》とても不奔《ちし》ましと疑《うたが》ひあはせば憎《にく》ても憎《にく》きありさぞきはべき。今《いま》さらおもへるのまゝに。己が身《み》の非《ひ》を飾《かざ》るに似《に》て。實《まこと》とおもふも聞《きく》ゆかし。ありとても一件《ひとくだり》の。のべんすも聞《きく》めく。畜生《ちくしやう》なりとも恩《おん》を知る。何《なに》を怨《うらみ》に何《あるじ》を仇《あだ》。あれ恩恵《めぐみ》残《あさ》ふにおもひ忘《わす》れて。偷児《ぬすびと》に家刀自《いへとじ》を殺《ころ》さんべき。その夜《よ》さる廊《らうか》下あたり人《ひと》の叫《さけ》ぶに覚《さま》されて。起出《おきいで》て闚窺《のぞく》すれば。遥《そろ〳〵》に閃《ひらめ》く刃《やいば》の光《ひかり》りに魂《たましひ》は身《み》にそはず。更《さら》に臥房《ふしど》へ入《い》らんとするも。足《あし》さへ癱《なへ》て。されどもわらはをおもはす。稚幼《をさなき》を抱《いだ》きとるに遑《いとま》もなく。膝《あわて》て納戸《なんど》へ迷《まど》ひ入《い》りし。

調布《てうふ》の通櫃《かよひのこ》の。物《もの》なれバこそ隠宅《かくれが》と。躱《かく》れ入《い》りて手《て》を伸《のば》して。内《うち》より蓋《ふた》を
なしけるが。胎鐵經《ひぢがねひん》といひ入《い》れて。貨《ぜう》のさゝ玉つるまゝ、わらむど。只神仏《ぢんぶつ》を念《ねん》ずる
のみ涎《つ》を呑《の》みて息《いき》を籠《とら》しつゝ待《まち》きさる程《ほど》よりが櫃《ひつ》に貨《ぜう》のさしたるを見《み》えて
この内《うち》に人《ひと》のありとハしら波《なみ》が貝木《ちよんぎ》の索《なは》に肩《かた》を入《い》れ脊負《せお》ひ出《いだ》せり。と
思《おも》へども声《こゑ》たてがたく物《もの》のおそろしくして禁《とゞ》むべきやうもなく。その隠宅《かくれが》へ伴《ともな》れ行《ゆ》きて
やがて蓋《ふた》を開《ひら》かれて。互《たがひ》に面《おもて》をうちあハし。ゆくゆく驚《おどろ》く妹夫《いもせ》の悪縁《あくえん》なりしハ
を負《おひ》て還《かへ》りしハ。小堤《こつゝみ》にありしと見《み》え。夜《よ》をしのび寝《ね》にて子《こ》を産《うま》し。別《わか》れて四年《よとせ》
信《おとづれ》なき。猶夫撫蔵なりしが。思《おも》ひハふかく。ひさしぶりにちかひ果《はて》ぬ。後《のち》ハよろこびあへ
さてもおん身《み》ハこの処《ところ》にハ。その程《ほど》より居宅《すまゐ》しありし。汝《なんぢ》ハ又《また》ハこの比《ころ》より。鳥田《とりた》が
家《いへ》に給事《きふじ》せし。産《うみ》たる児《ちご》ハ男子《をのこ》か女子《めのこ》か。それをバいはしたりしと問《とへ》れつ問《とひ》
今《いま》さらに後《のち》の祟《たゝり》もおそろしけれど。夫《をつと》ハ主《しゆう》の家刀自《いへとじ》を殺《ころ》せしとも知《し》られたら

時主《ときぬし》怒《いかつ》て春澄《はるすみ》夫婦《ふうふ》を生拘《いけどら》んとす
ちりひの石
島田時主
さゞなみ
西八

東六
春すみ妻
補二郎が屍
内蔵五郎春澄

されば只撰《ぶあいそと》なるものゝあぢきなく思へども。今《いま》さら寸磨《さんく》はゆら見ぞなる
に易《やす》き枯《かれ》杣《そぶ》朶の。細《ほそ》き烟《けむり》はりがたくとも。夫《をつと》とてもに世《よ》の憂《うさ》を慰《なぐさ》められつ。
慰《なぐさ》めてとゝらかね身《み》を暗《くら》くあるく。遂《つひ》にこの野《の》の外《ほか》に出《いで》て程《ほど》経《へ》て風《かぜ》
がたよりして。故主《こしゆう》の刀《とぢ》自は七月《ふつき》のころ暴《あれ》によみまかりたまひしと伝《つた》へ聞《き》く
に痛《いたま》しく。稟《うけ》し恩恵《めぐみ》は忘《わす》れねど。神《かみ》ならぬ身《み》はその夜《よ》さり。なが夫《をつと》の出《いで》入り
かけられ命《いのち》を隕《おと》しぬひしとあらねばいとゞ身《み》の罪《つみ》の。おそれがうへに罪《つみ》をま
も。繦褓《むつき》の中《うち》より侯親《さとおや》に。養育《ちぐま》したる女児《むすめ》常夏《とこなつ》を窂籠《のぞろ》に迎《むか》へとらんとて。
そのるか夫《をつと》に商議《くらく》どもその人に酬《むく》ひあるべき物《もの》あらざれば。とかくの外《ほか》に二年《ふたとせ》あ
まりをるつ。博《さく》。せうせいに金《かね》とてのへある。夜《よ》夫《ふと》を小堤《とつゝみ》なる。侯親許《さとおやがり》つかはしに。
せずて空《むな》しく帰《かへ》りきつる里《さと》のあるじは身《み》まかりそゝろべうなれば。蓄《よく》を集《う》る件《ぶん》の
孀婦《やもめ》は侯子《さとご》の事《こと》を捜《て》して行方《ゆくへ》もあらねど迷《まど》ひ出《いで》し。と歎《なげ》きに胸《むね》ふさがりて哉《うろう》

子《こ》を衛《まも》る神《かみ》なし月《つき》しぐるゝ袖《そで》だに乾《ほし》あへねど。往方《ゆくへ》しれねばせんすべなし。とやかく夫《をとこ》に諫《いさめ》られ忘《わすれ》もせんとすれど忘《わす》られね。十年《ととせ》にあまる物《もの》おもひ。朝《あした》の雲《くも》を瞻《ながめ》ては。女児《むすめ》が行《ゆく》へをおもひやり。夕《ゆふべ》の月《つき》に對《むか》ひては露《つゆ》ぬれ袖《そで》をしぼりて。泣《なき》あかす夜《よ》も夢《ゆめ》かと。思へばかなしき我が身《み》に報《むく》ふ天罰《てんばつ》なりと今《いま》ぞしる。いひしれぬかなしさや。まちかを誓言《ちかひ》の石《いし》にちかひしを。何《なに》ゆゑのつるべきぞ。いへばえるぞ果《はた》つ廻る因果《いんぐわ》をさ生《いき》ながら車《くるま》にかけ。牛《うし》に裂《さか》し。七條八條にさらすまでも身《み》ひとつを罪《つみ》あひて。夫《をとこ》の命《いのち》を助《たす》けたべ面目《めんぼく》なしとあふれ口説《くど》くと思ひ迫《せま》りて身《み》をもだえて南無《なむ》阿弥陀仏《あみだぶつ》と唱《となへ》もあへず。夫《をとこ》の刀《かたな》を引抜《ひきぬき》て。乳《ち》のあたりへつき立たり。妻《つま》の自殺《さつ》をいさましと思へどもえそらね。内藏《くら》五郎春澄《はるずみ》を。尻目《しりめ》にかけて時主へ袴の裾《すそ》を結《むす》び揚人《あげひと》の妻《つま》を殺《ころ》すものは。天又《てんまた》それが妻を殺さす。揮ふが自殺か夫《をとこ》の悪報《あくほう》かのがるまじ。擁藏《やぶくら》の内藏《くら》五郎を搦捕《からめとり》ざるさく縛《いましめ》よと敦閨が斉澄所と冷笑《あざわら》ひされ人《ひと》の妻《つま》を殺《ころ》せバ。人又己が妻《つま》を殺《ころ》さるゝ是《これ》自業自得《じごうじとく》。因果《いんぐわ》の道理《だうり》なれバ唱《つ》せられ。又何の罪《つミ》なくて沈淪《ちんりん》に纏《まつは》らるべき前より窮なれてくらんあなす詳に及べど。往時《むかし》られ荻窪《をぎくぼ》なれ。父の仇人穐城治部《ひきのぢぶ》を撃とあれ大月秋の大刀をとるて復《ふく》をとげへども。主家《しゆう》の艱《なやミ》に至を失ひ小堤《こつゝミ》の郷《さと》に蟄屏して剿しまて弓矢《ゆミや》をそ浮世《よ》の外の山猟名を擁護と呼《よ》ばれしもろぞ。されどもちの遂ひに仇《あだ》ある祢ふ糯《うれ》を諭《さと》して折りとぞめたる婢が懐胎。人情《にんじやう》に悖《もと》るとも。かの太夫が一婦人《いつふじん》に生涯《せうがい》をとめやまさまで。とりひくろく。かくても吾妹子をとふる捨《すて》遂電《ちくてん》し。とても弓矢《ゆミや》に由縁《ゆかり》ある。か手蓋原にかくれ住《すミ》てその日《ひ》ぐらしの追鳥狩《おひとりがり》も実《じつ》に小鳥《ことり》の一飛《ひとつとび》年朝の身ひとつを求食《あさり》めて三四年《みとせよとせ》を徒《あだ》に過《すご》し。故主《こしう》の郎君奥稚丸のおん在所《ありか》を索《さぐ》まあらさるよいまで及《およ》ばざるが。

さる瞋恚《しんゐ》あるに。島田荘二時主《しまだのせうじときぬし》より曩《さき》に貸《かし》たる金《かね》あれバ。かへしてえバやと云《いひ》しかバ。七月《ふみづき》十日の夜《よ》に紛《まぎ》れ。島田《しまだ》が宅《いへ》に潜《しの》び入《い》るに。忽地《たちまち》婦人《をんな》に咎《とが》められ頭《かしら》に疵《きず》を負《おは》せられたり。園宅《せうち》のものゝあるじにて。潜《しの》びてまつるものあり。威《おど》されて声《こゑ》を立《たて》られなバ。と言ひさま箆《き》くり刀の脊打《むねうち》。脱《のが》れぬ因果《いんぐわ》欲《よく》かまりて只一刀《たゞひとかたな》に斫《きり》ふせてける。これを怪《あや》しむ過失《あやまち》に。臍《ほぞ》を噬《かむ》ども救《すく》ひなきほどにてふみとゞまりしが。つら〳〵。東園《とうさけ》潜《しの》びてまつるものゝ其《き》恥《はぢ》をかくさんとて護影所行《とゞまらせ》をとゞめし。皆是《みなこれ》武士《ぶし》の情《なさけ》あれども。さりとて人《ひと》を殺《ころ》しけるが。あはれに對面《たいめん》どぶらもあらどかへ空《むな》しく帰《かへ》らんやと。思へども思ひかねて血刀《ちがたな》引提《ひさげ》て立在《たゝずみ》しが。亦《また》つく〴〵と思ふ所。故主《こしう》の在所《ありか》を索《たづね》んにも只《たゞ》半銭《はんせん》の路費《ろよう》なし。忠義《ちうぎ》のみに凝《こり》て汚《けが》されたる名《な》も惜《をし》むに足《た》らず。今時主《いまときぬし》に面《まの》あたり。縁由《よのよし》を告《つげ》ずとも。其《その》物《もの》を借《かり》らばやと。肚《はら》の裏《うち》にて案思《しあん》して。納戸《なんど》のかたへ潜《しの》び入《いり》れバ。調布《てうふ》と写《うつ》したる。空櫃數《あきひつあまた》積《つも》りし。そが中《なか》に只《たゞ》一ツ物《もの》あるとおぼしく。贖《ぶつ》を楚《そ》とさしたるあり。擣《とう》しくゐんれば童母《おも》くびられ借《か》らでやとひとりごちん。件《くだん》の櫃《ひつ》を脊《せ》負《おひ》つゝ。傍《かたへ》の壁《べ》に数ケ所《そかじ》をききて著《つけ》。庭門《まへぐち》より走《そ》り出《いで》。その暁《あけ》がてに宿所《しゆくしよ》によみへきてまづ彼《かの》櫃《ひつ》の。蓋《ふた》を開《ひら》けば布《ぬの》もてあらぞでまがまつゐりの手《て》弱女《たをやめ》を。不覚《すゞろ》に負《おふ》て帰《かへ》りしかば。あるひは宿縁《まつゐる》赤縄《えんのつる》の。桎梏《めくそてうせ》をかけられて。四年《よとせごろ》別《わか》れし妹《いも》ともしれ。舊《もと》の鞘《さや》へは納《をさま》れども刀《かたな》に後《のと》てと身《ゑ》の過失《あやまち》。鳥田《とりた》が宅《いへ》まてとどまらずも人《ひと》を殺《ころ》せしよしを告《つげ》ん。舊《もと》の名《な》をさぶらひせしが。妻《つま》は女児《むすめ》が母《はゝ》へを乞《こ》ひ。これは故主《こしゆう》のおん在所《ありか》を索《さぐ》りくめいふへども。貪《とん》の病《やまひ》に固《とぢ》られて。この野《の》の外《ほか》にいるも出《いで》ん。主《しゆう》をおもへど忠《ちう》ならざ。義《ぎ》に仗《よつ》ずら不義《ふぎ》に似《に》く。ものがなあまる武蔵野《むさしの》の草《くさ》より出《いで》て草に入《ひ》る。雉《きじ》に鶉《うづら》に殺生《せつしやう》の。因果《いんぐわ》覿面《てきめん》巣《す》の中《うち》より。女児《むすめ》を棄《すて》て又妻《またつま》を殺《ころ》して捨《すつ》る猟弓《うつゆみ》の。曲《まが》まるに似《に》く。いと直《すなほ》。春澄《はるずみ》を擬《なぞら》んとてめのしく。閙《ひしめ》くれ。

豕《ゐのこ》を抱《いだき》て臭《くさ》きを忘《わす》れし。時主《ときぬし》が惑《まど》ひしが。されば草中《さうちう》の人《ひと》なれば。汝《なんぢ》も又《また》草中《さうちう》の人《ひと》なるものをとゞむべきものへぞ。時主《ときぬし》声《こゑ》をあり立《たて》し。その偷児《ぬすびと》がにさりしさまよまれと汝《なんぢ》は今《いま》とちまくちがうてものをいふなるよ。何《いづれ》の時《とき》に交参《まじらひ》て金《かね》を借《かり》たるぞあらんや。加猶《かのえなほ》が宅《そ》へ。潜《しの》び入《い》りたるその夜《よ》さ。尾井《をゐ》に怪《あや》しめられ己《おのれ》を汲《え》ど欲殺《きりころ》さんとせしを。威《おど》さん為《ため》の脊打《せうち》にまぎらはしといひとらへ。その身《み》の罪《つみ》を軽《かろ》くせんとそたるなるとも謀《はか》らまんや。汝《なんぢ》ひとなる好《ようそ》ありてひくなくの金《かね》を貸《かし》たる。證拠《せうこ》あらばとく出《いだ》せ。とくとく見《み》せよと焦燥《いらだつ》ば。春澄《はるずみ》は点頭《うなづき》て。腰《こし》に著《つけ》たる燧《ひうち》袋《ふくろ》を。時主《ときぬし》に授《さづけ》あたへ。荘二《せうじ》はそれを認《みとめ》まりや。萩窪《をぎくぼ》の曠野《あらの》まて。父《ちゝ》の仇人《あた》を討《うち》しときにぞ汝《なんぢ》に遁《よ》びかけられ。洗硯《ゆりえん》を乱《とび》して草《くさ》に躱《かく》れ。縛《と》の母《ゆ》を窺《うかゞ》ひしに汝《なんぢ》密《ひそか》に治部平《ぢぶへい》が屍《しかばね》を探《さぐ》りて懐《ふところ》なる。金《かね》三《み》包《つゝみ》を奪《うば》ひとる。鮮血《ちしほ》に塗《まみ》れし財布《さいふ》をば。叢《くさむら》の中《うち》へ捨《すて》しかば。それ又《また》密《ひそか》に拾《ひろ》ひ取《とり》て。猶《なほ》て汝《なんぢ》が迹《あと》を跟《つけ》宿所《りやくしよ》を楚《たゞ》と見《み》定《さだ》めたれば。三包《みつゝみ》の金《かね》を掠《かすめ》とりし。薜者《さそりの》ハ多磨《され》の浪人《ろうにん》。鳥《とり》田莊二時主とその夜《よ》の中《うち》よそやなれバ。當初《そのかみ》稲城《いなぎ》治部平《ぢぶへい》が三百両《りやう》の軍要金《ぐんようきん》と大月形《おほつきなり》を盗《ぬすみ》とられ。剣《ち》ありバ又を殺《ころ》さで遂電《ちくでん》せしすれ。武具《ぶぐ》を售《う》り。衣裳《いせう》を售《う》り。治部平《ぢぶへい》ハ盗《ぬすま》れたる。三百金《きん》を調達《ちやうたつ》して。主君《しゆくん》へ返《かへ》しおらせられば。治部平《ぢぶへい》が懐中《くわいちう》せし。彼《かの》三包《みつゝみ》ハもらば金《かね》ならで。刀《かたな》ハむさろみならで故主《こしゆう》の重宝《ちようほう》大月形《おほつきなり》の一口《ひとふり》ありきなかれど。是《これ》ハ只仇を撃《うち》。太刀《たち》をとり復《ふく》さんとの心定《さだ》めしするれば。死《し》る仇人《あだびと》の懐中《くわいちう》を探《さぐ》らんとハせざりしよ。汝《なんぢ》却《かへつて》盗賊《とうぞく》とられをよびかけて追《お》ひきたらし。人《ひと》ありなさを見て屍《しかばね》を探《さぐ》り。竊《ひそか》よ金《かね》を奪《うば》ひとりて。業の利《り》を謀《はか》りし老賊《おひぬすびと》なく迄汚《けが》まして。むかの。金《かね》の取《と》りて血《ち》よ塗《まみ》まして。財布《さいふ》を其処《そこ》よ捨《すて》られば。後《のち》の證拠《せうこ》と拾《ひろ》ひとりて。燧《ひうち》袋《ふくろ》小《ちい》さなりしハ。汝《なんぢ》よ見《み》せんなるなりし。されば汝《なんぢ》が屋《やど》を閲《うかゞ》ひ。縁故《ゆかり》をしる風に竊《ひそか》にいゆゑくしの財布《さいふ》とらが打《うち》うけし。擲枝の。羊羹を交易し。別《べつ》り當二の路費《ろよう》を包《つつ》みけ。奥雑丸《おくざうまろ》のかん往方《ゆくへ》を索《たづ》ねらせんと思ひしが。縮を結《むすび》て肩《かた》にかくる。身《み》のさかまて白骨に。鳥田《とりた》が宅《いへ》へいゆゑるが。奴婢ら怪《あや》むべし。されば人《ひと》の非《ひ》をあらはして。その恥をかゞやかせんが。これが本意とする所《ところ》にあらねど。東闌て濁《その》びゆゑ時主《ときぬし》とうち對《むか》ひて。これらの事《こと》を告《つ》ぐるにあらば。と愁《うれひ》にありひそくまし。かゞ私《わたくし》に生《いづ》ると。いへども。彼悪報に係る所欲。いはども砍《きり》ふせし。婦人《をんな》は汝《なんぢ》が妻《つま》なりなん。尾生《びせい》が信《まこと》をつくさをにゆゑひなく。汝《なんぢ》に出《いで》て汝《なんぢ》に返《く》る。尾井が枉死なりしも。これより出《いで》て又《また》これに返《く》る。擲が自殺。なり。妻《つま》の為《ため》にし故主《こしゆう》なりともそれ時主《ときぬし》をおそれんや。さぶらく汝《なんぢ》が索を貸せられまで汝《なんぢ》を縛《いましめ》て。陥府《とふ》へひかれて罪《つみ》を問《とへ》ん。かかしくの石《いし》のあとりして。身の非《ひ》を掩ふものあれば。天雷忽地《たちまち》これを震《ふる》ふと。人《ひと》の口碑に傳《つた》へたり。

めくとも時主《ときぬし》争《あらそ》ふや。されよ三包《みつゝみ》の金《りやう》を借《かり》ぞといへバ。汝《なんぢ》へそなたら偸児《ぬすびと》ぞ。そぞ回答《いらへ》せよ。いぞいへと財布《さいふ》をとらへて目前《めさき》へつきつけけよせあつしたる春《はる》澄《ずみ》ハ。証拠《せうこ》をとられて時主《ときぬし》ハひつるのの恥《まづ》しく。頭《かうべ》を低《たれ》て黙然《もくねん》たるところの形勢《ありさま》ハ跨る。仮ホハ頭顱《ちゝまき》巻とられて組《ちご》をとられ棒を背《うしろ》へ推《おし》まくして面《おもて》をあつ頭《かうべ》を搔《か》きて身《そ》をおそれりほし草《くさ》の露《つゆ》消《きえ》もなえよとおもふなるべし。且《あぶらく》して時主《ときぬし》ハ天《そら》うち仰《あふ》ぎて歎息《たんそく》し。信《まこと》なるもがな不義《ふぎ》の富《とう》ハ浮《うか》める雲《くも》なるところなく。善《ぜん》智識《ちしき》の引接《いんぜふ》なくして。世《よ》の霄《それ》まゝる胸《むね》の月《つき》よ。恥《はぢ》をさらさん所《ざま》もなし。これハ元来《もとより》吝嗇《りんしよく》の貪《むさぼり》あつくて。ころされ時《とき》鎌倉《かまくら》を追放《ついはう》せられ。流浪《るらう》を歎《なげ》く神詣《かみまうで》。仏《ほとけ》たのむも名利《みやうり》の為《ため》。人《ひと》の枉死《わうし》を福《さいはひ》よ。三百金《きん》を掠《かすめ》とりて。妻《つま》ハさらなる里人《さとびと》ホを欺《あざむ》く為《ため》よ弁財天《べんざいてん》の。利益《りやく》ホとられを仮托《かこつけ》て。神《かみ》仏《ほとけ》を誣《しひ》たりし冥罰《みやうばつ》。遂《つひ》よ脱《まぬかれ》まそど。原《もと》春澄《するずみ》が金《りやう》なりし金《りやう》よかえたる尾井《をゐのゐ》が枉死《わうし》もおのが悪報《あくほう》と覚《さとり》て悔しれ夢《ゆめ》の迹《あと》。弁財天《べんざいてん》の示現《じげん》なら。今《いま》亦《また》わひあられ世《よ》の欲《よく》からの身《み》をもほろぼしけり。修羅《しゆら》の大鼓《たいこ》のうちあへる事《こと》をすがらで煩悩《ぼんなう》の大自物なる時主《ときぬし》がぐれ懺悔《ざんげ》悔《くや》み遅《おそ》かりし。恥《はづかし》やはかりが非《ひ》を過《く》ぎし人を責《せめ》却《かへつ》て人に責《せめ》らるゝ。あしかるべしとおもひしより。冢《つか》ぞうるさも暁《さと》りながら揮ひふ自殺《じさつ》させざりし。面目《めんぼく》もなし。藤坂《ふぢさか》ぬし。此辺《へん》の金《かね》にかへされば富《とみ》。されば富《と》むもなく恥《はぢ》をたらべ。まつからかせる醇《まぶひ》。金《かね》もをもあめが讐敵《かたき》なれ。今怨恨《いまゑんこん》に貪欲《どんよく》の。妄念《まうねん》を断《たち》とめ。ぐも。只《ただ》断《たち》がつて恩愛《おんあい》の。絆《きづな》となるも女児《むすめ》が。此辺《ごへん》の妻《つま》の乳《ち》に育《そだち》し。由縁《ゆかり》もあれば捨《すて》おかず。実《まこと》の女児《むすめ》とおもひなして。養《やしな》ひとりてあひねと。憑《たの》む言葉《ことば》の露《つゆ》おもらる力《ちから》をたよら早《はや》と引援《ひきぬれ》て。財布《さいふ》を把《とつ》て。掴《おもだ》まれたる。此《これ》ぞ肚《はら》へ突立《つきたて》んとしたりしが。母《まち》に袷あへと。叫《よ》びとぶや夏菊《なつきく》。桔梗《ききやう》。萩《あ》萩の。千種《ちぐさ》かれりしま揺《ゆすり》て輾《まろび》つ……

走り出て。父《ちゝ》が裾に携《すが》りとめ。いかんとすれど涌くる涙の泉《いづみ》堰《せき》かねて。いとゞ歎《なげ》きのまさん覚親子《おやこ》面《おもて》をあはしつ。刃《やいば》を捨《すて》て抱《いだ》きつ。抱《いだ》かれながら是かぎりとも泣《なく》より外《ほか》はなかりけり。且《しばらく》して稚子《をさなご》は彼をはなして目を拭《ぬぐ》ひ。誓《ちかひ》の石《いし》にて誓《ちかひ》ひをせんとて。朝《あさ》まだきより出《いで》ゆきし。背影《うしろかげ》を目送《みおく》りて。さらんかと思ふとゞまる。親《おや》のなき夫《をつと》の心《こゝろ》ざしのあたりを見ても姿《すがた》を居《すゑ》て物を思ひよりあらん。跡《あと》を跟《つけ》てすそとへの告《つげ》も待たず不覚《すゞろ》に宅《そ》を走り出《いで》て。その処へは来《き》つれども父《ちゝ》が潜《しの》びてまちがへてありしは。いかなるにかあらんとて卯木《うつぎ》の中に躲《かく》ひて。絆《きづな》の中を窺《うかゞ》ひつ身《み》にしありしは夫《をつと》の流矢《ながれや》に命《いのち》を殞《おと》し。繦褓《むつき》の中《うち》より養育《ちぐま》し乳母《うば》さへ刃に伏《ふ》されば。ある毎《ごと》に毎《ごと》哀《あは》し。その胸《むね》に迫れども声を忍《しの》び欲を嗌《そ》も断《き》るまり前よりも泣《なき》て。かゝりしが世《よ》をそむき身《み》を恥《は》て羞《はづ》かしさ又とてみえ。自害《じがい》せんとしつるハ。夢《ゆめ》ともうつゝとも幻《まぼろし》とも。わかずし髻《つと》の乱《みだ》れ髪《うゑ》薄《すゑ》の稚紫《うらむらさき》なりしがはなれて。恥《はぢ》かしげに出《いで》けり。縁《えに》しハ結《むす》びとわかれとも浮《うき》世《よ》の中《なか》に只《たゞ》ひとりと思《おも》ひし夫《をつと》ようれしくも。その剪《きら》れし黒髪《くろかみ》の乃冥土《めいど》へ一瞥《ひと》引出《ひきいで》。菩提《ぼだい》の道《みち》ハまさしかるらで。こひも祐ひし誓《ちかい》婚姻《えんいん》のその盃《さかづき》とて手向《たむけ》の水《みづ》。三々九《さんくゑん》品《ほん》の浄土《じやうど》なるべく。墨《すみ》の衣《ころも》の色《いろ》なりし。蓮《はちす》の臺《うてな》を玉《たま》の床《とこ》に憑《たのむ》ハ後世《ごせ》の縁《えにし》しのべ。補二郎《それ》ねがを先《さき》として。詎《これ》をよるべに存命《ながらへ》ん。許《ゆる》させたまへ。と口説《くどき》もあへず。刃《やいば》を取《とり》て胸上《むなさき》より刀尖《きつさき》背《そびら》へつき出し。忽地《たちまち》撲地《はた》と倒《ふ》せるを小。鮮血《ちしほ》さつと漬《ひたし》をかゝ折布《きぬ》く夏草《なつくさ》に。秋《あき》の錦《にしき》と染《そめ》しかど。おどろき時主《ときぬし》ハ。周章《あはてふため》と哀傷《あいしやう》に胸《むね》くるしくて。視《み》もあらねど。離《はなれ》たる腕《かひな》をさし入れて。抱《いだ》き起《おこ》せバ聲《こゑ》さへも。おなうしてと散動《どよめき》て勤《いそ》るうひなれ深痍《ふかで》の苦痛《くつう》をこらゆる堪《たへ》ぬ。春澄《はるずみ》も。頻《しきり》に嗟嘆《さたん》したりける。

むら五郎春澄
島田時主
かざし

誓《ちかひ》の石《いし》は
大夢
さめて
覚《さ》む
東六
西八
さくら奴
補二郎

第《だい》六《ろく》　むすめひとり　撫子花《なでしこばな》を石竹《せんちく》といふ事《こと》

撫子《なでしこ》ます中く孔《くろべ》を撞て虫《むし》より細《ほそ》き声《こゑ》を激《はげ》し。恩愛《おんあい》の母をかなしむ。是をきこえぬある親《おや》に先《さき》だつ不孝《ふかう》の罪《つみ》をいと重《おも》しとありながら夫《をつと》の為《ため》に操《みさを》をつくし親《おや》の命《いのち》に代《かは》る身《み》を何《なに》ゆゑかぶらに惜《をし》むべき。前《さき》より彼処《かしこ》に窺聞《たちきく》したれば。縁由の首より尾までよくありて約《ちぎ》りし今《いま》果ぬらん玉《たま》の緒《を》を。末《すゑ》の露《つゆ》に結《むす》びとめて。許我《こが》と申らんへ索《しろ》まかり補二郎ぬしの母《はゝ》ゆゑにも才君《おとぐきみ》にもこのゆゑを告《つげ》もならしてかれ迹《あと》を吊《とふら》ひもして浮世《うきよ》の外《ほか》に墨染《すみぞめ》の苔《こけ》の衣《ころも》にさ曲をかえ仏《ほとけ》につかへなひるが造《つく》りし罪《つみ》も滅《きえ》ぬべし。只《たゞ》痛《いたま》しきは補二郎ぬし養《ちご》の隠匿《あくじ》を家たもありもならで仇人《かたき》を殺《うた》んとのことぞ。思ひ定《さだ》め孝行《かう》を衛《まも》らん神《かみ》はますまさでげなく雉《きじ》の草《くさ》かくれつま恋《こひ》の声《こゑ》立《たて》てあがてうが夫《せ》を射《い》させたるおひそれかたちがあよりむかしぶ神代の昔《むかし》を見こ。落居《おりゐ》る鳩《はと》を媒《なかうど》ちにたのむかひなく返し矢《や》へようなる雉の頓使《ひたつかひ》。天稚彦《あめわかひこ》の過度《あやまち》なき夫《をつと》の身に負《おひ》ぬれども。下照姫《したてるひめ》の故事《ふること》ならで今《いま》ぞ身にしる様子《ありさま》に。締《むせ》びそえたる悪因縁《あくいんえん》。この世《よ》の後《のち》の又後《まさのち》の世《よ》までかはらね妹《いも》と夫《せ》と誓《ちかひ》の石を墓碑《はかじるし》。妻もなれば武蔵野《むさしの》のその煙《けむり》と立《たち》のぼる。伴侶《ともづれ》は又こゝにあるを。世に乳母《うば》よ。母よ撫育《いつくし》よ。襁褓《むつき》の中《うち》より養育《ちごよ》せしを忘るゝとにはあらねども。彼《かれ》は母《はゝ》その仇《あた》なりと。侍《つき》くもきこえばなさていさゝか憎《にく》し悔《くや》しさよ。それは僅《わづか》に四歳《よつ》の秋母れを喪ひ給《たま》ひしかば。かの面影《おもかげ》は絵《ゑ》にも認《みとめ》らず。又その頃に捐《すて》られし。乳母《うば》の撫育《くごし》に年たけて。おひたてるその喜《よろこ》しさは。実《まこと》の母にもまさるべきに。されど頭身《ちうせき》の息《いき》の内《うち》なる物なりも。今を限《かぎ》りの哀別離苦《あいべつりく》。なくあるべしとすやならで楯《たて》となり。物ともなりて自害《じがい》をとむべかりしに。なんぞ別れの冥土《めいど》の旅《たび》。よしひかけるは。伴侶《みちづれ》は変易《へんぐ》なくれ。前世の約束《やくそく》なる歟《か》とうれ口説《くどけ》ぞ。その声《こゑ》や耳《みゝ》に入《い》りけん。揮政《ぶし》は忽地《たちまち》眼《まなこ》をひらきかれ〳〵なるを覚《さと》えながら座中《ざちう》に見別《みわけ》れて。女兒《むすめ》常夏《とこなつ》に異《こと》ならずと思《おも》ひ忘《わす》れし日《ひ》は侍《はべ》らざりき。さるを大《おほ》きくなりぬれば雅《まさる》なる時《とき》なれば世《よ》に勝《まさ》りて。標致《きりやう》は浮世《うきよ》が画《ゑが》ける楊貴妃《やうきひ》とやら。小町《こまち》とやらに劣《おと》らぬ姿《すがた》なれど。えましけれどおのづから詩《し》なども詠《よ》みたる身《み》の罪科《つみとが》へまつくまやさらに戸《と》を季《すゑ》賽河《さいのかは》の玉《たま》をつらふ瘞《うづ》むとも冥土《めいど》の猿《さる》のふかきともなる車《くるま》となりて御導《しるべ》せんさへいとあはれなる身《み》がこの日来《ひごろ》恋慕《こひした》ひたる。稲城《いなぎ》ぬしとやらが夫《をつと》は。むかしべる仇《あだ》のあるうへに。それらが猟箭《さつや》にかけ侍《はべ》れば。九ッの世《よ》をもちあるまで怒《いか》りなさるも慰《なぐさ》むべき言《こと》の葉《は》は侍《はべ》らねど。四歳《よつ》の秋《あき》までぞ父《ちゝ》この好《すき》を撰《えら》りて信《まこと》ある君《きみ》が情《なさけ》は読経《どきやう》にもまして菩提《さふと》引接《いんぜふ》なり。今《いま》さらにおもひ送《おく》らんとするを。といへどもなほにおもふなる女兒《むすめ》が手《て》を袖《そで》がめぐりはせず所天《つま》はこの野《の》を出《いで》て京《きやう》鎌倉《かまくら》縣《あがた》田舎《ゐなか》編歴《へめぐり》て。常夏《とこなつ》がゆくへ索《たづ》ねて天文《てんぶん》八年六月五日の誕生《たんぜう》。武蔵国新座郡《むさしのくにゐくらこほり》。小堤《こつゝみ》の里人《さとひと》椎蔵《つゝやさう》が女児《むすめ》常夏《とこなつ》と。産毛《うぶげ》臍帯《ほそのを》の畳紙《たとう》に。ちゝはゝが手《て》して書たるを。護身嚢《まもりぶくろ》に納《い》れて持《もて》り。これぞこが子《こ》の識《しる》しなるべし。遺《のこ》しおかれしことかと。声《こゑ》もたてず息《いき》きれて。灰を捩《ね》ぢ忽地《たちまち》に。めろくも散《ち》りし樗《うぎし》の花と共《とも》に露《つゆ》けき。死後《あとはあれ》と女母に。父《ちゝ》のかたきをえしりて。くれぐれも許我《こが》の御《さぞ》。瀬二郎《せじらう》ぬしを送《つま》とありなば。ろがり情郎《こひびと》は夫《れう》となりて瀬《せ》二郎ぬしの身《み》に憑《その》んと宣《のたま》はせしぞ頼《たの》もしけれ。さらば。わらはも因《ちなみ》ある。乳母《うば》が女児《むすめ》を償《みちび》ひて。最期《さいご》の念《ねん》を果《はた》さべし。なほ願《ねがは》し。きみ亡骸《なきがら》を。補《ほ》二郎ぬしと合葬《がつそう》し。誓言《ちかひ》の石《いし》に夫婦《ふうふ》が法号《ほうごう》を彫《えり》もくべめてあへかし。塚《つか》のとられたるかあらぬとの石《いし》のほとりより。異《こと》なる草《くさ》の花咲《さなさう》べ。がひおくるの空《むな》しからんとはかなしや。世《よ》の少女《をとめ》らが淫奔《いたづら》に。親《おや》のめぐみね縁《えん》むすびて遂《つひ》にその身《み》の仇《あた》となる。剣《つるぎ》にまれ引《ひく》くとも。今《いま》さらとひ絶《さえ》

かゝる夫《をつと》にわかれし後《あと》はみどりの眉も色《いろ》かはり。枯《か》れて空《むな》しき撫子《なでしこ》に。かひなく
そゝぐ玉なすの。残《のこ》るは親《おや》の涙《なみだ》なるを。春澄《はるずみ》も此彼《これかれ》の歎《なげ》きをわが身《み》に思ひやり
して常《つね》は唱《となへ》ぬ佛名《ぶつみやう》の。觀音草《くわんおんさう》も後世《ごせ》の為《ため》なれや月まつ薏苡仁《ずゞだま》に。夏野《なつの》
も秋《あき》のうちちしつ。時主《ときぬし》はちがみより。逆流《さかながれ》てかくりしが。堪《たへ》かねて蹉跎し。枕方《まくらべ》に
立《たち》足《あし》方にあゆみて。むすめ骸《から》を揺《ゆ》り動《うごか》し。母《はゝ》は撫子《なでしこ》。親《おや》を諫《いさ》め夫《をとこ》を慕《した》ひ。
忽《たちまち》ち自殺《じさつ》したればかく身《み》が揺《ゆ》れはさうべきが。跡《あと》に残《のこ》りて生《いき》がひなき憂《うれ》へをうけ
ものよみの孝行《かう》なるらべけれ。しくもおもねかし。世《よ》にある人のこれ時《とき》迷《まよ》ふまゝなき情
慾《よく》はおもひとゞまるとかもあれど老《おい》てのうへの貪慾《どんよく》は終《つひ》に止《とゞま》る所《ところ》をしらぬ鳥《とり》に
もあらざる鳥田が悪業なるなるも恥《はづ》るまであり。あつるにまん身《み》は慚愧《さんしく》て
世《よ》の少女子《をとめこら》が淫奔《いたづら》を懲《こら》しめしむる言《こと》のちからに引《ひき》もせんと身《み》を恥《はぢ》たる。
それはさまして時主《ときぬし》は慾《よく》にまどひて物《もの》を掠《かすめ》か世《よ》にあらがしと思へども天知《てんし》

地《ちし》知り。人《ひと》も知り。これ又《また》こてよとひたる。奪《うば》ひし金《かね》ハ三百両。これより猛《まうり》了家産《いへ》を有《とま》して。物識《ものし》る人《ひと》を数《かず》ともせん。財《ざい》に誇《ほこ》る悪報《あくほう》ふるく人《こひと》のミなミに勝《まさ》れたる。女児《むすめ》ハ二十《はたち》のうへを踰《こえ》ぞ。ざから双《ふそ》よつらねろを禁《とど》めんとせし事《こと》ハ及《およ》バで。身《ミ》を殺《ころ》して歎《なげ》きをまねく。これかゝるべき因《いん》なり果《くわ》なり。推《おさ》に推《おさ》まらぬ辨財天《べんざいてん》の示現《じげん》かしとれ草《くさ》の花《はな》かられ草原《くさはら》に金《かね》を獲《え》て。今《いま》又玉《またたま》とどひろの。捨子《すてご》をこの草原《くさはら》に。瘞《うづめ》て返《く》を身《ミ》の秋《あき》ハ。栄枯《ゑいこ》得失《とくしつ》脱《のが》れね。応報《おうほう》。されバおん身《ミ》ハこれぶ子《こ》にあらぞ。辨財天女《べんざいてんによ》の方便《はうべん》にて。時主《ときぬし》が女児《むすめ》と化現《けげん》しつられを誡《いまし》め。又後《まさのち》の貪慾人《とんよくびと》を誡《いましめ》めかりさて。何《なに》とせん面目《めんぼく》な。恥《はづ》かしやとかまきかへを乱《みだ》しのまのと長《なが》え。懺悔《さんげ》に時《とき》をうつしけりかで。あるぐれにおらねバ。春澄《はるずミ》ハ。尻《しり》をかけける株《くひぜ》をそゝれて。滝《さゞれすけら》る奴木《やくみせ》に注目し。愁傷《しうしやう》ハまことりすれども。死《し》したるものをのぞかれ。歎《なげ》けバとてかへるにあらざれバ因果《いんぐわ》を剖捥技。死出《しで》の田長《たをさ》の杜鵑《ほとゝぎす》も。不如来と今《いま》ぞ鳴《な》く。親子《おやこ》に夫《ふう》婦《ふ》に仇讐《あだかたき》。二人《ふたり》の施主《せしゆ》に。三人《さんにん》の亡骸《なきから》。煙《けふり》となりてそりろともに。怨《うらみ》を捨《すつ》る誓《ちかひ》の石《いし》のほとりに。これを埋葬《まいそう》せんいのみ。鳥田《とりた》ねりど。激《はげま》されて時主《ときぬし》は。せくに身《み》を起《おこ》せば。東六西八《とうろくさいはち》も。揚まあれたる亀《かめ》の目《め》に宿《つつ》の衣《あら》草花《くさばな》卯木《うつぎ》を。刈《かり》めつやつ茶毘《だび》すへく。三人《さんにん》が死骸《しがい》を煙《けふり》と同《ひとし》石《いし》の下《もと》まぞ葬《はうむ》りける。當《その》時《とき》藤坂春澄《ふぢさかはるずみ》は。補《ほ》二郎に射《い》つけたる。猟矢《さつや》を墓の上に立《たて》て。ほどくとろへくまて宜《まこと》に稲城《いなき》補《ほ》二郎は。仇《あだ》ならんめれど可惜《あたらつはもの》壮佼今は般の遺恨《いこん》あるひせるこれも年来。奥《おく》稚丸《まろ》のおん在所《ありか》を索《たづ》ねまわり。大月形《おほつきがた》の大刀《たち》をとへ進《まゐら》せんとといひかがら。旅行《たびぢ》に齎《もたら》を糧《かて》すかれば艱の年をつくぼらよるせちの不忠《ふちう》に似《に》たりこらが夙志《そくし》だに果《はた》しるべ。此辺《こゝへ》が寺に名告《なのり》あひて潔《いさぎよ》く撃《うた》れもせん。手向《たむけ》いとられにまくくりのあらじいかとも知らねばこそなれ。戸辺《どべ》の父《ち》は好悪《よしあし》なく。いづれも戸辺《どべ》も諸共《もろとも》に扇谷殿《あふぎがやつどの》に仕《つか》へ。主君《しゆくん》のために捨《すて》べき命《いのち》を。私《わたくし》の怨《うらみ》によつて。互《ひた》かく向《むか》し弓矢《ゆみや》の意地《いぢ》。むかしをとへバ朋友《ほうゆう》の怨《うらみ》かさねし同士《どうし》撃《うち》は義理《ぎり》ぞ人《ひと》のほだしなれとひとつ瞼《まぶた》去《さ》バ。たえ補二郎《ほじらう》が刀《かたな》に著《つけ》たる。半隻《かたわれ》の掃枝《かうがい》をとりて。掃枝《かうがい》によせあはして又《まさ》数回《すうたび》歎息《えんそく》し。時主《ときぬし》これをうちまもりやゝ。ひとつによせし掃枝《かうがい》を。ねぢてひつろちて春澄《はるずみ》が餞別《せんべつ》に進《まゐ》らせべし。戸辺《どべ》許我《とが》へ赴《おもむ》きなば。この半隻《かたわれ》の掃枝《かうがい》を。稲城《いなぎ》が身《おく》にとらしおくとの杜鵑《ほとゝぎす》の半隻《かたわれ》は既《すで》によりかたまる。互《たがひ》に息《これ》を謬《う》らねバ。これを割符《わりふ》に名告《なのり》あひて勝負《しやうぶ》を決《けつ》するともあるべし。稲城《いなぎ》が父《ち》の治部《ちぶ》平《へい》はなるがために親《おや》の仇《あた》。又《まさ》春澄《はるすみ》は瀬《せ》二郎がためには兄《あに》の仇人《かたき》なり。強《うさ》んとならバ騒《うさ》れもせん。惜《をし》む命《いのち》は忠義《ちうぎ》のためにこそ。詳《つまびら》かに侍《さ》べかりしと叮嚀《ねんごろ》に説示《ときさと》し。彼《かの》掃枝《かうがい》を遁《こく》らせしかバ。時主《ときぬし》ふかく感激《かんげき》し。さすがは夜坂氏《ふじちよつち》此辺《ごんよ》は世なれも稀《まれ》なる義士《ぎし》なり。再復讐《またがたきうち》は國家《こくか》の禁制《きんせい》なるべき身《み》にあらねど。とはいへど補《ほ》二郎が孝心《かうしん》をいとをしみて結構《けつかう》ならず。彼瀬《かのせ》二郎にこのよしを告《つげ》て擣枝をとらせべし。なほ桐誼べきるもあれば。そちが宿所《しゆくしよ》へ赴《おもむ》きぬべくとゝく。信女《まつわ》にも誘引《いざなふ》なれど。春澄《はるずみ》はいくたびかこれを固辞《いなむ》に許《ゆる》さゞれば。已事《やむ》を得《え》ず伴《ともなは》れて。多磨河の里《さと》へ赴《おもむ》き。鳥田が宅《いへ》に留《とゞ》められて。五六日を過《すぐ》すほどになれば。人々《ひとびと》の初七日《しよなぬか》の逮夜《たいや》よりねかして。時主《ときぬし》はこの日《ひ》香《かう》華《はな》を手向《たむけ》んとて。朝《あさ》とく起《おき》て小手差原《こてさしはら》へ出ゆきて見るにいぬる日《ひ》揷坂春澄が。誓《ちかひ》の石《いし》に寄《よせ》かけて土中《どちう》へしかと挿《さし》たりける。獵箭《さつや》より芽《め》を出《いだ》しかく。異《こと》なる花《はな》さへ開《さき》たるが。撫子《なでしこ》に似《に》て。その花《はな》は並頭連理《へいとうれんり》の状《かたち》をなす。めさありてこそ咲《さき》たれ。時主《ときぬし》はこれを見《み》て持《とりもち》たる袖《そで》の両《あは》を彼花瓶へふところをそがえ。されば女児撫子《むすめなでしこ》が臨終《りんじう》の執念《しうねん》なく。今《いま》この花《はな》をつれさせかまらん。實《まこと》は物《もの》の料《れう》あるゆゑ。これを示《しめ》さば誰《たれ》か経《へ》ん。花《はな》の状《かたち》は夫婦《ふうふ》に似《に》たり。めくまでやゝ背《せ》かぶに只《たゞ》一夕《ひとよさ》の添臥《そひぶし》もさゞさずめが家《いへ》なる草《くさ》の原《はら》なる撫子《なでしこ》の花《はな》。物《もの》いはねども色《いろ》に出《いで》し。後《のち》の世《よ》とぞ覚《おぼ》えつる。如来《によらい》證涅槃《ねはんをせうして》。永断於生死。若於至心聴。常得無量楽と説《とか》れたり。大慈悲心《だいじひしん》。この心は弥陀《みだ》の誓《ちかひ》の石《いし》。導《みちび》きぬく寿量光《じゆりやうくわう》南無阿弥陀仏《なむあみだぶつ》と念《ねん》じつ。哀傷《あいだう》とふやまたり。されば此《この》花《はな》毎歳《まいとし》に。石《いし》のほとりに生出《おひいで》く。その数《かず》あまたなりしかば。都鄙《とひ》遠近《ゑんきん》に賞翫《せうぐわん》し。石《いし》に黏《つえ》付《つけ》よりて生《おひ》そやゝる花なれば。石竹《せきちく》とぞ名《な》づけゝる。これより今《ま》に至《いた》りて後《のち》々まで石竹《せきちく》といひしとかや。撫子《なでしこ》花の異名《いみやう》とも是《これ》この縁故《ゆかり》なるべし。

第七《だいなゝ》　道《みち》のゆり里　薦坂春澄《あぢさかはるずみ》が故主《こしゆう》の遺方《ゆくへ》を索《たづぬ》る事

却説《かくて》鳥田時主《とりたときぬし》は。その日《ひ》小手差原《こてさしはら》より。内蔵《くら》五郎春澄《はるずみ》を伴《ともな》ひつ還て。叮嚀《ねんごろ》にこれを歎《なげ》きし遂《つひ》に五六日これを留《とゞ》め。捨子《すてご》虎《とら》が初七日《しよなぬか》に。法師《ほうし》を招《まね》きて経《きやう》を誦《よま》し。時主《ときぬし》もすなはち受戒《じゆかい》して出家入道《しゆつけにうどう》し。冥空《みやうくう》と法名《ほうみやう》をとり。同時主法《ひときぬしほふ》師《し》は金六百両をとりてこれを春澄《はるずみ》がほとりにおくるならべ。某《それがし》徃時《むかし》荻窪《をぎくぼ》にて。掠取《かすめとり》たる三百金《きん》は。何辺《どこ》へ返《かへ》るべき金《かね》なり。されば今《いま》その三百金《きん》を返《かへ》しつかはすべし。又《また》別《べつ》に三百金《きん》は。すなはち冥空《みやうくう》が寸志《すんし》なれば。受《うけ》おさめ給へとの事。春澄《はるずみ》聞《きく》て頭《かうべ》をうち掉《ふり》。某《それがし》徃時《むかし》治部《ぢぶ》平《へい》に三百金《きん》を盗《ぬす》とられたれども。治部《ぢぶ》平《へい》が奪《うば》れしとき懐中《くわいちう》せる三百両は。里見家《さとみけ》の要金《ようきん》なるよし。補二郎が物《もの》かたりに聞《きけ》えあれば。件《くだん》の三百金《きん》は。治部《ぢぶ》平《へい》が金《かね》にあらず。治部《ぢぶ》平《へい》が金《かね》ならざれ。春澄《はるずみ》いかでかこれをとるべき。されば彼《かの》治部《ぢぶ》平《へい》は盗《ぬすみ》とられたる金《かね》をもとめて。里見《さとみ》義弘《よしひろ》の老臣《らうしん》に縁《えん》を求《もと》め遂《つひ》に彼家に仕《つかへ》たれば。よし里見《さとみ》の金《かね》にもあれ。大切《たいせつ》は細謹《さいきん》をかへりみざるべけれバ。原《もと》の三百金《きん》を受《うけ》ながらで。故主《こしゆう》の先途《せんど》を見なる翼と云べし。その餘《よ》の金ハ一枚《ひとひら》あらとも受《うけ》ざらじとて固辞《いなミ》しかバ。時主法師又いふやう。其金《それじつ》ハ。世《よ》に捨《すて》財《さいら》不用なり。されバとて故《ゆゑ》なくして。これを御辺《ごへん》に進《まゐ》らするにあらず。往時《むかし》萩窪の叢《くさむら》へ捨《すて》ありし血《ち》つきの財布《さいふ》を。自餘の人《ひと》に拾《ひろ》はれなバ。忽地《たちまち》に罪《つみ》得《う》べかりし御辺《ごへん》これを見えて腰《こし》に著《つけ》ながら。たえて人《ひと》に告《つげ》ざる故《ゆゑ》に。よつが首《くび》をバ繼《つなぎ》たるなり。既《すで》に件《くだん》の財布《さいふ》を小手差原《こてさしはら》にて某《それがし》に投與《なげあたへ》られしかバ。今《いま》別《べつ》に進《まゐ》らする。三百金《きん》ハ財布《さいふ》の價《しろ》なり。ましてや納《おさ》めなへといへバ。春澄《はるずみ》なく頭《かうべ》を掉《ふり》。よしや御辺《ごへん》に罪《つみ》ありとも。賞罰《しやうばつ》を司《つかさど》る私《わたくし》にとりも行《おこな》ふべきにあらん。あるにその非《ひ》を匿《かく》せしとて。今更《いまさら》賤の金をとらバ。われ罪《つみ》ハ御辺《ごへん》に殊《こと》ならず。是《これ》ハ決《さう》して受《うけ》がたしとて。さちむれども。終《つひ》に受《うけ》ず。これも又あなき人《ひと》の墓参しても日《ひ》ならざるの地《ち》を啓行《うまだち》し。故主《こしゆう》の在所《ありか》を索《たづね》んとて。機頃

にあづかり別《わか》れを告《つげ》て小手差原《こてさしむら》へぞ帰《く》りける。扨又時主法師《ときぬしほうし》は。積貯《つみたくはへ》
たる金銭《きんせん》家財《かざい》を悉《ことごと》くとり出《いで》て。奴婢《ぬひ》にわかちとらせ又里人《さとびと》の貧《まづ》しきにも
とらせ。其余《あま》りあるをば。尾井《をゐのを》。撰子《あづこ》。補二郎親子《おやこ》。擲取《かんどり》が菩提《ぼだい》のために。
寺《てら》へ布施《ふせ》を送《おく》りけるが。老僕《かとる》管《さだまけ》るゆゑには僅《わづか》に金五両をとらせりが給るやうこ
しかも不足《ふそく》して受《うけ》ざれば。僕《しもべ》は。ことにまめにつかへしより。二十年に近《ちか》し。加以《しかのみならず》。毎《ごと》
年《ど》に便宜《びんぎ》を考《かんがへ》。調布《ちやうふ》を売《うりいだ》して。主《しゆう》の銭等《ぜになど》を賑《にぎは》したる。その僕《しもべ》が功《こう》
あるに。物賜《ものたまは》るに及《およ》ては。一季《いつき》半季《はんき》に出《で》かはりする婢《をんな》どもにはいと劣《おと》りけり。
こは戯《たはぶれ》にはあらずやとてわぐひど咳《つぶや》けば。時主法師《ときぬしほうし》冷笑《あざわら》ひ。汝《なんぢ》が往《さき》に。
尾井《をゐのを》が枉死《わうし》せし夜《よ》。一ッ失《うせ》たる櫃《ひつ》の中《うち》には。調布《ちやうふ》百疋《えい》を納《いれ》おきたるよしをいひたる
が。春詠《ちるぞめ》擲取《かんどり》がいふ所《ところ》とは異《こと》なりしぞ。是《これ》汝《なんぢ》が偽《いつはり》にて。主《しゆう》の女房《にようばう》の枉死《わうし》によりて。
布《ぬの》百疋《えい》を私《わたくし》せしをもはや忘《わす》れてぞあらんずらん。抑《そもそも》汝《なんぢ》が私欲《しよく》のおそろしき。

彼《かの》布《ぬの》百文のみにあらじ。あらばこの五両の金も過分《くわぶん》ならずや。あるてもなきなれ
受《うけ》ざる欲心と鳴乎《をこ》なりと思ひ懲《こら》されて答る如く菩多と言葉なく。頸を掻れ。
額《ひたひ》を樹懇に推りどせし。金を嵐のひしぐ。母は母に擲りて立去るも
なく退出《まかりで》ざる程《ほど》に。時主《ときぬし》法師《ほふし》眞空《しんくう》補二郎が母と弟《おとゝ》の貧苦を救《すくひ》
なよ残《のこ》せし金を懐《ふところ》に。餞頃小行装《たびのよそほひ》をとゝのへ。笈《おひ》を脊負《せおひ》。湯を
引提《ひさげ》。なぶ家《いへ》をまどもなくもさまよへと。村長《むらをさ》に笑えおれて。次《つぎ》の日《ひ》首途《かどいで》せさ
あらば筆来落を営《いとなむ》りたる奴婢《ぬひ》あるさらなり。里《さと》の老弱《らうにやく》別れを惜《をしみ》て。
これを送《おく》るもの意《おれ》ありけるぞ。そが中に驕《さだまけ》る奴は。いく主人《あるじ》に思ひ懲《こら》されて僅《いろ》
小金五両を得《え》つれど。額《ぬか》つよ恨《うら》み憤《いきどほ》るといへども。ならぬ身の臭《き》なず口《くち》
を継《つぎ》て。阿容《おめおめ》と立出《たちいで》しが。時主《ときぬし》をさべえも送《おく》らず。東六西八《とうろくさいはち》同来同《ひとつどう》
氣《き》相求《あひもとむ》るといふ。ならざるなれば芳《おく》らぞゆく僻《ひがむ》ものなれば窮《ひそか》にられらるおて

らひすてさそいゐ事。各位《おのおの》もたるぞ。されバ鳥田《とりた》の老僕《おとこ》まして。廿年《はたとせ》ちかく勤《きん》功《こう》をつれ。家《つる》ならずも不義《ふぎ》の行状《おこなひ》なし。なかるに主《しゆう》の法師《ほふし》ハ。不義《ふぎ》ならぬて家《いへ》を富《とま》せしに。却《かへつて》これを不義《ふぎ》として。僅《わづか》小金五両を与へたりしと理《り》を追と云へども。主《しゆう》は聾《ひく》べき弓《ゆみ》のあられバ。中さけ牟《ぐろ》を推《おし》詰《つめ》て。語《さん》て足《そく》ざる自《みづ》をせざる人《ひと》なり佛《ほとけ》といへるれど。散物《さんもつ》のさしるなれバ。付を本《もと》職に。活業《なりはひ》をらざむべき吾儕《われわれ》のよろこぶなきよ依けても。只《ただ》精しきハ。櫃《くやさう》の内《くら》なる五郎春澄《はるずみ》なる主。渠奴《しやつ》ハつらず主《しゆう》の女房《にようぼう》を殺《ころ》しながら。却《かへつて》つらず主《しゆう》を罵《のゝし》り。猛《たけ》くも追《やま》て。輙《たやすく》三百金《きん》を得《え》たり。各位《おのおの》同意《どうゐ》あるにおいてハ。吾《われ》々をあらし。尾井どのく誓言《おさく》を発《むく》すと呼《よぐ》まて。矢庭《やには》に春澄《はるずみ》を撃殺《うちころ》し。件《くだん》の金《かね》をとり復《ふく》しまく。三ツよつらちたんいつよといへバ。東六《とうろく》西八《さいはち》大ひに歓《よろこ》びて。の計策《けいさく》究《きはめ》て妙《めう》なり。百両《りやう》の徳《とく》つくを。詐《それ》して同意《どうゐ》せざるべしとなれど。彼春澄《はるずみ》が面魂《つらだましひ》武芸《ぶげい》も勝《まさ》れたりとおぼゆるに。準備《こゝろがまへ》等閑《なほざり》にせざれバ。いさゝかも不足《ふそく》なきところもありなん。三十六計《けい》。詐欺《だまし》にまかす。とせよ。かくせよと密語《さゝやき》あひて。較計《もくろみ》既にとゝのひしかバ。三人宿《やど》りを立出《たちいで》て。後《あと》になり。先《さき》に立《たち》。小手差原《こてさしはら》へとかくする程《ほど》に。荻坂《おぎさか》内蔵《くら》五郎春澄《はるずみ》ハ。その日《ひ》。ある死人《ひと》の墓《はか》に詣《まうで》て。石竹《せきちく》の花《はな》に涙《なみだ》を沃《そゝ》ぎ。野《の》も家の家《いへ》に帰《かへ》りしが。いとゞ寂《さび》しき孤館《ひとつや》の妻《つま》。放さく弔《とふ》ひける。とひ残《のこ》る物《もの》もなし。今《いま》の路費《ろよう》に餘《あま》りあれバ。命《いのち》を限《かぎ》りに。諸国《しよこく》をうちめぐり。與稚丸のあり在所《ありか》を索《たづ》ねてまハらバ。女児《むすめ》に環《めぐ》りあふ日《ひ》もあるべしとて。宅《いへ》をバそのまゝ住捨《すみすて》て。次《つぎ》の日《ひ》鎌倉《かまくら》をさして首途《かどいで》するに。武蔵野《むさしの》のあなたなる紫沢《むらさきさは》のほとりにて。彷《さそ》なく路る奴等《さだもけら》にかれあへり。彼奴《これら》ハ島田が奴僕《しもべ》なりしが。猛に主《しゆう》に捨《すて》られたる故。時主法師《ときぬしほうし》が名を問《と》ばやと思《おも》ひて足《あし》の運《はこ》びをいそがしく。ほどなく近《ちか》くなる随《まゝ》に東六西八《とうろくさいはち》左右《さゆう》に

鎌倉《かまくら》街道《かいどう》にて
とら五郎春澄
東六

時主法師
西八

に引抜《ひきぬき》て。贈るれハ後方《あとべ》に立續《たちつゞ》たる人《ひと》を殺《ころ》して。巨賊《おほぬすびと》逃《にぐ》るとて脱さんや。吾們
忠義《ちうぎ》に仗《よつ》て。尾井どの。讐《あた》を復し。稲城が怨《うらみ》を雪《きよ》むるぞと喚《よば》りて。
三人一齊に刄を引抜。矢庭に切《き》らんと競《きそ》ひ蒐るにぞ。ころ得《え》たりと身《み》を
反して前にさゝへし東六《とうろく》が腕を捕て。捩倒《ねぢたふ》せバ。内と撃逼《きうこ》む西《さい》八が刄
を宙《ちう》と打落《うちおと》し。怯《ひる》むところを胸上に當て。弓手《ゆんで》へ被りて撞《どう》と投るに。
とある処《ところ》も紫澤《むらさきざは》。菖蒲《あやめ》燕子花生茂《おひしげ》りて。昨夜《ゆふべ》の雨《あめ》に坡壊《つゝみあせ》て。畷陂。
泥《どろ》ありし。そのあたりの悪棍は。泥《どろ》の中《うち》へ身《み》を引《ひか》れバ目《め》ともまろぞ口と
もろく。起《おき》んとすれバ滑《すべり》と上《うへ》立《たゝ》んとすれバ脚《あし》を絨《とぢ》られ。轍に吻く
鮒《ふな》のごとく。梯に登《のぼ》る亀に似たり。その隙《ひま》に響《さゝ》る声をかけて背後《うしろ》
より撃かくる刄《やいば》の光《ひかり》に。春澄これを避《さく》れバ。路響る刄ハ両三歩。跳
に跪ておへる所《ところ》を足《あし》を蹴《け》して礫と蹴《け》る。蹴られて刄を鐙と落し。

泥《どろ》を摑《つん》で俯《うつぶ》しに。半身《はんしん》を掘埋《ほりうづめ》られ。もがきし程《ほど》に東六《とうろく》と。西八《さいはち》ももがくに。泥《どろ》の中《うち》より這出《はひいで》ぬく。器械《うちもの》もそれ難贏《なまび》とみて。珊瑚樹《さんごじゆ》をとり難《なん》し。崑《く》崙奴《ろんぼう》の捐撲《すまふ》が如《ご》く。春澄《はるずみ》が前後《ぜんご》よりやと声かけて毫著《むりつく》を組《くま》しく直《ひた》と揮解《ふりほど》し。左《ひだり》へ右《みぎ》へ拳倒《うちたふ》せば。四五間《けん》洇て筋斗《もんどり》をうつし。足《あし》そらさまに小韁縛《ふしまろび》。起《おき》もやらざるを踏踰《ふまへ》て。蹴《さんざけ》る奴《やつ》いるのほとりまで落《おと》せし力《りき》を撥《くい》とあとへすく。衝《つき》かくる刀尖《きつさき》を。春澄《はるずみ》ぬたるを。左《ゆんで》へ翦《そら》し。握固めて突出《つきいだ》す。拳《こぶし》に打れて蹴《さんざけ》る奴《やつ》れ。叫苦《あつ》とさい八東六《とう》が倒《たふ》れし上《うへ》へ猩累《ふりかさな》て亦起《またおき》んともせざりけれ。内蔵《くら》五郎春澄《はるずみ》は飽《あく》までも悪棍《わるものら》を駈悩《かけなやま》したるに。彼等《かれら》そ既《すで》に力衰《ちからおとろ》へ勢竭《いきほひつき》るをみて。呵《から》くと冷笑《あざわら》ひて。蹴《さんざけ》る奴等《やつら》が背《そびら》を踏《ふま》へ汝等《なんぢら》が主《しゆう》とたのみし時主《ときわ》さへ。理義《りぎ》を尊《とう》ずる故因果《いんぐわ》を感悟《かんご》し。怨《うらみ》捨《すて》て信《まこと》を竭《つく》したるに。汝等《なんぢら》そ。忠《ちう》もなく義《ぎ》をもしらで。却《かへつて》主《しゆう》の女房《にようばう》の讒言《わざ》を

報《むく》ふるんとて仇《あだ》なせしこれを狙撃《ねらひうた》んと謀《はか》りしが。其が懐《ふところ》の物《もの》を取《と》らんとする

なるべし。後《のち》の見懲《みこら》しに首《かうべ》うち落《おと》さんと奴《やつ》なれども。其が妻《つま》死《し》して今《い》まで

幾日《りくう》なるも經《へ》ずして助《たすけ》給《え》させるぞ。されど此《この》あちざなきやがて是れ今首《いまかうべ》

をとらぜとのふとも。終《つひ》に標《あかち》へ梟《かけ》られなん。今《いま》の疼《いた》さを忘《わす》るなとの懲《こら》し。

袖《そで》うち拂《はらひ》て街道《かいどう》を。鎌倉《かまくら》路《ぢ》へとて出て行《ゆ》く。悪棍《わどごろつき》等は臥《ふし》ながら遠《とほ》く

なるまでも目送《みおく》りて。やがて生《いのち》たるとてもしつめるとも所を攫《つか》みて爪《つめ》る

面《つら》へ泥《どろ》の中《うち》に。両《りやう》の眼《まなこ》のあるぞて。又横窗《よこまど》を覗《きうお》ける生壁《なまかべ》に異《こと》ならざる送

目《め》と目《め》を見合《みあは》して。疼痛《いたさ》可笑《をかし》さ打《うち》まぜて。臑《むかう》ずね足《あし》を伸《のべ》。肩《かた》を

揺揚《ゆりあげ》揺《ゆり》おろして。やうやうに身《み》を起《おこ》し。双《ふた》の泥《どろ》を押拭《おしぬぐ》ひて。此から鞘《さや》へ

納《をさ》めても。なほさまらぬ撲傷《うちきず》を撫《なで》て。東六《とうろく》は頬《ほう》をふくらし。怨《うらみ》も子

き奴《やつ》ら撃《うた》んとて。毛《け》を吹《ふい》て疵《きず》を求《もと》め。かくまでにも辛《から》きめ見たる。路《みち》ゆく

が所《こざ》なるを。汝《なんぢ》は日来《ひごろ》拳法《やはら》なども、なさしところなしるとほとアらくれのを。真《まこと》さらもありなんと、おひなしく。後看《うしろそ》にあらりなる所に却《かへつ》てされど、西八《さい》よのくそ。化骨《めざるわ》を折《を》らして緩急《まさかの》のとれなは益《や》よたゞ、どぞんかけだめしの白徒《しれもの》なると罵《のゝし》りけ。西八《さい》も又唇《くちびる》をひるがへし、稚《をさな》き時《とき》よる親《おや》にども打《うた》れしねしぬ頭《かうべ》を裂《さく》るゝかりよ打《うち》なやまされて、肩《かた》を折《くじ》かれ、腰《こし》の骨《ほね》を引《ひき》ちがへて、纏刺常せし単衣《ひとへぎぬ》さへ引裂《ひきさか》れて泥《どろ》に塗《まみ》れ、小妻《こつま》木綿一反を立泥《たちどころ》に失《うしな》はれしも、原《もと》はと問《とへ》ば、盗《さだ》るが所《こざ》なるを。とてもかくもちもめの不覚《ふかく》は、盗《さだ》る故《ゆゑ》一己《ひとり》のちくよあ黒かれば。汝《なんぢ》が懐《ふところ》なる五圓金《ごまいのかね》は膏薬銭《かうやくしろ》にとられ。東六《とう》にとらせかしとなく。當然《たうぜん》の理《り》にこそと。嘘著《うそつ》けば。東六《とう》も小膝《こひざ》をすゝめ、現西八が所《ところ》の道理《どうり》のうへの道理《どうり》なり。これもさらぞやなれ。とらし遍《まさ》与せと。左右《さゆう》より泥《どろ》も乾《かわ》かね手《て》を出《だ》せば。盗《さだ》る故《ゆゑ》は冷笑《あざわら》ひ。めでがしまや罵《のゝし》りや。汝《なんぢら》ら何《なに》の道理《どうり》かあるべき、三人か

常夏艸紙巻三　廿二

を一致《いつち》せざれバかゝる不《ふ》覚《かく》をとるべきもおらぞ。大将軍《たいせうぐん》の軍配《ぐんばい》ハ。弦《つる》ぎりも悞《あやまち》るなれど。士卒《しそつ》の調練《てうれん》合期《がつこ》せざれバ。宝《たから》の山《やま》へ入《い》りながら。手《て》を空《むな》しく泥《どろ》に塗《まみれ》たまひしかれバ。過怠《くわたい》の料《しろ》として。汝《なんぢ》ら主人《めうど》の配分《ぶん》せられし。金《かね》を出《いだ》しるしされなとらせよ。いなといひなバいひてもの〳〵なる紫澤《むらさきさは》の泥《どろ》に塗《まみ》れて。鰌《どぢやう》も踏《ふまえ》えぬ踏《さんざ》脛《すね》蘿ても。膏《かう》薬《やく》銭《しろ》をとらざらんや。汝《なんぢ》らが金を遣《つか》与せよと言《とだ》禁《さら》闘《あり》ひ尻《さら》声高く。輸《まけ》ドと罵《の》まバ。負《まけ》ドと罵《のゝし》り負腹《まけぞう》立たる同士《どうし》撃《うち》に。廻《つく》かゝる東《とう》六を。踏《さんざけ》るゆれ左《ゆんで》手へ挂《さえ》て。右《め》手の刃を閃《ひらめ》かし。眉間《みけん》四五寸砍裂《きりさい》たまひ叫《め》つと倒《たふ》るゝ東《とう》六を。跳《おど》り踰《こえ》て。西《さい》八が刃をとらんと組著《くみつく》ところを。隅《りやうえん》あくて丁《ちやう》と砍《き》るところ。朽《くち》木ともに。刀《かたな》鍔《つば》援て倭僜《よろめき》逶迤《よろぼひ》透《すきま》間もなく撃《うつ》てかゝるを。踏《さんざけ》ちる物《もの》ともせず。左《ひだり》へ右《みぎ》へ受《うけ》るが。太刀《たち》音《おと》烈《はげ》しく戦《たたか》ふたりけれども。東《とう》六西《さい》八が袖《ちよう》大刀小のさく砍《き》られたれバ。進退《しんたい》も自在《じざい》ならず。遂《つひ》に数《そう》ヶ所《しよ》の深痍《ふかで》を負《おふ》て今《いま》ハかなハじと思《おも》ひしが。余《あま》りの声《こゑ》を絞《しぼ》りて賊《ぞく》ありと叫《さけ》べども人迹《じんせき》稀《まれ》なる武蔵《むさし》野《の》の虫《むし》の音《ね》ならでハ応《こたふ》るものなし。況《まして》来る人やあると一大刀《ひとたち》あびせかけ後《うしろ》を回《めぐ》らし。二大刀《ふたたち》あびせれバ左右《さゆう》をかいくゞり。遂《つひ》に西八《さいはち》を砍仆《きりたふ》して返す刃《やいば》に東六《とう》が右《みぎ》の腕《かいな》を打《うち》おとし。撲地《えさ》と蹴《け》かへし押《お》さへて。胸上《むなさき》ぐさと刺《さし》たられたれバ。ちゞめて息《いき》を吻《ほつ》とつき。遽《いそが》しくふところの屍《むくろ》を。彼此《あちこち》と搔探《かいさぐ》り。撓《さぐ》りて犢鼻褌《どく》に結《むす》び著《つけ》たる。金銭《かね》あまた嚢《ふくろ》ひとつあり。ぞや物数《ものかず》撿見《あらため》んとて。包《つゝみ》の紙《かみ》の折目《をりめ》に路《みち》の風《かぜ》を吹《ふか》して撮《つま》み捨《すて》。二包《ふたつゝみ》を一ツに合《あは》して。数《かぞ》へ果《はて》て。莞尓《につこ》と笑《ゑ》み。春澄《はるずみ》が三百金《きん》をとり損《そん》ぜし遺憾《のこりをし》けれど。捨《すて》られもせねば二十両《りやう》へりの辛苦《うちしろ》銭《ぜに》せめてもに。これで些《さ》ハ待《まち》よかりしと。押戴《おしいたゞ》きて懐《ふところ》へおさめ。面《つら》に乾《から》びたる。泥《どろ》を洗《つら》ためて搔落《かきおと》し。二人《ふたり》が屍《しがい》を澤水《さはみづ》へ持《も》ち入て水《みづ》けなきに跡暗《あとくらく》して逃去《にげさり》ける。

自評《じひやう》

○この書《しよ》第一巻《だいいちくわん》より。第三巻《だいさんくわん》に至《いたつ》て。未嘗《いまだかつて》か夏清十郎《なつせいじふらう》がことを演《のべ》ず。只島田《しまだ》藤坂《ふぢさか》稲城《いなぎ》ホ《ら》がことの顛末《てんまつ》を述《のべ》て。以て奇編《きぐう》の張本《ちやうほん》とす。

○この書《しよ》第一回《だいいつくわい》に。藤坂《ふぢさか》内蔵五郎《くらごらう》春澄《はるずみ》が仇讐《あだうち》のことをあらはし。さて発端《ほつたん》とし。遂《つひ》に第四第五回《だいしだいごくわい》に至《いたつ》てはじめてその来歴《らいれき》を説《とき》あかせり。いまだ新奇《しんき》とするにあらずといへども。その趣向《しゆかう》古来《こらい》の複讎言説《ふくしうげんせつ》と異《こと》なるをしるべし。

○島田時主《しまだときぬし》が妻《つま》を喪《うしな》ひ。女児《むすめ》を喪《うしな》ひ。遂《つひ》に財《たから》を散《ちら》して。道《みち》に入《い》るよしを詳《つまびら》かにせしは。世《よ》の童子《どうじ》ホ《ら》に。隠匿《いんとく》あるものは悪報《あくほう》あることを説喩《ときさと》して。もつて貪婪《どんらん》禍媒《くわばい》の誡《いましめ》とす。

○撫子《なでしこ》揮政《りざい》が横死《わうし》の所《ゆゑ》ハ色慾《しきよく》に迷《まよ》ひて、節《みさを》を忘《わす》るゝ。淫婦の為《ため》に

これを述《のべ》たり。

○稲城補《いなぎほ》二郎が枉死《わうし》ハ。その父《ちゝ》治部平《ぢぶへい》が積悪《せきあく》の餘殃《よあう》をおはし蕣坂《あさがほさか》

春澄《はるずみ》が。故主《こしゆう》と女児《むすめ》の往方《ゆくへ》を索《さが》ね且《かつ》その妻《つま》の枉死《わうし》にあふよしハ彼《これ》

嫌忌《えんき》をふくんで他《ひと》の恥《はぢ》をおもはさんとて。却《かへつて》自《みづから》の恥《はぢ》を忘《わす》れ夜鳥田《よるとりた》が墻《かき》を

踰《こえ》て走《はし》つて調布《ちやうふ》の樞《ひつ》を豪奪《がうだつ》し。悞《あやまつ》て尾井《をゐ》を斬害《ざんがい》したる悪報《あくほう》なり。

列傳《れつでん》每人《ひとごと》に因果《いんぐわ》あるを。竊《ひそか》に異朝《あるらし》元明《げんみん》以来《いらい》の小説《せうせつ》の趣《おもむき》に擬《ぎ》す。

この餘《よ》の事迹《じせき》ハ。次《つぎ》の巻《まき》にみえたれど亦《また》復《さらに》童蒙《どうもう》婦女子《ふぢよし》の為《ため》に

巻尾《まきのをはり》に自評《じひやう》をのべざるなり。

常夏草紙巻之三終

常夏草紙

常夏草紙《とこなつさうし》巻之四

第八《だいはち》　ひぢかさ雨《あめ》

東都　曲亭馬琴編演

お夏《なつ》ちぎらずして清十郎《せいじうらう》を救《すく》ふ事《こと》

秋寒《あきさむ》く。臂笠雨《ひぢかさあめ》に袖《そで》ぬれて。走《そゝ》ぎ脱《ぬけ》にく路《みち》もなく人《ひと》もなし。跡絶《とだえ》てなほ彼《え》る。千日墓《せんにちはか》の門前《もんぜん》に。笠《かさ》かづきたる修行者《しゆぎやうざ》は。三十三所の霊場《れいぢやう》を。巡礼《じゆんれい》の長旅《ながたび》にや。汚《よご》れめつきたる禅衣《ころも》の。襟《えり》に掛《かけ》たる牌《ふだ》の数《かず》。廿一二とつゑたる匠。相貌《さうばう》美麗《びれい》の壮佼《わかうど》なり。ちらちらとは天《そら》うち傾《かたぶ》けば。はや申《さる》の下剋《さがり》。一驟雨《ひとむらさめ》のなごれ間《ま》だに。定《さだ》めなき世《よ》のためしぞかし。家《いへ》を出《いで》ゝ三年《みとせ》以前《いぜん》。宿《しゆく》をなき身《み》は親《おや》同胞《はらから》の。菩提《ぼだい》を護ろく東西《とうざい》の。大悲《だいひ》の霊場《れいぢやう》うち巡《めぐ》れど。なくは神《かみ》も仏《ほとけ》にも。捨《すて》られし清《せい》十郎が。胸《むね》の雲《くも》のいつ何《いづれ》の日《ひ》。何《いづれ》の時《とき》に晴《はれ》ぬべきなるをとて。なく阿容《おめ》ゝゝと。観音寺《くわんおんじ》へゆくりなく。世《よ》の嘲《あざけり》も面《おも》ぶせなる。結《ひも》ひらけたぶ

妹脊《いもとせ》の縁《えん》も今《いま》は絶《たえ》もせね。お夏《なつ》が憾《うらみ》も執護《しうぢやく》し。遮莫《さもあらばあれ》この月《つき》はなき母も
迎ふるなき母の三回忌日《さんねんのきめうにち》の遠《とほ》からぬ墓所《むしよ》の掃除《さうぢ》もせまほしく。近《ちか》く帰る
近江《あふみ》の国《くに》へも二宿路《ふたやどぢ》の難波潟《なにはがた》なる名《な》だたる千日墓暮《せんにちはかゆふべ》の雨《あめ》の笠《かさ》ずりに。
一樹《いちじゆ》の蔭《かげ》は終《つひ》の友《とも》。現《げ》は煩悩《ぼんなう》の捨《すて》ところ。証《しるし》の脱《ぬけ》は果《はて》べきとひとりごち
待亡親《なきおや》を拝《をがみ》へばいとゞ他《ひと》のうへ。わが身《み》にかけて石塔《せきたふ》のごとく哀《あは》れを
のこりて頻《しきり》に嗟嘆《さたん》なせしが。浩処《かゝるところ》に前面《むかひ》より往《ゆく》が還《かへ》る欲武夫の
従者《どさ》をも倶《ぐ》せず只《たゞ》ひとり。杖《つゑ》をりげなるれ外《ふけ》の。四十歳《よそぢ》は足《あし》を端折《ふき》し袴
の稜《そば》を結《つま》ぐ揚《あげ》。と長《なが》すなる両刀《ふさらし》。かいぬがで落《おち》る。ひら雨《さめ》の霤《しづく》を傘《かさ》小紋《こもん》
捨《すて》。千日寺《せんにちでら》の門前《もんぜん》をあゆきすぎがてに馬《うま》ざりの凹《くぼ》へ足駄《あしだ》端《け》ちらし転《まろ》んと
して。竟《つひ》に転《まろ》びど。隻足《かためあし》立《たて》。徐《しづ》かに。清《せい》十郎をうんらへてこらし壮役戒
足駄《あしだ》をとゞめて来《こ》なといひかけて。足《あし》をそのさへさし出せば。清《せい》十郎冷笑《あざわらひ》。

あながちげなる人《ひと》もありけり。そのかみ下邳《かひ》の圯橋《いきやう》にあらず。乞食《こつじき》しても人《ひと》の為《ため》に。
木履《ぼくり》をとらんとまで〻はなけれど。とらんとならバとらすべく来《き》て。おん身《み》はしらねど回答《ひらく》
しに。杖衝立《つゑつきたて》てしまんとするを。はやくと亦《まさ》呼《よび》とゞめ。かれ手《て》づからよとりのならべ
爭汝《いかでなんぢ》に憑《よの》むべき物《もの》のひらけゝる武士《ぶし》の意持《いぢ》よらじとやうとてとらせざらんや。
といひてさしのべれも大人気《おとなげ》なし。それ程《ほど》の報《むく》ひわさるべし。枉《まげ》て足駄《あしだ》をとらせよと
理《ことわり》なしめかうち点頭《うなづき》。報《むく》ひを望《のぞ》むにあらねども。事《こと》にあづかるも身《み》の可愛《かはゆ》さ。
中までいはるれバ黙止《もだし》がたしさりとて泥《どろ》に塗《まみ》れたる。足駄《あしだ》をわざて金剛杖《こんがうづゑ》の先《さき》
小引《ひ》あけてさし出《いだ》せバ。現逞《げなさま》しれ壮佼《わかうど》なり。おなじくわぞその泥《どろ》を拭《ぬぐ》ひ去《さり》て穿《はか》せ
よと飽《あく》までに恥《はづかしむ》る。底意《そこい》を探《さぐ》らんとするにぞ。採《さぐ》り出《いだ》し。ふところ紙《がみ》をも
足駄《あしだ》の泥《どろ》へかさね布《し》く。怜悧《らうきく》たる進止《ふるまひ》に。その佩穿《まくちれ》て莞尓《につこ》と笑《ゑ》み。はかせ
汝《なんぢ》を労《らう》したり。物《もの》とらするぞとひもあへず。腰《こし》なる鉄扇《ちせん》抜《ぬれ》とりて打《うた》んと

土右つ槌之丞なりし京摂に横行せし盗賊の首ラなり室町殿物語にみえたり

したる袖《そで》の中《ちう》を。潜《くゞ》りはく受《うけ》ながん。柄杖《ひさく》を丁《ちやう》と打《うち》おとし。ふたゝび打《うく》んと閃《ひらめ》かすを。扇《あふぎ》を遂《つひ》に挂《さゝえ》て。身《み》を沈《あづま》しえて抜《ぬけ》かくる。棍頭槍《ちやくとうつゑ》を抜《ぬけ》しもあへぬ瑞《ちうげき》をと廻《つゞ》りて逆《さか》さまに。穿立《つきたて》さとひらく。扇《あふぎ》に胸《むね》をうちあひぐに。煉《しれん》に感《かん》じて清《せい》十郎は。衝《つい》たる膝《ひざ》を立《そ》なおし。顔《かほ》つぐと向上《みあげ》ぬれば。武夫《もののふ》とゝてる瑞《ちかて》を突放《つきはなち》て身《み》をひらめかしかば推量《すいりやう》に一点《つゆ》違《たが》はん。杖《つゑ》に奴《やつこ》をたとみしは。尋常《よのつね》の行者《ぎやうじや》にあらず。引剥《ひはぎ》して人《ひと》を殺《とう》を土右衛《ど》槌之丞《つちのすけ》が党欽《ととうらう》相撲《さうぼく》の風魔《ふうま》が餘《よ》類《るゐ》なる歟《う》と問《とう》せも果《はて》ず貌《くうち》をあらためど。ともひもかけぬ名《な》を負《おへ》せらるゝものかみ優婆塞《うばそく》にも戒刀《かいたう》あり。陀弥《えび》の利剣《りけん》に煩悩《ぼんのう》を。断《さく》まで願《ねが》ふ後行者《そぎやうじや》なりとも。今戦国《いませんごく》の時《とき》なるに千里独行《せんりどくかう》の身《み》を衛《まも》る。かたなりの用心《ようじん》せざらんや。甚《それがし》は丹嶋清《さづませい》十郎と喚《よが》れて。東国《とうごく》のものなるが不幸《ふかう》にて親同胞《おやきやうだい》を喪《うしな》ひ江州観音寺《がうしうくわんおんじ》の辺《ほとり》なる由縁《ゆかり》のものに養《やしな》ひ父と呼《よ》びすてと喚るも浮世《うきよ》を渉《わたる》が侭《まゝ》の宿《やど》り。侭父《まゝおや》は入夫《いりむこ》なりし。老婆《らうば》は殊《こと》に頑置なるが。家《いへ》にひとりの女児《むすめ》ありそのかたち母《はゝ》に似《に》たれど。顔色《がんしよく》も又美艶《みやび》なれば幼稚《いとけなき》より歌舞《ぶ》を習《ならは》し。これを歌舞妓《かぶき》の長《おさ》になして。さらずバ業《つぎ》に世《よ》をわたらせんとて。○そいぶせく疎《うと》し。○さればこそせんと思ふ折《をり》。○女《むすめ》の老母《らうぞ》が相量《あひはかり》て其《それ》が女児《むすめ》を妻《め》となし。夫婦《ふうふ》歌舞妓《かぶき》に活業《なりはひ》せんとせしが。○ところがしらう苦《くる》しく。そろ〳〵家《いへ》を脱出《ぬけいで》て。○所《ところ》さだめぬ俄行者《にはかぎやうじや》世《よ》をば捨《すて》ねど世《よ》に捨《すて》られて。三年《みとせ》を旅《たび》にあかす身《み》の○其《その》頃なりしの提頭槍は身《み》を衛《まも》らする同行《どうぎやう》。○其《その》と憑むひとつは生兵法《なまびやうほう》。○怪《あや》しめられて面目《めんぼく》なし。○某実《それがしじつ》は武士《ぶし》の孤窶《みなしご》。○やつし〳〵と身《み》を捨《すて》て。いつぞ李園《りゑん》の隊《むれ》に入るべき武芸《ぶげい》は元来《もとより》好《この》むところ宿望《しゆくまう》も世《よ》へば。○都会《とくわい》の地《ち》をさぐる毎《ごと》に武芸《ぶげい》に名《な》ある人《ひと》をたづねて。一棒《いちばう》を受《うけ》られども。おん身《み》が如《ごと》き達人《たつじん》にあふを面《おもて》を合《あはせ》もあはさざるべき宿縁《しゆくえん》あるに。○名告《なのり》あらはし大刀《うち》もちなほし。○伝授《でんじゆ》しておはらば。さよなれおのが幸《さいはひ》ならん。と泥《どろ》に常《とこ》をつく赤心《まごゝろ》の言葉《ことば》のはしに顕《あらは》し、よりつゞく。聞《きく》てぞうち兵政《うるぶん》。のある所《ところ》詐欺《いつはり》にもあるべからんなれあれど笑《ゑみ》の中《ちう》に双《さう》を悪《く》とか今《いま》の世《よ》の人《ひと》ぞろへし。証拠《せうこ》あつてうけ引《ひ》がしとのゝに清《せ》十郎項《えり》に懸《かけ》たる。護身嚢《まもりぶくろ》の紐《ひも》を解《と》き。某《それがし》江剣《どうじやう》を出《いづ》るとき香花院《かうくわゐん》の住持《ぢうぢ》に就《つい》て。請受《こひうけ》たる墓縁《けんえん》の簿《ちやう》にあり。これぞんて疑《うたが》ひ散《さん》ぜんとさし出《いだ》せをうけとて半《なかば》推開《おしひら》き覧《けう》疑ふべくもあらね。墓縁《けんえん》の簿《ちやう》ゝなるこの奥《おく》に巻《まき》とめたる。なにゝ何ならんと縁《ふり》ひらけば。清《せい》十郎は額《ひたひ》を拊《なで》。ぞつとせしまゝあらざるものにあらぬぞ。江剣《どうじやう》を出《いづ》るとき妻《つま》のお夏《なつ》におのが程《ほど》を聞《きこ》えたる。忍《しのび》やかに別《わか》れを告《つげ》し。彼《かれ》文理《まうもり》なくかれを留《とゞ》めんぜめての心《こゝろ》せずに。像見《かたみ》を送《のと》りしものへしとのかぎりなき推辞《いなみ》がたく。某《それがし》が護身嚢《まもりぶくろ》と彼《かれ》お夏《なつ》が護身嚢《まもりぶくろ》とをとり換《かへ》て再会《さいくわい》の像《しるし》にとて彼《かれ》に与《あた》へ。我《われ》にもおくりてまへんどられ。お夏《なつ》が護身嚢《まもりぶくろ》巻《まき》こみたるなり吾妹子《わぎもこ》が。産毛《うぶげ》臍帯《おそのを》などもやあらんずらんとの向に巻紲し。天文《てんぶん》八年六月五日の誕生。武蔵国《むさしのくに》新座郡《にひくらごほり》小堤《こづつみ》の里人《さとひと》。稚《をさな》が女児常夏と読《よぶ》も詫らで古郷に懸られ原来。近属《ちかごろ》世に名だたる。女歌舞伎《をんなかぶき》の笠屋《かさや》お夏がとかくするに口餌る。気色《けしき》つんせずとうち咳れ蜆泥中《げんでいちう》の芙蓉《ふよう》を出し俳優女楽《ぐ》に稀《まれ》なる貞実《ていじつ》。これも睛なおながら土《ど》右衛が業ならんと疑ひしてそ鈍《おぞ》ましかれ。これ又火急の所要あれば何辺《いづこ》のくれ壮佼《わかうど》を門弟するにせまほくけふも又そのみなく天王寺《てんわうじ》のほとりまでいみれたる虫さるのしりき堀江川《ほりえかは》のとなりに住《すま》ひて。剣法《けんぱう》の師範《しはん》たる。坂逸八郎《さかいつはちらう》といふものてそのいふべきにもあるべきものなれずもあらねば。直《すぐ》さまに旅に伴《ともな》ふべし。余《よ》は義《ぎ》によって泄しといへば。既《すで》に師とあり弟子《でし》とあるうへ。豈《あに》仮初《かりそめ》の縁《えん》ならんや。義《ぎ》に伐くい一命《いちめい》を捨しとやせらるべきとの。誓言《せいごん》が吉まで左とへば清《せ》十郎

難波《なには》の千日墓《せんにちはか》に避雨《あまやどり》して清十郎《せいじうらう》剣法《けんぽふ》の師《し》に値遇《ちぐ》す
経曰 覚了一切 法如夢幻
七月十二日
丹嶋清十郎
坂逸八郎

常夏草紙巻四
五
非人ろ次
戸鎌丹下
画者の
蛇足逸八
郎がいで
さちな文
とあれど
且此辺よ
ハ河なし
とみるべし

高橋作右ヱ門光範は武藝の達人なり室町殿物語にみえたり

小膝《こひざ》をすゝめ。恩《おん》を受《うけ》て恩《おん》をしらざれ。禽獣《とりけもの》にも劣《おと》るべし。我が師《し》の藝を蒙《かうむ》りて宿《しゆくまう》あらざるに果《はた》しなば。亦惜《まことを》しむべき身《み》にしあらんや。いかで仰《おふせ》に悖《そむ》くべき。といと潔《いさぎよ》く回答《いらへ》つ。左手《ゆんで》の袂《たもと》に縫《ぬひ》とめられたる。挿枝《かうがい》をぬきてうち驚《おどろ》き。この挿枝《かうがい》をもて我が袂《たもと》へ三刺縫《ぬひ》しはいかなる故《ゆゑ》ぞと詰《なじ》れバうち微笑《ほゝゑ》みそれは聊《いさゝか》わが手煉《しゆれん》をしらせん為《ため》にてありけるを。今《いま》まで御辺《ごへん》はしらざりし欤《か》。といへばまんく感伏《かんぷく》し。我が師《し》の武術《ぶじゆつ》は鬼神《きじん》も出没《しゆつぼつ》。当今高橋光範《みつのり》が上《うへ》にありと称嘆《せうさん》し。彼《か》の挿枝《かうがい》を抜《ぬき》とりて。うちかへしみて眉《まゆ》をよせふたゝび問《と》はんとする折《をり》から。猶にいで来《く》る夥《あまた》の人音《ひとおと》さわがしく。と先遂《さきがけ》の声《こゑ》は逸《いつ》八郎なんとりて。こゝは往還の人《ひと》も多くて事《こと》を詮《ぜん》ぜざる所《ところ》にあらざれど。この臍蒂《ほそのを》の事訳《わけ》も〳〵この挿枝《かうがい》の事《こと》訳《わけ》も〳〵誘《いざ》わが宿《やど》にて相語《かたら》ふべし〳〵さらばそれまで挿枝《かうがい》は御辺《ごへん》へ預《あづ》けおくこの臍蒂《ほそのを》と且《しばら》く換るも師弟《してい》の贈答《ぞうとう》〳〵さらばおん倶《とも》つかまつらん」となく来《き》まぜしと先《さき》にたち。伴《ともな》ひぬる堀江川《ほりえかハ》。乾《いぬゐ》を指《さ》してのぞがしたり。

さる程《ほど》に先《さき》を逐《おふ》て來《く》るものは。是則別人《これすなはちべつじん》ならず京家《きやうけ》の執権《しつけん》。三好長慶《みよしながよし》が家隷《けらい》戸鎌丹下《とがまたんげ》野装束《のしやうぞく》に陣笠《ぢんがさ》戴《いたゞ》き。巷路陝《かうぢせま》しと千日寺《せんにちでら》の門前《もんぜん》小牀几《せうぎ》を立《たて》させ尻《しり》うちかくれバ。背《うしろ》に附《つき》そふ莊客《ひやくせう》們村長《むらをさ》を先《さき》に立《たて》て一帯《ひとつら》に蹲踞《うづくまり》。泥《どろ》に頭《かうべ》をさし着《つけ》まさバ。丹下懐中《たんげくわいちう》より。二枚《にまい》の骨相書《こつさうがき》をとう出し。ものども謹《つゝし》んでうけたまはれ。いぬる天文三年《てんぶんさんねん》の秋《あき》の頃。鎌倉《かまくら》の管領《くわんれい》扇谷朝興《あふぎがやつともおき》の嫡男《ちやくなん》興稚丸《おきちよまる》。鎌倉《かまくら》を没落《ぼつらく》して今《いま》にその往方《ゆくへ》しれざるによつて東國《とうごく》終《つひ》に威《まり》を失《ひるみ》ひ。あまたの將軍家《しやうぐんけ》の怨敵《おんてき》となりしより。是《これ》興稚《おきちよ》が墮弱《だじやく》よつてのこと所《ところ》その外《ほか》最寵《とくもてなし》からざるゆゑに將軍義輝公《せうぐんよしてるこう》近属《ちかごろ》頗《すこぶ》る思《おぼ》召肯《めしとむ》あるをもつて。無二《むに》興稚丸《おきちよまる》の在所《ありか》をたづね。擯進《からさえん》ざれば仰《あふせ》うけぬなり。わが主三好長慶朝臣《みよしながよしあそん》。執達《しつたつ》あるゆゑ所《ところ》なりとのおもむきによこのびぐよ世《よ》の風声《ふうぶん》を探《さぐ》り求《き》むるの故《ゆゑ》。倭根《やまとね》三位《さんゐ》恭実卿《ゆきざねけう》の息女《そくぢよ》韓姫《からひめ》ハ。襁褓《むつき》の中《うち》より婚聟《こん》縁《えん》あつて。興稚丸《おきつころまろ》に結髪《ゆひあげ》の内室《ないしつ》たり。加以《しかのみならず》木津《きづ》難波《なんば》の間《あひだ》ハ。恭実卿《ゆきざねけう》の旧領《きうれう》たれバ。その所縁《しよえん》によつて。興稚丸《おきつころまろ》ハ韓姫《からひめ》ともに年来《としごろ》このところに隠《かく》れ居《を》るとも密《きと》かに。或《あるひ》ハ観世音《くわんぜおん》三十三所の巡礼《じゆんれい》の行者《ぎやうじや》に打扮。諸国《こく》を編歴《へんれき》をともにつとめけり。興稚夫婦《おきつころふうふ》の隠宅をたづぬるもののあらバ。つらぶ旅宿へ告《まう》し出《いで》よ。搦捕《からめとつ》て進《まゐ》らせるが。恩賞《おんしやう》ハ乞《こ》ふにまかして。栄利《えいり》子孫《しそん》に伝《つた》ふべし。これハ是《これ》興稚丸《おきつころまろ》の骨相書《こつさうがき》なり。生年《しやうねん》二十四五歳《さい》なれども容顔《ようがん》美麗《びれい》なれバ二十可とみえ西るまなれ。この一枚《いちまい》の骨相書《こつさうがき》ハ村長《むらおさ》にとらせべし。残《のこ》る一枚《いちまい》ハ。この寺《てら》の門前《もんぜん》に懸《く》けおかし。千日墓ハ毎日《ひごと》に参詣《さんけい》の老《ろう》弱多《おほ》かり。大津《おほつ》の申明亭にも異《こと》ならで。殊《こと》に熱閙場なれバ。忽地人《たちまちひと》の志るよしもあらん。よく〳〵さとるねよと觸示《ふれしめ》せバ。村長《むらおさ》ハおそる〳〵。件《くだん》の骨相書《こつさうがき》をらけられてその。一枚《まい》を千日寺《せんにちでら》の門《もん》の柱《はしら》へ貼《ちり》おけれバ。冊下《ぜんげ》つゞくとみえ其へ、来てさるそこ。さるそバ次《つぎ》の村《むら》へ御導《あない》せらるゝこそ。立《そ》て床几《だうぎ》をする。も。天王寺《てんわうじ》のおく〳〵起《おこ》りおべ。村長《むらおさ》木を背《うしろ》に振《つれ》て。荘客《ひやくしやうさま》両三人に先《さき》を追《おい》て。こなたのもとへ走去《そうさう》りけるを。おとせ後《あと》に門前《もんぜん》なる木立の隙《ちまた》に蓬戸《むぐらと》あけたる孤屋《こや》の内《うち》より。乞兒《こじき》六七人立出《たちいで》て。衆皆《みな〳〵》片頬《かたほ》に笑《ゑみ》を含《ふく》みぬ。い朝《あさ》より左《ひだり》の耳《みゝ》の瓣《ひだ》ありしにさくよりたるをはなりと。一人《ひとり》がいへバ又一人《ひとり》が。されバとよ。かの貼《はり》たる骨桐書《ほねとうしよ》へ稀《まれ》なる金《かね》の蔓《つる》をまづよくみんと立聚《たちつど》ひ覗《のぞ》けるよく肯《せ》たる是《これ》なり是《これ》なり些《すこし》も違《たが》ひあれバ蠲《さえ》に笠《かさ》おびりけ。巡礼《じゆんれい》の修行者《しゆぎやうざ》へ向《むか》ひ興雑《あたつかう》ても遠くるものゝ。跡追蒐《あとおつかけ》て。擊作《うちよ》して金《かね》にせん道《みち》づれの士《さむらひ》は助太刀《すけだち》せられてとて逃《にげ》さるな。とせよはくなさよと散動《どよめ》けバ。母は俟侵《まてまて》なりなやそと呼《よび》とぞや。○蔀戸《しとみど》を推揚《おしあげ》て。ゆるぎ出《いづ》る大倭子《おほをとこ》ハ。乞児《こじき》の隊《むれ》の大将軍《たいしやうぐん》。土舟《つちふね》の櫓杖《ろかい》と喚《よば》れて。○鉄面牛皮《てつめんぎうひ》の癖者《くせもの》。態を驕だる気色《けしき》もなく。是《これ》彼《かれ》を見えつゝて。○汝等《なんぢら》を彼《かの》武士《ぶし》の。○手練《しゆれん》をばよくも見しれどもや。○これ当初《そのかみ》。○東国《とうごく》にありしとぞ。○這奴《しやつ》をばよく認《しる》したり。○原《もと》ハ鎌倉《かまくら》の管領《くわんれい》。○扇谷《あふぎがやつ》の家隷《いへのこ》に。○藤坂《ふぢさか》内蔵《くら》五郎春澄《はるずみ》と喚《よば》れしものなるが。いく零落《おちぶれ》て。○樵夫《きこり》獵《かり》師《うど》となりしなりもめさされど。撃剣《けんじゆつ》拳法《やはら》なんど牛稚の早抜《はやわざ》に。○弁慶《べんけい》が力《ちから》を譲《ゆづ》り。○這奴《しやつ》に宿恨《ふるきうらみ》もあれば既《すで》に三四年《ねん》を経《へ》ぬれど一目《ひとめ》みしよりハも忘れず。○這奴《しやつ》が巡礼《じゆんれい》の壮佼《わかうど》と相語《かたらひ》する縁由《よし》を。○詳《つばら》にハ聞《きゝ》もとりなど物のいひざめ今までちかめておふるぞ。あらざれバ彼巡《かのじゆん》礼《れい》の壮佼《わかうど》ハ春澄《はるずみ》が故主《こしう》なる。○奥稚丸《おきわかまる》に疑《うたが》ひなし。○加以《しかのみならず》己の骨相書《こつさうがき》に。○面《おも》影《かげ》もよく肖《に》たる。○されバとてあろ〳〵追逼《おひせま》りて毛《け》を吹《ふき》疵《きず》を求《もと》むるに。○這奴《しやつ》落《ら》るが往方《ゆくへ》は堀江《ほりえ》といへる道《みち》さへ滑《ねろ》る宵闇《よのやみ》に。足《あし》の運《はこ》びも果敢《てう》どらで。道頓堀《どうとんぼり》をさべいまで急《すだ》し。桒内《めんない》知《し》らる背田圃《うらたんぼ》左右《さゆう》より引抜《ひつさ》き竹鑓《さけやり》をすそ突伏《つきふせ》んとひしめきたちれども。さるところ得《え》て。色切綻《えきりほころ》ばして青竹《あをたけ》引援《ひきえん》ぬれ。究竟《くつきやう》とこれ挑《いど》めば九万蜂《くまんばち》。臥坐《ござ》平。閻六《どぶろく》を捷径《ちかみち》より先《さき》へ走《はし》れ。面三《めんざう》。雛太《のろさ》。出九《でく》。蒂七《へこうち》は。後方《あとべ》へつづけと土舟《つちぶね》に揖《かぢ》とられ離《はな》され乞児《くらお》ども尻《しり》に帆《ほ》かけて追《お》ひまくらつ。秋《あき》の日《ひ》あれば短《みぢか》くて。足《あし》もとよりぞ暮《くれ》かゝる。道頓堀《どうとんぼり》の背田圃《うらたんぼ》。清十郎《せい》を引《い》き帰《く》る。逸八郎《らう》は傘《からかさ》を。引提《ひさげ》て廻先《まはりさき》に立《た》ちと入相《いりあひ》の鐘《かね》にて桒内《めんない》をよくちつる。乞児《こじき》らを捷径《ちかみち》より群《むら》々と追蒐《おつかけ》つ。骨相書《もぐる》をめくく索《さが》らる。管領《くわんれい》の宿《やど》おもとの興稚丸《おきなまろ》とえしん僻目《ひがめ》欲《ほ》くせ。戻《もど》せとはよぶとわめく呼《よび》かけ。見《み》えくる清十郎《せ》が所坐平《どざへい》が走《ち》かって丁《ちよう》と突《つ》く。竹槍《たけやり》を跳《おど》り踰《こえ》。狼藉《らうぎ》え黄昏《たそがれ》に入《のど》たぶへて後悔《こうくわい》せぬといふものへぞ。

赤衛生《まさつねが》ハ非槍《さしやり》。左手《ゆんで》へ引ずりて引退《ひきしりぞ》き。閃《ひら》りと引抜《ひきぬ》く棍頭槍《かなさいぼう》ハ槍《やり》の
尖頭《きつさき》を切落《きりおと》せバ。透《すき》もあらせず九万蜂《くまばち》ら風《かぜ》の如《ごと》く乱《みだ》れあひ。雨《あめ》よる
繁《しげ》く非槍《さしやり》よ清十郎ハ太股《ふともも》つかれ。小膝《こひざ》を衝《つい》て拄《ささえ》たる。五六交先《えんまえ》よ立《たち》
たる逸《いつ》八郎ハこれを見て。吐嗟《あなや》。と傘《からかさ》投捨《なげすて》て。驀直《まつしぐら》よ走《はし》より刀《かたな》を揮《ふる》
て九万蜂《くまばち》が。細腰《ほそごし》撲地《ちやく》と切《きり》けるにぞ。つと刀《かたな》よ臥坐《ござ》の眉間《みけん》四五寸砍《きり》
裂《さつ》きれけれバ首《まつら》よかれたる。清十郎《せ》られよちからを得《え》て。身《み》を起《おこ》して
撃《うつ》て蒐《かく》るを逸《いつ》八郎あげ隔落《へだておとし》て瘢《あひ》負ねと見えたるまでハ吾膂《こころ》ふちも
任《まか》し。瑪瑙《わうえ》の如くに走りゆくが。ちぞられも追《お》ひつくらくといそげて妻《さい》
が中へ割《わり》こくの。縦横無昇《じうわうむげ》よ砍《きり》ちられバ清十郎《せい》ハ今さらに臆《おく》するとハなけれども
ねども。望《のぞ》める身の血気《えんえ》よまかせて。敵《あひて》をよそらざる兇《くわら》なと。雌雄《しゆう》を争《あらそ》
はんハ不覚《ふかく》なりとおもひかへして。引退《ひきしりぞ》き。すらバ。御《あはせ》のすることあるべし。いのちや

及《およ》ぶ。とく走《ち》れと回答《いらへ》も果《はて》ず左右《ひだりみぎ》切込《きりこ》む血《ち》けのり水音《みづおと》高《たか》く陽る圏六。面三《めんざう》。雛太《ひなた》。蔕七《へいしち》。出九《でくら》ホも度《ど》を失《うしな》ひ烈《はげ》しき刄を捈《さえ》りて数ヶ所の深痍《ふかで》ホ絶命《ぜつめい》。坤算木《さんき》を乱《みだ》して仆《たふ》れ乃土舟《つちふね》櫓杭《ろかけ》のあたりより畔《あぜ》の木落《こうぢ》て立在《たちさ》る。左右《さうり》あふらちも出《いで》ず。且《かつ》く透《すき》を窺《うかゞ》ふ得《え》よ逸《いつ》ゝ八郎が手《て》に燠の刀を尖呂《さんざん》。雷電《いなづま》の見《み》え《きらめ》くほど。志《こゝろ》ざが得よまれの七兇木悉《ことごとく》騒《さわ》がれよあれば音を巻《まい》て駭《おどろ》きそれ逡巡《おとまり》して逃《のが》れんとせしが清十郎が擁《て》を肩《かた》て道頓堀《どうとんぼり》の方へ走《ち》るを見《み》て窮鞘《ひそか》小跡《よると》び走《ほど》りて竹槍《たけやり》引提《ひつさげ》畔《あぜ》を続《わた》りく追蒐《おつかけ》たり。折《をり》から歌舞伎《かぶき》の果太鼓《はてだいこ》。山崩《あらご》きてかへる見官《けんぶつ》の内へ紛《まぎ》れ入《い》りねべあるね便《びん》なしと土舟《つちぶね》ハ老《ちよぶ》が似《に》くよ走《ち》り着《つき》。清十郎《せい》が背《そびら》を窺《のぞ》ゐてやゞ気をかけて衝《つく》く操《やり》を右《みぎ》よへ掃《はら》ひ身をかへしつらうりあひてぞ戦《たゝか》ふたるうハ大路《おほぢ》へ殺《あど》ちかりければ。ちかれて泊《く》る歌舞伎《かぶき》の群集老猾男女られそえ

て。些《と》の事あり。と周章《あわて》く。呂蠔子を散《ち》らすが如く。田ともいはず畦《くろ》とも
いはず。右往左往《うわうざわう》に逃迸《にげ》まどへば。櫓杖《ろかい》ハ頻《しきれ》りに声をあらゝげ。其《そ》この癖者《くせもの》は骨
相書《にんさう》めく索《たづね》らるゝ興稚《おきなまろ》なり。これを助《よと》けて擒捕《からめと》て賞銭《ろくび》をうけ
もとらむや。と呼《よび》かけつゝおのおの戦《さう》ふ程《ほど》に。忽地《たちまち》株《くいぜ》に跌《つまづ》きて。横《よこ》さまに
輾轉《ふしまろ》へば。清《せ》十郎得《え》たりと跳《おど》りかゝり。刃を揚《あげ》て切らんとするの間《ひま》
今《いま》櫓杖《ろかい》が輿稚丸《おきなまろ》を擒捕《からめと》れと呼《よ》ぶ声《こえ》の慾《よく》に引《ひか》るゝ彼此人《をちこちびと》莊客《ひやくしやう》ばら
われもわれもと。手《て》ごとに棒《ぼう》を引提《ひつさげ》て。涌《わく》が似《ごと》くに走《はし》り来《き》つ。清《せい》十郎を
とりまく。まが身既《すで》に痍《て》を負《おふ》たれば。進退《しんだい》も自在《じざい》ならず。その一人《ひとり》を砍《きり》
伏《ふせ》るとも。いで来《く》る多勢《たせい》をいかにせん。あはれ死《し》をのがれ身《み》にあらずと思《おも》へど
猶《せが》て咽を揚《あげ》たる刃《やいば》を抜《ぬき》て。いちさき。群集《くんじゆ》の中《うち》へ走《はし》り入《い》り。率小川《いさゝをがは》を
跳《をどり》こえて。大路《おほぢ》を斥《さし》て走《はし》る折《をり》から。前面《むかひ》より来《く》る於呂世橋《かろせうど》。清《せい》十郎が

引提《ひさげ》たる。刃《やいば》の光《ひかり》に吐嗟《あれや》と叫《さけ》ぶ。轎夫《おろせら》ハ轎《かご》舁居《かきすゑ》。主《ぬし》を捨《すて》てぞ逃去《にげさり》ける。何なるらんと轎子《かご》の戸《と》を引開《ひきあけ》て出《いづ》る笠屋《かさや》夏《なつ》が。歌舞伎果せし袖頭巾《そでづきん》。肩にかゝるを推揚《おしあげ》て。走《はし》り近《ちか》づいて清《せい》十郎と面《おもて》をあはしてうち驚《おどろ》く。清《せ》十郎ハしバしよそひさびや。その音声《こわね》ハお夏《なつ》にあらざや。どひあげど。とかうするに尽《つき》ぬ縁《えにし》も野干玉《うばたま》の。闇《やみ》ハ手中の夫の血刀《ちがたな》へ。人《ひと》にこゝろせず。と遽《あわたゞ》しく。矢庭《やには》に轎子《かご》へ滑《すべり》入《いり》て。戸《と》を引閉《ひきとぢ》て喚《よぶ》ともせし。息《いき》をころしてゐれ胸掛《むなさき》あらし。暗《くら》きかたへと身《み》をひそまし。待《まつ》ともしらぬ轎夫《おろせら》ハ。女伎《さらふ》を捨てハ後難《こうなん》を脱《のが》れがたしとおそるゝ。走《はし》りかゝつてとうんかうれバ。轎子《かご》ハ捨《すて》る所《ところ》にあらで恙《つゝが》なくてや坐《ざ》せると。向が内《うち》まで喚《ちやう》くおぞさらバ。いそげど。肩《かた》ハたれて。長堀《ながほり》さして走《はせ》たりける。主《ぬし》ハとてもとゝがえり。いかで清《せ》十郎を救《すく》ひ得《え》し。お夏《なつ》ハ天地《てんち》を拝《をがみ》て。頭巾《づきん》目《ま》ぶかにかさ

坂滝六郎
笠屋夏

お夏《なつ》
清十郎を救ふ
清十郎

あへし。足音《あしおと》さへせで。引《ひき》さがる轎《かご》なる跟《つれ》てぞ帰り去《ゆ》く。われしれものゝ声ぞ夜《よ》の闇《やみ》こそおのが助《たすけ》なれ。

第《だい》九《く》　書写《しよしや》のみぐるし

般若櫃《はんにやひつ》の奥雑衣葛籠《おくぞうきぬつゞら》の韓姫《からひめ》の夏《と》天満《てんま》の社頭《しやとう》に。般若櫃《はんにやひつ》持しもえて。僧《そう》に勧化《くわんけ》の布牌《のぼり》を建《たて》。経《きやう》を書写《しよしや》して銭《ぜに》を乞《こ》ふ五十《いそぢ》あまりの行僧《ぎやうそう》あるを参詣《さんけい》の良賤《きせん》立聚《たちつど》ひはべりこれをなんとまで筆《ふで》をとゞめてその人《ひと》に対《むか》ひ。これは宿願《しゆくぐわん》の旨《むね》ありて。大般若経《だいはんにやきやう》を修造《しゆざう》する。遠近《ゑんきん》の行僧《ぎやうそう》なりとも。こゝろざしある輩《ともがら》は。法名《ほうみやう》俗名《ぞくみやう》を宣《のたま》はせ経文《きやうもん》の末《すゑ》へ載《のせ》なば。すぐさま冥福《みやうふく》を祈《いの》るべし。般若《はんにや》の施主《せしゆ》になりたまへと高声《こゑ》に唱《となふ》れば。本貫《ほんぐわん》俗称《ぞくせう》法号《ほうごう》までも。名告《なのり》ておのく銭《ぜに》を投《なげ》。地獄《ぢごく》の沙汰《さた》も金次《かねし》第《だい》。阿弥陀《あみだ》の光《ひかり》まで銭《ぜに》いちもん。一家《いつけ》の法号《ほうごう》俗名《ぞくめう》までも。書載《かきの》せるとは今《いま》の世《よ》にかぎり廉《やす》きものなり。南無阿弥陀仏《なむおみだぶつ》と散動《どよめ》かして立《たち》廊《らう》にはおのづから来時《あかつき》告《つげ》る鶏《とり》の音《ね》に社殿《しやでん》もさびしく寂莫《せきばく》と参詣《さんけい》の人跡《ひとあしえ》絶しかば巻《まき》を掩《おほ》ひて硯《すゞり》を納《をさ》めつゝ天《そら》つくづくと打仰《うちあふ》で三年《みとせ》以来《このかた》かくまで心を尽して稲城《いなぎ》が才瀬二郎の行方《ゆくへ》何処《いづく》と索《たづね》れども華洛《みやこ》のあくがれ行に実《まこと》笑えて今ま所在《ありか》はしれざ巡《めぐ》りて京浪花《きやうなには》彼此人《あちらこちら》のいうも集會《つどふ》天府《てんぷ》福地《ふくち》はその人《ひと》に環會《やうやくめぐ》りもあらんかとて天晴《そらそ》れたる日《ひ》この社殿《しやでん》へ詣《いそ》ぎ経文《きやうもん》を書写《なよや》しつゝ彼此人《あちこちびと》に名《な》を問《とへ》ども稲城《いなぎ》も瀬《ぜ》二郎《らう》とも名《な》告れる人《ひと》はいづれもあらばかくは女児《むすめ》が黄泉《よみぢ》の障《さはり》となりなんと思へば胸月苦し捨《すて》たる浮世《うきよ》に心の深く迷ふ真空が心の闇を打つ念あゝ明《あけ》の真如《しんによ》の月《つき》に照《てら》されて南無天満大威徳自在天神《なむてんまんだいゐとくじざいてんじん》と念じければ神殿《みや》を参《まゐ》りて祈《いの》るもあれば二人石の鳥居《とりゐ》をくゞりての五十餘歳《いそぢあまり》の尊《とうと》が背に渋染の葛籠《つゞら》負《おひ》たる古《ふる》き商人《あきうど》なるべし。

後《おく》れ走《はせ》る雪踏《せつた》鳴《なら》して。やしと喚《よ》びとゞめ。手《て》に持《もち》たる古衣《ふるきぬ》一領《いちれう》。天《てん》満《ま》までゞめて來《こ》よと宣《のたま》ふに跟《つき》て来《く》れば。そハいや天神《てんじん》の神社《やしろ》なるに。何処《いづこ》までぞろ行《い》くかれなかの。頃日《このごろ》の日《ひ》脚短《みぢか》さ秋《あき》のならひにて活葉了《ありのひ》暇《いとま》のあらぬぞよ。ほどなく受《うけ》とりぬべあるなどと。喋《つぶや》けば。老女《おうな》ハそれへ至て立《たち》とゞまりたるの人の幼《のと》みぢりさに。倡《つれ》なるめの洲《そ》ところに俟《まち》てなる謹《まづ》るれど。洲方《こなた》が些《もとし》くやかるまや。その人《ひと》ハいまぐるえんべされば。とて鳥居《とりゐ》前《まへ》に衣《きぬ》を抱《か》へて立在《ざま》が。笑《つれ》れもせず。怪《あやしま》れもせずなりなるに返《かへ》さをべきに。葛籠《つゞら》あるとも置《おけ》てよと。理《ことわり》ゝいへが。瑕《きず》を掻《か》き。葛籠《つゞら》ハ今《いま》も野要《ちようよう》あれど。日来《ひごろ》えぬしんなりもやられし。高麗橋《かうらいばし》なる板裂《いたさきれ》や雀八《すゞめ》が名《つゝみ》小部の女伎《をんな》の母《はゝ》は前《まへ》に。かゞりのなるは推辞《じたい》が。ゞこの程より抗主《とくね》もあれば。そこら一扁《いつぺん》巡《めぐ》りて来《こ》ん。失《うせ》てめかなどいひつ聴《きゝ》て般若提《はんにやひつ》の

傍《かたへ》にありし葛籠《つゞら》をおろしていそがはしげに走去《はせさり》ぬ。老女《おうな》はらぞ〳〵
見送《みおく》りて葛籠《つゞら》引《ひき》よせ尻《しり》をかけ。彼丐児長のいと遅《おそ》さよ。何《なに》をしてお
るやらんと舌《した》うち鳴《な》らして待《まち》わぶ折《をり》から。垢摺《あかすり》る手拭《てぬぐひ》を頬殺《ほうかぶり》して左《ゆん》
手《で》右《め》手《て》をあんぐりあげらまるゝのゝられ。土舟《つちふね》の櫓杖《ろづゑ》なり。遥《はるか》に目《め》と目《め》
を注しつ。蘆籬《みづがき》の陰《かげ》へ立《たち》つどひて土舟《つちふね》へ声《こゑ》を密《ひそ》まし。一昨《おとつひ》の黥背《もんがら》小奥
稚丸《ちごまろ》は長堀《ながほり》なる丹嶋屋《たじまや》へ脱《ぬけ》つきたるよし。轎脚夫が訴《うつた》へによつてさき
をさき穿鑿《せんさく》せらるゝと聞《きゝ》えたるぞその始め実《まこと》そ他人《たにん》に搦捕《からめと》ら
しなば大骨折れども勢《せい》の功名。嗅出《かぎいだ》さずやときのの一手同丹嶋屋《たじまや》の
面背《おもてうら》なき笑《ゑみ》をつくして語《かた》らへども年ひさしく音耗《おとづれ》せざりし。さるが
姨《をば》の家《いへ》なりしかのや年来疎《うと》くもあれ。但の出世の肩《かた》をそめしかあらし
くつ計《はかり》をあつくと呼《よび》ひしが窓《まど》に外面《とのも》へ呼《よ》び出《いだ》し。つらづねりに耳《みゝ》を告。

さて臭雉丸《かれつらまろ》のゆくゑを問《とひ》けれど。そのことは回答《いらへ》もなさず。憑《たの》むべきよしの
あれが望《のぞみ》の午過《ひるすぎ》て。天満《てんま》の社頭《しやとう》まうでし来《き》るよしと宣《のたま》ひしはあとかた絶《え》
ずなりし。いかなる故《ゆゑ》ぞとおもひしのへと。郷《うど》が悪しく怨《をん》ぜれば。老女《おうな》は主《ぬし》の縁《ちなみ》をお
らし。母は路《さすらひ》故《ゆゑ》。今《いま》とは今とひたちかね。これも汝《なんぢ》も東《あづま》にありしとき。
姨《をぢ》はいとふかく貧《まづ》しかるに。汝《なんぢ》は絶《たえ》てしらざらめども。その頃汝《なんぢ》は多摩河《たまかは》
の長者《ちやうじや》に仕《つか》へて老僕《おとな》とありしが。物《ものとも》しらず。聞《き》きえずいひしが。他人《たにん》より跡《あと》
これがつぶさに一点《つゆ》だにもなかりし。今《いま》そのわけとありける。姉《なそ》と
仮《よが》よしみなれど涙《なみだ》のみさきにたちて。折《まま》よしたるなり。汝《なんぢ》を
いまだよくもしらずして小堤《こつゝみ》の郷《さと》にありしとき。前夫《めをとさきのをつと》八年《やとせ》ばかり長病《ながやまひ》
着《つき》て物《もの》をうしなひ失《うせ》たるがひもなく。黄泉《よみぢ》の客《ひと》となられしかば。世《よ》を
その便《たより》を失ひ近《ちか》になる観音寺《くわんおんじ》のほとりなる此土《ちと》の由縁《ゆかり》あるをたのみて小女《むすめ》

児常夏《とこなつ》いはけなけれども彼地《かのち》に赴《おもむ》し言語《ことば》に述《のべ》も尽《つく》しがたき艱難《かんなん》を
しのぎけれども女児《をさなご》が標致《きりやう》の世《よ》に優《すぐ》れば。これのみぞ末《すゑ》たのもしく。さりして
舞妓《まひこ》の長《をさ》笠屋《かさや》夏《なつ》が弟子《でし》となりて師《し》の跡《あと》を続《つゞ》し笠屋《かさや》お夏《なつ》と世《よ》に呼《よば》れ
しがなきあまりたる浮業《うきわざ》なるをいとひけれど。家《いへ》に夫《をつと》といふもののなくて人《ひと》にかなへがたくおとさ
るゝものなれば。後夫《いまのをとこ》寿郎次どのを迎入《むかへい》れけるに。三年已前《みとせいぜん》の夏《なつ》の頃《ころ》後夫《いまのをとこ》
のみよ由縁《ゆかり》あるものゝとて病臞《やせさらぼひ》たる婆女《ばゞ》とぞ。それが息子《むすこ》の年《とし》へ十九八なるを。
下総《しもふさ》よりたづね来《き》たりしが。目上《まなぶた》の瘤《こぶ》ありてとかくあち出《で》てはたらけば強《きれ》
頼まれど出《いで》て働くべき気色《けしき》もあらざれば堪《こら》へかねてうちつぶやきて元来我《ぐわんらいわが》
家《よ》なり。身《み》を縦《そだ》てもこの母《はゝ》なるを養《やしな》はんとおもひなるが。寿郎次《じろ》どのゝあつとも。
ぢを出《いで》して養《やしな》ひかへと腹《はら》たてゝも罵《のゝし》りたれど。お夏《なつ》がであはし心《そろ》よからく
ことさらに勧解《とび》よられば。それがさはしてと追《お》ひ出《いだ》さんとするを。お夏《なつ》がとろ

一ツめて。湯茶《ゆちや》付《つけ》くれどすゝめのさるが。鈍《おぞ》ましそふなりすれど。彼《かれ》が拵《こしらへ》ずたる残《ざま》すれば。親《おや》がひたくていひも禁《とゞ》めんかの。匿《かくま》ひ程《ほど》よ。婆《ばゞ》くは病《やむ》と百日ばかり許《ゆる》し。終《つひ》よ身《み》まかりしが。後《のち》のよは。又殿《まさあまさ》の残《ざま》を貴《つひや》されたりつそをいそぎてもらりも複《ふく》さんと尋思《しあん》さするよ。彼弱官《かのこうぞうど》へ生《うま》れ得《え》て美男《びなん》なり。されどあれも俳優《わざをぎ》を習《ならひ》しく。お夏《なつ》が副《つれ》とするならば。それほどの咎《と》もあるべし。と肚裏《はらのうち》よおもひ。宗綱よ計校《めぐらし》。より〳〵このよしを勧《すゝむ》れども。彼弱官《かのこうぞうど》へ宿《やど》をたのめればとてうけ引《ひ》ざれば。そのよせんとて惟《み》そびれ。再び尋思《しあん》さするよ。彼弱官《かのこうぞうど》よいかなる女児《むすめ》が恋《こひ》ありげなる婦《をんな》もちあれば。彼《かれ》よお夏《なつ》を妻《めあ》わせ。赤縄《えにしのいと》よ繋《つな》ぎてもて勧《すゝ》めおとなさずや。と思ひしが。又その事《まて》をいひ出《いぞ》するに。彼弱官《かのこうぞうど》へおしても。随《さすが》に気色《けしき》ばなし。あま里のおすよ与《ときめう》さやて。おちからちの月末《ひごろ》。汝《なんぢら》ホ母子《おやこ》よ貴《つひや》したる残残《ざまのこと》〳〵ことくかへせよとて責《せめ》よおかれば。その理《ことわり》よ迫《せま》られてちからよ諾《うけ》ひたまひつて。お夏《なつ》と婚姻《ゑいん》

をとこを結び。彼判官《はんぐわん》が名をば丹嶋《たじま》清《せい》十郎と名告《なの》らして。俳優《わざをぎ》を倣《なら》へ
とせしが。かく〳〵し悪事《いたづら》も為《え》せず。加以《しかのみならず》お夏《なつ》は夫《をつと》の旦《あけ》より旦ても暮《くれ》ても
凝《ご》る着《つけ》て。活業《なりはひ》にも怠《おこた》らず。腹《いら》のたつるのみなれば。毎日《ひごと》に是彼《これかれ》を罵《のゝし》る
懲《こら》を移《うつ》す恩《おん》を受《うけ》て恩《おん》をしらぬ。情夫《まをとこ》の癖《くせ》なれば。耳《みゝ》もかしかましくや
ありけん清《せい》十郎は逐電《ちくてん》して。三年《みとせ》以来《このかた》影《かげ》もみせず。後《のち》かし聞《き》けば。
香花院《かうげゐん》にて券縁《けんえん》の簿《ちやう》を乞受《こひうけ》回國《くわいこく》の行者《ぎやうじや》となりたりと聞ゆるのみ
めりし業平《なりひら》めきたる男《をのこ》なれども。おもひの外にむさがしく。京《みやこ》でも焼《やけ》ても
くらかれぬ。清《せい》十郎が出《いで》て来し目上《まなかぶ》の瘤《こぶ》の差《とれ》たる母なるなく。何《なに》持《もち》清らしく
なりしかれど。お夏《なつ》は只管《ひたすら》清《せい》十郎がうへのみおもひわびりて。いまで活業《なりはひ》
ものぐさ。近江《あふみ》の観音寺《くわんおんじ》は佐々木家《さゝきけ》の城下《ぢやうか》なり。華洛《みやこ》にも立《たち》まし
さるを遊藝《いうげい》のみの輩《ともがら》集合《つどひ》て世にもてはやされなれども。音曲《をんきよく》がなるものは

揺鐵樹の。お夏《なつ》がこゝろの駒《こま》が狂《くる》へば。宿《やど》の桜《さくら》をみる人《ひと》なし。若葉《わかば》のころハ失《うしな》いせども。いひ懲《こ》らしても躁《すく》しても。つやく親《おや》の手《と》に棄《の》らるべき所《ところ》ならず。貧《しま》りつるところハ。常言《ことわざ》をおもひよして。この春《ころ》織《みれり》頃《ころ》に住《すみ》馴《なれ》し観音寺《くわんおんじ》の家《いへ》を賣《う》て。浪花《なには》をさしてへのり来《き》て。秋《あき》の家《》歌舞伎《かぶき》に出《いで》しかれど。ことし《ことし》年がら物多《おほ》く失《うしな》ひて。今《いま》ハちどものどくならべこゝ是清十郎《せいじふらう》が来《こ》ぬるぞとつぶ夫《をとこ》をさへ罵《のゝし》れども。これも又馬《まごうま》の耳《とく》へふく風《かぜ》に似《に》てひゞきなど笑《わら》あげく土舟《つちぶね》の腹《めく》のあくりの癖瘡《ひぜんかさ》を。かうかくに搔《り》て足《》嗚《な》らしてハ喃嬉《なそご》れ。おん身《み》の述懐《だゞらくもひき》ハさながら奥稚《あだもろ》がるかいのよぞやと関《》で気《》を改《あらため》まで笑《さけ》り。かゝれ折《をり》ふしめしもてのせらるゝも来《く》るものぞり。一昨《あすひ》の夜《よ》奥稚《あだもろ》とせられんと。お夏《なつ》が窮鍋《あそうり》に。轎《くど》に乗《の》しておいて《い》くりしと。轎脚《おろせら》ホが穀知《らうく》たりとてその曉《あけ》がたに。捕手《とりて》の兵《》驟《》来《き》て。矢庭《やにわ》に壽郎《だるろうけ》どのを捕《とら》て押《》へ出《》せよと責《せめ》たれど。

是《ぜ》ひなきことの〻回答《いらへ》しけれバ。暫《ひらく》〻と待《いまや》て。引返《ひきかへ》して起《もとさう》きなれ。勿論《もちろん》その夜《よ》さまざまれバ。近辺《ちかきところ》に好《かうじ》するものを招《まねき》よせて。家《いへ》ずもあちざりれバ何ごとも思《おも》ひきれまへど。さるものありとも親《おや》の名《な》も。母《はゝ》は置《くさ》ぐちせぬと瞞《だま》しつ責《せめ》つお夏《なつ》に向《とく》ひ。奥稚《あをころ》とおちんりおくに。由縁《ゆかり》あるべきよしれ知《ちべ》らど。とて全《まつさ》く訴《うつた》へるものゝ。人《ひと》しらざりあらん。といふに。さもすべてと思《おも》ひなからも。寿郎《おたろうけ》殺どの免《ゆる》されて帰《かへ》り来《こ》ざれバ。ありし疑《うたが》ひの散《それ》ざりしに。思《おも》ひもかけぬ。汝《なんぢ》が背《せ》門《ど》を入《えい》ま法く。窺《のぞき》に吾《もるゝ》倚《よ》を呼《よ》び出《いだ》し。兆此《あちこ》〻と告《つげ》るに。ますく思《おも》ひ惑《まど》ひつ。内外《うちと》のすみに心《ところ》をつけれバ。その夜《よ》お夏《なつ》が帰《かへ》りて後《のち》。彼《かれ》が衣裳《いしやう》櫃《ひつ》に縫《おさめ》てあろしく。そのほとりを押《え》もくまれど。ごう疑《うたが》ふべきすぢどや。よって熟《つらく》おりひたるに。彼《あ》清十郎《せい》が乳名《をさな》を。奥稚丸《あをころまろ》といふを。やめちんちふれバその日《ひ》奥《おく》稚《ころ》が。汝《なんぢ》によく追《おひ》れたる折《をり》。あちらべお夏《なつ》に猥会《めぐりあひ》。嬬《うど》子小扶桑《しよとけのせ》ちれて。もち賊《ぞく》へ帰《かへ》り来《き》つる歟《か》と。しなくらバ咲《きく》も及《およ》ばね。奥雅《おくがろう》と告《つげ》んハ罪人《つみんど》をお夏《なつ》が舎蔵《くまふ》よりあらバと大《おほ》いに猜《すい》したれど。とがをあらはすよしなければとり逃《のが》さるゝなりやと思《おも》ひかへして。気色《けしき》にもあらはさず。辛《からう》じて此《この》年来《としごろ》。お夏《なつ》が肌《はだ》をはなさゞる。護身嚢《まもりぶくろ》を竊《ぬすみ》とりてみて来《き》つり。これぞ原《もと》清十郎《せいじふらう》が護《ま》身嚢《もりぶくろ》なり。是《これ》は件《くだん》の情夫《まぶ》が。逐電《ちくてん》せし二三月已前《いぜん》に這奴《きやつら》が物落《ものおと》し耳語《さゝやき》めかして。或《あるひ》は泣《なき》。或《あるひ》は笑《わらひ》。項《えり》に掛《かけ》し護身嚢《まもりぶくろ》を。像見《かたみ》にとてより換《かへ》ざるをとられ。闘窺《くいまく》しけるなれバ。お夏《なつ》が秘《ひめ》て身《み》をはなさぬ護身《まもり》嚢《ぶくろ》は。清《せい》十郎が護身嚢《まもりぶくろ》なるをしれるを。その肉《うち》に書《かき》つける物《もの》のあるべけれど。これはゆめを読《よむ》と称《しようず》ぞ。ひそかに女婿《むこ》の清《せい》十郎が奥稚丸《おくたけまろ》に究《きはま》らバ。嚢《ふくろ》の物《もの》をとるより易《やす》し。これをよむとさへ出《いで》ん。護身嚢《まもりぶくろ》を土舟《つちぶね》の遠《とほ》く受《うけ》とりつ。紐《ひも》とき捨《すて》てとり出《いで》ん。香取《かとり》の神《かみ》の神符《まもりふだ》これにあらずと後《あと》

べ方へ投捨《あげすて》。次《つぎ》に結城《ゆふき》の鷲《わし》の宮《みや》。船橋《ふなばし》の明神《みやうじん》に。紫崎《しばさき》の八幡宮《はちまんぐう》などへゑる
下總《しもふさ》にその名《な》高き神社《みやしろ》の箭みえて。證據《せうこ》とするべき物《もの》にはあらねど。
ひとつくに投捨《あげすて》て。又《また》とり出《いで》し畳紙《たとうがみ》。物《もの》よそあれと織引延《ひきのべ》し。天文《てんぶん》三年
九月十三日の誕生《たんじやう》。稲城治部丞《いなぎぢぶのぜう》が二男《じなん》。瀬二郎《せじらう》が臍帯《ほそのを》産毛《うぶげ》と読《よむ》も
あへぞ土舟《つちふね》い梅てび呆《あき》ともし。赤《あか》ちゃうより読《よま》ず。原来《さて》件《くだん》の清《せい》十郎は。
稲城補二郎《いなぎねじらう》が弟《おとと》なる。瀬《せ》二郎にてありける鉄《り》あれば前《さき》の日《ひ》千日墓《せんにち》に
て。春澄《はるずみ》に伴《ともなは》れ。回國の修行者は。奥雅丸にはあらざりけるよし
なれ奴《やつ》にあづかひて。そのめのを失《うしな》へど。ちれえていよく望《のぞみ》絶《たえ》たりけるを
腹《はら》だゝしと推揉《おしもみ》て。おすず処《ところ》へ投捨《あげすて》れば。神厳《やしろ》よりまろく星来て物の落
小閙窺《うかゞ》しる。時主法師《ときあるじほうし》冥空《めうくう》はちづめより窈窕《ふくり》二人が後方《あとべ》に辟月を
伸《のぞ》して。瀬《せ》二郎が臍帯《ほそのを》を包《つゝ》みしまゝに擁《ひ》とりて舊《もと》の処《ところ》へ引退《ひきしりぞ》きところ

にふかく訝《いぶか》りしかども。さらば髪《が》に似《よ》げなれお夏《なつ》が母《はゝ》は共《とも》に呆《あきれ》て頭《かうべ》を搔《かく》き。さらバ彼《かの》清《せ》十郎はきのふ汝《なんぢ》が物《もの》かたりし。補二郎《ぶ》が弟《おとゝ》なるぞ。されバどひあひたるをしれ。それが夫《をつと》壽郎《ろ》奴《すけ》どのは。いとせめてききよくて東《あづま》に赴《おもむ》き。女房《にようばう》の里見《さとみ》の家隷《そのと》なる。某甲《なにがし》が若黨《わかたう》よりなれど主家《しうか》の難《なんぎ》にぜんまかるべし。故郷《ふるさと》なれバ。江別観音寺《ごうべつくわんおんじ》へ詣《まう》でしよし。媒妁《なかうど》せし人《ひと》のいひしをありさるが女婿《ひこ》の清十郎《せい》はもとが夫《をつと》の舊主《こしう》なりけん。適莫《さもあらばあれ》。親《おや》の仇人《かたき》を窺《ねらふ》といふ末《すゑ》おぼつかなし清十郎《せ》を亦《また》こちが家《そこ》へ引入《ひきいれ》たるお夏《なつ》が為《ため》にはよからぬ仇お夏《なつ》が為《ため》にはあしからじ。おのれが為《ため》にはまんざらにくからじ。ゆくゆくあるべしとはおもはざりしが。これも丹嶋屋《たじまや》の後咲婆《のちさきばゞ》と世《よ》の人《ひと》にもしられたるが。それほどの才《さえ》あらばおやハ後家《さだまとけ》る奴ハいくちくらなかしそ。與雑丸《おれこころまろ》を擒《とりこ》にんとせ。無端《そゞろ》に浮雲《あぶなさ》れものぞせんよくも。金《りやう》の路易《えきと》。捷径《ちかみち》あり。汝《なんぢ》をとらへ拐《かどわか》れよそちもそのもとを相語《かたらひ》ん

呉崔
嵐吉三郎
木津政
般若経券縁
冥空
天満《てんま》の社地《しやち》に
冥空二光を
張る

為《ため》なり。故《ゆゑ》いかにとなれば。お夏《なつ》はわが為《ため》も実《まこと》の女児《むすめ》にはあらねど。繦褓《むつき》の中《うち》より養《そだ》てられば。恩愛《おんあい》は深《ふか》かるべし。又壽郎《まさぢろ》兵どのは。後《のち》の入夫《いりうと》にて。十年《とゝせ》以来《このかた》の親《おや》なれど。お夏《なつ》は却《かへつ》て吾脊《こゝろのそこ》より。爹親《てゝおや》に孝行《かう〳〵》を盡《つく》し。と云へがらの年来《としごろ》娟《ねぐ》れて王限《かぎり》なりしが。これも物怪《もつけ》の幸《さいはひ》となりね。されば。お夏《なつ》は爹親《てゝおや》の獄舎《ひとや》に繋《つなが》れしと聞《きゝ》えて。自らも身のといたう哀くて。ともかくも。ならで爹親《てゝご》を救《すく》ひとりてんと。けふも朝《あさ》よりうちれ續《ぞくけ》は。これ又《また》これを慰《なぐさ》めて。わるときは憑《たの》むべきは。神仏《しんぶつ》の冥助《みやうぢよ》なり。されば天満《てんま》の天神《てんじん》へ。百度参《ひやくどまゐり》しつゝ。ひそかに此度《このたび》の頭人《とうにん》と聞《きこ》えたる。戸鎌《とがま》どのにしらせてかんよく留《るす》もるせよ。といひて家《いへ》をば出《いで》て。いづれもめしても果敢《はか》〳〵しく。活業《すぎはひ》は何もせぬ女児《むすめ》を。すがめて暮《くら》しぬ。物《もの》も食《くら》へども。しとの時《とき》にお夏《なつ》を賣《う》らばやと。生涯《しやうがい》は送《おく》り易《やす》しと。やがて先《さき》ぐる福《さいはひ》あるべきものから。縢《あやう》く。物可彼《ものかは》とかの酒樓《さかや》より後咲《のちざき》にならんといふ人《ひと》ありとて呼《よ》びに来《き》たれば何《なにとぞ》かならんと思《おも》ひていろ〳〵に願《ねが》ひけるに稀《まれ》なる財主《との》ありて。お夏《なつ》が生涯《しやうがい》を二百金《きん》に買《う》らば東《とう》國《ごく》へ行《い》く由《よし》申《まう》さんと宣《のたま》ふに。三百金《きん》とも望《のぞ》むべけれど。彼《かれ》が爺親《とゝおや》を救《すく》ひ出《いだ》さ。火急《くわきう》の金《かね》なれば。とてもかくもと哀《いちく》しかるが。その財主《との》ふかく悦《よろこ》び。ながく身代《みのしろ》のうち。百金《きん》をとらしおきたるにて。お夏《なつ》にも預《あづ》けて。身《み》を賣《う》りたれば金《かね》は調《とゝの》ひながら。金《かね》とてのみなれば弥勒《みろく》の世《よ》までも爺《とゝ》を救《すく》ひ出《いだ》しがたしとさめ〴〵に歎《なげ》きしが。大《おほ》かたは納《なつとく》したれど。衣裳《いしやう》櫃《ひつ》に謂《いはく》あれば欲《り》いながく水《みづ》ならねはせざるなり。汝《なんぢ》に憑《たのま》んといひつけられしとの葛籠《つゞら》の内《うち》に大刀《たち》もあり。衣裳《いしやう》もあるを汝《なんぢ》はこの浪速《すまい》へ来《き》て。いまだ久《ひさ》しからねといへば。懇《ねんごろ》するもの多《おほ》くはあらじ。その衣《きぬ》を着《き》て大刀《たち》を携《たづさへ》。戸鎌《とりま》丹下《さんげ》などの若黨《わかたう》に打扮《いでたち》。この夕《ゆふ》されよりらが家《いへ》に来《き》てはあるべければ汝《なんぢ》が親子《おやこ》壽郎妓を救《すく》ひ出《いだ》さんとおもへば。今宵《こよひ》の中《うち》に金《かね》調《とゝの》へよりし。有る限《あるかぎり》よせば壽郎《おさろうすけ》が命《いのち》危《あやう》し。とおもへば。それ又《また》側《かたへ》に相槌《あひつち》打《うち》て。お夏《なつ》をすゝめて身《み》を売《う》らせんとの夕《ゆふ》られには。彼《かの》財主《との》が。残金《あとかね》をもらくゆれて手形《てがた》をとらんと宣《のたま》ひければ。金《かね》残《のこ》をなくゆらちらんまれ。辛苦《しんく》銭《をりしろ》いとらんべし。こゝまでみるなるもの。なれどもよくせよかしと説《とき》ちらして衣《きぬ》葛籠《つゞら》を指示《さしをしへ》せば土舟《つちぶね》ゆて大《おほ》かたよ歓《よろこ》び。吁《あゝ》流石《さすが》にも嬉《うれ》しかりき。されも夢磨河《かは》にありしとおりは物《もの》をとゝめ。とざりしよ主《あるじ》の長者《ちやうじや》が物《もの》に狂《くる》ひて産《さん》を破《やぶ》り家《いゑ》を出《いだ》ずぬれば憑《たの》む樹《き》下《もと》は雨《あめ》の漏《も》るにおいしたれども。その程《ほど》二三十両の金《かね》を懐《ふところ》なくて彼地《かのち》をば退出《まかで》しがおのれ遊《あそ》びに藻塩《もしほ》草《くさ》浪花《なには》まで来り流《なが》る末《すゑ》て野《の》にぞなりなん。あるものから人《ひと》は七転《ななころび》八起《やおき》とさへ生涯《しやうがい》かくて朽《くち》果《は》てんや。かゝれど脚《すね》いとあしが得《え》くりし所《ところ》。その夜《よ》かへらんと立《たち》よりて。ゆく〳〵首葛《つゞら》竜の蓋《ふた》

をとりて。太刀《たち》と衣裳《いせう》を引抱《かゝ》へ。おうらが姨御前《をばごぜ》のかたみとおもへば後《のち》
咲《ゑんらく》をうち掉《ふり》。それにてまつもおもひよ天満宮《てんまんぐう》を拝《をが》みて納《をさ》め。
汝《なんぢ》はやがて髯《ひげ》を剃《そ》らし。髪《かみ》を梳《そう》しよくしろく速《すみやか》に遅《おそ》からば時刻《じこく》
を違《たが》へど来《き》ましと耳語《さゝやけ》が点頭《うなづき》て。示しあはして遠《とほ》くし。左右《さゆう》へ列《わか》る
まよりの当下《そのとき》時主法師《ときぬしほうし》冥空《めうくう》は。悪棍《わるものら》がなを目送《みおく》りて。幾回《いくたび》歎息《たんそく》し。思《おもひ》
ひきやらの年来《としごろ》。索巡《さがしめぐ》りし瀬《せ》二郎が。往方《ゆくへ》をきらみちらんとせ。加以
隆る奴《さんすけ》も。その浪花津《なにはつ》へ流《なが》れ来《き》て。己《おのれ》が呪の隊《むれ》よ入《い》りしる一世《ひとよ》の悪報《あくほう》
因果《いんぐわ》観面《てきめん》。かゝりけるともおもひきや。這奴《しやつら》はきとまれかくもあれ。その津《つ》
ゐ名《な》にくる笠屋《かさや》のお夏《なつ》と。問《と》へば居宅《すまゐ》はあり易《やす》からんされどもゆくりなうち
点じて硯の墨を滴《したゝ》らし経《きやう》りうとも般若櫃の内《うち》へ納《をさ》むる折《をり》もあれ遂《つひ》に
人声《ひとごゑ》さわがしく。ざゝめけば鶯囀たる霸官の浅殯負ひねとりえたるが喘々

木《き》

走り来つ。忽地《たちまち》礫《さゝ》と倒れしが。冥空《めうくう》に聴て扶起《たすけおこ》せバ。えうて息《いき》を吻《つ》
死出家《しゆつけ》の人《ひと》とつんろく憑を祈る人《ひと》に追《あひ》足て難儀《なんぎ》のものく。ぢぢら躁しくてたび
れとい乃ま時主法師眉根《まゆね》をよせ。ある社《しやしろ》ハ何処《いづこ》へと渦をぞ見隈もいれ
ゆびいろまやまし。と巡を廻《めぐら》し。究竟《くつきやう》の物《もの》ぞそあれ。彼大塔宮《おほたふのみや》のいまへのあく
やありらん般若櫃《はんにやひつ》。内《うち》よれ物《もの》の多《あまた》く。もあらんが且くうてへと蓋《ふた》とりて忙《あはたゞ》しく扶《たすけ》
いへれ。旧《もと》の古くうち蓋《あけ》ひ赤つぞとむかふ今悪提木が物《もの》がさうようくく
精さるに。の弱官《らうどう》ハ内藏《くら》五郎春澄《はるずみ》が主なりける與稚丸よをあせべし名《な》
を識《し》る縁しあるものを虚《うつく》くとせば忽地《たちまち》に追人《おつて》の兵士《つはもの》索まく捜出さる
てありやあらんずがむくあくく伴ひて。虎口《ここう》を脱《のが》しまおらちんとひとまぞびらく
肩入る。身《み》は老《おい》されど健《すくよか》にそぞまく櫃《ひつ》を脊負揚《せおひあげ》。勧化の布牌衛立て大路《おほぢ》
をさして走去るさる程に藤坂内藏五郎春澄ハ暑襄に武藏野《むさしの》を出

しよせ。畿内《きない》残《のこ》らず編歴《へんれき》し。ある年《とし》浪華《なには》へ来《き》て。奥稚丸《あやころまろ》と韓姫《からひめ》と。潜《しの》びてありけるに環會《めぐりあひ》その身《み》は坂逸《さかいち》八郎と名《な》を更《かへ》て武藝《ぶげい》の師範《しなん》に人目《ひとめ》を縫《つゞ》ひ。密《ひそか》に主君《しゆくん》に冊《かしづ》き奉《たてまつ》るに。近属《ちかごろ》頻《しきり》に室町殿《むろまちどの》より奥稚丸《あやころまろ》夫婦《ふうふ》の所在《ありか》を索《たづね》させたまふよし聞《きこ》えしかば。河内路《かはちぢ》へ落《おと》しまゐらせんとて。その日《ひ》起行《うまだち》を促《うなが》したるに。いまだ浪花津《なにはつ》をはなれずして途《みち》に野《の》ぶせりの悪棍《ならずもの》ばらに怪《あや》しめられて。奥稚丸《あやころまろ》を見うしなひ。やう〳〵一方《ひとかた》を叙出《きりぬけ》て。韓姫《からひめ》を扶挾間道《ちかみち》より繞出《めぐりいで》て。天満《てんま》の社頭《しやとう》まで走《はし》り来《き》つるが。何処《いづこ》へか潜《のが》しまゐらせんとて。彼此《をちこち》をたづねまつ。嚮《さき》に後咲《のちさき》が。蓋《ふた》とり放て捨《すて》られたる。衣《きぬ》葛籠《つゞら》を信《まこと》とみて。天《てん》の助けと竊《ひそか》に歓《よろこ》び韓姫《からひめ》に申《まう》すやう。いと窮屈《きうくつ》にはさぶらへど。しばしが程《ほど》の内《うち》。かくし潜《しの》びて坐《ましま》せかし。某《それがし》は走《はし》りゆかむ。奥稚君《あやころぎみ》の先途《せんど》を救《すく》ひ奉《たてまつ》りて。悔ゑびらへあん迎《むかひ》に参《まゐ》るべし〳〵といそがする。葛籠《つゞら》の内《うち》へ扶入《たすけい》れ。蓋《ふた》うちあけ。麻索《あさなは》結《むす》びて。瑞《みづ》籬《がき》の蔭《かげ》へ推《おし》やりさよ。ぬのまゝに置《おき》ならんいひとく〳〵知りとすれど。郎君《ろうくん》の方へ。又あなかしこ。物かりの主《あるじ》へ身《み》ひとつの足《さ》らぬ忠義《ちうぎ》を助《たすけ》なく。天満宮《てんまんぐう》と念《ねん》じ給へいで直《ひさぐ》走りゆく。あん跡《あと》を索《たづね》てすゝぞと遠《そがひ》し。衢《ちまた》を西へと走《はせ》ゆきぬ。かの足程《ほど》なく後咲《のちさき》の本社《ほんしや》のかさよう皇祠来て。浄手盤《ちやうづばち》の背《うら》に身《み》を潜《ひそ》まし。葛籠《つゞら》の内《うち》に物《もの》ありと窺《かひま》見て。ころの中《うち》よふかく鎖《よろひ》び。結びし索《なは》に肩《かた》入《いれ》させ。脊負《せおひ》揚《あげ》んとせる折から。板《いた》裂《さき》れ衣《きぬ》苦手《あつて》の雀八《すずめ》ハ。そこらの花主《とくゐ》巡《めぐ》る果《はて》。葛籠《つゞら》とらんとなく後《ゆくえ》走《き》るとまいてれども。まび後咲《のちさき》がいと重《おも》みに。かゞ葛籠《つゞら》を負《おひ》んとするまにそれをはんたり。かまゝく撲地《はたと》引《ひき》そえこの何処《いづく》へかめてゆれかの葛籠《つゞら》にこめて返し。なへといれまれかつら播《かき》ありて。かゞ肩入《くさい》るをせ後咲《のちさき》にめうるを向けて押《おし》込《こめ》しが。いかなる内《うち》に納《い》れたる物《もの》ありけん。跡《あと》まで吾侭に貸《かし》さへとせしが。雀八《じやくはち》以を揮《ふり》。葛籠《つゞら》は毎日《ひゞ》に所要《ちやう》あれば。物《もの》あらばその物《もの》をいだし出しまりてあれ共へと回答《いらへ》もなくて。麻索《あさなは》解《とか》んとせしが。後咲《のちさき》急《きう》に推禁《おしとゞ》めつゝの蓋《ふた》とりてみるとも便《びん》なし。枉《まげ》てくらの偃貸《きり》へとむかひつゝありてく員《おれ》んとするを員《おれ》せじと搔《なや》まるゝ。突退《つきのけ》つ。あくさが員《おく》べからさが拄《さゝえ》。互《たがひ》にゆるじと争《あらそ》ひけるを是《これ》なんや後《のち》に偈《つく》りん。童《わらべ》が竹《たけ》のよなくありし昔《むかし》むかしの慳貪《けんどん》婆《ばゞ》く。舌切《したきり》すらで板裂屋《いさきれや》。雀《すゞめ》に似《に》たる雀八《じやくはち》が葛籠《つゞら》一ッに善悪《ぜんあく》邪正《じやせう》手《て》この占《うら》ひもうりり口《くち》のごうくを打《うち》く雀八《じやくはち》がつゝみ出かり。ちあつと下と突《つき》く。衝《つき》まで叫苦《あつ》と叫《さけ》びつゝ。倒《たふ》れてちらく起《おき》もやらね。後咲《のちさき》をえもくいらど。雀八《じやくはち》慌忙《あわてふためき》て葛籠《つゞら》を楚《しもと》と脊負《せお》ひつ。足《あし》に信《まか》して立去《たちさ》るさげ後咲《のちざき》むうむ身《み》を起《おこ》し。さらが物返《めぐ》せ。やよ戻《もど》せと声《こゑ》をふり揚《あげ》てを抗《あげ》。筋引《すぢひき》ちゞめし隻足《かたあし》揚《あげ》て。田井《たゐ》の蛙《かはづ》の横飛《よことび》に。追《お》へどもおひがたき。あげ論《ろん》ずるは迯《のが》さじと追懸《おつかけ》たるを。諸《もろ》両頭《ふたかしら》に分《わか》るゝ。そも／＼夏《なつ》が親《おや》。後咲《のちざき》が後夫《いまのをつと》なる。丹嶋《たじま》壽郎奴《ぢゆろうすけ》は。原《もと》稲城《いなぎ》治部平《ぢぶへい》が若黨《わかたう》なりしを。昔《むかし》治部平《ぢぶへい》が。武藏《むさし》の萩窪《はぎくぼ》にて疵《うさ》つけられたるとき。壽郎奴《ぢゆろすけ》も主《しゆう》に倶《ぐ》して鎌倉《かまくら》へ赴《おもむ》きしが。その日《ひ》は労《いたはり》ることありて。二三里《り》が程《ほど》後《おく》れになれば。主《しゆう》の先途《せんど》に逢《あ》はざりし。ありがひもなき身《み》を悔《く》ひつゝ。やがて屍《しかばね》を守《も》りて房州《ばうしう》へ立《たち》かへりぬ。かくて治部平《ぢぶへい》が妻《つま》と子《こ》どもは。房州《ばうしう》を追放《ついはう》せられ。彼此《をちこち》流離《さすらひ》。許我《こが》に居宅《ゐどころ》をもとめたる頃《ころ》まで。只《ただ》壽郎奴《じゆろすけ》のみなるは老實《まめ》やかなるに册《かしづ》きて。両三年《りやうさんねん》は立《たち》も去《さ》らざりけるを。治部平《ぢぶへい》が鬼妻《どけ》さながらに驅《すゝ》したちて。彼《かれ》が故郷《ふるさと》なる。近江《あふみ》の觀音寺《くわんおんじ》へ歸《かへ》しつかはしければ。壽郎奴《じゆろすけ》は故郷《ふるさと》へ歸《かへ》りても。をり／＼許我《こが》へ消息《せうそく》して故主《こしゆう》の安否《あんぴ》を訪《とひ》にきたりぬ。老實《まめ》やかなるものなれば。故郷人《ふるさとびと》媒妁《なかうど》して。この壽郎奴《じゆろすけ》

を。お夏《なつ》が母《そ》の後咲《のちざき》が。入夫《いりうと》をむかへてあるべし。かくて又馭の年の立《たち》かへりて。許《こ》
我《が》なる稲城《いなぎ》治部《ぢぶ》平《へい》が鬼妻《ごけ》は。家男《うひご》補二郎《ふじらう》が。父《ちち》の仇人を索んとて。往方《ゆくへ》も
定《さだ》めず出《いで》しより。はや二三年《ねん》を経《ふ》るといへども。信絶《あとたえ》て聞《きこ》えざれば。かりくるし
その積《つも》る病《やまひ》さへありけるに。瀬《せ》二郎は母《そ》の劬労《くらう》をさするに忍《しの》びざれば。よろ
しく。兄《あまれ》補二郎が。多磨《たま》汀《ゐ》のほとりに僑居《わびずまゐ》するよしを伝《つた》へ聞《きく》。兄弟《きやうだい》ひとつる
ならんとて。弘治元年四月《こうぢぐわんねんうづき》のころ。母《そ》をば轎《かご》にのせ扶桑て。多磨汀の里《さと》へ赴《おもむ》き。
兄《あまれ》補二郎をたづぬるに。補《ふ》二郎は。その月の八日の朝《あさ》むなしくなりぬ。仇人の為に撃
に撃れたりとて。里人《さとひと》に御導《みちしるべ》して。小手差原《こてさしはら》なる。最期《さいご》の迹《あと》を教へし。
撰ながる石竹《せきちく》の花《はな》のなかなかに。伝《つた》へ聞《きき》つくしまつる物《もの》がたりしが。母《そ》は是《これ》を聞《きき》ても
あへず。一途《ひとすぢ》に死ねべくうち嘆《なげ》くに。瀬《せ》二郎も哀傷《あいせう》の母なるおもとて。遺恨《いこん》の
涙堰《なみだせき》もあへねども。みづから志を激《はげま》して。さるべき母《そ》を慰《なぐさ》め。里人《さとひと》あるに

仇《かたき》人の名を問《とふ》に。或《あるひ》ハ二三日已前《いぜん》出家《しゆつけ》して。往方《ゆくへ》しれざりけり。多磨河《たまかは》の調布《てづくり》長者《ちやうじや》。鳥田莊《とりたのしやう》二時主法師《ときぬしほうし》といふものもあり。或《あるひ》ハ櫃藏の内藏《くら》五郎春澄《はるずみ》といふものぞといふもあれバ。瀬《せ》二郎ハいよ〳〵思ひまどひて。件の内藏又郎ハ。今《いま》何処《いづこ》にかあると問《とへ》バ。そのをとこ。年来《としごろ》小手差原《こてさしはら》に追鳥狩《おひとりがり》して。活業《なりはひ》とせしものなるが。これも時主法師《ときぬしほうし》と共せず日に。家《いへ》をバ住捨《すみすて》て。往方《ゆくへ》しれずなりしといふに。仇人《かたき》をいづれと定《さだ》めかねて。朽《くち》をりたといふべくもあらねど。母の病着《いたつき》のいとゞしく。おもたきに。羸《さび》すれバ。ながくこゝに留《とゞま》りて。仇人《かたき》の穿鑿《せんさく》ハなりがたし。さればとて兄《あに》とひとつになるらんとぞ。許我《こが》を出《いづ》るとて家《いへ》を賣《うり》て路費《ろよう》にしたれバ。進退《しんたい》こゝに究《きはま》りて。いかにともせんすべなし。近江《あふみ》なる壽郎奴ハ。今《いま》に音《おと》づれ聞《きこ》えて。日比《ころ》老実《まめ》やかなるものなれバ。彼《かれ》を憑《たのま》んとおもひて。母をバ又轎にのせて。そろ〳〵と近江路《あふみぢ》へ赴《おもむ》けバ。さらぬだに貧《まづ》しかりつるに。

ともなひたる路銭《ろよう》を費《つひや》し。辛《から》ぐして江州観音寺《がうしうくわんおんじ》へ赴《おもむ》き。母子《おやこ》は寿郎政《じゆろうまさけ》
が家《いへ》にある事《こと》。凡《およそ》百日《ひやくにち》ばかりありて。瀬《せ》二郎が母《はゝ》身《み》まかりけれバ。失特の衰
これは母なるべし。されど寿郎政《じゆろうまさけ》が妻後咲《つまのちさえ》は腹《はら》きたなき老女《おうな》なれバ。女児《むすめ》
お夏《なつ》は顔色《がんしよく》の世《よ》にすぐれたるのミならで。ちいさゝ又母《はゝ》に似《に》ざるのと信母《まこと》のよに歎《めで》
稚《まだ》きより瀬《せ》二郎が母《そ》の長《なが》き病着《いたつき》にふせるの後《のち》のちまでもこゝろ是《ゑん》お夏《なつ》
が挿才《くさぎ》の銭《しろ》をも助《たす》けたり。瀬《せ》二郎もお夏《なつ》がこゝろざしの厚《めぐ》からねバ。親《おや》
の寿郎政《じゆろうまさけ》がなるよ。故主《こしゆう》なるをおもんずるべし。といへども彼《かれ》は入夫《いりむこ》なれバよろ
づの事《こと》も妻《つま》の後咲《のちさえ》が裁断《さいだん》にあれバ今《いま》さらその責《せめ》を塞《ふさ》ぐべきやうもなしこれ
よりて己《おのれ》を恨《え》み後咲《のちさえ》が計《はから》ひのまゝに。一旦《いつたん》お夏《なつ》と婚姻《こんいん》して丹嶋清十郎
と呼《よば》るゝものあらむや。奴隷《めのと》を親《おや》と称《とな》ふるものと打《うち》をく。父兄《ふけい》の仇人《かたき》
を繋《つな》がんとせし志《こゝろざし》を移《うつ》すにあらねバ。居《を》るものくらべくもあらじにて。お夏《なつ》

ゐのこゝろ程《ほど》をみえたりし○借《かり》ぬ別《わか》れに涙《なみだ》をそゝぎ頓《とみ》に逐電《ちくてん》したるに○されば時主法師《ときぬしほふし》は貲《たから》を散《ち》らし家《いへ》を出《いで》○許我《こが》へ赴《おもむ》きて○瀬《せ》二郎を訪《と》ふ折《をり》に○瀬《せ》二郎が母《はゝ》に倶《ぐ》して○多摩河《たまがは》へ来《き》ぬれば○是彼《これかれ》終《つひ》にあはれざりしなり○又一條《ひとすぢ》の奇《く》しきことあり○最《さい》に清十郎《せいじふらう》がお夏《なつ》と婚姻《えんいん》せし頃《ころ》に○証《それ》植《うゑ》たるならぬその庭《には》に撫子《なでしこ》の生出《おひいで》るが○その花《はな》のさかりにて咲《さき》つ○清十郎《せいじふらう》がこれをみるに○賽《さい》河《かは》の里人《さとびと》が物《もの》がたりにそのむかし咲《さき》て面《まのあた》り見《み》えたりける○兄補二郎と○時主《ときぬし》が女児《むすめ》の墓《はか》に咲《さき》も乱《みだ》れて石竹《せきちく》に異《こと》ならねば○これを怪《あや》しみ○これを哀《あはれ》み○お郎《じらう》从《ども》お夏《なつ》があるとの一條《いちでふ》のゆかりを物《もの》がたらればこそおいと怪《あや》しと思《おも》へざりけるに○かくて其《その》年《とし》の冬《ふゆ》○清十郎《せいじふらう》は往方《ゆくへ》しれざりし故《ゆゑ》にや○次の年《つぐとし》に彼《かの》撫子《なでしこ》の花《はな》さかりにて咲《さき》かゞ○今茲《ことし》の夏《なつ》に至《いた》りて亦旧《もと》の如《ごと》く○撫子《なでしこ》の花《はな》さかりなりしかされければ○お夏《なつ》はこれを見《み》て窃《ひそか》に歓《よろこ》びてそ

つが良人《をつと》のゆかりの女○前象《かたさが》なるべしといへど憑《たのも》しくおもはざるに○果して其の秋
ながらお夏《なつ》は清十郎《せいじふらう》が危難《きなん》を救《すく》ひながら孺子《うど》に濡《ちなが》しそ。長堀《ながほり》へ伴《ともな》ふに。
折《をり》もよし。母後咲《はゝのちさき》は家《いへ》にあらず寿郎《じゆらう》も縁由《えんよう》を告《つぐ》るに違《たが》ひあらで
して。背門《せど》より孺子《りど》を导入《うけい》れさせ。衷裳《いしやう》櫃《ひつ》の内《うち》へ潜《ひそ》ませおきたるにその暁《あけ》
ぬるに捕手《とりて》の兵士《つはもの》の数多《あまた》来《き》て與稚丸《よちまろ》を出《いだ》せと責《せむ》るに寿郎《じゆらう》は仔細《しさい》の故
となければ。なを人《ひと》を含蔵《くまい》しぬらんと陳《ちん》じあへども兵士《つはもの》
等《ら》は矢庭《やには》に寿郎《じゆらう》を縛《いましめ》つ。引立《ひきたて》て走去《そそさ》りぬ。お夏《なつ》が周章《しうしやう》いはんかたなし。
かれ喚《きく》る清十郎《せい》は今さらに○與稚丸《よちまろ》をなくしたるにて。心苦《こころぐる》しくおもへども後
咲《さき》にあられず。あやまちもありて憂《う》ふる袂《こそで》のいでたるもをさむる者《き》なれば。その日《ひ》
も櫃《ひつ》の内《うち》より出《いで》て。第三日《ざん》にあたりて。母後咲《はゝのちさき》は天満《てんま》の天神《てんじん》へ百度《ひやくど》まゐりとて
いへをいでて午《ひる》より彼処《かしこ》へ詣《まう》でしかば。お夏《なつ》はよき隙《ひま》あるを得たりと歓《よろこ》び。彼

此の障子《せうじ》立《たて》こめて。閾《しきゐ》の内《うち》より。清十郎を扶出《たすけいだ》して。太股《ふともゝ》の疵《きず》を繃をしめて。その夜《よ》のことを問《とふ》に。疵《きず》は思ひの外に浅《あさ》かり。当下《そのとき》清《せい》十郎は千日墓《せんにちばか》にて坂逸八郎が武《ぶ》芸《げい》に感《かん》服《ぷく》し。彼《かれ》を師《し》とたのみたるより。杜鵑《ほとゝぎす》の掃枝の羊羹を。件の逸《いつ》八郎が。まだ袂《たもと》へねひとめたる叓を。奴《やつこ》の乞児《こじき》が清《せい》十郎と奥稚丸《おくわかまる》ならんと思ひたがへて。追蒐来《おつかけき》たりしとぞ。逸《いつ》八郎に助《たす》けられて。龍潭《りうたん》の危難《あやふき》を脱《まぬか》れ。更《さら》にお夏《なつ》に行《ゆき》あひし。その日《ひ》のことを。おちも

る物《もの》くりて。彼揥枝《かのかうがい》をとり出《いだ》し。これハ
これ。是《これ》ぞ父《ちゝ》の整《ら》れなきしるし。大月殿《おほつきとの》の
大刀《うち》めろとも不。紛失《ふんしつ》ありと聞《きこ》えし。
杜鵑《ほとゝぎす》の揥枝《かうがい》よ似《に》たりけれバまづぞそ
の大刀《うち》と揥枝《かうがい》をうんぜんとめでも母《はゝ》の
物《もの》がくりすてられをあれハこの揥枝《かうがい》を
所持《ちよぢ》したる逸《いつ》八郎ハまさか仇人《かたき》ならやあらん
ずらん。ともあらずして師《し》とたのみを斬《あやまちられ》彼《かれ》
に助《たす》けられて。虎口《とう》を脱《まぬかれ》れその恩《おん》を
稟《うけ》たるに生《いき》がひなくてと悔《くや》む。ぞかやうれし
この揥枝《かうがい》をみて疑念《ぎねん》起《おこ》り。その

処《しよ》を問《とふ》て言語《ごんご》濁《にご》らば。その場《ば》を去《さ》らせず名告《なのり》出けん。勝負《せうぶ》を決《けつ》せんと
いひしに。忽地《たちまち》飆《つむじかぜ》におこりて。その子《こ》を果《はた》さずなりぬ。さるほどに児等《ちごら》が。清十郎《せい》
を奥稚丸《おくわかまる》なりと。いひさゞへしよりも。おん身《み》が養父《やうふ》の由をききて。獄舎《ひとや》に繋《つなが》れ
すゞろごゝろ憂《う》かれ。明白《めいはく》になりつるうへを報知《しらせ》て。救ひ出《いだ》さばやと思へども。それもえ
その日《ひ》も児等《ちごら》を殺《ころ》せしものなれば。これをいひとく方便《てだて》なし。そのまゝにして罪被《つみかうふ》
らば。その身ひとつは惜《をしむ》に足《た》らねど。父《ちゝ》とたのむの仇人《きうじん》をも撃《う》たで。縲絏《なはめ》の羞《はぢ》に
身《み》を殺《ころ》さば。不孝《ふかう》のうへの不孝《ふかう》なり。といひつゝふせんとぞしけるに額《ひたひ》を押《おし》て歎
息女《そく》お夏《なつ》は聞《きく》よりいとゞしく。塞《ふさが》る胸《むね》を撫《なで》おろしつ。かれが養父《やうふ》はおん身《み》の為
に原《もと》は家隷《いへのこ》なるものを。よしや獄舎《ひとや》に繋《つなが》るとも。忠義《ちうぎ》の為《ため》には厭《いと》ひなし。
元来《もとより》罪《つみ》なき身《み》にしあれば。命《いのち》はかゝるべきを堪《たへ》らんや。さらぬだに老《おい》て縲絏《なはめ》の
呵責《かしやく》いひせられていと痛《いたま》し。金《かね》だにあらば救《すく》はるゝといふ人《ひと》の伝《つたふ》るに五百

を買《かふ》て東《あづま》へおもむき。側室《そばめ》にせんとて養《やしな》ふ人《ひと》ありければ、彀の金《かね》。
立地よりゑ易《えき》しと今私しも母の宜《のたま》はせず。親《おや》の為《ため》には厭《いと》ふべき身《み》にもあらねど
妹夫《いもせ》の中《なか》をさかれて仇《あだ》ある人《ひと》に汚《けが》され生《いき》てもかひなき世《よ》なりけり。かさなり
て咲《さ》く撫子《なでしこ》に強面《つれなき》嵐《あらし》の吹《ふき》あげ。他《あだ》には靡《なびか》ぬつまが庭《には》の外《ほか》に踏《ふま》ど
いへども身《み》を潔《いさぎよ》くせんとには金《かね》調《とゝのふ》べきやうもあらざれば。この身《み》を賣《うり》て金調《とゝの》へ
親《おや》を救《すく》へば貞《てい》ならず、操《みさを》をたてれば不孝《ふかう》なりとても是非なき苦界へ極《きは》めて行《ゆき》けり。
あらんかぎりのある年《とし》。送り身代《みのしろ》の中よりも賜《たまは》りし。おかん身《み》の護身嚢《まもりぶくろ》は三年《みとせ》が程《ほど》
この身《み》よそもなち行《ゆか》ねばならぬのこしても失《うしな》ひて。昨夜《ゆうべ》よりまつみえ行《ゆか》ねども。とは清十郎
も眉根《まゆね》をよせられも又《また》。おかん身《み》が護身嚢《まもりぶくろ》を故《ゆゑ》あって。彼逸八郎《かのいつはちらう》にみせた
るがよく優《やさ》しきに違《たが》ひあらざれば。そのまゝに別《わか》れたり。おのれが夫婦《ふうふ》がこの年来《としごろ》術
る神《かみ》にや捨《すて》られなん。頼《たの》みも少《すくな》き世《よ》によそと互《たがひ》に月と月を注しつ。又《また》

いふよしもありしが。夫《をとこ》にちからとさせど。か憂《うら》ハせうせんもひえへし。なぞかさるゝの
得《えべ》べれ。護身嚢《まもりぶくろ》のうせたるハ。こが身《み》にかゝる祥《さが》なるらめ。親《おや》の為《しため》に百折《さまぐ》の艱苦《かんく》
厭《のとへ》ねつらが蒼天《つま》に何《なま》を咎《とが》めて神仏《かみほとけ》の捨《すて》なかる得《えべ》べれ。只憂《たゞう》れゆゑを堪《こらへかね》
仇《あさ》を報《うち》ふ為《る》を揚《めげ》なへ。百年《もゝとせ》千年《ちとせ》の後《のち》までも後《のち》の栄《さかえ》を祈《いの》る身《み》のおもひなく
ぞ褥草《まくらぐさ》の原《なら》。憑《よの》むハ二世《みせ》の契《ちぎり》のことゝいふ声《こゑ》さへにうち曇《くも》る袖《そで》に隙《ひま》な
きむせうちぞれ。模様《もやう》の蔦《つた》もみちなせり。清《せ》十郎ハいと〳〵歎息《えんそく》し。ちん身《み》が艱《よう》
父《ふ》ハつらが親《おや》の奴隷《ぬのと》なれどもこれにハ泰山《ちうと》受《うけ》し恩恵《やくそ》も妻《あれ》ら偽《いつは》られ
死《しう》さバ罪《つみ》ふるし。金《かね》とらのへて救《すく》ひてたべ。親《おや》の仇人《かたき》を窺《ねら》ふ身《み》もあり。運《うん》竭《つき》
まがつれなかぐらうのことがらハ命《いのち》やのやその身《み》を汚《けが》さるゝとも親《おや》と夫《をつと》の
なるならバいつぞろ娼《ねさ》くどうなべれ。死《し》して哀《れう》あるもあらず。なほいつやぞもから
ね夫婦《ふうふ》。涙《なんだ》を禁《とゞ》めかねひねつと。愚《あくさむ》まざ頭《かうべ》を攫落《おとす》める櫛《くし》ねれとりて。

鬢《びん》の後毛《おくれげ》掻《か》き揚《あげ》て。夫《をつと》の顔《かほ》をさし覗《のぞ》き。長《なが》き蝦《ゑび》とハおもひながら。いとゞ窶《やつ》れ
のみえぬあふ。増《まさ》る身《み》より待《まつ》ろびしさ。叢妓《まひと》殺《ろくま》計《はか》りなるがらまて遂《つひ》詐欺《ずま》さるゝ
品《しな》さだめ。向《むか》ひとあるゝ清《せ》十郎だやまの欲笠《くゝりかさ》がよく似《よ》さ菅笠《すげがさ》が似《よ》るとかいふれ
すく幸《さち》り生《そゞろ》笑《ゑ》れたるわりそなび。歌舞伎《かぶき》役者《やくしや》によるゝ行客《えびどと》の貝《あゆ》なる養《まの》まあ
菅《すげ》よし。讃岐《さぬき》詣《まうで》の金毘羅《こんぴら》同者《どうしや》。それかあらぬかわが所夫《つま》の。往方《ゆくへ》何國《いづく》と
おもひまし。誰《まさ》とぞれとちからぢも遭《あい》ざれかる歎《なげ》きをせちが。おあて別《わかれ》のあれ
國《くに》へ。ふりさ妙《その》まく願《ねがい》くハ。生《いま》きうりて身《み》の憂《うさ》をおもひ忘《わすれ》るゝ日《ひ》のあらバ。今《いま》の
別《わか》れハ惜《をし》からじ。おもひきえても絶《たえ》ざれ。妹夫《いもせ》の縁《えん》ハ神代《かみよ》よりも。何《なに》を纏《まと》ゐる
結《むす》びなん。添《そひ》しそれさね縁《えん》なるべ。結《むす》びし神《かみ》の恨《うらめ》しど。愚痴《ぐち》に凝《こり》たる胸上《むなさき》
の。痞《つかえ》せんとぞるおもひ。浩処《とゝろ》に外面《とのさ》に。鐸玲瓏《ちんちんれいろう》とうち鳴《な》らしきたれ
大般若経勸化《だいはんにやきやうくわんけ》の為《ため》。遠来《ゑんらい》の行僧《ぎやうそう》あるが。日《ひ》ハ早《はや》西《にし》へ傾《かたむ》けども。定《さだ》やさる

宿《やど》りもなし。今宵《こよひ》を明《あか》さんたびらんや。と声高《こはだか》なるに驚《おどろく》ハ。清《せい》十郎耳《みゝ》を側《そばだ》たつるが亡母《なきはゝ》の。三回忌日《さんくわいきにち》の逮夜《たいや》なれど。身《み》の狭庵に追善《ついぜん》の。手向《たむけ》ふ憐るゝころ憂《う》さるに。幸《さち》なるかな行脚《あんぎや》の僧《そう》の。宿《やど》りをもとむる声《こゑ》こそをもど。小宿《やど》せんハ便《びん》なけれども。あやしげなれども呼《よ》び入《い》れて。ところどころの布施《ふせ》もすべし。この庭《には》の挽るなれバ。ちがふ兄《あに》の紀念《かたみ》とも。あるれバことを武蔵埜《むさしの》の小手指原《こてさしはら》とも荻窪《をぎくぼ》とも。いふて今宵《こよひ》親《おや》同胞《はらから》の。生天《せうてん》を祈《いの》るなり。しるハあれど。このごろの人《ひと》ごゝろ。雲水《うんすい》行脚《あんぎや》の法師《ほうし》なりとも。これハ坐《そゞろ》よええがたし。襖隔《ふすまへだて》て看経《かんきん》の。声《こゑ》きゝて共《とも》に回向《ゑかう》せん。と呼《よ》び入《い》れぬへといそぎて障子《しやうじ》をとあけて奥《おく》まりしる。屏風《びやうぶ》の蔭《かげ》へ立《たち》しのべバ。お夏ハ独て走り出《いで》て。行僧《ぎやうそう》にうち対《むか》ひ。これハ旅店《はたごや》に侍《はべ》らぬに。父《ちゝ》も母《はゝ》も家《いへ》にあらねバ。留《とゞ》めまゐらせんとハ辞《いな》ひがてく侍《はべ》れど。ゆかりなる人《ひと》の三周忌《みめぐり》の逮夜《たいや》なれバ。且《しばら》く憩《いこ》ひて一遍《いつへん》の回向《ゑかう》してたまはれ。といへハ法師《ほうし》はうち点頭《うなづ》き。一樹《いちじゆ》の蔭《かげ》も他生《たしやう》の縁《えん》。引接《いんぜふ》安養《あんやう》極楽《ごくらく》界。當證《とうせう》菩提《ぼだい》正覚《しやうがく》位《ゐ》。縦《たとひ》宿《やどり》ハ許《ゆる》されずとも。亡者《まうじや》のために回向《ゑかう》せんとするからハ。本末《ほんまつ》の面目《めんもく》なきぞかし。あの重荷《おもに》を負《お》ひぬ。宜《ののさま》に随《まく》ひて休足《きうそく》さすべし。ちからびとすゝめ入《い》らせ給へと誘引《いざなひ》お夏《なつ》が跡《あと》に恨《うら》み。般若《はんにや》櫃《ひつ》を負入《おひい》まゐらせ。せきら縁断《えんだん》によろこびつゝ。雲《うべ》のほとりへ推《お》しやり。勧化《くわんけ》の布牌《のぼり》を倚《よせ》かけて。やがて草鞋《わらぢ》の紐《ひも》をときほどき給《たま》「と引折《ひきをり》し。裳《もすそ》おろして埃《ほこり》を拂《はら》ひ。窓《まど》の下《もと》へぞ坐《ざ》したまへる。

常夏草紙巻之四　終

常夏草紙
五之巻

常夏草紙《とこなつさうし》巻之五

第十《だいじう》　まよれぢのふちせ

東都　曲亭馬琴編演

冥空法師《めうくうほうし》丹嶋屋《たじまや》に宿《やどり》を請《と》ふ叓

お夏《なつ》は頭陀《づだ》を喚《よ》び入《い》れて。茶《ちや》をもすゝめ火桶《ひおけ》をさし寄《よ》し。現《げ》にうら枯《かれ》の木《こ》の葉ちるとやらん。九月《くぐわつ》の寒《さむ》さは堪がたく侍るよ。聖僧は何《いづれ》の霊山《れうぜん》より出なりし。長《なが》れ旅寝《たびね》をやしたまふと。叮嚀《ねんごろ》に問慰《とひなぐさむ》れば。行僧答《ぎやうそうこたへ》て。おのれは東《あづま》のもののふ。冥空《めうくう》と喚《よ》ばるゝ宿願《しゆくぐわん》の旨《むね》あつて。大般若経巻縁《だいはんにやきやうくわんえん》のために。諸国《しよこく》を編歴《へんれき》し。此度《こたび》浪華《なには》へ赴《おもむ》きぬ。おん身《み》は今世《いまよ》にいひめぐく囃《そや》さ笠屋《かさや》お夏《なつ》とかいふ舞妓《まひこ》にや。聞《きく》しにいやましてみえたまふものかな。とうち微笑《ほゝゑみ》つゝいふ。お夏《なつ》は忽地《たちまち》頭《かうべ》を低《たれ》て。膝《ひざ》にまつはる塵《ちり》とるを捻《ひね》りて。いとも慕《した》ふ世《よ》わるりたまく。人《ひと》に面《おもて》を見《み》られ術《すべ》なげ。其《それ》よりまく来《き》まさし聖僧《ひじり》に。名《な》をとふやしらまし恥《はづか》しさよ。さても今宵《こよひ》こうざんすれ人《ひと》ハ則《すなはち》わらはが姑《しうとめ》よ備《そな》へ。弘治元年《こうぢぐゑんねん》九月廿四日。貞松信女《ていせうしんによ》と念《ねん》じてたべ。又《また》氷霜信士《ひやうさうしんし》と法名《はうめう》せられ。天文《てんぶん》三年八月三日の終焉《しうゑん》みこく。わらはが夫《をつと》の父御《ちゝご》よ備《そな》へ。又《また》朝露信士《てうろしんし》と字《あざな》せし位牌《ゐはい》ハ。弘治元年《こうぢぐゑんねん》四月八日の終焉《しうゑん》ゆゑく。これも夫《をつと》の家兄《いろね》よ備《そな》へ。同じやさあるよ似《に》されども。わらはが養父《やうふ》ハいはざる。冤枉《むじつのつみ》よ繋《つなが》れ備《そな》へ。災害消滅怨《さいがいせうめつをん》敵退散《てきたいさん》。現當二世《げんたうにせ》の安樂《あんらく》を。祈念《きねん》しくぬかせ。といひつゝ額《ぬか》づきて身を起《おこ》し。て家廟《ぢぶつ》の障子《せうじ》推《お》しひらけ。香《かう》の火《ひ》口《くち》よさしよせる。發燭《つけぎ》ようつと燈火《ともしひ》も。暗《くら》けれ迷《まよ》ひをきられてゐし。いざこなたへ。と請《せう》ずれバ。冥空《やうくう》ハ家廟《ぢぶつ》よむかひて。繹《ゑん》ふを唱へ一巻《ひとまき》の。經《きやう》よむほどよ日《ひ》ハ暮《くれ》たり。お夏《なつ》ハ行燈《あんどう》引提《ひきさげ》来《き》て。共《とも》よ家廟《ぢぶつ》よ。うち對《むか》ひ。妻《あるじ》ハ掌《たなそこ》うち合《あは》してあれ人《ひと》の為《ため》親《おや》の為《ため》。夫《をつと》のうへよ慈《つゞ》ふるし。胸《むね》のうれ雲《くも》吹《ふき》はらひ。鷲《わし》の高峯《たかね》の月《つき》の影《かげ》隈《くま》なく照《てら》しなひねと。弥陀《みだ》の冥助《みやうぢよ》を念《ねん》

どくもなや我が母の物る世と思へバ心せきらねど。さる程《ほど》に時主法師《ときぬしほふし》冥空《みやうくう》ハ。経讀《きやうよみ》
果《はて》て声をあり立目今回向《こんくわいかう》ある所《ところ》三回忌日《さんくわいきにち》逮夜《たいや》の精灵《しやうれう》貞松信女《ていしやうしんによ》并《ならび》に
氷霜信士《ひやうさうしんし》。朝露信士等《てうろしんしら》。一蓮托生《いちれんたくしやう》。援苦与楽《ばつくよらく》と唱《となへ》もあへず。忽然《こつぜん》として面《めん》
色変《いろへん》じ。珠数《じゆず》めし〳〵只管《ひたすら》うち拂《はら》ひ。汝ホ《なんぢら》障《せうげ》身をうるさとうすれ。物《もの》〳〵しやと罵《のゝし》りて
又数同揮拂ひ。唵《おん》戸羅《ら》窒都《みと》娑阿路娑帝《しやめろでい》。那《な》永《ゑ》落賀《そわか》法験《ほふげん》にておや
まさバ悪灵《あくれう》退散《たいさん》せざらんやと唱《となふ》る秘文《ひもん》も物《もの》〳〵げに立《たゝ》んとしてハ擺縛《ふまろび》身
を起《おこ》してハうち拂ふ珠数《じゆず》も乱るゝ玉の汗《あせ》。五臓《ござう》を絞《しぼ》る苦痛《くつう》の形勢《ありさま》。空《くう》を
つかみ。眼《まなこ》を睜《みは》り苦《あつ》と叫《さけ》びて仆《よ》たり。お夏《なつ》ハ何の事ともしらねば法師《ほふし》が病
頓滅《とんめつ》を救《すく》はんとするよしべもあらず呆《あき》れ惑《まど》ひつゝおそる〳〵扶起《たすけおこ》しておぶつゝ
も聖僧《のうそう》こそと呼《よ》び活《いく》れバ冥空《みやうくう》ハ中〳〵甦生《よみがへり》て左見右見《とみかうみ》つゝ息《いき》をつき額《ひたひ》の汗《あせ》
を押拭《おしのご》へバ。お夏《なつ》も安堵《あんど》して背《そびら》撫擦《さすり》て。ちからいふをきゝけるを間《と》へバ頓《とみ》に歎息《たんそく》し。

気力《きりよく》ハ常《つね》に異《こと》なれども。拙《つたな》けれど婦人《ふじん》を労《らう》したり。許《ゆる》しあへと脚引《あしびき》弓や。お夏《なつ》が膝《ひざ》に手《て》をかけて立《たち》がらんとして得《え》も去《さ》らず。顔《かほ》つくづくとうち観《まも》りて。春《はる》の。ならの川ねのびの勢《なま》ひなだらかに手《て》になるからにやはらぐ玉の緒《を》。是《これ》は人《ひと》のある志賀《しが》寺《てら》の朝《ちやう》寛上人《くわんぜうにん》が。京極《きやうごく》の御息所《みやすどころ》に迷《まよ》ひ吟《ぎん》ぜし古歌《こか》なりけり。即色是空《そくしきぜくう》と悟《さと》れども。ある美人《びじん》に抱《いだ》かれては堕獄《だごく》の呵責《かしやく》も厭《いと》ふに足《さ》らずとおもひさだめしとなま首《くび》ふるもの引《ひき》よせれば。お夏《なつ》ハ呆《あき》れてゐたりけるが。腹《はら》たゝしく。又物《まさめ》に怖《おそ》ひあな年の齢《よはひ》ハ五十《いそぢ》のさかへを過《すぎ》ぬるに。あひなん凡俗《ぼんぞく》なりとも年《とし》ばかりに耻《はづ》るに出家《しゆつけ》に似《に》げなき濫《みだり》がはしさ。理《ことわり》を述《の》ぶるも無益《むせ》し。放《はな》ちへとわらふに。突退《つきのく》るは袂《たもと》に携《すが》り。情《なさけ》を知らぬ君《きみ》にはあらじ。仏《ほとけ》も元《もと》ハ凡夫《ぼんぶ》なり。清水寺《きよみづでら》の老僧《らうそう》ハ。進命婦《しんのみやうぶ》の色《いろ》に迷《まよ》ひ。久米《くめ》の仙《せん》ハ布《ぬの》を浣《さらせ》す女の脛《はぎ》の白《しろ》きに堕落《だらく》し。彼朝寛上人《ちやうくわんしやうにん》も。齢《よはひ》七旬《なゝそぢ》にあまりて色慾戒《しきよくかい》を破《やぶ》りたまひぬ。恋《こひ》は思案《しあん》の外《ほか》といふなれバ。どうぞ年《とし》を

論《ろん》ずべき濡《ぬれ》ぬされとて番《つがひ》をも厭《いと》へ識《そこ》もなけれど。恥《はぢ》をもおもはど。否《いな》とも言《いへ》ぬ意《ちから》をも
其《その》腕《うでくび》のまゝ切《き》らるゝとも。放《はな》さじとせしが一声《こゑ》の。ちらされて凄《すさま》じく。怖《こは》さに。
腹《はら》たゝしさを搗《うそ》て交《まぜ》てもありとあらゆる奥《おく》まで突《きく》と清《せ》十郎をちゝふせなり
放《まま》ち。逃《にげ》んとすれば冥空《めうくう》。頭陀《づだ》袋《ぶくろ》を播《かい》掠《さぐ》り。やと声《こゑ》かけて打《らう》織串《ふて》にお夏《なつ》へ
裳《すそ》を席《むしろ》薦《こも》に纏《まと》ひて。忽《たちまち》地《ち》礫《つぶて》と迸《いそが》しが。忙《いそが》しく身《み》を返《かへ》す彼《かの》織串をとら
んとするに。着《すの》貫《こ》の織て後《えぐり》も抜《ぬき》ど。つゞくとつゞく左《さ》に怪《あやし》き。奇《ぬけ》家《け》に似《に》がすれ
武藝《ぶげい》のものゝうち。加《ちからくまざ》へまらぬ裳《すそ》打《うち》あはせる織串《くし》は南蛮《なんばん》鉄《てつ》の割《わり》笄《かうがい》。
細工《さいく》は銀《ぎん》の杜鵑《ほとゝぎす》彫《ぼり》て良人《をっと》の物《もの》がたりに。ぱつるめのへとれば似《に》もつかぬ。何《いづ》れまで
獲《え》ものひしと。向《むか》ひ冥空《めうくう》茫然《ばうぜん》とうち笑《え》みおん身《み》が往《そ》の裙《うちかけ》模様《もやう》は雌雄《めをと》ならび
ある田面雁《たのものかり》。櫛《くし》技《かうがい》欲《ほし》くばとべし。それ壮年《さうねん》のとしまれて武蔵《むさし》の萩《はぎ》蔭
なておれを獲《え》たりと云《いへ》ばお夏《なつ》は柳眉《りうび》を蹴《け》しそてそれ稲城《いなぎ》治部《ちぶ》平《へい》なりを閑《かく》

冥空《めうくう》墮落《だらく》して
お夏《なつ》に迫《せま》る
おなつ
冥空
常夏艸紙巻五

撃《うち》ける。大月《おほつき》欣の大刀《うち》なりとも襲《うば》ひとらるゝにあらざりや。と先《さき》を推《おさ》れて気色《けしき》を変《かへ》ざるをいかりてありたりしと疑《あや》しく背後《うしろ》の襖《ふすま》を蹴《け》ひらきそれその故《ゆゑ》ん。と清《せ》十郎は刀《かたな》を引提《ひきさげ》跳《をど》り出《いで》て。時主法師《ときぬしほふし》を疾視《にらまへ》て残賊《さんぞく》これを詛《うれ》よりの。とあのねの天文《てんぶん》三年。八月三日の朧昏《ゆふまぐれ》。空逢にあつし枉死せり。里見《さとみ》の郎党《らうたう》。稲城治部平《いなきぢぶへい》が二男《じなん》に。瀬《せ》二郎と喚《よば》るゝものられしが。二年以前《ふたとせいぜん》より見へ小手差原なる。返撃に殺されしがすぽく遂根母るかさなく。復讐《ふくしう》の刄を剛といて。どもの母の病着《やまひつき》にせんもえべなく。近江路《あふみぢ》に蹉跎《さすらひ》てありしが。お夏《なつ》と縁《えにし》を結《むす》び。清《せい》十郎と改名《かいめい》して更《さら》に諸国《しよこく》を編歴《へんれき》し。こゝにありともしらざりしお夏《なつ》が宿所《やどしよ》に伴《ともな》ひ。母の三回忌日《さんくわいきにち》の逮夜《たいや》に仇人《あだうど》のかずも集《あつ》まるの中。親同胞《おやはらから》の亡魂《たま》の。これを導《みちび》きあなるべし。故《ゆゑ》ある汝《なんぢ》が父母《ふぼ》の霊位《れいゐ》に回向《ゑかう》して悶絶《もんぜつ》あつるなる為体《ていたらく》。怨霊崇《おんれうたゝり》をなすにも似《に》てられのみならず大月《おほつき》欣の大刀《うち》かはけられたる揥枝《かうがい》の半隻《かたわれ》残しありてバ。豫《かね》て名《な》を聞《き》く父兄《ふけい》の讐《あだ》鳥田《とりた》時主《ときぬし》入道《にうだう》なるらんハ。いぬる年《とし》ごろ小手差原《こてさしがはら》に討《うた》れて。兄《あに》が撃《うた》れし其《そ》の始末《しまつ》を里人《さとびと》に問《とひ》よけれバ。時主《ときぬし》が所為《しわざ》なるとも聞《きこ》え。或《あるひ》ハ櫃蔵《やぶ》の内蔵《くら》五郎春澄《はるずみ》といふものゝ。所為《しわざ》なりといふものあれバ。仇《あだ》をいづれと定《さだ》め難《がた》し。いぬる日《ひ》この地《ち》の千日墓《せんにちはか》にて。堀江《ほりえ》の浪人《らうにん》。坂逸八郎《さかいちはちらう》とか名告《なの》る。武藝《ぶげい》の達人《たつじん》に撞見《ゆきあひ》しとぞ。そのものゝ腰刀《こしがたな》に。その揥枝《かうがい》の半隻《かたわれ》を著《つけ》られバ。これをみてふかく怪《あや》しみ。彼《かの》春澄《はるずみ》なるべしと。大《おほ》ひに猜《すい》したれど。不慮《ふりよ》の禍《わざはひ》によりて。問諦《とひあきらむ》るに遑《いとま》なく。空《むな》しく立《たち》も別《わか》れたり。是彼《これかれ》といひあはせれバ。彼《かの》逸八郎ハ疑《うたが》ふべうもあらぬ。内蔵《くら》五郎春澄《はるずみ》なるべし。するうち汝《なんぢ》が支黨《どうるい》なるらん。既《すで》に證拠《しようこ》分明《ふんみやう》なれバ。遁るともいかで脱さん。名告《なのり》あひて勝負《しようぶ》を決《けつ》せよと。立《たち》あがれと勢《いきほ》ひ猛《たけ》く。挾《たばさ》む刀《かたな》の鐺《こじり》をそらし。さながらに詰《つめ》よりたる。冥空《やうきう》にして。冷笑《あざわら》ひつゝ名《な》をとへバ。名告《なの》るに及《およ》バじ。

なぶられても補《ほ》二郎が。身のほど不知《しら》れ居たるに。反《かへつ》てこれを續べき根《ね》を断《たち》その葉《は》を枯《から》さんとするよ。たちまち自《みづか》ら宿《やど》あるをめとらず。治部《ぢぶ》平《へい》が位牌《いはい》に対《むか》ひて。俯《うつむ》きて腸《はらわた》を絶《た》ち。更《さら》にお夏《なつ》に調戯《たはむれ》て。杜鵑《ほとゝぎす》の擁枝《ようじ》めて嚢《ふくろ》を縫《ぬひ》とらせ。没《ぼつ》を趣《おもむき》引《ひき》おさんとせしむ。これけと貧《まづ》しきに堪《た》へかねて。夜《よ》る〳〵萩窪《おぎくぼ》を徘徊《はいくわい》し。勢経《ひきて》をゑたしたる。里見の郎党《らうどう》治部平《ぢぶへい》が大月形《おほつきがた》の宝刀《ほうとう》と三百金《きん》を齎《もたら》して。鎌倉《かまくら》の管領家《くわんれいけ》へ使《つかひ》すと傳《つた》へ聞《きゝ》萩窪《おぎくぼ》に埋伏《まちぶせ》して。治部平主《ぢぶへいしゆう》従《じゆう》を鏖《みなごろし》にし。大刀《たち》と金《かね》とを奪《うば》ひとる折《をり》路《みち》ゆく人《ひと》に怪《あやし》まれ。その擁枝《ようじ》の半《なかば》隻《かた》を打《うち》かけて駭《おどろ》かし。茅草《ちがや》に跡《あと》を躱《くら》ちが。原来《もとより》その心《こゝろ》あり。当時《いま》浪華《なには》に武藝《ぶげい》の名《な》たかき。坂逸《さかいち》八郎なりける。欲《よく》の念《ねん》たうら〳〵ども擁枝《ようじ》の半隻《かたわれ》の往方《ゆくへ》をたれまさに汝《なんぢ》が夫婦《ふうふ》を殺《ころ》して。遂《つひ》に堀江《ほりえ》へ潜《しの》びゆき。彼《かの》逸八を狙撃《ねらひうち》るが。まゐる身《み》もなく後世《ごせ》。腕《うで》まだ足《さ》らぬ清十郎《せいじふらう》。その名を世にあらはして。夜《よ》は長《なが》。

鳥田《とりだ》が全身ハ纖《な》ますに坐《き》ざみて切る。と嘲哢《ちやうろう》し。左手《ゆんで》の袖《そで》をかゝげ揚《あぐ》れば。
清十郎まん〱怒《いか》りに堪《たへ》ず。鞘《さや》投捨《なげすて》て肉《ひら》うけ刃の先《きつさき》をもつて滑《すべ》り。打《うつ》る撓枝《しなへ》抜《ぬき》と
まて烈《はげ》しく刀《かたな》を拄《ささ》えり。お夏《なつ》ハ忽地《たちまち》裳《もすそ》をまくれて夫の後方《あとべ》に立続《よりそ》ひ。力《ちから》
をそえん女子《をなご》のかひなさ。揺《ゆり》滅さるゝぞと行燈《あんどう》を引《ひ》きよせて只管《ひたすら》に祈念《きねん》
を凝《こら》して神仏《じんぶつ》の擁護《おうご》を仰《あふ》ぐ。空《まこと》と共に刃《やいば》をうちあわせし夫《をつと》ハ勇む血気《けつき》の
太刀風《たちかぜ》。目貫《めぬき》や走《ち》らんと妻《つま》ハ手に汗《あせ》握《にぎ》りぞえたるもいぜんたち刃
の陽炎《かげろふ》一上一下《いちじやういちげ》と秘術《ひじゆつ》をつくし潟にて総《ちう》に清十郎が刃を遂《つひ》に受《うけ》おほし。
時主法師《ときぬしほうし》ハ左手《ゆんで》の肩尖《かたさき》。乳《ち》の下《した》まで切著《きりつけ》られ。尻居《しりゐ》に撞《どう》と倒《たふ》れ折《をり》から
门《かど》の戸《と》ハく打敲《うちたゝ》きおさよく〱と呼《よ》ぶ声《こゑ》ハ耳に熟《みゝなれ》たる母《はゝ》なりければ。そつと便所。
と忙《せは》しく。お夏《なつ》ハ屏風《びやうぶ》の衣《きぬ》引《ひ》きおろして作《つくろ》ひ。仇人《あたびと》ようち被《かぶ》れば。外面《とのも》よりハ後咲《のちざき》
が。頬《いちごう》アるに焦燥《いらだつ》声《こゑ》高く。甲夜《よひ》よりも戸鎖《とざ》して何しておる。寿郎《よろすけ》めどもの

て戸鎌《とゝまし》大人より潜《ひそ》せるに。使《つかひ》たとありしを案内《しるべ》して啼りしといふ声に清十郎は。燈火《ともしび》弗《ふつ》と吹滅《ふきけ》せしが。お夏《なつ》はせうせく撈《さぐ》り出《いで》て陥《おちい》ながら門《かど》の戸《と》を引《ひ》あくれども野干玉《ぬばたま》の闇《やみ》を疾視《にらん》で後咲《のちさき》は。突《つき》ねくずれ声《こゑ》をふり立《たて》初夜《しよや》もさるくめ門鎖《かどさ》して。燈火《ともしび》さへ点《とも》さぬは。吾儕《われら》がさらねを幸《さいは》ひよよからぬ奴と。臥て欲起て欲。合点《がてん》志ずしてえ衣裳《いしやう》腰《ひも》訳るうちといふれ女子《をなご》がひとを留守《るす》さするにあまたぐうちには母あらんまじと。思ふと土舟《つちぶね》が袂《たもと》を引《ひ》けばせうせく門《かど》の柱《はしら》へ撈《さぐ》り着《つき》寔《まこと》外の内の暗《くら》がりに。往昔《むかし》新田忠常《につたのたゞつね》が富士《ふじ》の人穴《ひとあな》へ入れんもかくやと思ひあへしたゞ後咲《のちさき》が目《め》は光《ひか》れども。蕉火《たいまつ》よりはちくと亙て欲くと喚《よ》びかけて閾《しきゐ》を踰《またげ》で先に立後咲《のちさき》がちぐくえくれども。其処《そこ》とも知らぬ履脱《くつぬぎ》の木履《ぽくり》に足《あし》を滑《すべ》りけあふなく框《かまち》に跌《つまづ》きながらおなとゝいふ声《こゑ》を案内《しるべ》にして掻探《かいさぐ》りつゝみづまめづまお夏《なつ》へと母らんは何処《いづこ》にをる其処《そこ》にをる歟《か》其処《そこ》にをる歟《か》。高《たか》くはいはねどながら壽吋郎がり

此度《こたび》の越度《おちど》はいはゞひとへよ㠯ためなれど。地獄《ちごく》の沙汰《さた》も物《もの》による。今宵《こよひ》の
中小金《うちうちな》とらへの。魚《うを》ならばあるとれは水《みづ》も又ならぬめを是彼《これかれ》ならぬあるとれは壽《ぶじ》
郎助《ろうすけ》も又恩赦《まさおんしや》めを金《つうな》を調《ととのへ》んとも又調《まさととのへ》じとも。親《おや》を救《すくひ》んとも又救《まさすく》ども
お夏《なつ》がかゝる一《ひと》ツよあるよし。後咲《のちざき》が愁訴《そうそ》ようつて。戸鎌殿《とまどの》の若党浅沼助《わかたう○あさぬますけ》
あのびおるよ来《き》て汝《なんぢ》よ諭《さと》されは女《や》らしき性《さが》にして。稚《をさな》き人《ひと》を憐《あはれ》のころ
ふく。備《ゆう》と異名《いめう》付られたまゝの。氣《き》よ壽郎助《じゆろうすけ》が。毎日《ひど》の呵責《かしやく》をそえるを恐《おそ》び
ど。後《ご》ろくもらへ来《き》て。縁由《ゆかり》を告《つげ》もされ。後《ご》ろく㠯といふがあまり小暗《くらく》てもも
みえざるべし。られ火氣《ひのけ》のなき里欲《さとう》と。いへが苦《にが》き後咲《のちざき》も。す笑《をかし》袖《そで》めくらち
掩《あれ》ひころはねよ禍《わざ》もあれ。お夏《なつ》はなどで丁《ひ》を添《とも》されね。無礼《ぶれい》といふべきならば
やと。数《をそ》ある(の)傷痛《いたいたしく》。行燈《めんどう》は出《いで》しされど。遠《をく》しく門敲《かどさ》れは立《たゝ》んとして
どもども。揺滅《ゆりけ》し。すべりと回答《いらく》ごすは立《たち》かねれば。後咲《のちざき》は。おゝみめぐらし㠯と彼《そち》を

撈撈《かいさぐり》たる燧嵒《ひうちいし》。出して引よせて。腹《はら》たゝしげに打石《うちいし》も火口《ほくち》温《しめ》りて頓《とみ》にわらつ
らぐ。浩処《かゝるところ》に戸鎌《とかま》丹下《たんげ》ハ首桶《くびをけ》二ッを引抱《ひきかゝへ》て。鬪兵《ざこ》数十人に。内藏《くら》五郎春澄《はるずみ》
をとりて巻《まき》して。西の巷路《こうぢ》よりいで来《き》たりて。丹嶋屋《にじまや》が門辺《かどべ》近く立在《たゝずむ》。
いかに藤坂《ふぢさか》内藏《くら》五郎。汝坂逸八郎《なんぢさかいつはちらう》と改名《かいめい》して故主奥稚丸夫婦《こしゆうおくわかまるふうふ》を含藏《かくまふ》
よし。既《すで》に世《よ》にあらハれぬ。此の期《ご》に及《およ》びて陳《ちん》ずるとも。脱《のが》るゝに路《みち》あらんや。されバ
よりて今日《けふ》汝《なんぢ》が。天満《てんま》のほとりを徘徊《はいくわい》ちらを特《ひし》くととりこれで嚴穿鑿《きびしくせんさく》を遂《とぐ》る
に。奥稚韓姫《おくわかまるからひめ》をバ長堀《ながほり》なる。丹嶋屋《にじまや》郷郎奴《どろきけ》が宿所《しゆくしよ》に潛《かく》しおくハ已《すで》に首伏《ちくぶく》に
ゆゑに欺《あざ》て汝《なんぢ》を先《さき》に立《たて》て。此処《ところ》まで来《き》つるぞ。ものどもその挑灯《ちやうちん》を揚《あげ》よ。彼処ハ
郷郎奴《どろきけ》が宿所《しゆくしよ》なり。いよく其所《ところ》に偽るゝハ。奥稚韓姫《おくわかまるからひめ》が首級《くび》を遍さんや。
ふれ端込《ふさこみ》て生拘《いけどら》んや。同答《いらへ》せよといひけれバ。春澄《はるずみ》頻《しきり》に嘆息《たんそく》し。今《いま》さら
何をか偽るべき。脱《のが》まぐれ主君《しゆくん》の命運《めいうん》。縁由《ゆゑよし》を演説《えんぜつ》して臨終《りんじう》の正念《しやうねん》

をとゞめたり。おん首級《くび》ありて遁《つらく》るべし。よつて譜代《ふだい》の郎黨《らうどう》として主《しう》の
首《くび》を刎《はね》るも己《やむ》事を得《え》ざるのミ。小雲妾時《こぞし》猶豫《よ》さしぬつちがへ。このうへの情《なさけ》に
すそところびれもせん。廢錢《とひねぐく》ハ丹や咲《えんげき》そうち兵衛與稚韓姫《かねうろうらひめ》の首《くび》打落《うちおと》し
て遁《のが》さんとせし春澄《はるずみ》にて。これ又盛《まさ》る時《ざんど》の遲速《ちそく》を責《せ》んや。既《すで》にこの坊の八面《はちめん》
四方《しはう》をバ多人数《たにんず》をもつて遠巻《とほまき》にしてければ。袋《ふくろ》に物《もの》をおし込《で》めし如《ごとく》く
事《こと》を延《のべ》。主《しう》と倶《ぐ》して逃去《にげさ》らバ。與稚《あれころ》夫婦《ふうふ》がうへハさらに春澄《はるずみ》汝《なんぢ》が身《み》のうへ
すらん。されバ且《しばら》く橋下なる里長《さとおさ》が宅《いへ》にてまゐらん。物《もの》どもハ退《ひ》け。といゝしく。丹嶋《うぢ》
屋《や》が發言《のんげ》を向上《とめげ》つ。東《ひがし》の巷路《ちまた》へ赴《おもむ》きたるを。春澄《はるずみ》これを目送《みおく》りてはじめて吻《ほつ》と
息《いき》をつぎ。物《もの》おもひの胸《むね》ハうやむやの関ならざるに。丹嶋屋《うぢまや》が門《かど》より裡《うち》をさし覗《のぞけ》ば。
いと暗《くら》くして只火《ひ》を打《うつ》音《おと》ぞきこえたるのみ。燈《ともしび》を点《とも》さんと喚門《おとなひ》もせで立在《とゞまる》
けるこそあらまほしく。後咲《のちさん》ハ咲《つぼみ》もおらで行燈《あんどう》を引向《ひきむけ》て火《ひ》をきうくせざる。お夏《まつ》ハひとりで

常夏草紙巻五　○八

胸《むね》苦《くる》しく。さるや己《おのれ》が夫《をつと》は暗《くら》きに紛《まぎ》れて。隠《かく》れなんとおもへども。おもふ所は彼ぞ清十郎《せい》
は既《すで》に仇人《うてた》を欲伏《きうの》せらる。今《いま》は命《いのち》も惜《をし》からじとて。竟《つひ》に憚《ちぶか》る気色《けしき》もなく。刀《かたな》の室《さや》
を揆《そぐ》りとりて。母子ら刃《やいば》を拭《ぬぐ》ひあさるや。自若《だ》としておもむろにしろが。搔《かゝ》げ照らと燈火《ともしび》
に。四人ひとしく面《おもて》をあはして。或《あるひ》は呆《あき》れ。或《あるひ》は驚《おどろ》きながら左右《さいう》へひらきつゝ。清十郎《せい》は
土舟《つちふね》をつぐとみて。ふたゝび怪《あや》しみ。汝《なんぢ》はいかなる廿日の黄昏《たそがれ》に。毅の野《の》ぶしらを
驅催《かりもよほ》し。千日墓《せんにちはか》よりも迹跟《あとつけ》て。道頓堀《だうとんほり》の背田《うら》圃檐《たんぼ》の籬ふる雨《あめ》のかり。暗《くろ》の
ひとやどし魂《け》して。奥雅丸《おくがまろ》と呼《よび》かけて。これを刺《つ》しとめんとぞ追蒐《おつかけ》たる己兒の
長《をさ》なくめりいとはれて。忽地《たちまち》土舟《つちふね》は終《ぎやう》るとぞ。ちからが挫《くぢ》くとも驚き。現《げ》に汝《なんぢ》がいふ
ぞく。奥雅丸《おくがまろ》を穿鑿《せんさく》せんとて。野臥《のぶせり》ら四にいて身《み》を窶《やつ》せし。俺《おれ》は戸鎌《とくさ》が
若党《わかたう》に。戯作名《な》を讃ぎとぞ呼《よ》ばれて。汝《なんぢ》が面影《おもかげ》は奥雅《おくが》の骨相書《こつさうがき》に似《に》
たるをもて搦捕《からめとら》へて。その真偽《しんぎ》を糺明《きうめい》せんとおもひしに汝却一人《たゞひとり》の光棍《あくたれもの》をさ

らなでるが雑兵《つはもの》六七人を切害《せつがい》せり。その罪返逆《つみはんぎやく》にこれ等し。吭《のど》絡《くご》せよ。と罵《のり》ものなど。懐《ふところ》より一條《ひとすぢ》の麻索《あさなは》をとり出《いだ》し。引《ひき》しごきつゝ走《は》りかゝるを後咲《のちさえ》忙《いそが》しく推隔《おしへだつ》れど。土舟《つちぶね》はゆるぎもし焦燥《いらだち》後咲《のちさえ》なれども妨《さまたげ》るを罪人《つみびと》に荷擔《かたん》せば汝《なんぢ》も共《とも》に罪《つみ》の脱《のが》れじ。其処《そこ》退《のけ》どや。といひければ後咲《のちさえ》はうち微笑《ほゝえ》み官人《まうけびと》を殺《ころ》せし犯人《はんにん》聟《むこ》なりとて荷擔《かたん》せんや。目今《ゑびりめ》這奴《しやつ》を縛《いましめ》て。引立《ひきたて》てはぬるぞ。その首級《くび》なすそのひもせず助《たすけ》まゐらせ清十郎《せい》が命乞《いのちこひ》をさするにあらねど。年来《としごろ》の腹《はら》だゝしさ。なで殺《ころ》さんは迷憾《のこりを》し。いふべかるをいらつくべしと恭《うや》しく。上坐《じやうざ》に請《せう》じて。踵《きびす》をめぐらし衝《つ》と寄《より》て。清《せい》十郎が胸上《むなさき》引よせ。膝《ひざ》のかに撲地《はたと》と推伏《おしふ》せ。母《はゝ》に因《ちなん》ならぬ犬《いぬ》自物《じもの》。畜生《ちくせう》にだも劣《おと》る奴《やつ》に。理《ことわり》いふは無益《むやく》に似《に》たれど。汝《なんぢ》が母《はゝ》の病《やまひ》髐《さらぼひ》て立《たち》よる蔭《かげ》のまえまてふ。にぶるが家《いへ》を塞《ふさ》げられつるが米《よね》を食《くひ》あらされ湯薬《たうやく》打《うた》れとなく。物《もの》の費《ついえ》のひと煩《わづら》はしくすべて気《き》の減《へる》ものなれど情《なさけ》は人《ひと》の為《ため》な

清十郎
冥空
清《せい》十郎悞《あやまつ》て
冥空《めうくう》を撃《うつ》

春澄《はるずみ》長堀《ながほり》へ丹下《たんげ》を導《みちび》く
戸漸丹下
もぐ八
与五郎春澄

常夏草紙巻五　十

らん小竿年《こさんねん》の房錢《せどせん》を十倍《ばい》してとり復《く》さ日《ひ》もありなんとぞ。何処《いづく》の馬骨《うまのほね》やらん定《さだか》ならぬ風来人《ふうらいびと》を。豪郎《ごろうすけ》どの不由縁《ゆかり》あるものと思へば。契《きけうのむすび》ハ。搖錢樹《かねのなるき》のむすめより女児《むすめ》ぞ。婿《むこ》にしても実《み》にならぬぞ。階夫《あまけりの》の癖《くせ》なれバ。一年《いちねん》とまり尻《しり》も居《すわ》らで。親女房《おやにようぼう》を置去《おきざり》に。三年以来《こゝらせこのさ》音信《おとづれ》せど。憎奴《につくいやつ》とハ思へども。往方《ゆくへ》しれ様ハせんすべなく。つらぶ身上《しんしやう》を負《おひ》たなけれて住《すみ》も馴《なれ》たる観音寺《くわんおんじ》より。浪華《なにわ》をさへなづれ来《き》し原《けり》と思へとの面《つら》の憎《あまま》らしく貧乏神《びんぼうがみ》の。お宿《やど》せしなと思へバ。烏《からす》の鳴《なく》ね日《ひ》ハありとも。悔《くや》むの八字《やち》扁百千扁《びりくちくびり》汝《なんぢ》がるきとひ出《いだ》く。腹《はら》たくね日《ひ》もなけれど。なれどもなほ荒《あれ》わるぐや。受《うけ》たる恩《おん》を仇《あだ》にして戸鎌殿《とがまどの》の毀兵《つまめの》六七人を切害《せつがい》し。男《おとこ》の宅《たく》へ躱《かく》まへし。に豪郎《ごろうすけ》どのハ獄舎《ひとや》に繋《つなが》れ命《いのち》危《あやう》く呵責《かしやく》の苦痛《くつう》とならんやと思ひわれハ三日三夜《さんにちさんや》月《め》もあはで。加持《かぢ》ならびに祈祷《きとう》に神詣《かうまうで》。浪速《なにわ》三界《さんがい》を巡《めぐ》り。とし年老《おい》て苦《く》に苦《く》をかさねも。ここならん汝《なんぢ》が所為《こざ》なるぞ。恩《おん》ならん人非人《にんぴにん》。車《くるま》ふびじ牛に裂《さき》し。筋《すぢ》と骨《ほね》とをきざくるとも。次郎吉《じろきち》どのを獄舎《ひとや》に死《ころ》さバ。すほらの腸《ちら》を絵《ゐる》にハ足《さ》らじといひあかゝやと罵《のゝし》りつゝ。額《ひたひ》を席薦《さゝ》に搨著《すりつけ》て。打《うち》敲《たゝ》き瞋恚《しんい》の拳《こぶし》に。お夏《なつ》ハ携《とゞ》めてよくと泣腹《なきはら》しそめしハ理《ことわり》なれども。道頓堀《どうとんぼり》にて環会《めぐりあひ》の栞《しをり》なる嬌《うご》すにきあべしきをてありしハまらめが呀《い》る。清十郎《せ》ぬしのとてろあらざへ縣《うろう》ひあひなれちじきいがむじんに追薨《おつうけき》未《つ》で。刺《つき》ちらんとせし殿《のど》の人《あまさ》を咎《とがめ》らんならふとおもバもぞの人に傷《きず》けあへどぬも浅痍《あさで》ハ負《おひ》たりし奥雅《つゝあねゝろ》なるねを奥雅《おねゝろ》で。といひたてへ小事起《ことおこ》りまべらこれも赤清十郎《まくせ》ぬしの。悍《おまむち》のさよくれらほどそれらのはをめりともふよふりも。述勸解《のべつひ》もらく。つが身《み》を賣《うる》て金とてのへ篆《ぞで》と良人《をっと》をねらへてふとひハせもあへど後咲《のちさき》ハ。左《あんで》ちにお夏が襟上《えりもと》摑《つる》て。太白星《ゆふつゞ》のそれ眼を瞪《いつ》らして不孝《ふとう》りの大膽女《だいたんおんな》。置《さ》きにきらこれし夫に又離《まとさ》されて年老《てあひ》たら。親《おや》の頸《くび》へ索《なわ》を著《つけ》られを貞女《ていぢょ》といへ脚色《しぐみ》ハ浄瑠理《じょうるり》にも説経《せっきょう》にもあてるをいまぞ聽《きく》ざりし。一年《いちねん》その身《み》を賣《うり》てし立腹《たちばら》そのまゝにて舞踊舞《まひよふ》ても。二百両といふ金《りを》の頭《とゞ》みとゞのふべきならねバ妾《そばめ》ともなれ。遊君《あそび》ともなれ。直《ね》のよきかたへ賣《うら》ざらんや。○夫《をと》ハ夫《をとこ》と思へども人《ひと》を殺《ころ》せしものとありて。引《のがい》入まで親《おや》を欺《あざむ》く。化《ばけ》の皮竜の衣《い》裳蓑《ほうのつ》首《りらく》隠せども尾《を》をあらはさん愚《おろか》なりともすゝみかけて孚立《もてこたて》たる母《そく》が心に謀《はか》るとてあらはさんや。揃《そろ》ひも揃《そろ》ひし。後妻《げんさい》杜騙《めがり》。三日《みつか》公家《あるじ》より打責《うちせめ》らるゝ。親《おや》の苦痛《くつう》いあだりりの手へあらはじと左手《めで》右手《めて》に背太腹《そびらふとはら》嫌《きら》ひあへ。打《ちら》ち擲《つね》ち焦燥声《ひらなるこゑ》に夫婦《ふうふ》いひとくよしもなく。身《み》の愆《あやまち》と親《おや》に勝《く》ならねバ手《て》を束《つか》ねいとぐ鼓《かうべ》を撲《ぬかづ》きど土舟《つちぶね》いめどろしやどいふうねぢらす嘲笑《あざわら》ひ。織面牛皮《てつめんぎうひ》の向後《あれより》を打《うて》べ蓋《こふべ》を労《ろう》せるのミ。○今宵《こよひ》の中《うち》に。金《りやう》調達《ちやうたつ》して寿郎《じゆろう》ぬを救《すくい》んあげをる肝要《かんよう》なれ。治《ぜひ》十郎をこるさへ遁《のがれ》与せず縛《いましめ》て引立《ひきたて》あるんと身《み》を起《おこ》さんバ。おト夏《あと》ハ悲歎《ひたん》なるあとへ。○金《りを》いゝがするありともまあらさじ。○良人《をつと》も共《とも》に助《たすけ》けてくださいと泣《な》つ勸鮮《こぶ》るを後咲《のちさき》へ出《いで》ば引《ひき》とらえて動《うご》かさじ。土舟《つちぶね》はいらめく。野袴《のばかま》の稜《そば》褄《つま》をあげて。立徒《たちはだ》らんとする程《ほど》に暗《くら》き処《ところ》に仆《たふ》れたる時主法師《ときぬしほうし》に跌《つまづ》きて。被《うけ》たる衣《きぬ》を纔《け》かへしつ。鮮血《ちしほ》にそまりて大《おほ》きに驚《おどろ》き後咲《のちさき》をみへ清十郎《せい》はとてみも人《ひと》を殺《ころ》したりとおもひ後咲《のちさき》慌忙《あわてふためき》被《うけ》たる衣《きぬ》を残《のこ》てあしかれとりてまさしく驚《おどろ》かれ。されば正《まさ》しく主家《しゆうけ》なり。縣《あまさ》の人《ひと》を殺《ころ》し倦《あぐ》らで又殃咎《まうごうぬひ》を醸《かも》せし重罪《ぢうざい》動《うご》かじ揚《あぐ》るなど。左右《さゆう》よく。清《せい》十郎が腕《うで》をとれば。振拂《ふりはら》ひて些《ちつ》とも騒《さわ》がず。落着《つちつき》たるは。この年来《としごろ》撫《なで》めぐらし父兄《ふけい》の讐《あだ》息《やす》するは絶《たえ》てあるべきに疑《うたがは》しくは彼《かの》ものを責《せめ》問《とひ》たまへ。分明《ふんみやう》ならん。といふ間《ま》に時主法師《ときぬしほうし》はやうやくに身《み》を起《おこ》し。證據《せうこ》はとてあと授生《あげいぶ》を無證《みろく》さん。まだ清十郎《せい》が護身嚢《まもりぶくろ》に臍帯《ほぞのを》。是《これ》は。と怪《あや》む土舟《つちぶね》を。時主法師《ときぬしほうし》徒《き》とすらまへ。老賊《ろうぞく》齢《さだ》るゆらへ来《き》て又毒悪《まうどく》を狡計《めぐらし》や。天満《てんま》の社《やしろ》にて汝《なんぢ》らが密謀《みつぼう》を聞《きこ》えられ笑《わら》ひさりと叫《よ》びかけられて辟易《へきえき》し。とひもかけね主《しゆう》の法師《ほうし》はつくらき呑《のん》便すりと。呟《つぶや》きながら外面へ走り避《さけ》んとすれバ立塞《たちふさ》がる内藏《くら》五郎春澄《はるずみ》ハ面をあわて大きに驚《おどろ》かれ汝《なんぢ》ハ蘇坂《あぢさか》春澄《はるずみ》ならずや。其の顔《かほ》みどりハぜしもあへぞ。腢𦜝て推戻《おしもど》し。慾《よく》より眼眩《まなこくら》めども。春澄《はるずみ》をバ見忘《みわす》れざりし落魄《さすらへ》る故行処《こ》へ走《ち》る女と。冷笑ひて裡《うち》に入《い》る。紙入《かみいれ》盗じとて刀を引抜《ひきぬ》き。切《き》らんとすれバ身を交《ひね》へ。擇擦取《うばひとり》て刀を奪ひ怯《ひる》む所《ところ》を礑と切る。切られて叫苦と落る故ハ仰《のけ》さまに倒れまりをられハと。縢る後咲《のちさき》が立んとするを春澄《はるずみ》ハ。屍瀬も西がわと下と打。礫《つぶて》ハさるハち金百両。痛入《いたみいる》慾面《よくづら》を宛《かんで》抱《いだ》きあへよされバ。春澄《はるずみ》袖《そで》を引あハ残金既に遍与たれバ。お夏《なつ》ハ後咲《のちさき》が女児《むすめ》にあらざ。さのふとらに一包《ひとつつみ》と合て乃至二百両ハ寸志《すんし》を表する養育《やういく》銭《しろ》員あらため受取《うけおさ》めおといひつ懐《ふところ》搔採《かいさぐ》られハお夏《なつ》が身売《みうり》證文《しやうもん》。まづ本人《ほんにん》よさ印信《いんしん》せさせと。さら一をを一封《ひとふう》を。お夏《なつ》ハ受《うけ》とりて行燈《あんどう》の。火光《ほかげ》みよりて眉《まゆ》を顰《ひそ》めいぶりやこれハそらかが臍蔕《ほぞのを》産毛《うぶげ》。天文《てんぶん》八年六月五日の誕生《たんぜう》。武蔵国新座郡《むさしのくにゐくらこふり》。小堤《こつゝみ》の里人《さとびと》椎蔵《しひぞう》が女児《むすめ》常夏《とこなつ》とあるからハ。実《まこと》の親《おや》の筆蹟《ふでのあと》に。疑《うたが》ひなしと片ふから。護《まも》身嚢《りふくろ》に神《かく》かけし。ヿトしび名告《なのり》あげしあへと。祈《いの》るにぞ身《み》ハ父母《かぞいろ》の。像《すがた》見《み》るにあれど産《うみ》の恩《おん》。かへさんよしなき身《み》の憂《うさ》を。今《いま》の親《おや》にハ告難《つげがた》く。形《あぢき》なる世《よ》を喞《かこ》てども。慰《なぐさ》むる人《ひと》なりしに。これを身売《みうり》の證文《せうもん》と宣《のたま》へるところなれど。加襁包《たゞのきるものでつゝ》の背《うら》へうゞびその。古巣《ふると》の中《うち》の。杜鵑《ほとゝぎす》。汝《な》が父《ちゝ》に似《に》ずし。汝《な》が母《はゝ》に似《み》ど。鬼《おに》めりねべき古歌《こか》一首《いつしゆ》を書《うた》そへてありけり。実《まこと》の養《おや》らによらさざや。とうちあむとのミ思ひめがたの惑《まど》ひ発《う》りと。さし覗《のぞ》く女児《むすめ》の顔《かほ》を。見《み》れバ忽地《たちまち》胸《むね》ふさがりて。泣《なか》ねどとされど目《め》にあまる。涙《なみだ》の雫《しづく》ふりもあらかに。言《こと》の葉《は》つゞるゝ唱名《しやうみやう》の。南無阿弥陀仏《なみあみだぶつ》と念《ねん》じものへぞ。振《ふ》く。手《て》さへたる刃《やいば》の雷電《いなづま》。消《きゆ》るに女児《むすめ》の玉《たま》の緒《を》や。お夏《なつ》が首《くび》ハ撲地《そさ》と落《おち》て。漲《まろ》ぶ軀《むくろ》ハ浮《うく》ぢさ。潰《あかぢ》る血《ら》に塗《まみ》れしたる。

第十一　牙《き》を壱両《りやう》　後咲《のちさき》の撫子《なでしこ》漢《から》撫子《なでしこ》に代《かは》る事《こと》

その時清《せい》十郎は。懐《ふところ》なる紙《かみ》とり出《いだ》し。引提《ひきさげ》たる春澄《はるずみ》が。刃金《はがね》を西る牙《き》乃又《また》あるに。懐紙ら鮮血《ちしほ》を引拭《ひきぬぐ》ひければ。きづろに鞘《さや》へおさめしが。後咲《のちさき》は此光景《ありさま》に。帯《おび》一締《しめ》て春澄《はるずみ》が。ほとより近《ちか》く摸地《えさ》と坐《ざ》し。とやお夏《なつ》が檀那《だんな》どの側室《そばめ》にすなふせんとこそ桐譚《うきらふ》て。牙償《きのしろ》を受《うけ》もちられ。殺《ころ》させふとて売《うり》はせば。何《なに》の罪《つみ》何《なに》で科《とが》よ。爸《ろぎ》の冬風《うめうり》をきるぞく。女児《むすめ》が頸《くび》をうち落《おと》し。剃戸篠殿《まよえとりまどの》のおん使《つかひ》ぞ。欲作《きりしな》せしは酔狂《すいきやう》なる物ならひろちゝ孫どもをこちが宅《いへ》にて殺《ころ》さしては。我宅《わがいへ》の係《かく》りとなる。二百両《りやう》の金《かね》は貴《たつと》けれど。命《いのち》にはかえがたし。大悪人《だいあくにん》の清《せい》十郎が。肩《かた》をもちてば。おん牙《き》も支黨《どうるい》。里長《さとおさ》許《がり》引《ひい》ていそぐ。この訳《わけ》きかさんといひかけが。婪淫呵々《からから》と冷笑《あざわら》ひ。既《すで》にお夏《なつ》が生涯《しやうがい》を。贖ふの金ありて購《あがなひえ》しかれば。一死《ころ》さんとも活《いか》さんとも。彼《かれ》が進退《しんたい》は主人《しゆじん》の随意《まゝよく》。是《これ》は汝《なんぢ》が女児《むすめ》にあらず。扇谷《あふぎがやつ》の管領家《くわんれいけ》。朝興《ともおき》朝臣《あそん》の嫡男与稚丸《ちやくなんおとこまろ》

の内室《ないしつ》なる。韓姫《からひめ》にてぞありけるなれ。畢竟彼《かれ》も罪《つみ》あり。戸鎌丹下《とかまたんげ》が
使者《ししや》と偽《いつは》り。お夏《なつ》を騙《かた》して身価《みのしろ》を掠《かすめ》んと謀《はか》るとの癖者《くせもの》へ。島田《しまだ》が故《もと》の下部。
驚る奴《さゞよけ》といふものゝ。這奴《しやつ》。東六西八《とうろくさいはち》なんど呼《よば》れし二人《ふたり》の朋輩《ほうばい》を殺《ころ》し。その金《かね》を奪《うば》ひ
とりて往方《ゆくへ》しらずなりしとぞ。これ鎌倉《かまくら》に旅寝《たびね》せし比《ころ》原《かのう》にこれを聴《きゝ》て殺《ころ》す。
そのうちにも驚る奴《さゞよけ》を天満《てんま》の市《いち》よりかくまひたりしが。不審《ぶしん》さる人《ひと》に問《とへ》ば。彼《かれ》や
千日墓《せんにちはか》なる乞児《かたゐ》。土舟櫓《つちふねろ》奴《よけ》といふものなりしと答《こたへ》けり。かくまでいはるゝ日《ひ》。縣《あすこ》の乞見
を驅催《くりもよほ》し。呉稚丸《おとこわかまる》とともにふみえて。倩十郎《せいじふらう》を殺害《うちとめ》んとせしかども。これ驚る奴《さゞよけ》が
所為《こざ》なる旨《むね》あらはれり。さるに汝等《なんぢらのせんさく》へ。這奴《しやつ》を戸鎌《とかま》が使者《しゝや》なりと偽《いつは》らせ。お夏《なつ》に
逼《せま》り。清十郎《せい》を失《しな》んと謀《はか》りし奸悪《かんあく》。その罪《つみ》驚る奴《さゞよけ》と等《ひと》しかるべし。里長《さとおさ》許《がり》郷導《あるべ》
せよ。これはさてこれらの罪《つみ》を問《とは》んやいかにと。扇《あふぎ》を尖立《つきたて》。小膝《こひざ》をすゝめ
向《むか》へば。後咲《のちさき》も狡計《わるだくみ》を柔弱《よは》へ透《すか》されて。にはかに眼《まなこ》を瞬《しばたゝ》り黄檗《きはだ》を紙《かみ》にする唖子《おふし》

の如《ごと》く。袋《ふくろ》を被《かぶ》りし猫児《ねこ》のごとく。物《もの》をば得《え》いはで逡巡《あとずさ》りして。闇《くら》き方《かた》へぞ退《あとずさ》りぬ。當下《そのとき》清《せい》十郎へ。形《かたち》を改《あらた》めて春澄《はるずみ》に對《むか》ひ。いぬる日おのが師の助《たすけ》によりて。必死《ひつし》を脱《のが》れし道頓堀《どうとんぼり》のかたへ去る程に。[illegible]ありなくもお夏《なつ》に環會《めぐりあひ》。との紛へ論ひしを。恐く世《よ》を潜《あめ》がなれに。お夏《なつ》が父《ちち》は獄舎《ひとや》に繫《つなが》るゝ。然若《わか》しき限《かぎ》りのなげきとだに。仇人《かたき》を撃《うた》まで。など身《み》を惜《をし》み惜《をし》て名告《なのり》も出《いで》ず。今宵《こよひ》たらば汝時を入冥空を撃《うた》ずあて。父《ちち》と兄《あに》とが怨《うらみ》を復《かへ》し。多年《たねん》の宿志《あらくし》を果《はた》しつ。ありけるふたりが師《し》を密《あなび》かふ後《のち》安《さき》に桐譚《くちらふ》て。お夏《なつ》が身《み》を購《あがな》ひ。只《ただ》一刀《ひとかたな》に首《くび》を刎《はね》て。どれと韓姫《からひめ》と稱《せう》しみのふるのに。とぐ得えがたし。其《それがし》つらく。その系《けいしき》父《ふ》によりて猜《さい》するに。彼《かの》身價《みのしろ》を年來《としごろ》ぬ。鞠育銭と稱《せう》しのふるの。父のなる日《ひ》。お夏《なつ》が産毛《うぶけ》臍帯《へそのを》の。畳紙《たゝうがみ》に写《うつ》し数今字を見《み》て。慨然《がいぜん》として言語《ごんご》を残《のこ》し。今《いま》赤《まさ》一首の古歌《こか》を書して彼《かれ》にちらしめひしる。是《これ》彼《かれ》をうりて推量《おしはかり》まどが。師《し》は扇谷家《あふぎがやつけ》の浪人《らうにん》にて。お夏《なつ》が

実《まこと》の父《ちゝ》なるべし。父《ちゝ》この鷺坂《さぎさか》とやらんがおん身をよく太《おほ》きに周章《あへて》。浅藤坂《ふぢさか》
春澄。と一声《ひとこゑ》高《たか》く呼《よ》びかけたり。こゝによりて聞《とえ》しん。これが師《し》の舊《もと》の名《な》を知りけり。
されば此年の日《ひ》ごろが袂《たもと》へ縫《ぬひ》とめなりし杜鵑《ほとゝぎす》の挿枝《ゐろゑの》をさしはさみとられ。忽地《たちまち》に疑念《ぎねん》
生《おこ》り。師《し》をもて親《おや》の仇人《かたき》なりんと思ひけるに。彼挿枝《ゐのゑの》も萩露《はぎゞぬ》なく。仇人《かたき》
時主《ときぬし》が人《りつひと》に打《うち》かけ居たりし。彼《かれ》が口《くち》づからいふによりて。立地《たちどころ》に疑《うたが》ひ解《と》けり。
故《まこと》にわが父《ちゝ》の撃《うさ》主《ぬし》折《をり》よゆゑあへせし。藤坂《ふぢさか》ぬしのせんぶ便も。清《せい》十郎が仇《あさ》を
撃《うつ》たれ給ふ事をきまぜしへ。これも不思議《ふしぎ》の因縁《えん》之事《こと》を暁《さと》るに至《いた》ると
いへども最《さき》哀《まろ》に夏ふとぞ。護身《まもり》嚢《ふくろ》の失《う》せし。母後咲《のちさき》が死《ござ》なかるか。
とおもひたりしに時主《ときぬし》が何《なに》の証《あかし》か奪《うば》ひとりけん。是《これ》のみつ中くこそ疑《うたがは》しけれ
めくしし持《もて》るよりもあらんかぎりの事をつきとめつく。仇《あさ》を敬《うやま》ひ備痛《うらみいた》さに春澄
まづ嘆息《えそく》し。何《なに》の由《よし》もあらざるに。清《せい》十郎は親《おや》の仇人《かたき》を撃《うた》ん為《ため》に命《いのち》を

竹春澄《はるずみ》は主君《しゆくん》の先途《せんど》を救《すくハ》ん為《ため》に命《いのち》を惜《をし》む。彼《かれ》は孝《かう》我《が》は忠《ちう》志《こゝろざし》は似《に》たりといへども。ところに恥《ちづ》る事《こと》多《おほ》かり。清十郎《せい》が面影《おもかげ》の奥稚《おさなき》君《きみ》によく似《に》たれば。武藝《ぶげい》を示《しめ》して假初《かりそめ》なれども師弟《してい》の契《ちぎ》りも結《むす》びまいらせんからは母こそが女児《むすめ》の腰帯《こしおび》を得《え》てその人《ひと》を女婿《むこ》とし紗《し》もいべ夫婦《ふうふ》の縁《えん》とも用《もちゆ》る事あるべき故《ゆゑ》なり。ところに其思ひしめの紙おもひきやつらが女婿《むこ》は彼《かの》治部平《ぢぶへい》が子《こ》なりけん。物《もの》の因果《いんぐわ》はかくまでに。縁《まつる》薄きの欲《う》さることも。時《ときわ》も法師《ほふし》は何《なま》の為に清《せい》十郎が仇人《かたき》と名告《なのり》て撃《うた》れしるやところ得《え》かねしといふに冥空《めうくう》段《でゐ》を撰《えら》みし天満《てんま》なり。後咲《のちさき》と鷺坂《さぎさか》ゐが密謀《みつぼう》を竊聞《ぬすみき》し。清《せい》十郎が護身袋《まもりぶくろ》と腰帯《こしおび》を拾《ひら》ひしがその隠宅《かくれが》によづね来《き》まく。敵《かたき》の根《ね》を断《たち》葉《は》を枯《から》さんと謀《はか》りける。天野《てんの》ところに脱《まぬか》れず。三百金《きん》の盗賊《たうぞく》が自滅《じめつ》は忽《たちま》ち彼《かの》壮佼《わかうど》の孝心《かうしん》の念《ねん》所《ところ》何の為《ため》とはところ得《え》ず。清《せい》十郎は臆《おく》せし欤《か》。なんでつらが首級《くび》あげざるといせ

も果《はた》さじ。いかにや及《およ》ばじと刀を引提《ひつさげ》走《はし》りかゝらんとせしかば忽地《たちまち》に與稚等ずと
叫《さけ》びながら裡《うち》より襖《ふすま》を蹴《け》ひらきつゝ左右《さゆう》に抱《いだ》く首桶《くびをけ》を撲地《はた》と推《お》し
なぶるゆゑに戸蒔《とま》丹下《たんげ》なり。清十郎《せ》はまだ丹下《たんげ》を識《し》らざれど。おん身《み》は誰《たれ》ぞと
問《とへ》どもあへず室町殿《むろまちどの》の厳命《げんめい》なり。與稚《おきとうまろ》観念《くわんねん》しあれと声《こゑ》も尖《するど》き[illegible]の
大刀風《たちかぜ》不意《ふい》を撃《うち》て清十郎《せ》が首《くび》へあてゝ落《おち》としけり。二つになれと冥空《めいくう》
春澄《はるずみ》後《のち》咲《さえ》も亦呆果《あきれはて》救《すく》ひも遑《いとま》なき厳《くら》ならば目視《まもる》のほかなく丹下《たんげ》
血刀《ちがたな》拭《ぬぐ》ひおさめて春澄《はるずみ》にはうち対《むか》ひ事の仔《し》細《さい》をまをさん為《ため》に途《みち》より
ひらき立《たち》て背門口《せどぐち》より竊《ぬすみ》入て一五一十《いちぶしじゆう》を張《きゝ》けるが、なほひとに一足違《たがひ》
春澄《はるずみ》既《すで》に韓姫《からひめ》の首《くび》を刎《は》ねとらへども、なほ義《ぎ》に仗《よつ》て與稚丸《おきとうまろ》の首級《くび》なりと
不忍《しのび》ざる時刻《じこく》をうつさば韓姫《からひめ》の狗死《いぬじに》ならんのみならず、時《とき》に法師《ほふし》が
空《むな》しからんとのいと惜《を》しさに、陪臣《ばいしん》なれども戸蒔丹下《とうまたんげ》執権《しつけん》長蔓朝臣《あそん》の

處分《しよぶん》によりて。奥稚丸《おきつわかまろ》を撃《うち》たまへり。とぞかゝりしかバ衆人《もろひと》の不審《いぶかしく》やはるらん。これもむかしハ。扇谷《あふぎがやつ》朝興《ともおき》朝臣《あそん》譜代《ふだい》の郎黨《らうどう》。稲城《いなき》治部《ぢぶ》平《へい》が庶兄《このかみのあに》治部進《ぢぶのしん》といふものなるが弱官《じやくくわん》の比《ころ》縁《えん》に就《つき》て。阿波《あは》の三好《みよし》に奉公《ほうこう》し母《はゝ》かたの姓《せい》を冒《をか》して。戸鎌丹下《とかまたんげ》と改名《かいめい》せり。しかるにかれが弟《おとゝ》治部平《ぢぶへい》ハ。その心《こゝろ》ざまハ奸佞《かんねい》にて主《しゆう》を賣《うり》て栄利《ゑいり》を謀《はか》り。そのみの責《こひ》を頭主《あるじ》にせんとしけりしかバ。その身《み》の為《ため》に武藝《ぶげい》の師《し》とせる藤坂蔵人春行《ふぢさかくらんどはるゆき》を殺《ころ》し。剰《あまさへ》大月形《おほつきなり》の太刀《たち》と軍要金《ぐんようきん》三百両《ぴやくりやう》を盗《ぬすみと》りつゝ鎌倉《かまくら》を逐電《ちくてん》せしより。遥《はるか》に是《これ》を傳聞《つたへきく》に。弟《おとゝ》が非道《ひどう》の踈《うとま》しく。義絶《ぎぜつ》してその後《のち》ハ。音《こ》をバ絶《たえ》て聞《きこ》えざりしに。さへバも去年《こぞ》の春《はる》。東《あづま》の使《つかひ》うけありて。寒河《さへくえ》の里《さと》に止宿《ししゆく》して。かれが侄《おひ》補《ふ》三郎が横死《わうし》のゝち。藤坂《ふぢさか》夫婦《ふうふ》。鳥田《とりた》親子《おやこ》がうへの顛末《てんまつ》を里老《りらう》の夜話《やわ》にこれを聞《きゝ》て。いよゝ因果《いんぐわ》の道理《だうり》を感悟《かんご》し。發《ほつ》て剃落《きらく》しつるに今茲《ことし》夏《なつ》の季《すゑ》に至《いた》りて。かれが為《ため》にハ故主《こしゆう》の郎君《わかとの》。奥稚丸《おきつわかまろ》と韓姫《からひめ》の所在《ありか》を索《たづ》ね搦捕《からめとろ》進《しん》ずべきよし。主人《しゆじん》長慶《ながよし》執達《しつたつ》せられ。家隷《いへのこ》も多《おほ》かるに。某《それがし》これをうけたまはつて。周章に堪《たへ》ざり。しかもして助《すけ》まゐらせんと。どふ程《ほど》に近《ちか》ごろ春澄《はるずみ》が隠宅《かくれが》を告《つげ》るものあり。是によりて。まづその志《こゝろざし》を捜試《さぐりこゝろ》るに。主の頸刎るものにはあらず。かの文《ふみ》丹下《たんげ》を長堀《ながほり》へ誘引《いざなひ》ける為体《ていたらく》事情を推量《おしはかる》に。清十郎《せい》とお夏《なつ》をもつて。幼稚《おさなまろ》韓姫《からひめ》の君《きみ》かくりふ。おさんとこそ謀《はか》らめ。といへども。これを猜《さい》せらば。時刻《じこく》を延て引退《ひきしりぞ》き。ひとり途《みち》より立《たち》かへりて。背門《せど》より入《いり》て。竊閨に。春澄《はるずみ》ぬしは。お夏《なつ》が父《ちゝ》にて。清十郎《せい》には仇人《かたき》なり。義《ぎ》に勇《いさ》む番坂が。君がための謀計によらずば。清十郎《せい》を撃《うつ》べきもあらば。さりとも。再復讐は國の制禁《せいきん》なるべき仇人《かたき》ながらに。孝子に彼《かの》をとらせんより。これに忠義《ちうぎ》を立させんと深念《しあん》しつ。傍父とて名告《なの》らで幼稚丸《おさなまろ》の名《な》を冒《をか》して。むざんにも首《くび》をのべ撃《うち》おとし申つ。彼《かれ》が父《ちゝ》なる治部平《ぢぶへい》が。不忠不義《ふちうふぎ》の悪名《あくめう》を。その子《こ》の死《し》をもつて雪《きよ》めんならば。

又主も面《おもて》をあはさねど。彼《かれ》をいひ。これをいひし。伯父《をぢ》が好意の仮措とも。しらでやさこそ恨《うら》みけめ。清《せい》十郎よくも聞《き》け。汝等《なんぢら》兄弟《きやうだい》いのちける死なす。父《ちゝ》の撃《うた》れしその為《ため》をしらでは。しらざるものに撃《うち》ぐる死。仇《あだ》を索《もと》めく千辛万苦《せんしんばんく》を厭《いと》ひぬ孝《かう》もそのかひなし。志《こゝろざし》を得《え》も遂《とげ》ず。兄弟《きやうだい》非命《ひめい》に死するとはいへども。清《せい》十郎夫婦《ふうふ》が首《くび》をのぞく。古主《こしゆう》を救《すく》ひまゐらせれば。父《ちゝ》乃悪名《あくみやう》自然《しぜん》と滅。仇人《きうじん》を撃《うち》ますにする功名《こうみやう》賞《しやう》せらるゝにあまりあり。これらのことを察《さつ》してや。時主《ときぬし》法師《わうし》は仇《あだ》ならぬに仇《あだ》と名告《なのり》て撃《うた》るゝも恩《おん》を感ぜし懺悔《ざんげ》の自滅《じめつ》。されば仇《あだ》ならぬでも清《せい》十郎が仇《あだ》といひて撃《うち》られば。豫譲《よじやう》が刺《さ》したる衣《ころも》に等《ひと》しく。その志《こゝろざし》は致《いた》したり。縁由《えんよし》をしらしめるべし。亦是《またこれ》彼《かれ》が孝心《かうしん》を折《くじ》んとの痛ましさよ。仇《あだ》なくも名乗り出。今宵《こよひ》を求めてあひぬる怪《あやし》み。名告《なのり》あらせざど殺《ころ》さるゝも世《よ》の義理《ぎり》。かの蒼坂氏《あをさかうぢ》春澄《はるずみ》ぬし。治郎平《ぢぶへい》が不忠不義《ふちうふぎ》を清《せい》十郎が功《こう》に免《めん》じて。朝與朝臣《ともおきあそん》

の尊霊《そんれい》へ。勸觧て義士《ぎし》も孝子《かうし》も。いかしくらべ。どう口説《くぜつ》。身《み》をさる雨《あめ》
はをやるかく。袖《そで》にしぶしる武夫《もののふ》の。ありたえがく言の葉の。本の露に末乃
露《つゆ》のごとき身《み》よりくる春澄《はるずみ》も。胸《むね》を痛《いた》く大息《といき》し。聟《むこ》と舅《しうと》へ誓約ぢ。倍が恨《うらみ》
に結《むす》びそえし。師弟《してい》の契《ちぎ》りも悪因縁《あくいんえん》。女児《むすめ》が縁しに繋《つなが》る。清《せい》十郎を與稚《おさなわら》
丸《まろ》の。おん身《み》ろくりかとどめし。あふらくらへて匿《つ》むなよし。繦褓《むつき》の中《うち》より
捨《すて》る女児《むすめ》を養《そだ》てしく忠義《ちうぎ》をうつすれども。その子《こ》の為《ため》へ不慈《ふぢひ》の親《おや》ならず
あふ清《せい》十郎に。殺《ころ》さぞしてその首級《くび》をうえるかろく面目《めんぼく》なし。柳春
小手先《こてさき》のかまく。補《ほ》二郎に殺《ころ》さるべき身《み》を生延《いきのび》て。憂《うき》をくるめの難波津
の海《うみ》にそ昔《むかし》けし。さるにても時を法師の。それよりうかりて殺《ころ》さしてるは過世の
るる悪報《あくほう》ぞや。今生《こんぜう》にてかくかくでよ酬《むくひ》らくべきもなりし。といへが冥
と激し。蹴るの春澄《はるずみ》ねし。どうよしうずかく死《し》をかるとめしるれば追どえ。の為

や。女児撫子《むすめなでしこ》を死《しな》しける。悲歎《ひたん》によりて出家《しゆつけ》しけれども。なほ罪障《ざいしやう》を滅《めつ》するに足《さ》らざれば。仇《あさ》と名告《なのり》て補《ほ》二郎が。弟《おとゝ》に撃《うた》れて隠匿《いんどく》の悪報《あくほう》を果《はた》すべし。未来《みらい》は後世《ごせ》をたすかるべしと。さてやその事《こと》はおもひしかば。小手《こて》刃《さしわら》なく捕杖《うくろい》の半身《はんみ》を受《うけ》ながらめぐるなく。許我《こが》へ赴《おもむき》しが。その人《ひと》には遂《つひ》に遭《あは》ず。三年《みとせ》が間《あひだ》索《たづね》めぐりしに。はふしぎにも天満《てんま》にて。護身嚢《まもりぶくろ》を獲《え》てしより。清《せ》二郎が今《いま》の名《な》を。清十郎《せいさ》といふよしも。その居宅《すまひ》なる処《ところ》をも。詳《つまびらか》にありてけれど。この処《ところ》へたづね来《き》て。仇《あさ》と名告《なのり》て身《み》をうるる。孝子《かうし》の刃《やいば》が阿弥陀《あみだ》の利剣《りけん》。今《いま》こそ罪《つみ》を滅《めつ》しつれ。故郷《ふるさと》を出《いで》しより。補二郎が母と妹《いもと》の貧《まづ》しきを助《たすけ》んとて。齎《もたら》せしこの金《かね》は。封《ふう》さへも解《とか》ず。その人《ひと》は。それより先《さき》に死出《しで》の旅遂《とむらひ》に用《もち》ふる所《ところ》なれば。金《かね》は尾不異なれば。とまさて悟《さと》る貪利《どんり》の報《むく》ひ。あさましや迷《まど》ひは。お夏《なつ》が母御前《はゝごぜ》。この金《かね》ゆゑに子《こ》を殺せし人《ひと》なり。跡吁嘆《あとねんぶつ》に弔《とひ》まへ。といふ声《こゑ》はそる苦痛《くつう》を忍《しの》びて。三包《みつゝみ》の金《かね》をとりいだし。置《おき》ながらされば積塔《しやくたふ》の地蔵《ちざう》の石《いし》に彷彿《さもに》たり。慾《よく》に耽《ふけ》りし後咲《のちさき》も。忽地《たちまち》邪慳《じやけん》の角《つの》折《をれ》て慚愧《ざんぎ》に堪《たへ》ず目《め》を拭《ぬぐ》ひ。恥《はづ》しや。お夏《なつ》は実《まこと》の子《こ》ならねども。襁褓《むつき》の中《うち》より鞠《やしな》ひたてしかば。よき子なれば。よき所行を教《をし》へるよしへなきに心優《こゝろやさ》しく孝《かう》ある女児《むすめ》を。売《うり》て財《ぜに》を弄《もてあそ》び。生涯《せうがい》安楽におくらんと。慮《おもひはか》りし浅《あさ》さよ。縦千金《たとひせんきん》の紙《かね》を積《つむ》ばとて。女児《むすめ》を先《さき》だて婿《むこ》を死《ころ》し。夫《をつと》に後《おく》れては。ひとり世《よ》にあるかひなき紙《かね》の径《みち》にあれど。悪《あ》しかりつら。乞児《こつじき》とならじ。驚《おどろ》かすと謀合《さし》せし悪計《わるだくみ》も。おもひきや其夜半《そのよは》の月《つき》ならぬ迷《まよ》ひも世《よ》に稀《まれ》なる。婿《むこ》と女児《むすめ》に償《つぐな》はれ。なよりぞ入《い》る佛《ほとけ》の道《みち》。腹《はら》ぎたなき継母《まゝはゝ》の。誡《いましめ》ともならんかし。騒《さはぎ》夜しもなき儀《つぐのひ》とも。この世《よ》の暇《いとま》乞《ごひ》しの々面目《めんぼく》なさ。と後悔《こうくわい》の涙《なみだ》を手向《たむけ》の水《みづ》として清《せ》十郎。お夏《なつ》が亡骸《なきがら》に牙《きば》を投《なげ》うけつ泣《なき》ゐたり。理《ことはり》なれば春澄《はるすみ》はせめてものかなと。やよ今《いま》さらに痛《いた》しく懺悔《さんげ》に。五逆《ごぎやく》十悪《じふあく》の罪障《ざいしやう》も。消滅《せうめつ》せずといふことなし。

春澄《はるすみ》は殊《こと》さらに子《こ》を宰《ちぎ》世し恩《おん》あれバ。この身《み》にかへても喜郎ぬしが縲絏《なはめ》をとかバ
赦《ゆる》すべし。其心《こゝろ》ろにとめておもひしが主君《しゆくん》のゆくえしれず。河内路《かうちぢ》へ落《おち》しなりとて。なほも
起行を促《うなが》しけるに宿所《すまゐ》を出《いで》て行《ゆく》程《ほど》もあらで忽地《たちまち》悪棍《わるもの》ばらに抑留《よくりう》せられて。
与雉君を見失《みうしな》ひ。韓姫《からひめ》とハ天満《てんま》の社頭《しやとう》に滞《とゞこほ》りしかバ。やがて彼此《をちこち》と雉君を
索《たづ》ね給《たま》ふ程《ほど》に又《また》姫君《ひめぎみ》をも奪《うば》ひけり。よしや清十郎《せいじふらう》とお夏《なつ》が首級《くび》をもて。
一旦《いつたん》の祟《たゝり》を禳《はら》ふとも主君《しゆくん》の夫婦《ふうふ》のうへにあるならバ。彼《かれ》らが忠死《ちうし》も仇《あだ》なるや
かくおもひめぐらすとき心苦《こゝろぐる》しく見《み》えしかバ。時主法師《ときぬしほうし》ハ此を擡て般若
櫃《ひつ》を指示《さししめ》し。郷《さと》よりきたれども天満《てんま》の社頭《しやとう》に浅痩居たる貴人《あてびと》をみとく。
この春澄《はるすみ》の故主《こしゆう》と見《み》えし。与雉丸《おきなろうまろ》にておはすべし。と猜《すい》せしが。般若櫃《はんにやびつ》に潜《ひそ》みて。
如《ごと》く員《かず》多くまゐり。といふに春澄大《おほい》に歓《よろこ》び。蓋《ふた》をひらきて扶出《たすけいだ》し。その恙《つゝが》なきを祝《しゆく》し
つきすぐに勤《いさ》ありて上坐《かみざ》に請《しやう》じまゐらせバ。与雉《おきなろう》潜然《さんぜん》と漣洏緯の赴首尾を

彼処《かしこ》にて縫《つゞら》に咲《さき》つ。春澄《はるずみ》が孤忠《こちう》なくバさもあらず。戸藤丹下《とうまたんげ》が舊恩《きうおん》を忘《わす》れざる。尖手治紀平《おてぢきへい》が不義《ふぎ》を贖《あがな》ふに足《た》らず。且痛《いたまし》きハ清《せい》十郎と夏《なつ》が枉死《わうし》なり。されバ世《よ》に生《いき》るあハヾ竹帛《ちくはく》に記《しる》され。金石《きんせき》に勒《ろく》し。その忠孝《ちうこう》を著《あらは》さバ柳奥稚《おさなころう》がこの年来《としごろ》木津雛波《きづなんば》に身《み》をよしくるも男倭根三位《あやまとねさんみ》の舊領《きうれう》なれバ里人《さとびと》にも是《これ》に蒐《うえ》むらバ。あへるに今《いま》韓姫《からひめ》を失《うしな》ひるハ世《よ》にあるの身《み》泰山に面《おも》がせさ死《し》してその後《のち》は何《なに》とかいらん。然《さ》ども普《あまね》く宣《のたま》へバ。戸藤丹下《とうまたんげ》ハ小膝《こひざ》をすゝめ。韓姫《からひめ》の事《こと》ハおんこゝろ安《やす》かるべし。向《さき》に天満《てんま》の社《やしろ》にて。衣葛籠《きぬつゞら》の内《うち》に潜《しの》びてをはせしを。古衣商人《ふるてあきびと》の雀八《さゞんぱち》といふものゝ是《これ》を脊負《せおひ》て帰《かへ》りしよし。彼雀八《かのさゞんぱち》がやうすをふかく。潜《ひそか》に伴《ともな》ひよせられ。雀八《さゞんぱち》出《いで》よと呼《よ》べバ声《こゑ》にうけあるると応《いらへ》て。生垣《いけがき》結《ゆ》ふる庵《いほ》の隅《すみ》より。韓姫《からひめ》を扶掖《たすけひき》て母屋《もや》に冊《かしづ》きやりけるにされバ韓姫《からひめ》ハ奥稚《おさなころ》の恙《つゝが》なき面影《おもかげ》さへん。あまる喜悦《よろこび》さと物《もの》の哀《あはれ》との中《なか》かくつのさふ。袂《たもと》にあまる涙《なみだ》を拭《ぬぐ》ひつゝ身《み》のあるよ

御教書
丹下

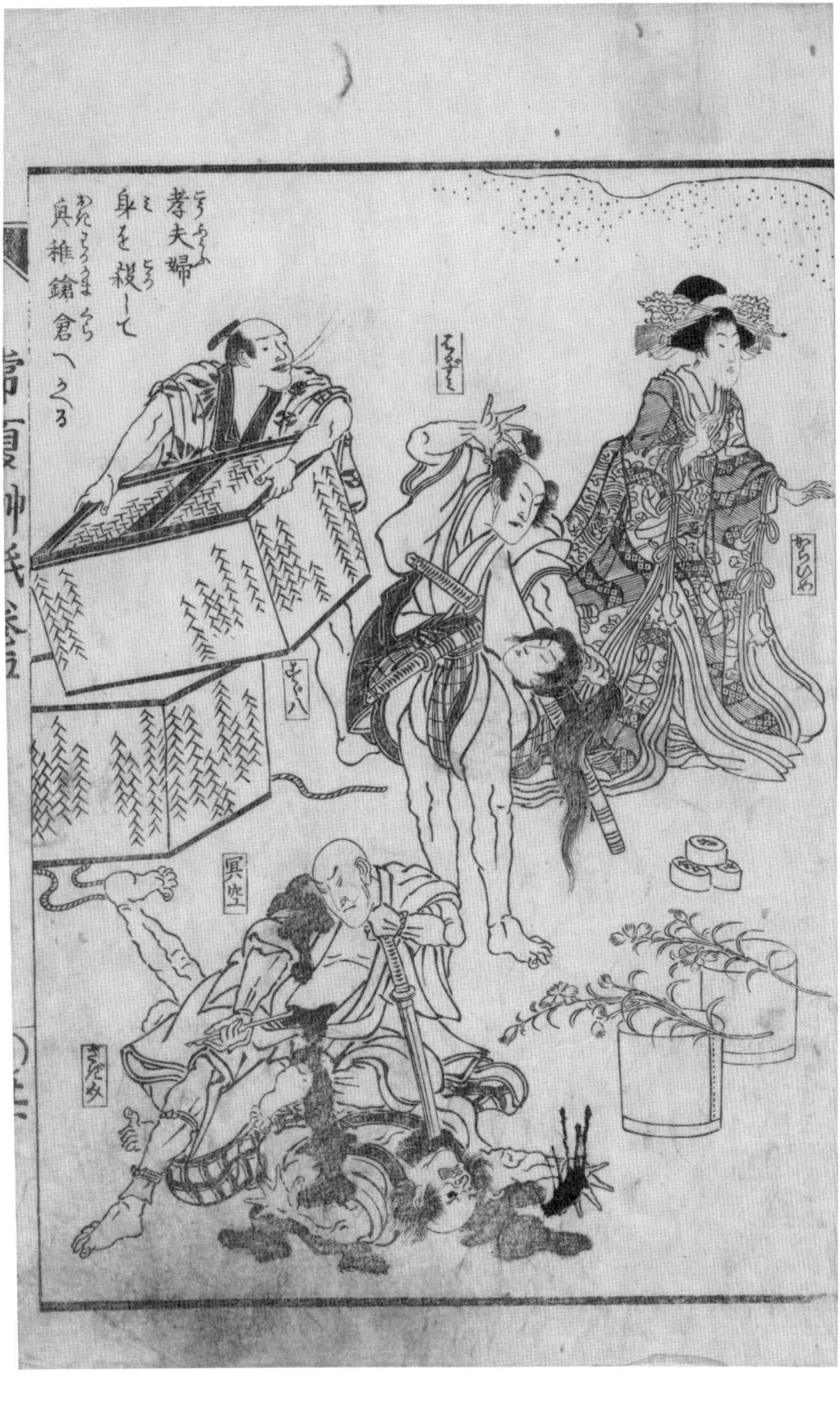
孝夫婦《かうふうふ》
身《み》を殺《ころ》して
兵稚鎗倉へくる
冥空

春澄《はるずミ》が。女児《むすめ》を殺《ころ》せしハ罪《つミ》なし。加以《しかのミならず》かれが所天《つま》に代《かハ》りて死《ま》しける清十郎《せ》が。今般《いまハ》のことば思ひまゐれバ。生《いけ》るかひある生垣《いけがき》の。蔭《かげ》に音《ね》をのミなきけりと云りかへつて惜《をし》ミ給へバ。奥稚臉《おさなまぶた》をうち拂《はら》ひ。鯤《こん》の子《こ》に大鵬《たいほう》あり。盗跖《とうせき》が兄《あに》に柳下《りうかう》惠《けい》あり。実《まこと》に心《こゝろ》ある人作《じんさく》にぞ。補《ほ》二郎清十郎《せ》ハ又《ち》に勝《まし》。丹下《たんげ》ハ弟《おとゝ》に異《こと》なりし。かしこの叔姪《をぢおひ》織《なる》りせバ。これが夫婦《ふうふ》恙《つゝが》なく。今《いま》かく面《おもて》をあはしかはして。吾儕《われら》夫婦《ふうふ》が世《よ》にあるかぎりハ。その跡弔《あととぶ》ふて得《え》さすべし。仏果《ぶつくわ》を得《え》よと。合掌《がつせう》し。韓姫《からひめ》もろとも亡骸《なきがら》に。對《むか》ひて念仏《ねんぶつ》しけるが。藤坂《ふぢさか》戸謙《とうま》ハ今《いま》さらに。面目《めんぼく》あまる感涙《かんるい》を。そゞろに押《おさ》かねたるが。春澄《はるずミ》ハ清十郎《せい》と。冥空《めうくう》が傍にありける。杜鵑《ほとゝぎす》の割掃枝をかいそうてうち合し。今《いま》こそ故主《こしう》へかへるにハ。しかじ《不如皈》と鳴《なけ》が冥土《めいど》の鳥の。終《つひ》にこの世《よ》へ置《おき》土産《みやげ》。聟《むこ》と女児《むすめ》ハあるかひと孝《きやう》なる。親《おや》と叔《をぢ》とハ血《ち》を吐《は》く思ひに。八千八声《はつせんやこゑ》叫《さけ》んより。死出《しで》の長田が一部《いちぶ》の経《きやう》の。功徳《くどく》にしかじ清十郎《せ》聞《き》け。夏《なつ》もよくなけ杜鵑《ほとゝぎす》の。

楊枝《やうじ》によつて種々《しゆじゆ》無量《むりやう》の煩悩《ぼんなう》をなすといへども。悟《さと》れば可《か》もなく不可《ふか》もなし。仇《あだ》の女児《むすめ》と厭《いと》ひなば。二世《にせ》の契《ちぎ》りを結ばさねよと告るがごとく説示《ときしめ》し。彼《かの》楊枝《やうじ》を恭《うや/\》しく。奥雉丸《おきじまる》に進《すゝ》むれば時主法師《ときぬしほうし》これを受《うけ》て。汝を撞覚然へと笑《ゑみ》飲《よろこ》びしや。されど情願《せうぐわん》は果《はた》しえず。奴猜《ねたみ》しらむ藤坂氏《ふぢさかうぢ》首《くび》を刎て貪慾《どんよく》の悪《あく》報《むくい》を世《よ》にあらはしぬへし。すべてといふおのれから。仏《ほとけ》となりし警衣《さぎえ》は忽地《たちまち》に身《み》を起《おこ》し。謀反《むほん》人《にん》ところによつて世《よ》を逃《のが》れ居《きよ》を欺《あざむ》く丹下ホ一五一十は死するところにて悪霊となる。いで詐《いつはり》て賞《しやう》あたへんといひかけて走《はし》り出《いづ》るを。あやうくも春澄《はるすみ》が媛《ひめ》がしら背《そびら》を切仆《きりたふ》せば。起《おき》も立《たゝ》ず時主法師《ときぬしほうし》は警衣《さぎえ》にうち跨《またが》り。刀《かたな》を奪《うば》ひ貫子《そのこ》の下《した》まで。とどめの刀失剌徹しければ刃《やいば》をあてがひてみづから頸《くび》を搔落し倒《たふ》れありて死《し》にけり春澄《はるすみ》は今さらにおどろかれけん。冥空《めうくう》が横死《わうし》をいたむに痛《いた》しく。頻《しきり》に嗟嘆《さたん》ありしが。丹下《たんげ》は外面《そとも》うち仰《あふ》ぎ。ものの外《ほか》に更《かう》あり。頃日《このごろ》将軍《しやうぐん》光輝ム住吉四社《すみよしししや》へ参籠《さんろう》ましく。津守《つもり》が宿所《しゆくしよ》に御坐《ござ》あれバ。直に御旅館《ごりよくわん》に推《をし》参《さん》して首級《くび》実検《じつけん》に備《そな》ふべしと。ひつ准備《ようゐ》の首桶《くびをけ》へ清《せい》十郎とお夏《なつ》が首《かうべ》を。髪《かみ》ゆひあげて納《をさむ》れバ。春澄《はるずみ》庭《には》にをりたちて。夜露《よつゆ》払《はら》ひて撫子《なでしこ》の花二茎《はなふたもと》を切《きり》とりて。彼《かの》首桶《くびをけ》のうへにおき。小手《こて》え等る補《ふ》二郎。と撫子《なでしこ》が墓の傍《ほとり》に。生初《おひそめ》る石竹《せきちく》の。ことに咲《さき》しも因果《いんぐわ》不可思議《ふかしぎ》。現《げん》補《ふ》二郎が亡魂《なきたま》へ。その来り寓縁《まうゐん》て忠孝《ちうこう》の志願《しぐわん》を果《はた》し。又撫子《なでしこ》が亡魂《なきたま》ハ。お夏に憑《よう》て妹《いも》と夫《せ》の。情愿《じやうぐわん》を果《はた》しけん。忠死《ちうし》貞魂《ていこん》一箇あつめて彼等《かれら》がむすふる死身《を》の後《のち》の挿頭《かざし》の花《はな》。をりそえてあはせと。ひとつ鼻《はな》をうちうめが。後咲《のちさき》いでゝ面《おも》あげに闇《くら》きうくより声《こゑ》をうめらし。貪慾人《どんよくびと》の誡《いましめ》ある時主法師《ときぬしほうし》をわが身の本《もと》この舎《うね》あるうて何《なに》かへせん。與稚君《あきらのきみ》の長途《ちやうど》の路費《ろよう》にまうおさめてあゝるべ。亦是《またこれ》清《せ》十郎お夏《なつ》等《ら》が故主《こしゆう》と養《やしな》ひへ死後《てご》の餞別《はなむけ》。さるしるしを治部卒《ぢぶのそつ》ぬしが軍要金《ぐんようきん》を掠《かすめ》る。

罪《つミ》を贖《あがな》ふよすがとなりなん。主《しう》の悪名《あくめう》を雪《きよ》むるまでハ。左五郎《さごろすけ》何もなさ歓《よろこ》ばざらんや。金《かね》ハこのまゝ受《うけ》おさめて。良人《をつと》を救《すく》ひなりなバ。願《ねがひ》しえとしてまたくなし。夫婦《ふうふ》が以髪を剪《きり》たまひて。女児《むすめ》と聟《むこ》の菩提《ぼだい》を弔《と》ふべし。ものゝ辞《ことば》さしなひね。と信《おや》じてやうやく心ぞ春澄也もあへぞ以を掉給紛年に奪身とける。三百両《ひやくりやう》の軍《ぐん》要金《ようきん》ハ。最《さいご》に時主《ときぬし》これに返《かへ》しまく。主君《しゆくん》にこれとまゐらす。お夏《なつ》が身價《みのしろ》二百金《きん》も。又彼今度用《もち》ひられバ。その餘《よ》の金《かね》を受《うけ》ありたる人《ひと》の為施物《せつもつ》とせよ。と叮嚀《ねんごろ》にいひ諭《さと》せバ。奥雅も又直へかう。旅路費に不足《ふそく》なくとも。運掲《うんつき》ながこの身に益《えき》なし。年老《としより》てたつきなき。没木夫婦《ふうふ》が後世《ごせ》をとりあむ。香華《かうげ》の料《れう》にせよかし。と枯骨《こゝろ》に及《およ》ぶ恩命《おんめい》に後《のち》々《さき》はよくと泣《なく》。涙《なみだ》に袖《そで》を洗《あら》ひ衣《きぬ》されバ古《ふる》その雀八木も。感涙《かんるい》拭《ぬぐ》ひあへざりける。時剣《じこく》や延《のび》ん。と戸襟丹下《とくまえんげ》ハ。うち咳《しはぶ》きて声《こゑ》を激《はげま》し。左五郎《さごろすけ》が犯《おか》せる罪《つミ》なければ首級《くび》

常夏艸紙巻五　二十三

実検《じつけん》に入《い》れんとあれバ。彼《かれ》が赦免《しやめん》ハ疑《うたが》ひなし。後咲《のちさき》ぞ天《よ》あけぬ間《ま》に。四人《よにん》が亡骸《なきがら》を埋葬《まいさう》させよ。春澄《はるずみ》ぬしハこの暁《あかつき》に。呉稚韓姫《からひめ》のおん供《とも》して東《あづま》のかたへ赴《おもむ》きなし。天《よ》も明《あけ》バ近江路《あふみぢ》の関《せき》の門《と》も越易《こえやすき》かるべし。恩《おん》と情《なさけ》のふかきにさるに偽首《ふせくび》とつて君《きみ》を欺《あざむ》く。丹下《えんげ》が罪《つみ》も脱《まぬか》れがたしるそのへずから鞍肚切て清十郎《せいじふらう》らに追著《おひつく》ん。乱《みだ》れたる世《よ》ハともかくも。この粟座鳥《あはざうらえ》も翌《あくる》ハ又《また》こぞへとこそ帰《ろく》なるめ。暇《いとま》まうして。首桶《くびをけ》を左右《さゆう》に襟《えり》とかへ抱《いだ》き。庭《には》へ徐《しづ》かに立出《たちいで》れバ。呉稚夫婦《ふうふ》ハ今《いま》さらに慰《なぐさ》め形《なり》もなく。端《えん》ちかく。見送《そおく》りあへぬ雀《さゞ》八が。推《おし》はかつてもあまりある袖《そで》の露《つゆ》。涙《なみだ》の雨《あめ》の藤坂《ふぢさか》も。身ハしらずしらぬ紫《むらさき》の。灰《えひ》おこれる後咲《のちさき》と呼《よぶ》に面《おもて》をあはしつ。婿《むこ》と女児《むすめ》が亡骸《なきがら》を。遺《のこ》せる首《くび》をおくり燎《ひ》の。棺《ひつぎ》に拵《うつ》す般若櫃《はんにやひつ》了。このむれ死出《しで》の旅衣《たびごろも》。古衣《ふるぎ》葛籠《つゞら》に物呈しぬ。経帷子《きやうかたびら》ハ頭陀袋《づだぶくろ》あれて帰《かへ》らぬ時主《ときぬし》が。像《くさぐさ》見るかげもそへ納《をさむ》れバ。かんくる戸籠《とうま》の月《つき》も木《こ》がくれにけらしうしろ氣《げ》。暗蛍《あんけう》聚《ちぎ》く常夏《とこなつ》の。花《はな》は末《を》枯《が》るゝ秋の庭に。戦《そよ》ぐ種《ちくさ》の田のつまも。咲《さき》て続《つゞ》く清十郎《せいじふらう》とお夏《なつ》が一期《いちご》の愛《あい》の跡《あと》。覚《さと》て悔《くひ》ある多摩河《たまがは》の。長者《ちやうじや》が栄《えい》枯《こ》得失《とくしつ》は。没に生《いで》く没に返《かへ》る。曽子《そうし》の金言《きんげん》以《もつ》あるかな。

第十二　ことほぎ

興雅《おきまさ》東《あづま》へ帰《かへ》て家《いへ》を興《おこ》す事

かくて内蔵《くら》五郎春澄《はるずみ》は。雀八《さゞ》とともに後段《のちさき》を扶《たすけ》て。密《あそび》するに亡骸《なきがら》を埋葬《まいそう》し。天《よ》も明《あけ》ければ。興雅韓姫《おきまさからひめ》に行装《こびよそほひ》をいそがしたまふ。既《すで》に立出《たちいで》んとするおりから。戸鏡丹下《とかゞみたんげ》は。室町殿《むろまちどの》の御教書《みぎやうしよ》を襟《えり》にかけ。若党《わかたう》郎等《らうどう》をゐて。喘《あへぎ》く走《はし》り来つ。興雅夫婦《おきまさふうふ》にまうしけう。某《それがし》昨夜《さくや》。住吉《すみよし》の御旅館《ごりよくわん》へ参《まい》りし。忠貞《ちうてう》が主の長慶《ちやうけい》に就《つき》て。二ッの首級《くび》を献《そなへ》しに義輝公《よしてるこう》かく驚《おどろ》きたまひつ。しかれ興雅《おきまさ》が所在《ありか》を索《さぐ》て。搦捕《からめとり》て進《まゐ》らせよと。命《めい》ぜしかば。その裁度《さいど》を孔明《こうめい》しけるにひとくはじめる。よもいては本領安堵《ほんりやうあんど》せしめんとのたまひしに。忽地《たちまち》黎とらく。首級《くび》実検《じつけん》に入るさぞの謂《いはれ》なし。これ全《まつた》く長慶《ながよし》が刻剥《こくはく》のひさを所《ところ》執達《しつたつ》の悞《あやまち》なり。上宣《のたま》ひて。気色《けしき》おしくみえさせたまへば。長慶《ながよし》遂慾至極《めのとくしぞく》せり。かくまで匿《つ》をにぶるべからざるよ。おふば。よりて春澄《はるずみ》の忠義《ちうぎ》。清十郎《せい》お夏《なつ》が孝《ちうかう》。おちもなく言上《ごんぜう》し。賞《おほせ》首《くび》をめて欺《あざむ》きたまりし王《そそう》と罪《つみ》脱《のが》れがたく死よしとおそるく罗えおげじるべがかくて丹下《たんげ》をおん前《まへ》へ召出《めしいだ》されて。却《かへつ》てこれが主従《しうじう》を賞《せう》さられあひ。亦彼首桶《くびおけ》よつけゝる。揺子《あぞくと》の花《をな》の異《こと》なる所愛《めで》なひて。この花《をな》を尋常《よのつね》の揺子《あぞくと》によふべ。何《りづこ》れみて得《え》しるし。と問《とふ》せなひしかば。補二郎《ふ》揺子《あぞくと》が狂子《とくし》のなる。時主法師《ときぬしあふし》懺悔《さんげ》のなる。誓《ちかひ》の石《いし》のなる。首尾《えんめさうろう》を告《つげしそうろう》なるに。御感《ぎよかん》殊《あさ》に浅からず。無稚既に。孝子《ちうし》義士《ぎし》の翼《たすけ》を得《え》しる。大将《たいせう》の器《うつわの》たるべしとて。殊て本領《ほんれう》安堵《あんど》。管領《くわんれい》相続《さうぞく》の御教書《みぎやうしよ》を下しなり。壽郎《だいろ》奴《きり》を恩免《おんめん》あるべき旨を仰《おほせ》しが。ひそが啓行《えびさうち》あへざる先に告《つげ》まらせん。といひて。壽郎《だい》奴《やつこ》一人をおいて去《い》りまれり。とまうににみぞ奥稚《おきなまろ》夫婦《ふうふ》。春澄《はるずみ》ハ。海月《くらげ》の骨《ほね》にあへ心ちして。欽《よろこ》び比《たくへ》んに物なく。且全《まつた》く。清《せい》十郎お夏《なつ》が忠孝《ちうかう》を。天《てん》の憐《あはれ》みある所《ところ》して。併丹下が赤心《まごころ》によつてなり。者《それ》バ衣服《いふく》を改《あらた》めて。住吉《すみよし》の御旅館《ごりよくわん》へ参上《さんじやう》し。室町殿《むろまちどの》の鴻恩《こうおん》を謝《しや》しなすべしとて奥稚丸《おきなまろ》ハ。赤郎ハ雀八をとゞめて。韓姫《からひめ》に冊《かしづ》き。春澄《はるずみ》をおさく。丹下《たんげ》を郷導《しるべ》すとし。住吉《すみよし》へ赴《おもむ》きて。将軍《しやうぐん》義輝公《よしてるこう》に拝謁《はいゑつ》し。見参《げんざん》の引出物《ひきでもの》とまうて大月形《おほつきなり》の太刀《たち》に。杜鵑《ほとゝぎす》の挿枝をさしそえて進《すゝ》めせしかバ。義輝公《よしてるこう》ハ[illegible]彼《その》太刀《たち》を鍾愛《せうあい》ありしくて奥稚《おきなまろ》が家《いへ》の宝刀《ほうとう》を失ざるを感賞《せう》し[illegible]龍尾《たつのを》の太刀《たち》に。鞍置《くらおき》たる葦毛《あしげ》の馬《うま》をあたへて。いそぎ東國《とうごく》へ下向《げかう》すべき旨《むね》を仰出《おほせいだ》されしかバ。奥稚丸《おきなまろ》ハ欣然《きんぜん》として退出し。日ならずして韓姫《からひめ》を伴《ともな》ひ。春澄ハを率《い》て。東國《とうごく》へ帰任《きにん》し。扇谷《あふぎがやつ》の管領職《くわんれいしよく》を相続《さうぞく》しく。五郎時定《ときさだ》と名告《なの》り。武威《ぶゐ》遠近《ゑんきん》に振《ふる》ひしかバ。山内《やまのうち》の管領《くわんれい》も和睦《わぼく》して。氏族《うから》の親《したしみ》を演《のべ》。安房《あは》乃里見《さとみ》は使者《ししや》を遣《つか》して。その入部《にうぶ》を祝《しゆく》せしむるほどに。家理《いへおさま》り国静《くにしづか》にして。隣国武《りんこくぶ》徳《とく》を慕《した》はずといふことなし。当下《そのとき》蘆坂春澄《あしざかはるずみ》は主君《しゆくん》に一紙《いつし》の願書《ぐわんしよ》をさゝげつゝ。身《み》の暇《いとま》を乞《こひ》しかば。朝廷《ちやうてい》驚《おどろ》きて。その故《ゆゑ》を問《とひ》給ふに。春澄《はるずみ》答《こたへ》ていふやう。人《ひと》の言《げん》に功成名遂《こうなりなとげ》て身退《みしりぞ》くは。臣《しん》たるものゝ上策《じやうさく》なり。且《かつ》某《それがし》世《よ》に恥《ちぢ》べきことゝ殿《おくれ》あり。父《ちゝ》の仇人《かたき》稲城治部平《いなきぢぶへい》を撃《うつ》といへども。身《み》の寠《やつ》ゝしそれに黙止《もだ》して君《きみ》の恩《おん》所在《ありか》を索《たづね》えざりしに。数ヶ年《すうかねん》に及《およ》べり。これ一ッ。夜《よ》をこめて時主《ときぬし》が室《さく》に潜《しの》びゆき悟《さと》らずくその妻《つま》尾井《をゐ》を殺《ころ》し。告《つげ》ずして調布《てづくり》の攬《ひろ》を負《おひ》かくうしくべ。更《さら》に己《おの》が妻《つま》挿頭《うずし》に罪《つみ》を得《え》させしは。これ二ッ。小手差原《こてさしはら》なる名告《なのり》もあへず。ゆくりなく補二郎《ふじらう》を射殺《いころ》せしめ。是《これ》三ッ。野合《やがふ》して女児《むすめ》を挙《まうけ》。これ一を後嗟《のちさゝき》て鶏《ゆるすべ》して久《ひさ》しく顧《かへりみ》ず。年経《としへ》て環会《めぐりあふ》に及《およ》びて。その女児《むすめ》を殺《ころ》し。女婿《むこ》なるものをも殺《ころ》して。君《きみ》は夫婦《ふうふ》の恩《おん》身《み》にかゝらせんと謀《はか》りしぞ。これ四ッ。補二郎《ふじらう》清十郎《せいじふらう》が孝《かう》

沈《ちん》ふかく。健気《けなげ》なる壮俊《とうど》なるが遂《つひ》に彼等《かれら》が志《こゝろざし》を得《え》果《はた》さゞれバ。これ五ッどの五ヶ條《ごかでう》の
恨あり。いかで識者《しきしや》に恥《はぢ》ざらんや。さらバ君既《きみすで》に世《よ》に出《いで》ますへバ今《いま》ハとひ吭《のど》をと
みし凡人《およそひと》の親《おや》としくぞその子に慈《いつくしみ》あるハ。義士《ぎし》にあらバ況《まし》て君《きみ》の為《ため》に罪《つみ》なる
子《こ》を殺《ころ》さしめんハ。人情《にんぜう》にあらバ。まなこれ己《おのれ》を得《え》ざして事《こと》のこゝに及《およ》べり。悲《かな》しい
かな。某《それがし》なりがく老臣《らうしん》しんかなりバ人《ひと》に疑《うたがひ》をきて讒言《ざんげん》とれより起《おこ》りすん。
韓《これ》が春澄《はるずみ》を真《まこと》の忠臣《ちうしん》といふべき。唐山《もろこし》戦国《せんごく》に名《な》をしる仁侠《にんけう》の類《るい》のこがれバ
某《それがし》遁世《とんせい》の志《こゝろざし》あり。されど今の暇《いとま》をもとむべしとおもひ。ゑて髻《もとゞり》切《きり》すなわち入道《にうだう》
し。小田原《とて》の寺《てら》に葬《とむらい》を締《むす》びて生涯《しやうがいをはる》をわりすまひ世《よ》とぞいひと有《あり》ける道心《だうしん》ありけるぞや。
されバ先斎郎《せんさいらう》が後嗣《のちつぎ》も祝髪《ていはつ》して黒《すみ》の衣《ころも》にさまをかえ彼《かの》五百両の金《かね》をバ老《おい》て
子《こ》なきかたりの幼《いとけな》くて親《おや》なきもの。すべて貧《まづ》しくて助《たすけ》なきものにほどこしあたへて一銭《いつせん》をも蓄《たくわ》へず
されバ夫婦《ふうふ》諸國《しよこく》を行脚《あんぎや》して。なき人々《ひとびと》の菩提《ぼだい》を弔《とひ》ぬ。又戸嫌丹下ハ主の長慶

に身《み》の暇《いとま》を乞《こひ》て。是《これ》も祝髪《しゆくはつ》入道《にうどう》し。高野山《かうやさん》にまゐり登《のぼ》り。絶《え》て彼山《かのやま》を出《いで》ざる
とぞ。人《ひと》その出家《しゆつけ》の由来《ゆらい》を問《と》へば只《たゞ》笑《ゑみ》て答《こたへ》ず。かくて永禄《ゑいろく》八年五月廿九日。将軍《しやうぐん》
義輝公《よしてるこう》三好長慶《みよしながよし》父子《ふし》ホ《ら》が為《ため》に弑《ころ》されたまひければ。さて原来《もとより》丹下《たんげ》が出家《しゆつけ》する
は侄《おひ》の清十郎《せいじふらう》を殺《ころ》せる者《もの》のうへあらで。主《しゆう》の長慶《ながよし》が逆心《ぎやくしん》を誅《いさめ》かね。遁世《とんせい》しける
とぞ。人《ひと》みなはじめて暁《さと》りけり。そのゝち二の四人の寄門ホが妻に補二郎兄弟《きやうだい》。
真宝釈子。尾井。掉いお夏ホハ紫雲《しうん》に駕《が》して。光明《くわうみやう》をたちまち西方《さいはう》へ飛《とび》去《さ》ると
見えけり。二人は幽霊《ゆうれい》の疑《うたが》ひなしと喜悦《きえつ》して。おのゝ感涙《かんるい》を禁《とゞめ》あへざりけり。よくその
菩提《ぼだい》を吊《と》ひつゞくて朝定朝臣《ともさだあそん》へ。とりく小田原《さうやう》とさる登山《とうざん》へ使《つかひ》を送しく。
春澄入道《するすみにうだう》。戸蓮《とろま》の法師《ほふし》に衣食《いしよく》をあたへ。又雀八《すゞめはち》がたんうんがは韓姫《うらひめ》を貰《もらひ》て。その
危窮《ききう》を救《すく》ひたりしことを忘れずして。年《とし》の春毎《はるごと》に東《あづま》へ見下《めぐ》して禄《ろく》賜のよ
わざと。雀八《すゞめはち》を扇谷殿《あふぎがやつどの》の衣党《いせう》の工に取立られけるありて大きに資産《しさん》を有《たもち》きとなん。

されば世《よ》の才子《さいし》佳人《かじん》の奇耦《きぐう》孝子《かうし》節婦《せつふ》の復讐《ふくしう》の物語《ものがたり》は。その趣《おもむき》相似《あひによ》るも多《おほ》かるに。この春澄《はるずみ》が復讐《ふくしう》。清《せい》十郎も夏木《なつき》が奇耦《きぐう》は。いと奇《めづら》なりとて。その比《ひ》をさゝく。人口《じんこう》に膾炙《くわいしや》しければ。物《もの》にも記し。されどゑらざるの連歌《れんが》にも論《ろん》じあひて。その名《な》はいとゞ今《いま》に言《こと》かり。身《そ》を殺《ころ》して仁《じん》をなすことをもつて歟。夫《それ》真徳《しんとく》は。その名《な》身後《しご》に衰《おとろ》へず。生《いけ》る日《ひ》に名《な》を貪《むさぼ》るものは。身後《しご》に益《ゑき》あることなし。慳《けん》なるく利《り》を貪《むさぼ》るものは。時主《じしゆ》がそしりをうくべし。名《な》を求《もとむ》るは行《おこな》ひを慎《つゝしむ》にあらば。利《り》に走《はし》らんより。足《たる》に止《とゞま》るにあらば。賤《せん》紙好《よき》して行《おこな》ひ工《く》ふざるものは。これに私《わたくし》あまりがく漫《そゞろ》にこの小説《せうせつ》を演《のべ》て。めてみづから提撕《ていせい》とするもののみおかしと。

自評

○補《ほ》二郎清《せい》十郎も夏木《なつら》は。まことに孝悌《かうてい》貞実《ていじつ》にして。悟《まち》らし。既に孝貞《かうてい》は尽して恨《うらみ》のみ。めの落命《らくめい》その志《こゝろざし》を舒《のぶ》ることを得《え》ず。その身《み》はもの〻く非命《ひめい》に死《し》して恨《うらみ》を黄泉《くわうせん》の下《もと》に遂《と》ぐるものは何《なん》ぞや。是《これ》その父《ちゝ》の悪報《あくほう》に係《かゝ》るべし。夫積善《それせきぜん》の家《いへ》餘慶《よけい》あり。積悪《せきあく》の家《いへ》餘殃《よあう》あり。凡人情《およそにんぜう》は。子孫《しそん》の事《こと》をおもふに止《とゞま》る。されども徳《とく》を積《つみ》善《ぜん》を植《うゑ》て。これを子孫《しそん》に及《およぼ》さんことをしらざるものは迷《まよ》ひの至。童子等《どうじら》とくとこゝろえせよ。稲城治部卒《いなきぢぶそつ》が奸悪《かんあく》なるも。その子《こ》に補《ほ》二郎清《せい》十郎あり。多田時主《たゞときぬし》が貪婪《どんらん》なるも。その友《とも》に逢坂春澄《あふさかはるずみ》あるが故に死は不測《ふそく》の大幸《たいかう》といふべし。かゝる友に父《ちゝ》は争子《さうし》あれば身《み》不義《ふぎ》に陥《おちい》らず。士《し》に争友《さうゆう》あれば身令名《れいめい》を離《はな》れず。補《ほ》二郎清《せい》十郎が如《ごと》きは至孝《しかう》といはん歟。逢坂春澄《あふさかはるずみ》がごときものは良友《りやういう》とせん歟。利《り》不遜なりといへども。悞《あやまち》を改《あらたむ》ること時主《ときぬし》がごとくなるべきものなるべし。志《こゝろざし》を果《はた》さずといへども。清《せい》十郎がごとくなるをば賞《せう》すべし。父《ちゝ》は父《ちゝ》たらずといへども。子《こ》は以て子《こ》たらずんばあるべからず。君《きみ》は君《きみ》たらずといへども。臣《しん》は以て臣《しん》たらずんばあるべからず。今《いま》この古語《こご》に由《よう》て。一部《いちぶ》の小説《せうせつ》をつゞりしとしるべし。

○第一巻萩窪《だいいちくわんをぎくぼ》の図《づ》。象田村主《うさとぬし》が西ゆうろく金《かね》を獲《え》て。ところ怯さしるゆくに。血《ち》に染《そま》る財布《さいふ》を捨《すつ》るところ。筆《ふで》をのこして観者《みるもの》に評《ひやう》せしむ。

○尾井《をゐ》が妻《つま》に子《こ》を祈《いの》る図《づ》。弁財天《べんざいてん》の示現《じげん》に託《たく》して窃《ひそか》に迷《まど》ふものを覚《さま》せり。

○第二巻《だい》に補二郎《ほ》が捨子《すてご》を俾わざ。その髻《もとゞり》を切《き》るが如《ごと》きは。凛然《りんぜん》として壮士《さうし》の気質《きしつ》を述《のべ》て。却《かへつて》第《だい》三巻。小手原《こてはら》の図《づ》に至《いたつ》て哀傷《あいせう》の楔子《くさび》とせり。

○第四巻《だい》千日墓《せんにちはか》の図《づ》に。春澄《はるずみ》は幼稚《おさなき》の為《ため》に。人《ひと》を劫《おどし》るが如《ごと》に。清《せい》十郎を試《こゝろ》み。清十郎は。親《おや》の仇《あだ》を索《たづぬ》るが如《ごと》に。その武藝《ぶげい》に感佩《かんぱい》して。竟《つひ》に師弟《してい》の約束《やくそく》をなすに至《いた》れり。事《こと》偶然《ぐうぜん》に似《に》て。偶然《ぐうぜん》にあらず。

○繍像《しうざう》は。画者《ぐわしや》の潤色《じゆんしよく》による。本文《ほんもん》とあはざるものあり。亦《また》備書剞劂人に慢《まかせ》て。錯字《さくじ》多《おほ》かるべし。僅《わづか》に廿日《はつか》ばかりに稿《かう》し果《はて》て更《さら》に誤脱《ごだつ》を正《たゞ》さずして出しぬ。

常夏草紙巻之五終

是編今茲秋九月朔始発研綴藻未幾忽有緦麻服急節謝流水隙駒繹謄更淨棄呵硯馳翰夜々不辞鶏明僅浹両旬全編脱藁飯台簑笠隠居

作者　曲亭馬琴

画匠　勝川春亭

繍像　朝倉伊八

執筆　嶋岡節亭

刊字　木村嘉兵衛

曲亭新著

椿説弓張月拾遺編五巻。残編五巻。夢想兵衛胡蝶物語後編四巻。昔語質屋ノ庫五巻。常夏草紙五巻。十五番武者合竹馬ノ靮《タヅナ》三巻。梅渋吉兵衛発心記合巻二冊。捐馬内裡後ノ雛棚合巻二冊○燕石雑志六巻。随筆ナリ作物語ニアラズ。

曲亭子画賛扇

江戸神田通鍋町書賈　柏屋半蔵
大坂心斎橋筋唐物町　河内屋太助
方ニあり

○木蘭堂藏板繡像國字小説目録　書賈　榎本平吉

三勝半七南柯夢《さんかつはんしちなんかのゆめ》　馬琴作　北齋画　全六冊

阿旬殿兵衛《おしゆんでんべゑ》實々記《じつ〴〵き》　同作　豊廣画　前編五冊

阿旬殿兵衛《おしゆんでんべゑ》實々記《じつ〴〵き》　同作　同画　後編五冊

とこなつの草紙《さうし》　同作　春亭画　全五冊

文化七年庚午冬十二月令日發行

江戸書賈

江戸橋四日市　松本平助

深川森下町　榎本惣右衛門

同　榎本平吉梓

解題

松染情史秋七草

書型　半紙本、五巻六冊。
表紙　無地の丹色。
題簽　左肩、「松染情史秋七草」。
見返し　白地に布目摺りを施し、雲母を引く。被衣を着けた婦人（花あふぎの使）と秋七草を持つ従者を描き、「花あふぎのつかひ」「秋七草」「物の本作者　曲亭馬琴著／浮世絵師　歌川豊広画」「浪華書肆　文金堂綉梓」と記す。ついで、花あふぎの使について述べた文と、典拠の諸書や作品名についての説明文とを半丁ずつ添える。
序　「序［著作堂］」。末に「文化戊辰年孟穐中浣、著作堂主人書二于江戸飯台隠居一［曲亭］［馬琴］」と。
目録題　「あき七くさもくろく」。
内題　「松染《せうぜん》情史《じやうし》秋《あきの》七草《なゝくさ》巻《まき》之《の》一《いち》（〜五下）　東都曲亭馬琴編次」。
構成　巻之一　見返し絵説明半丁、丁付「一」、題意説明半丁「一」、序二丁「二・三」、口絵三丁半「四〜七」、総目録一丁「七・八」、山上憶良詠秋七種謌半丁「八」、本文二十四丁「九〜三十二」。
巻之二　本文二十七丁「一〜廿七」。
巻之三　本文二十八丁半「一〜廿九」。
巻之四　本文二十八丁「一〜廿八」。
巻之五上　本文十六丁半「一〜十六」。
巻之五下　本文十七丁半「十七〜三十五」、再識一丁「三十五」、刊記一丁半「三十六」。

挿絵　巻之一　十一丁ウ十二丁オ、十六丁ウ十七丁オ、二十丁ウ廿一丁オ、廿五丁ウ廿六丁オ、廿九丁ウ三十丁オ。
巻之二　四丁ウ五丁オ、九丁ウ十丁オ、十三丁ウ十四丁オ、十九丁ウ二十丁オ、廿四丁ウ廿五丁オ。
巻之三　四丁ウ五丁オ、十丁ウ十一丁オ、十六丁ウ十七丁オ、十八丁ウ十九丁オ、廿一丁ウ廿二丁オ、廿六丁ウ廿七丁オ。
巻之四　四丁ウ五丁オ、十丁ウ十一丁オ、十五丁ウ十六丁オ、廿一丁ウ廿二丁オ、廿六丁ウ廿七丁オ。
巻之五上　四丁ウ五丁オ、八丁ウ九丁オ、十四丁ウ十五丁オ。
巻之五下　廿一丁ウ廿二丁オ、廿六丁ウ廿七丁オ、三十二丁ウ三十三丁オ。
行数　本文十一行。
匡郭　十八・九×十三・八糎。
版心　「松染情史巻之一～（五）丁付」。
尾題　「松染情史秋七草巻之一（～五終）」。
奥付　「作者　曲亭馬琴（花押）／画工　歌川豊広（花押）／江戸　鈴木武筍做書／京師　井上治兵衛刀／大阪　山崎庄九郎刀／江戸日本橋室町十軒店書肆　文刻堂　西村源六／文化六年己巳春正月吉日発販／大阪心斎橋筋唐物町書肆文金堂　森本太助」。

本作の初摺本としての特徴は、口絵及び挿絵の次のような点に存する。

巻之一

①すべての口絵の飾り匡郭における珠に薄墨を施し、網目を白抜キで表わす。また、七草や和歌を書き入れた団扇の

内に薄墨で襞様の線を表わす。

②口絵第七　主管是非八が持つ、観音像が入れられてある財布から発する光線を薄墨で表わす。

巻之二

①第四丁裏五丁表　斜めにそそぐ雨脚を薄墨で表わす。

②第十九丁裏二十丁表　人物の背後や石垣に薄墨の潰し摺りを施す。

巻之三

①第十八丁裏十九丁表　第十八丁裏の上端へ、半丁分の別紙を縦に貼継ぎ、これに櫓の上で自刃する楠正元を描く。その上方は雲形で仕切り、その中に「微運を嘆じて正元田楽の櫓上に自殺す」と記す。そして第十八丁裏の上下、第十九丁表ともに背後の空をすべて艶墨潰しにする。

②第廿一丁裏廿二丁表　地面や地蔵に薄墨。

巻之五下

①第廿一丁裏廿二丁表　薄墨を潰して闇を表わし、賊の龕灯から射す光を白抜キで表わす。

後摺本では以上の薄墨が省略されるのであるが、特に巻之三第十八丁裏の継紙は早印のものから除かれ（或いは剝《は》がれたか）、さらに後摺りのものでは艶墨も省かれて空が白くなっている。また、巻之五下①の薄墨も、初摺りに近い本から省略される。

本作の成立事情は巻之五下末の再識に略記されている。それに拠れば、第一・二巻は、文化五年の七月六日から書き始めて、同月二十七日に書き終えた。その後、病気のために執筆を休んだが、書肆に責められて、十一月四日から第三巻を書き始め、第四・五巻までに亘る九十一丁分を十一月十八日に書き終えた、という。『画入読本外題作者画工書肆名目集』には、

松染情史秋の七艸　五冊　馬琴作 豊広画　西村源六　二障　八月十一日、一二、廿二日渡、三四五、十一月廿七日出ス、十二月十五日渡ス 巳二月八日校合本出ル

とあり、八月十一日には巻一・二の浄書が書物問屋行事に出されていて、その内、巻二には差障りがあったらしい。その部分が書き改められて再び検閲が施され、浄書が西村源六に返されたのが八月二十二日であった。巻三・四・五は、十一月二十七日に浄書が書物問屋行事に渡され、検閲が済んで、浄書が板元に返されたのが十二月十五日のことである。それより彫板に廻され、全冊の校合摺りが書物問屋行事に渡されたのが文化六年二月八日のことであった。

『割印帳』には文化六年巳六（正の誤り）月十三日不時の条に、

文化六年巳正月 松染情史秋七草　馬琴作 豊広画　全五冊　板元売出し 西村源六

とあるので、割印は六年正月十三日には済んでいたのである。実際の売出しは、文化六年二月中旬から下旬にかけてのことであった、と考えられる。

本作の梗概は、次の如くである。

巻之一　第一　芳宜《はぎ》に名《なづく》る　鹿鳴草《しかなぐさ》

楠正成の二男左馬頭、正儀《まさのり》は、南帝後村上院の正平四年（北朝の貞和五年）正月五日、兄の正行《まさつら》、正時が討死した後も、南朝を支えていたが、正平二十四年（北朝応安二年）三月、後村上院が崩御してからは、建議も用いられなくな

り、志を変じて足利家に降参し、同年四月下旬、管領右馬頭頼之《よりゆき》を介して義満将軍に見参して、竜尾《たつのお》という太刀を献上し、赤坂城に帰る。

正儀の嫡男左衛門尉正勝と二男河内守正元は父の変節を怒って、父に別れて千剣破城に籠る。楠の一族和田和泉介正武（和田和泉守正遠《まさとお》の二男で右衛門尉高家の弟）は竜泉城に在って、南帝の勅命を受け、正勝らとともに赤坂城を攻め、京都方も山魚・葉竹山らをもって赤坂城を応援し、双方対峙したまま十三年を経る。北朝の永徳元年夏の初めから正儀は病んで秋に至り、足利家に降参したことを後悔して自害しようと思うが、その前に正成・正行と伝えられた軍学の秘書桜井を正勝・正元に授与したく思い、元の郎党で、正儀の降参を諫めかねて今は和田正武に従っている雑《さわ》居兵衛《いひようえ》言直《のりただ》を呼び寄せる。

兵衛の妻は豊浦《とよら》、子は染松というが、幼少より奸智にたけて盗癖がある。南朝の天授六年、染松は九歳で、父があずかっている軍用金の内の小判二枚を、足裏に飯粘《めしのり》を塗りつけて踏む、という方法で盗み取る。兵衛は、年も月も日も庚申に当る五月五日に生まれた染松は父母を食うからと、これを討とうとするが、豊浦が止めるので、四、五両と雑居家の系図の巻物を与えて、染松を勘当する。染松は少しも悪びれることなく家を出て、竜泉城より東の本見《もとみ》ぬ山（石川郡）の麓の山神廟を栖《すみか》として乞食して暮す。その年の八月から豊浦は懐胎したように見えたが、物思いのために重病になる。

第二　芳宜《はぎ》に称《となふ》る　濃染草《こそめぐさ》

北朝の永徳元年（南朝の弘和元年）、五月下旬、豊浦は女の子を生んだが、七夜もたたないうちに亡くなる。主君正武の夫人が身まかったので、豊浦は三歳の姫君秋野の乳母となる。秋野は楠正元の一子操《みさおまる》丸のいいなづけに定められている。

八月一日、楠正儀の手紙がひそかに雑居兵衛のもとに届けられ、桜井の兵書を託したいからと招き寄せる。が、兵衛は主君正武に気がねして躊躇するうちに八月も半ばを過ぎたので、病いがつのる正儀は、近臣百済右衛門太郎義包《くだらえもんたろうよしかぬ》に桜井の巻軸を託して、急いで千剣破の楠正勝に奉公してこれを与えるよう頼み、我と我が首を掻き切って死ぬ。義包はその騒ぎに紛れて小深《こふか》という里に潜み、千剣破城に仕える機会を伺う。

雑居兵衛は赤坂城に行く途中、菩提寺の僧の雑談で、昨日、楠正儀が自害したことを知るが、ともかく赤坂城に行き、山魚氏清の使者と偽って桜井の巻軸を所望する。が、百済右衛門太郎義包が盗み取って逐電したらしいという返事を聞き、竜泉の近くまで帰って来ると、五、七人の僕に会う。そのいう所に拠れば、兵衛が昨夜赤坂城に向ったのを和田正武の間諜が知って報告したので、正武は兵衛が正儀に内通していると怒って兵衛の僕を調度ごと追放し、ただ豊浦のみが秋野の乳母なので追放を免れている、という。兵衛は、後日、主君の誤解が解けるのを待つことにし、調度は僕たちに与えて、それぞれ解散する。

正勝・正元は赤坂城を攻めて桜井の巻軸を取り返そうとも思うが、山魚氏清が赤坂城に籠っているので、それもならず、一方、豊浦は「日本《やまと》だましひ」で憂きに堪えている。

巻之二　第三　芒花《をばな》に喚《よび》なす　敷浪草《しきなみぐさ》

山魚氏清は赤坂城に入って正儀の遺体を葬らせたが、老兵から前夜、自分の使者として桜井の巻軸を所望しに来た者がいると聞いて、和田正武の臣が取りに来たのかと推し、交野《かたの》城を守る誉高《ほんたか》と連絡して防禦を厳重にする。

百済右衛門太郎義包は、十月五日の正儀の四十九日に正勝・正元が追薦に出てくる機会をつかまえて、正勝に仕えようと思ったが、正勝らに会えず、小深へ戻って来たが、雨が降ってきたので古社の内へ入り、桜井の巻軸を濡すまいと嚢ごと絵馬の釘に掛ける。それを社壇の後ろで見ていた染松は嚢の内の物を金かと思って、自分が懐中していた系図の巻物と嚢ごと取り替えて、社壇の下に隠れる。とは知らずして右衛門太郎は嚢を懐に入れて立ち去る。

染松は嚢の中の物が金ではなかったので、一旦は失望したが、巻軸が桜井の兵書なることを知って、その内の間諜の術に熟そうと思い、右衛門太郎の捜索を恐れて、これを持って行方をくらます。小深の宿に帰った右衛門太郎は、巻軸が「雑居家譜」に変っているのを知り、雑居兵部が古社にて桜井の巻軸とすり替えたと思い込み、古社に桜井の巻軸を捜しに行くが元より見当らず、竜泉の城外に起臥して雑居兵部の動静を窺おうと、顔に漆を塗り乞食に扮装して竜泉城下に起臥し、翌年三月に至る。そして城内の奴僕から雑居兵部は去年の秋に赤坂城へ潜行して以後、行方が知れぬこと、その妻は城主の息女の乳母であることを聞き知り、兵衛が桜井の兵書を得て軍学の師となっているかと推測し、自身も剣法の師範となって五畿内を数年の間、捜して廻る。

楠正元は父正儀の不忠を憂いている折、北から来た烏の群と南から来た鷺の群とが争い、十二羽の鷺が負けるのを見て、嫡男操丸《みさおまる》（四歳）を抱いてこれもその様子を見ていた忠義の老党津積有義《つづみありよし》、字は窪六に対して、この現象は十二年後の南朝の衰滅を表す、と語る。そして、楠の子孫を残すために有義が操丸を擁して諸国を遍歴するよう命じ計略を授ける。有義は河内国讃良《ささら》郡野崎の観音堂の生法師《なま》を味方に付けて、その準備をする。九月上旬、操丸は津積窪六らと小松岡に茸狩《たけがり》に行き、独り行方不明になる。

第四　芒花《をばな》にいふ　袖振草《そでふりぐさ》

楠正元の夫人交野前《かたののまえ》は和田正武の従弟女《いとこめ》であるが、操丸の無事を念じて嘆く。正武は将来の女婿の失跡を聞いて山魚氏清の仕業かと思い、赤坂城の様子を探るが手がかりはなく、楠正勝は窪六を処罰しようとするが、正元はこれをなだめて、窪六を追放する。これは実は正元の計略であって、窪六から野崎観音堂の法師に告げて、法師に操丸をさらって観音堂に連れて来させ、追放された窪六が観音堂で操丸と落ちあい、操丸と一緒に旅に出たのである。

応安七年（南朝元中三年）十月には、菊池武政は義満将軍と和睦し、明徳二年（南朝元中八年）、和田正武が五十四歳で亡くなる。やがて千剣破城も赤松・葉竹山軍に攻め破られ、正勝は十津川に漂泊して亡くなる。正元は交野前と、去年正武が亡くなった後に引き取った秋野姫（十四歳）・豊浦を連れて六田《むた》まで落ち、山家で矢傷をいたわる。永徳元年から十二年を経た明徳三年（南朝元中九年）、将軍義満が大内義弘・六角満高をしてなだめさせて南北朝は和睦し、閏十月二日、南帝は嵯峨大覚寺に着御、同月五日に三種の神器を渡し、後亀山院と称される。このことを知って正元は、京に上って義満を討とうという決意を交野前に語ると、交野前は後ろ安く義満を討たせるためにと刀で胸を突く。正元は、冥土の餞別にと、十二年前に烏鷺合戦を見て南朝の傾廃を知り、楠氏の子孫を断絶させず、父の志を継がせるために操丸を津積窪六に託して遠ざけたことを明かす。そして秋野姫には、大和摂津の間にひそみ居て操丸と逢う機会を待つよう諭し、操丸の守り袋には野崎観音の像があることを教え、姫には志紀の毘沙門天像を与える。それらを夫婦再会の割符にせよ、という心からである。豊浦には姫を助けて暫し法隆寺に身を寄せるよう命じて、二百両を与える。こうした指示を聞いたところで交野前はこと切れる。

巻之三　第五　葛《くず》に名《な》づくる　まつな草《ぐさ》

秋野姫と豊浦は法隆寺に遠からぬ西安《にしやす》に至るが、姫の駕籠をかつぐ白毛皀《しろむく》の太郎犬《たろいぬ》と赤斑《あかぶち》の二郎犬《じろいぬ》とは悪者である。法隆寺の門前で油を売る丹五兵衛は老実な五十歳ばかりの男だが、ある夜の夢に何者かが「水ニ由ツテ水ヲ喪ヒ、点頭シテ王ヲ得タリ」と吟ずる様を見る。翌日、石橋ですべって油をこぼしてしまうので、「水に由ツテ水ヲ喪フ」の意味が分る。水に由るは橋を表わし、「水」と「由」を合わせると「油」になるからである。そこに秋野姫を担いで来た太郎犬と二郎犬は、豊浦の懐ろから金を奪おうとするが、豊浦にはねのけられ、橋の油に足をすべらしているところを、丹五兵衛に枴《おうこ》でもって追い立てられる。

丹五兵衛は雑居兵衛であった。彼は竜泉からのがれてより法隆寺で出家しようとしたが、上人から十年後に忠義を全うすることがあると諭されて出家を許されないまま、油売りになり、丹五兵衛と改名したのであった。そして今、「点頭して王を得たり」とは、王の頭に、を加えれば「主」となり、故主即ち姫君に会う前兆であって、それは正成の神霊がお告げになったのだ、と分ったのである。姫は兵衛に、正武の病死、操丸の行方不明、交野前の自害、正勝・正元の没落を語る。兵衛は姫たちを法隆寺の上人に引きあわせ、上人は姫たちを菜園に泊らせる。

丹五兵衛は姫と豊浦を浪華に住ませることにし、豊浦が託した二百両で瓦橋のほとりに油店を開き、山迹《やまと》屋と称し、是非八という手代たち二、三人を使い、姫たちを住まわせる。豊浦は阿也女《あやめ》と改名し、姫の名を染松にちなんで阿染《おそめ》と改め、夫婦の娘として扱う。

第六　蘭《ふぢはかま》にいふ　あららぎ

明徳四年、足利義満は四条河原で田楽を興行することになり、諸臣は足利尊氏が貞和五年六月十一日に四条河原で田楽を興行した時、数百人が死んだ例を引いて諌めたが、義満は聞き入れず、貞和の際、事故を起こしたと伝えられる修験の山伏の出入りを禁じた上で三月二十五日にこれを決行する。

楠正元は去年の冬以来、鞍馬の奥に隠れ修験の山伏にいでたって義満を討つ機会を伺っていたが、この日、さえぎる兵卒を退けて義満に討ってかかる。義満は斯波義将《しばのよしまさ》・葉竹山基国らを率いて逃げ、正元は奮戦の末、櫓の上で立ち死にする。その首級は日岡《ひのおか》の山陰にさらされる。丹五兵衛はこの知らせを聞いて、大坂から京へ上り、二十六日の夜、正元の首級を取ろうとする。が、十人余の番卒に気づかれ、首級を叢に投げ入れて防戦するが、刺股によって片袖をちぎられる。そこに編笠の武士が来て、片袖を取った番卒を斬って袖を奪い取り、叢の中の正元の首級をも取ろうとする。が、番卒がこの武士と戦う間に、石地蔵の後ろから六十歳ほどの順礼の修行者が現れ、正元の首級を取って逃げ去る。番卒が加勢を呼ぶので、丹五兵衛も武士も逃走する。

丹五兵衛が家に帰ると、阿也女は彼の左袖が無いことに気づいていぶかるが、丹五兵衛は偽りの返事をしておく。四月三、四日の頃、編笠の浪人（三十余歳）山家税平が山迹屋に来り、お染を娶るべき宿縁があるといい出し、丹五兵衛が失った片袖を取り出し、丹五兵衛が正元の首級を奪おうとしたことを葉竹山殿に訴える、とゆすって、縁談を求める。これを聞いて、お染は、自分がいなくなればこの縁談は無くなると考え、自害しようとする。そこへ是非八が割り込み、今年の大晦日を期限にお染と婚姻させるという証文を書いたらどうか、と勧める。阿也女もこれに賛成するので、丹五兵衛は不本意ながらも証書を書き、片袖と交換する。

巻之四　第七　蕣《あさがほ》に呼《よ》ぶ　しののめ草《ぐさ》

津積窪六有義は、永徳元年秋、操丸に倶して肥後に赴き、久作と改名して菊池武政の領地で農業漁猟をして十二年を過していたが、明徳三年には操丸（久松と改名）も十五歳になって、久作は自分が生みの父ではないことを話す。明徳三年十一月上旬、久作は楠正勝・正元の身の上が心配なので、久松とともに河内へ帰ることにし、十一月下旬、河内国讃良《ささら》郡野崎に着き、観音の堂守の老僧（五年前に死去）の弟子黙善（愚直なので正直坊と呼ばれる）を介して、里はずれに家を買い、四年の春を迎える。その地で久作は正勝は去年の十二月に十津川で亡くなり、正元は京都に上ったことを聞き、正元に操丸の成長を告げようと、三月下旬、単身で京に到るが、その日、正元の首級が日岡に梟《か》けられたと聞き、日岡に行き、石地蔵の後ろに隠れて夜を待っていると、二人の男が首級を取りあっているので、その隙に首級を奪い取り、野崎の観音堂まで戻って、そのほとりに首級を埋めようと柄杓《ひさく》の柄《え》で土を掘る。

野崎の村長鉈平《なたへい》の子の鋤九郎《すきくろう》が三月末に死んだので、その遺体を善根寺（中の垣内《かいと》と日下《くさか》の里の間）へ埋めようと棺を送り出すが、竜間《たつま》川が増水して渡せないので、親族は正直坊に頼んで一時、野崎の観音堂に預ってもらう。その夜、土地のならず者野草槙《のろまき》の出九郎《でくろう》が野崎の観音堂で一夜を明そうと来り、棺を預って恐さにおびえている正直坊を脅して立ち去らせ、独り泊る。と、藪の蔭を掘る者がいるので、癖者と声を掛けると、その者は手裏剣を打ち、出九郎は袂を縫われただけだが、倒れた振りをする。そして、久作が逃げ去るのを見届け、手裏剣とした柄杓の柄に「河内国讃良郡野崎久作」と記してあるのを知り、さらに久作が埋めた首級を掘り出し、観音堂の縁の下へ投げ入れ、棺に魔よけとして置いてあった刀で死人鋤九郎の首を落し、それを藪蔭に埋め、柄杓の柄で自分の股を突き破り、倒れた振りをして正直坊が帰るのを待つ。やがて正直坊が二、三人の若者を連れて戻って来る。と、出九郎は、久作が自分を負傷させた上で死人の首を刎ねて藪蔭に埋めたと偽り、柄杓の柄に久作と記してあるのを示す。

村長鉈平はこの悶着を聞いて、山魚の老臣県守《あがたもり》某に訴える。その日、久松は昨夜遅かった久作をゆっくりと寝かせて秣刈りに出たが、途中で胸騒ぎがするので家に戻りかけると、久作が県守の組子に捕えられており、鉈平と出九郎が付き従っている。久松は、久作の替りに自分を縛れと訴えるが、久作は、実の両親を尋ねよといい残して、引かれて行く。

第八　女郎花《をみなへし》に称《となふ》る　思《おも》ひ草《ぐさ》

久松の孝心に感じて、鉈平も出九郎も県守に対して久作の命乞いをするが、正元の首級を奪った者の同類かと怪まれて、許されない。で、久松は、朝夕、野崎の観音堂に御利益を祈る。

鋤九郎の葬儀が終り、鉈平は出九郎に銭五貫と布子を与えるが、出九郎はすぐに五貫を賭博で失い、久松が美少年であるのに眼を着け、彼を寺川に逗留している売り若衆の親方に売ろうと思って、観音堂の本尊の後ろに身を潜める。その夜は久松が通夜して七日めであるが、夢うつつに戸帳の内から妙なる声で、久作を救いたいならば出九郎に相談せよ、と告げるのを聞き、翌日、出九郎に相談し、売若衆の親方鶏家美四郎《にわとりやびしろう》に身を二十両で売る。

この日、山迹家丹五兵衛の妻阿也女は操丸の居所を知るために野崎観音へ参詣に来ていたが、久松が茶店で美四郎に身を売る現場を見、帰ってこのことを丹五兵衛に語る。

久松は三十両を、折から（四月）来あわせた正直坊に久作を購う代金として託し、その包み紙に自分の行き先と親方の名を記して渡す。出九郎は、三十両が手に入らず、観音の示現に見せかけた自分の謀計が空しくなったので呆然としたが、正直坊黙善を襲って、三十両を奪い逃げ去る。黙善は息を吹き返し、自分を介抱してくれた村人たちに、久松の孝心と出九郎の暴悪を語り、これを村長から県守に訴え出でさせる。県守は久松の孝行に感じて、久作を赦免し追放する。正直坊黙善は久作を里はずれまで見送り、三十両を出九郎に奪われ、包み紙もないので久松の行く先も知れないことを知らせる。久作は、あてもなく京坂に久松を捜索することとする。

七月十六日は河原における精霊の送り火及び藪入りを行う日だが、山迹家丹五兵衛は正元の霊を祀って、阿也女・お染と河原を歩いていると、女のような美少年が身投げしようとしているので、これを救い、身元は野崎の久松であること、身を売ったが病とこしらえて客に逢わないので親方から呵責されること等を聞く。阿也女も、この少年が四月に野崎の茶店で身売りしていた孝子であることに気づき、夫婦は鶏家美四郎に三十両を与えて久松を身請けし、まだ十六歳であるから小者として使う。そして、久作の消息を野崎の人に尋ねるが、杳として知れない。

山迹家の手代是非八は、久松が丹五兵衛夫婦やお染から寵愛されるのに嫉妬し、久松をいじめる。

十二月二十日過ぎ、山家税平は約束の婚姻を催促に来るので、丹五兵衛夫婦は頭を悩ます。二十八日、この様子を見て、かねてお染に思いをこがしている是非八は、阿也女に次のように提案する。それは、お染には密夫是非八がいて妊娠しているから離縁するが、この家は税平に与える、と税平に納得させるために、まず太平記読みや草紙商人にお染の密事を喧伝させる、というものである。

阿也女は、その提案を丹五兵衛に話してみる、と答えるが、翌日、阿也女は土蔵の内で久松に何かささやいており、たまたま是非八はそれを立ち聞きする。

巻五上　第九　撫子《なでしこ》にいふ　かたみ草《ぐさ》

阿也女はお染の密夫役を久松に頼んでいるのであった。是非八はこの事を知って、お染・久松の浮名を唄わせて税平を怒らせ、久松を殺させ、その騒ぎに紛れてお染をさらおう、と考え、その夜、人に頼んでお染・久松の歌祭文を作らせ、悪者太郎犬・二郎犬に金を与えて交りを結んで、お染をさらう際の手助けとすることにした。

丹五兵衛は、近隣にお染（十五歳）・久松（十六歳）の関係を知らせるべく、お染に久松をかしづけて、二十九日には生玉へ参詣させ、大晦日には御霊《ごりよう》の神社へ参詣させる。それを見て人々が、いたずら娘お染が婿の山家を嫌って小者の久松と居る、と噂しあい、草紙読みは、そのことを祭文に唄う。

山迹家に鉢の木売りが来るので、久松がこれを呼び入れると、久作であった。それと知って、阿也女は久作を招き入れる。久作は五、七日前、鶏屋美四郎に傭われて、久松がここに来ていることを知り、訪れて来たのであった。久作は、久松が主人の娘と密会し歌祭文に作られて油屋の暖簾を汚したこと、また色に迷って身を滅ぼせば実の両親に不孝なことを叱る。また、詳しい訳をいいかねているお染に対しても、婚約者を嫌って他の男と浮き名を立てるのは淫奔だと諭し、久松に暇を取らせようとする。

そこに丹五兵衛が現れ、三十両を出さなければ久松は渡されぬ、といい、理の当然に、久作も嘆息する。山家税平が是非八に案内させて来たり、婚姻の仕度がなされていないことを詰る。丹五兵衛がお染には密夫がいて妊娠していること、店は税平に譲ることを答えると、既に歌祭文で久松の存在を知っている税平は、お染・久松の首を落そう、といきまく。是非八がそれに応じて久松の頭髻《たぶさ》を握んで引き寄せようとすると、久作は是非八を捻じ倒し、税平の刃の下に坐って久松の身替りになろうとする。久松も久作に代ろうとして、両者は争う。是非八は久松の胸ぐらを取って罵り、税平をたきつけるので、税平が二人を重ねて斬ろうと今度はお染の髪をつかむと、阿也女が留める。税平が阿也女を突きのけると、丹五兵衛は室町殿の裁定を乞おうと、二人を一晩（現在は亥の刻、午後十時頃）土蔵へ閉じ込め、その鍵は税平に預けることにして、かねて用意していた縄で自分はお染を、久作には久松を縛らせ、土蔵へ引いて行く。

巻五下　第十　瞿麦《なでしこ》にいふ　なつかし草《ぐさ》

土蔵の中でお染と久松は非運をかこつが、久松が思わずも父母の形見は守り袋の野崎観音像であることを洩らすと、お染は久松が楠正元の嫡男操丸であることが分って、自分は和田正武の女児秋野姫であり、舅の形見として志紀の毘沙門像を持つことを明かす。なお半信半疑である久松に対して、久作は楠氏の家臣津積窪六であり操丸を引き取ったこと、丹五兵衛は雑居兵衛言直《のりただ》であり、楠正元の首級を奪おうとして片袖を税平に取られたことから、お染の婿にする話が生じたこと等を全て明かす。久松は自分が楠正成の四代の後胤操丸であることを知って、義満を討つことを決意する。

時に梁《うつばり》上に盗賊があって、二人の縛めを解き、外には是非八と太郎犬・二郎犬が待ち構えていることを教え、路用を与え、窓の金網を破り、二人を吹雪の中へ脱出させる。

丑三つの頃、丹五兵衛夫婦は二人を法隆寺に落そうと思い、合鍵を持ってひそかに蔵の戸口に来ると、同じ心で熟睡していた税平から合鍵を取った久作も来あわせ、一緒に蔵に入ると、お染・久松はおらず、大男が自害している。野草槙出九郎である。彼は丹五兵衛夫婦の子の染松であった。出九郎が久作を津積殿と呼んだことより、丹五兵衛は久作の正体が津積窪六有義であり、久作は丹五兵衛が雑居兵衛言直であることを知り、丹五兵衛は久松が操丸であること、久作はお染が秋野姫であることを知る。出九郎は、蔵の中で操丸と秋野姫の心構えを知って、久松を若衆に売った罪、久作が埋めた正元の首級をすり替えた罪などを慚愧し、故主和田正武に返す忠義として金と桜井の兵書とを操丸に与え、秋野姫と一緒に脱出させ、染松の名を分解すればお染・久松になるから自分が死ぬことで二人が死んだと仇敵に思わせるため自害したのである。阿也女の口添えもあるので、丹五兵衛は染松の死をお染・久松の情死と世に披露して法隆寺へ葬ることにし、染松に対する勘当を解いた。

これらの話を蔵の外で聞いていた山家税平は、お染・久松を捕えて訴え出ようと駈け出し、兵衛と窪六は驚いてその後を追う間に、染松はこと切れる。

是非八は、蔵の外で久松が楠氏の余類であることを立ち聞きして、太郎犬・二郎犬も伴って、久松を室町殿へつき出そうと天満と天神の間の河原で待ち受け、久松に打ってかかるが、久松は太郎犬と二郎犬を打ち倒す。後ろから是非八が打ちかかり、久松は水に落ち、秋野姫もはずみで落ちて、二人は流れ行く。久松が落した財布を是非八が拾おうとしていると、掛蓙の後ろから人が是非八の頭髪をつかんで引き込む。

そこに津積窪六と雑居兵衛夫婦が駈けつけ、操丸・秋野姫の姿がないので、三人は失望して自殺しようとするが、山家税平が是非八をかかえこんだまま現われて、これを制止する。税平の正体は楠正儀の近臣百済右衛門太郎義包であって、古廟で桜井の兵書を雑居系譜とすり替えられ、楠正元が討死した時には日岡で正元の首級を奪おうとする者の片袖を得て、その者の後をつけて丹五兵衛であることを知り、お染が秋野姫であると察し、秋野姫を保護して操丸に会わせようと、まずその婿になる計略を立てたのである。そして今夜初めて、染松の話から雑居と津積の忠義と、桜井の兵書が染松に渡った経緯とを知り、雑居・津積を励まし、操丸・秋野姫に逢うべく、ここまで来ったのである。兵衛夫婦・窪六・義包は是非八をなぶり殺し、死体を川へ蹴落すと、水が逆まき昇り、観音・毘沙門天が水中から現れ出る。また、掛藁の向うから操丸・秋野姫もかけ出る。二人は忠臣たちの話を聞いていたのである。時に水勢は治まり、毘沙門天は秋野姫、観音は操丸のそれぞれの掌に宿る。この二体が操丸・秋野姫の身代りとなって川に沈んでいたのであった。兵衛は御二方に染松の自殺を報告し、右衛門太郎は是非八が奪った財布の中の桜井の兵書と金とを御二方に献上する。

雑居夫婦は染松の遺体を法隆寺へ葬り、操丸は野崎観音堂の簀子の下から父正元の首級を捜し出して葬り、正直坊黙善に供養させる。雑居夫婦・窪六・義包は操丸・秋野姫に従って吉野へ入り、御二方の間には楠七郎と息女が生まれる。後に息女は大和の越智へ嫁ぎ、七郎は高福院が再び吉野に起った時、後南朝の大将となって足利の大軍と戦う。

本作は、紀海音作『お染久松袂の白絞』（宝永八年初演）、菅専助作『染模様妹背門松』（明和四年初演）、近松半二作『お染久松新版歌祭文』（安永九年初演）等が題材としたお染・久松の情話を、南北朝時代の武家の忠孝美談に変容させた作品である。その典拠で判明しているものを挙げよう。

第一

楠正儀が建議が用いられない故に志を変じて足利家に降参する一条は、馬琴が巻一冒頭で典拠として明言する書物の内の『細々要記』六、

> 応安二年南方正平廿四年正月、南方ノ大将楠左馬頭正儀、種々謀ヲ献ズトイヘドモ、諸卿許容ナキヲ以、南方ヲウトンジ、京師へ降参スベキヨシ、内々相約スルノ由風聞ス。

に拠る。なお、この本文は、馬琴が『燕石雑志』（文化七年刊）三・四「正儀義隆」で引いているものに拠る。

楠正儀が管領右馬頭頼之を介して義満将軍に見参し、竜尾の太刀を献上する話は、これまた馬琴が明言する典拠の

中では『足利治乱記』上「足利家御繁栄事」の、

同(応安)二年正月ニハ将軍義満幼少ナリトイヘドモ、仁徳内ニ深キ故ニ、南方ノ大敵楠正儀等降参スベキ旨、血書ヲ以依《リ》」申《スニ》、細川右馬頭頼之、赤松判官等ヲ南方ヘ遣ス。四月ノ半ニハ楠正儀入洛シテ、先ヅ細川頼之ノ宅ヘ向ツテ一礼シ、即チ三献有ツテ、其ノ後頼之同道シテ、将軍義満公ノ御館ニ参礼等アリ。竜ノ尾ト云フ太刀ヲ正儀献ズ。(『燕石雑志』所引)

に拠る。

正儀の嫡男正勝と二男正元が父の変節を怒り、和田正武と同盟して、赤坂城の正儀を攻め、京都方も山魚・葉竹山らをもって赤坂城を後援する、という一条は、『細々要記』応安二年五月二日、

去ヌル四月中旬、楠正儀終ニ志ヲ変ジ、入洛シテ新将軍(義満)ニ謁シ、南方ヘ服従セズ。其子正勝・同正元等ハ南方ヘ忠義ヲ存シ、父ト不和ナリ云々。和田和泉守マタ南方ヘ忠ヲ尽シ、正儀ト不和云々。

十二月上旬、和田和泉守ト楠正儀ト不和、既ニ合戦ニ及ントス。

や、応安三年の、

十一月中旬、南山ノ新帝ノ勅ヲ受ケ、和田和泉守以下官軍数千人ヲ率シ、楠正儀ガ赤坂ノ城ヲ打巻テ攻ル。同下旬、和田等ガ武威以ノ外、楠スデニ敗北殆ド危シ。(前条とともに『燕石雑志』所引)

また、応安三年十一月二十八日の、

楠ヲ援ケン為メ、京都ヨリ、執事細河頼之并山名義理・同氏清等以下数万人、河内ニ発向スト云々。

に基いたものである。なお、馬琴が「山魚」「葉竹山」と表記しているのは、山名氏と畠山氏とが旗本の中にいるのを憚ってのことであろう。

雑居兵衛が「五月五日に生るる子は、父母を食ふ」という理由で染松を討とうとする話は、「俗説云、五月五日にうまるる子は其長戸《たけ》に及ぶときは親のためにあたあり」（広益俗説弁・残編・六・五月五日に生まるる子は親にあたありと云ふ説）という俗説を踏まえて作った。

第三

染松が見る桜井の兵書の奥書は、馬琴が自注して、『増補越後名寄』四・菅名庄滝谷山慈《ママ》光寺の条に載せられていることをいう。また、『吉野拾遺物語』（貞享四年刊）三「楠正行始めて芳野へ参りし時の事」にも載せられ、馬琴はそれに拠って双方の本文の異同を掲げている。

百済右衛太郎が顔面に漆を塗り、身に蔽衣を着て乞食に扮装し、竜泉城下で起臥する設定は、『史記』刺客列伝や『蒙求』「豫譲呑炭」でよく知られた、趙襄子を討とうとして、身に漆して癩となり、形状をして知らしめないようにした豫譲の故事に基こう。豫譲の故事は『頼豪阿闍梨恠鼠伝』（本集成第九巻四九三頁）でも用いている如く、馬琴がしば〳〵利用するものである。

楠正元が烏と鷺の合戦を見て南朝の衰滅を予感する趣向は、室町物語の『鴉鷺《あろ》合戦物語』（寛永頃古活字版など）以来の鴉と鷺の合戦の趣向を踏まえているが、同時に馬琴に少からぬ影響を与えた『忠臣水滸伝』（山東京伝作）前編（寛政十一年刊）三・第四回、大星由良が雲州佐々布《ささふ》の城塩冶《えんや》廟にて黄蝶の戦いを見て、主家塩冶家に闘諍が起るのを予感する趣向にも示唆を得ていよう。

第四

応安七年十月に、菊池武政が義満将軍に攻め悩まされ、暫く和睦する、という記述は、『足利治乱記』上・応安七年、

> 時ニ将軍義満公、宰府ニ至ル。……同九月、菊池武政難儀シテ降参ス。

に基いたであろう。ただし、「十月」の事と馬琴がしたのは誤りからであろうか。

明徳二年に千剣破城が赤松・葉竹山軍に攻められ、楠正勝が十津川に漂泊して、そこで亡くなる、という記述は、馬琴が明言している典拠の内では『桜雲記』下、元中八年（北朝明徳二年）、

> 時ニ至テ千剣破ノ城、宮方ノ兵士及ビ山名ガ残党楯籠ル。畠山発向シテ城ヲ攻ル。城兵防戦ストイヘドモ助ケノ勢ナク、戦ニ倦、遂ニ城没落ス。既ニ楠正勝、其弟正元、十津河辺ニ流浪ストイヘドモ南朝ヘ忠ヲ不レ忘。

に見えるので、これに基こう。

明徳三年、将軍義満が大内義弘・六角満高をして賺《すか》し奉らしめたので、南北朝が和睦し、閏十月二日、南帝が嵯峨の大覚寺に着御する云々の記述は、『足利治乱記』上「南帝御入洛事」、

> 明徳三年閏十月二日、南帝煕成王御入洛有テ、先嵯峨ノ大覚寺ニゾ御着アル。内々御和睦ノ事ハ大内義弘・六角満高ニ申談ジ、将軍家ニ吉野殿ヲモヨクツクロヒケル故ナリ。……同五日ニ三種ノ神器ヲ禁中エ渡サル。

に拠る。典拠諸書の内では、大内義弘と六角満高の双方の姓名が記してあるものは、『足利治乱記』だけであるからである。また、馬琴自身も、その部分にこの書の名を明記している。

第五

丹五兵衛が夢に「由レ水喪レ水、点頭得レ王」の句を得、それが橋で油をこぼし故主に会う前兆であったことが分る、という趣向は、既に『月氷奇縁』第二回（本集成第一巻四七三頁）で用いている如く、馬琴の常套的な手法になっているものだが、『水滸伝』第五回、智真長老が魯智深に「遇レ林而起、遇レ山而富、遇レ水而興、遇レ江而止」の偈をもって未来を示唆する趣向、に学んだものであろう。

第六

田楽の由来を説明して、「閭里よりはじめて槐門に及び、その舞曲に、高足、一足、腰鼓、振鼓、銅鈸子、編木、殖女、養女等の数種あり。……田家常の業にして、それらに打扮て舞なれば、田楽とは名けけん。しれるものに尋べし。以上俳優考の説」という記述は、馬琴自身が明らかにする如く、新井白石の『俳優考』の、

堀河院七十三代永長元年ノ夏、都ニテ大田楽ノコトアリキ。其起ル所ヲ知ラズ、閭里ヲ初テ公卿ノ間ニ及ブ。高足、一足、腰鼓、振鼓、銅鈸子、編木、殖女、養女ノ類、日夜ニ絶ルコトナク、……（猿楽変ジテ楽ト成リシトハ覚ユル也。……殖女、養女ナド云コト、イカナルコトニヤ思フニ、殖女トハ田ヲ殖ル女ノ事ニテ、養女トハ蚕ヲ養フ女ノコトニヤ。コレラノコト皆田家ノ常ノ業ニシテ、ソレラノ業ヲ学ビ舞フ処ナレバ、田楽トハ名付ケン。）……郁芳門院、殊ニ叡感ヲ催シ玉ヒ、姑射ノ中、此観最盛也。（郁芳門院ハ白河ノ皇女ニテ賀茂ノ斎院ニテ座ス。皇后ナラネド、門院ノ号ヲ参ラセシコトノ始也。……其後九十五代後醍醐院元弘ノ比ホヒ、此事又盛ニ行ハレテ、洛中ノ貴賤、皆コレヲモテ遊ブ。鎌倉ノ高時入道、此事ヲ聞ツタヘテ、新座田楽ヲヨビ下シテ日夜ニコレヲ弄ビ、自ラモ此戯ヲナセシニ、幾ホドナクシテ北条家滅ビ、天下乱テ終ニ南北ニ分レヌ。北朝九十七代、光明院ノ御時、貞和五年ノ比元弘ヲ去ルコト纔ニ十八年ノ後ナリ、此事又盛ニ洛中ニ行ハレ、将軍尊氏殊ニ好マセ玉ヒキ。

を踏まえて、僅かに文章を改めている。なお、馬琴が後醍醐帝を「五十五代」と記しているのは、「九十五代」の誤りである。

右の田楽考に続いて、馬琴が「豆腐を短冊形に切て、竹の串に貫き、ねり味噌を塗て焼を、田楽と称るも、彼が舞踊るとき、長き竿に携る形容を思ひよして、この名を負したり、といへり」と記しているのは、『貞丈雑記』（天明四年まで筆録）六、

豆腐を串にさして焼きたるを田楽と云ふ、……古田楽法師木の棒に四角なる短き木を付けて、それに足をふみかけて踊り舞ふ事ありしなり。豆腐を串にさしたる形、かの田楽法師が棒にとりつきたる形に似たる故、田楽といふなり。

に拠るのであろう。

続いて、「刀玉、今これを品玉といふ。法苑珠林に、西域の女戯に、五人三刀を伝弄して、加て十に至るといふ。これ刀玉なり、と駒谷山人いへり」と記しているのは、馬琴が暗示する如く、駒谷山人槇島昭武輯『書言字考節用集』八、

刀玉　田楽ノ執ル所。事ハ長明発心集、又、法苑珠林ニ見ユ。西域ノ女戯、五人三刀ヲ伝弄シテ加エテ十ニ至ル云々。（原漢文）

に拠ったのである。

続いて、馬琴は大江匡房の「洛陽田楽記」を引いて、「その打扮、或は九尺の高扇を捧、或は平藺笠を戴き、或は蒿の尻切を穿、或は裸形にして、腰に紅衣を巻き、或は髻を放て、田笠を戴く」と記すが、その原文は、

権中納言基忠卿捧二九尺高扇一、通俊卿両脚著二平藺笠一、参議宗通卿著二藁尻切一。何況侍臣装束、推而可レ知、或禅形腰巻二紅衣一、或放レ髻頂戴二田笠一。

というものである。最後に馬琴は『文安田楽能記』の番付を引くが、これは原文通りなので、ここには引かない。

足利義満が四条河原で田楽を興行する設定は、貞和五年六月十一日に足利尊氏が四条河原で田楽を興行させた話を踏まえたものであるが、尊氏の興行が『太平記』二十七「田楽事」を取り入れていることは、馬琴も『太平記』の書名を掲げ、後藤丹治氏『太平記の研究』三九〇頁にも詳しい検証がある。

『江戸名所記』四「禰宜町浄瑠璃」挿絵

それに就いての挿絵「四条河原に正元義満を狙撃んとす」（巻三第十丁裏十一丁表。一四六・一四七頁）は、他所で歌川豊広が描く挿絵とは明らかに画風が異り、何か近世前期の画家のそれを思わせるものであるが、それもその筈、浅井了意の『江戸名所記』（寛文二年刊）四「禰宜町浄瑠璃」の挿絵に基き、人物の配置を適宜変移按排させて、筆致を原図の古風に模し、芝居小屋の看板の文字を改め、右下隅に河内二郎正元の姿を加えたものだからである。先行文献の絵画のそうした利用法は、先輩山東京伝が『復讐奇談安積沼』（享和三年刊）二で、江戸禰宜町の芝居小屋の情景を、浅井了意の『東海道名所記』一、江戸木挽町の芝居小屋の絵を粉本として描いた方法に倣ったものであろう（拙稿、『山東京伝全集』第十五巻解題五八五頁）。

楠正元が明徳四年三月二十五日の田楽興行に乗じて将軍義満を討とうとする設定は、『桜雲記』下、前引箇所に引き続き、

爰ニ於テ正元密計シテ京ニ入テ武将義満ヲ撃ントス。南方衰ヘ武家盛ナル故ニヤ、遂ニ事顕レテ殺戮セラル。

とあるのを踏まえて作ったのである。

第七

久作が河内の野崎に住みつく設定は、山崎麓氏がいう如く（新版帝国文庫『馬琴傑作集』）、『新版歌祭文』上の巻、久松の養父を野崎村の久作とする、という設定を生かしたのであろう。

久作を家に残して秣刈りに出かけた久松が、途中で「胸うち騒ぐ」ので、老いた親を気づかって「とつてかへ」す、という話は、『二十四孝』の「曽参」の、

母を家に置いて薪を取りに出かけた曽参が、にわかに「胸騒ぎし」たので、急いで「家に帰」ると、母は自ら指をかんで曽参が帰るのを待っていた。

という話を踏まえたものであろう。

第八

久松が観音堂に通夜し、夢うつつに、久作を救いたいのならば出九郎に相談せよ、との示現を聞いて、出九郎に自分を身売りする相談をするが、実は出九郎が観音のお告げを仕組んだのである、という詐術は、『通俗孝粛伝』（明和七年刊）二ー「阿弥陀仏講和」、婦女殺しの悪僧明修が玩月橋で婦女の幽霊から恨みを告げられ、思わず罪を懺悔するが、それは包孝粛が明修を捕えるための計略であって、幽霊は包孝粛の部下が扮したものであった、という話の翻案であろう。この話を馬琴が『墨田川梅柳新書』に用いたと考えられることは、既に述べた（本集成第5巻六四七頁）。

是非八がお染・久松の密通を広めるために太平記読みや草紙商人に祭文を唄わせる、という趣向は、後藤丹治氏が「これに似たことは妹背門松にはある」（太平記の研究・三九一頁）と簡単にいうが、『染模様妹背門松』下の巻の、

お染と久松は地蔵めぐりにかこつけて、生玉へ道行してお染久松自害の祭文を聞き、二人のことを祭文に仕組ん

だ善六（油屋太郎兵衛の手代）を斬り共に死ぬと見たのは夢であった。（日本古典文学大辞典・山根為雄氏）

という話を指していっているのであろう。

第九

お染・久松が生玉や御霊の神社へ参詣し、その間に草紙読みが自分たちのことを述べた祭文を唄うのを聞く、という場面は、右に引いた『染模様妹背門松』下の話を取り込んだものであろう。

山家税平が大晦日に押掛婿に来る話は、後藤丹治氏が、『新版歌祭文』下、油屋の段、山家屋佐四郎が大晦日に押掛婿に来る話と似通う、というが、確かに「放《ゆるべ》がたき婚姻を、けふまで待たるは、おのが志にあらねど」（本作）という税平の台詞と、「嫁入の延るもほうずが有。結納《たのみ》おこしてから幾月になる」という佐四郎の台詞とはよく似ており、馬琴が踏まえている、といえよう。

第十

染松が蔵の内で自害することによって、お染と久松が蔵の内で死んだと仇敵に思わせようとする、という趣向は、お染・久松物の浄瑠璃に共通する、蔵の内外での二人の自害、という趣向に新たに変化を加えたのである。

操丸と秋野姫の間の子を楠七郎とし、七郎がしば〴〵足利の大軍と戦った、という結末は、馬琴自身は『桜雲記』と『鎌倉大草紙』の両書を挙げるが、『鎌倉大草紙』には該当箇所が見当らず、『桜雲記』下、文安四年、

南朝ノ宮自殺、楠二郎等ノ勇士、既ニ敵ヲ若干討捕、遂ニ戦死ス。（燕石雑志所引）

等の記述に基き、「二郎」を「七郎」と改めたのである。

目録に引かれる十首の証歌は、それぞれの章の冒頭に引用されるが、それは単に本文に導入するために枕詞のよう

に用いられているだけであって、『常夏草紙』におけるように各章の内容と密接に関連する、というものではないようである。口絵の賛として引かれる和歌も、単に秋七草のそれぞれを詠んだものを引いたかに見えるものが多い。ただし、第一の萩、河内二郎正元の賛「わがやどのひとむらはぎをおもふこにみせずほとほとちらしつるかも」（万葉集・八・大伴家持）は、南朝の再興を愛児の操丸に見せられないままに討死した正元の人物像に合致する、といえばいえるようである。

第三の葛花、阿也女の賛の「わがやどのくずはひごとにいろづきぬきまさぬきみはなにごころぞも」（古今和歌六帖・六・紀貫之）は、夫の雑居兵衛と久しく別れて独り秋野姫を乳母として守り、兵衛との再会を待つ、という阿也女の人物像と合致する、と解釈することができる。

第六の女郎花、お染の賛の「てにとればそでさへにほふをみなへしこのしらつゆにちらまくをしも」（万葉集・十）は、美しい女性であるのに無理やり山家税平の婚約者にされて、あわや貞操の危機にあおうとする、というお染の人物像に適わしい、と解釈することができよう。

〔付記〕

見返しの「花あふぎ女使の図」及び続く「花あふぎ使」の説明文は、伴蒿蹊の『閑田次筆』（文化三年刊）一、年ごとの文月七日のあした、陽明家より内へ奉らせたまふ花扇といふものあり。御使は匂ひといへるはしたものにて、勾当の内侍の御許へ御文あり。長橋へもて参れるさま、いと興ありて、衣被着《きぬかづき》ごめ、高き足駄をはき、雨ふらねども大傘をさしかけさす。みづからは文箱を携サへ、下部ふたり従ひて、ひとりは此大傘、一人は花扇をもつ。此下部も又助と何とかや、此日の名はむかしより定れりとぞ。内にては小御所のおまへの御池にうかべて、二星の御手向になし給ふとなん。これもいつのころよりはじまりしといふことはさだかならぬよしなり。源勘解由判官画きて贈られぬ。

という文を書き直し、同書に掲載される絵（日本随筆大成・第一期十八・三三〇頁）を左右逆にして描き直したもの、と考えられる。

常夏草紙

書型　半紙本、五巻五冊。
表紙　無地の薄藍色。
題簽　左肩、子持ち枠、「常夏草紙　一（～五）之巻」。各巻、書名の下に章題を二行に記す。
見返し　暗緑色の染紙に、常夏・撫子、鴙、鳩車を引く中国童子を描き、「魁曲亭著 春亭画 常夏草帋」［木蘭堂］とある。
序　「騰古娜通草紙序」。末に「庚午季秋日、書二于著作堂南牕一」［馬琴］［曲亭］と。
目録題　「物語《ものがたり》総《さう》目録《もくろく》上《のじやう》（下）」。
内題　「常夏《とこなつ》草紙《さうし》巻之一（～五）　東都　曲亭馬琴編演」。
構成　巻之一　序二丁、丁付「一～二」、目録・口絵三丁「三～五ノ上」、「小引并証歌」一丁「五下」、本文二十三丁「六～廿八・九」。
　巻之二　本文二十一丁半「一～廿二」。
　巻之三　本文二十三丁半「一～廿四」。
　巻之四　本文二十八丁半「一～廿九」。
　巻之五　本文二十七丁半「一～廿八」、刊記一丁「廿八・廿九」。
挿絵　巻之一　八丁ウ九丁オ、十三丁オ十三丁ウ、十七丁ウ、廿五丁ウ廿六丁オ。
　巻之二　二丁オ、八丁ウ九丁オ、十三丁ウ十四丁オ、十九丁ウ廿丁オ。
　巻之三　三丁ウ四丁オ、十丁ウ十一丁オ、十九丁ウ廿丁オ。

巻之四　四丁ウ五丁オ、十丁ウ十一丁オ、十八丁オ、廿五丁ウ廿六丁オ。
巻之五　三丁ウ四丁オ、九丁ウ十丁オ、廿丁ウ廿一丁オ。

行数　本文十一行。

匡郭　十八・六×十三・七糎。

版心　「常夏草紙　巻一（～五）丁付」。

尾題　「常夏草紙巻之一（～五）終」。

奥付　「作者　曲亭馬琴印／画匠　勝川春亭印／繡像　朝倉伊八／執筆　嶋岡節亭印／刊字　木村嘉兵衛／文化七年庚午冬十二月令日発行／江戸書賈　江戸橋四日市　松本平助／深川森下町　榎本摠右衛門　同　平吉梓」。

本作の初摺本としての特徴は、挿絵の次のような点に存する。

巻之一

①第十三丁表「時主が妻瓦井寒夜に苦行して一子を弁財天に祈る」　人物以外の背景は、薄墨潰しに濃墨のボカシ下ゲ。

②第十七丁裏「瓦井夜賊に殺さる」　賊の持つ龕灯からさす放射上の光以外の部分を薄墨で潰す。

巻之五

①第九丁裏十丁表「清十郎悞て冥空を撃」「春澄長堀へ丹下を導く」　地面に濃い艶墨潰しを施す。後摺りの河内屋茂兵衛板では、これらの重ね摺が省略される。

本作の成立事情は、奥付に略記されている。それに拠れば、文化七年の九月一日に執筆を開始した。九月六日には巻三を稿了したことは、鈴木重三氏が後掲する巻三稿本後表紙の書込（六五四頁）によって判明する。ところが、間もなく喪に服することとなったというが、それはこの年の九月九日に叔父兼子清兵衛定興《さだおき》が亡くなったことをいう（吾仏の記・家譜第一・兼子新賀）。その法事を終えて、直ちに執筆に戻り、毎晩、夜明け方まで筆を走らせて、わずか二十日ほどで脱稿した、という。嶋岡節亭による板下の浄書も十月初旬にはできたのであろう、『画入読本外題作者画工書肆名目集』文化七年十月より十二月までの条を見ると、

常夏草紙　同（五冊）　馬琴作 春亭画　榎本平吉　十月九日三冊出ル同日南へ廻状 十二月十一日上本十八日売出し

とあって、十月九日には巻一から三までの三冊が書物問屋行事の改めに出されている。巻四・五の二冊もその後程なく改めに出された筈で、朝倉伊八や木村嘉兵衛の刻板が済み、摺刷も成って、製本が行事に届けられたのが十二月十一日のことであった。『割印帳』には、文化七年午十月十三日割印の条に巻一・二が掲げられ、十二月廿三日割印の条に、

同年同月（文化八年未正月）　板元売出し
常夏双帋　馬琴作 春亭画　全五冊　松本平助
同（墨付）百三十四丁

とある。発売は十二月十八日とあったが、実際には少し遅れて、全冊の発売は八年正月であったかも知れない。

本作の板木は、文政十二年三月の江戸大火のため『旬殿実実記』『皿皿郷談』『絲桜春蝶奇縁』のそれと一緒に焼失したことが、『近世物之本江戸作者部類』巻二上に記されている。

本作の梗概は、次の如くである。

巻一　第一　なげきの霧　鳥田荘二時主がこがね獲たる事

享禄年間、武蔵国多磨河の小手差《こてさし》原に、それに向って誓いをすると善悪邪正が現われるという誓《ちかい》の石があった。同じ里に鳥田荘二《とりたのしようじ》時主《ときぬし》という長者がおり、若い時に鎌倉管領山内憲広《のりひろ》に仕えていたが、過失あって追放され、ここに住む。妻の瓦井《かわらい》と相談して、先祖北条時政の江島弁財天信仰の事例に倣って、浅草寺の銭瓶《ぜにがめ》弁天に日参し、富を祈る。百日めに当る日、萩窪《はぎくぼ》の薄原にて野伏が旅人を斬り殺し、その刀を奪うのを見かけ、これを留めようとするが、野伏は手裏剣を時主の菅笠に残して逃げ去る。手裏剣は南蛮鉄の割掃枝《こうがい》に金の杜鵑の右半身を付けた物である。時主は旅人の懐ろから三百両を着服し、この事を瓦井には知らせないまま、その金を人に貸し、利息には布を織らし、それを鎌倉に売って一万両余の長者となる。このことを弁財天の冥助として、旅人の命日には毎月、供養を行う。また、多くの女子に調布《てつくり》を織らせ、小者の鷺介などにこれを鎌倉で売らせるので、調布の長者と呼ばれる。

しかし時主には四十歳を過ぎても子がいないので、瓦井は毎夜、寒中に水で身を打たし、爪を切り髪を乱して家の棟に登り、浅草と江の島の弁財天に子宝を祈ると、七日めの夜、天女が現じて、時主は一子をもうけるが、自ら為せる殃ゆえに後に禍を受けることを説き、その証として一茎の草花を投げ与えて去ったが、それは夢であった。それより十箇月経て、天文八年七月十日、瓦井は女子を生む。草市の日であったので、撫子《なでしこ》と名づける。その乳母の挿頭《かざし》は、小堤《こづつみ》の村長に仕えていたが、猟師榧蔵《かやぞう》と通じて女を生み、女は里に養わせて、時主の家に仕えている。榧三は逐電して行方不明である。

撫子が四歳の年の七月十日の夜、賊が入って瓦井を斬る。挿頭はこれを目撃して調布の通櫃《かよいびつ》の内に隠れ、通櫃にはおのずから錠がさされるが、盗賊はそれとは知らず、たまたまその通櫃に物があると思い、これを背負い、小鞆《こづか》の銹《さすが》で壁に二行の文字を切りつけて逃げ去る。明けがた、時主は瓦井の死体を発見し、通櫃一個も無いので、一時は、挿頭の密夫が忍び入り、瓦井を殺害、挿頭とともに逃げたかと考える。折しも老僕《おとな》鷺介は調布百反を私していたので、時主の推測に便乗して、盗賊が百反の入った通櫃を奪って逃げたと偽る。時主は壁に盗賊が書き留めた「調布一櫃借用事、天文十一年七月十日、草中の人へ、草中の人」という文を見つけたので、鷺介の偽りは真となって、使用人たちは挿頭が百反入りの通櫃を持った盗賊と一緒に逃げたと思い込む。しかし、「草中の人」という句に思い当ることのある時主は、挿頭の行方を捜索しようともせず、瓦井の追薦に時を過す。

第二　なげきの森上　稲城補二郎が家鳩の事

撫子が十六歳の春になると、容貌も美しく、歌文音曲にもたけ、求婚者が多かった。東隣に仮寓する浪人の美少年稲城補二郎《いなきほじろう》は児童に書を教え、若者には尺八を教えていた。補二郎が毎夜吹く尺八に感じて、撫子は楼上で琴を合わせ、濠水とむら竹に隔てられて見ることのできない補二郎をひそかに慕う。この年の秋に出水があって、補二郎は屋根の上に登り、初めて向いの楼上にいる撫子と顔を合わせるが、色を好まぬ補二郎は、さして撫子に関心を示さない。撫子は独り補二郎に胸を焦がして、翌年の二月上旬になる。ある日、補二郎の家に一羽の鳩が迷い込み、補二郎が餌を与えると馴れて住みつき、男山と呼ばれる。この鳩は時主の家の庭にも飛び行き、撫子にも狎れたので、撫子は鳩の脚に「千はやぶる神のむすばんいもとせを教る鳥にまかせてしかな」という歌を添えた恋文を結ぶ。補二郎はこれを読むが、願う所があるし、結ばれる縁とも思わぬし、情欲を慎むべきだと考えて、その文を火桶の灰に埋める。撫子は返事が来ないので、また文を鳩の脚に結び、それが度かさなる。補二郎は困惑して、一度返事を与えればあきらめるであろうと考え、想いを断つようにという文に「ちはやぶる神代はしらずとぶ鳥も親のゆるさぬ恋はをしえじ」という歌を添えて鳩の脚に結ぶ。この文は鳩の脚からほどけ落ち、撫子にではなく、時主の手に入る。娘を権勢ある者に嫁がせたい時主は、娘の生涯を誤つことを恐れて、文を書いた男の身元を探るが、鷺介から鳩が文を伝えた可能性のあることを聞き、鳩を殺すよう鷺介に命じる。二人のこの相談を撫子は唐紙越しに聞いて胸を痛める。翌日、鷺介は長い間鳩を待つが、鳩は警戒して降りて来ず、時主が鉄串《かなぐし》を手裏剣として打つと、鳩は重傷を負って飛び去る。

巻之二　第三　なげきの森下　撫子が頭髻《たぶさ》剪らるる事

補二郎が帰ってきた鳩に刺さっている手裏剣を見ると、年来尋ねている笄枝《こうがい》であり、守り袋に入れてある絵図と引きあわせても間違いない。この笄枝こそは十九年前に枉死した父の形見なので、補二郎は時主を父の仇と思い込み、貝足櫃から腹巻などを出して武装し、時主の家に向かう。折から鷺介は鳩の行方を捜索しに出かけ、時主は独りでいたが、それに補二郎は、「里見の藩臣、稲城治部平が長男」と名のって斬りかかる。治部平は天文三年八月三日、鎌倉管領家へ婚礼の引出物として里見の重宝大月形の大刀を齎すべく萩窪を通った折に撃たれ、大月形の大刀と主用の三百両を奪われ、その場に後れて来た若党寿郎介《じゅろすけ》が治部平の死体を房州へ持ち帰ったのである。その時に補二郎は二歳、弟の瀬次郎は母の胎内に在ったが、主君の怒りにあって所帯は没収、家族は追放された、八歳の時に父の枉死を知り、十年ほど経た現在、病身の母を瀬次郎に預けて、補二郎は武者修行に出、この地に住みついたのであった。時主が先に放った手裏剣は大月形の大刀に付いていた杜鵑の割笄枝である。

以上の話を時主は聞いて、「日本たましひ」で騒がず、十九年前に武士と荒男との斬りあいを目撃し、荒男が武士を斬り伏せ刀を奪って逃げ去る際に手裏剣(笄枝)を打ったので、それを菅笠に受け留めたこと、及びその笄枝を手裏剣として鳩に打ったことを説明する。しかし、補二郎はこの弁解を信用せず、時主と斬り結ぶので、撫子は半蔀の障子を二人が打合せた刃の上に掩い、自身を押えとしてその上に坐る。それは自分が想う男の刃にかけられて、親の死出の旅の先途に立とうという心情からである。そして、二人が小手差原の掩膊《こて》石に誓うことで善悪虚実を明らかにし、その後に自分を補二郎の妻とするよう申し出る。三人は小手差原には翌日行くこととして、時主は今夜自分が逃げないことを示す人質として一夜、撫子を補二郎に参らすことを提案するが、補二郎は撫子の頭髻《たぶさ》を切り取り、暫く時主の首に代え、疑いが晴れた折にはこれを婿引手とする、という。そこに鷺六が飯炊き男東六《とうろく》・西八《さいはち》を連れて、時主の加勢に来、時主の制止も空しく、明日の腕だめしと補二郎に打ってかかるが、補二郎はこれを投げつけて立ち去る。

第四　けふりの闇　小手差原の獠夫《かりびと》雉を射る事

小手差原に猟師の夫婦があり、嘗て女児常夏を乳呑み子の時に行方不明にしている。四月八日、猟師は妻の見ている前で雉を射ようとして、誤って補二郎を射てしまい、以後は殺生戒を守ることを誓って、瀕死の補二郎から父稲城治部平が萩窪で殺されて大月形の大刀と三百両とを奪われたこと、鳥田時主が父の仇か否か真偽を確めるため誓いの石で待ち合わせていること、時主が来ない以上は仇であるから、訡我の弟稲城瀬二郎に搳枝を渡して仇は鳥田時主であるのを知らせてほしいことを聞く。猟師は、自分こそが稲城治部平主従を殺した者であることを告げ、更に、その身は鎌倉管領扇谷朝興《ともおき》の老党藤坂蔵人春行の一子内蔵五郎春澄《くらごろうはるずみ》であり、稲城治部平は父春行の武芸の門人であったが、扇谷・山内の合戦の際に山内へ寝返ろうとし、春行が預っていた大月形の大刀と軍用金三百両を盗み取り、春行さえ刺し殺して逐電した、時に十九歳であった春澄は、三百両は主君に返したが、さらに治部平を撃ち大月形の大刀を取り戻して扇谷に帰参することを図るが、治部平は大月形の大刀を里見義弘に進上して、里見の近習として出頭した、天文三年秋に里見義弘の息女と管領山内憲広の息男とが婚姻するので、里見は大月形の大刀を壻引出として山内に贈るため治部平を使者として派遣したので、萩窪で治部平を撃ち、その際、背後から声を掛けた者に大月形の大刀に付けた杜鵑の割搳枝を打ったこと、扇谷朝興は亡くなり、その若君興稚丸《おきわかまろ》は行方不明なので、この地で猟師となっていること等を説き知らせ、その証として治部平が落した密書を補二郎に示す。補二郎は、自分の魂が瀬二郎に憑いて復讐の志を果すことをいい置いて自害し、春澄はこれを介錯する。

巻之三　第五　けふりの闇　草中の人草中の人にあふ事

この様を草中で見聞していた鳥田荘二時主は、一旦は鷺介・東六・西八をして春澄夫婦を捕えしめようとするが、それは春澄が、天文十一年七月十日、自分の家に忍び入り、瓦井を殺害して挿頭と共に逃げた草中の人だ、と思い込んでいるからであり、その思い込みに基いて、この場で再会した春澄の妻挿頭を飼犬に手を嚙まれた者として非難する。挿頭は、自分があの夜、春澄を導き入れたのではなくして、盗賊を避けて通櫃に隠れたのを運び出されたこと、盗賊は四年前に別れた夫榧蔵であったこと、里親に出した常夏は行方不明であることなどを陳弁し、自分を罪して夫の命を助けることを乞うて自害する。また榧蔵（春澄）は、扇谷朝興の子で行方不明の興稚丸の在りかを尋ねていること、時主の家には貸した金を返してもらおうと思って七月十日に忍び入り、自分を咎めた婦人を峰打ちにするつもりが誤って死なせたこと、興稚を尋ねる資金を借りるつもりで櫃を持ち出したことを語る。その時主に貸した金とは、時主が治部平の懐中から奪った三百両であり、実は春澄はひそかにその場面を見ていて時主が捨てた財布を拾っていたのであるが、それは、治部平が父春行から盗み取った折に自分が調達して主君へ返したものだから本来は自分の金であること、よって非は時主にあると、財布を突きつけて証拠だてる。自らの非を恥じ、瓦井の枉死はその悪報と悟った時主は、撫子の養育を春澄に頼んで自害しようとするが、そこに現われた撫子がこれを止め、却って自分が、補二郎を先だてたはかなさ故に自害する。

第六　すかねとり　撫子花を石竹といふ事

挿頭は、常夏は「天文八年六月五日の誕生、武蔵国新座郡《にいくらごおり》小堤の里人榧蔵が女児常夏」と記された畳紙を守り袋に入れている筈だから、それを目当に捜すよう春澄に頼んで、ことされる。これを知って、撫子は、乳母（挿頭）の女児

（常夏）を導いて最後の念を果す（補二郎が憑く瀬二郎と添わせる）こと、自分を補二郎と合葬して誓いの石に夫婦の法号を彫ること、この石のほとりから異草の花が咲けば念願が果されたことをいい置いて亡くなる。時主は女児の死に自らの貪欲を恥じる。

春澄と時主らは三人（補二郎・挿頭・撫子）の死骸を葬るが、春澄は補二郎を射た矢を墓に立て、興稚丸に大月形の大刀を返す宿志を果したならば、瀬二郎に討たれてもよいと言明し、補二郎の刀に付いていた片割れの掃枝を時主に託して、瀬二郎に渡すよう頼み、後日、自分の持っている掃枝と割符として瀬二郎と名のりあい勝負を決する時に備える。初七日、時主は補二郎の墓の矢に撫子に似た並頭連理の花が咲いているのを見る。その花は年々繁殖して石竹（撫子花の異名）と呼ばれる。

第七　道のぬかり　藤坂春澄が故主の逝方を索る事

時主は出家して冥空と名のる。また、三百両を春澄に返す。さらに金銭を奴婢・里人・寺々へ寄付するが、二十年近く勤めた鷺介には五両しか与えないので、鷺介が不満をいうと、時主は、瓦井が枉死した日、鷺介が調布百反を櫃の内に納めておいたと偽ったことや金品を私したことを持ち出して、鷺介を黙らせる。やがて時主法師は補二郎の母と弟を賑給するために家を村長に預けて旅立つが、不平を抱く鷺介は東六・西八をかたらって春澄の三百両を奪う計略を立て、興稚丸の行方を尋ねて旅立った春澄を武蔵野の紫沢《むらさきさわ》で襲うが、春澄に打ち懲らされる。大金を取りそこなった鷺介と東六・西八は同士撃ちを始め、鷺介は東六・西八を殺し、彼らが時主法師から貰った二十両を奪い取って、行方をくらます。

巻之四　第八　ひぢかさ雨　お夏はからずして清十郎を救ふ事

浪華の千日墓の門前で笠やどりしている丹嶋《たじま》清十郎は、三年前に母を亡くして霊場廻りし、観音寺へ帰る途中だが、そこに通りかかった四十代の武士が泥足駄を清十郎に拾わせるのをきっかけに鉄扇で打ちかかり、清十郎に仕込杖を抜かせる。清十郎は、養母からその女児を妻として夫婦が歌舞妓《ママ》で暮せといわれたのを拒否して、旅廻りしている身の上である。武士の技倆に感じた清十郎は、刀法の伝授を願い、武士はその真心の証拠を見せることを要求するので、清十郎は守り袋の中から菩提所の住持が授けた募縁簿を出すが、そのついでに妻のお夏の守り袋が出てくる。それは清十郎が江州観音寺を旅立つ際、お夏が形見として与えたもので、武士はその産毛臍帯の「天文八年六月五日の誕生、武蔵国新座郡、小堤の里人、榧蔵が女児常夏」という記載を見て、それが世に有名な笠屋お夏のものであることを知り、自分は堀江川に住む剣術師範坂逸八郎《さかいつはちろう》であると名のり、清十郎を弟子とする代りに、義に仗《よ》っては一命を軽しとする誓言を求める。これを承諾した清十郎は、自分の左袖に捺枝が三針縫い留められているのを見て驚くが、それも逸八郎が手練を知らせるために行ったことである。清十郎と逸八郎は臍帯と捺枝を暫し交換したまま、逸八郎の家に向かう。

執権三好長慶《ながよし》の家臣戸鎌丹下《とかまたんげ》は将軍義輝の意向のもとに興稚丸とその妻韓姫《からひめ》（倭根《やまとね》三位恭実《ゆきざね》卿の息女）とを東国を乱した元凶として捜しており、興稚丸の人相書を村長に預け、もう一枚は千日寺の門前にかける。これを見た門前の乞食九万蜂《くまはち》・臥坐平《ござへい》・溷六《どぶろく》・面三《めんぞう》・雛太《ひなた》・出九《でく》・蔕七《へたしち》ら六、七人が興稚丸は今の巡礼の修行者と思いこみ、捕えようとはやると、頭の土舟《つちふね》の櫓介《ろすけ》が制止する。櫓介は今の武士を藤坂内蔵五郎春澄だと指摘し、巡礼の行者は興稚丸だから、尾行して道頓堀の裏田圃で竹槍で突き伏せよと指示する。

乞食らは道頓堀の裏田圃で清十郎を襲って太股に傷を負わせるが、逸八郎が助太刀して乞食全員を斬り倒す。ただ土舟櫓介のみが清十郎を追い、歌舞伎から帰る見物人に興稚を捕えて懸賞金をもらえと声を掛ける。その時、向うから来た駕籠の客は歌舞伎を終えた笠屋夏であって、清十郎を認めて駕籠に引き入れ、駕籠舁きがこのことを知らないまま駕籠をかつぎ行くと、お夏はひそかに後から付いて行く。

第九　書写のみるいし　般若櫃の興稚衣葛籠の韓姫の事

天満の社頭に般若櫃をすえ大般若経を書写して銭を乞う五十歳余の旅僧がいる。そこに、五十歳余の老女が古着屋の板裂《いたきれ》や雀八《すずはち》に葛籠《つづら》を負わせて来たる。雀八が葛籠を残して用たしに去った間に、老女は土舟の櫓介と会うが、彼女は長堀の丹嶋屋の者で櫓介の姨《おば》（後咲婆《のちさきばば》）であり、興稚丸らしき人物を匿っている。二人の話から、櫓介は多磨河の長者に仕えていた鷺介であること、老女は小堤の郷にいた時に前夫八平《はっぺい》を亡くし、女児常夏を連れて近江観音寺に移居したこと、常夏は舞妓の長の笠屋夏の弟子にし、師の跡を継いで笠屋お夏と呼ばれること、老女は後夫寿郎介《じゅろすけ》（元、里見の家臣の若党）をもらったが、寿郎介には老婆と十八、九歳の若者とが付いていて邪魔であったが老婆は病死したこと、その若者は美男なので俳優になることを勧めたが断わられた、しかしお夏とは結婚して丹嶋清十郎と名のったこと、清十郎は三年前に逐電して回国の行者となったこと、老婆は今年の春に観音寺から浪華に移居したこと、寿郎介は興稚丸を匿っているとの件で捕手に連れて行かれたこと、お夏は只今衣裳櫃に錠をおろして見守っていること、老婆はお夏が持っていた清十郎の守り袋を盗み取ったこと等が知られる。かくて老婆は、櫓介に清十郎の守り袋を開けさせると、「天文三年九月十三日の誕生、稲城治部平が二男、瀬二郎が臍帯産毛」と記した畳紙が出てくる。櫓介が捨てた、その畳紙を物陰にいた時主法師が拾う。後咲婆は、清十郎や捕われた寿郎介に気を奪われて生業にはげまないお夏を売ろうと思い、物可波《ものかわ》という酒楼《さかや》を介して、ある財主から百両の前金をもらっている。そこで後咲は、櫓介に葛籠の内の大刀衣裳で戸鎌丹下の若党に変装し、丹嶋屋に赴いて、お夏に身を売らせるように仕向けることを依頼して、自分は神前に礼拝に行く。

この様子を見ていた時主法師は、櫓介がかつての老僕鷺介であることを知る。そこに浅痍を負った若者が救いを求めて来たので、時主法師はこれが興稚丸かと推測しつつ彼を般若櫃の内に入れ、それを負って走り去る。

藤坂内蔵五郎春澄は、浪華へ来て興稚丸・韓姫夫婦とめぐり会い、坂逸八郎と改名して夫婦に仕えていたが、室町将軍が夫婦を捜索しているので、これを逃そうとする内に興稚丸を見失い、天満の社頭に来て、後咲婆が残した葛籠の中に韓姫を隠し置き、また興稚丸の行方を捜しに行く。

ここに戻って来た後咲は、葛籠に物があるのを見て、これを背負おうとすると、帰って来た板裂や雀八は自分の葛籠を取り戻そうと後咲と争い、葛籠を取り返して走り去り、後咲はその後を追う。

丹嶋寿郎介は、もと稲城治部平の若党で、治部平が遭難した際には後方に在って難を免れた者であり、二、三年間はその妻子を許我で世話したが、故郷の観音寺へ戻って後咲の婿となった者。一方、稲城瀬二郎は母を連れて、弘治元年四月に多磨河に来たところ、兄の補二郎は返り討ちされており、仇かと思う内蔵五郎春澄も行方不明なので、観音寺の寿郎介の家に頼り、母亡き後は、お夏と婚姻して丹嶋清十郎と名のったが、宿望があるので、お夏にだけ志望を知らせて逐電したのである。清十郎とお夏が婚姻した頃、その庭には撫子（石竹）が重って咲いたが、その年の冬、清十郎が逐電してからは翌年には咲かず、今年の夏にはまた重って咲いたので、お夏は夫が帰って来る前兆と喜んでいたところ、果してその秋に清十郎を救ったのである。その翌朝、寿郎介は興稚丸隠慝の嫌疑で連行され、三日め、後咲が天満の天神へ参詣した留守に、お夏は清十郎を櫃から出すと、清十郎は揷枝を出して、それを持っていた逸八郎は父の仇であろうと語り、寿郎介が連行されたことを嘆く。また、お夏は、身売りの話があること及び清十郎の守り袋を昨晩失ったことをかこち、清十郎も、お夏の守り袋を逸八郎に渡したままであることを嘆き、従僕ではあるが今は岳父の寿郎介を救うためにお夏が身売りすることを許す。

その時、大般若経勧化の旅僧が宿を求めるので、今日が亡母の三回忌日である清十郎は、これを家に招き入れさせ、自身は人目を警戒して屏風の蔭へ隠れる。

巻之五　第十　わかれぢのふちせ　冥空法師丹嶋屋に宿を請ふ事

お夏は旅僧冥空に「弘治元年九月廿四日、貞松信女（姑）」「天文三年八月三日、氷霜信士（夫の父）」「弘治元年四月八日、朝露信士（夫の兄）」の供養と寿郎介の災害消滅とを祈ってもらう。が、冥空は悪霊に取りつかれて気絶し、蘇生するや、お夏の色香に堕落して迫り口説き、逃げるお夏の裳を杜鵑の割捺枝で打ち留める。これを見て、お夏は、冥空が夫の仇と察するが、そこに清十郎が現れ、冥空が鳥田時主であることを確めると、冥空の方も、悶絶してお夏に戯れかかったのは清十郎をおびき出す謀計であったこと、自分が引剝《ひはぎ》を働き稲城治部平主従を殺して大月形の大刀と三百両を奪い取り、坂逸八郎（藤坂春澄）に捺枝を打った者であることを明かし、清十郎と斬り結ぶが、ついに左肩を斬りさげられる。

そこに後咲が戸鎌の若党浅沼鷺介と偽って土舟櫓介を連れて帰って来たので、清十郎は火を吹き消し、暗闇にする。更に戸鎌丹下も首桶二つをかかえ、組子数十人に内蔵五郎春澄を包囲させて来かかり、春澄が丹嶋屋に匿っている興稚丸・韓姫の首を取って来るよう命じた上で、一旦、橋下の里長の家に引き下る。

後咲はようやく行灯に火をつけ、明りで清十郎・お夏と後咲・土舟は顔を見あわせて驚く。清十郎と土舟は、お互いに二十二日（九月）の夕暮れに道頓堀の裏田圃で闘った者と気づきあい、身がまえるが、後咲はこれを制して清十郎を押さえつけ、寿郎介を入牢させた責任をなじり、お夏をも人殺しの夫を引き入れたとして打擲する。さらに後咲は倒れている時主法師を見出し、清十郎を殺人を重ねた者とするが、時主法師はまだ息があり、清十郎の守り袋と臍帯を出す。旧主の時主と知って鷺介は逃げようとするが、内蔵五郎春澄はこれを斬り、百両で後咲の顔を打ちながら、これを渡してお夏を後咲から買い取り、身売証文として「天文八年六月五日の誕生、武蔵国新座郡、小堤の里人榧蔵が女児常夏」とあるお夏の臍帯産毛と、「うぐひすの古巣の中の杜鵑汝が父に似て汝が母に似ず」と書かれた包み紙とを出す。お夏はこれを見て春澄を実父かと思うが、その時、春澄は忽ちお夏の首を斬り落す。

第十一　身をしる雨　後咲の撫子漢撫子に代る事

清十郎は懐紙で春澄が提げている刃の血を拭う。春澄がいうには、お夏は韓姫であり、後咲は鷺介を戸鎌の使者と偽らせてお夏に逼り清十郎を死なせようと謀った、と。清十郎は春澄に、お夏を韓姫として斬首した理由と、時主がいつお夏の守り袋を奪ったのかとを尋ねると、冥空が頭を抬げて、天満で後咲と鷺介の密謀を立ち聞きし、清十郎の守り袋・臍帯を拾い、清十郎を撃とうとここまで来たことを語る。清十郎が時主法師の首を落そうとすると、戸鎌丹下が清十郎を興稚丸と呼んで、その首を斬り落す。丹下は稲城治部平の庶兄で治部進《じぶのしん》といい、阿波の三好長慶（執権）に仕えて、母方の姓を取って戸鎌と改姓した者で、春澄が清十郎・お夏を興稚・韓姫の身代りにしようとする心を察知し、一時引き退いていたが、また戻って来て、春澄の忠義を助けるべく清十郎に興稚丸の名を負わせて討ったのである。そのように古主を助ければ、清十郎の父の悪名も消えるからである。また、瀕死の冥空は、三年来瀬二郎を捜してきたが、天満で守り袋を得て瀬二郎が清十郎と改名したのを知って、ここに仇敵の根を断ちに来て清十郎を討とうと謀ったが、逆に斬られたといい、故郷出発の際に補二郎の母と弟を助けるためにと持って来た三百両を、お夏の供養代として後咲に渡す。また、春澄が興稚丸の行方を心配するのに対して、時主法師は、天満社頭で般若櫃に匿まった手負人が興稚丸だろうと、櫃から興稚丸を出させる。興稚丸は皆の話を櫃の中で聞いていて、自分が世に出でたら清十郎とお夏の忠孝を表彰すること、年来、舅倭根《やまとね》三位《さんい》の旧領である木津難波に身を寄せていたこと、韓姫を死なしては舅に面目の立たないことをいう。すると戸鎌丹下が、天満社頭の衣葛籠に潜んでいた韓姫を雀八が持ち帰ったことをいい、待機させていた雀八に韓姫を引いて来させる。興若・韓姫夫婦は、補二郎・清十郎の供養を永く行うことを誓う。春澄は、清十郎と冥空の脇にある杜鵑の割捺枝を合わせ、それを興稚に進上する。折から、倒れた振りしてこれらの話を聞いていた鷺介が起き上り、丹下たちを謀叛人興稚丸の一味として訴え出ようと走り出すが、春澄がこれを斬り倒し、時主法師が鷺介の刀を奪って止めを刺し、自身の首をもかき落す。

丹下が清十郎とお夏の首を首桶へ納めると、春澄は二茎の撫子の花をその上に置き、補二郎の魂が清十郎に憑いて忠孝の志願を果し、撫子の魂はお夏に憑いて妹背の情願を果したことをいう。丹下は首桶を足利義輝に差し出しに行く。

第十二　ことほぎ　興稚東へ帰て家を興す事

翌朝、春澄は雀八と後咲とともに四人（時主法師・お夏・清十郎・鷺介）の遺骸を埋葬し、興稚・韓姫を東国へ旅立たせようとしていると、戸鎌丹下が義輝の御教書を襟に掛け、寿郎介を連れて来たり、三好長慶を介して義輝に興稚・韓姫のものと称する首級を呈したところ、元来は興稚丸に本領安堵させるつもりであった義輝は却って不興だったので、首級が似せ物であることを告白すると、義輝は興稚の本領安堵・管領相続の御教書を賜り、寿郎介を赦す旨を下した、と報告する。

そこで興稚は住吉の義輝公に拝閲し、引出物として大月形の大刀と杜鵑の捺枝を進上すると、公は竜尾《たつのお》の大刀と葦毛の馬を賜った。興稚丸は韓姫・春澄を連れて東国に帰り、管領職を相続して五郎時定《ともさだ》（時は朝の誤りか）と名のり、管領山内とも和睦し、里見家もその入部を祝した。春澄は、瓦井や補二郎さらには女児（お夏）とその婿（清十郎）を殺した非などを顧みて、遁世し、小手差原で生涯を行いすます。寿郎介・後咲は五百両の金（時主法師から貰った分とお夏の身の代金）で貧民を救済し、諸国行脚して亡き人々の菩薩を祈る。戸鎌丹下は出家して高野山に入ったが、それは実は、永禄八年五月二十九日、義輝公を弑することになる三好長慶父子の逆心を諌めかねたからであった。後、右の四人の世捨人の夢に補二郎兄弟・冥空親子・瓦井・挿頭・お夏が浄土へ飛び去る姿が現われた。朝定朝臣は折々、春澄入道と戸鎌法師に衣食を賜り、雀八に衣裳の御用を与えて富まさせた。

本作は、近松門左衛門作『五十年忌歌念仏《ごじゅうねんきうたねぶつ》』（宝永四年初演）等で題材とされた、但馬屋の娘お夏と手代清十郎の密通事件から、「たじま」姓及びお夏と清十郎の人名のみを取り、元来は町人の情話であった世界を武士の忠勇貞烈なそれに変貌させた作品である。その典拠と考えられるものを、比較的確実なものに絞って述べる。

第一

舞台となった武蔵国多磨河「小手差原」については、馬琴はそれが『東鑑』二（治承五年閏二月廿三日）や、『太平記』三十一「武蔵野合戦事」に見えることを述べている（この地名については新井白石が『新安手簡』の中で問題にし、『甲子夜話』七十七「武蔵野合戦考」でも詳述される）。

鳥田時主が「先祖北条時政ぬしは、相州榎嶋の弁財天を信じ給ひし」例に倣って、「坂東道四十里あまり」を日参して浅草寺の銭瓶弁天に富を祈る設定は、本文が既に明示し、また後藤丹治氏が詳述する如く（『太平記の研究』四二一頁）、『太平記』五「時政参篭榎嶋事」に基いている。銭瓶弁天の名の由来、「相州の左京兆氏綱ぬしの家臣、富永三郎左衛門尉、使うけ給はりて、滸我の高基朝臣へ参る」折に「弁天堂のほとりより忽然として銭夥、湧出る」は、『江戸砂子』正編二（補訂版）の記述に基く（後藤丹治）。

「坂東道四十里あまり」を日参する設定も、『太平記』「武蔵野合戦事」の「小手差原ヨリ石浜マデ坂東道已ニ四十六里ヲ片時ガ間ニゾ追付タル」に基いている。ただし、その一里を三十六町（約三・九キロメートル）とすると、日参する距離としては長きに過ぎるから、馬琴は周到に坂東道は「六町一里」であると注記している。一里六町は約六五〇メートルで、四十里とすれば約二十六キロメートルになり、無理に務めれば日参できない距離ではなかろう。瓦井が子宝を江の島弁財天に祈ると、七日目に天女が現われる話も、「時政参籠榎嶋事」を利用した。
挿頭が賊を恐れて通櫃の内に隠れる趣向が、『太平記』五「大塔宮熊野落事」、大塔宮が南都の般若寺において危難の折、大般若経の唐櫃の中に隠れる話に基くことは、やはり後藤丹治氏が述べる。これのみならず、本作では再三この趣向が用いられることは、梗概を一読するだけでも了解されよう。

第二

補二郎が吹く尺八の音に感じて撫子が楼上で琴を合わせ、障害物のために見ることのできない補二郎をひそかに慕う、やがて出水をきっかけとして二人が初めて顔を見合わせる、ますます補二郎への想いをつのらせる撫子は、鳩の脚に恋文を結ぶ、という話は、『月氷奇縁』（文化二年刊）二・第四回、熊谷倭文《しずえ》と玉琴が互いに楼上で笛と琴を鳴らして想いを馳せ、一夕、両家の間の樹木の葉が落ちたため初めて顔を見合わせて、ますます想いをつのらせる（本集成第一巻七七頁）、という話の再利用であるが、この話の源流は、簫史と弄玉の「弄玉吹簫」である。『書言故事』十一・楽器類に収まるその話を訓読する。

秦ノ穆公ノ時、簫史善ク簫ヲ吹キ、能ク鳳凰ヲ致ス。史、簫ヲ吹キ。鳳鳴ヲ作ス公、女《むすめ》ノ弄玉ヲ以テ焉《これ》ニ妻《めあは》ス。鳳楼ヲ作リ、弄玉ニ教エテ簫ヲ吹カシム。鳳ヲ感ジテ来集セシム。一日、鳳ニ随ヒテ去ル。夫妻皆去ル。

相愛の男女が楼上において楽器を合奏する、という点が、『月氷奇縁』や本作の才子佳人合奏譚と共通する。才子と佳人の居る楼が樹木や池水などの障害物で隔てられ、双方がなかなか顔を見合せられないが、ある時突然に対面できていよいよ想いをつのらせる、という話は、馬琴を始めとする江戸の戯作者がよく用いた李漁の『十二楼』の第一話「合影楼」に見られる。

屠家と管家はお互いに後園に水閣を持っていて、それが相手の水閣と面しているが、その間に在る池には牆垣が設けられていて、顔が合わせられないようになっている。一日、屠珍生と管玉娟はそれぞれ楼上に上り、池水に映っている相手の顔を認めあい、ますます想いをつのらせる。

清の筆錬閣主人の『五色石』第一話「二橋春」（明治十八年刊和刻本あり）にも同様な場面のあることを嘗て述べたことがある[注1]が、やはり『十二楼』の方が馬琴の使用する頻度が高いであろう。今では、右の「合影楼」の話を『月氷奇縁』も本作も翻案したのであろう、と考えている。

鳩の脚に恋文を結び付ける趣向は、同じく李漁の戯曲『笠翁十種曲』の中の「風箏誤伝奇」第七・八齣、韓世勲が風箏《いかのぼり》に艶情詩を記して飛ばすと淑娟がこれを拾って和韻する、という趣向を転じたものであろう。この趣向を、馬琴はつとに『椿説弓張月』後篇（文化五年刊）・第二十一回、源為朝が子の朝稚を紙鳶《いかのぼり》にくくりつけて海上を送りつかわす、という話に用いていたから。

第二から第三にかけて、時主が鳩に打った鉄串を補二郎が見ると、年来尋ねている揥枝であって、時主を父の仇かと思う、という話がある。その直前の、鷺介が鳩を殺すつもりで長い間、鳩を待つが、鳩は警戒して枝からおりて来ない、という話は、馬琴は「荘子が所謂鷗の喩」と記しているが、平常狎れていた漚鳥が、捕えるつもりでいると、近よって来ない、という話は、今本『荘子』には見えず、『列子』黄帝に収まる。次の話について馬琴は、天稚彦が葦原の中つ国で下照姫の色香に溺れて久しく帰って来ないので、高皇産霊神が無名雉を遣すと、天稚彦は天羽々矢で雉を射、雉は矢を負ったまま高皇産霊神のもとに戻る云々、という類話を記しているが、この『日本書記』神代・下の話は、馬琴編の『故事部類抄』五・羽虫部・雉にも入れられていて、類話というよりは典拠である、と考えてもよいであろう。

第三

補二郎が時主と斬り結ぶと、撫子が半蔀の障子を二人の刃の上へ掩いかけ、その身を押えとする、という趣向は、すでに『旬殿実実記』（文化五年刊）下編巻十・心猿第十二猿猴楽上（本集成第六巻五七九頁）や『松浦佐用媛石魂録』前編（文化五年刊）巻下・第十でも利用されたが（本集成第十巻一七七頁）、不破名古屋物の演劇でよく上演される「鞘当」の場面を発展させたものではなかろうか（同巻五七八頁）。

第八

千日墓の門前を通りかかった武士が泥足駄を清十郎に拾わせようとする設定は、「ここは下邳の圯橋にあらず」という句が示唆する如く、『通俗漢楚軍談』一「張良下邳遇二黄石公一」、黄石公が下邳の圯橋で張良をして落した履を拾わせる、という話に基こう。

三好長慶の家臣戸鎌丹下の名は、「宝暦明和の頃、難波浮世絵師月岡丹下」の名を取ったという（『かくやいかにの記』第五十六段）が、如何であろうか。

第九

常夏が師匠とした笠屋夏の名は、既に『三七全伝南柯夢』（文化五年刊）巻之二「大柏の権輿」（本集成第七巻三九三頁）に出てくる。

時主法師が興稚丸らしき若者を般若櫃に匿まう趣向は、「大塔宮のいにしへもかくやありけん」という文が示す如く、『太平記』の「大塔宮熊野落事」の唐櫃の話の再利用であること、やはり後藤丹治が説く。春澄が韓姫を葛籠の内に隠し置く話も同断である。

第十

冥空が悪霊に取りつかれ、お夏の色香に堕落して迫る設定には、山東京伝の『桜姫全伝曙草紙』（文化二年刊）二・第八や四・第十六の、清玄が桜姫の色香に迷って迫る話の影響があるかも知れない。冥空の「お夏が膝に手をかけて、立あがらんとして得も立ず、顔つく〲とうち覩《なが》め、……手首ふるはし引よすれば」という描写と、清玄の「（桜姫の）秋の草の露に霑《しほ》る風情なるを、清玄つれ〱と打まもり居けるが、……再愛著の念を生じ、姫の手をとらへて」（四・第十六）という描写には近似したものがあるからである。また、馬琴が「彼朝寛上人も、齢七旬にかたぶきて、色欲戒を破り給ひぬ」と記すのに対して、京伝も「志賀寺の朝寛上人は、御息所の歌を以て正覚に帰し」（二・第八）と記しているからである。

丹嶋屋の暗闇に帰って来た後咲がようやく行灯に火をつけ、その明りで清十郎・お夏と後咲・土舟が顔を見あわせて驚く、という趣向は、馬琴が『旬殿実実記』（本集成第六巻五七七頁）や『俊寛僧都嶋物語』（本集成第八巻四九一頁）等に頻用する、『苅萱桑門筑紫轢』（並木宗輔・並木丈輔合作。享保二十年初演）四段目の暗闘《だんまり》の趣向の導入で、この作品を演劇臭の濃厚なものにすることに大きく与っている。

第十一

清十郎・お夏の首級を興稚丸・韓姫の首級の代用とする、という趣向は、竹田出雲・並木千柳らの合作『菅原伝授手習鑑』（延享三年初演）四段目、若君菅秀才の首級の代用として源蔵が若君と同年輩の寺子の首を討つ、という有名な趣向を発展させたものかも知れぬ。

第十二

興稚丸が管領となって名のる「五郎時定」の名は、『関八州古戦録』一「北条早雲庵父子付氏綱菩提所建立の事」に見える、扇谷朝興の嫡子「五郎朝定朝興ノ家督于時十三才也」に基き、「朝」字を「時」字に誤ったものであろう。より後の部分では「朝定《ともさだ》朝臣」と表記しているからである。

本作の総目録には、各巻の題の下に証歌が引かれている。その証歌がどのような意味あいで引かれているのかを簡単に述べておこう。

第一「歎息《なげきのきり》のまき」には『万葉集』十五の「おきつ風いたく吹なばわぎも子がなげきのきりにあはましものを」が引かれる。「飽かましものを」が本作では「あはましものを」に作られている。第一には、瓦井が子宝を弁財天に祈った折に、弁財天が「不意家を富し、又子を祈りて一子を挙、子ゆゑに後の歎きをますも、みづから作る殃にて、過世の悪業これに係れば」と、時主の悪業ゆえに後に妻の瓦井が横死することを予言する場面があるが、「わぎも子」とは瓦井のこと、「なげきのきりにあ」うとは横死することを意味する、と考えられる。そのような貌で証歌と話の内容とが照応しているのである。

第二「なげきの杜の巻の上」には、『古今集』十九・さぬきの「ねぎごとをさのみいひけんやしろこそはてはなげきのもりとなるらめ」が引かれる。「聞きけむ」が本作では「いひけん」に変えられている。「ねぎごと」をいうとは、撫子が補二郎と結ばれるのを願うこと、「はてはなげきのもりとなる」とは、やがて補二郎が射殺されてしまうことに該当する、と読むことができる。

第三「なげきの杜の巻の下」には、『夫木集』二十二・信実朝臣の「まとはるるなげきの杜のさねかつらたえぬや人のつらさなるらん」が原歌通りに引かれる。嘆きに耐えられぬ人の辛さとは、想い人の補二郎と父時主とが斬りむすぶ、という悲しみに耐えられぬ撫子の辛い心情をいう、と読むことができる。

第四「けふりの闇の巻の上」には、『夫木集』五・後鳥羽院の「むさし野のきぎすやいかに子を思ふけふりのやみにこゑまどふなり」が原歌通りに引かれる。「むさし野のきぎす」は、藤坂春澄が小手差原で雉を射ようとして誤って補二郎を射てしまう話を連想させる。子を思う闇に惑うとは、第四には登場して来ないが、第五で、愛する撫子を自害させてしまう時主を暗示している、と解せないこともない。

第五「煩悩《けふりのやみ》のまきの下」には、『夫木集』五・後京極摂政の「むさしのに《ママ》きぎすもつまやこもるらんけふのけふりのしたになくなり」を、大むね原歌通りに引く。妻がこもる故に煙の下に泣くとは、榧蔵（藤坂春澄）の妻挿頭が、主家に忍び入って瓦井を殺めた夫を許すよう乞うて自害し、次の第六で武蔵野の小手差原に埋葬され、榧蔵が「煙と立のぼる」（第六）妻を偲んで泣くことをいうのであろう、と読むことができる。

第六「野鶏《すかねとり》のまき」には、『秘蔵抄』（古今打聞）下の「あはれにも子を思ふとてすかねとり野べをやく火の灰となりぬる」を原歌通りに引く。行方不明の女児常夏を捜索するよう夫に頼んでこときれ、小手差原に葬られる挿頭のことを詠じたもの、と解することができるほどに、作中人物の人生にあてはめることのできる歌を持って来ている。

第七「塗泥《みちのぬかり》のまき」には、『為尹《ためまさ》卿千首和歌』の「あぜをとこなはしろ水のほど見えてみちのぬかりのかはくまもなき」が引かれる。これは、武蔵野の紫沢で鷺介・東六・西八が春澄に襲いかかるが、いずれも春澄に投げつけられて、「昨夜の雨に坡壊《つつみあせ》て、畔陝《くろせまく》、泥ふかし、このふたりの悪棍は、泥の中へ身を引たれば」とか、「泥を爴で俯しに、半身を掘瘞めたり」とかいう状態になることに合うような歌を持ち来ったのである。

第八「ひぢかさ雨の巻」には、『夫木集』十九・歌林、読人不知の「いもが門ゆきすぎがてにひぢかさの雨もふらなんあまかくれせん」を原歌通りに引く。千日墓の門前で「臂笠雨」を「笠やどり」する清十郎が、やがて三年間別れていた妻のお夏に逢う話に適合するので、この歌を選び出したのである。

第九「書写の硯《みるいし》の巻」には、「菅家」として「みるいしのおもてに物もかかざりきふしのやうじはつかはざりけり」

を引くが、これは『和訓栞』の「みるいし」の項に引かれる「菅家の御歌」の「竹」を「藤」に変えたものである。これは、冒頭に冥空が大般若経を書写していたが、「硯をかたよ」せる場面があるので、その場面にのみ合うような歌を用意したのであろう。連句の用語でいえば、言葉付けともいうべき合わせ方である。

第十「三途河《わかれぢのふちせ》のまき」には、『大和物語』百十一段の「この世にはかくてもやみぬわかれぢのふちせをたれにとひてわたらん」が原歌そのままに引かれる。この章の末尾ではお夏が春澄に首を斬り落され、独りで三途河を渡ることになり、夫の清十郎は彼女を導いてくれないのであるが、そうした状況に適合するものとして、この歌を出した。いわば心付けになる。

第十一「身をしる雨の巻」には、『風雅集』十七、俊頼朝臣の「つくぐ〳〵とおもへばかなし数ならぬ身をしる雨よをやみだにせよ」が原歌そのままに引かれる。この章では、お夏と清十郎が殺されるのは興稚丸と韓姫の身代りとしてであることが明かされるのであるが、それはお夏・清十郎の犠牲としての身の上が知れるという悲しいことであるから、そのような意味では証歌の意味と合致する。これも心付けといえよう。

第十二「祝言《ことほぎ》の巻」には、『新拾遺集』七、左兵衛督基氏の「つるが岡木高き松を吹風のくもゐにひびく万ツ代の声」が原歌そのままに引かれる。興稚丸夫婦が鎌倉管領に任命されて鎌倉へ帰る、という芽出たい結末に適わしい鎌倉の歌を引いてきたのである。

最後に、第四丁裏口絵の「清十郎きけなつが来てなくてほととぎす」は、『甲子夜話』二十八・二十に、後水尾院の御製として、白露の『俳論』から引用されている（新編日本古典文学全集『近世説美少年録』Ⅰ・一七〇頁挿絵説明参照）。

注1　拙稿「文化初年の馬琴読本と中国白話小説—『月氷奇縁』と『稚枝鳩』」（文学・一九七八年六月号　一三六頁）。

〔鈴木補記〕本作の著者自筆稿本の零葉について

本書には、著者馬琴の自筆にかかる稿本の、断片的な零葉が存している。そして、これらの資料は、一点を除けば未紹介のものではなく、かつて故関根正直博士により、氏の随筆集『随筆からすかご』（六合館　昭和二年刊）に、ほぼ全容が図版で掲載紹介されている。ただし、現存品より一点欠け、またレイアウトの関係からか、部分省略が一箇所あり、それに掲載図版についての説明がない。たまたま私は、同博士の御令息俊雄氏（故人）から、同氏の御温情により、右の資料の御恵与にあずかっていたので、かつて「早稲田大学蔵資料影印叢書月報」25（平成二年三月）に、「『常夏草紙』の稿本断片」と題して、この零葉全点の書誌的報告を試みておいた。以下その拙文中から要項を摘記し、多少加筆補正も施し、解説することとする。

この稿本の現状は、美濃判紙を半截した各葉ばらばらの断片で、天地左右も切り縮められ、全くの零葉の形で五葉存する。しかし各葉の記載様式や図様の続き具合により、馬琴の他の現存読本稿本の体裁と比較して、元来は美濃判紙二つ折りを袋綴じにした冊子形態五冊のものであったと類推される。残存する五葉の内訳は、馬琴自身考案の自筆下絵が三葉（内二葉は見開き図を構成）と、稿本と共紙の前表紙の表側のみ一葉、同じく共紙の後表紙の裏側一葉、で文章の部分はすべて欠如している。これらを、その記載をもとに、版本を参照して、編成の順に排列すると次のようになる。

A　挿絵下絵　半丁分　　四周短辺枠を設け、内に大きな櫃（横側に「百三番　調布通櫃　鳥田」と記す）を背負い、片手に龕灯を照らし、女性を斬殺する男を描く。右上方に墨記「瓦井《かはらゐ》夜賊《よるぞく》に殺《ころ》さる」その他と細部描写指定の所要朱記あり。版本巻之一の十七丁裏半丁分の挿絵（本書三六二頁参照）に該当する。

B　前表紙表側　半丁分　墨記五行、右から「全編五冊　馬琴作」「常夏草紙」「第三巻　廿三張半」「松本平介 榎本平吉」。なお右辺中央と下部に「江戸　書物□□／行事改印」の黒印二顆を割印の形で押捺。同辺上部に隅丸方形の黒印一顆。

C　挿絵下絵　半丁分
D　挿絵下絵　半丁分
｝CD合して見開き図を構成

Cに人物像三名、CDにかけて二名、Dに三名計八名を配置。各人物に適宜所要朱注を記入あるいは傍記。右上方に墨記「時主《ときぬし》怒《いかつ》て春澄《はるすみ》夫婦《ふうふ》を生拘《いけとら》んとす」。上空に昇り右方に曲がる霊火に添って墨記「補二郎がたましひ故郷へ帰る」。版本巻之三、三丁裏・四丁表の見開き挿絵（本書四三八・四三九頁参照）に該当。

『常夏草紙』稿本

E　後表紙裏側　半丁分　墨記四行「文化七年庚午／九月端六稿了／筆福研寿／大吉利市」。左辺中央と下部にBと同じ文字の黒印二顆、上部にBと同じ隅丸方形の黒印一顆。

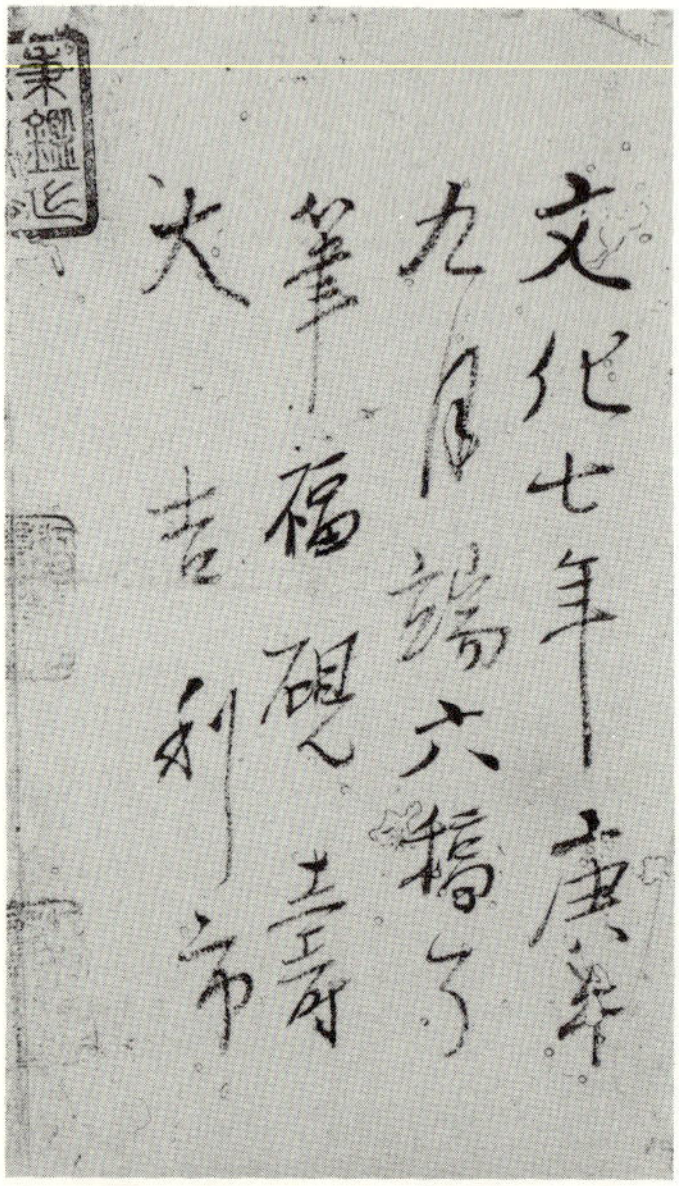
文化七年庚午九月端六稿了
筆福硯寿
大吉利市

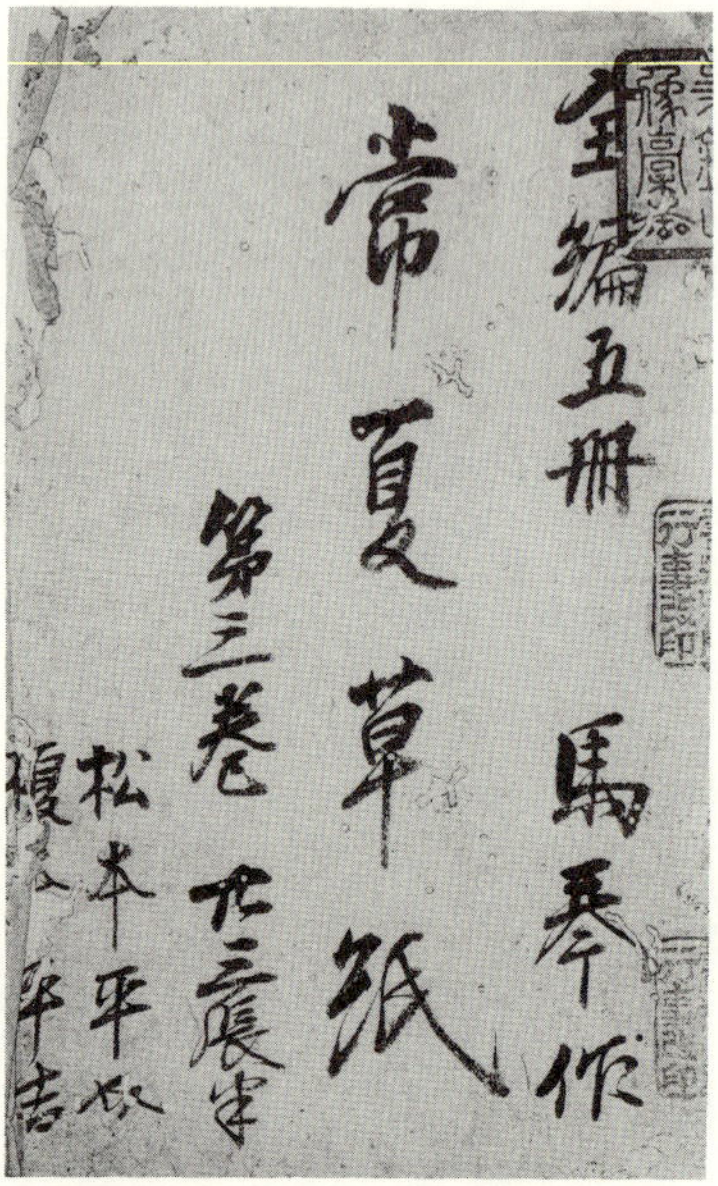
全編五冊
常夏草紙　馬琴作
第三巻　北斎画
松本平吉
榎本平吉

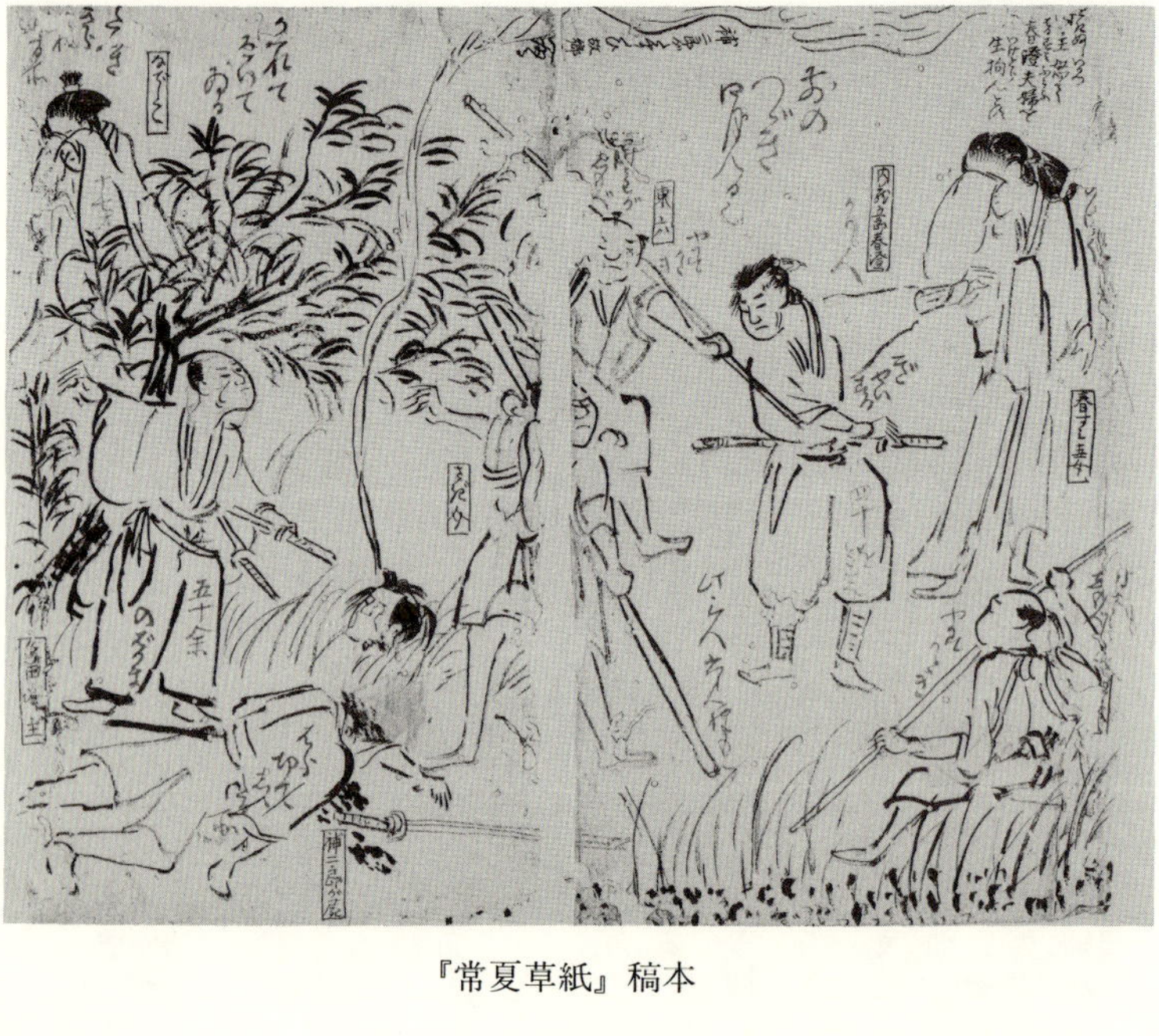

『常夏草紙』稿本

要するにAのみ巻之一、B～Eは巻之三の残欠である。そしてB～Eが前述した『からすかご』に掲載された分であるが、同書ではBの左端二行二書肆名（松本・榎本）が消去されている。残るAが未紹介の一図、CDともども版本と対照するとかなりの異同を見せ、特にAには問題性が強い。

すなわちAの下絵を、これに該当する版本挿絵（原書巻之一、十七裏。本書三六二頁）に対比してみると、薄墨版重ね摺りの使用法の差異もさることながら、図様全般の構成が、版本の構図では、かなり異なった様相を見せる。最も目立つ点は、稿本で賊が大櫃を背負い、龕灯の放射光を左下がりに照らしているのに対し、版本挿絵では全くの空身で、龕灯の光は左上方に向けた形に薄墨版を用いている（A項参照）。ちなみに稿本には薄墨摺り使用の指示は見えないが、闇部を薄墨で塗った点は示唆と思われる。なお稿本の細部注文の朱記はごく簡単で、賊に「じつあく（実悪。歌舞伎の悪方の役柄）とし（年齢）三十位」（括弧内は便宜の私注、以下同様）、女性には「ねまきすがた（寝巻姿）三十余」そして背景の空間に「じこう（時候）ハ六月」と記す。絵師春亭はこの単純な指示に釣られて自由裁量をし過ぎたらしい。小道具や遠景を書き加えた代わりに作者が描いて欲しかったと推察される櫃を除いてしまったのである。だがこの櫃こそ、中に潜んだ女性が、この行動をとったために、以前逐電した夫との奇遇、又この櫃の紛失が奸下僕の悪事の一時的糊塗ともなる等、筋の進展に寄与する重要な具であった。その故か馬琴は、版本挿絵の下隅に「画者の蛇足此処本文と齟齬せり　観官咎ることなかれ」と記している（本書三六二頁）。この読本にはこれに似た作者・絵師間のコミュニケーションのずれが一、二ならずあり、作者側の似た釈明も繰返され（巻四 四丁裏五丁表の傍記「画者の蛇足逸八郎がいでたち本文とあはず且此辺には河なしと見るべし」本書四九一頁）、ついに巻五の「自評」には「繡像《しうぞう》は画者《ぐわしや》の潤色《じゆんしよく》に過《すぎ》て本文《ほんもん》とあはざるもあり」とまで言わせている（本書五九七頁）。

編修協力

播本眞一

高木元

馬琴中編読本集成　第十一巻

平成十二年九月二十五日発行

編　者　鈴木重三
　　　　徳田武

発行者　石坂叡志

製　版　前原康行

印　刷　株式会社栄光

発　行　汲古書院

〒102-0072　東京都千代田区飯田橋二―五―四
電　話　〇三(三二六五)九七六四
ＦＡＸ　〇三(三二二二)一八四五

©二〇〇〇

ISBN4-7629-3356-2 C3393

馬琴中編読本集成

全16巻

鈴木重三
徳田武　編

中村幸彦氏推薦文より　作家の研究には、作品類の広範な精読が第一で、伝記の調査は、その理解の為に、後に続くのが常法である。しかるに曲亭馬琴に於いては、弓張月・八犬伝の二大作を読むのみで、他を顧みもせず、直ちに伝記に研究の矛先を転じるように見受けられる。日記類、書簡のたぐい、評論集などに専ら関心を深めて行く。馬琴その人には、他の作家に比して、この種の伝記資料が豊富に残っていて、面白い故でもあるが、文学研究からすれば、少なからず常軌を逸してはいないだろうか。（中略）研究の常道、本筋の作品研究に返るべき時が来たのである。

　その先鞭とも云うべく、爰に「馬琴中編読本集成」全十六巻の編集刊行となった。二大長編の陰になっていた読本二十四部を所収する。（中略）研究の本道に再出発すべきことを、高らかに叫んでいると云うべきであろう。

　今一つ付言したい。今日の研究界や出版界にも、馬琴とその作品を、狭い幕末の文壇のみの存在と見る空気が存しているようである。その昔、新小説を唱えた坪内逍遙の小説神髄の評が、今日迄なお尾を引いているのであろうか。当時西欧の作品に倣い新小説を希求した逍遙としては、さもありなん評であった。しかし今日に於いては馬琴の作品群も、上は中世の軍記物から下は大正昭和の大衆文学などをもまじえて、長く太い時代物の小説の流れの中に置いて、見直されるべきではなかろうかと、しきりに思われる昨今である。

　博雅の諸氏にうかがおう。この集成刊行を機会として、馬琴の数多い読本等を精読して見るというのは如何であろうか。

◇内容一覧

第一巻	月氷奇縁	五巻五冊	文化二年刊
	石言遺響	五巻五冊	文化二年刊
第二巻	稚枝鳩	五巻五冊	文化二年刊
	三国一夜物語	五巻五冊	文化三年刊
第三巻	四天王剿盗異録	十巻十冊	文化三年刊
第四巻	勧善常世物語	五巻五冊	文化三年刊
	敵討裏見葛葉	五巻五冊	文化四年刊
第五巻	墨田川梅柳新書	六巻六冊	文化四年刊
	標注そのゆき	五巻五冊	文化四年刊
第六巻	旬殿実実記	十巻十冊	文化五年刊
第七巻	雲妙間雨夜月	五巻六冊	文化五年刊
	三七全伝南柯夢	六巻六冊	文化五年刊
第八巻	俊寛僧都嶋物語	八巻八冊	文化五年刊
第九巻	頼豪阿闍梨恠鼠伝	八巻九冊	文化五年刊
第一〇巻	松浦佐用媛石魂録	前編三巻三冊 後編七巻七冊	文化五年刊 文政十一年刊
第一一巻	松染情史秋七草	五巻五冊	文化六年刊
	常夏草紙	五巻五冊	文化七年刊
第一二巻	昔語質屋庫	五巻五冊	文化七年刊
第一三巻	夢想兵衛胡蝶物語	九巻九冊	文化七年刊
	青砥藤綱摸稜案	十巻十冊	文化九年刊
第一四巻	糸桜春蝶奇縁	八巻八冊	文化九年刊
第一五巻	占夢南柯後記	八巻八冊	文化九年刊
第一六巻	美濃旧衣八丈綺談	五巻六冊	文化十年刊
	皿皿郷談	五巻六冊	文化十二年刊